SIMONE FRIELING (HG.)

Deutsche Meistererzählungen

Deutsche Meistererzählungen

Von Goethe bis zur Gegenwart

Herausgegeben von
Simone Frieling

Anaconda

Für meine Mutter
Ilse Ehlert

Die Deutsche Nationalbibliothek verzeichnet diese Publikation in der Deutschen Nationalbibliographie; detaillierte bibliographische Daten sind im Internet unter http://dnb.d-nb.de abrufbar.

Umschlagmotiv: Caspar David Friedrich (1774–1840),
»Landschaft im Riesengebirge« (1810/11), Puschkin Museum, Moskau,
Giraudon/bridgemanart.com
Umschlaggestaltung: dyadesign, Düsseldorf, www.dya.de
Satz und Layout: Roland Poferl Print-Design, Köln
Printed in Czech Republic 2008
ISBN 978-3-86647-225-9
info@anaconda-verlag.de

Inhalt

FRIEDRICH SCHILLER

Der Verbrecher aus verlorener Ehre

Eine wahre Geschichte

In der ganzen Geschichte des Menschen ist kein Kapitel unterrichtender für Herz und Geist als die Annalen seiner Verirrungen. Bei jedem großen Verbrechen war eine verhältnismäßig große Kraft in Bewegung. Wenn sich das geheime Spiel der Begehrungskraft bei dem matteren Licht gewöhnlicher Affekte versteckt, so wird es im Zustand gewaltsamer Leidenschaft desto hervorspringender, kolossalischer, lauter; der feinere Menschenforscher, welcher weiß, wie viel man auf die Mechanik der gewöhnlichen Willensfreiheit eigentlich rechnen darf und wie weit es erlaubt ist, analogisch zu schließen, wird manche Erfahrung aus diesem Gebiete in seine Seelenlehre herübertragen und für das sittliche Leben verarbeiten.

Es ist etwas so Einförmiges und doch wieder so Zusammengesetztes, das menschliche Herz. Eine und eben dieselbe Fertigkeit oder Begierde kann in tausenderlei Formen und Richtungen spielen, kann tausend widersprechende Phänomene bewirken, kann in tausend Charakteren anders gemischt erscheinen, und tausend ungleiche Charaktere und Handlungen können wieder aus einerlei Neigung gesponnen sein, wenn auch der Mensch, von welchem die Rede ist, nichts weniger denn eine solche Verwandtschaft ahndet. Stünde einmal, wie für die übrigen Reiche der Natur, auch für das Menschengeschlecht ein Linnäus auf, welcher nach Trieben und Neigungen klassifizierte, wie sehr würde man erstaunen, wenn man so manchen, dessen Laster in einer engen bürgerlichen Sphäre und in der schmalen Umzäunung der Gesetze jetzt ersticken muß, mit dem Ungeheuer Borgia in *einer* Ordnung beisammen fände.

Von dieser Seite betrachtet, läßt sich manches gegen die gewöhnliche Behandlung der Geschichte einwenden, und hier, vermute ich, liegt auch die Schwierigkeit, warum das Studium derselben für das bürgerliche Leben noch immer so fruchtlos geblieben. Zwischen der heftigen Gemütsbewegung des handelnden Menschen und der ruhigen Stimmung des Lesers, welchem diese Handlung vorgelegt wird, herrscht ein so widriger Kontrast, liegt ein so breiter Zwischenraum, daß es dem letztern schwer, ja unmöglich wird, einen Zusammenhang nur zu ahnden. Es bleibt eine Lücke zwischen dem historischen Subjekt und dem Leser, die alle Möglichkeit einer Vergleichung oder Anwendung abschneidet und statt jenes heilsamen Schreckens, der die stolze Gesundheit warnet, ein Kopfschütteln der Befremdung erweckt. Wir sehen den Unglücklichen, der doch in eben der Stunde, wo er die Tat beging, so wie in der, wo er dafür büßet, Mensch war wie wir, für ein Geschöpf fremder Gattung an, dessen Blut anders umläuft als das unsrige, dessen Wille andern Regeln gehorcht als der unsrige; seine Schicksale rühren uns wenig, denn Rührung gründet sich ja nur auf ein dunkles Bewußtsein ähnlicher Gefahr, und wir sind weit entfernt, eine solche Ähnlichkeit auch nur zu träumen. Die Belehrung geht mit der Beziehung verloren, und die Geschichte, anstatt eine Schule der Bildung zu sein, muß sich mit einem armseligen Verdienste um unsre Neugier begnügen. Soll sie uns mehr sein und ihren großen Endzweck erreichen, so muß sie notwendig unter diesen beiden Methoden wählen – Entweder der Leser muß warm werden wie der Held, oder der Held wie der Leser erkalten.
Ich weiß, daß von den besten Geschichtschreibern neuerer Zeit und des Altertums manche sich an die erste Methode gehalten und das Herz ihres Lesers durch hinreißenden Vortrag bestochen haben. Aber diese Manier ist eine Usurpation des Schriftstellers und beleidigt die republikanische Freiheit des lesenden Publikums, dem es zukömmt, selbst zu Gericht zu sitzen; sie ist zu-

gleich eine Verletzung der Grenzengerechtigkeit, denn diese Methode gehört ausschließend und eigentümlich dem Redner und Dichter. Dem Geschichtschreiber bleibt nur die letztere übrig. Der Held muß kalt werden wie der Leser, oder, was hier ebensoviel sagt, wir müssen mit ihm bekannt werden, eh er handelt, wir müssen ihn seine Handlung nicht bloß vollbringen, sondern auch wollen sehen. An seinen Gedanken liegt uns unendlich mehr als an seinen Taten, und noch weit mehr an den Quellen seiner Gedanken als an den Folgen jener Taten. Man hat das Erdreich des Vesuvs untersucht, sich die Entstehung seines Brandes zu erklären; warum schenkt man einer moralischen Erscheinung weniger Aufmerksamkeit als einer physischen? Warum achtet man nicht in eben dem Grade auf die Beschaffenheit und Stellung der Dinge, welche einen solchen Mensehen umgaben, bis der gesammelte Zunder in seinem Inwendigen Feuer fing? Den Träumer, der das Wunderbare liebt, reizt eben das Seltsame und Abenteuerliche einer solchen Erscheinung; der Freund der Wahrheit sucht eine Mutter zu diesen verlorenen Kindern. Er sucht sie in der unveränderlichen Struktur der menschlichen Seele und in den veränderlichen Bedingungen, welche sie von außen bestimmten, und in diesen beiden findet er sie gewiß. Ihn überrascht es nun nicht mehr, in dem nämlichen Beete, wo sonst überall heilsame Kräuter blühen, auch den giftigen Schierling gedeihen zu sehen, Weisheit und Torheit, Laster und Tugend in *einer* Wiege beisammen zu finden.

Wenn ich auch keinen der Vorteile hier in Anschlag bringe, welche die Seelenkunde aus einer solchen Behandlungsart der Geschichte zieht, so behält sie schon allein darum den Vorzug, weil sie den grausamen Hohn und die stolze Sicherheit ausrottet, womit gemeiniglich die ungeprüfte aufrechtstehende Tugend auf die gefallne herunterblickt, weil sie den sanften Geist der Duldung verbreitet, ohne welchen kein Flüchtling zurückkehrt, keine Aussöhnung des Gesetzes mit seinem Beleidiger stattfindet,

kein angestecktes Glied der Gesellschaft von dem gänzlichen Brande gerettet wird.
Ob der Verbrecher, von dem ich jetzt sprechen werde, auch noch ein Recht gehabt hätte, an jenen Geist der Duldung zu appellieren? Ob er wirklich ohne Rettung für den Körper des Staats verloren war? – Ich will dem Ausspruch des Lesers nicht vorgreifen. Unsre Gelindigkeit fruchtet ihm nichts mehr, denn er starb durch des Henkers Hand – aber die Leichenöffnung seines Lasters unterrichtet vielleicht die Menschheit und – es ist möglich, auch die Gerechtigkeit.
Christian Wolf war der Sohn eines Gastwirts in einer …schen Landstadt (deren Namen man, aus Gründen, die sich in der Folge aufklären, verschweigen muß) und half seiner Mutter, denn der Vater war tot, bis in sein zwanzigstes Jahr die Wirtschaft besorgen. Die Wirtschaft war schlecht, und Wolf hatte müßige Stunden. Schon von der Schule her war er für einen losen Buben bekannt. Erwachsene Mädchen führten Klagen über seine Frechheit, und die Jungen des Städtchens huldigten seinem erfinderischen Kopfe. Die Natur hatte seinen Körper verabsäumt. Eine kleine unscheinbare Figur, krauses Haar von einer unangenehmen Schwärze, eine plattgedrückte Nase und eine geschwollene Oberlippe, welche noch überdies durch den Schlag eines Pferdes aus ihrer Richtung gewichen war, gaben seinem Anblick eine Widrigkeit, welche alle Weiber von ihm zurückscheuchte und dem Witz seiner Kameraden eine reichliche Nahrung darbot.
Er wollte ertrotzen, was ihm verweigert war; weil er mißfiel, setzte er sich vor, zu gefallen. Er war sinnlich und beredete sich, daß er liebe. Das Mädchen, das er wählte, mißhandelte ihn; er hatte Ursache, zu fürchten, daß seine Nebenbuhler glücklicher wären; doch das Mädchen war arm. Ein Herz, das seinen Beteurungen verschlossen blieb, öffnete sich vielleicht seinen Geschenken, aber ihn selbst drückte Mangel, und der eitle Versuch,

seine Außenseite geltend zu machen, verschlang noch das wenige, was er durch eine schlechte Wirtschaft erwarb. Zu bequem und zu unwissend, seinem zerrütteten Hauswesen durch Spekulation aufzuhelfen, zu stolz, auch zu weichlich, den Herrn, der er bisher gewesen war, mit dem Bauer zu vertauschen und seiner angebeteten Freiheit zu entsagen, sah er nur einen Ausweg vor sich – den Tausende vor ihm und nach ihm mit besserem Glükke er, griffen haben – den Ausweg, honett zu stehlen. Seine Vaterstadt grenzte an eine landesherrliche Waldung, er wurde Wilddieb, und der Ertrag seines Raubes wanderte treulich in die Hände seiner Geliebten.

Unter den Liebhabern Hannchens war Robert, ein Jägerpursche des Försters. Frühzeitig merkte dieser den Vorteil, den die Freigebigkeit seines Nebenbuhlers über ihn gewonnen hatte, und mit Scheelsucht forschte er nach den Quellen dieser Veränderung. Er zeigte sich fleißiger in der »Sonne« – dies war das Schild zu dem Wirtshaus –, sein laurendes Auge, von Eifersucht und Neide geschärft, entdeckte ihm bald, woher dieses Geld floß. Nicht lange vorher war ein strenges Edikt gegen die Wildschützen erneuert worden, welches den Übertreter zum Zuchthaus verdammte. Robert war unermüdet, die geheimen Gänge seines Feindes zu beschleichen, endlich gelang es ihm auch, den Unbesonnenen über der Tat zu ergreifen. Wolf wurde eingezogen, und nur mit Aufopferung seines ganzen kleinen Vermögens brachte er es mühsam dahin, die zuerkannte Strafe durch eine Geldbuße abzuwenden.

Robert triumphierte. Sein Nebenbuhler war aus dem Felde geschlagen und Hannchens Gunst für den Bettler verloren. Wolf kannte seinen Feind, und dieser Feind war der glückliche Besitzer seiner Johanne. Drückendes Gefühl des Mangels gesellte sich zu beleidigtem Stolze, Not und Eifersucht stürmen vereinigt auf seine Empfindlichkeit ein, der Hunger treibt ihn hinaus in die weite Welt, Rache und Leidenschaft halten ihn fest. Er wird zum zweitenmal Wilddieb; aber Roberts verdoppelte Wachsamkeit überlistet ihn zum zweitenmal wieder. Jetzt erfährt er die ganze Schärfe des Gesetzes: denn er hat nichts mehr zu geben, und in wenigen Wochen wird er in das Zuchthaus der Residenz abgeliefert.

Das Strafjahr war überstanden, seine Leidenschaft durch die Entfernung gewachsen und sein Trotz unter dem Gewicht des Unglücks gestiegen. Kaum erlangt er die Freiheit, so eilt er nach seinem Geburtsort, sich seiner Johanne zu zeigen. Er erscheint: man flieht ihn. Die dringende Not hat endlich seinen Hochmut gebeugt und seine Weichlichkeit überwunden – er bietet sich den Reichen des Orts an und will für den Taglohn dienen. Der Bauer zuckt über den schwachen Zärtling die Achsel; der derbe Knochenbau seines handfesten Mitbewerbers sticht ihn bei diesem fühllosen Gönner aus. Er wagt einen letzten Versuch. *Ein* Amt ist noch ledig, der äußerste verlorne Posten des ehrlichen Namens – er meldet sich zum Hirten des Städtchens, aber der Bauer will seine Schweine keinem Taugenichts anvertrauen. In allen Entwürfen getäuscht, an allen Orten zurückgewiesen, wird er zum drittenmal Wilddieb, und zum drittenmal trifft ihn das Unglück, seinem wachsamen Feind in die Hände zu fallen.

Der doppelte Rückfall hatte seine Verschuldung erschwert. Die Richter sahen in das Buch der Gesetze, aber nicht *einer* in die Gemütsverfassung des Beklagten. Das Mandat gegen die Wilddiebe bedurfte einer solennen und exemplarischen Genugtuung, und Wolf ward verurteilt, das Zeichen des Galgens auf den Rücken gebrannt, drei Jahre auf der Festung zu arbeiten.

Auch diese Periode verlief, und er ging von der Festung – aber ganz anders, als er dahin gekommen war. Hier fängt eine neue Epoche in seinem Leben an; man höre ihn selbst, wie er nachher gegen seinen geistlichen Beistand und vor Gerichte bekannt hat. »Ich betrat die Festung«, sagte er, »als ein Verirrter und verließ sie als ein Lotterbube. Ich hatte noch etwas in der Welt gehabt, das mir teuer war, und mein Stolz krümmte sich unter der Schande. Wie ich auf die Festung gebracht war, sperrte man mich zu dreiundzwanzig Gefangenen ein, unter denen zwei Mörder und die übrigen alle berüchtigte Diebe und Vagabunden waren. Man verhöhnte mich, wenn ich von Gott sprach, und setzte mir zu, schändliche Lästerungen gegen den Erlöser zu sagen. Man sang mir Hurenlieder vor, die ich, ein lüderlicher Bube, nicht ohne Ekel und Entsetzen hörte, aber was ich ausüben sah, empörte meine Schamhaftigkeit noch mehr. Kein Tag verging, wo nicht irgendein schändlicher Lebenslauf wiederholt, irgendein schlimmer Anschlag geschmiedet ward. Anfangs floh ich dieses Volk und verkroch mich vor ihren Gesprächen, so gut mirs möglich war, aber ich brauchte ein Geschöpf, und die Barbarei meiner Wächter hatte mir auch meinen Hund abgeschlagen. Die Arbeit war hart und tyrannisch, mein Körper kränklich, ich brauchte Beistand, und wenn ichs aufrichtig sagen soll, ich brauchte Bedaurung, und diese mußte ich mit dem letzten Überrest meines Gewissens erkaufen. So gewöhnte ich mich endlich an das Abscheulichste, und im letzten Vierteljahr hatte ich meine Lehrmeister übertroffen.

Von jetzt an lechzte ich nach dem Tag meiner Freiheit, wie ich nach Rache lechzte. Alle Menschen hatten mich beleidigt, denn alle waren besser und glücklicher als ich. Ich betrachtete mich als den Märtyrer des natürlichen Rechts und als ein Schlachtopfer der Gesetze. Zähneknirschend rieb ich meine Ketten, wenn die Sonne hinter meinem Festungsberg heraufkam; eine weite Aussicht ist zwiefache Hölle für einen Gefangenen. Der freie Zugwind, der durch die Luftlöcher meines Turmes pfeifte, und die Schwalbe, die sich auf dem eisernen Stab meines Gitters niederließ, schienen mich mit ihrer Freiheit zu necken und machten mir meine Gefangenschaft desto gräßlicher. Damals gelobte ich unversöhnlichen glühenden Haß allem, was dem Menschen gleicht, und was ich gelobte, hab ich redlich gehalten.

Mein erster Gedanke, sobald ich mich frei sah, war meine Vaterstadt. So wenig auch für meinen künftigen Unterhalt da zu hoffen war, so viel versprach sich mein Hunger nach Rache. Mein Herz klopfte wilder, als der Kirchturm von weitem aus dem Gehölze stieg. Es war nicht mehr das herzliche Wohlbehagen, wie ichs bei meiner ersten Wallfahrt empfunden hatte. – Das Andenken alles Ungemachs, aller Verfolgungen, die ich dort einst erlitten hatte, erwachte mit einemmal aus einem schrecklichen Todesschlaf, alle Wunden bluteten wieder, alle Narben gingen auf. Ich verdoppelte meine Schritte, denn es erquickte mich im voraus, meine Feinde durch meinen plötzlichen Anblick in Schrecken zu setzen, und ich dürstete jetzt ebenso sehr nach neuer Erniedrigung, als ich ehemals davor gezittert hatte.
Die Glocken läuteten zur Vesper, als ich mitten auf dem Markte stand. Die Gemeinde wimmelte zur Kirche. Man erkannte mich schnell, jedermann, der mir aufstieß, trat scheu zurück. Ich hatte von jeher die kleinen Kinder sehr lieb gehabt, und auch jetzt übermannte michs unwillkürlich, daß ich einem Knaben, der neben mir vorbei hüpfte, einen Groschen bot. Der Knabe sah mich einen Augenblick starr an und warf mir den Groschen ins Gesicht. Wäre mein Blut nur etwas ruhiger gewesen, so hätte ich mich erinnert, daß der Bart, den ich noch von der Festung mitbrachte, meine Gesichtszüge bis zum Gräßlichen entstellte – aber mein böses Herz hatte meine Vernunft angesteckt. Tränen, wie ich sie nie geweint hatte, liefen über meine Backen.
›Der Knabe weiß nicht, wer ich bin, noch woher ich komme‹, sagte ich halblaut zu mir selbst, ›und doch meidet er mich wie ein schändliches Tier. Bin ich denn irgendwo auf der Stirne gezeichnet, oder habe ich aufgehört, einem Menschen ähnlich zu sehen, weil ich fühle, daß ich keinen mehr lieben kann?‹ – Die Verachtung dieses Knaben schmerzte mich bitterer als dreijähriger Galiotendienst, denn ich hatte ihm Gutes getan und konnte ihn keines persönlichen Hasses beschuldigen.

Ich setzte mich auf einen Zimmerplatz, der Kirche gegenüber; was ich eigentlich wollte, weiß ich nicht; doch ich weiß noch, daß ich mit Erbitterung aufstand, als von allen meinen vorübergehenden Bekannten keiner mich nur eines Grußes gewürdigt hatte, auch nicht einer. Unwillig verließ ich meinen Standort, eine Herberge aufzusuchen; als ich an der Ecke einer Gasse umlenkte, rannte ich gegen meine Johanne. ›Sonnenwirt!‹ schrie sie laut auf und machte eine Bewegung, mich zu umarmen. ›Du wieder da, lieber Sonnenwirt! Gott sei Dank, daß du wiederkömmst!‹ Hunger und Elend sprach aus ihrer Bedeckung, eine schändliche Krankheit aus ihrem Gesichte, ihr Anblick verkündigte die verworfenste Kreatur, zu der sie erniedrigt war. Ich ahndete schnell, was hier geschehen sein möchte; einige fürstliche Dragoner, die mir eben begegnet waren, ließen mich erraten, daß Garnison in dem Städtchen lag. ›Soldatendirne!‹ rief ich und drehte ihr lachend den Rücken zu. Es tat mir wohl, daß noch *ein* Geschöpf *unter* mir war im Rang der Lebendigen. Ich hatte sie niemals geliebt.

Meine Mutter war tot. Mit meinem kleinen Hause hatten sich meine Kreditoren bezahlt gemacht. Ich hatte niemand und nichts mehr. Alle Welt floh mich wie einen Giftigen, aber ich hatte endlich verlernt, mich zu schämen. Vorher hatte ich mich dem Anblick der Menschen entzogen, weil Verachtung mir unerträglich war. Jetzt drang ich mich auf und ergötzte mich, sie zu verscheuchen. Es war mir wohl, weil ich nichts mehr zu verlieren und nichts mehr zu hüten hatte. Ich brauchte keine gute Eigenschaft mehr, weil man keine mehr bei mir vermutete.

Die ganze Welt stand mir offen, ich hätte vielleicht in einer fremden Provinz für einen ehrlichen Mann gegolten, aber ich hatte den Mut verloren, es auch nur zu scheinen. Verzweiflung und Schande hatten mir endlich diese Sinnesart aufgezwungen. Es war die letzte Ausflucht, die mir übrig war, die Ehre entbehren zu lernen, weil ich an keine mehr Anspruch machen durfte.

Hätten meine Eitelkeit und mein Stolz meine Erniedrigung erlebt, so hätte ich mich selber entleiben müssen.
Was ich nunmehr eigentlich beschlossen hatte, war mir selber noch unbekannt. Ich wollte Böses tun, soviel erinnerte ich mich noch dunkel. Ich wollte mein Schicksal verdienen. Die Gesetze, meinte ich, wären Wohltaten für die Welt, also faßte ich den Vorsatz, sie zu verletzen; ehemals hatte ich aus Notwendigkeit und Leichtsinn gesündigt, jetzt tat ichs aus freier Wahl zu meinem Vergnügen.
Mein erstes war, daß ich mein Wildschießen fortsetzte. Die Jagd überhaupt war mir nach und nach zur Leidenschaft geworden, und außerdem mußte ich ja leben. Aber dies war es nicht allein; es kitzelte mich, das fürstliche Edikt zu verhöhnen und meinem Landesherrn nach allen Kräften zu schaden. Ergriffen zu werden, besorgte ich nicht mehr, denn jetzt hatte ich eine Kugel für meinen Entdecker bereit, und das wußte ich, daß mein Schuß seinen Mann nicht fehlte. Ich erlegte alles Wild, das mir aufstieß, nur weniges machte ich auf der Grenze zu Gelde, das meiste ließ ich verwesen. Ich lebte kümmerlich, um nur den Aufwand an Blei und Pulver zu bestreiten. Meine Verheerungen in der großen Jagd wurden ruchtbar, aber mich drückte kein Verdacht mehr. Mein Anblick löschte ihn aus. Mein Name war vergessen. Diese Lebensart trieb ich mehrere Monate. Eines Morgens hatte ich nach meiner Gewohnheit das Holz durchstrichen, die Fährte eines Hirsches zu verfolgen. Zwei Stunden hatte ich mich vergeblich ermüdet, und schon fing ich an, meine Beute verloren zu geben, als ich sie auf einmal in schußgerechter Entfernung entdecke. Ich will anschlagen und abdrücken – aber plötzlich erschreckt mich der Anblick eines Hutes, der wenige Schritte vor mir auf der Erde liegt. Ich forsche genauer und erkenne den Jäger Robert, der hinter dem dicken Stamm einer Eiche auf eben das Wild anschlägt, dem ich den Schuß bestimmt hatte. Eine tödliche Kälte fährt bei diesem Anblick durch meine

Gebeine. Just das war der Mensch, den ich unter allen lebendigen Dingen am gräßlichsten haßte, und dieser Mensch war in die Gewalt meiner Kugel gegeben. In diesem Augenblick dünkte michs, als ob die ganze Welt in meinem Flintenschuß läge und der Haß meines ganzen Lebens in die einzige Fingerspitze sich zusammendrängte, womit ich den mördrischen Druck tun sollte. Eine unsichtbare fürchterliche Hand schwebte über mir, der Stundenweiser meines Schicksals zeigte unwiderruflich auf diese schwarze Minute. Der Arm zitterte mir, da ich meiner Flinte die schreckliche Wahl erlaubte – meine Zähne schlugen zusammen wie im Fieberfrost, und der Odem sperrte sich erstickend in meiner Lunge. Eine Minute lang blieb der Lauf meiner Flinte ungewiß zwischen dem Menschen und dem Hirsch mitten inne schwanken – eine Minute – und noch eine – und wieder eine. Rache und Gewissen rangen hartnäckig und zweifelhaft, aber die Rache gewanns, und der Jäger lag tot am Boden.

Mein Gewehr fiel mit dem Schusse … ›Mörder‹ … stammelte ich langsam – der Wald war still wie ein Kirchhof – ich hörte deutlich, daß ich ›Mörder‹ sagte. Als ich näher schlich, starb der Mann. Lange stand ich sprachlos vor dem Toten, ein helles Gelächter endlich machte mir Luft. ›Wirst du jetzt reinen Mund halten, guter Freund!‹ sagte ich und trat keck hin, indem ich zugleich das Gesicht des Ermordeten auswärts kehrte. Die Augen standen ihm weit auf. Ich wurde ernsthaft und schwieg plötzlich wieder stille. Es fing mir an, seltsam zu werden.

Bis hieher hatte ich auf Rechnung meiner Schande gefrevelt; jetzt war etwas geschehen, wofür ich noch nicht gebüßt hatte. Eine Stunde vorher, glaube ich, hätte mich kein Mensch überredet, daß es noch etwas Schlechteres als mich unter dem Himmel gebe; jetzt fing ich an zu mutmaßen, daß ich vor einer Stunde wohl gar zu beneiden war.

Gottes Gerichte fielen mir nicht ein – wohl aber eine, ich weiß nicht welche? verwirrte Erinnerung an Strang und Schwert und

die Exekution einer Kindermörderin, die ich als Schuljunge mit angesehen hatte. Etwas ganz besonders Schreckbares lag für mich in dem Gedanken, daß von jetzt an mein Leben verwirkt sei. Auf mehreres besinne ich mich nicht mehr. Ich wünschte gleich darauf, daß er noch lebte. Ich tat mir Gewalt an, mich lebhaft an alles Böse zu erinnern, das mir der Tote im Leben zugefügt hatte, aber sonderbar! Mein Gedächtnis war wie ausgestorben. Ich konnte nichts mehr von alle dem hervorrufen, was mich vor einer Viertelstunde zum Rasen gebracht hatte. Ich begriff gar nicht, wie ich zu dieser Mordtat gekommen war.
Noch stand ich vor der Leiche, noch immer. Das Knallen einiger Peitschen und das Geknarre von Frachtwagen, die durchs Holz fuhren, brachte mich zu mir selbst. Es war kaum eine Viertelmeile abseits der Heerstraße, wo die Tat geschehen war. Ich mußte auf meine Sicherheit denken.
Unwillkürlich verlor ich mich tiefer in den Wald. Auf dem Wege fiel mir ein, daß der Entleibte sonst eine Taschenuhr besessen hätte. Ich brauchte Geld, um die Grenze zu erreichen – und doch fehlte mir der Mut, nach dem Platze umzuwenden, wo der Tote lag. Hier erschreckte mich ein Gedanke an den Teufel und eine Allgegenwart Gottes. Ich raffte meine ganze Kühnheit zusammen; entschlossen, es mit der ganzen Hölle aufzunehmen, ging ich nach der Stelle zurück. Ich fand, was ich erwartet hatte, und in einer grünen Börse noch etwas weniges über einen Taler an Gelde. Eben da ich beides zu mir stecken wollte, hielt ich plötzlich ein und überlegte. Es war keine Anwandlung von Scham, auch nicht Furcht, mein Verbrechen durch Plünderung zu vergrößern – Trotz, glaube ich, war es, daß ich die Uhr wieder von mir warf und von dem Gelde nur die Hälfte behielt. Ich wollte für einen persönlichen Feind des Erschossenen, aber nicht für seinen Räuber gehalten sein.
Jetzt floh ich waldeinwärts. Ich wußte, daß das Holz sich vier deutsche Meilen nordwärts erstreckte und dort an die Grenzen

des Landes stieß. Bis zum hohen Mittage lief ich atemlos. Die Eilfertigkeit meiner Flucht hatte meine Gewissensangst zerstreut, aber sie kam schrecklicher zurück, wie meine Kräfte mehr und mehr ermatteten. Tausend gräßliche Gestalten gingen an mir vorüber und schlugen wie schneidende Messer in meine Brust. Zwischen einem Leben voll rastloser Todesfurcht und einer gewaltsamen Entleibung war mir jetzt eine schreckliche Wahl gelassen, und ich *mußte* wählen. Ich hatte das Herz nicht, durch Selbstmord aus der Welt zu gehen, und entsetzte mich vor der Aussicht, darin zu bleiben. Geklemmt zwischen die gewissen Qualen des Lebens und die ungewissen Schrecken der Ewigkeit, gleich unfähig zu leben und zu sterben, brachte ich die sechste Stunde meiner Flucht dahin, eine Stunde, voll gepreßt von Qualen, wovon noch kein lebendiger Mensch zu erzählen weiß.

In mich gekehrt und langsam, ohne mein Wissen den Hut tief ins Gesicht gedrückt, als ob mich dies vor dem Auge der leblosen Natur hätte unkenntlich machen können, hatte ich unvermerkt einen schmalen Fußsteig verfolgt, der mich durch das dunkelste Dickicht führte – als plötzlich eine rauhe befehlende Stimme vor mir her: ›Halt!‹ rufte. Die Stimme war ganz nahe, meine Zerstreuung und der heruntergedrückte Hut hatten mich verhindert, um mich herumzuschauen. Ich schlug die Augen auf und sah einen wilden Mann auf mich zukommen, der eine große knotigte Keule trug. Seine Figur ging ins Riesenmäßige – meine erste Bestürzung wenigstens hatte mich dies glauben gemacht –, und die Farbe seiner Haut war von einer gelben Mulattenschwärze, woraus das Weiße eines schielenden Auges bis zum Grassen hervortrat. Er hatte statt eines Gurts ein dickes Seil zwiefach um einen grünen wollenen Rock geschlagen, worin ein breites Schlachtmesser bei einer Pistole stak. Der Ruf wurde wiederholt, und ein kräftiger Arm hielt mich fest. Der Laut eines Menschen hatte mich in Schrecken gejagt, aber der Anblick eines Bösewichts gab mir Herz. In der Lage, worin ich

jetzt war, hatte ich Ursache, vor jedem redlichen Mann, aber keine mehr, vor einem Räuber zu zittern.
›Wer da?‹ sagte diese Erscheinung.
›Deinesgleichen‹, war meine Antwort, ›wenn du der wirklich bist, dem du gleich siehst!‹
›Dahinaus geht der Weg nicht. Was hast du hier zu suchen?‹
›Was hast du hier zu fragen?‹ versetzte ich trotzig.
Der Mann betrachtete mich zweimal vom Fuß bis zum Wirbel. Es schien, als ob er meine Figur gegen die seinige und meine Anwort gegen meine Figur halten wollte – ›Du sprichst brutal wie ein Bettler‹, sagte er endlich.
›Das mag sein. Ich bins noch gestern gewesen.‹
Der Mann lachte. ›Man sollte darauf schwören‹, rief er, ›du wolltest auch noch jetzt für nichts Besseres gelten.‹
›Für etwas Schlechteres also‹ – Ich wollte weiter.
›Sachte, Freund! Was jagt dich denn so? Was hast du für Zeit zu verlieren?‹
Ich besann mich einen Augenblick. Ich weiß nicht, wie mir das Wort auf die Zunge kam: ›Das Leben ist kurz‹, sagte ich langsam, ›und die Hölle währt ewig.‹
Er sah mich stier an. ›Ich will verdammt sein‹, sagte er endlich, ›oder du bist irgend an einem Galgen hart vorbeigestreift.‹
›Das mag wohl noch kommen. Also auf Wiedersehen, Kamerad!‹
›Topp, Kamerad!‹ – schrie er, indem er eine zinnerne Flasche aus seiner Jagdtasche hervorlangte, einen kräftigen Schluck daraus tat und mir sie reichte. Flucht und Beängstigung hatten meine Kräfte aufgezehrt, und diesen ganzen entsetzlichen Tag war noch nichts über meine Lippen gekommen. Schon fürchtete ich, in dieser Waldgegend zu verschmachten, wo auf drei Meilen in der Runde kein Labsal für mich zu hoffen war. Man urteile, wie froh ich auf diese angebotne Gesundheit Bescheid tat. Neue Kraft floß mit diesem Erquicktrunk in meine Gebeine und frischer Mut in mein Herz, und Hoffnung und Liebe zum Leben. Ich

fing an zu glauben, daß ich doch wohl nicht ganz elend wäre, so viel konnte dieser willkommene Trank. Ja, ich bekenne es, mein Zustand grenzte wieder an einen glücklichen, denn endlich, nach tausend fehlgeschlagenen Hoffnungen, hatte ich eine Kreatur gefunden, die mir ähnlich schien. In dem Zustande, worein ich versunken war, hätte ich mit dem höllischen Geiste Kameradschaft getrunken, um einen Vertrauten zu haben.
Der Mann hatte sich aufs Gras hingestreckt, ich tat ein gleiches.
›Dein Trunk hat mir wohlgetan!‹ sagte ich. ›Wir müssen bekannter werden.‹
Er schlug Feuer, seine Pfeife zu zünden.
›Treibst du das Handwerk schon lange?‹
Er sah mich fest an. ›Was willst du damit sagen?‹
›War das schon oft blutig?‹ Ich zog das Messer aus seinem Gürtel.
›Wer bist du?‹ sagte er schrecklich und legte die Pfeife von sich.
›Ein Mörder wie du – aber nur erst ein Anfänger.‹
Der Mensch sah mich steif an und nahm seine Pfeife wieder.
›Du bist nicht hier zu Hause?‹ sagte er endlich.
›Drei Meilen von hier. Der Sonnenwirt in L…, wenn du von mir gehöret hast.‹
Der Mann sprang auf wie ein Beseßner. ›Der Wildschütze Wolf?‹ schrie er hastig.
›Der nämliche.‹
›Willkommen, Kamerad! Willkommen!‹ rief er und schüttelte mir kräftig die Hände. ›Das ist brav, daß ich dich endlich habe, Sonnenwirt. Jahr und Tag schon sinn ich darauf, dich zu kriegen. Ich kenne dich recht gut. Ich weiß um alles. Ich habe lange auf dich gerechnet.‹
›Auf mich gerechnet? Wozu denn?‹
›Die ganze Gegend ist voll von dir. Du hast Feinde, ein Amtmann hat dich gedrückt, Wolf. Man hat dich zugrunde gerichtet, himmelschreiend ist man mit dir umgegangen.‹

Der Mann wurde hitzig – ›Weil du ein paar Schweine geschossen hast, die der Fürst auf unsern Äckern und Feldern füttert, haben sie dich Jahre lang im Zuchthaus und auf der Festung herumgezogen, haben sie dich um Haus und Wirtschaft bestohlen, haben sie dich zum Bettler gemacht. Ist es dahin gekommen, Bruder, daß der Mensch nicht mehr gelten soll als ein Hase? Sind wir nicht besser als das Vieh auf dem Felde? – Und ein Kerl wie du konnte das dulden?‹
›Konnt ichs ändern?‹
›Das werden wir ja wohl sehen. Aber sage mir doch, woher kömmst du denn jetzt, und was führst du im Schilde?‹
Ich erzählte ihm meine ganze Geschichte. Der Mann, ohne abzuwarten, bis ich zu Ende war, sprang mit froher Ungeduld auf, und mich zog er nach. ›Komm, Bruder Sonnenwirt‹, sagte er, ›jetzt bist du reif, jetzt hab ich dich, wo ich dich brauchte. Ich werde Ehre mit dir einlegen. Folge mir.‹
›Wo willst du mich hinführen?‹
›Frage nicht lange. Folge!‹ – Er schleppte mich mit Gewalt fort. Wir waren eine kleine Viertelmeile gegangen. Der Wald wurde immer abschüssiger, unwegsamer und wilder, keiner von uns sprach ein Wort, bis mich endlich die Pfeife meines Führers aus meinen Betrachtungen aufschreckte. Ich schlug die Augen auf, wir standen am schroffen Absturz eines Felsens, der sich in eine tiefe Kluft hinunterbückte. Eine zwote Pfeife antwortete aus dem innersten Bauche des Felsens, und eine Leiter kam, wie von sich selbst, langsam aus der Tiefe gestiegen. Mein Führer kletterte zuerst hinunter, mich hieß er warten, bis er wiederkäme. ›Erst muß ich den Hund an Ketten legen lassen‹, setzte er hinzu, ›du bist hier fremd, die Bestie würde dich zerreißen.‹ Damit ging er. Jetzt stand ich allein vor dem Abgrund, und ich wußte recht gut, daß ich allein war. Die Unvorsichtigkeit meines Führers entging meiner Aufmerksamkeit nicht. Es hätte mich nur einen beherzten Entschluß gekostet, die Leiter heraufzuziehen, so war ich

frei, und meine Flucht war gesichert. Ich gestehe, daß ich das einsah. Ich sah in den Schlund hinab, der mich jetzt aufnehmen sollte, es erinnerte mich dunkel an den Abgrund der Hölle, woraus keine Erlösung mehr ist. Mir fing an, vor der Laufbahn zu schaudern, die ich nunmehr betreten wollte, nur eine schnelle Flucht konnte mich retten. Ich beschließe diese Flucht – schon strecke ich den Arm nach der Leiter aus – aber auf einmal donnerts in meinen Ohren, es umhallt mich wie Hohngelächter der Hölle: ›Was hat ein Mörder zu wagen?‹ – und mein Arm fällt gelähmt zurück. Meine Rechnung war völlig, die Zeit der Reue war dahin, mein begangener Mord lag hinter mir aufgetürmt wie ein Fels und sperrte meine Rückkehr auf ewig. Zugleich erschien auch mein Führer wieder und kündigte mir an, daß ich kommen solle. Jetzt war ohnehin keine Wahl mehr. Ich kletterte hinunter.

Wir waren wenige Schritte unter der Felsmauer weggegangen, so erweiterte sich der Grund, und einige Hütten wurden sichtbar. Mitten zwischen diesen öffnete sich ein runder Rasenplatz, auf welchem sich eine Anzahl von achtzehn bis zwanzig Menschen um ein Kohlfeuer gelagert hatte. ›Hier, Kameraden‹, sagte mein Führer und stellte mich mitten in den Kreis. ›Unser Sonnenwirt! Heißt ihn willkommen!‹

›Sonnenwirt!‹ schrie alles zugleich, und alles fuhr auf und drängte sich um mich her, Männer und Weiber. Soll ichs gestehn? Die Freude war ungeheuchelt und herzlich, Vertrauen, Achtung sogar erschien auf jedem Gesichte, dieser drückte mir die Hand, jener schüttelte mich vertraulich am Kleide, der ganze Auftritt war wie das Wiedersehen eines alten Bekannten, der einem wert ist. Meine Ankunft hatte den Schmaus unterbrochen, der eben anfangen sollte. Man setzte ihn sogleich fort und nötigte mich, den Willkomm zu trinken. Wildpret aller Art war die Mahlzeit, und die Weinflasche wanderte unermüdet von Nachbar zu Nachbar. Wohlleben und Einigkeit schien die ganze Bande zu

beseelen, und alles wetteiferte, seine Freude über mich zügelloser an den Tag zu legen.
Man hatte mich zwischen zwo Weibspersonen sitzen lassen, welches der Ehrenplatz an der Tafel war. Ich erwartete den Auswurf ihres Geschlechts, aber wie groß war meine Verwunderung, als ich unter dieser schändlichen Rotte die schönsten weiblichen Gestalten entdeckte, die mir jemals vor Augen gekommen. Margarete, die älteste und schönste von beiden, ließ sich Jungfer nennen und konnte kaum fünfundzwanzig sein. Sie sprach sehr frech, und ihre Gebärden sagten noch mehr. Marie, die jüngere, war verheiratet, aber einem Manne entlaufen, der sie mißhandelt hatte. Sie war feiner gebildet, sah aber blaß aus und schmächtig und fiel weniger ins Auge als ihre feurige Nachbarin. Beide Weiber eiferten auf einander, meine Begierden zu entzünden, die schöne Margarete kam meiner Blödigkeit durch freche Scherze zuvor, aber das ganze Weib war mir zuwider, und mein Herz hatte die schüchterne Marie auf immer gefangen.
›Du siehst, Bruder Sonnenwirt‹, fing der Mann jetzt an, der mich hergebracht hatte, ›du siehst, wie wir unter einander leben, und jeder Tag ist dem heutigen gleich. Nicht wahr, Kameraden?‹
›Jeder Tag wie der heutige!‹ wiederholte die ganze Bande.
›Kannst du dich also entschließen, an unserer Lebensart Gefallen zu finden, so schlag ein und sei unser Anführer. Bis jetzt bin ich es gewesen, aber dir will ich weichen. Seid ihrs zufrieden, Kameraden?‹
Ein fröhliches ›Ja!‹ antwortete aus allen Kehlen.
Mein Kopf glühte, mein Gehirne war betäubt; von Wein und Begierden siedete mein Blut. Die Welt hatte mich ausgeworfen wie einen Verpesteten – hier fand ich brüderliche Aufnahme, Wohlleben und Ehre. Welche Wahl ich auch treffen wollte, so erwartete mich Tod; hier aber konnte ich wenigstens mein Leben für einen höheren Preis verkaufen. Wollust war meine wütendste Neigung, das andere Geschlecht hatte mir bis jetzt nur Ver-

achtung bewiesen, hier erwarteten mich Gunst und zügellose Vergnügungen. Mein Entschluß kostete mich wenig. ›Ich bleibe bei euch, Kameraden‹, rief ich laut mit Entschlossenheit und trat mitten unter die Bande, ›ich bleibe bei euch‹, rief ich nochmals, ›wenn ihr mir meine schöne Nachbarin abtretet!‹ – Alle kamen überein, mein Verlangen zu bewilligen, ich war erklärter Eigentümer einer H*** und das Haupt einer Diebesbande.«

Den folgenden Teil der Geschichte übergehe ich ganz, das bloß Abscheuliche hat nichts Unterrichtendes für den Leser. Ein Unglücklicher, der bis zu dieser Tiefe heruntersank, mußte sich endlich alles erlauben, was die Menschheit empört – aber einen zweiten Mord beging er nicht mehr, wie er selbst auf der Folter bezeugte.

Der Ruf dieses Menschen verbreitete sich in kurzem durch die ganze Provinz. Die Landstraßen wurden unsicher, nächtliche Einbrüche beunruhigten den Bürger, der Name des Sonnenwirts wurde der Schrecken des Landvolks, die Gerechtigkeit suchte ihn auf, und eine Prämie wurde auf seinen Kopf gesetzt. Er war so glücklich, jeden Anschlag auf seine Freiheit zu vereiteln, und verschlagen genug, den Aberglauben des wundersüchtigen Bauern zu seiner Sicherheit zu benutzen. Seine Gehülfen mußten aussprengen, er habe einen Bund mit dem Teufel gemacht und könne hexen. Der Distrikt, auf welchem er seine Rolle spielte, gehörte damals noch weniger als jetzt zu den aufgeklärten Deutschlands, man glaubte diesem Gerüchte, und seine Person war gesichert. Niemand zeigte Lust, mit dem gefährlichen Kerl anzubinden, dem der Teufel zu Diensten stünde.

Ein Jahr schon hatte er das traurige Handwerk getrieben, als es anfing, ihm unerträglich zu werden. Die Rotte, an deren Spitze er sich gestellt hatte, erfüllte seine glänzenden Erwartungen nicht. Eine verführerische Außenseite hatte ihn damals im Taumel des Weines geblendet, jetzt wurde er mit Schrecken gewahr, wie abscheulich er hintergangen worden. Hunger und Mangel

traten an die Stelle des Überflusses, womit man ihn eingewiegt hatte; sehr oft mußte er sein Leben an eine Mahlzeit wagen, die kaum hinreichte, ihn vor dem Verhungern zu schützen. Das Schattenbild jener *brüderlichen* Eintracht verschwand, Neid, Argwohn und Eifersucht wüteten im Innern dieser verworfenen Bande. Die Gerechtigkeit hatte demjenigen, der ihn lebendig ausliefern würde, Belohnung, und wenn es ein Mitschuldiger wäre, noch eine feierliche Begnadigung zugesagt – eine mächtige Versuchung für den Auswurf der Erde! Der Unglückliche kannte seine Gefahr. Die Redlichkeit derjenigen, die Menschen und Gott verrieten, war ein schlechtes Unterpfand seines Lebens. Sein Schlaf war, von jetzt an, dahin, ewige Todesangst zerfraß seine Ruhe, das gräßliche Gespenst des Argwohns rasselte hinter ihm, wo er hinfloh, peinigte ihn, wenn er wachte, bettete sich neben ihm, wenn er schlafen ging, und schreckte ihn in entsetzlichen Träumen. Das verstummte Gewissen gewann zugleich seine Sprache wieder, und die schlafende Natter der Reue wachte bei diesem allgemeinen Sturm seines Busens auf. Sein ganzer Haß wandte sich jetzt von der Menschheit und kehrte seine schreckliche Schneide gegen ihn selber. Er vergab jetzt der ganzen Natur und fand niemand, als sich allein zu verfluchen.
Das Laster hatte seinen Unterricht an dem Unglücklichen vollendet, sein natürlich guter Verstand siegte endlich über die traurige Täuschung. Jetzt fühlte er, wie tief er gefallen war, ruhigere Schwermut trat an die Stelle knirschender Verzweiflung. Er wünschte mit Tränen die Vergangenheit zurück, jetzt wußte er gewiß, daß er sie ganz anders wiederholen würde. Er fing an zu hoffen, daß er noch rechtschaffen werden dürfe, weil er bei sich empfand, daß er es könne. Auf dem höchsten Gipfel seiner Verschlimmerung war er dem Guten näher, als er vielleicht vor seinem ersten Fehltritt gewesen war.
Um eben diese Zeit war der Siebenjährige Krieg ausgebrochen, und die Werbungen gingen stark. Der Unglückliche schöpfte

Hoffnung von diesem Umstand und schrieb einen Brief an seinen Landesherrn, den ich auszugsweise hier einrücke:
»Wenn Ihre fürstliche Huld sich nicht ekelt, bis zu mir herunterzusteigen, wenn Verbrecher meiner Art nicht außerhalb Ihrer Erbarmung liegen, so gönnen Sie mir Gehör, durchlauchtigster Oberherr. Ich bin Mörder und Dieb, das Gesetz verdammt mich zum Tode, die Gerichte suchen mich auf – und ich biete mich an, mich freiwillig zu stellen. Aber ich bringe zugleich eine seltsame Bitte vor Ihren Thron. Ich verabscheue mein Leben und fürchte den Tod nicht, aber schrecklich ist mirs zu sterben, ohne gelebt zu haben. Ich möchte leben, um einen Teil des Vergangenen gutzumachen; ich möchte leben, um den Staat zu versöhnen, den ich beleidigt habe. Meine Hinrichtung wird ein Beispiel sein für die Welt, aber kein Ersatz meiner Taten. Ich hasse das Laster und sehne mich feurig nach Rechtschaffenheit und Tugend. Ich habe Fähigkeiten gezeigt, meinem Vaterland furchtbar zu werden, ich hoffe, daß mir noch einige übrig geblieben sind, ihm zu nützen.
Ich weiß, daß ich etwas Unerhörtes begehre. Mein Leben ist verwirkt, mir steht es nicht an, mit der Gerechtigkeit Unterhandlung zu pflegen. Aber ich erscheine nicht in Ketten und Banden vor Ihnen – noch bin ich frei – und meine Furcht hat den kleinsten Anteil an meiner Bitte.
Es ist Gnade, um was ich flehe. Einen Anspruch auf Gerechtigkeit, wenn ich auch einen hätte, wage ich nicht mehr geltend zu machen. – Doch an etwas darf ich meinen Richter erinnern. Die Zeitrechnung meiner Verbrechen fängt mit dem Urteilspruch an, der mich auf immer um meine Ehre brachte. Wäre mir damals die Billigkeit minder versagt worden, so würde ich jetzt vielleicht keiner Gnade bedürfen.
Lassen Sie Gnade für Recht ergehen, mein Fürst. Wenn es in Ihrer fürstlichen Macht steht, das Gesetz für mich zu erbitten, so schenken Sie mir das Leben. Es soll Ihrem Dienste von nun an

gewidmet sein. Wenn Sie es können, so lassen Sie mich Ihren gnädigsten Willen aus öffentlichen Blättern vernehmen, und ich werde mich auf Ihr fürstliches Wort in der Hauptstadt stellen. Haben Sie es anders mit mir beschlossen, so tue die Gerechtigkeit denn das Ihrige, ich muß das Meinige tun.«

Diese Bittschrift blieb ohne Antwort, wie auch eine zweite und dritte, worin der Supplikant um eine Reuterstelle im Dienste des Fürsten bat. Seine Hoffnung zu einem Pardon erlosch gänzlich, er faßte also den Entschluß, aus dem Land zu fliehen und im Dienste des Königs von Preußen als ein braver Soldat zu sterben.

Er entwischte glücklich seiner Bande und trat diese Reise an. Der Weg führte ihn durch eine kleine Landstadt, wo er übernachten wollte. Kurze Zeit vorher waren durch das ganze Land geschärftere Mandate zu strenger Untersuchung der Reisenden ergangen, weil der Landesherr, ein Reichsfürst, im Kriege Partei genommen hatte. Einen solchen Befehl hatte auch der Torschreiber dieses Städtchens, der auf einer Bank vor dem Schlage saß, als der Sonnenwirt geritten kam. Der Aufzug dieses Mannes hatte etwas Possierliches und zugleich etwas Schreckliches und Wildes. Der hagre Klepper, den er ritt, und die burleske Wahl seiner Kleidungsstücke, wobei wahrscheinlich weniger sein Geschmack als die Chronologie seiner Entwendungen zu Rat gezogen war, kontrastierte seltsam genug mit einem Gesicht, worauf so viele wütende Affekte, gleich den verstümmelten Leichen auf einem Walplatz, verbreitet lagen. Der Torschreiber stutzte beim Anblick dieses seltsamen Wanderers. Er war am Schlagbaum grau geworden, und eine vierzigjährige Amtsführung hatte in ihm einen unfehlbaren Physiognomen aller Landstreicher erzogen. Der Falkenblick dieses Spürers verfehlte auch hier seinen Mann nicht. Er sperrte sogleich das Stadttor und forderte dem Reuter den Paß ab, indem er sich seines Zügels versicherte. Wolf war auf Fälle dieser Art vorbereitet und führte auch wirklich einen Paß bei sich, den er ohnlängst von einem geplünderten Kaufmann erbeutet hatte. Aber dieses einzelne Zeugnis war nicht genug, eine vierzigjährige Observanz umzustoßen und das Orakel am Schlagbaum zu einem Widerruf zu bewegen. Der Torschreiber glaubte seinen Augen mehr als diesem Papiere, und Wolf war genötigt, ihm nach dem Amtshaus zu folgen.

Der Oberamtmann des Orts untersuchte den Paß und erklärte ihn für richtig. Er war ein starker Anbeter der Neuigkeit und liebte besonders, bei seiner Bouteille über die Zeitung zu plaudern. Der Paß sagte ihm, daß der Besitzer geradeswegs aus den feindlichen Ländern käme, wo der Schauplatz des Krieges war. Er hoffte, Privatnachrichten aus dem Fremden herauszulocken und schickte einen Sekretär mit dem Paß zurück, ihn auf eine Flasche Wein einzuladen.

Unterdessen hält der Sonnenwirt vor dem Amtshaus; das lächerliche Schauspiel hat den Janhagel des Städtchens scharenweise um ihn her versammelt. Man murmelt sich in die Ohren, deutet wechselweise auf das Roß und den Reuter; der Mutwille des Pöbels steigt endlich bis zu einem lauten Tumult. Unglücklicherweise war das Pferd, worauf jetzt alles mit Fingern wies, ein geraubtes; er bildet sich ein, das Pferd sei in Steckbriefen beschrieben und erkannt. Die unerwartete Gastfreundlichkeit des Oberamtmanns vollendet seinen Verdacht. Jetzt hält ers für ausgemacht, daß die Betrügerei seines Passes verraten und diese Einladung nur die Schlinge sei, ihn lebendig und ohne Widersetzung zu fangen. Böses Gewissen macht ihn zum Dummkopf, er gibt seinem Pferde die Sporen und rennt davon, ohne Antwort zu geben.

Diese plötzliche Flucht ist die Losung zum Aufstand.

»Ein Spitzbube!« ruft alles, und alles stürzt hinter ihm her. Dem Reuter gilt es um Leben und Tod, er hat schon den Vorsprung, seine Verfolger keuchen atemlos nach, er ist seiner Rettung nahe – aber eine schwere Hand drückt unsichtbar gegen ihn, die Uhr seines Schicksals ist abgelaufen, die unerbittliche Nemesis hält ihren Schuldner an. Die Gasse, der er sich anvertraute, endigt in einem Sack, er muß rückwärts gegen seine Verfolger umwenden.

Der Lärm dieser Begebenheit hat unterdessen das ganze Städtchen in Aufruhr gebracht, Haufen sammeln sich zu Haufen, alle Gassen sind gesperrt, ein Heer von Feinden kommt im Anmarsch gegen ihn her. Er zeigt eine Pistole, das Volk weicht, er will sich mit Macht einen Weg durchs Gedränge bahnen. »Dieser Schuß«, ruft er, »soll dem Tollkühnen, der mich halten will« – Die Furcht gebietet eine allgemeine Pause – ein beherzter Schlossergeselle endlich fällt ihm von hinten her in den Arm und faßt den Finger, womit der Rasende eben losdrücken will, und drückt ihn aus dem Gelenke. Die Pistole fällt, der wehrlose Mann wird vom Pferde herabgerissen und im Triumphe nach dem Amthaus zurückgeschleppt.

»Wer seid Ihr?« frägt der Richter mit ziemlich brutalem Ton.

»Ein Mann, der entschlossen ist, auf keine Frage zu antworten, bis man sie höflicher einrichtet.«

»Wer sind Sie?«

»Für was ich mich ausgab. Ich habe ganz Deutschland durchreist und die Unverschämtheit nirgends als hier zu Hause gefunden.«

»Ihre schnelle Flucht macht Sie sehr verdächtig. Warum flohen Sie?«

»Weil ichs müde war, der Spott Ihres Pöbels zu sein.«

»Sie drohten, Feuer zu geben.«

»Meine Pistole war nicht geladen.« Man untersuchte das Gewehr, es war keine Kugel darin.

»Warum führen Sie heimliche Waffen bei sich?«

»Weil ich Sachen von Wert bei mir trage, und weil man mich vor einem gewissen Sonnenwirt gewarnt hat, der in diesen Gegenden streifen soll.«

»Ihre Antworten beweisen sehr viel für Ihre Dreistigkeit, aber nichts für Ihre gute Sache. Ich geben Ihnen Zeit bis morgen, ob Sie mir die Wahrheit entdecken wollen.«
»Ich werde bei meiner Aussage bleiben.«
»Man führe ihn nach dem Turm.«
»Nach dem Turm? – Herr Oberamtmann, ich hoffe, es gibt noch Gerechtigkeit in diesem Lande. Ich werde Genugtuung fordern.«
»Ich werde sie Ihnen geben, sobald Sie gerechtfertigt sind.«
Den Morgen darauf überlegte der Oberamtmann, der Fremde möchte doch wohl unschuldig sein, die befehlshaberische Sprache würde nichts über seinen Starrsinn vermögen, es wäre vielleicht besser getan, ihm mit Anstand und Mäßigung zu begegnen. Er versammelte die Geschwornen des Orts und ließ den Gefangenen vorführen.
»Verzeihen Sie es der ersten Aufwallung, mein Herr, wenn ich Sie gestern etwas hart anließ.«
»Sehr gern, wenn Sie mich so fassen.«
»Unsere Gesetze sind strenge, und Ihre Begebenheit machte Lärm. Ich kann Sie nicht freigeben, ohne meine Pflicht zu verletzen. Der Schein ist gegen Sie. Ich wünschte, Sie sagten mir etwas, wodurch er widerlegt werden könnte.«
»Wenn ich nun nichts wüßte?«
»So muß ich den Vorfall an die Regierung berichten, und Sie bleiben so lang in fester Verwahrung.«
»Und dann?«
»Dann laufen Sie Gefahr, als ein Landstreicher über die Grenze gepeitscht zu werden, oder, wenns gnädig geht, unter die Werber zu fallen.«
Er schwieg einige Minuten und schien einen heftigen Kampf zu kämpfen; dann drehte er sich rasch zu dem Richter.
»Kann ich auf eine Viertelstunde mit Ihnen allein sein?«
Die Geschwornen sahen sich zweideutig an, entfernten sich aber auf einen gebietenden Wink ihres Herrn.

»Nun, was verlangen Sie?«
»Ihr gestriges Betragen, Herr Oberamtmann, hätte mich nimmer mehr zu einem Geständnis gebracht, denn ich trotze der Gewalt. Die Bescheidenheit, womit Sie mich heute behandeln, hat mir Vertrauen und Achtung gegen Sie gegeben. Ich glaube, daß Sie ein edler Mann sind.«
»Was haben Sie mir zu sagen?«
»Ich sehe, daß Sie ein edler Mann sind. Ich habe mir längst einen Mann gewünscht wie Sie. Erlauben Sie mir Ihre rechte Hand.«
»Wo will das hinaus?«
»Dieser Kopf ist grau und ehrwürdig. Sie sind lang in der Welt gewesen – haben der Leiden wohl viele gehabt – nicht wahr? Und sind menschlicher worden?«
»Mein Herr – wozu soll das?«
»Sie stehen noch einen Schritt von der Ewigkeit, bald – bald brauchen Sie Barmherzigkeit bei Gott. Sie werden sie Menschen nicht versagen – – ahnden Sie nichts? Mit wem glauben Sie, daß Sie reden?«
»Was ist das? Sie erschrecken mich.«
»Ahnden Sie noch nicht – schreiben Sie es Ihrem Fürsten, wie Sie mich fanden und daß ich selbst aus freier Wahl mein Verräter war – daß ihm Gott einmal gnädig sein werde, wie er jetzt mir es sein wird – bitten Sie für mich, alter Mann, und lassen Sie dann auf Ihren Bericht eine Träne fallen: Ich bin der Sonnenwirt.«

LUDWIG TIECK

Der blonde Eckbert

In einer Gegend des Harzes wohnte ein Ritter, den man gewöhnlich nur den blonden Eckbert nannte. Er war ungefähr vierzig Jahre alt, kaum von mittlerer Größe, und kurze, hellblonde Haare lagen schlicht und dicht an seinem blassen, eingefallenen Gesichte. Er lebte sehr ruhig für sich und war niemals in den Fehden seiner Nachbarn verwickelt, auch sah man ihn nur selten außerhalb der Ringmauern seines kleinen Schlosses.

Sein Weib liebte die Einsamkeit ebensosehr, und beide schienen sich von Herzen zu lieben, nur klagten sie gewöhnlich darüber, daß der Himmel ihre Ehe mit keinen Kindern segnen wolle.

Nur selten wurde Eckbert von Gästen besucht, und wenn es auch geschah, so wurde ihretwegen fast nichts in dem gewöhnlichen Gange des Lebens geändert, die Mäßigkeit wohnte dort, und die Sparsamkeit selbst schien alles anzuordnen. Eckbert war alsdann heiter und aufgeräumt, nur wenn er allein war, bemerkte man an ihm eine gewisse Verschlossenheit, eine stille, zurückhaltende Melancholie.

Niemand kam so häufig auf die Burg als Philipp Walther, ein Mann, dem sich Eckbert angeschlossen hatte, weil er an diesem ungefähr dieselbe Art zu denken fand, der auch er am meisten zugetan war. Dieser wohnte eigentlich in Franken, hielt sich aber oft über ein halbes Jahr in der Nähe von Eckberts Burg auf, sammelte Kräuter und Steine und beschäftigte sich damit, sie in Ordnung zu bringen; er lebte von einem kleinen Vermögen und war von niemandem abhängig. Eckbert begleitete ihn oft auf seinen einsamen Spaziergängen, und mit jedem Jahre entspann sich zwischen ihnen eine innigere Freundschaft.

Es gibt Stunden, in denen es den Menschen ängstigt, wenn er vor

seinem Freunde ein Geheimnis haben soll, das er bis dahin oft mit vieler Sorgfalt verborgen hat; die Seele fühlt dann einen unwiderstehlichen Trieb, sich ganz mitzuteilen, dem Freunde auch das Innerste aufzuschließen, damit er um so mehr unser Freund werde. In diesen Augenblicken geben sich die zarten Seelen einander zu erkennen, und zuweilen geschieht es wohl auch, daß einer vor der Bekanntschaft des andern zurückschreckt.
Es war schon im Herbst, als Eckbert an einem nebligen Abend mit seinem Freunde und seinem Weibe Bertha um das Feuer eines Kamines saß. Die Flamme warf einen hellen Schein durch das Gemach und spielte oben an der Decke, die Nacht sah schwarz zu den Fenstern herein, und die Bäume draußen schüttelten sich vor nasser Kälte. Walther klagte über den weiten Rückweg, den er habe, und Eckbert schlug ihm vor, bei ihm zu bleiben, die halbe Nacht unter traulichen Gesprächen hinzubringen und dann noch in einem Gemache des Hauses bis am Morgen zu schlafen. Walther ging auf den Vorschlag ein, und nun ward Wein und die Abendmahlzeit hereingebracht, das Feuer durch Holz vermehrt und das Gespräch der Freunde heitrer und vertraulicher. Als das Abendessen abgetragen war und sich die Knechte wieder entfernt hatten, nahm Eckbert die Hand Walthers und sagte: »Freund, Ihr solltet Euch einmal von meiner Frau die Geschichte ihrer Jugend erzählen lassen, die seltsam genug ist.« – »Gern«, sagte Walther, und man setzte sich wieder um den Kamin.
Es war jetzt gerade Mitternacht, der Mond sah abwechselnd durch die vorüberflatternden Wolken. »Ihr müßt mich nicht für zudringlich halten«, fing Bertha an, »mein Mann sagt, daß Ihr so edel denkt, daß es unrecht sei, Euch etwas zu verhehlen. Nur haltet meine Erzählung für kein Märchen, so sonderbar sie auch klingen mag.
Ich bin in einem Dorfe geboren, mein Vater war ein armer Hirte. Die Haushaltung bei meinen Eltern war nicht zum besten bestellt, sie wußten sehr oft nicht, wo sie das Brot hernehmen

sollten. Was mich aber noch weit mehr jammerte, war, daß mein Vater und meine Mutter sich oft über ihre Armut entzweiten und einer dem andern dann bittere Vorwürfe machte. Sonst hört' ich beständig von mir, daß ich ein einfältiges, dummes Kind sei, das nicht das unbedeutendste Geschäft auszurichten wisse, und wirklich war ich äußerst ungeschickt und unbeholfen, ich ließ alles aus den Händen fallen, ich lernte weder nähen noch spinnen, ich konnte nichts in der Wirtschaft helfen, nur die Not meiner Eltern verstand ich sehr gut. Oft saß ich dann im Winkel und füllte meine Vorstellungen damit an, wie ich ihnen helfen wollte, wenn ich plötzlich reich würde, wie ich sie mit Gold und Silber überschütten und mich an ihrem Erstaunen laben möchte; dann sah ich Geister heraufschweben, die mir unterirdische Schätze entdeckten oder mir kleine Kiesel gaben, die sich in Edelsteine verwandelten, kurz, die wunderbarsten Phantasien beschäftigten mich, und wenn ich nun aufstehn mußte, um irgend etwas zu helfen oder zu tragen, so zeigte ich mich noch viel ungeschickter, weil mir der Kopf von allen den seltsamen Vorstellungen schwindelte.

Mein Vater war immer sehr ergrimmt auf mich, daß ich eine so ganz unnütze Last des Hauswesens sei; er behandelte mich daher oft ziemlich grausam, und es war selten, daß ich ein freundliches Wort von ihm vernahm. So war ich ungefähr acht Jahre alt geworden, und es wurden nun ernstliche Anstalten gemacht, daß ich etwas tun oder lernen sollte. Mein Vater glaubte, es wäre nur Eigensinn oder Trägheit von mir, um meine Tage in Müßiggang hinzubringen, genug, er setzte mir mit Drohungen unbeschreiblich zu; da diese aber doch nichts fruchteten, züchtigte er mich auf die grausamste Art, indem er sagte, daß diese Strafe mit jedem Tage wiederkehren sollte, weil ich doch nur ein unnützes Geschöpf sei.

Die ganze Nacht hindurch weint' ich herzlich, ich fühlte mich so außerordentlich verlassen, ich hatte ein solches Mitleid mit mir selber, daß ich zu sterben wünschte. Ich fürchtete den Anbruch des Tages, ich wußte durchaus nicht, was ich anfangen sollte, ich wünschte mir alle mögliche Geschicklichkeit und konnte gar nicht begreifen, warum ich einfältiger sei als die übrigen Kinder meiner Bekanntschaft. Ich war der Verzweiflung nahe.

Als der Tag graute, stand ich auf und öffnete, fast ohne daß ich es wußte, die Tür unserer kleinen Hütte. Ich stand auf dem freien Felde, bald darauf war ich in einem Walde, in den der Tag kaum noch hineinblickte. Ich lief immerfort, ohne mich umzusehen, ich fühlte keine Müdigkeit, denn ich glaubte immer, mein Vater würde mich wieder einholen und, durch meine Flucht gereizt, mich noch grausamer behandeln.

Als ich aus dem Walde heraustrat, stand die Sonne schon ziemlich hoch; ich sah jetzt etwas Dunkles vor mir liegen, welches ein dichter Nebel bedeckte. Bald mußte ich über Hügel klettern, bald durch einen zwischen Felsen gewundenen Weg gehn, und ich erriet nun, daß ich mich wohl in dem benachbarten Gebirge befinden müsse, worüber ich anfing, mich in der Einsamkeit zu fürchten. Denn ich hatte in der Ebene noch keine Berge gesehen, und das bloße Wort Gebirge, wenn ich davon hatte reden hören, war meinem kindlichen Ohr ein fürchterlicher Ton gewesen. Ich hatte nicht das Herz, zurückzugehen, meine Angst trieb mich vorwärts; oft sah ich mich erschrocken um, wenn der Wind über mich weg durch die Bäume fuhr oder ein ferner Holzschlag weit durch den stillen Morgen hintönte. Als mir Köhler und Bergleute endlich begegneten und ich eine fremde Aussprache hörte, wäre ich vor Entsetzen fast in Ohnmacht gesunken.

Ich kam durch mehrere Dörfer und bettelte, weil ich jetzt Hunger und Durst empfand; ich half mir so ziemlich mit meinen Antworten durch, wenn ich gefragt wurde. So war ich ungefähr vier Tage fortgewandert, als ich auf einen kleinen Fußsteig geriet, der mich von der großen Straße immer mehr entfernte. Die

Felsen um mich her gewannen jetzt eine andere, weit seltsamere Gestalt. Es waren Klippen, so aufeinander gepackt, daß es das Aussehen hatte, als wenn sie der erste Windstoß durcheinanderwerfen würde. Ich wußte nicht, ob ich weitergehen sollte. Ich hatte des Nachts immer im Walde geschlafen, denn es war gerade zur schönsten Jahreszeit, oder in abgelegenen Schäferhütten; hier traf ich aber keine menschliche Wohnung und konnte auch nicht vermuten, in dieser Wildnis auf eine zu stoßen; die Felsen wurden furchtbarer, ich mußte oft dicht an schwindelnden Abgründen vorbeigehen, und endlich hörte sogar der Weg unter meinen Füßen auf. Ich war ganz trostlos, ich weinte und schrie, und in den Felsentälern hallte meine Stimme auf eine schreckliche Art zurück. Nun brach die Nacht herein, und ich suchte mir eine Moosstelle aus, um dort zu ruhen. Ich konnte nicht schlafen; in der Nacht hörte ich die seltsamsten Töne, bald hielt ich es für wilde Tiere, bald für den Wind, der durch die Felsen klage, bald für fremde Vögel. Ich betete, und ich schlief erst spät gegen Morgen ein.

Ich erwachte, als mir der Tag ins Gesicht schien. Vor mir war ein steiler Felsen; ich kletterte in der Hoffnung hinauf, von dort den Ausgang aus der Wildnis zu entdecken und vielleicht Wohnungen oder Menschen gewahr zu werden. Als ich aber oben stand, war alles, soweit mein Auge reichte, ebenso wie um mich her, alles war mit einem neblichten Dufte überzogen, der Tag war grau und trübe, und keinen Baum, keine Wiese, selbst kein Gebüsch konnte mein Auge erspähn, einzelne Sträucher ausgenommen, die einsam und betrübt in engen Felsenritzen emporgeschossen waren. Es ist unbeschreiblich, welche Sehnsucht ich empfand, nur eines Menschen ansichtig zu werden, wäre es auch, daß ich mich vor ihm hätte fürchten müssen. Zugleich fühlte ich einen peinigenden Hunger, ich setzte mich nieder und beschloß zu sterben. Aber nach einiger Zeit trug die Lust zu leben dennoch den Sieg davon, ich raffte mich auf und ging unter Tränen, unter abgebrochenen Seufzern den ganzen Tag hindurch; am Ende war ich meiner kaum noch bewußt, ich war müde und erschöpft, ich wünschte kaum noch zu leben und fürchtete doch den Tod. Gegen Abend schien die Gegend umher etwas freundlicher zu werden, meine Gedanken, meine Wünsche lebten wieder auf, die Lust zum Leben erwachte in allen meinen Adern. Ich glaubte jetzt das Gesause einer Mühle aus der Ferne zu hören, ich verdoppelte meine Schritte, und wie wohl, wie leicht ward mir, als ich endlich wirklich die Grenzen der öden Felsen erreichte; ich sah Wälder und Wiesen mit fernen, angenehmen Bergen wieder vor mir liegen. Mir war, als wenn ich aus der Hölle in ein Paradies getreten wäre, die Einsamkeit und meine Hilflosigkeit schienen mir nun gar nicht fürchterlich.

Statt der gehofften Mühle stieß ich auf einen Wasserfall, der meine Freude freilich um vieles minderte; ich schöpfte mit der Hand einen Trunk aus dem Bache, als mir plötzlich war, als höre ich in einiger Entfernung ein leises Husten. Nie bin ich so angenehm überrascht worden als in diesem Augenblick, ich ging näher und ward an der Ecke des Waldes eine alte Frau gewahr, die auszuruhen schien. Sie war fast ganz schwarz gekleidet, und eine schwarze Kappe bedeckte ihren Kopf und einen großen Teil des Gesichtes, in der Hand hielt sie einen Krückenstock. Ich näherte mich ihr und bat um ihre Hilfe, sie ließ mich neben sich niedersitzen und gab mir Brot und etwas Wein. Indem ich aß, sang sie mit kreischendem Ton ein geistliches Lied. Als sie geendet hatte, sagte sie mir, ich möchte ihr folgen.

Ich war über diesen Antrag sehr erfreut, so wunderlich mir auch die Stimme und das Wesen der Alten vorkam. Mit ihrem Krükkenstocke ging sie ziemlich behende, und bei jedem Schritte verzog sie ihr Gesiebt so, daß ich im Anfange darüber lachen mußte. Die wilden Felsen traten immer weiter hinter uns zurück, wir gingen über eine angenehme Wiese und dann durch einen ziemlich langen Wald. Als wir heraustraten, ging die Sonne gerade unter, und ich werde den Anblick und die Empfindung dieses Abends nie vergessen, in das sanfteste Rot und Gold war alles verschmolzen, die Bäume standen mit ihren Wipfeln in der Abendröte, und über den Feldern lag der entzückende Schein, die Wälder und die Blätter der Bäume standen still, der reine Himmel sah aus wie ein aufgeschlossenes Paradies, und das Rieseln der Quellen und von Zeit zu Zeit das Flüstern der Bäume tönte durch die heitre Stille wie in wehmütiger Freude. Meine junge Seele bekam jetzt zuerst eine Ahnung von der Welt und ihren Begebenheiten. Ich vergaß mich und meine Führerin, mein Geist und meine Augen schwärmten nur zwischen den goldenen Wolken.

Wir stiegen nun einen Hügel hinan, der mit Birken bepflanzt war, von oben sah man in ein grünes Tal voller Birken hinein, und unten mitten in den Bäumen lag eine kleine Hütte. Ein munteres Bellen kam uns entgegen, und bald sprang ein kleiner behender Hund die Alte an und wedelte; dann kam er zu mir, besah mich von allen Seiten und kehrte mit freundlichen Gebärden zur Alten zurück.

Als wir vom Hügel hinuntergingen, hörte ich einen wunderbaren Gesang, der aus der Hütte zu kommen schien, wie von einem Vogel; es sang also:

›Waldeinsamkeit,
Die mich erfreut,
So morgen wie heut'
In ew'ger Zeit,
O wie mich freut
Waldeinsamkeit.‹

Diese wenigen Worte wurden beständig wiederholt; wenn ich es beschreiben soll, so war es fast, als wenn Waldhorn und Schalmeie ganz in der Ferne durcheinander spielen.

Meine Neugier war außerordentlich gespannt; ohne daß ich auf den Befehl der Alten wartete, trat ich in die Hütte. Die Dämmerung war schon eingebrochen, alles war ordentlich aufgeräumt, einige Becher standen auf einem Wandschranke, fremdartige Gefäße auf einem Tische, in einem glänzenden Käfig hing ein Vogel am Fenster, und er war es wirklich, der die Worte sang. Die Alte keuchte und hustete, sie schien sich gar nicht wieder erholen zu können, bald streichelte sie den kleinen Hund, bald sprach sie mit dem Vogel, der ihr nur mit seinem gewöhnlichen Liede Antwort gab; übrigens tat sie gar nicht, als wenn ich zugegen wäre. Indem ich sie so betrachtete, überlief mich mancher Schauer, denn ihr Gesicht war in einer ewigen Bewegung, indem sie dazu wie vor Alter mit dem Kopfe schüttelte, so daß ich durchaus nicht wissen konnte, wie ihr eigentliches Aussehen beschaffen war.

Als sie sich erholt hatte, zündete sie Licht an, deckte einen ganz kleinen Tisch und trug das Abendessen auf. Jetzt sah sie sich nach mir um und hieß mir einen von den geflochtenen Rohrstühlen nehmen. So saß ich ihr nun dicht gegenüber, und das Licht stand zwischen uns. Sie faltete ihre knöchernen Hände und betete laut, indem sie ihre Gesichtsverzerrungen machte, so daß es mich beinahe wieder zum Lachen gebracht hätte; aber ich nahm mich sehr in acht, um sie nicht zu erbosen. Nach dem Abendessen betete sie wieder, und dann wies sie mir in einer niedrigen und engen Kammer ein Bett an; sie schlief in der Stube. Ich blieb nicht lange munter, ich war halb betäubt, aber in der Nacht wachte ich einigemal auf, und dann hörte ich die Alte husten und mit dem Hunde sprechen, und den Vogel dazwischen, der im Traum zu sein schien und immer nur einzelne Worte von seinem Liede sang. Das machte mit den Birken, die vor dem Fenster rauschten, und mit dem Gesang einer entfernten Nachtigall ein so wunderbares Gemisch, daß es mir immer noch nicht war, als sei ich erwacht, sondern als fiele ich nur in einen andern, noch seltsameren Traum.

Am Morgen weckte mich die Alte und wies mich bald nachher

zur Arbeit an. Ich mußte spinnen, und ich begriff es nun auch bald, dabei hatte ich noch für den Hund und für den Vogel zu sorgen. Ich lernte mich schnell in die Wirtschaft finden, und alle Gegenstände umher wurden mir bekannt; nun war mir, als müßte alles so sein, ich dachte gar nicht mehr daran, daß die Alte etwas Seltsames an sich habe, daß die Wohnung abenteuerlich und von allen Menschen entfernt liege und daß an dem Vogel etwas Außerordentliches sei. Seine Schönheit fiel mir zwar immer auf, denn seine Federn glänzten mit allen möglichen Farben, das schönste Hellblau und das brennendste Rot wechselten an seinem Halse und Leibe, und wenn er sang, blähte er sich stolz auf, so daß sich seine Federn noch prächtiger zeigten.

Oft ging die Alte aus und kam erst am Abend zurück, ich ging ihr dann mit dem Hunde entgegen, und sie nannte mich Kind und Tochter. Ich ward ihr endlich von Herzen gut, wie sich unser Sinn denn an alles, besonders in der Kindheit, gewöhnt. In den Abendstunden lehrte sie mich lesen, ich fand mich leicht in die Kunst, und es ward nachher in meiner Einsamkeit eine Quelle von unendlichem Vergnügen, denn sie hatte einige alte geschriebene Bücher, die wunderbare Geschichten enthielten.

Die Erinnerung an meine damalige Lebensart ist mir noch bis jetzt immer seltsam: von keinem menschlichen Geschöpfe besucht, nur in einem so kleinen Familienzirkel einheimisch, denn der Hund und der Vogel machten denselben Eindruck auf mich, den sonst nur längst gekannte Freunde hervorbringen. Ich habe mich noch nicht wieder auf den seltsamen Namen des Hundes besinnen können, sooft ich ihn auch damals nannte.

Vier Jahre hatte ich so mit der Alten gelebt, und ich mochte ungefähr zwölf Jahre alt sein, als sie mir endlich mehr vertraute und mir ein Geheimnis entdeckte. Der Vogel legte nämlich an jedem Tage ein Ei, in dem sich eine Perl' oder ein Edelstein befand. Ich hatte schon immer bemerkt, daß sie heimlich in dem Käfige wirtschaftete, mich aber nie genauer darum bekümmert. Sie trug mir jetzt das Geschäft auf, in ihrer Abwesenheit diese Eier zu nehmen und in den fremdartigen Gefäßen wohl zu verwahren. Sie ließ mir meine Nahrung zurück und blieb nun länger aus, Wochen, Monate; mein Rädchen schnurrte, der Hund bellte, der wunderbare Vogel sang, und dabei war alles so still in der Gegend umher, daß ich mich in der ganzen Zeit keines Sturmwindes, keines Gewitters erinnere. Kein Mensch verirrte sich dorthin, kein Wild kam unserer Behausung nahe, ich war zufrieden und arbeitete mich von einem Tage zum andern hinüber. – Der Mensch wäre vielleicht recht glücklich, wenn er so ungestört sein Leben bis ans Ende fortführen könnte.

Aus dem wenigen, was ich las, bildete ich mir ganz wunderliche Vorstellungen von der Welt und den Menschen, alles war von mir und meiner Gesellschaft hergenommen: wenn von lustigen Leuten die Rede war, konnte ich sie mir nicht anders vorstellen wie den kleinen Spitz, prächtige Damen sahen immer wie der Vogel aus, alle alte Frauen wie meine wunderliche Alte. Ich hatte auch von Liebe etwas gelesen und spielte nun in meiner Phantasie seltsame Geschichten mit mir selber. Ich dachte mir den schönsten Ritter von der Welt, ich schmückte ihn mit allen Vortrefflichkeiten aus, ohne eigentlich zu wissen, wie er nun nach allen meinen Bemühungen aussah: aber ich konnte ein rechtes Mitleid mit mir selber haben, wenn er mich nicht wiederliebte; dann sagte ich lange, rührende Reden in Gedanken her, zuweilen auch wohl laut, um ihn nur zu gewinnen. – Ihr lächelt! Wir sind jetzt freilich alle über diese Zeit der Jugend hinüber.

Es war mir jetzt lieber, wenn ich allein war, denn alsdann war ich selbst die Gebieterin im Hause. Der Hund liebte mich sehr und tat alles, was ich wollte; der Vogel antwortete mir mit seinem Liede auf alle meine Fragen, mein Rädchen drehte sich immer munter, und so fühlte ich im Grunde nie einen Wunsch nach Veränderung. Wenn die Alte von ihren langen Wanderungen zurückkam, lobte sie meine Aufmerksamkeit, sie sagte, daß ihre

Haushaltung, seit ich dazu gehöre, weit ordentlicher geführt werde, sie freute sich über mein Wachstum und gesundes Aussehen, kurz, sie ging ganz mit mir wie mit einer Tochter um. ›Du bist brav, mein Kind!‹ sagte sie einst zu mir mit einem schnarrenden Tone; ›wenn du so fortfährst, wird es dir auch immer gut gehen: aber nie gedeiht es, wenn man von der rechten Bahn abweicht, die Strafe folgt nach, wenn auch noch so spät.‹ – Indem sie das sagte, achtete ich eben nicht sehr darauf, denn ich war in allen meinen Bewegungen und meinem ganzen Wesen sehr lebhaft; aber in der Nacht fiel es mir wieder ein, und ich konnte nicht begreifen, was sie damit hatte sagen wollen. Ich überlegte alle Worte genau, ich hatte wohl von Reichtümern gelesen, und am Ende fiel mir ein, daß ihre Perlen und Edelsteine wohl etwas Kostbares sein könnten. Dieser Gedanke wurde mir bald noch deutlicher. Aber was konnte sie mit der rechten Bahn meinen? Ganz konnte ich den Sinn ihrer Worte noch immer nicht fassen.

Ich war jetzt vierzehn Jahre alt, und es ist ein Unglück für den Menschen, daß er seinen Verstand nur darum bekommt, um die Unschuld seiner Seele zu verlieren. Ich begriff nämlich wohl, daß es nur auf mich ankomme, in der Abwesenheit der Alten den Vogel und die Kleinodien zu nehmen und damit die Welt, von der ich gelesen hatte, aufzusuchen. Zugleich war es nur dann vielleicht möglich, den überaus schönen Ritter anzutreffen, der mir immer noch im Gedächtnisse lag. Im Anfange war dieser Gedanke nichts weiter als jeder andre Gedanke, aber wenn ich so an meinem Rade saß, so kam er mir immer wider Willen zurück, und ich verlor mich so in ihm, daß ich mich schon herrlich geschmückt sah und Ritter und Prinzen um mich her. Wenn ich mich so vergessen hatte, konnte ich ordentlich betrübt werden, wenn ich wieder aufschaute und mich in der kleinen Wohnung antraf. Übrigens, wenn ich meine Geschäfte tat, bekümmerte sich die Alte nicht weiter um mein Wesen.

An einem Tage ging meine Wirtin wieder fort und sagte mir,

daß sie diesmal länger als gewöhnlich ausbleiben werde, ich solle ja auf alles ordentlich achtgeben und mir die Zeit nicht lang werden lassen. Ich nahm mit einer gewissen Bangigkeit von ihr Abschied, denn es war mir, als würde ich sie nicht wiedersehen. Ich sah ihr lange nach und wußte selbst nicht, warum ich so beängstigt war; es war fast, als wenn mein Vorhaben schon vor mir stände, ohne mich dessen deutlich bewußt zu sein.

Nie hab' ich des Hundes und des Vogels mit einer solchen Emsigkeit gepflegt; sie lagen mir näher am Herzen als sonst. Die Alte war schon einige Tage abwesend, als ich mit dem festen Vorsatze aufstand, mit dem Vogel die Hütte zu verlassen und die sogenannte Welt aufzusuchen. Es war mir enge und bedrängt zu Sinne, ich wünschte wieder da zu bleiben, und doch war mir der Gedanke widerwärtig, es war ein seltsamer Kampf in meiner Seele, wie ein Streiten von zwei widerspenstigen Geistern in mir. In einem Augenblicke kam mir die ruhige Einsamkeit so schön vor, dann entzückte mich wieder die Vorstellung einer neuen Welt mit allen ihren wunderbaren Mannigfaltigkeiten.

Ich wußte nicht, was ich aus mir selber machen sollte, der Hund sprang mich unaufhörlich freundlich an, der Sonnenschein breitete sich munter über die Felder aus, die grünen Birken funkelten: ich hatte die Empfindung, als wenn ich etwas sehr Eiliges zu tun hätte, ich griff also den kleinen Hund, band ihn in der Stube fest und nahm dann den Käfig mit dem Vogel unter den Arm. Der Hund krümmte sich und winselte über diese ungewohnte Behandlung, er sah mich mit bittenden Augen an, aber ich fürchtete mich, ihn mit mir zu nehmen. Noch nahm ich eins von den Gefäßen, das mit Edelsteinen angefüllt war, und steckte es zu mir, die übrigen ließ ich stehn. Der Vogel drehte den Kopf auf eine wunderliche Weise, als ich mit ihm zur Tür hinaustrat; der Hund strengte sich sehr an, mir nachzukommen, aber er mußte zurückbleiben.

Ich vermied den Weg nach den wilden Felsen und ging nach der entgegengesetzten Seite. Der Hund bellte und winselte immerfort, und es rührte mich recht inniglich; der Vogel wollte einigemal zu singen anfangen, aber da er getragen ward, mußte es ihm wohl unbequem fallen. Sowie ich weiter ging, hörte ich das Bellen immer schwächer, und endlich hörte es ganz auf. Ich weinte und wäre beinahe wieder umgekehrt, aber die Sucht, etwas Neues zu sehen, trieb mich vorwärts.

Schon war ich über die Berge und durch einige Wälder gekommen, als es Abend ward und ich in einem Dorfe einkehren mußte. Ich war sehr blöde, als ich in die Schenke trat, man wies mir eine Stube und ein Bett an, ich schlief ziemlich ruhig, nur daß ich von der Alten träumte, die mir drohte.

Meine Reise war ziemlich einförmig, aber je weiter ich ging, je mehr ängstigte mich die Vorstellung von der Alten und dem kleinen Hunde; ich dachte daran, daß er wahrscheinlich ohne meine Hilfe verhungern müsse; im Walde glaubt' ich oft, die Alte würde mir plötzlich entgegentreten. So legte ich unter Tränen und Seufzern den Weg zurück; sooft ich ruhte und den Käfig auf den Boden stellte, sang der Vogel sein wunderliches Lied, und ich erinnerte mich dabei recht lebhaft des schönen verlassenen Aufenthalts. Wie die menschliche Natur vergeßlich ist, so glaubt' ich jetzt, meine vormalige Reise in der Kindheit sei nicht so trübselig gewesen als meine jetzige; ich wünschte wieder in derselben Lage zu sein.

Ich hatte einige Edelsteine verkauft und kam nun nach einer Wanderschaft von vielen Tagen in einem Dorfe an. Schon beim Eintritt ward mir wundersam zumute, ich erschrak und wußte nicht worüber; aber bald erkannt' ich mich, denn es war dasselbe Dorf, in welchem ich geboren war. Wie war ich überrascht! Wie liefen mir vor Freuden, wegen tausend seltsamer Erinnerungen, die Tränen von den Wangen! Vieles war verändert, es waren neue Häuser entstanden, andre, die man damals erst errichtet hatte, waren jetzt verfallen, ich traf auch Brandstellen; al-

les war weit kleiner, gedrängter, als ich erwartet hatte. Unendlich freute ich mich darauf, meine Eltern nun nach so manchen Jahren wiederzusehn; ich fand das kleine Haus, die wohlbekannte Schwelle, der Griff der Tür war noch ganz so wie damals, es war mir, als hätte ich sie erst gestern angelehnt; mein Herz klopfte ungestüm, ich öffnete sie hastig – aber ganz fremde Gesichter saßen in der Stube umher und stierten mich an. Ich fragte nach dem Schäfer Martin, und man sagte mir, er sei schon seit drei Jahren mit seiner Frau gestorben. – Ich trat schnell zurück und ging laut weinend aus dem Dorfe hinaus.
Ich hatte es mir so schön gedacht, sie mit meinem Reichtume zu überraschen; durch den seltsamsten Zufall war es nun wirklich geworden, was ich in der Kindheit immer nur träumte – und jetzt war alles umsonst, sie konnten sich nicht mit mir freuen, und das, worauf ich am meisten immer im Leben gehofft hatte, war für mich auf ewig verloren.
In einer angenehmen Stadt mietete ich mir ein kleines Haus mit einem Garten und nahm eine Aufwärterin zu mir. So wunderbar, als ich es vermutet hatte, kam mir die Welt nicht vor, aber ich vergaß die Alte und meinen ehemaligen Aufenthalt etwas mehr, und so lebt' ich im ganzen recht zufrieden.
Der Vogel hatte schon seit langem nicht mehr gesungen; ich erschrak daher nicht wenig, als er in einer Nacht plötzlich wieder anfing, und zwar mit einem veränderten Liede. Er sang:

›Waldeinsamkeit,
Wie liegst du weit!
O, dich gereut
Einst mit der Zeit. –
Ach, einz'ge Freud',
Waldeinsamkeit.‹

Ich konnte die Nacht hindurch nicht schlafen, alles fiel mir von neuem in die Gedanken, und mehr als jemals fühlt' ich, daß ich

Unrecht getan hatte. Als ich aufstand, war mir der Anblick des Vogels sehr zuwider, er sah immer nach mir hin, und seine Gegenwart ängstigte mich. Er hörte nun mit seinem Liede gar nicht wieder auf, und er sang es lauter und schallender, als er es sonst gewohnt gewesen war. Je mehr ich ihn betrachtete, je bänger machte er mich; ich öffnete endlich den Käfig, steckte die Hand hinein und faßte seinen Hals, herzhaft drückte ich die Finger zusammen, er sah mich bittend an, ich ließ los, aber er war schon gestorben. – Ich begrub ihn im Garten.

Jetzt wandelte mich oft eine Furcht vor meiner Aufwärterin an, ich dachte an mich selbst zurück und glaubte, daß sie mich auch einst berauben oder wohl gar ermorden könne. – Schon lange kannt' ich einen jungen Ritter, der mir überaus gefiel, ich gab ihm meine Hand – und hiermit, Herr Walther, ist meine Geschichte geendigt.«

»Ihr hättet sie damals sehn sollen«, fiel Eckbert hastig ein – »ihre Jugend, ihre Schönheit, und welch einen unbegreiflichen Reiz ihr ihre einsame Erziehung gegeben hatte. Sie kam mir vor wie ein Wunder, und ich liebte sie ganz über alles Maß. Ich hatte kein Vermögen, aber durch ihre Liebe kam ich in diesen Wohlstand; wir zogen hierher, und unsre Verbindung hat uns bis jetzt noch keinen Augenblick gereut.«

»Aber über unser Schwatzen«, fing Bertha wieder an, »ist es schon tief in die Nacht geworden – wir wollen uns schlafen legen.«

Sie stand auf und ging nach ihrer Kammer. Walther wünschte ihr mit einem Handkusse eine gute Nacht und sagte: »Edle Frau, ich danke Euch, ich kann mir Euch recht vorstellen, mit dem seltsamen Vogel, und wie Ihr den kleinen *Strohmian* füttert.«

Auch Walther legte sich schlafen, nur Eckbert ging noch unruhig im Saale auf und ab. – »Ist der Mensch nicht ein Tor?« fing er endlich an; »ich bin erst die Veranlassung, daß meine Frau ihre Geschichte erzählt, und jetzt gereut mich diese Vertraulichkeit! – Wird er sie nicht mißbrauchen? Wird er sie nicht andern

mitteilen? Wird er nicht vielleicht, denn das ist die Natur des Menschen, eine unselige Habsucht nach unsern Edelgesteinen empfinden und deswegen Pläne anlegen und sich verstellen?«
Es fiel ihm ein, daß Walther nicht so herzlich von ihm Abschied genommen hatte, als es nach einer solchen Vertraulichkeit wohl natürlich gewesen wäre. Wenn die Seele erst einmal zum Argwohn gespannt ist, so trifft sie auch in allen Kleinigkeiten Bestätigungen an. Dann warf sich Eckbert wieder sein unedles Mißtrauen gegen seinen wackern Freund vor und konnte doch nicht davon zurückkehren. Er schlug sich die ganze Nacht mit diesen Vorstellungen herum und schlief nur wenig.

Bertha war krank und konnte nicht zum Frühstück erscheinen; Walther schien sich nicht viel darum zu kümmern und verließ auch den Ritter ziemlich gleichgültig. Eckbert konnte sein Betragen nicht begreifen; er besuchte seine Gattin, sie lag in einer Fieberhitze und sagte, die Erzählung in der Nacht müsse sie auf diese Art gespannt haben. Seit diesem Abend besuchte Walther nur selten die Burg seines Freundes, und wenn er auch kam, ging er nach einigen unbedeutenden Worten wieder weg. Eckbert ward durch dieses Betragen im äußersten Grade gepeinigt; er ließ sich zwar gegen Bertha und Walther nichts davon merken, aber jeder mußte doch seine innerliche Unruhe an ihm gewahr werden.

Mit Berthas Krankheit ward es immer bedenklicher; der Arzt ward ängstlich, die Röte von ihren Wangen war verschwunden, und ihre Augen wurden immer glühender. – An einem Morgen ließ sie ihren Mann an ihr Bette rufen, die Mägde mußten sich entfernen.

»Lieber Mann«, fing sie an, »ich muß dir etwas entdecken, das mich fast um meinen Verstand gebracht hat, das meine Gesundheit zerrüttet, so eine unbedeutende Kleinigkeit es auch an sich scheinen möchte. – Du weißt, daß ich mich immer nicht, sooft ich von meiner Kindheit sprach, trotz aller angewandten Mühe auf den Namen des kleinen Hundes besinnen konnte, mit welchem ich so lange umging; an jenem Abend sagte Walther beim Abschiede plötzlich zu mir: ›Ich kann mir Euch recht vorstellen, wie Ihr den kleinen *Strohmian* füttert.‹ Ist das Zufall? Hat er den Namen erraten, weiß er ihn, und hat er ihn mit Vorsatz genannt? Und wie hängt dieser Mensch dann mit meinem Schicksale zusammen? Zuweilen kämpfe ich mit mir, als ob ich mir diese Seltsamkeit nur einbilde, aber es ist gewiß, nur zu gewiß. Ein gewaltiges Entsetzen befiel mich, als mir ein fremder Mensch so zu meinen Erinnerungen half. Was sagst du, Eckbert?«

Eckbert sah seine leidende Gattin mit einem tiefen Gefühle an; er schwieg und dachte bei sich nach, dann sagte er ihr einige tröstende Worte und verließ sie. In einem abgelegenen Gemache ging er in unbeschreiblicher Unruhe auf und ab. Walther war seit vielen Jahren sein einziger Umgang gewesen, und doch war dieser Mensch jetzt der einzige in der Welt, dessen Dasein ihn drückte und peinigte. Es schien ihm, als würde ihm froh und leicht sein, wenn nur dieses einzige Wesen aus seinem Wege gerückt werden könnte. Er nahm seine Armbrust, um sich zu zerstreuen und auf die Jagd zu gehn.

Es war ein rauher stürmischer Wintertag, tiefer Schnee lag auf den Bergen und bog die Zweige der Bäume nieder. Er streifte umher, der Schweiß stand ihm auf der Stirne, er traf auf kein Wild, und das vermehrte seinen Unmut. Plötzlich sah er sich etwas in der Ferne bewegen, es war Walther, der Moos von den Bäumen sammelte; ohne zu wissen, was er tat, legte er an, Walther sah sich um, drohte mit einer stummen Gebärde, aber indem flog der Bolzen ab, und Walther stürzte nieder.

Eckbert fühlte sich leicht und beruhigt, und doch trieb ihn ein Schauder nach seiner Burg zurück; er hatte einen großen Weg zu machen, denn er war weit hinein in die Wälder verirrt. – Als er ankam, war Bertha schon gestorben; sie hatte vor ihrem Tode noch viel von Walther und der Alten gesprochen.

Eckbert lebte nun eine lange Zeit in der größten Einsamkeit; er war schon sonst immer schwermütig gewesen, weil ihn die seltsame Geschichte seiner Gattin beunruhigte und er irgendeinen unglücklichen Vorfall, der sich ereignen könnte, befürchtete; aber jetzt war er ganz mit sich zerfallen. Die Ermordung seines Freundes stand ihm unaufhörlich vor Augen, er lebte unter ewigen inneren Vorwürfen.
Um sich zu zerstreuen, begab er sich zuweilen nach der nächsten großen Stadt, wo er Gesellschaften und Feste besuchte. Er wünschte durch irgendeinen Freund die Leere in seiner Seele auszufüllen, und wenn er dann wieder an Walther zurückdachte, so erschrak er vor dem Gedanken, einen Freund zu finden; denn er war überzeugt, daß er nur unglücklich mit jedwedem Freunde sein könne. Er hatte so lange mit Bertha in einer schönen Ruhe gelebt, die Freundschaft Walthers hatte ihn so manches Jahr hindurch beglückt, und jetzt waren beide so plötzlich dahingerafft, daß ihm sein Leben in manchen Augenblicken mehr wie ein seltsames Märchen als wie ein wirklicher Lebenslauf erschien.
Ein junger Ritter, Hugo, schloß sich an den stillen, betrübten Eckbert und schien eine wahrhafte Zuneigung gegen ihn zu empfinden. Eckbert fand sich auf eine wunderbare Art überrascht, er kam der Freundschaft des Ritters um so schneller entgegen, je weniger er sie vermutet hatte. Beide waren nun häufig beisammen, der Fremde erzeigte Eckbert alle möglichen Gefälligkeiten, einer ritt fast nicht mehr ohne den andern ans, in allen Gesellschaften trafen sie sich, kurz, sie schienen unzertrennlich.
Eckbert war immer nur auf kurze Augenblicke froh, denn er fühlte es deutlich, daß ihn Hugo nur aus einem Irrtum liebe; jener kannte ihn nicht, wußte seine Geschichte nicht, und er fühlte wieder denselben Drang, sich ihm ganz mitzuteilen, damit er versichert sein könne, ob jener auch wahrhaft sein Freund sei.

Dann hielten ihn wieder Bedenklichkeiten und die Furcht, verabscheut zu werden, zurück. In manchen Stunden war er so sehr von seiner Nichtswürdigkeit überzeugt, daß er glaubte, kein Mensch, für den er nicht ein völliger Fremdling sei, könne ihn seiner Achtung würdigen. Aber dennoch konnte er sich nicht widerstehn; auf einem einsamen Spazierritte entdeckte er seinem Freunde seine ganze Geschichte und fragte ihn dann, ob er wohl einen Mörder lieben könne. Hugo war gerührt und suchte ihn zu trösten; Eckbert folgte ihm mit leichterm Herzen zur Stadt.

Es schien aber seine Verdammnis zu sein, gerade in der Stunde des Vertrauens Argwohn zu schöpfen, denn kaum waren sie in den Saal getreten, als ihm beim Schein der vielen Lichter die Mienen seines Freundes nicht gefielen. Er glaubte ein hämisches Lächeln zu bemerken, es fiel ihm auf, daß er nur wenig mit ihm spreche, daß er mit den Anwesenden viel rede und seiner gar nicht zu achten scheine. Ein alter Ritter war in der Gesellschaft, der sich immer als der Gegner Eckberts gezeigt und sich oft nach seinem Reichtum und seiner Frau auf eine eigne Weise erkundigt hatte; zu diesem gesellte sich Hugo, und beide sprachen eine Zeitlang heimlich, indem sie nach Eckbert hindeuteten. Dieser sah jetzt seinen Argwohn bestätigt, er glaubte sich verraten, und eine schreckliche Wut bemeisterte sich seiner. Indem er noch immer hinstarrte, sah er plötzlich Walthers Gesicht, alle seine Mienen, die ganze, ihm so wohlbekannte Gestalt, er sah noch immer hin und ward überzeugt, daß niemand als *Walther* mit dem Alten spreche. – Sein Entsetzen war unbeschreiblich; außer sich stürzte er hinaus, verließ noch in dieser Nacht die Stadt und kehrte nach vielen Irrwegen auf seine Burg zurück.

Wie ein unruhiger Geist eilte er jetzt von Gemach zu Gemach, kein Gedanke hielt ihm stand, er verfiel von entsetzlichen Vorstellungen auf noch entsetzlichere, und kein Schlaf kam in seine Augen. Oft dachte er, daß er wahnsinnig sei und sich nur selber durch seine Einbildung alles erschaffe; dann erinnerte er sich wieder der Züge Walthers, und alles ward ihm immer mehr ein Rätsel. Er beschloß, eine Reise zu machen, um seine Vorstellungen wieder zu ordnen; den Gedanken an Freundschaft, den Wunsch nach Umgang hatte er nun auf ewig aufgegeben.

Er zog fort, ohne sich einen bestimmten Weg vorzusetzen, ja er betrachtete die Gegenden nur wenig, die vor ihm lagen. Als er im stärksten Trabe seines Pferdes einige Tage so fortgeeilt war, sah er sich plötzlich in einem Gewinde von Felsen verirrt, in denen sich nirgend ein Ausweg entdecken ließ. Endlich traf er auf einen Bauer, der ihm einen Pfad, an einem Wasserfall vorüber, zeigte; er wollte ihm zur Danksagung einige Münzen geben, der Bauer aber schlug sie aus. – »Was gilt's«, sagte Eckbert zu sich selber, »ich könnte mir wieder einbilden, daß dies niemand anders als Walther sei?« – Und indem sah er sich noch einmal um, und es war niemand anders als Walther. – Eckbert spornte sein Roß, so schnell es nur laufen konnte, durch Wiesen und Wälder, bis es erschöpft unter ihm zusammenstürzte. – Unbekümmert darüber setzte er nun seine Reise zu Fuß fort.

Er stieg träumend einen Hügel hinan; es war, als wenn er ein nahes, munteres Bellen vernahm, Birken säuselten dazwischen, und er hörte mit wunderlichen Tönen ein Lied singen:

»Waldeinsamkeit
Mich wieder freut,
Mir geschieht kein Leid,
Hier wohnt kein Neid,
Von neuem mich freut
Waldeinsamkeit.«

Jetzt war es um das Bewußtsein, um die Sinne Eckberts geschehn; er konnte sich nicht aus dem Rätsel herausfinden, ob er jetzt träume oder ehemals von einem Weibe Bertha geträumt habe; das Wunderbarste vermischte sich mit dem Gewöhnlich-

sten, die Welt um ihn her war verzaubert und er keines Gedankens, keiner Erinnerung mächtig.
Eine krummgebückte Alte schlich hustend mit einer Krücke den Hügel heran. »Bringst du mir meinen Vogel? Meine Perlen? Meinen Hund?« schrie sie ihm entgegen. »Siehe, das Unrecht bestraft sich selbst: niemand als ich war dein Freund Walther, dein Hugo.«
»Gott im Himmel!« sagte Eckbert stille vor sich hin – »in welcher entsetzlichen Einsamkeit hab' ich dann mein Leben hingebracht!«
»Und Bertha war deine Schwester.«
Eckbert fiel zu Boden.
»Warum verließ sie mich tückisch? Sonst hätte alles gut und schön geendet, ihre Probezeit war ja schon vorüber. Sie war die Tochter eines Ritters, die er bei einem Hirten erziehen ließ, die Tochter deines Vaters.«
»Warum hab' ich diesen schrecklichen Gedanken immer geahndet?« rief Eckbert aus.
»Weil du in früher Jugend deinen Vater einst davon erzählen hörtest; er durfte seiner Frau wegen diese Tochter nicht bei sich erziehen lassen, denn sie war von einem andern Weibe.«
Eckbert lag wahnsinnig und verscheidend auf dem Boden; dumpf und verworren hörte er die Alte sprechen, den Hund bellen und den Vogel sein Lied wiederholen.

HEINRICH VON KLEIST

Das Erdbeben in Chili

In St. Jago, der Hauptstadt des Königreichs Chili, stand gerade in dem Augenblicke der großen Erderschütterung vom Jahre 1647, bei welcher viele tausend Menschen ihren Untergang fanden, ein junger, auf ein Verbrechen angeklagter Spanier, namens Jeronimo Rugera, an einem Pfeiler des Gefängnisses, in welches man ihn eingesperrt hatte, und wollte sich erhenken. Don Henrico Asteron, einer der reichsten Edelleute der Stadt, hatte ihn ungefähr ein Jahr zuvor aus seinem Hause, wo er als Lehrer angestellt war, entfernt, weil er sich mit Donna Josephe, seiner einzigen Tochter, in einem zärtlichen Einverständnis befunden hatte. Eine geheime Bestellung, die dem alten Don, nachdem er die Tochter nachdrücklich gewarnt hatte, durch die hämische Aufmerksamkeit seines stolzen Sohnes verraten worden war, entrüstete ihn dergestalt, daß er sie in dem Karmeliterkloster Unsrer lieben Frauen vom Berge daselbst unterbrachte.

Durch einen glücklichen Zufall hatte Jeronimo hier die Verbindung von neuem anzuknüpfen gewußt, und in einer verschwiegenen Nacht den Klostergarten zum Schauplatze seines vollen Glückes gemacht. Es war am Fronleichnamsfeste, und die feierliche Prozession der Nonnen, welchen die Novizen folgten, nahm eben ihren Anfang, als die unglückliche Josephe, bei dem Anklange der Glocken, in Mutterwehen auf den Stufen der Kathedrale niedersank.

Dieser Vorfall machte außerordentliches Aufsehn; man brachte die junge Sünderin, ohne Rücksicht auf ihren Zustand, sogleich in ein Gefängnis, und kaum war sie aus den Wochen erstanden, als ihr schon, auf Befehl des Erzbischofs, der geschärfteste Prozeß gemacht ward. Man sprach in der Stadt mit einer so großen

Erbitterung von diesem Skandal, und die Zungen fielen so scharf über das ganze Kloster her, in welchem er sich zugetragen hatte, daß weder die Fürbitte der Familie Asteron, noch auch sogar der Wunsch der Äbtissin selbst, welche das junge Mädchen wegen ihres sonst untadelhaften Betragens liebgewonnen hatte, die Strenge, mit welcher das klösterliche Gesetz sie bedrohte, mildern konnte. Alles, was geschehen konnte, war, daß der Feuertod, zu dem sie verurteilt wurde, zur großen Entrüstung der Matronen und Jungfrauen von St. Jago, durch einen Machtspruch des Vizekönigs, in eine Enthauptung verwandelt ward.
Man vermietete in den Straßen, durch welche der Hinrichtungszug gehen sollte, die Fenster, man trug die Dächer der Häuser ab, und die frommen Töchter der Stadt luden ihre Freundinnen ein, um dem Schauspiele, das der göttlichen Rache gegeben wurde, an ihrer schwesterlichen Seite beizuwohnen.
Jeronimo, der inzwischen auch in ein Gefängnis gesetzt worden war, wollte die Besinnung verlieren, als er diese ungeheure Wendung der Dinge erfuhr. Vergebens sann er auf Rettung: überall, wohin ihn auch der Fittich der vermessensten Gedanken trug, stieß er auf Riegel und Mauern, und ein Versuch, die Gitterfenster zu durchfeilen, zog ihm, da er entdeckt ward, eine nur noch engere Einsperrung zu. Er warf sich vor dem Bildnisse der heiligen Mutter Gottes nieder, und betete mit unendlicher Inbrunst zu ihr, als der einzigen, von der ihm jetzt noch Rettung kommen könnte.
Doch der gefürchtete Tag erschien, und mit ihm in seiner Brust die Überzeugung von der völligen Hoffnungslosigkeit seiner Lage. Die Glocken, welche Josephen zum Richtplatze begleiteten, ertönten, und Verzweiflung bemächtigte sich seiner Seele. Das Leben schien ihm verhaßt, und er beschloß, sich durch einen Strick, den ihm der Zufall gelassen hatte, den Tod zu geben. Eben stand er, wie schon gesagt, an einem Wandpfeiler, und befestigte den Strick, der ihn dieser jammervollen Welt entreißen

sollte, an eine Eisenklammer, die an dem Gesimse derselben eingefugt war; als plötzlich der größte Teil der Stadt, mit einem Gekrache, als ob das Firmament einstürzte, versank, und alles, was Leben atmete, unter seinen Trümmern begrub. Jeronimo Rugera war starr vor Entsetzen; und gleich als ob sein ganzes Bewußtsein zerschmettert worden wäre, hielt er sich jetzt an dem Pfeiler, an welchem er hatte sterben wollen, um nicht umzufallen. Der Boden wankte unter seinen Füßen, alle Wände des Gefängnisses rissen, der ganze Bau neigte sich, nach der Straße zu einzustürzen, und nur der, seinem langsamen Fall begegnende, Fall des gegenüberstehenden Gebäudes verhinderte, durch eine zufällige Wölbung, die gänzliche Zubodenstreckung desselben. Zitternd, mit sträubenden Haaren, und Knien, die unter ihm brechen wollten, glitt Jeronimo über den schiefgesenkten Fußboden hinweg, der Öffnung zu, die der Zusammenschlag beider Häuser in die vordere Wand des Gefängnisses eingerissen hatte.

Kaum befand er sich im Freien, als die ganze, schon erschütterte Straße auf eine zweite Bewegung der Erde völlig zusammenfiel. Besinnungslos, wie er sich aus diesem allgemeinen Verderben retten würde, eilte er, über Schutt und Gebälk hinweg, indessen der Tod von allen Seiten Angriffe auf ihn machte, nach einem der nächsten Tore der Stadt. Hier stürzte noch ein Haus zusammen, und jagte ihn, die Trümmer weit umherschleudernd, in eine Nebenstraße; hier leckte die Flamme schon, in Dampfwolken blitzend, aus allen Giebeln, und trieb ihn schreckenvoll in eine andere; hier wälzte sich, aus seinem Gestade gehoben, der Mapochofluß auf ihn heran, und riß ihn brüllend in eine dritte. Hier lag ein Haufen Erschlagener, hier ächzte noch eine Stimme unter dem Schutte, hier schrieen Leute von brennenden Dächern herab, hier kämpften Menschen und Tiere mit den Wellen, hier war ein mutiger Retter bemüht, zu helfen; hier stand ein anderer, bleich wie der Tod, und streckte sprachlos zitternde

Hände zum Himmel. Als Jeronimo das Tor erreichte, und einen Hügel jenseits desselben bestiegen hatte, sank er ohnmächtig auf demselben nieder.
Er mochte wohl eine Viertelstunde in der tiefsten Bewußtlosigkeit gelegen haben, als er endlich wieder erwachte, und sich, mit nach der Stadt gekehrtem Rücken, halb auf dem Erdboden erhob. Er befühlte sich Stirn und Brust, unwissend, was er aus seinem Zustande machen sollte, und ein unsägliches Wonnegefühl ergriff ihn, als ein Westwind, vom Meere her, sein wiederkehrendes Leben anwehte, und sein Auge sich nach allen Richtungen über die blühende Gegend von St. Jago hinwandte. Nur die verstörten Menschenhaufen, die sich überall blicken ließen, beklemmten sein Herz; er begriff nicht, was ihn und sie hiehergeführt haben konnte, und erst, da er sich umkehrte, und die Stadt hinter sich versunken sah, erinnerte er sich des schrecklichen Augenblicks, den er erlebt hatte. Er senkte sich so tief, daß seine Stirn den Boden berührte, Gott für seine wunderbare Errettung zu danken; und gleich, als ob der eine entsetzliche Eindruck, der sich seinem Gemüt eingeprägt hatte, alle früheren daraus verdrängt hätte, weinte er vor Lust, daß er sich des lieblichen Lebens, voll bunter Erscheinungen, noch erfreue.
Drauf, als er eines Ringes an seiner Hand gewahrte, erinnerte er sich plötzlich auch Josephens; und mit ihr seines Gefängnisses, der Glocken, die er dort gehört hatte, und des Augenblicks, der dem Einsturze desselben vorangegangen war. Tiefe Schwermut erfüllte wieder seine Brust; sein Gebet fing ihn zu reuen an, und fürchterlich schien ihm das Wesen, das über den Wolken waltet. Er mischte sich unter das Volk, das überall, mit Rettung des Eigentums beschäftigt, aus den Toren stürzte, und wagte schüchtern nach der Tochter Asterons, und ob die Hinrichtung an ihr vollzogen worden sei, zu fragen; doch niemand war, der ihm umständliche Auskunft gab. Eine Frau, die auf einem fast zur Erde gedrückten Nacken eine ungeheure Last von Gerätschaften

und zwei Kinder, an der Brust hängend, trug, sagte im Vorbeigehen, als ob sie es selbst angesehen hätte: daß sie enthauptet worden sei. Jeronimo kehrte sich um; und da er, wenn er die Zeit berechnete, selbst an ihrer Vollendung nicht zweifeln konnte, so setzte er sich in einem einsamen Walde nieder, und überließ sich seinem vollen Schmerz. Er wünschte, daß die zerstörende Gewalt der Natur von neuem über ihn einbrechen möchte. Er begriff nicht, warum er dem Tode, den seine jammervolle Seele suchte, in jenen Augenblicken, da er ihm freiwillig von allen Seiten rettend erschien, entflohen sei. Er nahm sich fest vor, nicht zu wanken, wenn auch jetzt die Eichen entwurzelt werden, und ihre Wipfel über ihm zusammenstürzen sollten. Darauf nun, da er sich ausgeweint hatte, und ihm, mitten unter den heißesten Tränen, die Hoffnung wieder erschienen war, stand er auf, und durchstreifte nach allen Richtungen das Feld. Jeden Berggipfel, auf dem sich die Menschen versammelt hatten, besuchte er; auf allen Wegen, wo sich der Strom der Flucht noch bewegte, begegnete er ihnen; wo nur irgendein weibliches Gewand im Winde flatterte, da trug ihn sein zitternder Fuß hin: doch keines deckte die geliebte Tochter Asterons. Die Sonne neigte sich, und mit ihr seine Hoffnung schon wieder zum Untergange, als er den Rand eines Felsens betrat, und sich ihm die Aussicht in ein weites, nur von wenig Menschen besuchtes Tal eröffnete. Er durchlief, unschlüssig, was er tun sollte, die einzelnen Gruppen derselben, und wollte sich schon wieder wenden, als er plötzlich an einer Quelle, die die Schlucht bewässerte, ein junges Weib erblickte, beschäftigt, ein Kind in seinen Fluten zu reinigen. Und das Herz hüpfte ihm bei diesem Anblick: er sprang voll Ahndung über die Gesteine herab, und rief: »O Mutter Gottes, du Heilige!« und erkannte Josephen, als sie sich bei dem Geräusche schüchtern umsah. Mit welcher Seligkeit umarmten sie sich, die Unglücklichen, die ein Wunder des Himmels gerettet hatte!
Josephe war, auf ihrem Gang zum Tode, dem Richtplatze schon

ganz nahe gewesen, als durch den krachenden Einsturz der Gebäude plötzlich der ganze Hinrichtungszug auseinandergesprengt ward. Ihre ersten entsetzensvollen Schritte trugen sie hierauf dem nächsten Tore zu; doch die Besinnung kehrte ihr bald wieder, und sie wandte sich, um nach dem Kloster zu eilen, wo ihr kleiner, hülfloser Knabe zurückgeblieben war. Sie fand das ganze Kloster schon in Flammen, und die Äbtissin, die ihr in jenen Augenblicken, die ihre letzten sein sollten, Sorge für den Säugling angelobt hatte, schrie eben, vor den Pforten stehend, nach Hülfe, um ihn zu retten. Josephe stürzte sich, unerschrokken durch den Dampf, der ihr entgegenqualmte, in das von allen Seiten schon zusammenfallende Gebäude, und gleich, als ob alle Engel des Himmels sie umschirmten, trat sie mit ihm unbeschädigt wieder aus dem Portal hervor. Sie wollte der Äbtissin, welche die Hände über ihr Haupt zusammenschlug, eben in die Arme sinken, als diese, mit fast allen ihren Klosterfrauen, von einem herabfallenden Giebel des Hauses, auf eine schmähliche Art erschlagen ward. Josephe bebte bei diesem entsetzlichen Anblicke zurück; sie drückte der Äbtissin flüchtig die Augen zu, und floh, ganz von Schrecken erfüllt, den teuern Knaben, den ihr der Himmel wiedergeschenkt hatte, dem Verderben zu entreißen.
Sie hatte noch wenig Schritte getan, als ihr auch schon die Leiche des Erzbischofs begegnete, die man soeben zerschmettert aus dem Schutt der Kathedrale hervorgezogen hatte. Der Palast des Vizekönigs war versunken, der Gerichtshof, in welchem ihr das Urteil gesprochen worden war, stand in Flammen, und an die Stelle, wo sich ihr väterliches Haus befunden hatte, war ein See getreten, und kochte rötliche Dämpfe aus. Josephe raffte alle ihre Kräfte zusammen, sich zu halten. Sie schritt, den Jammer von ihrer Brust entfernend, mutig mit ihrer Beute von Straße zu Straße, und war schon dem Tore nah, als sie auch das Gefängnis, in welchem Jeronimo geseufzt hatte, in Trümmern sah. Bei diesem

Anblicke wankte sie, und wollte besinnungslos an einer Ecke niedersinken; doch in demselben Augenblick jagte sie der Sturz eines Gebäudes hinter ihr, das die Erschütterungen schon ganz aufgelöst hatten, durch das Entsetzen gestärkt, wieder auf; sie küßte das Kind, drückte sich die Tränen aus den Augen, und erreichte, nicht mehr auf die Greuel, die sie umringten, achtend, das Tor. Als sie sich im Freien sah, schloß sie bald, daß nicht jeder, der ein zertrümmertes Gebäude bewohnt hatte, unter ihm notwendig müsse zerschmettert worden sein.

An dem nächsten Scheidewege stand sie still, und harrte, ob nicht einer, der ihr, nach dem kleinen Philipp, der liebste auf der Welt war, noch erscheinen würde. Sie ging, weil niemand kam, und das Gewühl der Menschen anwuchs, weiter, und kehrte sich wieder um, und harrte wieder; und schlich, viel Tränen vergießend, in ein dunkles, von Pinien beschattetes Tal, um seiner Seele, die sie entflohen glaubte, nachzubeten; und fand ihn hier, diesen Geliebten, im Tale, und Seligkeit, als ob es das Tal von Eden gewesen wäre.

Dies alles erzählte sie jetzt voll Rührung dem Jeronimo, und reichte ihm, da sie vollendet hatte, den Knaben zum Küssen dar. – Jeronimo nahm ihn, und hätschelte ihn in unsäglicher Vaterfreude, und verschloß ihm, da er das fremde Antlitz anweinte, mit Liebkosungen ohne Ende den Mund. Indessen war die schönste Nacht herabgestiegen, voll wundermilden, Duftes, so silberglänzend und still, wie nur ein Dichter davon träumen mag. Überall, längs der Talquelle, hatten sich, im Schimmer des Mondscheins, Menschen niedergelassen, und bereiteten sich sanfte Lager von Moos und Laub, um von einem so qualvollen Tage auszuruhen. Und weil die Armen immer noch jammerten; dieser, daß er sein Haus, jener, daß er Weib und Kind, und der dritte, daß er alles verloren habe: so schlichen Jeronimo und Josephe in ein dichteres Gebüsch, um durch das heimliche Gejauchz ihrer Seelen niemand zu betrüben. Sie fanden einen prachtvollen Granatapfelbaum, der seine Zweige, voll duftender Früchte, weit ausbreitete; und die Nachtigall flötete im Wipfel ihr wollüstiges Lied. Hier ließ sich Jeronimo am Stamme nieder, und Josephe in seinem, Philipp in Josephens Schoß, saßen sie, von seinem Mantel bedeckt, und ruhten. Der Baumschatten zog, mit seinen verstreuten Lichtern, über sie hinweg, und der Mond erblaßte schon wieder vor der Morgenröte, ehe sie einschliefen. Denn Unendliches hatten sie zu schwatzen vom Klostergarten und den Gefängnissen, und was sie umeinander gelitten hätten; und waren sehr gerührt, wenn sie dachten, wieviel Elend über die Welt kommen mußte, damit sie glücklich würden!

Sie beschlossen, sobald die Erderschütterungen aufgehört haben würden, nach La Conception zu gehen, wo Josephe eine vertraute Freundin hatte, sich mit einem kleinen Vorschuß, den sie von ihr zu erhalten hoffte, von dort nach Spanien einzuschiffen, wo Jeronimos mütterliche Verwandten wohnten, und daselbst ihr glückliches Leben zu beschließen. Hierauf, unter vielen Küssen, schliefen sie ein.

Als sie erwachten, stand die Sonne schon hoch am Himmel, und sie bemerkten in ihrer Nähe mehrere Familien, beschäftigt, sich am Feuer ein kleines Morgenbrot zu bereiten. Jeronimo dachte eben auch, wie er Nahrung für die Seinigen herbeischaffen sollte, als ein junger wohlgekleideter Mann, mit einem Kinde auf dem Arm, zu Josephen trat, und sie mit Bescheidenheit fragte: ob sie diesem armen Wurme, dessen Mutter dort unter den Bäumen beschädigt liege, nicht auf kurze Zeit ihre Brust reichen wolle? Josephe war ein wenig verwirrt, als sie in ihm einen Bekannten erblickte; doch da er, indem er ihre Verwirrung falsch deutete, fortfuhr: »Es ist nur auf wenige Augenblicke, Donna Josephe, und dieses Kind hat, seit jener Stunde, die uns alle unglücklich gemacht hat, nichts genossen«; so sagte sie: »Ich schwieg – aus einem andern Grunde, Don Fernando; in diesen schrecklichen

Zeiten weigert sich niemand, von dem, was er besitzen mag, mitzuteilen«: und nahm den kleinen Fremdling, indem sie ihr eigenes Kind dem Vater gab, und legte ihn an ihre Brust. Don Fernando war sehr dankbar für diese Güte, und fragte: ob sie sich nicht mit ihm zu jener Gesellschaft verfügen wollten, wo eben jetzt beim Feuer ein kleines Frühstück bereitet werde? Josephe antwortete, daß sie dies Anerbieten mit Vergnügen annehmen würde, und folgte ihm, da auch Jeronimo nichts einzuwenden hatte, zu seiner Familie, wo sie auf das innigste und zärtlichste von Don Fernandos beiden Schwägerinnen, die sie als sehr würdige junge Damen kannte, empfangen ward.
Donna Elvire, Don Fernandos Gemahlin, welche schwer an den Füßen verwundet auf der Erde lag, zog Josephe, da sie ihren abgehärmten Knaben an der Brust derselben sah, mit vieler Freundlichkeit zu sich nieder. Auch Don Pedro, sein Schwiegervater, der an der Schulter verwundet war, nickte ihr liebreich mit dem Haupte zu.
In Jeronimos und Josephens Brust regten sich Gedanken von seltsamer Art. Wenn sie sich mit so vieler Vertraulichkeit und Güte behandelt sahen, so wußten sie nicht, was sie von der Vergangenheit denken sollten, vom Richtplatze, von dem Gefängnisse, und der Glocke; und ob sie bloß davon geträumt hätten? Es war, als ob die Gemüter, seit dem fürchterlichen Schlage, der sie durchdröhnt hatte, alle versöhnt wären. Sie konnten in der Erinnerung gar nicht weiter, als bis auf ihn, zurückgehen. Nur Donna Elisabeth, welche bei einer Freundin, auf das Schauspiel des gestrigen Morgens, eingeladen worden war, die Einladung aber nicht angenommen hatte, ruhte zuweilen mit träumerischem Blicke auf Josephen; doch der Bericht, der über irgendein neues gräßliches Unglück erstattet ward, riß ihre, der Gegenwart kaum entflohene Seele schon wieder in dieselbe zurück.
Man erzählte, wie die Stadt gleich nach der ersten Haupterschütterung von Weibern ganz voll gewesen, die vor den Augen

aller Männer niedergekommen seien; wie die Mönche darin, mit dem Kruzifix in der Hand, umhergelaufen wären, und geschrieen hätten: das Ende der Welt sei da! wie man einer Wache, die auf Befehl des Vizekönigs verlangte, eine Kirche zu räumen, geantwortet hätte: es gäbe keinen Vizekönig von Chili mehr! wie der Vizekönig in den schrecklichsten Augenblicken hätte müssen Galgen aufrichten lassen, um der Dieberei Einhalt zu tun; und wie ein Unschuldiger, der sich von hinten durch ein brennendes Haus gerettet, von dem Besitzer aus Übereilung ergriffen, und sogleich auch aufgeknüpft worden wäre.

Donna Elvire, bei deren Verletzungen Josephe viel beschäftigt war, hatte in einem Augenblick, da gerade die Erzählungen sich am lebhaftesten kreuzten, Gelegenheit genommen, sie zu fragen: wie es denn ihr an diesem fürchterlichen Tag ergangen sei? Und da Josephe ihr, mit beklemmtem Herzen, einige Hauptzüge davon angab, so ward ihr die Wollust, Tränen in die Augen dieser Dame treten zu sehen; Donna Elvire ergriff ihre Hand, und drückte sie, und winkte ihr, zu schweigen. Josephe dünkte sich unter den Seligen. Ein Gefühl, das sie nicht unterdrücken konnte, nannte den verfloßnen Tag, so viel Elend er auch über die Welt gebracht hatte, eine Wohltat, wie der Himmel noch keine über sie verhängt hatte. Und in der Tat schien, mitten in diesen gräßlichen Augenblicken, in welchen alle irdischen Güter der Menschen zugrunde gingen, und die ganze Natur verschüttet zu werden drohte, der menschliche Geist selbst, wie eine schöne Blume, aufzugehn. Auf den Feldern, so weit das Auge reichte, sah man Menschen von allen Ständen durcheinander liegen, Fürsten und Bettler, Matronen und Bäuerinnen, Staatsbeamte und Tagelöhner, Klosterherren und Klosterfrauen: einander bemitleiden, sich wechselseitig Hülfe reichen, von dem, was sie zur Erhaltung ihres Lebens gerettet haben mochten, freudig mitteilen, als ob das allgemeine Unglück alles, was ihm entronnen war, zu einer Familie gemacht hätte.

Statt der nichtssagenden Unterhaltungen, zu welchen sonst die Welt an den Teetischen den Stoff hergegeben hatte, erzählte man jetzt Beispiele von ungeheuern Taten: Menschen, die man sonst in der Gesellschaft wenig geachtet hatte, hatten Römergröße gezeigt; Beispiele zu Haufen von Unerschrockenheit, von freudiger Verachtung der Gefahr, von Selbstverleugnung, und der göttlichen Aufopferung, von ungesäumter Wegwerfung des Lebens, als ob es, dem nichtswürdigsten Gute gleich, auf dem nächsten Schritte schon wiedergefunden würde. Ja, da nicht einer war, für den nicht an diesem Tage etwas Rührendes geschehen wäre, oder der nicht selbst etwas Großmütiges getan hätte, so war der Schmerz in jeder Menschenbrust mit so viel süßer Lust vermischt, daß sich, wie sie meinte, gar nicht angeben ließ, ob die Summe des allgemeinen Wohlseins nicht von der einen Seite um ebensoviel gewachsen war, als sie von der anderen abgenommen hatte.
Jeronimo nahm Josephen, nachdem sich beide in diesen Betrachtungen stillschweigend erschöpft hatten, beim Arm, und führte sie mit unaussprechlicher Heiterkeit unter den schattigen Lauben des Granatwaldes auf und nieder. Er sagte ihr, daß er, bei dieser Stimmung der Gemüter und dem Umsturz aller Verhältnisse, seinen Entschluß, sich nach Europa einzuschiffen, aufgebe; daß er vor dem Vizekönig, der sich seiner Sache immer günstig gezeigt, falls er noch am Leben sei, einen Fußfall wagen würde; und daß er Hoffnung habe (wobei er ihr einen Kuß aufdrückte), mit ihr in Chili zurückzubleiben. Josephe antwortete, daß ähnliche Gedanken in ihr aufgestiegen wären; daß auch sie nicht mehr, falls ihr Vater nur noch am Leben sei, ihn zu versöhnen zweifle; daß sie aber statt des Fußfalles lieber nach La Conception zu gehen, und von dort aus schriftlich das Versöhnungsgeschäft mit dem Vizekönig zu betreiben rate, wo man auf jeden Fall in der Nähe des Hafens wäre, und für den besten, wenn das Geschäft die erwünschte Wendung nähme, ja leicht wieder nach

St. Jago zurückkehren könnte. Nach einer kurzen Überlegung gab Jeronimo der Klugheit dieser Maßregel seinen Beifall, führte sie noch ein wenig, die heitern Momente der Zukunft überfliegend, in den Gängen umher, und kehrte mit ihr zur Gesellschaft zurück.

Inzwischen war der Nachmittag herangekommen, und die Gemüter der herumschwärmenden Flüchtlinge hatten sich, da die Erdstöße nachließen, nur kaum wieder ein wenig beruhigt, als sich schon die Nachricht verbreitete, daß in der Dominikanerkirche, der einzigen, welche das Erdbeben verschont hatte, eine feierliche Messe von dem Prälaten des Klosters selbst gelesen werden würde, den Himmel um Verhütung ferneren Unglücks anzuflehen.

Das Volk brach schon aus allen Gegenden auf, und eilte in Strömen zur Stadt. In Don Fernandos Gesellschaft ward die Frage aufgeworfen, ob man nicht auch an dieser Feierlichkeit teilnehmen, und sich dem allgemeinen Zuge anschließen solle? Donna Elisabeth erinnerte, mit einiger Beklemmung, was für ein Unheil gestern in der Kirche vorgefallen sei; daß solche Dankfeste ja wiederholt werden würden, und daß man sich der Empfindung alsdann, weil die Gefahr schon mehr vorüber wäre, mit desto größerer Heiterkeit und Ruhe überlassen könnte. Josephe äußerte, indem sie mit einiger Begeisterung sogleich aufstand, daß sie den Drang, ihr Antlitz vor dem Schöpfer in den Staub zu legen, niemals lebhafter empfunden habe, als eben jetzt, wo er seine unbegreifliche und erhabene Macht so entwickle. Donna Elvire erklärte sich mit Lebhaftigkeit für Josephens Meinung. Sie bestand darauf, daß man die Messe hören sollte, und rief Don Fernando auf, die Gesellschaft zu führen, worauf sich alles, Donna Elisabeth auch, von den Sitzen erhob. Da man jedoch letztere, mit heftig arbeitender Brust, die kleinen Anstalten zum Aufbruche zaudernd betreiben sah, und sie, auf die Frage: was ihr fehle? antwortete: sie wisse nicht, welch eine unglückliche Ahndung in ihr sei? so beruhigte sie Donna Elvire, und forderte sie auf, bei ihr und ihrem kranken Vater zurückzubleiben. Josephe sagte: »So werden Sie mir wohl, Donna Elisabeth, diesen kleinen Liebling abnehmen, der sich schon wieder, wie Sie sehen, bei mir eingefunden hat.« »Sehr gern«, antwortete Donna Elisabeth, und machte Anstalten ihn zu ergreifen; doch da dieser über das Unrecht, das ihm geschah, kläglich schrie, und auf keine Art dareinwilligte, so sagte Josephe lächelnd, daß sie ihn nur behalten wolle, und küßte ihn wieder still. Hierauf bot Don Fernando, dem die ganze Würdigkeit und Anmut ihres Betragens sehr gefiel, ihr den Arm; Jeronimo, welcher den kleinen Philipp trug, führte Donna Constanzen; die übrigen Mitglieder, die sich bei der Gesellschaft eingefunden hatten, folgten; und in dieser Ordnung ging der Zug nach der Stadt.

Sie waren kaum fünfzig Schritte gegangen, als man Donna Elisabeth, welche inzwischen heftig und heimlich mit Donna Elvire gesprochen hatte: »Don Fernando!« rufen hörte, und dem Zuge mit unruhigen Tritten nacheilen sah. Don Fernando hielt, und kehrte sich um; harrte ihrer, ohne Josephen loszulassen, und fragte, da sie, gleich als ob sie auf sein Entgegenkommen wartete, in einiger Ferne stehenblieb: was sie wolle? Donna Elisabeth näherte sich ihm hierauf, obschon, wie es schien, mit Widerwillen, und raunte ihm, doch so, daß Josephe es nicht hören konnte, einige Worte ins Ohr. »Nun?« fragte Don Fernando: »und das Unglück, das daraus entstehen kann?« Donna Elisabeth fuhr fort, ihm mit verstörtem Gesicht ins Ohr zu zischeln. Don Fernando stieg eine Röte des Unwillens ins Gesicht; er antwortete: es wäre gut! Donna Elvire möchte sich beruhigen; und führte seine Dame weiter.

Als sie in der Kirche der Dominikaner ankamen, ließ sich die Orgel schon mit musikalischer Pracht hören, und eine unermeßliche Menschenmenge wogte darin. Das Gedränge erstreckte sich bis weit vor den Portalen auf den Vorplatz der Kirche hinaus, und an den Wänden hoch, in den Rahmen der Gemälde, hingen Knaben, und hielten mit erwartungsvollen Blicken ihre Mützen in der Hand. Von allen Kronleuchtern strahlte es herab, die Pfeiler warfen, bei der einbrechenden Dämmerung, geheimnisvolle Schatten, die große von gefärbtem Glas gearbeitete Rose in der Kirche äußerstem Hintergrunde glühte, wie die Abendsonne selbst, die sie erleuchtete, und Stille herrschte, da die Orgel jetzt schwieg, in der ganzen Versammlung, als hätte keiner einen Laut in der Brust. Niemals schlug aus einem christlichen Dom eine solche Flamme der Inbrunst gen Himmel, wie heute aus dem Dominikanerdom zu St. Jago; und keine menschliche Brust gab wärmere Glut dazu her, als Jeronimos und Josephens!

Die Feierlichkeit fing mit einer Predigt an, die der ältesten Chorherren einer, mit dem Festschmuck angetan, von der Kanzel hielt. Er begann gleich mit Lob, Preis und Dank, seine zitternden, vom Chorhemde weit umflossenen Hände hoch gen Himmel erhebend, daß noch Menschen seien, auf diesem, in Trümmer zerfallenden Teile der Welt, fähig, zu Gott empor zu stammeln. Er schilderte, was auf den Wink des Allmächtigen geschehen war; das Weltgericht kann nicht entsetzlicher sein; und als er das gestrige Erdbeben gleichwohl, auf einen Riß, den der Dom erhalten hatte, hinzeigend, einen bloßen Vorboten davon nannte, lief ein Schauder über die ganze Versammlung. Hierauf kam er, im Flusse priesterlicher Beredsamkeit, auf das Sittenverderbnis der Stadt; Greuel, wie Sodom und Gomorrha sie nicht sahen, straft' er an ihr; und nur der unendlichen Langmut Gottes schrieb er es zu, daß sie noch nicht gänzlich vom Erdboden vertilgt worden sei.

Aber wie dem Dolche gleich fuhr es durch die von dieser Predigt schon ganz zerrissenen Herzen unserer beiden Unglücklichen, als der Chorherr bei dieser Gelegenheit umständlich des Frevels erwähnte, der in dem Klostergarten der Karmeliterinnen verübt worden war; die Schonung, die er bei der Welt gefunden hatte, gottlos nannte, und in einer von Verwünschungen erfüllten Seitenwendung, die Seelen der Täter, wörtlich genannt, allen Fürsten der Hölle übergab! Donna Constanze rief, indem sie an Jeronimos Armen zuckte: »Don Fernando!« Doch dieser antwortete so nachdrücklich und doch so heimlich, wie sich beides verbinden ließ: »Sie schweigen, Donna, Sie rühren auch den Augapfel nicht, und tun, als ob Sie in eine Ohnmacht versänken; worauf wir die Kirche verlassen.« Doch, ehe Donna Constanze diese sinnreiche zur Rettung erfundene Maßregel noch ausgeführt hatte, rief schon eine Stimme, des Chorherrn Predigt laut unterbrechend, aus: »Weichet fern hinweg, ihr Bürger von St. Jago, hier stehen diese gottlosen Menschen!« Und als eine andere Stimme schreckenvoll, indessen sich ein weiter Kreis des Entsetzens um sie bildete, fragte: »Wo?« »Hier!« versetzte ein dritter, und zog, heiliger Ruchlosigkeit voll, Josephen bei den Haaren nieder, daß sie mit Don Fernandos Sohne zu Boden getaumelt wäre, wenn dieser sie nicht gehalten hätte. »Seid ihr wahnsinnig?« rief der Jüngling, und schlug den Arm um Josephen: »Ich bin Don Fernando Ormez, Sohn des Kommandanten der Stadt, den ihr alle kennt.« »Don Fernando Ormez?« rief, dicht vor ihn hingestellt, ein Schuhflicker, der für Josephen gearbeitet hatte, und diese wenigstens so genau kannte, als ihre kleinen Füße. »Wer ist der Vater zu diesem Kinde?« wandte er sich mit frechem Trotz zur Tochter Asterons. Don Fernando erblaßte bei dieser Frage. Er sah bald den Jeronimo schüchtern an, bald überflog er die Versammlung, ob nicht einer sei, der ihn kenne? Josephe rief, von entsetzlichen Verhältnissen gedrängt: »Dies ist nicht mein Kind, Meister Pedrillo, wie Er glaubt«; indem sie, in unendlicher Angst der Seele, auf Don Fernando blickte: »Dieser junge Herr ist Don Fernando Ormez, Sohn des Kommandanten der Stadt, den ihr alle kennt!« Der Schuster fragte: »Wer von euch, ihr Bürger, kennt diesen jungen Mann?« Und mehrere der Umstehenden wiederholten: »Wer kennt den Jeronimo Rugera? Der trete vor!« Nun traf es sich, daß in demselben Augenblicke der kleine Juan, durch den Tumult erschreckt, von Josephens Brust weg Don Fernando in die Arme strebte. Hierauf: »Er ist der Vater!« schrie eine Stimme; und: »Er ist Jeronimo Rugera!« eine andere; und: »Sie sind die gotteslästerlichen Menschen!« eine dritte; und: »Steinigt sie! steinigt sie!« die ganze im Tempel Jesu versammelte Christenheit! Drauf jetzt Jeronimo: »Halt! Ihr Unmenschlichen! Wenn ihr den Jeronimo Rugera sucht: hier ist er! Befreit jenen Mann, welcher unschuldig ist!« –

Der wütende Haufen, durch die Äußerung Jeronimos verwirrt, stutzte; mehrere Hände ließen Don Fernando los; und da in demselben Augenblick ein Marineoffizier von bedeutendem Rang herbeieilte, und, indem er sich durch den Tumult drängte, fragte: »Don Fernando Ormez! Was ist Euch widerfahren?«, so antwortete dieser, nun völlig befreit, mit wahrer heldenmütiger Besonnenheit: »Ja, sehen Sie, Don Alonzo, die Mordknechte! Ich wäre verloren gewesen, wenn dieser würdige Mann sich nicht, die rasende Menge zu beruhigen, für Jeronimo Rugera ausgegeben hätte. Verhaften Sie ihn, wenn Sie die Güte haben wollen, nebst dieser jungen Dame, zu ihrer beiderseitigen Sicherheit; und diesen Nichtswürdigen«, indem er Meister Pedrillo ergriff, »der den ganzen Aufruhr angezettelt hat!« Der Schuster rief: »Don Alonzo Onoreja, ich frage Euch auf Euer Gewissen, ist dieses Mädchen nicht Josephe Asteron?« Da nun Don Alonzo, welcher Josephen sehr genau kannte, mit der Antwort zauderte, und mehrere Stimmen, dadurch von neuem zur Wut entflammt, riefen: »Sie ist's, sie ist's!« und: »Bringt sie zu Tode!«, so setzte Josephe den kleinen Philipp, den Jeronimo bisher getragen hatte, samt dem kleinen Juan, auf Don Fernandos Arm, und sprach: »Gehn Sie, Don Fernando, retten Sie Ihre beiden Kinder, und überlassen Sie uns unserm Schicksale!«

Don Fernando nahm die beiden Kinder und sagte: er wolle eher umkommen, als zugeben, daß seiner Gesellschaft etwas zuleide geschehe. Er bot Josephen, nachdem er sich den Degen des Marineoffiziers ausgebeten hatte, den Arm, und forderte das hintere Paar auf, ihm zu folgen. Sie kamen auch wirklich, indem man ihnen, bei solchen Anstalten, mit hinlänglicher Ehrerbietigkeit Platz machte, aus der Kirche heraus, und glaubten sich gerettet. Doch kaum waren sie auf den von Menschen gleichfalls erfüllten Vorplatz derselben getreten, als eine Stimme aus dem rasenden Haufen, der sie verfolgt hatte, rief: »Dies ist Jeronimo Rugera, ihr Bürger, denn ich bin sein eigner Vater!« und ihn an Donna Constanzens Seite mit einem ungeheuren Keulenschlag zu Boden streckte. »Jesus Maria!« rief Donna Constanze, und floh zu ihrem Schwager; doch: »Klostermetze!« erscholl es schon, mit einem zweiten Keulenschlage, von einer andern Seite, der sie leblos neben Jeronimo niederwarf. »Ungeheuer!« rief ein Unbekannter: »Dies war Donna Constanze Xares!« »Warum belogen sie uns!« antwortete der Schuster; »sucht die rechte auf, und bringt sie um!« Don Fernando, als er Constanzens Leichnam erblickte, glühte vor Zorn; er zog und schwang das Schwert, und hieb, daß er ihn gespalten hätte, den fanatischen Mordknecht, der diese Greuel veranlaßte, wenn derselbe nicht, durch eine Wendung, dem wütenden Schlag entwichen wäre. Doch da er die Menge, die auf ihn eindrang, nicht überwältigen konnte: »Leben Sie wohl, Don Fernando mit den Kindern!« rief Josephe – und: »Hier mordet mich, ihr blutdürstenden Tiger!« und stürzte sich freiwillig unter sie, um dem Kampf ein Ende zu machen. Meister Pedrillo schlug sie mit der Keule nieder. Darauf ganz mit ihrem Blute besprützt: »Schickt ihr den Bastard zur Hölle nach!« rief er, und drang, mit noch ungesättigter Mordlust, von neuem vor.

Don Fernando, dieser göttliche Held, stand jetzt, den Rücken an die Kirche gelehnt; in der Linken hielt er die Kinder, in der Rechten das Schwert. Mit jedem Hiebe wetterstrahlte er einen zu Boden; ein Löwe wehrt sich nicht besser. Sieben Bluthunde

lagen tot vor ihm, der Fürst der satanischen Rotte selbst war verwundet. Doch Meister Pedrillo ruhte nicht eher, als bis er der Kinder eines bei den Beinen von seiner Brust gerissen, und, hochher im Kreise geschwungen, an eines Kirchpfeilers Ecke zerschmettert hatte. Hierauf ward es still, und alles entfernte sich. Don Fernando, als er seinen kleinen Juan vor sich liegen sah, mit aus dem Hirne vorquellenden Mark, hob, voll namenlosen Schmerzes, seine Augen gen Himmel.
Der Marineoffizier fand sich wieder bei ihm ein, suchte ihn zu trösten, und versicherte ihn, daß seine Untätigkeit bei diesem Unglück, obschon durch mehrere Umstände gerechtfertigt, ihn reue; doch Don Fernando sagte, daß ihm nichts vorzuwerfen sei, und bat ihn nur, die Leichname jetzt fortschaffen zu helfen. Man trug sie alle, bei der Finsternis der einbrechenden Nacht, in Don Alonzos Wohnung, wohin Don Fernando ihnen, viel über das Antlitz des kleinen Philipp weinend, folgte. Er übernachtete auch bei Don Alonzo, und säumte lange, unter falschen Vorspiegelungen, seine Gemahlin von dem ganzen Umfang des Unglücks zu unterrichten; einmal, weil sie krank war, und dann, weil er auch nicht wußte, wie sie sein Verhalten bei dieser Begebenheit beurteilen würde; doch kurze Zeit nachher, durch einen Besuch zufällig von allem, was geschehen war, benachrichtigt, weinte diese treffliche Dame im stillen ihren mütterlichen Schmerz aus, und fiel ihm mit dem Rest einer erglänzenden Träne eines Morgens um den Hals und küßte ihn. Don Fernando und Donna Elvire nahmen hierauf den kleinen Fremdling zum Pflegesohn an; und wenn Don Fernando Philippen mit Juan verglich, und wie er beide erworben hatte, so war es ihm fast, als müßte er sich freuen.

JOHANN PETER HEBEL

Kannitverstan

Der Mensch hat wohl täglich Gelegenheit, in Emmendingen und Gundelfingen so gut als in Amsterdam, Betrachtungen über den Unbestand aller irdischen Dinge anzustellen, wenn er will, und zufrieden zu werden mit seinem Schicksal, wenn auch nicht viel gebratene Tauben für ihn in der Luft herumfliegen. Aber auf dem seltsamsten Umweg kam ein deutscher Handwerksbursche in Amsterdam durch den Irrtum zur Wahrheit und zu ihrer Erkenntnis. Denn als er in diese große und reiche Handelsstadt voll prächtiger Häuser, wogender Schiffe und geschäftiger Menschen gekommen war, fiel ihm sogleich ein großes und schönes Haus in die Augen, wie er auf seiner ganzen Wanderschaft von Tuttlingen bis nach Amsterdam noch keines erlebt hatte. Lange betrachtete er mit Verwunderung dies kostbare Gebäude, die sechs Kamine auf dem Dach, die schönen Gesimse und die hohen Fenster, größer als an des Vaters Haus daheim die Tür. Endlich konnte er sich nicht entbrechen, einen Vorübergehenden anzureden. »Guter Freund«, redete er ihn an, »könnt Ihr mir nicht sagen, wie der Herr heißt, dem dieses wunderschöne Haus gehört mit den Fenstern voll Tulipanen, Sternenblumen und Levkojen?« – Der Mann aber, der vermutlich etwas Wichtigeres zu tun hatte und zum Unglück gerade so viel von der deutschen Sprache verstand als der Fragende von der holländischen, nämlich nichts, sagte kurz und schnauzig: »Kannitverstan« und schnurrte vorüber. Dies war nur ein holländisches Wort oder drei, wenn man's recht betrachtet, und heißt auf deutsch so viel als: Ich kann Euch nicht verstehen. Aber der gute Fremdling glaubte, es sei der Name des Mannes, nach dem er gefragt hatte. Das muß ein grundreicher Mann sein, der Herr Kannitverstan, dachte er und ging weiter. Gaß aus, Gaß ein kam er endlich an den Meerbusen, der da heißt: Het Ei oder auf deutsch: das Ypsilon. Da stand nun Schiff an Schiff und Mastbaum an Mastbaum, und er wußte anfänglich nicht, wie er es mit seinen zwei einzigen Augen durchfechten werde, als diese Merkwürdigkeiten genug zu sehen und zu betrachten, bis endlich ein großes Schiff seine Aufmerksamkeit an sich zog, das vor kurzem aus Ostindien angelangt war und jetzt eben ausgeladen wurde. Schon standen ganze Reihen von Kisten und Ballen auf- und nebeneinander am Lande. Noch immer wurden mehrere herausgewälzt und Fässer voll Zucker und Kaffee, voll Reis und Pfeffer und salveni Mausdreck darunter. Als er aber lange zugesehen hatte, fragte er endlich einen, der eben eine Kiste auf der Achsel heraustrug, wie der glückliche Mann heiße, dem das Meer alle diese Waren an das Land bringe. »Kannitverstan«, war die Antwort. Da dachte er: Haha, schaut's da heraus? Kein Wunder, wem das Meer solche Reichtümer an das Land schwemmt, der hat gut solche Häuser in die Welt stellen und solcherlei Tulipanen vor die Fenster in vergoldeten Scherben. Jetzt ging er wieder zurück und stellte eine recht traurige Betrachtung bei sich selbst an, was er für ein armer Teufel sei unter so viel reichen Leuten in der Welt. Aber als er eben dachte: Wenn ich's doch nur auch einmal so gut bekäme, wie dieser Herr Kannitverstan es hat, kam er um eine Ekke und erblickte einen großen Leichenzug. Vier schwarz vermummte Pferde zogen einen ebenfalls schwarz überzogenen Leichenwagen langsam und traurig, als ob sie wüßten, daß sie einen Toten in seine Ruhe führten. Ein langer Zug von Freunden und Bekannten des Verstorbenen folgte nach, Paar und Paar, verhüllt in schwarze Mäntel und stumm. In der Ferne läutete ein einsames Glöcklein. Jetzt ergriff unsern Fremdling ein wehmütiges Gefühl, das an keinem guten Menschen vorübergeht, wenn er eine Leiche sieht, und blieb mit dem Hut in den

Händen andächtig stehen, bis alles vorüber war. Doch machte er sich an den letzten vom Zug, der eben in der Stille ausrechnete, was er an seiner Baumwolle gewinnen könnte, wenn der Zentner um 10 Gulden aufschlüge, ergriff ihn sachte am Mantel und bat ihn treuherzig um Exküse. »Das muß wohl auch ein guter Freund von Euch gewesen sein«, sagte er, »dem das Glöcklein läutet, daß Ihr so betrübt und nachdenklich mitgeht.« – »Kannitverstan!« war die Antwort. Da fielen unserm guten Tuttlinger ein paar große Tränen aus den Augen und es ward ihm auf einmal schwer und wieder leicht ums Herz. »Armer Kannitverstan«, rief er aus, »was hast du nun von allem deinem Reichtum? Was ich einst von meiner Armut auch bekomme: ein Totenkleid und ein Leintuch und von allen deinen schönen Blumen vielleicht einen Rosmarin auf die kalte Brust oder eine Raute.« Mit diesem Gedanken begleitete er die Leiche, als wenn er dazu gehörte, bis ans Grab, sah den vermeinten Herrn Kannitverstan hinabsenken in seine Ruhestätte und ward von der holländischen Leichenpredigt, von der er kein Wort verstand, mehr gerührt, als von mancher deutschen, auf die er nicht achtgab. Endlich ging er leichten Herzens mit den andern wieder fort, verzehrte in einer Herberge, wo man Deutsch verstand, mit gutem Appetit ein Stück Limburger Käse, und wenn es ihm wieder einmal schwer fallen wollte, daß so viele Leute in der Welt so reich seien und er so arm, so dachte er nur an den Herrn Kannitverstan in Amsterdam, an sein großes Haus, an sein reiches Schiff und an sein enges Grab.

JACOB UND WILHELM GRIMM

Hänsel und Gretel

Vor einem großen Walde wohnte ein armer Holzhacker mit seiner Frau und seinen zwei Kindern; das Bübchen hieß Hänsel und das Mädchen Gretel. Er hatte wenig zu beißen und zu brechen, und einmal, als große Teuerung ins Land kam, konnte er auch das tägliche Brot nicht mehr schaffen. Wie er sich nun abends im Bette Gedanken machte und sich vor Sorgen herumwälzte, seufzte er und sprach zu seiner Frau: »Was soll aus uns werden? Wie können wir unsere armen Kinder ernähren, da wir für uns selbst nichts mehr haben?« »Weißt du was, Mann«, antwortete die Frau, »wir wollen morgen in aller Frühe die Kinder hinaus in den Wald führen, wo er am dicksten ist: da machen wir ihnen ein Feuer an und geben jedem noch ein Stückchen Brot, dann gehen wir an unsere Arbeit und lassen sie allein. Sie finden den Weg nicht wieder nach Haus und wir sind sie los.« »Nein, Frau«, sagte der Mann, »das tue ich nicht; wie sollt ichs übers Herz bringen, meine Kinder im Walde allein zu lassen, die wilden Tiere würden bald kommen und sie zerreißen.« »O du Narr«, sagte sie, »dann müssen wir alle viere Hungers sterben, du kannst nur die Bretter für die Särge hobeln«, und ließ ihm keine Ruhe, bis er einwilligte. »Aber die armen Kinder dauern mich doch«, sagte der Mann.

Die zwei Kinder hatten vor Hunger auch nicht einschlafen können und hatten gehört, was die Stiefmutter zum Vater gesagt hatte. Gretel weinte bittere Tränen und sprach zu Hänsel: »Nun ists um uns geschehen.« »Still, Gretel«, sprach Hänsel, »gräme dich nicht, ich will uns schon helfen.« Und als die Alten eingeschlafen waren, stand er auf, zog sein Röcklein an, machte die Untertüre auf und schlich sich hinaus. Da schien der Mond ganz helle, und die weißen Kieselsteine, die vor dem Haus lagen,

glänzten wie lauter Batzen. Hänsel bückte sich und steckte so viel in sein Rocktäschlein, als nur hinein wollten. Dann ging er wieder zurück, sprach zu Gretel: »Sei getrost, liebes Schwesterchen, und schlaf nur ruhig ein, Gott wird uns nicht verlassen«, und legte sich wieder in sein Bett.
Als der Tag anbrach, noch ehe die Sonne aufgegangen war, kam schon die Frau und weckte die beiden Kinder. »Steht auf, ihr Faulenzer, wir wollen in den Wald gehen und Holz holen.« Dann gab sie jedem ein Stückchen Brot und sprach: »Da habt ihr etwas für den Mittag, aber eßts nicht vorher auf, weiter kriegt ihr nichts.« Gretel nahm das Brot unter die Schürze, weil Hänsel die Steine in der Tasche hatte. Danach machten sie sich alle zusammen auf den Weg nach dem Wald. Als sie ein Weilchen gegangen waren, stand Hänsel still und guckte nach dem Haus zurück und tat das wieder und immer wieder. Der Vater sprach: »Hänsel, was guckst du da und bleibst zurück, hab acht und vergiß deine Beine nicht.« »Ach, Vater«, sagte Hänsel, »ich sehe nach meinem weißen Kätzchen, das sitzt oben auf dem Dach und will mir Ade sagen.« Die Frau sprach: »Narr, das ist dein Kätzchen nicht, das ist die Morgensonne, die auf den Schornstein scheint.« Hänsel aber hatte nicht nach dem Kätzchen gesehen, sondern immer einen von den blanken Kieselsteinen aus seiner Tasche auf den Weg geworfen.
Als sie mitten in den Wald gekommen waren, sprach der Vater: »Nun sammelt Holz, ihr Kinder, ich will ein Feuer anmachen, damit ihr nicht friert.« Hänsel und Gretel trugen Reisig zusammen, einen kleinen Berg hoch. Das Reisig ward angezündet, und als die Flamme recht hoch brannte, sagte die Frau: »Nun legt euch ans Feuer, ihr Kinder, und ruht euch aus, wir gehen in den Wald und hauen Holz. Wenn wir fertig sind, kommen wir wieder und holen euch ab.«
Hänsel und Gretel saßen am Feuer, und als der Mittag kam, aß jedes sein Stücklein Brot. Und weil sie die Schläge der Holzaxt hörten, so glaubten sie, ihr Vater wäre in der Nähe. Es war aber

nicht die Holzaxt, es war ein Ast, den er an einen dürren Baum gebunden hatte, und den der Wind hin- und herschlug. Und als sie so lange gesessen hatten, fielen ihnen die Augen vor Müdigkeit zu, und sie schliefen fest ein. Als sie endlich erwachten, war es schon finstere Nacht. Gretel fing an zu weinen und sprach: »Wie sollen wir nun aus dem Wald kommen!« Hänsel aber tröstete sie, »wart nur ein Weilchen, bis der Mond aufgegangen ist, dann wollen wir den Weg schon finden.« Und als der volle Mond aufgestiegen war, so nahm Hänsel sein Schwesterchen an der Hand und ging den Kieselsteinen nach, die schimmerten wie neu geschlagene Batzen und zeigten ihnen den Weg. Sie gingen die ganze Nacht hindurch und kamen bei anbrechendem Tag wieder zu ihres Vaters Haus. Sie klopften an die Tür, und als die Frau aufmachte und sah, daß es Hänsel und Gretel war, sprach sie: »Ihr bösen Kinder, was habt ihr so lange im Walde geschlafen, wir haben geglaubt, ihr wolltet gar nicht wiederkommen.« Der Vater aber freute sich, denn es war ihm zu Herzen gegangen, daß er sie so allein zurückgelassen hatte.

Nicht lange danach war wieder Not in allen Ecken, und die Kinder hörten, wie die Mutter nachts im Bette zu dem Vater sprach: »Alles ist wieder aufgezehrt, wir haben noch einen halben Laib Brot, hernach hat das Lied ein Ende. Die Kinder müssen fort, wir wollen sie tiefer in den Wald hineinführen, damit sie den Weg nicht wieder herausfinden; es ist sonst keine Rettung für uns.« Dem Mann fiels schwer aufs Herz, und er dachte: »Es wäre besser, daß du den letzten Bissen mit deinen Kindern teiltest.« Aber die Frau hörte auf nichts, was er sagte, schalt ihn und machte ihm Vorwürfe. Wer A sagt, muß auch B sagen, und weil er das erstemal nachgegeben hatte, so mußte er es auch zum zweitenmal.

Die Kinder waren aber noch wach gewesen und hatten das Gespräch mit angehört. Als die Alten schliefen, stand Hänsel wieder auf, wollte hinaus und Kieselsteine auflesen wie das vorige Mal, aber die Frau hatte die Tür verschlossen, und Hänsel konnte

nicht heraus. Aber er tröstete sein Schwesterchen und sprach: »Weine nicht, Gretel, und schlaf nur ruhig, der liebe Gott wird uns schon helfen.«
Am frühen Morgen kam die Frau und holte die Kinder aus dem Bette. Sie erhielten ihr Stückchen Brot, das war aber noch kleiner als das vorige Mal. Auf dem Wege nach dem Wald bröckelte es Hänsel in der Tasche, stand oft still und warf ein Bröcklein auf die Erde. »Hänsel, was stehst du und guckst dich um«, sagte der Vater, »geh deiner Wege.« »Ich sehe nach meinem Täubchen, das sitzt auf dem Dache und will mir Ade sagen«, antwortete Hänsel. »Narr«, sagte die Frau, »das ist dein Täubchen nicht, das ist die Morgensonne, die auf den Schornstein oben scheint.« Hänsel aber warf nach und nach alle Bröcklein auf den Weg.
Die Frau führte die Kinder noch tiefer in den Wald, wo sie ihr Lebtag noch nicht gewesen waren. Da ward wieder ein großes Feuer angemacht, und die Mutter sagte: »Bleibt nur da sitzen, ihr Kinder, und wenn ihr müde seid, könnt ihr ein wenig schlafen: wir gehen in den Wald und hauen Holz, und abends, wenn wir fertig sind, kommen wir und holen euch ab.« Als es Mittag war, teilte Gretel ihr Brot mit Hänsel, der sein Stück auf den Weg gestreut hatte. Dann schliefen sie ein, und der Abend verging, aber niemand kam zu den armen Kindern. Sie erwachten erst in der finsteren Nacht, und Hänsel tröstete sein Schwesterchen und sagte: »Wart nur, Gretel, bis der Mond aufgeht, dann werden wir die Brotbröcklein sehen, die ich ausgestreut habe, die zeigen uns den Weg nach Haus.« Als der Mond kam, machten sie sich auf, aber sie fanden kein Bröcklein mehr, denn die viel tausend Vögel, die im Walde und im Felde umherfliegen, die hatten sie weggepickt. Hänsel sagte zu Gretel: »Wir werden den Weg schon finden«, aber sie fanden ihn nicht. Sie gingen die ganze Nacht und noch einen Tag von Morgen bis Abend, aber sie kamen aus dem Wald nicht heraus, und waren so hungrig, denn sie hatten nichts als die paar Beeren, die auf der Erde standen. Und

weil sie so müde waren, daß die Beine sie nicht mehr tragen wollten, so legten sie sich unter einen Baum und schliefen ein. Nun wars schon der dritte Morgen, daß sie ihres Vaters Haus verlassen hatten. Sie fingen wieder an zu gehen, aber sie gerieten immer tiefer in den Wald, und wenn nicht bald Hilfe kam, so mußten sie verschmachten. Als es Mittag war, sahen sie ein schönes schneeweißes Vöglein auf einem Ast sitzen, das sang so schön, daß sie stehen blieben und ihm zuhörten. Und als es fertig war, schwang es seine Flügel und flog vor ihnen her, und sie gingen ihm nach, bis sie zu einem Häuschen gelangten, auf dessen Dach es sich setzte, und als sie ganz nah herankamen, so sahen sie, daß das Häuslein aus Brot gebaut war und mit Kuchen gedeckt; aber die Fenster waren von hellem Zucker. »Da wollen wir uns dran machen«, sprach Hänsel, »und eine gesegnete Mahlzeit halten. Ich will ein Stück vom Dach essen, Gretel, du kannst vom Fenster essen, das schmeckt süß.« Hänsel reichte in die Höhe und brach sich ein wenig vom Dach ab, um zu versuchen, wie es schmeckte, und Gretel stellte sich an die Scheiben und knuperte daran. Da rief eine feine Stimme aus der Stube heraus:

»Knuper, knuper, kneischen,
wer knupert an meinem Häuschen?«

Die Kinder antworteten:

»Der Wind, der Wind,
das himmlische Kind«,

und aßen weiter, ohne sich irre machen zu lassen. Hänsel, dem das Dach sehr gut schmeckte, riß sich ein großes Stück davon herunter, und Gretel stieß eine ganze runde Fensterscheibe heraus, setzte sich nieder und tat sich wohl damit. Da ging auf einmal die Türe auf, und eine steinalte Frau, die sich auf eine Krücke stützte, kam herausgeschlichen. Hänsel und Gretel erschraken so gewaltig, daß sie fallen ließen, was sie in den Händen hielten. Die Alte aber wackelte mit dem Kopfe und sprach: »Ei, ihr lieben Kinder, wer hat euch hierher gebracht? Kommt nur herein und bleibt bei mir, es geschieht euch kein Leid.« Sie faßte beide an der Hand und führte sie in ihr Häuschen. Da ward gutes Essen aufgetragen, Milch und Pfannekuchen mit Zucker, Äpfel und Nüsse. Hernach wurden zwei schöne Bettlein weiß gedeckt, und Hänsel und Gretel legten sich hinein und meinten, sie wären im Himmel.

Die Alte hatte sich nur so freundlich angestellt, sie war aber eine böse Hexe, die den Kindern auflauerte, und hatte das Brothäuslein bloß gebaut, um sie herbeizulocken. Wenn eins in ihre Gewalt kam, so machte sie es tot, kochte es und aß es, und das war ihr ein Festtag. Die Hexen haben rote Augen und können nicht weit sehen, aber sie haben eine feine Witterung, wie die Tiere, und merkens, wenn Menschen herankommen. Als Hänsel und Gretel in ihre Nähe kamen, da lachte sie boshaft und sprach höhnisch: »Die habe ich, die sollen mir nicht wieder entwischen.« Frühmorgens, ehe die Kinder erwacht waren, stand sie schon auf, und als sie beide so lieblich ruhen sah, mit den vollen roten Backen, so murmelte sie vor sich hin: »Das wird ein guter Bissen werden.« Da packte sie Hänsel mit ihrer dürren Hand und trug ihn in einen kleinen Stall und sperrte ihn mit einer Gittertüre ein: er mochte schreien, wie er wollte, es half ihm nichts. Dann ging sie zur Gretel, rüttelte sie wach und rief: »Steh auf, Faulenzerin, trag Wasser und koch deinem Bruder etwas Gutes, der sitzt draußen im Stall und soll fett werden. Wenn er fett ist, so will ich ihn essen.« Gretel fing an bitterlich zu weinen, aber es war alles vergeblich, sie mußte tun, was die böse Hexe verlangte.

Nun ward dem armen Hänsel das beste Essen gekocht, aber Gretel bekam nichts als Krebsschalen. Jeden Morgen schlich die Alte zu dem Ställchen und rief: »Hänsel, streck deine Finger heraus, damit ich fühle, ob du bald fett bist.« Hänsel streckte ihr aber ein Knöchlein heraus, und die Alte, die trübe Augen hatte, konnte es nicht sehen, und meinte, es wären Hänsels Finger, und verwunderte sich, daß er gar nicht fett werden wollte. Als vier Wochen herum waren und Hänsel immer mager blieb, da übernahm sie die Ungeduld, und sie wollte nicht länger warten. »Heda, Gretel«, rief sie dem Mädchen zu, »sei flink und trag Wasser: Hänsel mag fett oder mager sein, morgen will ich ihn schlachten und kochen.« Ach, wie jammerte das arme Schwesterlein, als es das Wasser tragen mußte, und wie flossen ihm die Tränen über die Backen herunter! »Lieber Gott, hilf uns doch«, rief sie aus, »hätten uns nur die wilden Tiere im Wald gefressen, so wären wir doch zusammen gestorben.« »Spar nur dein Geblärre«, sagte die Alte, »es hilft dir alles nichts.«

Frühmorgens mußte Gretel heraus, den Kessel mit Wasser aufhängen und Feuer anzünden. »Erst wollen wir backen«, sagte die Alte, »ich habe den Backofen schon eingeheizt und den Teig geknetet!« Sie stieß das arme Gretel hinaus zu dem Backofen, aus dem die Feuerflammen schon herausschlugen. »Kriech hinein«, sagte die Hexe, »und sieh zu, ob recht eingeheizt ist, damit wir das Brot hineinschießen können.« Und wenn Gretel darin war, wollte sie den Ofen zumachen, und Gretel sollte darin braten, und dann wollte sies auch aufessen. Aber Gretel merkte, was sie im Sinn hatte, und sprach: »Ich weiß nicht, wie ichs machen soll; wie komme ich da hinein?« »Dumme Gans«, sagte die Alte, »die Öffnung ist groß genug, siehst du wohl, ich könnte selbst hinein«, krabbelte heran und steckte den Kopf in den Backofen. Da gab ihr Gretel einen Stoß, daß sie weit hineinfuhr, machte die eiserne Tür zu und schob den Riegel vor. Hu! da fing sie an zu heulen, ganz grauselig; aber Gretel lief fort, und die gottlose Hexe mußte elendiglich verbrennen.

Gretel aber lief schnurstracks zum Hänsel, öffnete sein Ställchen und rief: »Hänsel, wir sind erlöst, die alte Hexe ist tot!« Da sprang Hänsel heraus, wie ein Vogel aus dem Käfig, wenn ihm die Türe aufgemacht wird. Wie haben sie sich gefreut, sind sich um den Hals gefallen, sind herumgesprungen und haben sich geküßt!

Und weil sie sich nicht mehr zu fürchten brauchten, so gingen sie in das Haus der Hexe hinein, da standen in allen Ecken Kasten mit Perlen und Edelsteinen. »Die sind noch besser als Kieselsteine«, sagte Hänsel und steckte in seine Taschen, was hinein wollte, und Gretel sagte: »Ich will auch etwas mit nach Haus bringen«, und füllte sich sein Schürzchen voll. »Aber jetzt wollen wir fort«, sagte Hänsel, »damit wir aus dem Hexenwald herauskommen.« Als sie aber ein paar Stunden gegangen waren, gelangten sie an ein großes Wasser. »Wir können nicht hinüber«, sprach Hänsel, »ich seh keinen Steg und keine Brücke.« »Hier fährt auch kein Schiffchen«, antwortete Gretel, »aber da schwimmt eine weiße Ente, wenn ich die bitte, so hilft sie uns hinüber.« Da rief sie:

»Entchen, Entchen,
da steht Gretel und Hänsel.
Kein Steg und keine Brücke,
nimm uns auf deinen weißen Rücken.«

Das Entchen kam auch heran, und Hänsel setzte sich auf und bat sein Schwesterchen, sich zu ihm zu setzen. »Nein«, antwortete Gretel, »es wird dem Entchen zu schwer, es soll uns nacheinander hinüberbringen.« Das tat das gute Tierchen, und als sie glücklich drüben waren und ein Weilchen fortgingen, da kam ihnen der Wald immer bekannter und immer bekannter vor, und endlich erblickten sie von weitem ihres Vaters Haus. Da fingen sie an zu laufen, stürzten in die Stube hinein und fielen ihrem Vater um den Hals. Der Mann hatte keine frohe Stunde gehabt, seitdem er die Kinder im Walde gelassen hatte, die Frau aber war gestorben. Gretel schüttete sein Schürzchen aus, daß die Perlen und Edelsteine in der Stube herumsprangen, und Hänsel warf eine Handvoll nach der anderen aus seiner Tasche dazu. Da hatten alle Sorgen ein Ende, und sie lebten in lauter Freude zusammen. Mein Märchen ist aus, dort lauft eine Maus, wer sie fängt, darf sich eine große, große Pelzkappe daraus machen.

E.T.A. HOFFMANN

Der Sandmann

Nathanael an Lothar

Gewiß seid Ihr alle voll Unruhe, daß ich so lange – lange nicht geschrieben. Mutter zürnt wohl, und Clara mag glauben, ich lebe hier in Saus und Braus und vergesse mein holdes Engelsbild, so tief mir in Herz und Sinn eingeprägt, ganz und gar. – Dem ist aber nicht so; täglich und stündlich gedenke ich Eurer aller und in süßen Träumen geht meines holden Clärchens freundliche Gestalt vorüber und lächelt mich mit ihren hellen Augen so anmutig an, wie sie wohl pflegte, wenn ich zu Euch hineintrat. – Ach wie vermochte ich denn Euch zu schreiben, in der zerrissenen Stimmung des Geistes, die mir bisher alle Gedanken verstörte! – Etwas Entsetzliches ist in mein Leben getreten! – Dunkle Ahnungen eines gräßlichen mir drohenden Geschicks breiten sich wie schwarze Wolkenschatten über mich aus, undurchdringlich jedem freundlichen Sonnenstrahl. – Nun soll ich Dir sagen, was mir widerfuhr. Ich muß es, das sehe ich ein, aber nur es denkend, lacht es wie toll aus mir heraus. – Ach mein herzlieber Lothar! wie fange ich es denn an, Dich nur einigermaßen empfinden zu lassen, daß das, was mir vor einigen Tagen geschah, denn wirklich mein Leben so feindlich zerstören konnte! Wärst Du nur hier, so könntest Du selbst schauen; aber jetzt hältst Du mich gewiß für einen aberwitzigen Geisterseher. – Kurz und gut, das Entsetzliche, was mir geschah, dessen tödlichen Eindruck zu vermeiden ich mich vergebens bemühe, besteht in nichts anderm, als daß vor einigen Tagen, nämlich am 30. Oktober mittags um 12 Uhr, ein Wetterglashändler in meine Stube trat und mir seine Ware anbot. Ich kaufte nichts und drohte, ihn die Treppe herabzuwerfen, worauf er aber von selbst fortging. –

Du ahnest, daß nur ganz eigne, tief in mein Leben eingreifende Beziehungen diesem Vorfall Bedeutung geben können, ja, daß wohl die Person jenes unglückseligen Krämers gar feindlich auf mich wirken muß. So ist es in der Tat. Mit aller Kraft fasse ich mich zusammen, um ruhig und geduldig Dir aus meiner frühern Jugendzeit so viel zu erzählen, daß Deinem regen Sinn alles klar und deutlich in leuchtenden Bildern aufgehen wird. Indem ich anfangen will, höre ich Dich lachen und Clara sagen: das sind ja rechte Kindereien! – Lacht, ich bitte Euch, lacht mich recht herzlich aus! – ich bitt Euch sehr! – Aber Gott im Himmel! die Haare sträuben sich mir und es ist, als flehe ich Euch an, mich auszulachen, in wahnsinniger Verzweiflung, wie Franz Moor den Daniel. – Nun fort zur Sache! –

Außer dem Mittagsessen sahen wir, ich und mein Geschwister, Tag über den Vater wenig. Er mochte mit seinem Dienst viel beschäftigt sein. Nach dem Abendessen, das alter Sitte gemäß schon um sieben Uhr aufgetragen wurde, gingen wir alle, die Mutter mit uns, in des Vaters Arbeitszimmer und setzten uns um einen runden Tisch. Der Vater rauchte Tabak und trank ein großes Glas Bier dazu. Oft erzählte er uns viele wunderbare Geschichten und geriet darüber so in Eifer, daß ihm die Pfeife immer ausging, die ich, ihm brennend Papier hinhaltend, wieder anzünden mußte, welches mir denn ein Hauptspaß war. Oft gab er uns aber Bilderbücher in die Hände, saß stumm und starr in seinem Lehnstuhl und blies starke Dampfwolken von sich, daß wir alle wie im Nebel schwammen. An solchen Abenden war die Mutter sehr traurig, und kaum schlug die Uhr neun, so sprach sie: »Nun Kinder! – zu Bette! zu Bette! der Sandmann kommt, ich merk es schon.« Wirklich hörte ich dann jedes Mal etwas schweren langsamen Tritts die Treppe heraufpoltern; das mußte der Sandmann sein. Einmal war mir jenes dumpfe Treten und Poltern besonders graulich; ich frug die Mutter, indem sie uns fortführte: »Ei Mama! wer ist denn der böse Sandmann, der uns immer von Papa forttreibt? – wie sieht er denn aus?« »Es gibt keinen Sandmann, mein liebes Kind«, erwiderte die Mutter; »wenn ich sage, der Sandmann kommt, so will das nur heißen, ihr seid schläfrig und könnt die Augen nicht offen behalten, als hätte man euch Sand hineingestreut.« – Der Mutter Antwort befriedigte mich nicht, ja in meinem kindischen Gemüt entfaltete sich deutlich der Gedanke, daß die Mutter den Sandmann nur verleugne, damit wir uns vor ihm nicht fürchten sollten, ich hörte ihn ja immer die Treppe heraufkommen. Voll Neugierde, Näheres von diesem Sandmann und seiner Beziehung auf uns Kinder zu erfahren, frug ich endlich die alte Frau, die meine jüngste Schwester wartete: was denn das für ein Mann sei, der Sandmann? »Ei Thanelchen«, erwiderte diese, »weißt du das noch nicht? Das ist ein böser Mann, der kommt zu den Kindern, wenn sie nicht zu Bett gehen wollen, und wirft ihnen Hände voll Sand in die Augen, daß sie blutig zum Kopf herausspringen, die wirft er dann in den Sack und trägt sie in den Halbmond zur Atzung für seine Kinderchen; die sitzen dort im Nest und haben krumme Schnäbel, wie die Eulen, damit picken sie der unartigen Menschenkindlein Augen auf.« – Gräßlich malte sich nun im Innern mir das Bild des grausamen Sandmanns aus; sowie es abends die Treppe heraufpolterte, zitterte ich vor Angst und Entsetzen. Nichts als den unter Tränen hergestotterten Ruf: der Sandmann! der Sandmann! konnte die Mutter aus mir herausbringen. Ich lief darauf in das Schlafzimmer, und wohl die ganze Nacht über quälte mich die fürchterliche Erscheinung des Sandmanns. – Schon alt genug war ich geworden, um einzusehen, daß das mit dem Sandmann und seinem Kindernest im Halbmonde, so wie es mir die Wartefrau erzählt hatte, wohl nicht ganz seine Richtigkeit haben könne; indessen blieb mir der Sandmann ein fürchterliches Gespenst, und Grauen – Entsetzen ergriff mich, wenn ich ihn nicht allein die Treppe heraufkommen, sondern auch meines Vaters Stubentür heftig aufreißen und hineintreten hörte. Manchmal blieb er lange weg, dann kam er öfter hintereinander. Jahrelang dauerte das, und nicht gewöhnen konnte ich mich an den unheimlichen Spuk, nicht bleicher wurde in mir das Bild des grausigen Sandmanns. Sein Umgang mit dem Vater fing an, meine Phantasie immer mehr und mehr zu beschäftigen: den Vater darum zu befragen hielt mich eine unüberwindliche Scheu zurück, aber selbst – selbst das Geheimnis zu erforschen, den fabelhaften Sandmann zu sehen, dazu keimte mit den Jahren immer mehr die Lust in mir empor. Der Sandmann hatte mich auf die Bahn des Wunderbaren, Abenteuerlichen gebracht, das so schon leicht im kindlichen Gemüt sich einnistet. Nichts war mir lieber, als schauerliche Geschichten von Kobolden, Hexen, Däumlingen usw. zu hören oder zu lesen; aber obenan stand immer der Sandmann, den ich in den seltsamsten, abscheulichsten Gestalten überall auf Tische, Schränke und Wände mit Kreide, Kohle hinzeichnete. Als ich zehn Jahre alt geworden, wies mich die Mutter aus der Kinderstube in ein Kämmerchen, das auf dem Korridor unfern von meines Vaters Zimmer lag. Noch immer mußten wir uns, wenn auf den Schlag neun Uhr sich jener Unbekannte im Hause hören ließ, schnell entfernen. In meinem Kämmerchen vernahm ich, wie er bei dem Vater hineintrat, und bald darauf war es mir dann, als verbreite sich im Hause ein feiner seltsam riechender Dampf. Immer höher mit der Neugierde wuchs der Mut, auf irgendeine Weise des Sandmanns Bekanntschaft zu machen. Oft schlich ich schnell aus dem Kämmerchen auf den Korridor, wenn die Mutter vorübergegangen, aber nichts konnte ich erlauschen, denn immer war der Sandmann schon zur Türe hinein, wenn ich den Platz erreicht hatte, wo er mir sichtbar werden mußte. Endlich von unwiderstehlichem Drange getrieben, beschloß ich, im Zimmer des Vaters selbst mich zu verbergen und den Sandmann zu erwarten.

An des Vaters Schweigen, an der Mutter Traurigkeit merkte ich eines Abends, daß der Sandmann kommen werde; ich schützte daher große Müdigkeit vor, verließ schon vor neun Uhr das Zimmer und verbarg mich dicht neben der Türe in einem Schlupfwinkel. Die Haustür knarrte, durch den Flur ging es, langsamen, schweren, dröhnenden Schrittes nach der Treppe. Die Mutter eilte mit dem Geschwister mir vorüber. Leise – leise öffnete ich des Vaters Stubentür. Er saß, wie gewöhnlich, stumm und starr den Rücken der Türe zugekehrt, er bemerkte mich nicht, schnell war ich hinein und hinter der Gardine, die einem gleich neben der Türe stehenden offenen Schrank, worin meines Vaters Kleider hingen, vorgezogen war. – Näher – immer näher dröhnten die Tritte – es hustete und scharrte und brummte seltsam draußen. Das Herz bebte mir vor Angst und Erwartung. – Dicht, dicht vor der Türe ein scharfer Tritt – ein heftiger Schlag auf die Klinke, die Tür springt rasselnd auf! – Mit Gewalt mich ermannend gucke ich behutsam hervor. Der Sandmann steht mitten in der Stube vor meinem Vater, der helle Schein der Lichter brennt ihm ins Gesicht! – Der Sandmann, der fürchterliche Sandmann ist der alte Advokat Coppelius, der manchmal bei uns zu Mittage ißt! – Aber die gräßlichste Gestalt hätte mir nicht tieferes Entsetzen erregen können, als eben dieser Coppelius. – Denke Dir einen großen breitschultrigen Mann mit einem unförmlich dicken Kopf, erdgelbem Gesicht, buschigten grauen Augenbrauen, unter denen ein paar grünliche Katzenaugen stechend hervorfunkeln, großer, starker über die Oberlippe gezogener Nase. Das schiefe Maul verzieht sich oft zum hämischen Lachen; dann werden auf den Backen ein paar dunkelrote Flecke sichtbar und ein seltsam zischender Ton fährt durch die zusammengekniffenen Zähne. Coppelius erschien immer in einem altmodisch zugeschnittenen aschgrauen Rocke, ebensolcher Weste und gleichen Beinkleidern, aber dazu schwarze Strümpfe und Schuhe mit kleinen Steinschnallen. Die kleine Perücke reichte kaum bis über den Kopfwirbel heraus, die Kleblocken standen hoch über den großen roten Ohren und ein breiter verschlossener Haarbeutel starrte von dem Nacken weg, so daß man die silberne Schnalle sah, die die gefältelte Halsbinde schloß. Die ganze Figur war überhaupt widrig und abscheulich; aber vor allem waren uns Kindern seine großen knotigten, haarigten Fäuste zuwider, so daß wir, was er damit berührte, nicht mehr mochten. Das hatte er bemerkt, und nun war es seine Freude, irgendein Stückchen Kuchen, oder eine süße Frucht, die uns die gute Mutter heimlich auf den Teller gelegt, unter diesem oder jenem Vorwande zu berühren, daß wir, helle Tränen in den Augen, die Näscherei, der wir uns erfreuen sollten, nicht mehr genießen mochten vor Ekel und Abscheu. Ebenso machte er es, wenn uns an Feiertagen der Vater ein klein Gläschen süßen Weins eingeschenkt hatte. Dann fuhr er schnell mit der Faust herüber, oder brachte wohl gar das Glas an die blauen Lippen und lachte recht teuflisch, wenn wir unsern Ärger nur leise schluchzend äußern durften. Er pflegte uns nur immer die kleinen Bestien zu nennen; wir durften, war er zugegen, keinen Laut von uns geben und verwünschten den häßlichen, feindlichen Mann, der uns recht mit Bedacht und Absicht auch die kleinste Freude verdarb. Die Mutter schien ebenso wie wir den widerwärtigen Coppelius zu hassen; denn so wie er sich zeigte, war ihr Frohsinn, ihr heiteres unbefangenes Wesen umgewandelt in traurigen, düstern Ernst. Der Vater betrug sich gegen ihn, als sei er ein höheres Wesen, dessen Unarten man dulden und das man auf jede Weise bei guter Laune erhalten müsse. Er durfte nur leise andeuten und Lieblingsgerichte wurden gekocht und seltene Weine kredenzt. Als ich nun diesen Coppelius sah, ging es grausig und entsetzlich in meiner Seele auf, daß ja niemand anders als er der Sandmann sein könne, aber der Sandmann war mir nicht mehr jener Popanz aus dem Ammenmärchen, der dem Eulennest im Halbmonde Kinderaugen zur Atzung holt – nein! – ein häßlicher gespenstischer Unhold, der überall, wo er einschreitet, Jammer – Not – zeitliches, ewiges Verderben bringt.

Ich war festgezaubert. Auf die Gefahr, entdeckt und, wie ich deutlich dachte, hart gestraft zu werden, blieb ich stehen, den Kopf lauschend durch die Gardine hervorgestreckt. Mein Vater empfing den Coppelius feierlich. »Auf! – zum Werk«, rief dieser mit heiserer, schnarrender Stimme und warf den Rock ab. Der Vater zog still und finster seinen Schlafrock aus und beide kleideten sich in lange schwarze Kittel. Wo sie *die* hernahmen, hatte ich übersehen. Der Vater öffnete die Flügeltür eines Wandschranks; aber, ich sah, daß das, was ich so lange dafür gehalten, kein Wandschrank, sondern vielmehr eine schwarze Höhlung war, in der ein kleiner Herd stand. Coppelius trat hinzu und eine blaue Flamme knisterte auf dem Herde empor. Allerlei seltsames Geräte stand umher. Ach Gott! – wie sich nun mein alter Vater zum Feuer herabbückte, da sah er ganz anders aus. Ein gräßlicher krampfhafter Schmerz schien seine sanften ehrlichen Züge zum häßlichen widerwärtigen Teufelsbilde verzogen zu haben. Er sah dem Coppelius ähnlich. Dieser schwang die glutrote Zange und holte damit hell blinkende Massen aus dem dicken Qualm, die er dann emsig hämmerte. Mir war es, als würden Menschengesichter ringsumher sichtbar, aber ohne Augen – scheußliche, tiefe schwarze Höhlen statt ihrer. »Augen her, Augen her!«, rief Coppelius mit dumpfer dröhnender Stimme. Ich kreischte auf, von wildem Entsetzen gewaltig erfaßt, und stürzte aus meinem Versteck heraus auf den Boden. Da ergriff mich Coppelius, »kleine Bestie! – kleine Bestie!« meckerte er zähnefletschend! – riß mich auf und warf mich auf den Herd, daß die Flamme mein Haar zu sengen begann: »Nun haben wir Augen – Augen – ein schön Paar Kinderaugen.« So flüsterte Coppelius, und griff mit den Fäusten glutrote Körner aus der Flamme, die er mir in die Augen streuen wollte. Da hob mein Vater flehend die Hände empor und rief: »Meister! Meister! laß meinem Nathanael die Augen – laß sie ihm!« Coppelius lachte gellend auf und rief: »Mag denn der Junge die Augen behalten und sein Pensum flennen in der Welt;

aber nun wollen wir doch den Mechanismus der Hände und der Füße recht observieren.« Und damit faßte er mich gewaltig, daß die Gelenke knackten, und schrob mir die Hände ab und die Füße und setzte sie bald hier, bald dort wieder ein. »'s steht doch überall nicht recht! 's gut, so wie es war! – Der Alte hat's verstanden!« So zischte und lispelte Coppelius; aber alles um mich her wurde schwarz und finster, ein jäher Krampf durchzuckte Nerv und Gebein – ich fühlte nichts mehr. Ein sanfter warmer Hauch glitt über mein Gesicht, ich erwachte wie aus dem Todesschlaf, die Mutter hatte sich über mich hingebeugt. »Ist der Sandmann noch da?«, stammelte ich. »Nein, mein liebes Kind, der ist lange, lange fort, der tut dir keinen Schaden!« – So sprach die Mutter und küßte und herzte den wiedergewonnenen Liebling. –

Was soll ich Dich ermüden, mein herzlieber Lothar! was soll ich so weitläuftig Einzelnes hererzählen, da noch so vieles zu sagen übrig bleibt? Genug! – ich war bei der Lauscherei entdeckt, und von Coppelius gemißhandelt worden. Angst und Schrecken hatten mir ein hitziges Fieber zugezogen, an dem ich mehrere Wochen krank lag. »Ist der Sandmann noch da?« – Das war mein erstes gesundes Wort und das Zeichen meiner Genesung, meiner Rettung. – Nur noch den schrecklichsten Moment meiner Jugendjahre darf ich Dir erzählen; dann wirst Du überzeugt sein, daß es nicht meiner Augen Blödigkeit ist, wenn mir nun alles farblos erscheint, sondern daß ein dunkles Verhängnis wirklich einen trüben Wolkenschleier über mein Leben gehängt hat, den ich vielleicht nur sterbend zerreiße. –

Coppelius ließ sich nicht mehr sehen, es hieß, er habe die Stadt verlassen.

Ein Jahr mochte vergangen sein, als wir der alten unveränderten Sitte gemäß abends an dem runden Tische saßen. Der Vater war sehr heiter und erzählte viel Ergötzliches von den Reisen, die er in seiner Jugend gemacht. Da hörten wir, als es neune schlug, plötzlich die Haustür in den Angeln knarren und langsame ei-

senschwere Schritte dröhnten durch den Hausflur die Treppe herauf. »Das ist Coppelius«, sagte meine Mutter erblassend. »Ja! – es ist Coppelius«, wiederholte der Vater mit matter gebrochener Stimme. Die Tränen stürzten der Mutter aus den Augen. »Aber Vater, Vater!«, rief sie, »muß es denn so sein?« »Zum letzten Male!« erwiderte dieser, »zum letzten Male kommt er zu mir, ich verspreche es dir. Geh nur, geh mit den Kindern! – Geht – geht zu Bette! Gute Nacht!«
Mir war es, als sei ich in schweren kalten Stein eingepreßt – mein Atem stockte! – Die Mutter ergriff mich beim Arm, als ich unbeweglich stehen blieb: »Komm Nathanael, komme nur!« – Ich ließ mich fortführen, ich trat in meine Kammer. »Sei ruhig, sei ruhig, lege dich ins Bette! – schlafe – schlafe«, rief mir die Mutter nach; aber von unbeschreiblicher innerer Angst und Unruhe gequält, konnte ich kein Auge zutun. Der verhaßte abscheuliche Coppelius stand vor mir mit funkelnden Augen und lachte mich hämisch an, vergebens trachtete ich sein Bild los zu werden. Es mochte wohl schon Mitternacht sein, als ein entsetzlicher Schlag geschah, wie wenn ein Geschütz losgefeuert würde. Das ganze Haus erdröhnte, es rasselte und rauschte bei meiner Türe vorbei, die Haustüre wurde klirrend zugeworfen. »Das ist Coppelius«, rief ich entsetzt und sprang aus dem Bette. Da kreischte es auf in schneidendem trostlosen Jammer, fort stürzte ich nach des Vaters Zimmer, die Tür stand offen, erstickender Dampf quoll mir entgegen, das Dienstmädchen schrie: »Ach, der Herr! – der Herr!« – Vor dem dampfenden Herde auf dem Boden lag mein Vater tot mit schwarz verbranntem gräßlich verzerrtem Gesicht, um ihn herum heulten und winselten die Schwestern – die Mutter ohnmächtig daneben! – »Coppelius, verruchter Satan, du hast den Vater erschlagen!« – So schrie ich auf; mir vergingen die Sinne. Als man zwei Tage darauf meinen Vater in den Sarg legte, waren seine Gesichtszüge wieder mild und sanft geworden, wie sie im Leben waren. Tröstend ging es

in meiner Seele auf, daß sein Bund mit dem teuflischen Coppelius ihn nicht ins ewige Verderben gestürzt haben könne. –
Die Explosion hatte die Nachbarn geweckt, der Vorfall wurde ruchbar und kam vor die Obrigkeit, welche den Coppelius zur Verantwortung vorfordern wollte. Der war aber spurlos vom Orte verschwunden.
Wenn ich Dir nun sage, mein herzlieber Freund! daß jener Wetterglashändler eben der verruchte Coppelius war, so wirst Du mir es nicht verargen, daß ich die feindliche Erscheinung als schweres Unheil bringend deute. Er war anders gekleidet, aber Coppelius' Figur und Gesichtszüge sind zu tief in mein Innerstes eingeprägt, als daß hier ein Irrtum möglich sein sollte. Zudem hat Coppelius nicht einmal seinen Namen geändert. Er gibt sich hier, wie ich höre, für einen piemontesischen Mechanicus aus, und nennt sich Giuseppe Coppola.
Ich bin entschlossen, es mit ihm aufzunehmen und des Vaters Tod zu rächen, mag es denn nun gehen, wie es will. Der Mutter erzähle nichts von dem Erscheinen des gräßlichen Unholds – Grüße meine liebe holde Clara, ich schreibe ihr in ruhigerer Gemütsstimmung. Lebe wohl etc. etc.

Clara an Nathanael

Wahr ist es, daß Du recht lange mir nicht geschrieben hast, aber dennoch glaube ich, daß Du mich in Sinn und Gedanken trägst. Denn meiner gedachtest Du wohl recht lebhaft, als Du Deinen letzten Brief an Bruder Lothar absenden wolltest und die Aufschrift, statt an ihn, an mich richtetest. Freudig erbrach ich den Brief und wurde den Irrtum erst bei den Worten inne: Ach mein herzlieber Lothar! – Nun hätte ich nicht weiter lesen, sondern den Brief dem Bruder geben sollen. Aber, hast Du mir auch sonst manchmal in kindischer Neckerei vorgeworfen, ich hätte solch ruhiges, weiblich besonnenes Gemüt, daß ich wie jene Frau, drohe das Haus den Einsturz, noch vor schneller Flucht ganz geschwinde einen falschen Kniff in der Fenstergardine glattstreichen würde, so darf ich doch wohl kaum versichern, daß Deines Briefes Anfang mich tief erschütterte. Ich konnte kaum atmen, es flimmerte mir vor den Augen. – Ach, mein herzgeliebter Nathanael! was konnte so Entsetzliches in Dein Leben getreten sein! Trennung von Dir, Dich niemals wiedersehen, der Gedanke durchfuhr meine Brust wie ein glühender Dolchstich. – Ich las und las! – Deine Schilderung des widerwärtigen Coppelius ist gräßlich. Erst jetzt vernahm ich, wie Dein guter alter Vater solch entsetzlichen, gewaltsamen Todes starb. Bruder Lothar, dem ich sein Eigentum zustellte, suchte mich zu beruhigen, aber es gelang ihm schlecht. Der fatale Wetterglashändler Giuseppe Coppola verfolgte mich auf Schritt und Tritt und beinahe schäme ich mich, es zu gestehen, daß er selbst meinen gesunden, sonst so ruhigen Schlaf in allerlei wunderlichen Traumgebilden zerstören konnte. Doch bald, schon den andern Tag, hatte sich alles anders in mir gestaltet. Sei mir nur nicht böse, mein Inniggeliebter, wenn Lothar Dir etwa sagen möchte, daß ich trotz Deiner seltsamen Ahnung, Coppelius werde Dir etwas Böses antun, ganz heitern unbefangenen Sinnes bin, wie immer.

Geradeheraus will ich es Dir nur gestehen, daß, wie ich meine, alles Entsetzliche und Schreckliche, wovon Du sprichst, nur in Deinem Innern vorging, die wahre wirkliche Außenwelt aber daran wohl wenig teilhatte. Widerwärtig genug mag der alte Coppelius gewesen sein, aber daß er Kinder haßte, das brachte in Euch Kindern wahren Abscheu gegen ihn hervor.

Natürlich verknüpfte sich nun in Deinem kindischen Gemüt der schreckliche Sandmann aus dem Ammenmärchen mit dem alten Coppelius, der Dir, glaubtest Du auch nicht an den Sandmann, ein gespenstischer, Kindern vorzüglich gefährlicher Unhold blieb.

Das unheimliche Treiben mit Deinem Vater zur Nachtzeit war wohl nichts anders, als daß beide insgeheim alchymistische Versuche machten, womit die Mutter nicht zufrieden sein konnte, da gewiß viel Geld unnütz verschleudert und obendrein, wie es immer mit solchen Laboranten der Fall sein soll, des Vaters Gemüt ganz von dem trügerischen Drange nach hoher Weisheit erfüllt, der Familie abwendig gemacht wurde. Der Vater hat wohl gewiß durch eigne Unvorsichtigkeit seinen Tod herbeigeführt, und Coppelius ist nicht schuld daran: Glaubst Du, daß ich den erfahrnen Nachbar Apotheker gestern frug, ob wohl bei chemischen Versuchen eine solche augenblicklich tötende Explosion möglich sei? Der sagte: »Ei allerdings« und beschrieb mir nach seiner Art gar weitläufig und umständlich, wie das zugehen könne, und nannte dabei so viel sonderbar klingende Namen, die ich gar nicht zu behalten vermochte. – Nun wirst Du wohl unwillig werden über Deine Clara, Du wirst sagen: in dies kalte Gemüt dringt kein Strahl des Geheimnisvollen, das den Menschen oft mit unsichtbaren Armen umfaßt; sie erschaut nur die bunte Oberfläche der Welt und freut sich, wie das kindische Kind über die goldgleißende Frucht, in deren Innern tödliches Gift verborgen.
Ach mein herzgeliebter Nathanael! glaubst Du denn nicht, daß auch in heitern – unbefangenen – sorglosen Gemütern die Ahnung wohnen könne von einer dunklen Macht, die feindlich uns in unserm eignen Selbst zu verderben strebt? – Aber verzeih es mir, wenn ich einfältig Mädchen mich unterfange, auf irgendeine Weise mir anzudeuten, was ich eigentlich von solchem Kampfe im Innern glaube. – Ich finde wohl gar am Ende nicht die rechten Worte und Du lachst mich aus, nicht weil ich was Dummes meine, sondern weil ich mich so ungeschickt anstelle, es zu sagen.
Gibt es eine dunkle Macht, die so recht feindlich und verräterisch einen Faden in unser Inneres legt, woran sie uns dann festpackt und fortzieht auf einem gefahrvollen verderblichen Wege, den wir sonst nicht betreten haben würden – gibt es eine solche

Macht, so muß sie in uns sich, wie wir selbst gestalten, ja unser Selbst werden; denn nur so glauben wir an sie und räumen ihr den Platz ein, dessen sie bedarf, um jenes geheime Werk zu vollbringen. Haben wir festen, durch das heitre Leben gestärkten Sinn genug, um fremdes feindliches Einwirken als solches stets zu erkennen und den Weg, in den uns Neigung und Beruf geschoben, ruhigen Schrittes zu verfolgen, so geht wohl jene unheimliche Macht unter in dem vergeblichen Ringen nach der Gestaltung, die unser eignes Spiegelbild sein sollte. Es ist auch gewiß, fügt Lothar hinzu, daß die dunkle psychische Macht, haben wir uns durch uns selbst ihr hingegeben, oft fremde Gestalten, die die Außenwelt uns in den Weg wirft, in unser Inneres hineinzieht, so daß wir selbst nur den Geist entzünden, der, wie wir in wunderlicher Täuschung glauben, aus jener Gestalt spricht. Es ist das Phantom unseres eigenen Ichs, dessen innige Verwandtschaft und dessen tiefe Einwirkung auf unser Gemüt uns in die Hölle wirft, oder in den Himmel verzückt. – Du merkst, mein herzlieber Nathanael! daß wir, ich und Bruder Lothar, uns recht über die Materie von dunklen Mächten und Gewalten ausgesprochen haben, die mir nun, nachdem ich nicht ohne Mühe das Hauptsächlichste aufgeschrieben, ordentlich tiefsinnig vorkommt. Lothars letzte Worte verstehe ich nicht ganz, ich ahne nur, was er meint, und doch ist es mir, als sei alles sehr wahr. Ich bitte Dich, schlage Dir den häßlichen Advokaten Coppelius und den Wetterglasmann Giuseppe Coppola ganz aus dem Sinn. Sei überzeugt, daß diese fremden Gestalten nichts über Dich vermögen; nur der Glaube an ihre feindliche Gewalt kann sie Dir in der Tat feindlich machen. Spräche nicht aus jeder Zeile Deines Briefes die tiefste Aufregung Deines Gemüts, schmerzte mich nicht Dein Zustand recht in innerster Seele, wahrhaftig, ich könnte über den Advokaten Sandmann und den Wetterglashändler Coppelius scherzen. Sei heiter – heiter! – Ich habe mir vorgenommen, bei Dir zu erscheinen, wie Dein Schutzgeist, und den häßlichen Coppola,

sollte er es sich etwa beikommen lassen, Dir im Traum beschwerlich zu fallen, mit lautem Lachen fortzubannen. Ganz und gar nicht fürchte ich mich vor ihm und vor seinen garstigen Fäusten, er soll mir weder als Advokat eine Näscherei, noch als Sandmann die Augen verderben.
Ewig, mein herzinnigstgeliebter Nathanael etc. etc. etc.

Nathanael an Lothar

Sehr unlieb ist es mir, daß Clara neulich den Brief an Dich aus, freilich durch meine Zerstreutheit veranlaßtem, Irrtum erbrach und las. Sie hat mir einen sehr tiefsinnigen philosophischen Brief geschrieben, worin sie ausführlich beweiset, daß Coppelius und Coppola nur in meinem Innern existieren und Phantome meines Ichs sind, die augenblicklich zerstäuben, wenn ich sie als solche erkenne. In der Tat, man sollte gar nicht glauben, daß der Geist, der aus solch hellen hold lächelnden Kindesaugen, oft wie ein lieblicher süßer Traum, hervorleuchtet, so gar verständig, so magistermäßig distinguieren könne. Sie beruft sich auf Dich. Ihr habt über mich gesprochen. Du liesest ihr wohl logische Collegia, damit sie alles fein sichten und sondern lerne. – Laß das bleiben! – Übrigens ist es wohl gewiß, daß der Wetterglashändler Giuseppe Coppola keineswegs der alte Advokat Coppelius ist. Ich höre bei dem erst neuerdings angekommenen Professor der Physik, der, wie jener berühmte Naturforscher, Spalanzani heißt und italienischer Abkunft ist, Collegia. Der kennt den Coppola schon seit vielen Jahren und überdem hört man es auch seiner Aussprache an, daß er wirklich Piemonteser ist. Coppelius war ein Deutscher, aber wie mich dünkt, kein ehrlicher. Ganz beruhigt bin ich nicht. Haltet Ihr, Du und Clara, mich immerhin für einen düstern Träumer, aber nicht los kann ich den Eindruck werden, den Coppelius' verfluchtes Gesicht

auf mich macht. Ich bin froh, daß er fort ist aus der Stadt, wie mir Spalanzani sagt. Dieser Professor ist ein wunderlicher Kauz. Ein kleiner rundlicher Mann, das Gesicht mit starken Backenknochen, feiner Nase, aufgeworfnen Lippen, kleinen stechenden Augen. Doch besser als in jeder Beschreibung siehst Du ihn, wenn Du den Cagliostro, wie er von Chodowiecki in irgendeinem Berlinischen Taschenkalender steht, anschauest. – So sieht Spalanzani aus. – Neulich steige ich die Treppe herauf und nehme wahr, daß die sonst einer Glastüre dicht vorgezogene Gardine zur Seite einen kleinen Spalt läßt. Selbst weiß ich nicht, wie ich dazu kam, neugierig durchzublicken. Ein hohes, sehr schlank im reinsten Ebenmaß gewachsenes, herrlich gekleidetes Frauenzimmer saß im Zimmer vor einem kleinen Tisch, auf den sie beide Arme, die Hände zusammengefaltet, gelegt hatte. Sie saß der Türe gegenüber, so daß ich ihr engelschönes Gesicht ganz erblickte. Sie schien mich nicht zu bemerken, und überhaupt hatten ihre Augen etwas Starres, beinahe möcht ich sagen, keine Sehkraft, es war mir so, als schliefe sie mit offnen Augen. Mir wurde ganz unheimlich und deshalb schlich ich leise fort ins Auditorium, das daneben gelegen. Nachher erfuhr ich, daß die Gestalt, die ich gesehen, Spalanzanis Tochter Olimpia war, die er sonderbarer- und schlechterweise einsperrt, so daß durchaus kein Mensch in ihre Nähe kommen darf. – Am Ende hat es eine Bewandtnis mit ihr, sie ist vielleicht blödsinnig oder sonst. – Weshalb schreibe ich Dir aber das alles? Besser und ausführlicher hätte ich Dir das mündlich erzählen können. Wisse nämlich, daß ich über vierzehn Tage bei Euch bin. Ich muß mein süßes liebes Engelsbild, meine Clara, wiedersehen. Weggehaucht wird dann die Verstimmung sein, die sich (ich muß das gestehen) nach dem fatalen verständigen Briefe meiner bemeistern wollte. Deshalb schreibe ich auch heute nicht an sie.
Tausend Grüße etc. etc. etc.

* * *

Seltsamer und wunderlicher kann nichts erfunden werden, als dasjenige ist, was sich mit meinem armen Freunde, dem jungen Studenten Nathanael, zugetragen, und was ich dir, günstiger Leser! zu erzählen unternommen. Hast du, Geneigtester! wohl jemals etwas erlebt, das deine Brust, Sinn und Gedanken ganz und gar erfüllte, alles andere daraus verdrängend? Es gärte und kochte in dir, zur siedenden Glut entzündet sprang das Blut durch die Adern und färbte höher deine Wangen. Dein Blick war so seltsam, als wolle er Gestalten, keinem andern Auge sichtbar, im leeren Raum erfassen, und die Rede zerfloß in dunkle Seufzer. Da frugen dich die Freunde:»Wie ist Ihnen, Verehrter? – Was haben Sie, Teurer?« Und nun wolltest du das innere Gebilde mit allen glühenden Farben und Schatten und Lichtern aussprechen und mühtest dich ab, Worte zu finden, um nur anzufangen. Aber es war dir, als müßtest du nun gleich im ersten Wort alles Wunderbare, Herrliche, Entsetzliche, Lustige, Grauenhafte, das sich zugetragen, recht zusammengreifen, so daß es, wie ein elektrischer Schlag, alle treffe. Doch jedes Wort, alles was Rede vermag, schien dir farblos und frostig und tot. Du suchst und suchst, und stotterst und stammelst, und die nüchternen Fragen der Freunde schlagen, wie eisige Windeshauche, hinein in deine innere Glut, bis sie verlöschen will. Hattest du aber, wie ein kecker Maler, erst mit einigen verwegenen Strichen, den Umriß deines innern Bildes hingeworfen, so trugst du mit leichter Mühe immer glühender und glühender die Farben auf und das lebendige Gewühl mannigfacher Gestalten riß die Freunde fort und sie sahen, wie du, sich selbst mitten im Bilde, das aus deinem Gemüt hervorgegangen! – Mich hat, wie ich es dir, geneigter Leser! gestehen muß, eigentlich niemand nach der Geschichte des jungen Nathanael gefragt; du weißt ja aber wohl, daß ich zu dem wunderlichen Geschlechte der Autoren gehöre, denen, tragen sie etwas so in sich, wie ich es vorhin beschrieben, so zumute wird, als frage jeder, der in ihre Nähe kommt und nebenher auch wohl noch die ganze Welt: »Was ist es denn? Erzählen Sie, Liebster!« – So trieb es mich denn gar gewaltig, von Nathanaels verhängnisvollem Leben zu dir zu sprechen. Das Wunderbare, Seltsame davon erfüllte meine ganze Seele, aber eben deshalb und weil ich dich, o mein Leser! gleich geneigt machen mußte, Wunderliches zu ertragen, welches nichts Geringes ist, quälte ich mich ab, Nathanaels Geschichte, bedeutend – originell, ergreifend, anzufangen: »Es war einmal« – der schönste Anfang jeder Erzählung, zu nüchtern! – »In der kleinen Provinzial-Stadt S. lebte« – etwas besser, wenigstens ausholend zum Klimax. – Oder gleich medias in res: »›Scher Er sich zum Teufel‹, rief, Wut und Entsetzen im wilden Blick, der Student Nathanael, als der Wetterglashändler Giuseppe Coppola« – Das hatte ich in der Tat schon aufgeschrieben, als ich in dem wilden Blick des Studenten Nathanael etwas Possierliches zu verspüren glaubte; die Geschichte ist aber gar nicht spaßhaft. Mir kam keine Rede in den Sinn, die nur im mindesten etwas von dem Farbenglanz des innern Bildes abzuspiegeln schien. Ich beschloß gar nicht anzufangen. Nimm, geneigter Leser! die drei Briefe, welche Freund Lothar mir gütigst mitteilte, für den Umriß des Gebildes, in das ich nun erzählend immer mehr und mehr Farbe hineinzutragen mich bemühen werde. Vielleicht gelingt es mir, manche Gestalt, wie ein guter Portraitmaler, so aufzufassen, daß du es ähnlich findest, ohne das Original zu kennen, ja daß es dir ist, als hättest du die Person recht oft schon mit leibhaftigen Augen gesehen. Vielleicht wirst du, o mein Leser! dann glauben, daß nichts wunderlicher und toller sei als das wirkliche Leben und daß dieses der Dichter doch nur, wie in eines matt geschliffnen Spiegels dunklem Widerschein, auffassen könne.

Damit klarer werde, was gleich anfangs zu wissen nötig, ist jenen Briefen noch hinzuzufügen, daß bald darauf, als Nathanaels Vater gestorben, Clara und Lothar, Kinder eines weitläuftigen Verwandten, der ebenfalls gestorben und sie verwaist nachgelassen, von Nathanaels Mutter ins Haus genommen wurden. Clara und Nathanael faßten eine heftige Zuneigung zueinander, wogegen kein Mensch auf Erden etwas einzuwenden hatte; sie waren daher Verlobte, als Nathanael den Ort verließ um seine Studien in G. – fortzusetzen. Da ist er nun in seinem letzten Briefe und hört Collegia bei dem berühmten Professor Physices, Spalanzani.

Nun könnte ich getrost in der Erzählung fortfahren; aber in dem Augenblick steht Claras Bild so lebendig mir vor Augen, daß ich nicht wegschauen kann, so wie es immer geschah, wenn sie mich hold lächelnd anblickte. – Für schön konnte Clara keineswegs gelten; das meinten alle, die sich von Amts wegen auf Schönheit verstehen. Doch lobten die Architekten die reinen Verhältnisse ihres Wuchses, die Maler fanden Nacken, Schultern und Brust beinahe zu keusch geformt, verliebten sich dagegen sämtlich in das wunderbare Magdalenenhaar und faselten überhaupt viel von Battonischem Kolorit. Einer von ihnen, ein wirklicher Phantast, verglich aber höchst seltsamerweise Claras Augen mit einem See von Ruisdael, in dem sich des wolkenlosen Himmels reines Azur, Wald und Blumenflur, der reichen Landschaft ganzes buntes, heitres Leben spiegelt. Dichter und Meister gingen aber weiter und sprachen: »Was See – was Spiegel! – Können wir denn das Mädchen anschauen, ohne daß uns aus ihrem Blick wunderbare himmlische Gesänge und Klänge entgegenstrahlen, die in unser Innerstes dringen, daß das alles wach und rege wird? Singen wir selbst dann nichts wahrhaft Gescheutes, so ist überhaupt nicht viel an uns und das lesen wir denn auch deutlich in dem um Claras Lippen schwebenden feinen Lächeln, wenn wir uns unterfangen, ihr etwas vorzuquinkelieren, das so tun will, als sei es Gesang, unerachtet nur einzelne Töne verworren durcheinanderspringen.« Es war dem so. Clara hatte die lebenskräftige Phantasie des heitern unbefangenen, kindischen Kindes, ein tiefes weiblich zartes Gemüt, einen gar hellen scharf sichtenden Verstand. Die Nebler und Schwebler hatten bei ihr böses Spiel; denn ohne zu viel zu reden, was überhaupt in Claras schweigsamer Natur nicht lag, sagte ihnen der helle Blick, und jenes feine ironische Lächeln: Lieben Freunde! wie möget ihr mir denn zumuten, daß ich eure verfließende Schattengebilde für wahre Gestalten ansehen soll, mit Leben und Regung? – Clara wurde deshalb von vielen kalt, gefühllos, prosaisch gescholten; aber andere, die das Leben in klarer Tiefe aufgefaßt, liebten ungemein das gemütvolle, verständige, kindliche Mädchen, doch keiner so sehr als Nathanael, der sich in Wissenschaft und Kunst kräftig und heiter bewegte. Clara hing an dem Geliebten mit ganzer Seele; die ersten Wolkenschatten zogen durch ihr Leben, als er sich von ihr trennte. Mit welchem Entzücken flog sie in seine Arme, als er nun, wie er im letzten Briefe an Lothar es verheißen, wirklich in seiner Vaterstadt ins Zimmer der Mutter eintrat. Es geschah so, wie Nathanael geglaubt; denn in dem Augenblick, als er Clara wiedersah, dachte er weder an den Advokaten Coppelius, noch an Claras verständigen Brief, jede Verstimmung war verschwunden.

Recht hatte aber Nathanael doch, als er seinem Freunde Lothar schrieb, daß des widerwärtigen Wetterglashändlers Coppola Gestalt recht feindlich in sein Leben getreten sei. Alle fühlten das, da Nathanael gleich in den ersten Tagen in seinem ganzen Wesen durchaus verändert sich zeigte. Er versank in düstre Träumereien, und trieb es bald so seltsam, wie man es niemals von ihm gewohnt gewesen. Alles, das ganze Leben war ihm Traum und Ahnung geworden; immer sprach er davon, wie jeder Mensch, sich frei wähnend, nur dunklen Mächten zum grausamen Spiel diene, vergeblich lehne man sich dagegen auf, demütig müsse man sich dem fügen, was das Schicksal verhängt habe. Er ging so weit, zu behaupten, daß es töricht sei, wenn man glaube, in Kunst und Wissenschaft nach selbsttätiger Willkür zu schaffen; denn die Begeisterung, in der man nur zu schaffen fähig sei, komme nicht aus dem eignen Innern, sondern sei das Einwirken irgendeines außer uns selbst liegenden höheren Prinzips.

Der verständigen Clara war diese mystische Schwärmerei im höchsten Grade zuwider, doch schien es vergebens, sich auf Widerlegung einzulassen. Nur dann, wenn Nathanael bewies, daß Coppelius das böse Prinzip sei, was ihn in dem Augenblick erfaßt habe, als er hinter dem Vorhange lauschte, und daß dieser widerwärtige *Dämon* auf entsetzliche Weise ihr Liebesglück stören werde, da wurde Clara sehr ernst und sprach: »Ja Nathanael! du hast recht, Coppelius ist ein böses feindliches Prinzip, er kann Entsetzliches wirken, wie eine teuflische Macht, die sichtbarlich in das Leben trat, aber nur dann, wenn du ihn nicht aus Sinn und Gedanken verbannst. Solange du an ihn glaubst, *ist* er auch und wirkt, nur dein Glaube ist seine Macht.« – Nathanael, ganz erzürnt, daß Clara die Existenz des *Dämons* nur in seinem eignen Innern statuiere, wollte dann hervorrücken mit der ganzen mystischen Lehre von Teufeln und grausen Mächten, Clara brach aber verdrüßlich ab, indem sie irgend etwas Gleichgültiges dazwischenschob, zu Nathanaels nicht geringem Ärger. *Der* dachte, kalten unempfänglichen Gemütern erschließen sich solche tiefe Geheimnisse nicht, ohne sich deutlich bewußt zu sein, daß er Clara eben zu solchen untergeordneten Naturen zähle, weshalb er nicht abließ mit Versuchen, sie in jene Geheimnisse einzuweihen. Am frühen Morgen, wenn Clara das Frühstück bereiten half, stand er bei ihr und las ihr aus allerlei mystischen Büchern vor, daß Clara bat: »Aber lieber Nathanael, wenn ich *dich* nun das böse Prinzip schelten wollte, das feindlich auf meinen Kaffee wirkt? – Denn, wenn ich, wie du es willst, alles stehen und liegen lassen und dir, indem du liesest, in die Augen schauen soll, so läuft mir der Kaffee ins Feuer und ihr bekommt alle kein Frühstück!« – Nathanael klappte das Buch heftig zu und rannte voll Unmut fort in sein Zimmer. Sonst hatte er eine besondere Stärke in anmutigen, lebendigen Erzählungen, die er aufschrieb, und die Clara mit dem innigsten Vergnügen anhörte, jetzt waren seine Dichtungen düster, unverständlich, gestaltlos, so daß, wenn

Clara schonend es auch nicht sagte, er doch wohl fühlte, wie wenig sie davon angesprochen wurde. Nichts war für Clara tötender, als das Langweilige; in Blick und Rede sprach sie dann ihre nicht zu besiegende geistige Schläfrigkeit aus. Nathanaels Dichtungen waren in der Tat sehr langweilig. Sein Verdruß über Claras kaltes prosaisches Gemüt stieg höher, Clara konnte ihren Unmut über Nathanaels dunkle, düstere, langweilige Mystik nicht überwinden, und so entfernten beide im Innern sich immer mehr voneinander, ohne es selbst zu bemerken. Die Gestalt des häßlichen Coppelius war, wie Nathanael selbst es sich gestehen mußte, in seiner Phantasie erbleicht und es kostete ihm oft Mühe, ihn in seinen Dichtungen, wo er als grauser Schicksalspopanz auftrat, recht lebendig zu kolorieren. Es kam ihm endlich ein, jene düstre Ahnung, daß Coppelius sein Liebesglück stören werde, zum Gegenstande eines Gedichts zu machen. Er stellte sich und Clara dar, in treuer Liebe verbunden, aber dann und wann war es, als griffe eine schwarze Faust in ihr Leben und risse irgendeine Freude heraus, die ihnen aufgegangen. Endlich, als sie schon am Traualtar stehen, erscheint der entsetzliche Coppelius und berührt Claras holde Augen: *die* springen in Nathanaels Brust wie blutige Funken sengend und brennend, Coppelius faßt ihn und wirft ihn in einen flammenden Feuerkreis, der sich dreht mit der Schnelligkeit des Sturmes und ihn sausend und brausend fortreißt. Es ist ein Tosen, als wenn der Orkan grimmig hineinpeitscht in die schäumenden Meereswellen, die sich wie schwarze, weißhauptige Riesen emporbäumen in wütendem Kampfe. Aber durch dies wilde Tosen hört er Claras Stimme: »Kannst du mich denn nicht erschauen? Coppelius hat dich getäuscht, das waren ja nicht meine Augen, die so in deiner Brust brannten, das waren ja glühende Tropfen deines eignen Herzbluts – ich habe ja meine Augen, sieh mich doch nur an!« – Nathanael denkt: das ist Clara, und ich bin ihr Eigen ewiglich. – Da ist es, als faßt der Gedanke gewaltig in den Feuerkreis hinein, daß er stehen bleibt, und im schwarzen Abgrund verrauscht dumpf das Getöse. Nathanael blickt in Claras Augen; aber es ist der Tod, der mit Claras Augen ihn freundlich anschaut.

Während Nathanael dies dichtete, war er sehr ruhig und besonnen, er feilte und besserte an jeder Zeile, und da er sich dem metrischen Zwange unterworfen, ruhte er nicht, bis alles rein und wohlklingend sich fügte. Als er jedoch nun endlich fertig worden und das Gedicht für sich laut las, da faßte ihn Grausen und wildes Entsetzen und er schrie auf: »Wessen grauenvolle Stimme ist das?« – Bald schien ihm jedoch das Ganze wieder nur eine sehr gelungene Dichtung, und es war ihm, als müsse Claras kaltes Gemüt dadurch entzündet werden, wiewohl er nicht deutlich dachte, wozu denn Clara entzündet, und wozu es denn nun eigentlich führen solle, sie mit den grauenvollen Bildern zu ängstigen, die ein entsetzliches, ihre Liebe zerstörendes Geschick weissagten. Sie, Nathanael und Clara, saßen in der Mutter kleinem Garten, Clara war sehr heiter, weil Nathanael sie seit drei Tagen, in denen er an jener Dichtung schrieb, nicht mit seinen Träumen und Ahnungen geplagt hatte. Auch Nathanael sprach lebhaft und froh von lustigen Dingen wie sonst, so daß Clara sagte: »Nun erst habe ich dich ganz wieder, siehst du es wohl, wie wir den häßlichen Coppelius vertrieben haben?« Da fiel dem Nathanael erst ein, daß er ja die Dichtung in der Tasche trage, die er habe vorlesen wollen. Er zog auch sogleich die Blätter hervor und fing an zu lesen: Clara, etwas Langweiliges wie gewöhnlich vermutend und sich darein ergebend, fing an, ruhig zu strikken. Aber so wie immer schwärzer und schwärzer das düstre Gewölk aufstieg, ließ sie den Strickstrumpf sinken und blickte starr dem Nathanael ins Auge. *Den* riß seine Dichtung unaufhaltsam fort, hochrot färbte seine Wangen die innere Glut, Tränen quollen ihm aus den Augen – Endlich hatte er geschlossen, er stöhnte in tiefer Ermattung – er faßte Claras Hand und seufzte wie aufgelöst in trostlosem Jammer: »Ach! – Clara – Clara« – Clara drückte ihn sanft an ihren Busen und sagte leise, aber sehr langsam und ernst: »Nathanael – mein herzlieber Nathanael! – wirf das tolle – unsinnige – wahnsinnige Märchen ins Feuer.« Da sprang Nathanael entrüstet auf und rief, Clara von sich stoßend: »Du lebloses, verdammtes Automat!« Er rannte fort, bittre Tränen vergoß die tief verletzte Clara: »Ach er hat mich niemals geliebt, denn er versteht mich nicht«, schluchzte sie laut. – Lothar trat in die Laube; Clara mußte ihm erzählen, was vorgefallen; er liebte seine Schwester mit ganzer Seele, jedes Wort ihrer Anklage fiel wie ein Funke in sein Inneres, so daß der Unmut, den er wider den träumerischen Nathanael lange im Herzen getragen, sich entzündete zum wilden Zorn. Er lief zu Nathanael, er warf ihm das unsinnige Betragen gegen die geliebte Schwester in harten Worten vor, die der aufbrausende Nathanael ebenso erwiderte. Ein phantastischer, wahnsinniger Geck wurde mit einem miserablen, gemeinen Alltagsmenschen erwidert. Der Zweikampf war unvermeidlich. Sie beschlossen, sich am folgenden Morgen hinter dem Garten nach dortiger akademischer Sitte mit scharf geschliffenen Stoßrapieren zu schlagen. Stumm und finster schlichen sie umher, Clara hatte den heftigen Streit gehört und gesehen, daß der Fechtmeister in der Dämmerung die Rapiere brachte. Sie ahnte, was geschehen sollte. Auf dem Kampfplatz angekommen hatten Lothar und Nathanael soeben düster schweigend die Röcke abgeworfen, blutdürstige Kampflust im brennenden Auge, wollten sie gegeneinander ausfallen, als Clara durch die Gartentür herbeistürzte. Schluchzend rief sie laut: »Ihr wilden entsetzlichen Menschen! – stoßt mich nur gleich nieder, ehe ihr euch anfallt; denn wie soll ich denn länger leben auf der Welt, wenn der Geliebte den Bruder, oder wenn der Bruder den Geliebten ermordet hat!« – Lothar ließ die Waffe sinken und sah schweigend zur Erde nieder, aber in Nathanaels Innerm ging in herzzerreißender Wehmut alle Liebe wieder auf, wie er sie jemals in der herrlichen Jugendzeit schönsten Tagen für die holde Clara empfunden. Das Mordgewehr entfiel seiner Hand, er stürzte zu Claras Füßen. »Kannst du mir denn jemals verzeihen, du meine einzige, meine herzgeliebte Clara! – Kannst du mir verzeihen, mein herzlieber Bruder Lothar!« – Lothar wurde gerührt von des Freundes tiefem Schmerz; unter tausend Tränen umarmten sich die drei versöhnten Menschen und schwuren, nicht voneinander zu lassen in steter Liebe und Treue.

Dem Nathanael war es zumute, als sei eine schwere Last, die ihn zu Boden gedrückt, von ihm abgewälzt, ja als habe er, Widerstand leistend der finstern Macht, die ihn befangen, sein ganzes Sein, dem Vernichtung drohte, gerettet. Noch drei selige Tage verlebte er bei den Lieben, dann kehrte er zurück nach G., wo er noch ein Jahr zu bleiben, dann aber auf immer nach seiner Vaterstadt zurückzukehren gedachte.

Der Mutter war alles, was sich auf Coppelius bezog, verschwiegen worden; denn man wußte, daß sie nicht ohne Entsetzen an ihn denken konnte, weil sie, wie Nathanael, ihm den Tod ihres Mannes Schuld gab.

* * *

Wie erstaunte Nathanael, als er in seine Wohnung wollte und sah, daß das ganze Haus niedergebrannt war, so daß aus dem Schutthaufen nur die nackten Feuermauern hervorragten. Unerachtet das Feuer in dem Laboratorium des Apothekers, der im untern Stocke wohnte, ausgebrochen war, das Haus daher von unten herauf gebrannt hatte, so war es doch den kühnen, rüstigen Freunden gelungen, noch zu rechter Zeit in Nathanaels im obern Stock gelegenes Zimmer zu dringen, um Bücher, Manuskripte, Instrumente zu retten. Alles hatten sie unversehrt in ein anderes Haus getragen, und dort ein Zimmer in Beschlag genommen, welches Nathanael nun sogleich bezog. Nicht sonderlich achtete er darauf, daß er dem Professor Spalanzani gegenüber wohnte, und ebenso wenig schien es ihn etwas Besonderes, als er bemerkte, daß er aus seinem Fenster gerade hinein in das Zimmer blickte, wo oft Olimpia einsam saß, so daß er ihre Figur deutlich erkennen konnte, wiewohl die Züge des Gesichts undeutlich und verworren blieben. Wohl fiel es ihm endlich auf, daß Olimpia oft stundenlang in derselben Stellung, wie er sie einst durch ihre Glastüre entdeckte, ohne irgendeine Beschäftigung an einem kleinen Tische saß und daß sie offenbar unverwandten Blickes nach ihm herüberschaute; er mußte sich auch selbst gestehen, daß er nie einen schöneren Wuchs gesehen; indessen, Clara im Herzen, blieb ihm die steife, starre Olimpia höchst gleichgültig und nur zuweilen sah er flüchtig über sein Kompendium herüber nach der schönen Bildsäule, das war alles. – Eben schrieb er an Clara, als es leise an die Türe klopfte; sie öffnete sich auf seinen Zuruf und Coppolas widerwärtiges Gesicht sah hinein. Nathanael fühlte sich im Innersten erbeben; eingedenk dessen, was ihm Spalanzani über den Landsmann Coppola gesagt und was er auch rücksichts des Sandmanns Coppelius der Geliebten so heilig versprochen, schämte er sich aber selbst seiner kindischen Gespensterfurcht, nahm sich mit aller Gewalt zusammen und sprach so sanft und gelassen als möglich: »Ich kaufe kein Wetterglas, mein lieber Freund! gehen Sie nur!« Da trat aber Coppola vollends in die Stube und sprach mit heiserem Ton, indem sich das weite Maul zum häßlichen Lachen verzog und die kleinen Augen unter den grauen langen Wimpern stechend hervorfunkelten: »Ei, nix Wetterglas, nix Wetterglas! – hab auch sköne Oke – sköne Oke!« – Entsetzt rief Nathanael: »Toller Mensch, wie kannst du Augen haben? – Augen – Augen? –« Aber in dem Augenblick hatte Coppola seine Wettergläser beiseite gesetzt, griff in die weiten Rocktaschen und holte Lorgnetten und Brillen heraus, die er auf den Tisch legte. – »Nu – Nu – Brill' – Brill' auf der Nas' su setze, das sein meine Oke – sköne Oke!« – Und damit holte er immer mehr und mehr Brillen heraus, so daß es auf dem ganzen Tisch seltsam zu flimmern und zu funkeln begann. Tausend Augen blickten und zuckten krampfhaft und starrten auf zum Nathanael; aber er konnte nicht wegschauen von dem Tisch, und immer mehr Brillen legte Coppola hin, und immer wilder und wilder sprangen flammende Blicke durcheinander und schossen ihre blutrote Strahlen in Nathanaels Brust. Übermannt von tollem Entsetzen schrie er auf: »Halt ein! halt ein, fürchterlicher Mensch!« – Er hatte Coppola, der eben in die Tasche griff, um noch mehr Brillen herauszubringen, unerachtet schon der ganze Tisch überdeckt war, beim Arm festgepackt. Coppola machte sich mit heiserem widrigen Lachen sanft los und mit den Worten: »Ah! – nix für Sie – aber hier sköne Glas« – hatte er alle Brillen zusammengerafft, eingesteckt und aus der Seitentasche des Rocks eine Menge großer und kleiner Perspektive hervorgeholt. Sowie die Brillen fort waren, wurde Nathanael ganz ruhig, und an Clara denkend sah er wohl ein, daß der entsetzliche Spuk nur aus seinem Innern hervorgegangen sowie daß Coppola ein höchst ehrlicher Mechanicus und Opticus, keinesweges aber Coppelii verfluchter Doppeltgänger und Revenant sein könne. Zudem hatten alle Gläser, die Coppola nun auf den Tisch gelegt, gar nichts Besonderes, am wenigsten so etwas Gespenstisches wie die Brillen, und um alles wieder gutzumachen, beschloß Nathanael dem Coppola jetzt wirklich etwas abzukaufen. Er ergriff ein kleines sehr sauber gearbeitetes Taschenperspektiv und sah, um es zu prüfen, durch das Fenster. Noch im Leben war ihm kein Glas vorgekommen, das die Gegenstände so rein, scharf und deutlich dicht vor die Augen rückte. Unwillkürlich sah er hinein in Spalanzanis Zimmer; Olimpia saß, wie gewöhnlich, vor dem kleinen Tisch, die Arme daraufgelegt, die Hände gefaltet. – Nun erschaute Nathanael erst Olimpias wunderschön geformtes Gesicht. Nur die Augen schienen ihm gar seltsam starr und tot. Doch wie er immer schärfer und schärfer durch das Glas hinschaute, war es, als gingen in Olimpias Augen feuchte Mondesstrahlen auf. Es schien, als wenn nun erst die Sehkraft entzündet würde; immer lebendiger und lebendiger flammten die Blicke. Nathanael lag wie festgezaubert im Fenster, immer fort und fort die himmlisch-schöne Olimpia betrachtend. Ein Räuspern und Scharren weckte ihn, wie aus tiefem Traum. Coppola stand hinter ihm: »Tre Zechini – drei Dukat« – Nathanael hatte den Opticus rein vergessen, rasch zahlte er das Verlangte: »Nick so? – sköne Glas – sköne Glas!« frug Coppola mit seiner widerwärtigen heisern Stimme und dem hämischen Lächeln. »Ja, ja, ja!«, erwiderte Nathanael verdrießlich: »Adieu, lieber Freund!« – Coppola verließ, nicht ohne viele seltsame Seitenblicke auf Nathanael, das Zimmer. Er hörte ihn auf der Treppe laut lachen. »Nun ja«, meinte Nathanael, »er lacht mich aus, weil ich ihm das kleine Perspektiv gewiß viel zu teuer bezahlt habe – zu teuer bezahlt!« – Indem er diese Worte leise sprach, war es, als halle ein tiefer Todesseufzer grauenvoll durch das Zimmer, Nathanaels Atem stockte vor innerer Angst. – Er hatte ja aber selbst so aufgeseufzt, das merkte er wohl. »Clara«, sprach er zu sich selber, »hat wohl recht, daß sie mich für einen abgeschmackten Geisterseher hält; aber närrisch ist es doch – ach wohl mehr als närrisch, daß mich der dumme Gedanke, ich hätte das Glas dem Coppola zu teuer bezahlt, noch jetzt so sonderbar ängstigt; den Grund davon sehe ich gar nicht ein.« – Jetzt setzte er sich hin, um den Brief an Clara zu enden, aber ein Blick durchs Fenster überzeugte ihn, daß Olimpia noch dasäße, und im Augenblick, wie von unwiderstehlicher Gewalt getrieben, sprang er auf, ergriff Coppolas Perspektiv und konnte nicht los von Olimpias verführerischem Anblick, bis ihn Freund und Bruder Siegmund abrief ins Kollegium bei dem Professor Spalanzani. Die Gardine vor dem verhängnisvollen Zimmer war dicht zugezogen, er konnte Olimpia ebensowenig hier, als die beiden folgenden Tage hindurch in ihrem Zimmer, entdecken, unerachtet er kaum das Fenster verließ und fortwährend durch Coppolas Perspektiv hinüberschaute. Am dritten Tage wurden sogar die Fenster verhängt. Ganz verzweifelt und getrieben von Sehnsucht und glühendem Verlangen lief er hinaus vors Tor. Olimpias Gestalt schwebte vor ihm her in den Lüften und trat aus dem Gebüsch, und guckte ihn an mit großen strahlenden Augen, aus dem hellen Bach. Claras Bild war ganz aus seinem Innern gewichen, er dachte nichts als Olimpia und klagte ganz laut und weinerlich: »Ach du mein hoher herrlicher Liebesstern, bist du mir denn nur aufgegangen, um gleich wieder zu verschwinden, und mich zu lassen in finstrer hoffnungsloser Nacht?«

Als er zurückkehren wollte in seine Wohnung, wurde er in Spalanzanis Hause ein geräuschvolles Treiben gewahr. Die Türen standen offen, man trug allerlei Geräte hinein, die Fenster des ersten Stocks waren ausgehoben, geschäftige Mägde kehrten und stäubten mit großen Haarbesen hin und her fahrend, inwendig klopften und hämmerten Tischler und Tapezierer. Nathanael blieb in vollem Erstaunen auf der Straße stehen; da trat Siegmund lachend zu ihm und sprach: »Nun, was sagst du zu unserem alten Spalanzani?« Nathanael versicherte, daß er gar nichts sagen könne, da er durchaus nichts vom Professor wisse, vielmehr mit großer Verwunderung wahrnehme, wie in dem stillen düstern Hause ein tolles Treiben und Wirtschaften losgegangen; da erfuhr er denn von Siegmund, daß Spalanzani morgen ein großes Fest geben wolle, Konzert und Ball, und daß die halbe Universität eingeladen sei. Allgemein verbreite man, daß Spalanzani seine Tochter Olimpia, die er so lange jedem menschlichen Auge recht ängstlich entzogen, zum ersten Mal erscheinen lassen werde.

Nathanael fand eine Einladungskarte und ging mit hoch klopfendem Herzen zur bestimmten Stunde, als schon die Wagen rollten und die Lichter in den geschmückten Sälen schimmerten, zum Professor. Die Gesellschaft war zahlreich und glänzend. Olimpia erschien sehr reich und geschmackvoll gekleidet. Man mußte ihr schön geformtes Gesicht, ihren Wuchs bewundern. Der etwas seltsam eingebogene Rücken, die wespenartige Dünne des Leibes schien von zu starkem Einschnüren bewirkt zu sein. In Schritt und Stellung hatte sie etwas Abgemessenes und Steifes, das manchem unangenehm auffiel; man schrieb es dem Zwange zu, den ihr die Gesellschaft auflegte. Das Konzert begann. Olimpia spielte den Flügel mit großer Fertigkeit und trug ebenso eine Bravour-Arie mit heller, beinahe schneidender Glasglockenstimme vor. Nathanael war ganz entzückt; er stand in der hintersten Reihe und konnte im blendenden Kerzenlicht Olimpias Züge nicht ganz erkennen. Ganz unvermerkt nahm er deshalb Coppolas Glas hervor und schaute hin nach der schönen Olimpia. Ach! – da wurde er gewahr, wie sie voll Sehnsucht nach ihm herübersah, wie jeder Ton erst deutlich aufging in dem Liebesblick, der zündend sein Inneres durchdrang. Die künstlichen Rouladen schienen dem Nathanael das Himmelsjauchzen des in Liebe verklärten Gemüts, und als nun endlich nach der Kadenz der lange Trillo recht schmetternd durch den Saal gellte, konnte er wie von glühenden Armen plötzlich erfaßt sich nicht mehr halten, er mußte vor Schmerz und Entzücken laut aufschreien: »Olimpia!« – Alle sahen sich um nach ihm, manche lachten. Der Domorganist schnitt aber noch ein finstreres Gesicht als vorher und sagte bloß: »Nun nun!« – Das Konzert war zu Ende, der Ball fing an. Mit ihr zu tanzen! – mit ihr! das war nun dem Nathanael das Ziel aller Wünsche, alles Strebens; aber wie sich erheben zu dem Mut, sie, die Königin des Festes, aufzufordern? Doch! – er selbst wußte nicht, wie es geschah, daß er, als schon der Tanz angefangen, dicht neben Olimpia stand, die noch nicht aufgefordert worden, und daß er, kaum vermögend, einige Worte zu stammeln, ihre Hand ergriff. Eiskalt war Olimpias Hand, er fühlte sich durchbebt von grausigem Todesfrost, er starrte Olimpia ins Auge, das strahlte ihm voll Liebe und Sehnsucht entgegen und in dem Augenblick war es auch, als fingen an in der kalten Hand Pulse zu schlagen und des Lebensblutes Ströme zu glühen. Und auch in Nathanaels Innerm glühte höher auf die Liebeslust, er umschlang die schöne Olimpia und durchflog mit ihr die Reihen. – Er glaubte sonst recht taktmäßig getanzt zu haben, aber an der ganz eignen rhythmischen Festigkeit, womit Olimpia tanzte und die ihn oft ordentlich aus der Haltung brachte, merkte er bald, wie sehr ihm der Takt gemangelt. Er wollte jedoch mit keinem andern Frauenzimmer mehr tanzen und hätte jeden, der sich Olimpia näherte, um sie aufzufordern, nur gleich ermorden mögen. Doch nur zwei Mal geschah dies, zu seinem Erstaunen blieb darauf Olimpia bei jedem Tanze sitzen und er ermangelte nicht, immer wieder sie aufzuziehen. Hätte Nathanael außer der schönen Olimpia noch etwas anders zu sehen vermocht, so wäre allerlei fataler Zank und Streit unvermeidlich gewesen; denn offenbar ging das halbleise, mühsam unterdrückte Gelächter, was sich in diesem und jenem Winkel unter den jungen Leuten erhob, auf die schöne Olimpia, die sie mit ganz kuriosen Blicken verfolgten, man konnte gar nicht wissen, warum? Durch den Tanz und durch den reichlich genossenen Wein erhitzt, hatte Nathanael alle ihm sonst eigne Scheu abgelegt. Er saß neben Olimpia, ihre Hand in der seinigen, und sprach hoch entflammt und begeistert von seiner Liebe in Worten, die keiner verstand, weder er, noch Olimpia. Doch diese vielleicht; denn sie sah ihm unverrückt ins Auge und seufzte ein Mal übers andere: »Ach – Ach – Ach!« – worauf denn Nathanael also sprach: »O du herrliche, himmlische Frau! – Du Strahl aus dem verheißenen Jenseits der Liebe – Du tiefes Gemüt, in dem sich mein ganzes Sein spiegelt« und noch mehr dergleichen, aber Olimpia seufzte bloß immer wieder: »Ach, Ach!« – Der Professor Spalanzani ging einigemal bei den Glücklichen vorüber und lächelte sie ganz seltsam zufrieden an.

Dem Nathanael schien es, unerachtet er sich in einer ganz andern Welt befand, mit einemmal, als würd es hienieden beim Professor Spalanzani merklich finster; er schaute um sich und wurde zu seinem nicht geringen Schreck gewahr, daß eben die zwei letzten Lichter in dem leeren Saal herniederbrennen und ausgehen wollten. Längst hatten Musik und Tanz aufgehört. »Trennung, Trennung«, schrie er ganz wild und verzweifelt, er küßte Olimpias Hand, er neigte sich zu ihrem Munde, eiskalte Lippen begegneten seinen glühenden! – Sowie als er Olimpias kalte Hand berührte, fühlte er sich von innerem Grausen erfaßt, die Legende von der toten Braut ging ihm plötzlich durch den Sinn; aber fest hatte ihn Olimpia an sich gedrückt, und in dem Kuß schienen die Lippen zum Leben zu erwärmen. – Der Professor Spalanzani schritt langsam durch den leeren Saal, seine Schritte klangen hohl wider und seine Figur, von flackernden Schlagschatten umspielt, hatte ein grauliches gespenstisches Ansehen. »Liebst du mich – liebst du mich, Olimpia? – Nur dies Wort! – Liebst du mich?«, so flüsterte Nathanael, aber Olimpia seufzte, indem sie aufstand, nur: »Ach – Ach!« »Ja du mein holder, herrlicher Liebesstern«, sprach Nathanael, »bist mir aufgegangen und wirst leuchten, wirst verklären mein Inneres immerdar!« »Ach, ach!«, replizierte Olimpia fortschreitend. Nathanael folgte ihr, sie standen vor dem Professor. »Sie haben sich außerordentlich lebhaft mit meiner Tochter unterhalten«, sprach dieser lächelnd: »Nun, nun lieber Herr Nathanael, finden Sie Geschmack daran, mit dem blöden Mädchen zu konversieren, so sollen mir Ihre Besuche willkommen sein.« – Einen ganzen hellen strahlenden Himmel in der Brust schied Nathanael von dannen: Spalanzanis Fest war der Gegenstand des Gesprächs in den folgenden Tagen. Unerachtet der Professor alles getan hatte, recht splendid zu erscheinen, so wußten doch die lustigen Köpfe von allerlei Unschicklichem und Sonderbarem zu erzählen, das sich begeben, und vorzüglich fiel man über die todstarre, stumme Olimpia her, der man, ihres schönen Äußern unerachtet, totalen Stumpfsinn andichten und darin die Ursache finden wollte, warum Spalanzani sie so lange verborgen gehalten. Nathanael vernahm das nicht ohne innern Grimm, indessen schwieg er; denn, dachte er, würde es wohl verlohnen, diesen Burschen zu beweisen, daß eben ihr eigner Stumpfsinn es ist, der sie Olimpias tiefes herrliches Gemüt zu erkennen hindert? »Tu mir den Gefallen, Bruder«, sprach eines Tages Siegmund, »tu mir den Gefallen und sage, wie es dir gescheuten Kerl möglich war, dich in das Wachsgesicht, in die Holzpuppe da drüben zu vergaffen?« Nathanael wollte zornig auffahren, doch schnell besann er sich und erwiderte: »Sage du mir, Siegmund, wie deinem, sonst alles Schöne klar auffassenden Blick, deinem regen Sinn, Olimpias himmlischer Liebreiz entgehen konnte? Doch eben deshalb habe ich, Dank sei es dem Geschick, dich nicht zum Nebenbuhler; denn sonst müßte einer von uns blutend fallen.« Siegmund merkte wohl, wie es mit dem Freunde stand, lenkte geschickt ein, und fügte, nachdem er geäußert, daß in der Liebe niemals über den Gegenstand zu richten sei, hinzu: »Wunderlich ist es doch, daß viele von uns über Olimpia ziemlich gleich urteilen. Sie ist uns – nimm es nicht übel, Bruder! – auf seltsame Weise starr und seelenlos erschienen. Ihr Wuchs ist regelmäßig, so wie ihr Gesicht, das ist wahr! – Sie könnte für schön gelten, wenn ihr Blick nicht so ganz ohne Lebensstrahl, ich möchte sagen, ohne Sehkraft wäre. Ihr Schritt ist sonderbar abgemessen, jede Bewegung scheint durch den Gang eines aufgezogenen Räderwerks bedingt. Ihr Spiel, ihr Singen hat den unangenehm richtigen geistlosen Takt der singenden Maschine und ebenso ist ihr Tanz. Uns ist diese Olimpia ganz unheimlich geworden, wir mochten nichts mit ihr zu schaffen haben, es war uns, als tue sie nur so wie ein lebendiges Wesen, und doch habe es mit ihr eine eigne Bewandtnis.« – Nathanael gab sich dem bittern Gefühl, das ihn bei diesen Worten Siegmunds ergreifen wollte, durchaus nicht hin, er wurde Herr seines Unmuts und sagte bloß sehr ernst: »Wohl mag euch, ihr kalten prosaischen Menschen, Olimpia unheimlich sein. Nur dem poetischen Gemüt entfaltet sich das gleich organisierte! – Nur *mir* ging ihr Liebesblick auf und durchstrahlte Sinn und Gedanken, nur in Olimpias Liebe finde ich mein Selbst wieder. Auch mag es nicht recht sein, daß sie nicht in platter Konversation faselt, wie die andern flachen Gemüter. Sie spricht wenig Worte, das ist wahr; aber diese wenigen Worte erscheinen als echte Hieroglyphe der innern Welt voll Liebe und hoher Erkenntnis des geistigen Lebens in der Anschauung des ewigen Jenseits. Doch für alles das habt ihr keinen Sinn und alles sind verlorne Worte.« »Behüte dich Gott, Herr Bruder«, sagte Siegmund sehr sanft, beinahe wehmütig, »aber mir scheint es, du seist auf bösem Wege. Auf mich kannst du rechnen, wenn alles – Nein, ich mag nichts weiter sagen! –« Dem Nathanael war es plötzlich, als meine der kalte prosaische Siegmund es sehr treu mit ihm, er schüttelte daher die ihm dargebotene Hand recht herzlich. –

Nathanael hatte rein vergessen, daß es eine Clara in der Welt gebe, die er sonst geliebt; – die Mutter – Lothar – alle waren aus seinem Gedächtnis entschwunden, er lebte nur für Olimpia, bei der er täglich stundenlang saß und von seiner Liebe, von zum Leben erglühter Sympathie, von psychischer Wahlverwandtschaft phantasierte, welches alles Olimpia mit großer Andacht anhörte. Aus dem tiefsten Grunde des Schreibpults holte Nathanael alles hervor, was er jemals geschrieben. Gedichte, Phantasien, Visionen, Romane, Erzählungen, das wurde täglich vermehrt mit allerlei ins Blaue fliegenden Sonetten, Stanzen, Kanzonen, und das alles las er der Olimpia stundenlang hintereinander vor, ohne zu ermüden. Aber auch noch nie hatte er eine solche herrliche Zuhörerin gehabt. Sie stickte und strickte nicht, sie sah nicht durchs Fenster, sie fütterte keinen Vogel, sie spielte mit keinem Schoßhündchen, mit keiner Lieblingskatze, sie drehte kein Papierschnitzchen oder sonst etwas in der Hand, sie durfte kein Gähnen durch einen leise erzwungenen Husten bezwingen – kurz! – stundenlang sah sie mit starrem Blick unverwandt dem Geliebten ins Auge, ohne sich zu rücken und zu bewegen, und immer glühender, immer lebendiger wurde dieser Blick. Nur wenn Nathanael endlich aufstand und ihr die Hand, auch wohl den Mund küßte, sagte sie: »Ach, Ach!« – dann aber: »Gute Nacht, mein Lieber!« – »O du herrliches, du tiefes Gemüt«, rief Nathanael auf seiner Stube: »nur von dir, von dir allein werd ich ganz verstanden.« Er erbebte vor innerem Entzücken, wenn er bedachte, welch wunderbarer Zusammenklang sich in seinem und Olimpias Gemüt täglich mehr offenbare; denn es schien ihm, als habe Olimpia über seine Werke, über seine Dichtergabe überhaupt recht tief aus seinem Innern gesprochen, ja als habe die Stimme aus seinem Innern selbst herausgetönt. Das mußte denn wohl auch sein; denn mehr Worte, als vorhin erwähnt, sprach Olimpia niemals. Erinnerte sich aber auch Nathanael in hellen nüchternen Augenblicken, z. B. morgens gleich nach dem Erwachen, wirklich an Olimpias gänzliche Passivität und Wortkargheit, so sprach er doch: »Was sind Worte – Worte! – Der Blick ihres himmlischen Auges sagt mehr als jede Sprache hienieden. Vermag denn überhaupt ein Kind des Himmels sich einzuschichten in den engen Kreis, den ein klägliches irdisches Bedürfnis gezogen?« – Professor Spalanzani schien hocherfreut über das Verhältnis seiner Tochter mit Nathanael; er gab diesem allerlei unzweideutige Zeichen seines Wohlwollens, und als es Nathanael endlich wagte, von ferne auf eine Verbindung mit Olimpia anzuspielen, lächelte dieser mit dem ganzen Gesicht und meinte: er werde seiner Tochter völlig freie Wahl lassen. – Ermutigt durch diese Worte, brennendes Verlangen im Herzen, beschloß Nathanael, gleich am folgenden Tage Olimpia anzuflehen, daß sie das unumwunden in deutlichen Worten ausspreche, was längst ihr holder Liebesblick ihm gesagt, daß sie sein Eigen immerdar sein wolle. Er suchte nach dem Ringe, den ihm beim Abschiede die Mutter geschenkt, um ihn Olimpia als Symbol seiner Hingebung, seines mit ihr aufkeimenden blühenden Lebens darzureichen. Claras, Lothars Briefe fielen ihm dabei in die Hände; gleichgültig warf er sie beiseite, fand den Ring, steckte ihn ein und rannte herüber zu Olimpia. Schon auf der Treppe, auf dem Flur, vernahm er ein wunderliches Getöse; es schien aus Spalanzanis Studierzimmer herauszuschallen. – Ein Stampfen – ein Klirren – ein Stoßen – Schlagen gegen die Tür, dazwischen Flüche und Verwünschungen. »Laß los – laß los – Infamer – Verruchter! – Darum Leib und Leben daran gesetzt? – ha ha ha ha! – so haben wir nicht gewettet – ich, ich hab die Augen gemacht – ich das Räderwerk – dummer Teufel mit deinem Räderwerk – verfluchter Hund von einfältigem Uhrmacher – fort mit dir – Satan – halt – Puppendreher – teuflischer Bestie! – halt – fort – laß los!« – Es waren Spalanzanis und des gräßlichen Coppelius Stimmen, die so durcheinander schwirrten und tobten. Hinein stürzte Nathanael, von namenloser Angst ergriffen. Der Professor hatte eine weibliche Figur bei den Schultern gepackt, der Italiener Coppola bei den Füßen, die zerrten und zogen sie hin und her, streitend in voller Wut um den Besitz. Voll tiefen Entsetzens prallte Nathanael zurück, als er die Figur für Olimpia erkannte; aufflammend in wildem Zorn wollte er den Wütenden die Geliebte entreißen, aber in dem Augenblick wand Coppola, sich mit Riesenkraft drehend, die Figur dem Professor aus den Händen und versetzte ihm mit der Figur selbst einen fürchterlichen Schlag, daß er rücklings über den Tisch, auf dem Phiolen, Retorten, Flaschen, gläserne Zylinder standen, taumelte und hinstürzte; alles Gerät klirrte in tausend Scherben zusammen. Nun warf Coppola die Figur über die Schulter und rannte mit fürchterlich gellendem Gelächter rasch fort die Treppe herab, so daß die häßlich herunterhängenden Füße der Figur auf den Stufen hölzern klapperten und dröhnten. – Erstarrt stand Nathanael – nur zu deutlich hatte er gesehen, Olimpias toderbleichtes Wachsgesicht hatte keine Augen, statt ihrer schwarze Höhlen; sie war eine leblose Puppe. Spalanzani wälzte sich auf der Erde, Glasscherben hatten ihm Kopf, Brust und Arm zerschnitten, wie aus Springquellen strömte das Blut empor. Aber er raffte seine Kräfte zusammen. – »Ihm nach – ihm nach, was zauderst du? – Coppelius – Coppelius, mein bestes Automat hat er mir geraubt – Zwanzig Jahre daran gearbeitet – Leib und Leben daran gesetzt – das Räderwerk – Sprache – Gang – mein – die Augen – die Augen dir gestohlen. – Verdammter – Verfluchter – ihm nach – hol mir Olimpia – da hast du die Augen! –« Nun sah Nathanael, wie ein Paar blutige Augen auf dem Boden liegend ihn anstarrten, die ergriff Spalanzani mit der unverletzten Hand und warf sie nach ihm, daß sie seine Brust trafen. – Da packte ihn der Wahnsinn mit glühenden Krallen und fuhr in sein Inneres hinein, Sinn und Gedanken zerreißend. »Hui – hui – hui! – *Feuerkreis – Feuerkreis!* dreh dich *Feuerkreis* – lustig – lustig! – Holzpüppchen hui schön Holzpüppchen dreh dich –«, damit warf er sich auf den Professor und drückte ihm die Kehle zu. Er hätte ihn erwürgt, aber das Getöse hatte viele Menschen herbeigelockt, die drangen ein, rissen den wütenden Nathanael auf und retteten so den Professor, der gleich verbunden wurde. Siegmund, so stark er war, vermochte nicht den Rasenden zu bändigen; der schrie mit fürchterlicher Stimme immerfort: »Holzpüppchen dreh dich« und schlug um sich mit geballten Fäusten. Endlich gelang es der vereinten Kraft mehrerer, ihn zu überwältigen, indem sie ihn zu Boden warfen und banden. Seine Worte gingen unter in entsetzlichem tierischen Gebrüll. So in gräßlicher Raserei tobend wurde er nach dem Tollhause gebracht. –

Ehe ich, günstiger Leser! dir zu erzählen fortfahre, was sich weiter mit dem unglücklichen Nathanael zugetragen, kann ich dir, solltest du einigen Anteil an dem geschickten Mechanicus und Automat-Fabrikanten Spalanzani nehmen, versichern, daß er von seinen Wunden völlig geheilt wurde. Er mußte indes die Universität verlassen, weil Nathanaels Geschichte Aufsehen erregt hatte und es allgemein für gänzlich unerlaubten Betrug gehalten wurde, vernünftigen Teezirkeln (Olimpia hatte sie mit Glück besucht) statt der lebendigen Person eine Holzpuppe einzuschwärzen. Juristen nannten es sogar einen feinen und um so härter zu bestrafenden Betrug, als er gegen das Publikum gerichtet und so schlau angelegt worden, daß kein Mensch (ganz kluge Studenten ausgenommen) es gemerkt habe, unerachtet jetzt alle weise tun und sich auf allerlei Tatsachen berufen wollten, die ihnen verdächtig vorgekommen. Diese letzteren brachten aber eigentlich nichts Gescheutes zutage. Denn konnte z. B. wohl irgend jemanden verdächtig vorgekommen sein, daß nach der Aussage eines eleganten Teeisten Olimpia gegen alle Sitte öfter genieset als gegähnt hatte? Ersteres, meinte der Elegant, sei das Selbstaufziehen des verborgenen Triebwerks gewesen, merklich habe es dabei geknarrt usw. Der Professor der Poesie und Beredsamkeit nahm eine Prise, klappte die Dose zu, räusperte sich und sprach feierlich: »Hoch zu verehrende Herren und Damen! merken Sie denn nicht, wo der Hase im Pfeffer liegt? Das Ganze ist eine Allegorie – eine fortgeführte Metapher! – Sie verstehen mich! – Sapienti sat!« Aber viele hoch zu verehrende Herren beruhigten sich nicht dabei; die Geschichte mit dem Automat hatte tief in ihrer Seele Wurzel gefaßt und es schlich sich in der Tat abscheuliches Mißtrauen gegen menschliche Figuren ein. Um nun ganz überzeugt zu werden, daß man keine Holzpuppe liebe, wurde von mehrern Liebhabern verlangt, daß die Geliebte etwas taktlos singe und tanze, daß sie beim Vorlesen sticke, stricke, mit dem Möpschen spiele usw., vor allen Dingen aber, daß sie nicht bloß höre, sondern auch manchmal in *der* Art spreche, daß dies Sprechen wirklich ein Denken und Empfindungen voraussetze. Das Liebesbündnis vieler wurde fester und dabei anmutiger, andere dagegen gingen leise auseinander. »Man kann wahrhaftig nicht dafür stehen«, sagte dieser und jener. In den Tees wurde unglaublich gegähnt und niemals genieset, um jedem Verdacht zu begegnen. – Spalanzani mußte, wie gesagt, fort, um der Kriminaluntersuchung wegen der menschlichen Gesellschaft betrüglicherweise eingeschobenen Automats zu entgehen. Coppola war auch verschwunden. –

Nathanael erwachte wie aus schwerem, fürchterlichem Traum, er schlug die Augen auf und fühlte, wie ein unbeschreibliches Wonnegefühl mit sanfter himmlischer Wärme ihn durchströmte. Er lag in seinem Zimmer in des Vater Hause auf dem Bette, Clara hatte sich über ihn hingebeugt und unfern standen die Mutter und Lothar. »Endlich, endlich, o mein herzlieber Nathanael – nun bist du genesen von schwerer Krankheit – nun bist du wieder mein!« – So sprach Clara recht aus tiefer Seele und faßte den Nathanael in ihre Arme. Aber dem quollen vor lauter Wehmut und Entzücken die hellen glühenden Tränen aus den Augen und er stöhnte tief auf: »Meine – meine Clara!« – Siegmund, der getreulich ausgeharrt bei dem Freunde in großer Not, trat herein. Nathanael reichte ihm die Hand: »Du treuer Bruder hast mich doch nicht verlassen.« – Jede Spur des Wahnsinns war verschwunden, bald erkräftigte sich Nathanael in der sorglichen Pflege der Mutter, der Geliebten, der Freunde. Das Glück war unterdessen in das Haus eingekehrt; denn ein alter karger Oheim, von dem niemand etwas gehofft, war gestorben und hatte der Mutter nebst einem nicht unbedeutenden Vermögen ein Gütchen in einer angenehmen Gegend unfern der Stadt hinterlassen. Dort wollten sie hinziehen, die Mutter, Nathanael mit seiner Clara, die er nun zu heiraten gedachte, und Lothar. Nathanael war milder, kindlicher geworden, als er je gewesen, und erkannte nun erst recht Claras himmlisch reines, herrliches Gemüt. Niemand erinnerte ihn auch nur durch den leisesten Anklang an die Vergangenheit. Nur als Siegmund von ihm schied, sprach Nathanael: »Bei Gott, Bruder! ich war auf schlimmen Wege, aber zu rechter Zeit leitete mich ein Engel auf den lichten Pfad! – Ach es war ja Clara! –« Siegmund ließ ihn nicht weiter reden, aus Besorgnis, tief verletzende Erinnerungen möchten ihm zu hell und flammend aufgehen. – Es war an der Zeit, daß die vier glücklichen Menschen nach dem Gütchen ziehen wollten. Zur Mittagsstunde gingen sie durch die Straßen der Stadt. Sie hatten manches eingekauft, der hohe Ratsturm warf seinen Riesenschatten über den Markt. »Ei!«, sagte Clara, »steigen wir doch noch ein Mal herauf und schauen in das ferne Gebirge hinein!« Gesagt, getan! Beide, Nathanael und Clara, stiegen herauf, die Mutter ging mit der Dienstmagd nach Hause, und Lothar, nicht geneigt, die vielen Stufen zu erklettern, wollte unten warten. Da standen die beiden Liebenden Arm in Arm auf der höchsten Galerie des Turmes und schauten hinein in die duftigen Waldungen, hinter denen das blaue Gebirge, wie eine Riesenstadt, sich erhob.

»Sieh doch den sonderbaren kleinen grauen Busch, der ordentlich auf uns loszuschreiten scheint«, frug Clara. – Nathanael faßte mechanisch nach der Seitentasche; er fand Coppolas Perspektiv, er schaute seitwärts – Clara stand vor dem Glase! – Da zuckte es krampfhaft in seinen Pulsen und Adern – totenbleich starrte er Clara an, aber bald glühten und sprühten Feuerströme durch die rollenden Augen, gräßlich brüllte er auf, wie ein gehetztes Tier; dann sprang er hoch in die Lüfte, und grausig dazwischen lachend schrie er in schneidendem Ton: »Holzpüppchen dreh dich – Holzpüppchen dreh dich« – und mit gewaltiger Kraft faßte er Clara und wollte sie herabschleudern, aber Clara krallte sich in verzweifelnder Todesangst fest an das Geländer. Lothar hörte den Rasenden toben, er hörte Claras Angstgeschrei, gräßliche Ahnung durchflog ihn, er rannte herauf, die Tür der zweiten Treppe war verschlossen – stärker hallte Claras Jammergeschrei. Unsinnig vor Wut und Angst stieß er gegen die Tür, die endlich aufsprang – Matter und matter wurden nun Claras Laute: »Hülfe –

rettet – rettet –«, so erstarb die Stimme in den Lüften. »Sie ist hin – ermordet von dem Rasenden«, so schrie Lothar. Auch die Tür zur Galerie war zugeschlagen. – Die Verzweiflung gab ihm Riesenkraft, er sprengte die Tür aus den Angeln. Gott im Himmel – Clara schwebte von dem rasenden Nathanael erfaßt über der Galerie in den Lüften – nur mit einer Hand hatte sie noch die Eisenstäbe umklammert. Rasch wie der Blitz erfaßte Lothar die Schwester, zog sie hinein, und schlug in demselben Augenblick mit geballter Faust dem Wütenden ins Gesicht, daß er zurückprallte und die Todesbeute fahren ließ.

Lothar rannte herab, die ohnmächtige Schwester in den Armen. – Sie war gerettet. – Nun raste Nathanael herum auf der Galerie und sprang hoch in die Lüfte und schrie: »*Feuerkreis* dreh dich – *Feuerkreis* dreh dich« – Die Menschen liefen auf das wilde Geschrei zusammen; unter ihnen ragte riesengroß der Advokat Coppelius hervor, der eben in die Stadt gekommen und gerades Weges nach dem Markt geschritten war. Man wollte herauf, um sich des Rasenden zu bemächtigen, da lachte Coppelius, sprechend: »Ha ha – wartet nur, der kommt schon herunter von selbst«, und schaute wie die übrigen hinauf. Nathanael blieb plötzlich wie erstarrt stehen, er bückte sich herab, wurde den Coppelius gewahr, und mit dem gellenden Schrei: »Ha! Sköne Oke – Sköne Oke« sprang er über das Geländer. –

Als Nathanael mit zerschmettertem Kopf auf dem Steinpflaster lag, war Coppelius im Gewühl verschwunden. –

Nach mehreren Jahren will man in einer entfernten Gegend Clara gesehen haben, wie sie mit einem freundlichen Mann Hand in Hand vor der Türe eines schönen Landhauses saß und vor ihr zwei muntre Knaben spielten. Es wäre daraus zu schließen, daß Clara das ruhige häusliche Glück noch fand, was ihrem heitern lebenslustigen Sinn zusagte und das ihr der im Innern zerrissene Nathanael niemals hätte gewähren können.

JOHANN WOLFGANG VON GOETHE

Novelle

Ein dichter Herbstnebel verhüllte noch in der Frühe die weiten Räume des fürstlichen Schloßhofes, als man schon mehr oder weniger durch den sich lichtenden Schleier die ganze Jägerei zu Pferde und zu Fuß durcheinander bewegt sah. Die eiligen Beschäftigungen der Nächsten ließen sich erkennen: man verlängerte, man verkürzte die Steigbügel, man reichte sich Büchse und Patrontäschchen, man schob die Dachsranzen zurecht, indes die Hunde ungeduldig am Riemen den Zurückhaltenden mit fortzuschleppen drohten. Auch hie und da gebärdete ein Pferd sich mutiger, von feuriger Natur getrieben oder von dem Sporn des Reiters angeregt, der selbst hier in der Halbhelle eine gewisse Eitelkeit, sich zu zeigen, nicht verleugnen konnte. Alle jedoch warteten auf den Fürsten, der, von seiner jungen Gemahlin Abschied nehmend, allzulange zauderte.

Erst vor kurzer Zeit zusammen getraut, empfanden sie schon das Glück übereinstimmender Gemüter; beide waren von tätig lebhaftem Charakter, eines nahm gern an des andern Neigungen und Bestrebungen Anteil. Des Fürsten Vater hatte noch den Zeitpunkt erlebt und genutzt, wo es deutlich wurde, daß alle Staatsglieder in gleicher Betriebsamkeit ihre Tage zubringen, in gleichem Wirken und Schaffen jeder nach seiner Art erst gewinnen und dann genießen sollten.

Wie sehr dieses gelungen war, ließ sich in diesen Tagen gewahr werden, als eben der Hauptmarkt sich versammelte, den man gar wohl eine Messe nennen konnte. Der Fürst hatte seine Gemahlin gestern durch das Gewimmel der aufgehäuften Waren zu Pferde geführt und sie bemerken lassen, wie gerade hier das Gebirgsland mit dem flachen Lande einen glücklichen Umtausch treffe; er wußte sie an Ort und Stelle auf die Betriebsamkeit seines Länderkreises aufmerksam zu machen.

Wenn sich nun der Fürst fast ausschließlich in diesen Tagen mit den Seinigen über diese zudringenden Gegenstände unterhielt, auch besonders mit dem Finanzminister anhaltend arbeitete, so behielt doch auch der Landjägermeister sein Recht, auf dessen Vorstellung es unmöglich war, der Versuchung zu widerstehen, an diesen günstigen Herbsttagen eine schon verschobene Jagd zu unternehmen, sich selbst und den vielen angekommenen Fremden ein eignes und seltnes Fest zu eröffnen.

Die Fürstin blieb ungern zurück; man hatte sich vorgenommen, weit in das Gebirg hineinzudringen, um die friedlichen Bewohner der dortigen Wälder durch einen unerwarteten Kriegszug zu beunruhigen.

Scheidend versäumte der Gemahl nicht, einen Spazierritt vorzuschlagen, den sie im Geleit Friedrichs, des fürstlichen Oheims, unternehmen sollte. »Auch lasse ich«, sagte er, »dir unsern Honorio als Stall- und Hofjunker, der für alles sorgen wird.« Und im Gefolg dieser Worte gab er im Hinabsteigen einem wohlgebildeten jungen Mann die nötigen Aufträge, verschwand sodann bald mit Gästen und Gefolge.

Die Fürstin, die ihrem Gemahl noch in den Schloßhof hinab mit dem Schnupftuch nachgewinkt hatte, begab sich in die hintern Zimmer, welche nach dem Gebirg eine freie Aussicht ließen, die um desto schöner war, als das Schloß selbst von dem Flusse herauf in einiger Höhe stand und so vor- als hinterwärts mannigfaltige bedeutende Ansichten gewährte. Sie fand das treffliche Teleskop noch in der Stellung, wo man es gestern abend gelassen hatte, als man, über Busch, Berg und Waldgipfel die hohen Ruinen der uralten Stammburg betrachtend, sich unterhielt, die in der Abendbeleuchtung merkwürdig hervortraten, indem alsdann die größten Licht- und Schattenmassen den deutlichsten Begriff von einem so ansehnlichen Denkmal alter Zeit verleihen konnten. Auch zeigte sich heute früh durch die annähernden Gläser recht auffallend die herbstliche Färbung jener mannigfaltigen Baumarten, die zwischen dem Gemäuer ungehindert und ungestört durch lange Jahre emporstrebten. Die schöne Dame richtete jedoch das Fernrohr etwas tiefer nach einer öden, steinigen Fläche, über welche der Jagdzug weggehen mußte. Sie erharrte den Augenblick mit Geduld und betrog sich nicht, denn bei der Klarheit und Vergrößerungsfähigkeit des Instruments erkannten ihre glänzenden Augen deutlich den Fürsten und den Oberstallmeister; ja sie enthielt sich nicht, abermals mit dem Schnupftuche zu winken, als sie ein augenblickliches Stillhalten und Rückblicken mehr vermutete als gewahr ward.

Fürst Oheim, Friedrich mit Namen, trat sodann, angemeldet, mit seinem Zeichner herein, der ein großes Portefeuille unter dem Arm trug. »Liebe Cousine«, sagte der alte, rüstige Herr, »hier legen wir die Ansichten der Stammburg vor, gezeichnet, um von verschiedenen Seiten anschaulich zu machen, wie der mächtige Trutz- und Schutzbau von alten Zeiten her dem Jahr und seiner Witterung sich entgegenstemmte und wie doch hie und da sein Gemäuer weichen, da und dort in wüste Ruinen zusammenstürzen mußte. Nun haben wir manches getan, um diese Wildnis zugänglicher zu machen, denn mehr bedarf es nicht, um jeden Wanderer, jeden Besuchenden in Erstaunen zu setzen, zu entzücken.«

Indem nun der Fürst die einzelnen Blätter deutete, sprach er weiter: »Hier, wo man, den Hohlweg durch die äußern Ringmauern heraufkommend, vor die eigentliche Burg gelangt, steigt uns ein Felsen entgegen von den festesten des ganzen Gebirgs; hierauf nun steht gemauert ein Turm, doch niemand wüßte zu sagen, wo die Natur aufhört, Kunst und Handwerk aber anfangen. Ferner sieht man seitwärts Mauern angeschlossen und Zwinger terrassenmäßig herab sich erstreckend. Doch ich sage nicht recht, denn es ist eigentlich ein Wald, der diesen uralten Gipfel umgibt. Seit hundertundfünfzig Jahren hat keine Axt hier geklungen, und überall sind die mächtigsten Stämme emporgewachsen. Wo Ihr Euch an den Mauern andrängt, stellt sich der glatte Ahorn, die rauhe Eiche, die schlanke Fichte mit Schaft und Wurzeln entgegen; um diese müssen wir uns herumschlängeln und unsere Fußpfade verständig führen. Seht nur, wie trefflich unser Meister dies Charakteristische auf dem Papier ausgedrückt hat, wie kenntlich die verschiedenen Stamm- und Wurzelarten zwischen das Mauerwerk verflochten und die mächtigen Äste durch die Lücken durchgeschlungen sind! Es ist eine Wildnis wie keine, ein zufällig einziges Lokal, wo die alten Spuren längst verschwundener Menschenkraft mit der ewig lebenden und fortwirkenden Natur sich in dem ernstesten Streit erblicken lassen.«

Ein anderes Blatt aber vorlegend, fuhr er fort: »Was sagt Ihr nun zum Schloßhofe, der, durch das Zusammenstürzen des alten Torturmes unzugänglich, seit undenklichen Jahren von niemand betreten ward? Wir suchten ihm von der Seite beizukommen, haben Mauern durchbrochen, Gewölbe gesprengt und so einen bequemen, aber geheimen Weg bereitet. Inwendig bedurft es keines Aufräumens, hier findet sich ein flacher Felsgipfel von der Natur geplättet, aber doch haben mächtige Bäume hie und da zu wurzeln Glück und Gelegenheit gefunden; sie sind sachte, aber entschieden aufgewachsen, nun erstrecken sie ihre Äste bis in die Galerien hinein, auf denen der Ritter sonst auf und ab schritt, ja durch Türen durch und Fenster in die gewölbten Säle, aus denen wir sie nicht vertreiben wollen; sie sind eben Herr geworden und mögens bleiben. Tiefe Blätterschichten wegräumend, haben wir den merkwürdigsten Platz geebnet gefunden, dessengleichen in der Welt vielleicht nicht wieder zu sehen ist.

Nach allem diesem aber ist es immer noch bemerkenswert und

an Ort und Stelle zu beschauen, daß auf den Stufen, die in den Hauptturm hinaufführen, ein Ahorn Wurzel geschlagen und sich zu einem so tüchtigen Baume gebildet hat, daß man nur mit Not daran vorbeidringen kann, um die Zinne, der unbegrenzten Aussicht wegen, zu besteigen. Aber auch hier verweilt man bequem im Schatten, denn dieser Baum ist es, der sich über das Ganze wunderbar hoch in die Luft hebt.

Danken wir also dem wackern Künstler, der uns so löblich in verschiedenen Bildern von allem überzeugt, als wenn wir gegenwärtig wären; er hat die schönsten Stunden des Tages und der Jahrszeit dazu angewendet und sich wochenlang um diese Gegenstände herumbewegt. In dieser Ecke ist für ihn und den Wächter, den wir ihm zugegeben, eine kleine, angenehme Wohnung eingerichtet. Sie sollten nicht glauben, meine Beste, welch eine schöne Aus- und Ansicht er ins Land, in Hof und Gemäuer sich dort bereitet hat! Nun aber, da alles so rein und charakteristisch umrissen ist, wird er es hier unten mit Bequemlichkeit ausführen. Wir wollen mit diesen Bildern unsern Gartensaal zieren, und niemand soll über unsere regelmäßigen Parterre, Lauben und schattigen Gänge seine Augen spielen lassen, der nicht wünschte, dort oben in dem wirklichen Anschauen des Alten und Neuen, des Starren, Unnachgiebigen, Unzerstörlichen und des Frischen, Schmiegsamen, Unwiderstehlichen seine Betrachtungen anzustellen.«

Honorio trat ein und meldete, die Pferde seien vorgeführt; da sagte die Fürstin, zum Oheim gewendet: »Reiten wir hinauf, und lassen Sie mich in der Wirklichkeit sehen, was Sie mir hier im Bilde zeigten! Seit ich hier bin, hör ich von diesem Unternehmen und werde jetzt erst recht verlangend, mit Augen zu sehen, was mir in der Erzählung unmöglich schien und in der Nachbildung unwahrscheinlich bleibt.« – »Noch nicht, meine Liebe«, versetzte der Fürst; »was Sie hier sahen, ist, was es werden kann und wird; jetzt stockt noch manches; die Kunst muß erst vollenden, wenn sie sich vor der Natur nicht schämen soll.« – »Und so reiten wir wenigstens hinaufwärts, und wär es nur bis an den Fuß; ich habe große Lust, mich heute weit in der Welt umzusehen.« – »Ganz nach Ihrem Willen«. versetzte der Fürst. – »Lassen Sie uns aber durch die Stadt reiten«, fuhr die Dame fort, »über den großen Marktplatz, wo eine zahllose Menge von Buden die Gestalt einer kleinen Stadt, eines Feldlagers angenommen hat. Es ist, als wären die Bedürfnisse und Beschäftigungen sämtlicher Familien des Landes umher nach außen gekehrt, in diesem Mittelpunkt versammelt, an das Tageslicht gebracht worden, denn hier sieht der aufmerksame Beobachter alles, was der Mensch leistet und bedarf; man bildet sich einen Augenblick ein, es sei kein Geld nötig, jedes Geschäft könne hier durch Tausch abgetan werden, und so ist es auch im Grunde. Seitdem der Fürst gestern mir Anlaß zu diesen Übersichten gegeben, ist es mir gar angenehm zu denken, wie hier, wo Gebirg und flaches Land aneinandergrenzen, beide so deutlich aussprechen, was sie brauchen und was sie wünschen. Wie nun der Hochländer das Holz seiner Wälder in hundert Formen umzubilden weiß, das Eisen zu einem jeden Gebrauch zu vermannigfaltigen, so kommen jene drüben mit den vielfältigsten Waren ihm entgegen, an denen man den Stoff kaum unterscheiden und den Zweck oft nicht erkennen mag.«

»Ich weiß«, versetzte der Fürst, »daß mein Neffe hierauf die größte Aufmerksamkeit wendet, denn gerade zu dieser Jahrszeit kommt es hauptsächlich darauf an, daß man mehr empfange als gebe; dies zu bewirken, ist am Ende die Summe des ganzen Staatshaushaltes so wie der kleinsten häuslichen Wirtschaft. Verzeihen Sie aber, meine Beste, ich reite niemals gern durch den Markt und Messe; bei jedem Schritt ist man gehindert und aufgehalten, und dann flammt mir das ungeheure Unglück wieder in die Einbildungskraft, das sich mir gleichsam in die Augen eingebrannt, als ich eine solche Güter- und Warenbreite in Feuer aufgehen sah. Ich hatte mich kaum –«

»Lassen Sie uns die schönen Stunden nicht versäumen!« fiel ihm die Fürstin ein, da der würdige Mann sie schon einigemal mit ausführlicher Beschreibung jenes Unheils geängstigt hatte, wie er sich nämlich, auf einer großen Reise begriffen, abends im besten Wirtshause auf dem Markte, der eben von einer Hauptmesse wimmelte, höchst ermüdet zu Bette gelegt und nachts durch Geschrei und Flammen, die sich gegen seine Wohnung wälzten, gräßlich aufgeweckt worden.

Die Fürstin eilte, das Lieblingspferd zu besteigen, und führte, statt zum Hintertore bergauf, zum Vordertore bergunter ihren widerwillig bereiten Begleiter; denn wer wäre nicht gern an ihrer Seite geritten, wer wäre ihr nicht gern gefolgt! Und so war auch Honorio von der sonst so ersehnten Jagd willig zurückgeblieben, um ihr ausschließlich dienstbar zu sein.

Wie vorauszusehen, durften sie auf dem Markte nur Schritt vor Schritt reiten; aber die schöne Liebenswürdige erheiterte jeden Aufenthalt durch eine geistreiche Bemerkung. »Ich wiederhole«, sagte sie, »meine gestrige Lektion, da denn doch die Notwendigkeit unsere Geduld prüfen will.« Und wirklich drängte sich die ganze Menschenmasse dergestalt an die Reitenden heran, daß sie ihren Weg nur langsam fortsetzen konnten. Das Volk schaute mit Freuden die junge Dame, und auf soviel lächelnden Gesichtern zeigte sich das entschiedene Behagen, zu sehen, daß die erste Frau im Lande auch die schönste und anmutigste sei.

Untereinander gemischt standen Bergbewohner, die zwischen Felsen, Fichten und Föhren ihre stillen Wohnsitze hegten, Flachländer von Hügeln, Auen und Wiesen her, Gewerbsleute der kleinen Städte, und was sich alles versammelt hatte. Nach einem ruhigen Überblick bemerkte die Fürstin ihrem Begleiter, wie alle diese, woher sie auch seien, mehr Stoff als nötig zu ihren Kleidern genommen, mehr Tuch und Leinwand, mehr Band zum

Besatz. »Ist es doch, als ob die Weiber nicht brauschig und die Männer nicht pausig genug sich gefallen könnten!«

»Wir wollen ihnen das ja lassen«, versetzte der Oheim; »wo auch der Mensch seinen Überfluß hinwendet, ihm ist wohl dabei, am wohlsten, wenn er sich damit schmückt und aufputzt.« Die schöne Dame winkte Beifall.

So waren sie nach und nach auf einen freiern Platz gelangt, der zur Vorstadt hinführte, wo am Ende vieler kleiner Buden und Kramstände ein größeres Brettergebäude in die Augen fiel, das sie kaum erblickten, als ein ohrzerreißendes Gebrülle ihnen entgegentönte. Die Fütterungsstunde der dort zur Schau stehenden wilden Tiere schien herangekommen; der Löwe ließ seine Wald- und Wüstenstimme aufs kräftigste hören, die Pferde schauderten, und man konnte der Bemerkung nicht entgehen, wie in dem friedlichen Wesen und Wirken der gebildeten Welt der König der Einöde sich so furchtbar verkündige. Zur Bude näher gelangt, durften sie die bunten, kolossalen Gemälde nicht übersehen, die mit heftigen Farben und kräftigen Bildern jene fremden Tiere darstellten, welche der friedliche Staatsbürger zu schauen unüberwindliche Lust empfinden sollte. Der grimmig ungeheure Tiger sprang auf einen Mohren los, im Begriff ihn zu zerreißen, ein Löwe stand ernsthaft majestätisch, als wenn er keine Beute seiner würdig vor sich sähe; andere wunderliche, bunte Geschöpfe verdienten neben diesen mächtigen weniger Aufmerksamkeit.

»Wir wollen«, sagte die Fürstin, »bei unserer Rückkehr doch absteigen und die seltenen Gäste näher betrachten!« – »Es ist wunderbar«, versetzte der Fürst, »daß der Mensch durch Schreckliches immer aufgeregt sein will. Drinnen liegt der Tiger ganz ruhig in seinem Kerker, und hier muß er grimmig auf einen Mohren losfahren, damit man glaube, dergleichen inwendig ebenfalls zu sehen; es ist an Mord und Totschlag noch nicht genug, an Brand und Untergang: die Bänkelsänger müssen es an

jeder Ecke wiederholen. Die guten Menschen wollen eingeschüchtert sein, um hinterdrein erst recht zu fühlen, wie schön und löblich es sei, frei Atem zu holen.«
Was denn aber auch Bängliches von solchen Schreckensbildern mochte übriggeblieben sein, alles und jedes war sogleich ausgelöscht, als man, zum Tore hinausgelangt, in die heiterste Gegend eintrat. Der Weg führte zuerst am Flusse hinan, an einem zwar noch schmalen, nur leichte Kähne tragenden Wasser, das aber nach und nach als größter Strom seinen Namen behalten und ferne Länder beleben sollte. Dann ging es weiter durch wohlversorgte Frucht- und Lustgärten sachte hinaufwärts, und man sah sich nach und nach in der aufgetanen, wohlbewohnten Gegend um, bis erst ein Busch, sodann ein Wäldchen die Gesellschaft aufnahm und die anmutigsten Örtlichkeiten ihren Blick begrenzten und erquickten. Ein aufwärts leitendes Wiesental, erst vor kurzem zum zweiten Male gemäht, sammetähnlich anzusehen, von einer oberwärts lebhaft auf einmal reich entspringenden Quelle gewässert, empfing sie freundlich, und so zogen sie einem höheren, freieren Standpunkt entgegen, den sie, aus dem Walde sich bewegend, nach einem lebhaften Stieg erreichten, alsdann aber vor sich noch in bedeutender Entfernung über neuen Baumgruppen das alte Schloß, den Zielpunkt ihrer Wallfahrt, als Fels- und Waldgipfel hervorragen sahen. Rückwärts aber – denn niemals gelangte man hierher, ohne sich umzukehren – erblickten sie durch zufällige Lücken der hohen Bäume das fürstliche Schloß links, von der Morgensonne beleuchtet, den wohlgebauten höhern Teil der Stadt, von leichten Rauchwolken gedämpft, und so fort nach der Rechten zu die untere Stadt, den Fluß in einigen Krümmungen mit seinen Wiesen und Mühlen, gegenüber eine weite nahrhafte Gegend.
Nachdem sie sich an dem Anblick ersättigt oder vielmehr, wie es uns bei dem Umblick auf so hoher Stelle zu geschehen pflegt,

erst recht verlangend geworden nach einer weitern, weniger begrenzten Aussicht, ritten sie eine steinige, breite Fläche hinan, wo ihnen die mächtige Ruine als ein grüngekrönter Gipfel entgegenstand, wenig alte Bäume tief unten um seinen Fuß; sie ritten hindurch, und so fanden sie sich gerade vor der steilsten, unzugänglichsten Seite. Mächtige Felsen standen von Urzeiten her, jedem Wechsel unangetastet, fest, wohlgegründet voran, und so türmte sichs aufwärts; das dazwischen Herabgestürzte lag in mächtigen Platten und Trümmern unregelmäßig übereinander und schien dem Kühnsten jeden Angriff zu verbieten. Aber das Steile, Jähe scheint der Jugend zuzusagen; dies zu unternehmen, zu erstürmen, zu erobern, ist jungen Gliedern ein Genuß. Die Fürstin bezeigte Neigung zu einem Versuch, Honorio war bei der Hand, der fürstliche Oheim, wenn schon bequemer, ließ sichs gefallen und wollte sich doch auch nicht unkräftig zeigen; die Pferde sollten am Fuß unter den Bäumen halten, und man wollte bis zu einem gewissen Punkte gelangen, wo ein vorstehender mächtiger Fels einen Flächenraum darbot, von wo man eine Aussicht hatte, die zwar schon in den Blick des Vogels überging, aber sich doch noch malerisch genug hintereinander schob.
Die Sonne, beinahe auf ihrer höchsten Stelle, verlieh die klarste Beleuchtung; das fürstliche Schloß mit seinen Teilen, Hauptgebäuden, Flügeln, Kuppeln und Türmen erschien gar stattlich, die obere Stadt in ihrer völligen Ausdehnung; auch in die untere konnte man bequem hineinsehen, ja durch das Fernrohr auf dem Markte sogar die Buden unterscheiden. O Honorio war immer gewohnt, ein so förderliches Werkzeug überzuschnallen; man schaute den Fluß hinauf und hinab, diesseits das bergartig terrassenweis unterbrochene, jenseits das aufgleitende flache und in mäßigen Hügeln abwechselnde fruchtbare Land, Ortschaften unzählige; denn es war längst herkömmlich, über die Zahl zu streiten, wieviel man deren von hier oben gewahr werde.

Über die große Weite lag eine heitere Stille, wie es am Mittag zu sein pflegt, wo die Alten sagten, Pan schlafe und alle Natur halte den Atem an, um ihn nicht aufzuwecken.

»Es ist nicht das erstemal«, sagte die Fürstin, »daß ich auf so hoher, weitumschauender Stelle die Betrachtung mache, wie doch die klare Natur so reinlich und friedlich aussieht und den Eindruck verleiht, als wenn gar nichts Widerwärtiges in der Welt sein könne, und wenn man denn wieder in die Menschenwohnung zurückkehrt, sie sei hoch oder niedrig, weit oder eng, so gibts immer etwas zu kämpfen, zu streiten, zu schlichten und zurechtzulegen.«

Honorio, der indessen durch das Sehrohr nach der Stadt geschaut hatte, rief: »Seht hin! seht hin! auf dem Markte fängt es an zu brennen!« Sie sahen hin und bemerkten wenigen Rauch; die Flamme dämpfte der Tag. »Das Feuer greift weiter um sich!« rief man, immer durch die Gläser schauend; auch wurde das Unheil den guten, unbewaffneten Augen der Fürstin bemerklich. Von Zeit zu Zeit erkannte man eine rote Flammenglut, der Dampf stieg empor, und Fürst Oheim sprach: »Laßt uns zurückkehren! Das ist nicht gut! Ich fürchtete immer, das Unglück zum zweiten Male zu erleben.« Als sie, herabgekommen, den Pferden wieder zugingen, sagte die Fürstin zu dem alten Herrn: »Reiten Sie hinein, eilig, aber nicht ohne den Reitknecht! Lassen Sie mir Honorio! Wir folgen sogleich.« Der Oheim fühlte das Vernünftige, ja das Notwendige dieser Worte und ritt, so eilig als der Boden erlaubte, den wüsten, steinigen Hang hinunter.

Als die Fürstin aufsaß, sagte Honorio: »Reiten Euer Durchlaucht, ich bitte, langsam! In der Stadt wie auf dem Schloß sind die Feueranstalten in bester Ordnung, man wird sich durch einen so unerwartet außerordentlichen Fall nicht irre machen lassen. Hier aber ist ein böser Boden, kleine Steine und kurzes Gras, schnelles Reiten ist unsicher; ohnehin, bis wir hineinkommen, wird das Feuer schon nieder sein.« Die Fürstin glaubte nicht daran; sie sah den Rauch sich verbreiten, sie glaubte einen aufflammenden Blitz gesehen, einen Schlag gehört zu haben, und nun bewegten sich in ihrer Einbildungskraft alle die Schreckbilder, welche des trefflichen Oheims wiederholte Erzählung von dem erlebten Jahrmarktsbrande leider nur zu tief eingesenkt hatte.

Fürchterlich wohl war jener Fall, überraschend und eindringlich genug, um zeitlebens eine Ahnung und Vorstellung wiederkehrenden Unglücks ängstlich zurückzulassen, als zur Nachtzeit auf dem großen, budenreichen Marktraum ein plötzlicher Brand Laden auf Laden ergriffen hatte, ehe noch die in und an diesen leichten Hütten Schlafenden aus tiefen Träumen geschüttelt wurden, der Fürst selbst als ein ermüdet angelangter, erst eingeschlafener Fremder ans Fenster sprang, alles fürchterlich erleuchtet sah, Flamme nach Flamme, rechts und links sich überspringend, ihm entgegenzüngelte. Die Häuser des Marktes, vom Widerschein gerötet, schienen schon zu glühen, drohend sich jeden Augenblick zu entzünden und in Flammen aufzuschlagen; unten wütete das Element unaufhaltsam, die Bretter prasselten, die Latten knackten, Leinwand flog auf, und ihre düstern, an den Enden flammend ausgezackten Fetzen trieben in der Höhe sich umher, als wenn die bösen Geister in ihrem Elemente um und um gestaltet, sich mutwillig tanzend verzehren und da und dort aus den Gluten wieder auftauchen wollten. Dann aber mit kreischendem Geheul rettete jeder, was zur Hand lag; Diener und Knechte mit den Herren bemühten sich, von Flammen ergriffene Ballen fortzuschleppen, von dem brennenden Gestell noch einiges wegzureißen, um es in die Kiste zu packen, die sie denn doch zuletzt den eilenden Flammen zum Raube lassen mußten. Wie mancher wünschte nur einen Augenblick Stillstand dem heranprasselnden Feuer, nach der Möglichkeit einer Besinnung sich umsehend, und er war mit aller seiner Habe schon ergriffen; an der einen Seite brannte, glühte schon, was an der andern noch in finsterer Nacht stand. Hartnäckige Charaktere, willensstarke Menschen widersetzten sich grimmig dem grimmigen Feinde und retteten manches mit Verlust ihrer Augenbraunen und Haare. Leider nun erneuerte sich vor dem schönen Geiste der Fürstin der wüste Wirrwarr, nun schien der heitere morgendliche Gesichtskreis umnebelt, ihre Augen verdüstert; Wald und Wiese hatten einen wunderbaren, bänglichen Anschein.

In das friedliche Tal einreitend, seiner labenden Kühle nicht achtend, waren sie kaum einige Schritte von der lebhaften Quelle des nahen fließenden Baches herab, als die Fürstin ganz unten im Gebüsche des Wiesentals etwas Seltsames erblickte, das sie alsobald für den Tiger erkannte; heranspringend, wie sie ihn vor kurzem gemalt gesehen, kam er entgegen, und dieses Bild zu den furchtbaren Bildern, die sie soeben beschäftigten, machte den wundersamsten Eindruck. »Flieht! gnädige Frau«, rief Honorio, »flieht!« Sie wandte das Pferd um, dem steilen Berg zu, wo sie herabgekommen waren. Der Jüngling aber, dem Untier entgegen, zog die Pistole und schoß, als er sich nahe genug glaubte. Leider jedoch war gefehlt; der Tiger sprang seitwärts, das Pferd stutzte, das ergrimmte Tier aber verfolgte seinen Weg aufwärts, unmittelbar der Fürstin nach. Sie sprengte, was das Pferd vermochte, die steile, steinige Strecke hinan, kaum fürchtend, daß ein zartes Geschöpf, solcher Anstrengung ungewohnt, sie nicht aushalten werde. Es übernahm sich, von der bedrängten Reiterin angeregt, stieß am kleinen Gerölle des Hanges an und wieder an und stürzte zuletzt nach heftigem Bestreben kraftlos zu Boden. Die schöne Dame, entschlossen und gewandt, verfehlte nicht, sich strack auf ihre Füße zu stellen, auch das Pferd richtete sich auf, aber der Tiger nahte schon, obgleich nicht mit heftiger Schnelle; der ungleiche Boden, die scharfen Steine schienen seinen Antrieb zu hindern, und nur daß Honorio unmittelbar hinter ihm herflog, neben ihm gemäßigt heraufritt, schien seine Kraft aufs neue anzuspornen und zu reizen. Beide Renner erreichten zugleich den Ort, wo die Fürstin am Pferde stand; der Ritter beugte sich herab, schoß und traf mit der zweiten Pistole das Ungeheuer durch den Kopf, daß es sogleich niederstürzte und ausgestreckt in seiner Länge erst recht die Macht und Furchtbarkeit sehen ließ, von der nur noch das Körperliche übriggeblieben dalag. Honorio war vom Pferde gesprungen und kniete schon auf dem Tiere, dämpfte seine letzten Bewegungen und hielt den gezogenen Hirschfänger in der rechten Hand. Der Jüngling war schön, er war herangesprengt, wie ihn die Fürstin oft im Lanzen- und Ringelspiel gesehen hatte. Ebenso traf in der Reitbahn seine Kugel im Vorbeisprengen den Türkenkopf auf dem Pfahl gerade unter dem Turban in die Stirne, ebenso spießte er, flüchtig heransprengend, mit dem blanken Säbel das Mohrenhaupt vom Boden auf. In allen solchen Künsten war er gewandt und glücklich, hier kam beides zustatten.

»Gebt ihm den Rest«, sagte die Fürstin; »ich fürchte, er beschädigt Euch noch mit den Krallen.« – »Verzeiht!« erwiderte der Jüngling, »er ist schon tot genug, und ich mag das Fell nicht verderben, das nächsten Winter auf Eurem Schlitten glänzen soll.« – »Frevelt nicht!« sagte die Fürstin; »alles, was von Frömmigkeit im tiefen Herzen wohnt, entfaltet sich in solchem Augenblick.« – »Auch ich«, rief Honorio, »war nie frommer als jetzt eben; deshalb aber denk ich ans Freudigste; ich blicke dieses Fell nur an, wie es Euch zur Lust begleiten kann.« – »Es würde mich immer an diesen schrecklichen Augenblick erinnern«. versetzte sie. »Ist es doch«, erwiderte der Jüngling mit glühender Wange, »ein unschuldigeres Triumphzeichen, als wenn die Waffen erschlagener Feinde vor dem Sieger her zur Schau getragen wurden.« – »Ich werde mich an Eure Kühnheit und Gewandtheit dabei erinnern und darf nicht hinzusetzen, daß Ihr auf meinen Dank und auf die Gnade des Fürsten lebenslänglich rechnen könnt. Aber steht auf!

Schon ist kein Leben mehr im Tiere. Bedenken wir das Weitere! Vor allen Dingen steht auf!« – »Da ich nun einmal kniee«, versetzte der Jüngling, »da ich mich in einer Stellung befinde, die mir auf jede andere Weise untersagt wäre, so laßt mich bitten, von der Gunst und von der Gnade, die Ihr mir zuwendet, in diesem Augenblick versichert zu werden. Ich habe schon so oft Euren hohen Gemahl gebeten um Urlaub und Vergünstigung einer weitern Reise. Wer das Glück hat, an Eurer Tafel zu sitzen, wen Ihr beehrt, Eure Gesellschaft unterhalten zu dürfen, der muß die Welt gesehen haben. Reisende strömen von allen Orten her, und wenn von einer Stadt, von einem wichtigen Punkte irgendeines Weltteils gesprochen wird, ergeht an den Eurigen jedesmal die Frage, ob er daselbst gewesen sei. Niemanden traut man Verstand zu, als wer das alles gesehen hat; es ist, als wenn man sich nur für andere zu unterrichten hätte.«

»Steht auf!« wiederholte die Fürstin; »ich möchte nicht gern gegen die Überzeugung meines Gemahls irgend etwas wünschen und bitten; allein wenn ich nicht irre, so ist die Ursache, warum er Euch bisher zurückhielt, bald gehoben. Seine Absicht war, Euch zum selbständigen Edelmann herangereift zu sehen, der sich und ihm auch auswärts Ehre machte wie bisher am Hofe, und ich dächte, Eure Tat wäre ein so empfehlender Reisepaß, als ein junger Mann nur in die Welt mitnehmen kann.«

Daß anstatt einer jugendlichen Freude eine gewisse Trauer über sein Gesicht zog, hatte die Fürstin nicht Zeit zu bemerken, noch er seiner Empfindung Raum zu geben; denn hastig den Berg herauf, einen Knaben an der Hand, kam eine Frau geradezu auf die Gruppe los, die wir kennen, und kaum war Honorio, sich besinnend, aufgestanden, als sie sich heulend und schreiend über den Leichnam herwarf und an dieser Handlung sowie an einer obgleich reinlich anständigen, doch bunten und seltsamen Kleidung sogleich erraten ließ, sie sei die Meisterin und Wärterin dieses dahingestreckten Geschöpfes, wie denn der schwarzaugi-

ge, schwarzlockige Knabe, der eine Flöte in der Hand hielt, gleich der Mutter weinend, weniger heftig, aber tief gerührt neben ihr kniete.
Den gewaltsamen Ausbrüchen der Leidenschaft dieses unglücklichen Weibes folgte, zwar unterbrochen, stoßweise ein Strom von Worten, wie ein Bach sich in Absätzen von Felsen zu Felsen stürzt. Eine natürliche Sprache, kurz und abgebrochen, machte sich eindringlich und rührend. Vergebens würde man sie in unsern Mundarten übersetzen wollen; den ungefähren Inhalt dürfen wir nicht verfehlen: »Sie haben dich ermordet, armes Tier! ermordet ohne Not! Du warst zahm und hättest dich gern ruhig niedergelassen und auf uns gewartet; denn deine Fußballen schmerzten dich, und deine Krallen hatten keine Kraft mehr! Die heiße Sonne fehlte dir, sie zu reifen. Du warst der Schönste deinesgleichen; wer hat je einen königlichen Tiger so herrlich ausgestreckt im Schlaf gesehen, wie du nun hier liegst, tot, um nicht wieder aufzustehen! Wenn du des Morgens aufwachtest beim frühen Tagschein und den Rachen aufsperrtest, ausstreckend die rote Zunge, so schienst du uns zu lächeln, und wenn schon brüllend, nahmst du doch spielend dein Futter aus den Händen einer Frau, von den Fingern eines Kindes! Wie lange begleiteten wir dich auf deinen Fahrten, wie lange war deine Gesellschaft uns wichtig und fruchtbar! Uns, uns ganz eigentlich kam die Speise von den Fressern und süße Labung von den Starken. So wird es nicht mehr sein! Wehe! wehe!«
Sie hatte nicht ausgeklagt, als über die mittlere Höhe des Bergs am Schlosse herab Reiter heransprengten, die alsobald für das Jagdgefolge des Fürsten erkannt wurden, er selbst voran. Sie hatten, in den hintern Gebirgen jagend, die Brandwolken aufsteigen sehen und durch Täler und Schluchten, wie auf gewaltsam hetzender Jagd, den geraden Weg nach diesem traurigen Zeichen genommen. Über die steinige Blöße einhersprengend,

stutzten und starrten sie, nun die unerwartete Gruppe gewahr werdend, die sich auf der leeren Fläche merkwürdig auszeichnete. Nach dem ersten Erkennen verstummte man, und nach einigem Erholen ward, was der Anblick nicht selbst ergab, mit wenigen Worten erläutert. So stand der Fürst vor dem seltsamen, unerhörten Ereignis, einen Kreis umher von Reitern und Nacheilenden zu Fuße. Unschlüssig war man nicht, was zu tun sei; anzuordnen, auszuführen war der Fürst beschäftigt, als ein Mann sich in den Kreis drängte, groß von Gestalt, bunt und wunderlich gekleidet wie Frau und Kind. Und nun gab die Familie zusammen Schmerz und Überraschung zu erkennen. Der Mann aber, gefaßt, stand in ehrfurchtsvoller Entfernung vor dem Fürsten und sagte: »Es ist nicht Klagenszeit; ach, mein Herr und mächtiger Jäger, auch der Löwe ist los, auch hier nach dem Gebirg ist er hin, aber schont ihn, habt Barmherzigkeit, daß er nicht umkomme wie dies gute Tier!«

»Der Löwe?« sagte der Fürst, »hast du seine Spur?« – »Ja, Herr! Ein Bauer dort unten, der sich ohne Not auf einen Baum gerettet hatte, wies mich weiter hier links hinauf, aber ich sah den großen Trupp Menschen und Pferde vor mir, neugierig und hülfsbedürftig eilt ich hierher.« – »Also«, beorderte der Fürst, »muß die Jagd sich auf diese Seite ziehen; ihr ladet eure Gewehre, geht sachte zu Werk, es ist kein Unglück, wenn ihr ihn in die tiefen Wälder treibt. Aber am Ende, guter Mann, werden wir euer Geschöpf nicht schonen können; warum wart ihr unvorsichtig genug; sie entkommen zu lassen!« – »Das Feuer brach aus«, versetzte jener; »wir hielten uns still und gespannt; es verbreitete sich schnell, aber fern von uns. Wir hatten Wasser genug zu unserer Verteidigung, aber ein Pulverschlag flog auf und warf die Brände bis an uns heran, über uns weg; wir übereilten uns und sind nun unglückliche Leute.«

Noch war der Fürst mit Anordnungen beschäftigt, aber einen Augenblick schien alles zu stocken, als oben vom alten Schloß herab eilig ein Mann heranspringend gesehen ward, den man bald für den angestellten Wächter erkannte, der die Werkstätte des Malers bewachte, indem er darin seine Wohnung nahm und die Arbeiter beaufsichtigte. Er kam außer Atem springend, doch hatte er bald mit wenigen Worten angezeigt: oben hinter der hohem Ringmauer habe sich der Löwe im Sonnenschein gelagert, am Fuße einer hundertjährigen Buche, und verhalte sich ganz ruhig. Ärgerlich aber schloß der Mann: »Warum habe ich gestern meine Büchse in die Stadt getragen, um sie ausputzen zu lassen! Hätte ich sie bei der Hand gehabt, er wäre nicht wieder aufgestanden, das Fell wäre doch mein gewesen, und ich hätte mich dessen, wie billig, zeitlebens gebrüstet.«

Der Fürst, dem seine militärischen Erfahrungen auch hier zustatten kamen, da er sich wohl schon in Fällen gefunden hatte, wo von mehreren Seiten unvermeidliches Übel herandrohte, sagte hierauf: »Welche Bürgschaft gebt Ihr mir, daß, wenn wir Eures Löwen schonen, er nicht im Lande unter den Meinigen Verderben anrichtet?«

»Hier diese Frau und dieses Kind«, erwiderte der Vater hastig, »erbieten sich, ihn zu zähmen, ihn ruhig zu erhalten, bis ich den beschlagenen Kasten heraufschaffe, da wir ihn denn unschädlich und unbeschädigt wieder zurückbringen werden.«

Der Knabe schien seine Flöte versuchen zu wollen, ein Instrument von der Art, das man sonst die sanfte, süße Flöte zu nennen pflegte; sie war kurz geschnäbelt wie die Pfeifen; wer es verstand, wußte die anmutigsten Töne daraus hervorzulocken. Indes hatte der Fürst den Wärtel gefragt, wie der Löwe hinaufgekommen. Dieser aber versetzte: »Durch den Hohlweg, der, auf beiden Seiten vermauert, von jeher der einzige Zugang war und der einzige bleiben soll; zwei Fußpfade, die noch hinaufführten, haben wir dergestalt entstellt, daß niemand als durch jenen ersten engen Anweg zu dem Zauberschlosse gelangen könne, wozu es Fürst Friedrichs Geist und Geschmack ausbilden will.«

Nach einigem Nachdenken, wobei sich der Fürst nach dem Kinde umsah, das immer sanft gleichsam zu präludieren fortgefahren hatte, wendete er sich zu Honorio und sagte: »Du hast heute viel geleistet, vollende das Tagwerk! Besetze den schmalen Weg! – Haltet eure Büchsen bereit, aber schießt nicht eher, als bis ihr das Geschöpf nicht sonst zurückscheuchen könnt; allenfalls macht ein Feuer an, vor dem er sich fürchtet, wenn er herunter will! Mann und Frau möge für das übrige stehen.« Eilig schickte Honorio sich an, die Befehle zu vollführen.

Das Kind verfolgte seine Melodie, die keine war, eine Tonfolge ohne Gesetz, und vielleicht eben deswegen so herzergreifend; die Umstehenden schienen wie bezaubert von der Bewegung einer liederartigen Weise, als der Vater mit anständigem Enthusiasmus zu reden anfing und fortfuhr:

»Gott hat dem Fürsten Weisheit gegeben und zugleich die Erkenntnis, daß alle Gotteswerke weise sind, jedes nach seiner Art. Seht den Felsen, wie er fest steht und sich nicht rührt, der Witterung trotzt und dem Sonnenschein! uralte Bäume zieren sein Haupt, und so gekrönt schaut er weit umher; stürzt aber ein Teil herunter, so will es nicht bleiben, was es war: es fällt zertrümmert in viele Stücke und bedeckt die Seite des Hanges. Aber auch da wollen sie nicht verharren, mutwillig springen sie tief hinab, der Bach nimmt sie auf, zum Flusse trägt er sie. Nicht widerstehend, nicht widerspenstig, eckig, nein, glatt und abgerundet gewinnen sie schneller ihren Weg und gelangen von Fluß zu Fluß, endlich zum Ozean, wo die Riesen in Scharen daherziehen und in der Tiefe die Zwerge wimmeln.

Doch wer preist den Ruhm des Herrn, den die Sterne loben von Ewigkeit zu Ewigkeit! Warum seht ihr aber im Fernen umher? Betrachtet hier die Biene! noch spät im Herbst sammelt sie emsig und baut sich ein Haus, winkel- und waagerecht, als Meister und Geselle. Schaut die Ameise da! sie kennt ihren Weg und verliert ihn nicht, sie baut sich eine Wohnung aus Grashalmen, Erdbröslein und Kiefernadeln, sie baut es in die Höhe und wölbet es zu; aber sie hat umsonst gearbeitet, denn das Pferd stampft und scharrt alles auseinander. Seht hin! es zertritt ihre Balken und zerstreut ihre Planken, ungeduldig schnaubt es und kann nicht rasten, denn der Herr hat das Roß zum Gesellen des Windes gemacht und zum Gefährten des Sturms, daß es den Mann dahin trage, wohin er will, und die Frau, wohin sie begehrt. Aber im Palmenwald trat er auf, der Löwe, ernsten Schrittes durchzog er die Wüste, dort herrscht er über alles Getier, und nichts widersteht ihm. Doch der Mensch weiß ihn zu zähmen, und das grausamste der Geschöpfe hat Ehrfurcht vor dem Ebenbilde Gottes, wornach auch die Engel gemacht sind, die dem Herrn dienen und seinen Dienern. Denn in der Löwengrube scheute sich Daniel nicht; er blieb fest und getrost, und das wilde Brüllen unterbrach nicht seinen frommen Gesang.«

Diese mit dem Ausdruck eines natürlichen Enthusiasmus gehaltene Rede begleitete das Kind hie und da mit anmutigen Tönen; als aber der Vater geendigt hatte, fing es mit reiner Kehle, heller Stimme und geschickten Läufen zu intonieren an, worauf der Vater die Flöte ergriff, im Einklang sich hören ließ, das Kind aber sang:

»Aus den Gruben, hier im Graben
Hör ich des Propheten Sang;
Engel schweben, ihn zu laben,
Wäre da dem Guten bang?
Löw und Löwin, hin und wider,
Schmiegen sich um ihn heran;
Ja, die sanften, frommen Lieder
Habens ihnen angetan!«

Der Vater fuhr fort, die Strophe mit der Flöte zu begleiten; die Mutter trat hie und da als zweite Stimme mit ein.

Eindringlich aber ganz besonders war, daß das Kind die Zeilen der Strophe nunmehr zu anderer Ordnung durcheinander schob und dadurch, wo nicht einen neuen Sinn hervorbrachte, doch das Gefühl in und durch sich selbst aufregend erhöhte.

»Engel schweben auf und nieder,
Uns in Tönen zu erlaben,
Welch ein himmlischer Gesang
In den Gruben, in dem Graben
Wäre da dem Kinde bang?
Diese sanften, frommen Lieder
Lassen Unglück nicht heran;
Engel schweben hin und wider,
Und so ist es schon getan.«

Hierauf mit Kraft und Erhebung begannen alle drei:

»Denn der Ewge herrscht auf Erden,
Über Meere herrscht sein Blick;
Löwen sollen Lämmer werden,
Und die Welle schwankt zurück.
Blankes Schwert erstarrt im Hiebe,
Glaub und Hoffnung sind erfüllt;
Wundertätig ist die Liebe,
Die sich im Gebet enthüllt.«

Alles war still, hörte, horchte, und nur erst, als die Töne verhallten, konnte man den Eindruck bemerken und allenfalls beobachten. Alles war wie beschwichtigt, jeder in seiner Art gerührt. Der Fürst, als wenn er erst jetzt das Unheil übersähe, das ihn vor kurzem bedroht hatte, blickte nieder auf seine Gemahlin, die, an ihn gelehnt, sich nicht versagte, das gestickte Tüchlein hervorzuziehen und die Augen damit zu bedecken. Es tat ihr wohl, die jugendliche Brust von dem Druck erleichtert zu fühlen, mit dem die vorhergehenden Minuten sie belastet hatten. Eine voll-

kommene Stille beherrschte die Menge; man schien die Gefahren vergessen zu haben, unten den Brand und von oben das Erstehen eines bedenklich ruhenden Löwen.
Durch einen Wink, die Pferde näher herbeizuführen, brachte der Fürst zuerst wieder in die Gruppe Bewegung; dann wendete er sich zu dem Weibe und sagte: »Ihr glaubt also, daß Ihr den entsprungenen Löwen, wo Ihr ihn antrefft, durch Euren Gesang, durch den Gesang dieses Kindes, mit Hülfe dieser Flötentöne beschwichtigen und ihn sodann unschädlich sowie unbeschädigt in seinem Verschluß wieder zurückbringen könntet?« Sie bejahten es, versichernd und beteuernd; der Kastellan wurde ihnen als Wegweiser zugegeben. Nun entfernte der Fürst mit wenigen sich eiligst, die Fürstin folgte langsamer mit dem übrigen Gefolge; Mutter aber und Sohn stiegen, von dem Wärtel, der sich eines Gewehrs bemächtigt hatte, begleitet, steiler gegen den Berg hinan.
Vor dem Eintritt in den Hohlweg, der den Zugang zu dem Schloß eröffnete, fanden sie die Jäger beschäftigt, dürres Reisig zu häufen, damit sie auf jeden Fall ein großes Feuer anzünden könnten. »Es ist nicht not«, sagte die Frau; »es wird ohne das alles in Güte geschehen.«
Weiter hin, auf einem Mauerstücke sitzend, erblickten sie Honorio, seine Doppelbüchse in den Schoß gelegt, auf einem Posten als wie zu jedem Ereignis gefaßt. Aber die Herankommenden schien er kaum zu bemerken; er saß wie in tiefen Gedanken versunken, er sah umher wie zerstreut. Die Frau sprach ihn an mit Bitte, das Feuer nicht anzünden zu lassen; er schien jedoch ihrer Rede wenig Aufmerksamkeit zu schenken. Sie redete lebhaft fort und rief: »Schöner junger Mann, du hast meinen Tiger erschlagen, ich fluche dir nicht; schone meinen Löwen, guter junger Mann! ich segne dich.«
Honorio schaute gerad vor sich hin, dorthin, wo die Sonne auf ihrer Bahn sich zu senken begann. »Du schaust nach Abend«,

rief die Frau; »du tust wohl daran, dort gibts viel zu tun; eile nur, säume nicht, du wirst überwinden. Aber zuerst überwinde dich selbst!« Hierauf schien er zu lächeln; die Frau stieg weiter, konnte sich aber nicht enthalten, nach dem Zurückbleibenden nochmals umzublicken; eine rötliche Sonne überschien sein Gesicht, sie glaubte nie einen schönern Jüngling gesehen zu haben.

»Wenn Euer Kind«, sagte nunmehr der Wärtel, »flötend und singend, wie Ihr überzeugt seid, den Löwen anlocken und beruhigen kann, so werden wir uns desselben sehr leicht bemeistern, da sich das gewaltige Tier ganz nah an die durchbrochenen Gewölbe hingelagert hat, durch die wir, da das Haupttor verschüttet ist, einen Eingang in den Schloßhof gewonnen haben. Lockt ihn das Kind hinein, kann ich die Öffnung mit leichter Mühe schließen, und der Knabe, wenn es ihm gut deucht, durch eine der kleinen Wendeltreppen, die er in der Ecke sieht, dem Tiere entschlüpfen. Wir wollen uns verbergen; aber ich werde mich so stellen, daß meine Kugel jeden Augenblick dem Kinde zu Hülfe kommen kann.«

»Die Umstände sind alle nicht nötig; Gott und Kunst, Frömmigkeit und Glück müssen das Beste tun.« – »Es sei«, versetzte der Wärtel; »aber ich kenne meine Pflichten. Erst führ ich Euch durch einen beschwerlichen Stieg auf das Gemäuer hinauf, gerade dem Eingang gegenüber, den ich erwähnt habe; das Kind mag hinabsteigen, gleichsam in die Arena des Schauspiels, und das besänftigte Tier dort hereinlocken!« Das geschah; Wärtel und Mutter sahen versteckt von oben herab, wie das Kind die Wendeltreppen hinunter in dem klaren Hofraum sich zeigte und in der düstern Öffnung gegenüber verschwand, aber sogleich seinen Flötenton hören ließ, der sich nach und nach verlor und verstummte. Die Pause war ahnungsvoll genug; den alten, mit Gefahr bekannten Jäger beengte der seltene menschliche Fall. Er sagte sich, daß er lieber persönlich dem gefährlichen

Tiere entgegenginge; die Mutter jedoch, mit heiterem Gesicht, übergebogen horchend, ließ nicht die mindeste Unruhe bemerken.

Endlich hörte man die Flöte wieder; das Kind trat aus der Höhle hervor mit glänzend befriedigten Augen, der Löwe hinter ihm drein, aber langsam und, wie es schien, mit einiger Beschwerde. Er zeigte hie und da Lust, sich niederzulegen; doch der Knabe führte ihn im Halbkreise durch die wenig entblätterten, buntbelaubten Bäume, bis er sich endlich in den letzten Strahlen der Sonne, die sie durch eine Ruinenlücke hereinsandte, wie verklärt niedersetzte und sein beschwichtigendes Lied abermals begann, dessen Wiederholung wir uns auch nicht entziehen können:

»Aus den Gruben, hier im Graben
Hör ich des Propheten Sang;
Engel schweben, ihn zu laben,
Wäre da dem Guten bang?
Löw und Löwin, hin und wider,
Schmiegen sich um ihn heran;
Ja, die sanften, frommen Lieder
Habens ihnen angetan!«

Indessen hatte sich der Löwe ganz knapp an das Kind hingelegt und ihm die schwere rechte Vordertatze auf den Schoß gehoben, die der Knabe fortsingend anmutig streichelte, aber gar bald bemerkte, daß ein scharfer Dornzweig zwischen die Ballen eingestochen war. Sorgfältig zog er die verletzende Spitze hervor, nahm lächelnd sein buntseidenes Halstuch vom Nacken und verband die greuliche Tatze des Untiers, so daß die Mutter sich vor Freuden mit ausgestreckten Armen zurückbog und vielleicht angewohnterweise Beifall gerufen und geklatscht hätte, wäre sie nicht durch einen derben Faustgriff des Wärtels erinnert worden, daß die Gefahr nicht vorüber sei.

Glorreich sang das Kind weiter, nachdem es mit wenigen Tönen vorgespielt hatte:

»Denn der Ewge herrscht auf Erden,
Über Meere herrscht sein Blick;
Löwen sollen Lämmer werden,
Und die Welle schwankt zurück.
Blankes Schwert erstarrt im Hiebe,
Glaub und Hoffnung sind erfüllt;
Wundertätig ist die Liebe,
Die sich im Gebet enthüllt.«

Ist es möglich zu denken, daß man in den Zügen eines so grimmigen Geschöpfes, des Tyrannen der Wälder, des Despoten des Tierreiches, einen Ausdruck von Freundlichkeit, von dankbarer Zufriedenheit habe spüren können, so geschah es hier, und wirklich sah das Kind in seiner Verklärung aus wie ein mächtiger, siegreicher Überwinder, jener zwar nicht wie der Überwundene, denn seine Kraft blieb in ihm verborgen, aber doch wie der Gezähmte, wie der dem eigenen friedlichen Willen Anheimgegebene. Das Kind flötete und sang so weiter, nach seiner Art die Zeilen verschränkend und neue hinzufügend:

»Und so geht mit guten Kindern
Selger Engel gern zu Rat,
Böses Wollen zu verhindern,
Zu befördern schöne Tat.
So beschwören, fest zu bannen
Liebem Sohn ans zarte Knie
Ihn, des Waldes Hochtyrannen,
Frommer Sinn und Melodie.«

Kapitel von meiner Geburt

Erstes Kapitel

Der Winter des Jahres 1788 war so streng, daß die Schindelnägel auf den Dächern krachten, die armen Vögel im Schlaf von den Bäumen fielen, und Rehe, Hasen und Wölfe ganz verwirrt bis in die Dörfer flüchteten. In einer Märznacht desselben Winters gewahrte man auf dem einsamen Landschloß zu L[ubowitz] ein wunderbares, geheimnisvolles Treiben und Durcheinanderrennen, treppauf, treppab, Lichter irrten und verschwanden an den Fenstern, aber alles still und lautlos, als schweifen Geister durch das alte Haus. Mein Vater ging in dem großen, von einer Wachskerze ungewiß beleuchteten Tafelzimmer auf und nieder, von Zeit zu Zeit horchte er bald in die Nebenstube, bald in den tiefverschneiten Hof hinaus; dann trat er unruhig ans Fenster, hauchte die prächtigen Eisblumen von den Scheiben und betrachtete den weiten gestirnten Himmel. Die *Konstellation* war überaus günstig. Jupiter und Venus blinkten freundlich auf die weißen Dächer, der Mond stand im Zeichen der Jungfrau und mußte jeden Augenblick kulminieren. Da schlug plötzlich ein Hund an tief unten im Dorf; drauf wieder einer, immer mehrere und näher, eine Peitsche knallte und Pferdegetrappel ließ sich im Hofe vernehmen.

Endlich! – rief mein Vater, eilig vor die Haustür hinausstürzend. Eine auf Kufen gesetzte, festverschlossene, altmodische Karosse dunkelte aus dem dicken Dampf der Pferde, wie aus einem Zauberrauch, in welchem der Kutscher seine erstarrten Arme gleich Windmühlenflügeln hin und her bewegte. Bitte, Herr Doktor – sagte mein Vater, selbst den Kutschenschlag öffnend – Sie sind wohl gar drin eingeschlafen? – Auf Ehre, ein klein wenig! war die Antwort, und aus dem Wagen erstaunlich fix sprang zu aller Verwunderung, anstatt des erwarteten Doktors, ein langer, schmaler Kerl, den niemand kannte, in einer ganz knappen, verschossenen Livrey, aus welcher beim hellen Mondschein sein Ellbogen glänzte, daß einem innerlich fror, wenn man ihn ansah. Mein Vater betrachtete ihn voller Erstaunen, der Fremde nahm schnell eine Handvoll Schnee und rieb sich damit die halberfrorne Nase, der Kutscher fluchte, der Schnee knirschte unter den Tritten, der Hofhund bellte – da wurde ich in der Stube neben dem Tafelzimmer geboren. Mein Vater, da er einen Kindsschrei hörte, blickte erschrocken nach dem Himmel: der Mond hatte soeben kulminiert! um ein Haar wäre ich zur glücklichen Stunde geboren worden, ich kam gerade nur um anderthalb Minuten zu spät, und *zwar in der Konfusion mit den Füßen zuerst, man sagt, ich habe damit ein Entrechat gemacht.*

Daß ich aber, trotz der vortrefflichen Aspekten, die rechte Konstellation verpaßt, verdrießt mich noch bis auf den heutigen Tag, *wie jenen armen Jungen, der bei der Hochzeit beinah einen Kuchen bekommen hätte.* Es wäre ja sonst für mich ein wahres Kinderspiel gewesen, eine reiche Frau, einen Orden, vortreffliche Konnexionen und Protektionen, anstatt meiner dürren Figur einen vornehmen à plomb, oder gar im Morgenblatt einen Lorbeerkranz zu bekommen. Die heutige Welt will Gleichheit haben, so wills die Natur. Oho! meint der Kavalier, die Natur ist grade recht unsinnig aristokratisch, stellt den Ochsen über das Kalb, den Hund über die Katze, die Katze über die Ratze, und unter den Menschen den echten hohen Geburtsadel des Talents über das andere gemeine Pack. Ich habe immer gefunden, es gibt nur ein Mittel, die Gleichheit herzustellen, das ist die Liebe, womit unser Herr Jesus Christus alle gleich gemacht vor dem Vater, indem er selbst dem durch eine fatale Konstellation Unterdrückten Macht gibt über das Talent durch Tugend und die Kraft eines heiligen Willens. – Amen!

GEORG BÜCHNER

Lenz

Den 20. ging Lenz durch's Gebirg. Die Gipfel und hohen Bergflächen im Schnee, die Täler hinunter graues Gestein, grüne Flächen, Felsen und Tannen. Es war naßkalt, das Wasser rieselte die Felsen hinunter und sprang über den Weg. Die Äste der Tannen hingen schwer herab in die feuchte Luft. Am Himmel zogen graue Wolken, aber Alles so dicht, und dann dampfte der Nebel herauf und strich schwer und feucht durch das Gesträuch, so träg, so plump. Er ging gleichgültig weiter, es lag ihm nichts am Weg, bald auf-, bald abwärts. Müdigkeit spürte er keine, nur war es ihm manchmal unangenehm, daß er nicht auf dem Kopf gehn konnte. Anfangs drängte es ihm in der Brust, wenn das Gestein so wegsprang, der graue Wald sich unter ihm schüttelte, und der Nebel die Formen bald verschlang, bald die gewaltigen Glieder halb enthüllte; es drängte in ihm, er suchte nach etwas, wie nach verlornen Träumen, aber er fand nichts. Es war ihm alles so klein, so nahe, so naß, er hätte die Erde hinter den Ofen setzen mögen, er begriff nicht, daß er so viel Zeit brauchte, um einen Abhang hinunter zu klimmen, einen fernen Punkt zu erreichen; er meinte, er müsse Alles mit ein Paar Schritten ausmessen können. Nur manchmal, wenn der Sturm das Gewölk in die Täler warf, und es den Wald herauf dampfte, und die Stimmen an den Felsen wach wurden, bald wie fern verhallende Donner, und dann gewaltig heran brausten, in Tönen, als wollten sie in ihrem wilden Jubel die Erde besingen, und die Wolken wie wilde wiehernde Rosse heransprengten, und der Sonnenschein dazwischen durchging und kam und sein blitzendes Schwert an den Schneeflächen zog, so daß ein helles, blendendes Licht über die Gipfel in die Täler schnitt; oder wenn der Sturm das Gewölk abwärts trieb und einen lichtblauen See hineinriß, und dann der Wind verhallte und tief unten aus den Schluchten, aus den Wipfeln der Tannen wie ein Wiegenlied und Glockengeläute heraufsummte, und am tiefen Blau ein leises Rot hinaufklomm, und kleine Wölkchen auf silbernen Flügeln durchzogen und alle Berggipfel scharf und fest, weit über das Land hin glänzten und blitzten, riß es ihm in der Brust, er stand, keuchend, den Leib vorwärts gebogen, Augen und Mund weit offen, er meinte, er müsse den Sturm in sich ziehen, Alles in sich fassen, er dehnte sich aus und lag über der Erde, er wühlte sich in das All hinein, es war eine Lust, die ihm wehe tat; oder er stand still und legte das Haupt in's Moos und schloß die Augen halb, und dann zog es weit von ihm, die Erde wich unter ihm, sie wurde klein wie ein wandelnder Stern und tauchte sich in einen brausenden Strom, der seine klare Flut unter ihm zog. Aber es waren nur Augenblicke, und dann erhob er sich nüchtern, fest, ruhig als wäre ein Schattenspiel vor ihm vorübergezogen, er wußte von nichts mehr. Gegen Abend kam er auf die Höhe des Gebirgs, auf das Schneefeld, von wo man wieder hinabstieg in die Ebene nach Westen, er setzte sich oben nieder. Es war gegen Abend ruhiger geworden; das Gewölk lag fest und unbeweglich am Himmel, so weit der Blick reichte, nichts als Gipfel, von denen sich breite Flächen hinabzogen, und alles so still, grau, dämmernd; es wurde ihm entsetzlich einsam, er war allein, ganz allein, er wollte mit sich sprechen, aber er konnte, er wagte kaum zu atmen, das Biegen seines Fußes tönte wie Donner unter ihm, er mußte sich niedersetzen; es faßte ihn eine namenlose Angst in diesem Nichts, er war im Leeren, er riß sich auf und flog den Abhang hinunter. Es war finster geworden, Himmel und Erde verschmolzen in Eins. Es war als ginge ihm was nach, und als müsse ihn was Entsetzliches erreichen, etwas das Menschen nicht ertragen können, als jage der Wahnsinn auf Rossen hinter ihm. Endlich hörte er Stimmen, er sah Lichter, es wurde ihm leichter, man sagte ihm, er hätte noch eine halbe Stunde nach *Waldbach.* Er ging durch das Dorf, die Lichter schienen durch die Fenster, er sah hinein im Vorbeigehen, Kinder am Tische, alte Weiber, Mädchen, Alles ruhige, stille Gesichter, es war ihm als müsse das Licht von ihnen ausstrahlen, es ward ihm leicht, er war bald in Waldbach im Pfarrhause. Man saß am Tische, er hinein; die blonden Locken hingen ihm um das bleiche Gesicht, es zuckte ihm in den Augen und um den Mund, seine Kleider waren zerrissen. *Oberlin* hieß ihn willkommen, er hielt ihn für einen Handwerker. »Sein Sie mir willkommen, obschon Sie mir unbekannt.« – Ich bin ein Freund von … und bringe Ihnen Grüße von ihm. »Der Name, wenn's beliebt« … *Lenz.* »Ha, ha, ha, ist er nicht gedruckt? Habe ich nicht einige Dramen gelesen, die einem Herrn dieses Namens zugeschrieben werden?« Ja, aber belieben Sie mich nicht darnach zu beurteilen. Man sprach weiter, er suchte nach Worten und erzählte rasch, aber auf der Folter; nach und nach wurde er ruhig, das heimliche Zimmer und die stillen Gesichter, die aus dem Schatten hervortraten, das helle Kindergesicht, auf dem alles Licht zu ruhen schien und das neugierig, vertraulich aufschaute, bis zur Mutter, die hinten im Schatten engelgleich stille saß. Er fing an zu erzählen, von seiner Heimat; er zeichnete allerhand Trachten, man drängte sich teilnehmend um ihn, er war gleich zu Haus, sein blasses Kindergesicht, das jetzt lächelte, sein lebendiges Erzählen; er wurde ruhig, es war ihm als träten alte Gestalten, vergessene Gesichter wieder aus dem Dunkeln, alte Lieder wachten auf, er war weg, weit weg. Endlich war es Zeit zum Gehen, man führte ihn über die Straße, das Pfarrhaus war zu eng, man gab ihm ein Zimmer im Schulhause. Er ging hinauf, es war kalt oben, eine weite Stube, leer, ein hohes Bett im Hintergrund, er stellte das Licht auf den Tisch, und ging auf und ab, er besann sich wieder auf den Tag, wie er hergekommen, wo er war, das Zimmer im Pfarrhause mit seinen Lichtern und lieben Gesichtern, es war ihm wie ein

Schatten, ein Traum, und es wurde ihm leer, wieder wie auf dem Berg, aber er konnte es mit nichts mehr ausfüllen, das Licht war erloschen, die Finsternis verschlang Alles; eine unnennbare Angst erfaßte ihn, er sprang auf, er lief durchs Zimmer, die Treppe hinunter, vor's Haus; aber umsonst, Alles finster, nichts, er war sich selbst ein Traum, einzelne Gedanken huschten auf, er hielt sie fest, es war ihm als müsse er immer »Vater unser« sagen; er konnte sich nicht mehr finden, ein dunkler Instinkt trieb ihn, sich zu retten, er stieß an die Steine, er riß sich mit den Nägeln, der Schmerz fing an, ihm das Bewußtsein wiederzugeben, er stürzte sich in den Brunnstein, aber das Wasser war nicht tief, er patschte darin. Da kamen Leute, man hatte es gehört, man rief ihm zu. Oberlin kam gelaufen; Lenz war wieder zu sich gekommen, das ganze Bewußtsein seiner Lage, es war ihm wieder leicht, jetzt schämte er sich und war betrübt, daß er den guten Leuten Angst gemacht, er sagte ihnen, daß er gewohnt sei kalt zu baden, und ging wieder hinauf; die Erschöpfung ließ ihn endlich ruhen.

Den andern Tag ging es gut. Mit Oberlin zu Pferde durch das Tal; breite Bergflächen, die aus großer Höhe sich in ein schmales, gewundnes Tal zusammenzogen, das in mannichfachen Richtungen sich hoch an den Bergen hinaufzog, große Felsenmassen, die sich nach unten ausbreiteten, wenig Wald, aber alles im grauen ernsten Anflug, eine Aussicht nach Westen in das Land hinein und auf die Bergkette, die sich grad hinunter nach Süden und Norden zog, und deren Gipfel gewaltig, ernsthaft oder schweigend still, wie ein dämmernder Traum standen. Gewaltige Lichtmassen, die manchmal aus den Tälern, wie ein goldner Strom schwollen, dann wieder Gewölk, das an dem höchsten Gipfel lag, und dann langsam den Wald herab in das Tal klomm, oder in den Sonnenblitzen sich wie ein fliegendes silbernes Gespenst herabsenkte und hob; kein Lärm, keine Bewegung, kein Vogel, nichts als das bald nahe, bald ferne Wehn des

Windes. Auch erschienen Punkte, Gerippe von Hütten, Bretter mit Stroh gedeckt, von schwarzer ernster Farbe. Die Leute, schweigend und ernst, als wagten sie die Ruhe ihres Tales nicht zu stören, grüßten ruhig, wie sie vorbeiritten. In den Hütten war es lebendig, man drängte sich um Oberlin, er wies zurecht, gab Rat, tröstete; überall zutrauensvolle Blicke, Gebet. Die Leute erzählten Träume, Ahnungen. Dann rasch in's praktische Leben, Wege angelegt, Kanäle gegraben, die Schule besucht. Oberlin war unermüdlich, Lenz fortwährend sein Begleiter, bald in Gespräch, bald tätig am Geschäft, bald in die Natur versunken. Es wirkte alles wohltätig und beruhigend auf ihn, er mußte Oberlin oft in die Augen sehen, und die mächtige Ruhe, die uns über der ruhenden Natur, im tiefen Wald, in mondhellen schmelzenden Sommernächten überfällt, schien ihm noch näher, in diesem ruhigen Auge, diesem ehrwürdigen ernsten Gesicht. Er war schüchtern, aber er machte Bemerkungen, er sprach, Oberlin war sein Gespräch sehr angenehm, und das anmutige Kindergesicht Lenzens machte ihm große Freude. Aber nur solange das Licht im Tale lag, war es ihm erträglich; gegen Abend befiel ihn eine sonderbare Angst, er hätte der Sonne nachlaufen mögen; wie die Gegenstände nach und nach schattiger wurden, kam ihm Alles so traumartig, so zuwider vor, es kam ihm die Angst an wie Kindern, die im Dunkeln schlafen; es war ihm als sei er blind; jetzt wuchs sie, der Alp des Wahnsinns setzte sich zu seinen Füßen, der rettungslose Gedanke, als sei Alles nur sein Traum, öffnete sich vor ihm, er klammerte sich an alle Gegenstände, Gestalten zogen rasch an ihm vorbei, er drängte sich an sie, es waren Schatten, das Leben wich aus ihm und seine Glieder waren ganz starr. Er sprach, er sang, er rezitierte Stellen aus Shakespeare, er griff nach Allem, was sein Blut sonst hatte rascher fließen machen, er versuchte Alles, aber kalt, kalt. Er mußte dann hinaus ins Freie, das wenige, durch die Nacht zerstreute Licht, wenn seine Augen an die Dunkelheit gewöhnt waren, machte ihm besser, er stürzte sich in den Brunnen, die grelle Wirkung des Wassers machte ihm besser, auch hatte er eine geheime Hoffnung auf eine Krankheit, er verrichtete sein Bad jetzt mit weniger Geräusch. Doch je mehr er sich in das Leben hineinlebte, ward er ruhiger, er unterstützte Oberlin, zeichnete, las die Bibel; alte vergangne Hoffnungen gingen in ihm auf; das neue Testament trat ihm hier so entgegen, und eines Morgens ging er hinaus. Wie Oberlin ihm erzählte, wie ihn eine unaufhaltsame Hand auf der Brücke gehalten hätte, wie auf der Höhe ein Glanz seine Augen geblendet hätte, wie er eine Stimme gehört hätte, wie es in der Nacht mit ihm gesprochen, und wie Gott so ganz bei ihm eingekehrt, daß er kindlich seine Lose aus der Tasche holte, um zu wissen, was er tun sollte, dieser Glaube, dieser ewige Himmel im Leben, dies Sein in Gott; jetzt erst ging ihm die heilige Schrift auf. Wie den Leuten die Natur so nah trat, alles in himmlischen Mysterien; aber nicht gewaltsam majestätisch, sondern noch vertraut! Er ging des Morgens hinaus, die Nacht war Schnee gefallen, im Tal lag heller Sonnenschein, aber weiterhin die Landschaft halb im Nebel. Er kam bald vom Weg ab, und eine sanfte Höhe hinauf, keine Spur von Fußtritten mehr, neben einem Tannenwald hin, die Sonne schnitt Krystalle, der Schnee war leicht und flockig, hie und da Spur von Wild leicht auf dem Schnee, die sich ins Gebirg hinzog. Keine Regung in der Luft als ein leises Wehen, als das Rauschen eines Vogels, der die Flocken leicht vom Schwanze stäubte. Alles so still, und die Bäume weithin mit schwankenden weißen Federn in der tiefblauen Luft. Es wurde ihm heimlich nach und nach, die einförmigen gewaltigen Flächen und Linien, vor denen es ihm manchmal war, als ob sie ihn mit gewaltigen Tönen anredete[n], waren verhüllt, ein heimliches Weihnachtsgefühl beschlich ihn, er meinte manchmal seine Mutter müsse hinter einem Baume hervortreten, groß, und ihm sagen, sie hätte ihm dies Alles beschert; wie er hinunterging, sah er, daß um seinen

Schatten sich ein Regenbogen von Strahlen legte, es wurde ihm, als hätte ihn was an der Stirn berührt, das Wesen sprach ihn an. Er kam hinunter. Oberlin war im Zimmer, Lenz kam heiter auf ihn zu, und sagte ihm, er möge wohl einmal predigen. »Sind Sie Theologe?« Ja! – »Gut, nächsten Sonntag.«

Lenz ging vergnügt auf sein Zimmer, er dachte auf einen Text zum Predigen und verfiel in Sinnen, und seine Nächte wurden ruhig. Der Sonntagmorgen kam, es war Tauwetter eingefallen. Vorüberstreifende Wolken, Blau dazwischen, die Kirche lag neben am Berg hinauf, auf einem Vorsprung, der Kirchhof drum herum. Lenz stand oben, wie die Glocke läutete und die Kirchengänger, die Weiber und Mädchen in ihrer ernsten schwarzen Tracht, das weiße gefaltete Schnupftuch auf dem Gesangbuche und den Rosmarinzweig von den verschiedenen Seiten die schmalen Pfade zwischen den Felsen herauf und herab kamen. Ein Sonnenblick lag manchmal über dem Tal, die laue Luft regte sich langsam, die Landschaft schwamm im Duft, fernes Geläute, es war als löste sich alles in eine harmonische Welle auf.
Auf dem kleinen Kirchhof war der Schnee weg, dunkles Moos unter den schwarzen Kreuzen, ein verspäteter Rosenstrauch lehnte an der Kirchhofmauer, verspätete Blumen dazu unter dem Moos hervor, manchmal Sonne, dann wieder dunkel. Die Kirche fing an, die Menschenstimmen begegneten sich im reinen hellen Klang; ein Eindruck, als schaue man in reines durchsichtiges Bergwasser. Der Gesang verhallte, Lenz sprach, er war schüchtern, unter den Tönen hatte sein Starrkrampf sich ganz gelegt, sein ganzer Schmerz wachte jetzt auf, und legte sich in sein Herz. Ein süßes Gefühl unendlichen Wohls beschlich ihn. Er sprach einfach mit den Leuten, sie litten alle mit ihm, und es war ihm ein Trost, wenn er über einige müdgeweinte Augen Schlaf, und gequälten Herzen Ruhe bringen, wenn er über dieses von materiellen Bedürfnissen gequälte Sein, diese dumpfen

Leiden gen Himmel leiten konnte. Er war fester geworden, wie er schloß, da fingen die Stimmen wieder an:

> Laß in mir die heil'gen Schmerzen,
> Tiefe Bronnen ganz aufbrechen;
> Leiden sei all' mein Gewinst,
> Leiden sei mein Gottesdienst.

Das Drängen in ihm, die Musik, der Schmerz, erschütterte ihn. Das All war für ihn in Wunden; er fühlte tiefen unnennbaren Schmerz davon. Jetzt, ein anderes Sein, göttliche, zuckende Lippen bückten sich über ihm aus, und sogen sich an seine Lippen; er ging auf sein einsames Zimmer. Er war allein, allein! Da rauschte die Quelle, Ströme brachen aus seinen Augen, er krümmte sich in sich, es zuckten seine Glieder, es war ihm als müsse er sich auflösen, er konnte kein Ende finden der Wollust; endlich dämmerte es in ihm, er empfand ein leises tiefes Mitleid in sich selbst, er weinte über sich, sein Haupt sank auf die Brust, er schlief ein, der Vollmond stand am Himmel, die Locken fielen ihm über die Schläfe und das Gesicht, die Tränen hingen ihm an den Wimpern und trockneten auf den Wangen, so lag er nun da allein, und Alles war ruhig und still und kalt, und der Mond schien die ganze Nacht und stand über den Bergen.

Am folgenden Morgen kam er herunter, er erzählte Oberlin ganz ruhig, wie ihm die Nacht seine Mutter erschienen sei; sie sei in einem weißen Kleide aus der dunkeln Kirchhofmauer hervorgetreten, und habe eine weiße und eine rote Rose an der Brust stecken gehabt; sie sei dann in eine Ecke gesunken, und die Rosen seien langsam über sie gewachsen, sie sei gewiß tot; er sei ganz ruhig darüber. Oberlin versetzte ihm nun, wie er bei dem Tod seines Vaters allein auf dem Felde gewesen sei, und er dann eine Stimme gehört habe, so daß er wußte, daß sein Vater tot sei, und wie er heimgekommen, sei es so gewesen. Das führte sie weiter, Oberlin sprach noch von den Leuten im Gebirge,

von Mädchen, die das Wasser und Metall unter der Erde fühlten, von Männern, die auf manchen Berghöhen angefaßt würden und mit einem Geiste rängen; er sagte ihm auch, wie er einmal im Gebirg durch das Schauen in ein leeres tiefes Bergwasser in eine Art von Somnambulismus versetzt worden sei. Lenz sagte, daß der Geist des Wassers über ihn gekommen sei, daß er dann etwas von seinem eigentümlichen Sein empfunden hätte. Er fuhr weiter fort: Die einfachste, reinste Natur hinge am nächsten mit der elementarischen zusammen, je feiner der Mensch geistig fühlt und lebt, um so abgestumpfter würde dieser elementarische Sinn; er halte ihn nicht für einen hohen Zustand, er sei nicht selbstständig genug, aber er meine, es müsse ein unendliches Wonnegefühl sein, so von dem eigentümlichen Leben jeder Form berührt zu werden; für Gesteine, Metalle, Wasser und Pflanzen eine Seele zu haben; so traumartig jedes Wesen in der Natur in sich aufzunehmen, wie die Blumen mit dem Zu- und Abnehmen des Mondes die Luft.
Er sprach sich selbst weiter aus, wie in Allem eine unaussprechliche Harmonie, ein Ton, eine Seligkeit sei, die in den höhern Formen mit mehr Organen aus sich herausgriffe, tönte, auffaßte und dafür aber auch um so tiefer affiziert würde, wie in den niedrigen Formen Alles zurückgedrängter, beschränkter, dafür aber auch die Ruhe in sich größer sei. Er verfolgte das noch weiter. Oberlin brach es ab, es führte ihn zu weit von seiner einfachen Art ab. Ein andermal zeigte ihm Oberlin Farbentäfelchen, er setzte ihm auseinander, in welcher Beziehung jede Farbe mit dem Menschen stände, er brachte zwölf Apostel heraus, deren jeder durch eine Farbe repräsentiert würde. Lenz faßte das auf, er spann die Sache weiter, kam in ängstliche Träume, und fing an wie Stilling die Apokalypse zu lesen, und las viel in der Bibel.
Um diese Zeit kam *Kaufmann* mit seiner Braut in's Steintal. Lenzen war Anfangs das Zusammentreffen unangenehm, er hatte sich so ein Plätzchen zurechtgemacht, das bißchen Ruhe war

ihm so kostbar und jetzt kam ihm Jemand entgegen, der ihn an so vieles erinnerte, mit dem er sprechen, reden mußte, der seine Verhältnisse kannte. Oberlin wußte von Allem nichts; er hatte ihn aufgenommen, gepflegt; er sah es als eine Schickung Gottes, der den Unglücklichen ihm zugesandt hätte, er liebte ihn herzlich. Auch war es Alles notwendig, daß er da war, er gehörte zu ihnen, als wäre er schon längst da, und Niemand frug, woher er gekommen und wohin er gehen werde. Über Tisch war Lenz wieder in guter Stimmung, man sprach von Literatur, er war auf seinem Gebiete; die idealistische Periode fing damals an, Kaufmann war ein Anhänger davon, Lenz widersprach heftig. Er sagte: Die Dichter, von denen man sage, sie geben die Wirklichkeit, hätten auch keine Ahnung davon, doch seien sie immer noch erträglicher, als die, welche die Wirklichkeit verklären wollten. Er sagte: Der liebe Gott hat die Welt wohl gemacht wie sie sein soll, und wir können wohl nicht was Besseres klecksen, unser einziges Bestreben soll sein, ihm ein wenig nachzuschaffen. Ich verlange in allem Leben, Möglichkeit des Daseins, und dann ist's gut; wir haben dann nicht zu fragen, ob es schön, ob es häßlich ist, das Gefühl, daß Was geschaffen sei, Leben habe, stehe über diesen Beiden, und sei das einzige Kriterium in Kunstsachen. Übrigens begegne es uns nur selten, in Shakespeare finden wir es und in den Volksliedern tönt es einem ganz, in Göthe manchmal entgegen. Alles Übrige kann man ins Feuer werfen. Die Leute können auch keinen Hundsstall zeichnen. Da wolle man idealistische Gestalten, aber Alles, was ich davon gesehen, sind Holzpuppen. Dieser Idealismus ist die schmählichste Verachtung der menschlichen Natur. Man versuche es einmal und senke sich in das Leben des Geringsten und gebe es wieder, in den Zuckungen, den Andeutungen, dem ganzen feinen, kaum bemerkten Mienenspiel; er hätte dergleichen versucht im »Hofmeister« und den »Soldaten«. Es sind die prosaischsten Menschen unter der Sonne; aber die Gefühlsader ist in fast allen Menschen gleich, nur ist die

Hülle mehr oder weniger dicht, durch die sie brechen muß. Man muß nur Aug und Ohren dafür haben. Wie ich gestern neben am Tal hinaufging, sah ich auf einem Steine zwei Mädchen sitzen, die eine band ihre Haare auf, die andre half ihr; und das goldne Haar hing herab, und ein ernstes bleiches Gesicht, und doch so jung, und die schwarze Tracht und die andre so sorgsam bemüht. Die schönsten, innigsten Bilder der altdeutschen Schule geben kaum eine Ahnung davon. Man möchte manchmal ein Medusenhaupt sein, um so eine Gruppe in Stein verwandeln zu können, und den Leuten zurufen. Sie standen auf, die schöne Gruppe war zerstört; aber wie sie so hinabstiegen, zwischen den Felsen war es wieder ein anderes Bild. Die schönsten Bilder, die schwellendsten Töne, gruppieren, lösen sich auf.

Nur eins bleibt, eine unendliche Schönheit, die aus einer Form in die andre tritt, ewig aufgeblättert, verändert, man kann sie aber freilich nicht immer festhalten und in Museen stellen und auf Noten ziehen und dann Alt und Jung herbeirufen, und die Buben und Alten darüber radotieren und sich entzücken lassen. Man muß die Menschheit lieben, um in das eigentümliche Wesen jedes einzudringen, es darf einem keiner zu gering, keiner zu häßlich sein, erst dann kann man sie verstehen; das unbedeutendste Gesicht macht einen tiefern Eindruck als die bloße Empfindung des Schönen, und man kann die Gestalten aus sich heraustreten lassen, ohne etwas vom Äußern hinein zu kopieren, wo einem kein Leben, keine Muskeln, kein Puls entgegen schwillt und pocht. Kaufmann warf ihm vor, daß er in der Wirklichkeit doch keine Typen für einen Apoll von Belvedere oder eine Raphaelische Madonna finden würde. Was liegt daran, versetzte er, ich muß gestehen, ich fühle mich dabei sehr tot, wenn ich in mir arbeite, kann ich auch wohl was dabei fühlen, aber ich tue das Beste daran. Der Dichter und Bildende ist mir der Liebste, der mir die Natur am Wirklichsten gibt, so daß ich über seinem Gebild fühle, Alles Übrige stört mich. Die Holländischen Maler sind mir lieber, als die Italiänischen, sie sind auch die einzigen faßlichen; ich kenne nur zwei Bilder, und zwar von Niederländern, die mir einen Eindruck gemacht hätten, wie das neue Testament; das Eine ist, ich weiß nicht von wem, Christus und die Jünger von Emaus. Wenn man so liest, wie die Jünger hinausgingen, es liegt gleich die ganze Natur in den Paar Worten. Es ist ein trüber, dämmernder Abend, ein einförmiger roter Streifen am Horizont, halbfinster auf der Straße, da kommt ein Unbekannter zu ihnen, sie sprechen, er bricht das Brod, da erkennen sie ihn, in einfach-menschlicher Art, und die göttlich-leidenden Züge reden ihnen deutlich, und sie erschrecken, denn es ist finster geworden, und es tritt sie etwas Unbegreifliches an, aber es ist kein gespenstisches Grauen; es ist wie wenn einem ein geliebter Toter in der Dämmerung in der alten Art entgegenträte, so ist das Bild, mit dem einförmigen, bräunlichen Ton darüber, dem trüben stillen Abend. Dann ein anderes. Eine Frau sitzt in ihrer Kammer, das Gebetbuch in der Hand. Es ist sonntäglich aufgeputzt, der Sand gestreut, so heimlich rein und warm. Die Frau hat nicht zur Kirche gekonnt, und sie verrichtet die Andacht zu Haus, das Fenster ist offen, sie sitzt darnach hingewandt, und es ist als schwebten zu dem Fenster über die weite ebne Landschaft die Glockentöne von dem Dorfe herein und verhallet der Sang der nahen Gemeinde aus der Kirche her, und die Frau liest den Text nach. – In der Art sprach er weiter, man horchte auf, es traf Vieles, er war rot geworden über den Reden, und bald lächelnd, bald ernst, schüttelte er die blonden Locken. Er hatte sich ganz vergessen. Nach dem Essen nahm ihn Kaufmann bei Seite. Er hatte Briefe von Lenzens Vater erhalten, sein Sohn sollte zurück, ihn unterstützen. Kaufmann sagte ihm, wie er sein Leben hier verschleudre, unnütz verliere, er solle sich ein Ziel stecken und dergleichen mehr. Lenz fuhr ihn an: Hier weg, weg! nach Haus? Toll werden dort? Du weißt, ich kann es nirgends aushalten, als

da herum, in der Gegend wenn ich nicht manchmal auf einen Berg könnte und die Gegend sehen könnte; und dann wieder herunter in's Haus, durch den Garten gehn, und zum Fenster hineinsehen. Ich würde toll! toll! Laßt mich doch in Ruhe! Nur ein bißchen Ruhe, jetzt wo es mir ein wenig wohl wird! Weg? Ich verstehe das nicht, mit den zwei Worten ist die Welt verhunzt. Jeder hat was nötig; wenn er ru[h]en kann, was könnt' er mehr haben! Immer steigen, ringen und so in Ewigkeit Alles was der Augenblick gibt, wegwerfen und immer darben, um einmal zu genießen; dürsten, während einem helle Quellen über den Weg springen. Es ist mir jetzt erträglich, und da will ich bleiben; warum? warum? Eben weil es mir wohl ist; was will mein Vater? Kann er mir geben? Unmöglich! Laßt mich in Ruhe. Er wurde heftig, Kaufmann ging, Lenz war verstimmt.
Am folgenden Tag wollte Kaufmann weg, er beredete Oberlin mit ihm in die Schweiz zu gehen. Der Wunsch, Lavater, den er längst durch Briefe kannte, auch persönlich kennen zu lernen, bestimmte ihn. Er sagte es zu. Man mußte einen Tag länger wegen der Zurüstungen warten. Lenz fiel das auf's Herz, er hatte, um seiner unendlichen Qual los zu werden, sich ängstlich an Alles geklammert; er fühlte in einzelnen Augenblicken tief, wie er sich Alles nur zurecht mache; er ging mit sich um wie mit einem kranken Kinde, manche Gedanken, mächtige Gefühle wurde er nur mit der größten Angst los, da trieb es ihn wieder mit unendlicher Gewalt darauf, er zitterte, das Haar sträubte ihm fast, bis er es in der ungeheuersten Anspannung erschöpfte. Er rettete sich in eine Gestalt, die ihm immer vor Augen schwebte, und in Oberlin; seine Worte, sein Gesicht taten ihm unendlich wohl. So sah er mit Angst seiner Abreise entgegen.

Es war Lenzen unheimlich, jetzt allein im Hause zu bleiben. Das Wetter war milde geworden, er beschloß Oberlin zu begleiten, in's Gebirg. Auf der andern Seite, wo die Täler sich in die Ebne ausliefen, trennten sie sich. Er ging allein zurück. Er durchstrich das Gebirg in verschiedenen Richtungen, breite Flächen zogen sich in die Täler herab, wenig Wald, nichts als gewaltige Linien und weiter hinaus die weite rauchende Ebne, in der Luft ein gewaltiges Wehen, nirgends eine Spur von Menschen, als hie und da eine verlassene Hütte, wo die Hirten den Sommer zubrachten, an den Abhängen gelehnt. Er wurde still, vielleicht fast träumend, es verschmolz ihm Alles in eine Linie, wie eine steigende und sinkende Welle, zwischen Himmel und Erde, es war ihm als läge er an einem unendlichen Meer, das leise auf- und abwogte. Manchmal saß er, dann ging er wieder, aber langsam träumend. Er suchte keinen Weg. Es war finster Abend, als er an eine bewohnte Hütte kam, im Abhang nach dem Steintal. Die Türe war verschlossen, er ging an's Fenster, durch das ein Lichtschimmer fiel. Eine Lampe erhellte fast nur einen Punkt, ihr Licht fiel auf das bleiche Gesicht eines Mädchens, das mit halb geöffneten Augen, leise die Lippen bewegend, dahinter ruhte. Weiter weg im Dunkel saß ein altes Weib, das mit schnarrender Stimme aus einem Gesangbuch sang. Nach langem Klopfen öffnete sie; sie war halb taub, sie trug Lenz einiges Essen auf und wies ihm eine Schlafstelle an, wobei sie beständig ihr Lied fortsang. Das Mädchen hatte sich nicht gerührt. Einige Zeit darauf kam ein Mann herein, er war lang und hager, Spuren von grauen Haaren, mit unruhigem verwirrtem Gesicht. Er trat zum Mädchen, sie zuckte auf und wurde unruhig. Er nahm ein getrocknetes Kraut von der Wand, und legte ihr die Blätter auf die Hand, so daß sie ruhiger wurde und verständliche Worte in langsam ziehenden, durchschneidenden Tönen summte. Er erzählte, wie er eine Stimme im Gebirge gehört, und dann über den Tälern ein Wetterleuchten gesehen habe, auch habe es ihn angefaßt und er habe damit gerungen wie Jakob. Er warf sich nieder und betete leise mit Inbrunst, während die Kranke in einem langsam ziehenden, leise verhallenden Ton sang. Dann gab er sich zur Ruhe.

Lenz schlummerte träumend ein, und dann hörte er im Schlaf, wie die Uhr pickte. Durch das leise Singen des Mädchens und die Stimme der Alten zugleich tönte das Sausen des Windes bald näher, bald ferner, und der bald helle, bald verhüllte Mond warf sein wechselndes Licht traumartig in die Stube. Einmal wurden die Töne lauter, das Mädchen redete deutlich und bestimmt, sie sagte, wie auf der Klippe gegenüber eine Kirche stehe. Lenz sah auf und sie saß mit weitgeöffneten Augen aufrecht hinter dem Tisch, und der Mond warf sein stilles Licht auf ihre Züge, von denen ein unheimlicher Glanz zu strahlen schien, zugleich schnarrte die Alte und über diesem Wechseln und Sinken des Lichts, den Tönen und Stimmen schlief endlich Lenz tief ein.
Er erwachte früh, in der dämmernden Stube schlief Alles, auch das Mädchen war ruhig geworden, sie lag zurückgelehnt, die Hände gefaltet unter der linken Wange; das Geisterhafte aus ihren Zügen war verschwunden, sie hatte jetzt einen Ausdruck unbeschreiblichen Leidens. Er trat an's Fenster und öffnete es, die kalte Morgenluft schlug ihm entgegen. Das Haus lag am Ende eines schmalen, tiefen Tales, das sich nach Osten öffnete, rote Strahlen schossen durch den grauen Morgenhimmel in das dämmernde Tal, das im weißen Rauch lag und funkelte[n] am grauen Gestein und trafen in die Fenster der Hütten. Der Mann erwachte, seine Augen trafen auf ein erleuchtet Bild an der Wand, sie richteten sich fest und starr darauf, nun fing er an die Lippen zu bewegen und betete leise, dann laut und immer lauter. Indem kamen Leute zur Hütte herein, sie warfen sich schweigend nieder. Das Mädchen lag in Zuckungen, die Alte schnarrte ihr Lied und plauderte mit den Nachbarn. Die Leute erzählten Lenzen, der Mann sei vor langer Zeit in die Gegend gekommen, man wisse nicht woher; er stehe im Rufe eines Heiligen, er sehe das Wasser unter der Erde und könne Geister beschwören, und man wallfahre zu ihm. Lenz erfuhr zugleich, daß er weiter vom Steintal abgekommen, er ging weg mit einigen

Holzhauern, die in die Gegend gingen. Es tat ihm wohl, Gesellschaft zu finden; es war ihm jetzt unheimlich mit dem gewaltigen Menschen, von dem es ihm manchmal war, als rede er in entsetzlichen Tönen. Auch fürchtete er sich vor sich selbst in der Einsamkeit.
Er kam heim. Doch hatte die verflossene Nacht einen gewaltigen Eindruck auf ihn gemacht. Die Welt war ihm helle gewesen, und an sich ein Regen und Wimmeln nach einem Abgrund, zu dem ihn eine unerbittliche Gewalt hinriß. Er wühlte jetzt in sich. Er aß wenig; halbe Nächte im Gebet und fieberhaften Träumen. Ein gewaltsames Drängen, und dann erschöpft zurückgeschlagen; er lag in den heißesten Tränen, und dann bekam er plötzlich eine Stärke, und erhob sich kalt und gleichgültig, seine Tränen waren ihm dann wie Eis, er mußte lachen. Je höher er sich aufriß, desto tiefer stürzte er hinunter. Alles strömte wieder zusammen. Ahnungen von seinem alten Zustande durchzuckten ihn, und warfen Streiflichter in das wüste Chaos seines Geistes. Des Tags saß er gewöhnlich unten im Zimmer, Madame Oberlin ging ab und zu, er zeichnete, malte, las, griff nach jeder Zerstreuung, Alles hastig von einem zum andern. Doch schloß er sich jetzt besonders an Madame Oberlin an, wenn sie so da saß, das schwarze Gesangbuch vor sich, neben eine Pflanze, im Zimmer gezogen, das jüngste Kind zwischen den Knien; auch machte er sich viel mit dem Kinde zu tun. So saß er einmal, da wurde ihm ängstlich, er sprang auf, ging auf und ab. Die Türe halb offen, da hörte er die Magd singen, erst unverständlich, dann kamen die Worte

Auf dieser Welt hab' ich kein' Freud',
Ich hab' mein Schatz und der ist weit.

Das fiel auf ihn, er verging fast unter den Tönen. Mad. Oberlin sah ihn an. Er faßte sich ein Herz, er konnte nicht mehr schweigen, er mußte davon sprechen. »Beste Madame Oberlin, können

Sie mir nicht sagen, was das Frauenzimmer macht, dessen Schicksal mir so zentnerschwer auf dem Herzen liegt?« »Aber Herr Lenz, ich weiß von nichts.«
Er schwieg dann wieder und ging hastig im Zimmer auf und ab; dann fing er wieder an: Sehen Sie, ich will gehn; Gott, sie sind noch die einzigen Menschen, wo ich's aushalten könnte, und doch – doch, ich muß weg, zu *ihr* – aber ich kann nicht, ich darf nicht. – Er war heftig bewegt und ging hinaus.

Gegen Abend kam Lenz wieder, es dämmerte in der Stube; er setzte sich neben Madame Oberlin. Sehn Sie, fing er wieder an, wenn sie so durch's Zimmer ging, und so halb für sich allein sang, und jeder Tritt war eine Musik, es war so eine Glückseligkeit in ihr, und das strömte in mich über, ich war immer ruhig, wenn ich sie ansah, oder sie so den Kopf an mich lehnte, und Gott! Gott – Ich war schon lange nicht mehr ruhig ... Ganz Kind; es war, als war ihr die Welt zu weit, sie zog sich so in sich zurück, sie suchte das engste Plätzchen im ganzen Haus, und da saß sie, als wäre ihre ganze Seligkeit nur in einem kleinen Punkt, und dann war mir's auch so; wie ein Kind hätte ich dann spielen können. Jetzt ist es mir so eng, so eng, sehn Sie, es ist mir manchmal, als stieß' ich mit den Händen an den Himmel; o ich ersticke! Es ist mir dabei oft, als fühlt' ich physischen Schmerz, da in der linken Seite, im Arm, womit ich sie sonst faßte. Doch kann ich sie mir nicht mehr vorstellen, das Bild läuft mir fort, und dies martert mich, nur wenn es mir manchmal ganz hell wird, so ist mir wieder recht wohl. – Er sprach später noch oft mit Madame Oberlin davon, aber meist nur in abgebrochenen Sätzen; sie wußte wenig zu antworten, doch tat es ihm wohl.
Unterdessen ging es fort mit seinen religiösen Quälereien. Je leerer, je kälter, je sterbender er sich innerlich fühlte, desto mehr drängte es in ihn, eine Glut in sich zu wecken, es kamen ihm Erinnerungen an die Zeiten, wo Alles in ihm sich drängte, wo er

unter all' seinen Empfindungen keuchte; und jetzt so tot. Er verzweifelte an sich selbst, dann warf er sich nieder, er rang die Hände, er rührte Alles in sich auf; aber tot! tot! Dann flehete er, Gott möge ein Zeichen an ihm tun, dann wühlte er in sich, fastete, lag träumend am Boden. Am dritten Hornung hörte er, ein Kind in Fouday sei gestorben, er faßte es auf, wie eine fixe Idee. Er zog sich in sein Zimmer und fastete einen Tag. Am vierten trat er plötzlich in's Zimmer zu Mad. Oberlin, er hatte sich das Gesicht mit Asche beschmiert, und forderte einen alten Sack; sie erschrak, man gab ihm, was er verlangte. Er wickelte den Sack um sich, wie ein Büßender, und schlug den Weg nach Fouday ein. Die Leute im Tale waren ihn schon gewohnt; man erzählte sich allerlei Seltsames von ihm. Er kam in's Haus, wo das Kind lag. Die Leute gingen gleichgültig ihrem Geschäfte nach; man wies ihm eine Kammer, das Kind lag im Hemde auf Stroh, auf einem Holztisch.

Lenz schauderte, wie er die kalten Glieder berührte und die halbgeöffneten gläsernen Augen sah. Das Kind kam ihm so verlassen vor, und er sich so allein und einsam; er warf sich über die Leiche nieder; der Tod erschreckte ihn, ein heftiger Schmerz faßte ihn an, diese Züge, dieses stille Gesicht sollte verwesen, er warf sich nieder, er betete mit allem Jammer der Verzweiflung, daß Gott ein Zeichen an ihm tue, und das Kind beleben möge, wie er schwach und unglücklich sei; dann sank er ganz in sich und wühlte all seinen Willen auf einen Punkt, so saß er lange starr. Dann erhob er sich und faßte die Hände des Kindes und sprach laut und fest: Stehe auf und wandle! Aber die Wände hallten ihm nüchtern den Ton nach, daß es zu spotten schien, und die Leiche blieb kalt. Da stürzte er halb wahnsinnig nieder, dann jagte es ihn auf, hinaus in's Gebirg. Wolken zogen rasch über den Mond; bald Alles im Finstern, bald zeigten sie die nebelhaft verschwindende Landschaft im Mondschein. Er rannte auf und ab.

In seiner Brust war ein Triumph-Gesang der Hölle. Der Wind klang wie ein Titanenlied, es war ihm, als könne er eine ungeheure Faust hinauf in den Himmel ballen und Gott herbei reißen und zwischen seinen Wolken schleifen; als könnte er die Welt mit den Zähnen zermalmen und sie dem Schöpfer in's Gesicht speien; er schwur, er lästerte. So kam er auf die Höhe des Gebirges, und das ungewisse Licht dehnte sich hinunter, wo die weißen Steinmassen, und der Himmel war ein dummes blaues Aug, und der Mond stand ganz lächerlich drin, einfältig. Lenz mußte laut lachen, und mit dem Lachen griff der Atheismus in ihn und faßte ihn ganz sicher und ruhig und fest. Er wußte nicht mehr, was ihn vorhin so bewegt hatte, es fror ihn, er dachte, er wolle jetzt zu Bette gehn, und er ging kalt und unerschütterlich durch das unheimliche Dunkel – es war ihm Alles leer und hohl, er mußte laufen und ging zu Bette.

Am folgenden Tag befiel ihn ein großes Grauen vor seinem gestrigen Zustande, er stand nun am Abgrund, wo eine wahnsinnige Lust ihn trieb, immer wieder hineinzuschauen, und sich diese Qual zu wiederholen. Dann steigerte sich seine Angst, die Sünde und der heilige Geist stand vor ihm.

Einige Tage darauf kam Oberlin aus der Schweiz zurück, viel früher als man es erwartet hatte. Lenz war darüber betroffen. Doch wurde er heiter, als Oberlin ihm von seinen Freunden in Elsaß erzählte. Oberlin ging dabei im Zimmer hin und her, und packte aus, legte hin. Dabei erzählte er von Pfeffel, das Leben eines Landgeistlichen glücklich preisend. Dabei ermahnte er ihn, sich in den Wunsch seines Vaters zu fügen, seinem Berufe gemäß zu leben, heimzukehren. Er sagte ihm: Ehre Vater und Mutter u. dgl. m. Über dem Gespräch geriet Lenz in heftige Unruhe; er stieß tiefe Seufzer aus, Tränen drangen ihm aus den Augen, er sprach abgebrochen. Ja, ich halt' es aber nicht aus; wollen Sie mich verstoßen? Nur in Ihnen ist der Weg zu Gott. Doch mit mir ist's aus! Ich bin abgefallen, verdammt in Ewigkeit, ich bin der ewige Jude. Ober-

lin sagte ihm, dafür sei Jesus gestorben, er möge sich brünstig an ihn wenden, und er würde Teil haben an seiner Gnade.
Lenz erhob das Haupt, rang die Hände, und sagte: Ach! ach! göttlicher Trost. Dann frug er plötzlich freundlich, was das Frauenzimmer mache. Oberlin sagte, er wisse von nichts, er wolle ihm aber in Allem helfen und raten, er müsse ihm aber Ort, Umstände und Person angeben. Er antwortete nichts, wie gebrochne Worte: ach sie ist tot! Lebt sie noch? du Engel, sie liebte mich – ich liebte sie, sie war's würdig, o du Engel. Verfluchte Eifersucht, ich habe sie aufgeopfert – sie liebte noch einen andern – ich liebte sie, sie war's würdig – o gute Mutter, auch die liebte mich. Ich bin ein Mörder. Oberlin versetzte: vielleicht lebten alle diese Personen noch, vielleicht vergnügt; es möge sein, wie es wolle, so könne und werde Gott, wenn er sich zu ihm bekehrt haben würde, diesen Personen auf sein Gebet und Tränen soviel Gutes erweisen, daß der Nutzen, den sie alsdann von ihm hätten, den Schaden, den er ihnen zugefügt, vielleicht weit überwiegen würde. Er wurde darauf nach und nach ruhiger und ging wieder an sein Malen.
Den Nachmittag kam er wieder, auf der linken Schulter hatte er ein Stück Pelz und in der Hand ein Bündel Gerten, die man Oberlin nebst einem Briefe für Lenz mitgegeben hatte. Er reichte Oberlin die Gerten mit dem Begehren, er sollte ihn damit schlagen. Oberlin nahm die Gerten aus seiner Hand, drückte ihm einige Küsse auf den Mund und sagte: dies wären die Streiche, die er ihm zu geben hätte, er möchte ruhig sein, seine Sache mit Gott allein ausmachen, alle möglichen Schläge würden keine einzige seiner Sünden tilgen; dafür hätte Jesus gesorgt, zu dem möchte er sich wenden. Er ging.
Beim Nachtessen war er wie gewöhnlich etwas tiefsinnig. Doch sprach er von allerlei, aber mit ängstlicher Hast. Um Mitternacht wurde Oberlin durch ein Geräusch geweckt. Lenz rannte durch den Hof, rief mit hohler, harter Stimme den Namen Friederike,

mit äußerster Schnelle, Verwirrung und Verzweiflung ausgesprochen, er stürzte sich dann in den Brunnentrog, patschte darin, wieder heraus und herauf in sein Zimmer, wieder herunter in den Trog, und so einigemal, endlich wurde er still. Die Mägde, die in der Kinderstube unter ihm schliefen, sagten, sie hätten oft, insonderheit aber in selbiger Nacht, ein Brummen gehört, das sie mit nichts als mit dem Tone einer Haberpfeife zu vergleichen wußten. Vielleicht war es sein Winseln, mit hohler, fürchterlicher, verzweifelnder Stimme.

Am folgenden Morgen kam Lenz lange nicht. Endlich ging Oberlin hinauf in sein Zimmer, er lag im Bett ruhig und unbeweglich. Oberlin mußte lange fragen, ehe er Antwort bekam; endlich sagte er: Ja Herr Pfarrer, sehen Sie, die Langeweile! die Langeweile! o! so langweilig, ich weiß gar nicht mehr, was ich sagen soll, ich habe schon alle Figuren an die Wand gezeichnet. Oberlin sagte ihm, er möge sich zu Gott wenden; da lachte er und sagte: ja wenn ich so glücklich wäre, wie Sie, einen so behaglichen Zeitvertreib aufzufinden, ja man könnte sich die Zeit schon so ausfüllen. Alles aus Müßiggang. Denn die Meisten beten aus Langeweile; die Andern verlieben sich aus Langeweile, die Dritten sind tugendhaft, die Vierten lasterhaft und ich gar nichts, gar nichts, ich mag mich nicht einmal umbringen: es ist zu langweilig:

O Gott in Deines Lichtes Welle,
In Deines glüh'nden Mittags Zelle
Sind meine Augen wund gewacht,
Wird es denn niemals wieder Nacht?

Oberlin blickte ihn unwillig an und wollte gehen. Lenz huschte ihm nach und indem er ihn mit unheimlichen Augen ansah: sehn Sie, jetzt kommt mir doch was ein, wenn ich nur unterscheiden könnte, ob ich träume oder wache: sehn Sie, das ist sehr richtig, wir wollen es untersuchen; er huschte dann wieder ins Bett. Den Nachmittag wollte Oberlin in der Nähe einen Besuch machen; seine Frau war schon fort; er war im Begriff, wegzugehen, als es an seine Tür klopfte und Lenz hereintrat mit vorwärtsgebogenem Leib, niederwärts hängendem Haupt, das Gesicht über und über und das Kleid hie und da mit Asche bestreut, mit der rechten Hand den linken Arm haltend. Er bat Oberlin, ihm den Arm zu ziehen, er hätte ihn verrenkt, er hätte sich zum Fenster heruntergestürzt, weil es aber Niemand gesehen, wollte er es auch Niemand sagen. Oberlin erschrak heftig, doch sagte er nichts, er tat was Lenz begehrte, zugleich schrieb er an den Schulmeister in Bellefosse, er möge herunterkommen und gab ihm Instruktionen. Dann ritt er weg. Der Mann kam. Lenz hatte ihn schon oft gesehen und hatte sich an ihn attachiert. Er tat als hätte er mit Oberlin etwas reden wollen, wollte dann wieder weg. Lenz bat ihn, zu bleiben und so blieben sie beisammen. Lenz schlug noch einen Spaziergang nach Fouday vor. Er besuchte das Grab des Kindes, das er hatte erwecken wollen, kniete zu verschiedenen Malen nieder, küßte die Erde des Grabes, schien betend, doch mit großer Verwirrung, riß Etwas von der auf dem Grab stehenden Blume ab, als ein Andenken, ging wieder zurück nach Waldbach, kehrte wieder um und Sebastian mit. Bald ging er langsam und klagte über große Schwäche in den Gliedern, dann ging er mit verzweifelnder Schnelligkeit, die Landschaft beängstigte ihn, sie war so eng, daß er an Alles zu stoßen fürchtete. Ein unbeschreibliches Gefühl des Mißbehagens befiel ihn, sein Begleiter ward ihm endlich lästig, auch mochte er seine Absicht erraten und suchte Mittel ihn zu entfernen. Sebastian schien ihm nachzugeben, fand aber heimlich Mittel, seine Brüder von der Gefahr zu benachrichtigen, und nun hatte Lenz zwei Aufseher statt einen. Er zog sie weiter herum, endlich ging er nach Waldbach zurück und da sie nahe an dem Dorfe waren, kehrte er wie ein Blitz wieder um und sprang wie ein

Hirsch gen Fouday zurück. Die Männer setzten ihm nach. Indem sie ihn in Fouday suchten, kamen zwei Krämer und erzählten ihnen, man hätte in einem Hause einen Fremden gebunden, der sich für einen Mörder ausgäbe, aber gewiß kein Mörder sein könne. Sie liefen in dies Haus und fanden es so. Ein junger Mensch hatte ihn auf sein ungestümes Dringen in der Angst gebunden. Sie banden ihn los und brachten ihn glücklich nach Waldbach, wohin Oberlin indessen mit seiner Frau zurückgekommen war. Er sah verwirrt aus, da er aber merkte, daß er liebreich und freundlich empfangen wurde, bekam er wieder Mut, sein Gesicht veränderte sich vorteilhaft, er dankte seinen beiden Begleitern freundlich und zärtlich und der Abend ging ruhig herum. Oberlin bat ihn inständig, nicht mehr zu baden, die Nacht ruhig im Bette zu bleiben und wenn er nicht schlafen könne, sich mit Gott zu unterhalten. Er versprachs und tat es so die folgende Nacht, die Mägde hörten ihn fast die ganze Nacht hindurch beten. – Den folgenden Morgen kam er mit vergnügter Miene auf Oberlins Zimmer. Nachdem sie Verschiedenes gesprochen hatten, sagte er mit ausnehmender Freundlichkeit: Liebster Herr Pfarrer, das Frauenzimmer, wovon ich Ihnen sagte, ist gestorben, ja gestorben, der Engel. Woher wissen Sie das? – Hieroglyphen, Hieroglyphen – und dann zum Himmel geschaut und wieder: ja gestorben – Hieroglyphen. Es war dann nichts weiter aus ihm zu bringen. Er setzte sich und schrieb einige Briefe, gab sie sodann Oberlin mit der Bitte, einige Zeilen dazu zu setzen. Siehe die Briefe.

Sein Zustand war indessen immer trostloser geworden, alles was er an Ruhe aus der Nähe Oberlins und aus der Stille des Tals geschöpft hatte, war weg; die Welt, die er hatte nutzen wollen, hatte einen ungeheuern Riß, er hatte keinen Haß, keine Liebe, keine Hoffnung, eine schreckliche Leere und doch eine folternde Unruhe, sie auszufüllen. Er hatte *Nichts.* Was er tat, tat er mit Bewußtsein und doch zwang ihn ein innerlicher Instinkt. Wenn er allein war, war es ihm so entsetzlich einsam, daß er beständig laut mit sich redete, rief, und dann erschrak er wieder und es war ihm, als hätte eine fremde Stimme mit ihm gesprochen. Im Gespräch stockte er oft, eine unbeschreibliche Angst befiel ihn, er hatte das Ende seines Satzes verloren; dann meinte er, er müsse das zuletzt gesprochene Wort behalten und immer sprechen, nur mit großer Anstrengung unterdrückte er diese Gelüste. Es bekümmerte die guten Leute tief, wenn er manchmal in ruhigen Augenblicken bei ihnen saß und unbefangen sprach und er dann stockte und eine unaussprechliche Angst sich in seinen Zügen malte, er die Personen, die ihm zunächst saßen krampfhaft am Arm faßte und erst nach und nach wieder zu sich kam. War er allein, oder las er, war's noch ärger, all' seine geistige Tätigkeit blieb manchmal in einem Gedanken hängen; dachte er an eine fremde Person, oder stellte er sie sich lebhaft vor, so war es ihm, als würde er sie selbst, er verwirrte sich ganz und dabei hatte er einen unendlichen Trieb, mit Allem um ihn im Geist willkürlich umzugehen; die Natur, Menschen, nur Oberlin ausgenommen, Alles traumartig, kalt; er amüsierte sich, die Häuser auf die Dächer zu stellen, die Menschen an- und auszukleiden, die wahnwitzigsten Possen auszusinnen. Manchmal fühlte er einen unwiderstehlichen Drang, das Ding auszuführen, und dann schnitt er entsetzliche Fratzen. Einst saß er neben Oberlin, die Katze lag gegenüber auf einem Stuhl, plötzlich wurden seine Augen starr, er hielt sie unverrückt auf das Tier gerichtet, dann glitt er langsam den Stuhl herunter, die Katze ebenfalls, sie war wie bezaubert von seinem Blick, sie geriet in ungeheure Angst, sie sträubte sich scheu, Lenz mit den nämlichen Tönen, mit fürchterlich entstelltem Gesicht, wie in Verzweiflung stürzten Beide auf einander los, da endlich erhob sich Madame Oberlin, um sie zu trennen. Dann war er wieder tief beschämt. Die Zufälle des Nachts steigerten sich auf's Schrecklichste. Nur mit der größten Mühe schlief er ein, während er zuvor die noch schreckliche

Leere zu füllen versucht hatte. Dann geriet er zwischen Schlaf und Wachen in einen entsetzlichen Zustand; er stieß an etwas Grauenhaftes, Entsetzliches, der Wahnsinn packte ihn, er fuhr mit fürchterlichem Schreien, in Schweiß gebadet, auf, und erst nach und nach fand er sich wieder. Er mußte dann mit den einfachsten Dingen anfangen, um wieder zu sich zu kommen. Eigentlich nicht er selbst tat es, sondern ein mächtiger Erhaltungstrieb, es war als sei er doppelt und der eine Teil suchte den andern zu retten, und rief sich selbst zu; er erzählte, er sagte in der heftigsten Angst Gedichte her, bis er wieder zu sich kam.

Auch bei Tage bekam er diese Zufälle, sie waren dann noch schrecklicher; denn sonst hatte ihn die Helle davor bewahrt. Es war ihm dann, als existiere er allein, als bestünde die Welt nur in seiner Einbildung, als sei nichts, als er, er sei das ewig Verdammte, der Satan; allein mit seinen folternden Vorstellungen. Er jagte mit rasender Schnelligkeit sein Leben durch und dann sagte er: konsequent, konsequent; wenn Jemand was sprach: inkonsequent, inkonsequent; es war die Kluft unrettbaren Wahnsinns, eines Wahnsinns durch die Ewigkeit. Der Trieb der geistigen Erhaltung jagte ihn auf; er stürzte sich in Oberlins Arme, er klammerte sich an ihn, als wolle er sich in ihm drängen, er war das einzige Wesen, das für ihn lebte und durch den ihm wieder das Leben offenbart wurde. Allmählig brachten ihn Oberlins Worte denn zu sich, er lag auf den Knien vor Oberlin, seine Hände in den Händen Oberlins, sein mit kaltem Schweiß bedecktes Gesicht auf dessen Schoß, am ganzen Leibe bebend und zitternd. Oberlin empfand unendliches Mitleid, die Familie lag auf den Knien und betete für den Unglücklichen, die Mägde flohen und hielten ihn für einen Besessenen. Und wenn er ruhiger wurde, war es wie der Jammer eines Kindes, er schluchzte, er empfand ein tiefes, tiefes Mitleid mit sich selbst; das waren auch seine seligsten Augenblicke. Oberlin sprach ihm von Gott. Lenz wand sich ruhig los und sah ihn mit einem Ausdruck unendlichen Leidens an, und sagte endlich: aber ich, wär' ich allmächtig, sehen Sie, wenn ich so wäre, und ich könnte das Leiden nicht ertragen, ich würde retten, retten, ich will ja nichts als Ruhe, Ruhe, nur ein wenig Ruhe und schlafen können. Oberlin sagte, dies sei eine Profanation. Lenz schüttelte trostlos mit dem Kopfe. Die halben Versuche zum Entleiben, die er indes fortwährend machte, waren nicht ganz Ernst, es war weniger der Wunsch des Todes, für ihn war ja keine Ruhe und Hoffnung im Tod; es war mehr in Augenblicken der fürchterlichsten Angst oder der dumpfen an's Nichtsein gränzenden Ruhe ein Versuch, sich zu sich selbst zu bringen durch physischen Schmerz. Augenblicke, wenn sein Geist sonst auf irgend einer wahnwitzigen Idee zu reiten schien, waren noch die glücklichsten. Es war doch ein wenig Ruhe und sein wirrer Blick war nicht so entsetzlich, als die nach Rettung dürstende Angst, die ewige Qual der Unruhe! Oft schlug er sich den Kopf an die Wand, oder versetzte sich sonst einen heftigen physischen Schmerz.

Den 8. Morgens blieb er im Bette, Oberlin ging hinauf; er lag fast nackt auf dem Bette und war heftig. Oberlin wollte ihn zudekken, er klagte aber sehr, wie schwer Alles sei, so schwer, er glaube gar nicht, daß er gehen könne, jetzt endlich empfände er die ungeheure Schwere der Luft. Oberlin sprach ihm Mut zu. Er blieb aber in seiner frühern Lage und blieb den größten Teil des Tages so, auch nahm er keine Nahrung zu sich. Gegen Abend wurde Oberlin zu einem Kranken nach Bellefosse gerufen. Es war gelindes Wetter und Mondschein. Auf dem Rückweg begegnete ihm Lenz. Er schien ganz vernünftig und sprach ruhig und freundlich mit Oberlin. Der bat ihn, nicht [zu weit] zu gehen, er versprachs; im Weggehen wandte er sich plötzlich um und trat wieder ganz nah zu Oberlin und sagte rasch: sehn Sie, Herr Pfarrer, wenn ich das nur nicht mehr hören müßte mir wäre geholfen. »Was denn, mein Lieber?« Hören Sie denn nichts, hören Sie denn nicht die entsetzliche Stimme, die um den ganzen Horizont schreit, und die man gewöhnlich die Stille heißt, seit ich in dem stillen Tal bin, hör' ich's immer, es läßt mich nicht schlafen, ja Herr Pfarrer, wenn ich wieder einmal schlafen könnte. Er ging dann kopfschüttelnd weiter. Oberlin ging zurück nach Waldbach und wollte ihm Jemand nachschicken, als er ihn die Stiege herauf in sein Zimmer gehen hörte. Einen Augenblick darauf platzte etwas im Hof mit so starkem Schall, daß es Oberlin unmöglich von dem Falle eines Menschen herkommen zu können schien. Die Kindsmagd kam todblaß und ganz zitternd.

–

Er saß mit kalter Resignation im Wagen, wie sie das Tal hervor nach Westen fuhren. Es war ihm einerlei, wohin man ihn führte; mehrmals wo der Wagen bei dem schlechten Wege in Gefahr geriet, blieb er ganz ruhig sitzen; er war vollkommen gleichgültig. In diesem Zustand legte er den Weg durch's Gebirg zurück. Gegen Abend waren sie im Rheintale. Sie entfernten sich allmählig vom Gebirg, das nun wie eine tiefblaue Krystallwelle sich in das Abendrot hob, und auf deren warmer Flut die roten Strahlen des Abend spielten; über die Ebene hin am Flusse des Gebirges lag ein schimmerndes bläuliches Gespinst. Es wurde finster, je mehr sie sich Straßburg näherten; hoher Vollmond, alle fernen Gegenstände dunkel, nur der Berg neben bildete eine scharfe Linie, die Erde war wie ein goldner Pokal, über den schäumend die Goldwellen des Monds liefen. Lenz starrte ruhig hinaus, keine Ahnung, kein Drang; nur wuchs eine dumpfe Angst in ihm, je mehr die Gegenstände sich in der Finsternis verloren. Sie mußten einkehren; da machte er wieder mehre Versuche, Hand an sich zu legen, war aber zu scharf bewacht. Am folgenden Morgen bei trübem regnerischem Wetter traf er in Straßburg ein. Er schien ganz vernünftig, sprach mit den Leuten; er tat Alles wie es die Andern taten, es war aber eine entsetzliche Leere in ihm, er fühlte keine Angst mehr, kein Verlangen; sein Dasein war ihm eine notwendige Last. – – So lebte er hin.

HEINRICH HEINE

Der Rabbi von Bacherach

Ein Fragment

Seinem geliebten Freunde, Heinrich Laube,
widmet die Legende des Rabbi von Bacherach,
heiter grüßend, der Verfasser.

Erstes Kapitel

Unterhalb des Rheingaus, wo die Ufer des Stromes ihre lachende Miene verlieren, Berg und Felsen, mit ihren abenteuerlichen Burgruinen, sich trotziger gebärden, und eine wildere, ernstere Herrlichkeit emporsteigt, dort liegt, wie eine schaurige Sage der Vorzeit, die finstre, uralte Stadt Bacherach. Nicht immer waren so morsch und verfallen diese Mauern mit ihren zahnlosen Zinnen und blinden Warttürmchen, in deren Luken der Wind pfeift und die Spatzen nisten; in diesen armselig häßlichen Lehmgassen, die man durch das zerrissene Tor erblickt, herrschte nicht immer jene öde Stille, die nur dann und wann unterbrochen wird von schreienden Kindern, keifenden Weibern und brüllenden Kühen. Diese Mauern waren einst stolz und stark, und in diesen Gassen bewegte sich frisches, freies Leben, Macht und Pracht, Lust und Leid, viel Liebe und viel Haß. Bacherach gehörte einst zu jenen Munizipien, welche von den Römern während ihrer Herrschaft am Rhein gegründet worden, und die Einwohner, obgleich die folgenden Zeiten sehr stürmisch und obgleich sie späterhin unter Hohenstaufischer, und zuletzt unter Wittelsbacher Oberherrschaft gerieten, wußten dennoch, nach dem Beispiel andrer rheinischen Städte, ein ziemlich freies Gemeinwesen zu erhalten. Dieses bestand aus einer Verbindung einzelner Körperschaften, wovon die der patrizischen Altbürger und die der Zünfte, welche sich wieder nach ihren verschiedenen Gewerken unterabteilten, beiderseitig nach der Alleinmacht rangen: so daß sie sämtlich nach außen, zu Schutz und Trutz gegen den nachbarlichen Raubadel, fest verbunden standen, nach innen aber, wegen streitender Interessen, in beständiger Spaltung verharrten; und daher unter ihnen wenig Zusammenleben, viel Mißtrauen, oft sogar tätliche Ausbrüche der Leidenschaft. Der herrschaftliche Vogt saß auf der hohen Burg Sareck, und wie sein Falke schoß er herab, wenn man ihn rief, und auch manchmal ungerufen. Die Geistlichkeit herrschte im Dunkeln durch die Verdunkelung des Geistes. Eine am meisten vereinzelte, ohnmächtige und vom Bürgerrechte allmählig verdrängte Körperschaft war die kleine Judengemeinde, die schon zur Römerzeit in Bacherach sich niedergelassen und späterhin, während der großen Judenverfolgung, ganze Scharen flüchtiger Glaubensbrüder in sich aufgenommen hatte. Die große Judenverfolgung begann mit den Kreuzzügen und wütete am grimmigsten um die Mitte des vierzehnten Jahrhunderts, am Ende der großen Pest, die, wie jedes andre öffentliche Unglück, durch die Juden entstanden sein sollte, indem man behauptete, sie hätten den Zorn Gottes herabgeflucht und mit Hülfe der Aussätzigen die Brunnen vergiftet. Der gereizte Pöbel, besonders die Horden der Flagellanten, halbnackte Männer und Weiber, die zur Buße sich selbst geißelnd und ein tolles Marienlied singend, die Rheingegend und das übrige Süddeutschland durchzogen, ermordeten damals viele tausend Juden, oder marterten sie, oder tauften sie gewaltsam. Eine andre Beschuldigung, die ihnen schon in früherer Zeit, das ganze Mittelalter hindurch bis Anfang des vorigen Jahrhunderts, viel Blut und Angst kostete, das war das läppische, in Chroniken und Legenden bis zum Ekel oft wiederholte Märchen: daß die Juden geweihte Hostien stählen, die sie mit Messern durchstächen bis das Blut herausfließe, und daß sie an ihrem Paschafeste Christenkinder schlachteten, um das Blut derselben bei ihrem nächtlichen Gottesdienste zu gebrauchen. Die Juden, hinlänglich verhaßt wegen ihres Glaubens, ihres Reichtums, und ihrer Schuldbücher, waren an jenem Festtage ganz in den Händen ihrer Feinde, die ihr Verderben nur gar zu leicht bewirken konnten, wenn sie das Gerücht eines solchen Kindermords verbreiteten, vielleicht gar einen blutigen Kinderleichnam in das verfemte Haus eines Juden heimlich hineinschwärzten und dort nächtlich die betende Judenfamilie überfielen; wo alsdann gemordet, geplündert und getauft wurde, und große Wunder geschahen durch das vorgefundne tote Kind, welches die Kirche am Ende gar kanonisierte. Sankt Werner ist ein solcher Heiliger, und ihm zu Ehren ward zu Oberwesel jene prächtige Abtei gestiftet, die jetzt am Rhein eine der schönsten Ruinen bildet, und mit der gotischen Herrlichkeit ihrer langen spitzbögigen Fenster, stolz emporschießender Pfeiler und Steinschnitzeleien uns so sehr entzückt, wenn wir an einem heitergrünen Sommertage vorbeifahren und ihren Ursprung nicht kennen. Zu Ehren dieses Heiligen wurden am Rhein noch drei andre große Kirchen errichtet, und unzählige Juden getötet oder mißhandelt. Dies geschah im Jahr 1287, und auch zu Bacherach, wo eine von diesen Sankt-Wernerskirchen gebaut wurde, erging damals über die Juden viel Drangsal und Elend. Doch zwei Jahrhunderte seitdem blieben sie verschont von solchen Anfällen der Volkswut, obgleich sie noch immer hinlänglich angefeindet und bedroht wurden.

Je mehr aber der Haß sie von außen bedrängte, desto inniger und traulicher wurde das häusliche Zusammenleben, desto tiefer wurzelte die Frömmigkeit und Gottesfurcht der Juden von Bacherach. Ein Muster gottgefälligen Wandels war der dortige Rabbiner, genannt Rabbi Abraham, ein noch jugendlicher Mann, der aber weit und breit wegen seiner Gelahrtheit berühmt war. Er war geboren in dieser Stadt, und sein Vater, der dort ebenfalls Rabbiner gewesen, hatte ihm in seinem letzten Willen befohlen, sich demselben Amt zu widmen und Bacherach nie zu verlassen, es seie denn wegen Lebensgefahr. Dieser Befehl und ein Schrank mit seltenen Büchern war alles was sein Vater, der bloß in Armut und Schriftgelahrtheit lebte, ihm hinterließ. Dennoch war Rabbi Abraham ein sehr reicher Mann; verheuratet mit der einzigen Tochter seines verstorbenen Vaterbruders, welcher den Juwelenhandel getrieben, erbte er dessen große Reichtümer. Einige Fuchsbärte in der Gemeinde deuteten darauf hin, als wenn der Rabbi eben des Geldes wegen seine Frau geheuratet habe. Aber sämtliche Weiber widersprachen und wußten alte Geschichten zu erzählen: wie der Rabbi, schon vor seiner Reise nach Spanien, verliebt gewesen in Sara – man hieß sie eigentlich die schöne Sara – und wie Sara sieben Jahre warten mußte, bis der Rabbi aus Spanien zurückkehrte, indem er sie gegen den Willen ihres Vaters und selbst gegen ihre eigne Zustimmung durch den Trauring geheuratet hatte. Jedweder Jude nämlich kann ein jüdisches Mädchen zu seinem rechtmäßigen Eheweibe machen, wenn es ihm gelang ihr einen Ring an den Finger zu stecken und dabei die Worte zu sprechen: »Ich nehme dich zu meinem Weibe nach den Sitten von Moses und Israel!« Bei der Erwähnung Spaniens pflegten die Fuchsbärte auf eine ganz eigne Weise zu lächeln; und das geschah wohl wegen eines dunkeln Gerüchts, daß Rabbi Abraham auf der hohen Schule zu Toledo zwar emsig genug das Studium des göttlichen Gesetzes getrieben, aber auch christliche Gebräuche nachgeahmt und freigeistige Denkungsart eingesogen habe, gleich jenen spanischen Juden, die damals auf einer außerordentlichen Höhe der Bildung standen. Im Innern ihrer Seele aber glaubten jene Fuchsbärte sehr wenig an die Wahrheit des angedeuteten Gerüchts. Denn überaus rein, fromm und ernst war seit seiner Rückkehr aus Spanien die Lebensweise des Rabbi, die kleinlichsten Glaubensgebräuche übte er mit ängstlicher Gewissenhaftigkeit, alle Montag und Donnerstag pflegte er zu fasten, nur am Sabbat oder anderen Feiertagen genoß er Fleisch und Wein, sein Tag verfloß in Gebet und Studium, des Tages erklärte er das göttliche Gesetz im Kreise der Schüler, die der Ruhm seines Namens nach Bacherach gezogen, und des Nachts betrachtete er die Sterne des Himmels oder die Augen der schönen Sara. Kinderlos war die Ehe des Rabbi; dennoch fehlte es nicht um ihn her an Leben und Bewegung. Der große Saal seines Hauses, welches neben der Synagoge lag, stand offen zum Gebrauche der ganzen Gemeinde: hier ging man aus und ein ohne Umstände, verrichtete schleunige Gebete, oder holte Neuigkeiten, oder hielt Beratung in allgemeiner Not; hier spielten die Kinder am Sabbatmorgen, während in der Synagoge der wöchentliche Abschnitt verlesen wurde; hier versammelte man sich bei Hochzeit- und Leichenzügen, und zankte sich und versöhnte sich; hier fand der Frierende einen warmen Ofen und der Hungrige einen gedeckten Tisch. Außerdem bewegten sich um den Rabbi noch eine Menge Verwandte, Brüder und Schwestern, mit ihren Weibern und Kindern, so wie auch seine und seiner Frau gemeinschaftliche Ohme und Muhmen, eine weitläuftige Sippschaft, die alle den Rabbi als Familienhaupt betrachteten, im Hause desselben früh und spät verkehrten, und an hohen Festtagen sämtlich dort zu speisen pflegten. Solche gemeinschaftliche Familienmahle im Rabbinerhause fanden ganz besonders statt bei der jährlichen Feier des Pascha, eines uralten, wunderbaren Festes, das noch jetzt die Juden in der ganzen Welt, am Vorabend des vierzehnten Tages im Monat Nissen, zum ewigen Gedächtnisse ihrer Befreiung aus ägyptischer Knechtschaft, folgendermaßen begehen:

Sobald es Nacht ist, zündet die Hausfrau die Lichter an, spreitet das Tafeltuch über den Tisch, legt in die Mitte desselben drei von den platten ungesäuerten Bröten, verdeckt sie mit einer Serviette und stellt auf diesen erhöhten Platz sechs kleine Schüsseln, worin symbolische Speisen enthalten, nämlich ein Ei, Lattig, Mairettigwurzel, ein Lammknochen, und eine braune Mischung von Rosinen, Zimmet und Nüssen. An diesen Tisch setzt sich der Hausvater mit allen Verwandten und Genossen und liest ihnen vor aus einem abenteuerlichen Buche, das die Agade heißt, und dessen Inhalt eine seltsame Mischung ist von Sagen der Vorfahren, Wundergeschichten aus Ägypten, kuriosen Erzählungen, Streitfragen, Gebeten und Festliedern. Eine große Abendmahlzeit wird in die Mitte dieser Feier eingeschoben, und sogar während des Vorlesens wird zu bestimmten Zeiten etwas von den symbolischen Gerichten gekostet, so wie alsdann auch Stückchen von dem ungesäuerten Brote gegessen und vier Becher roten Weines getrunken werden. Wehmütig heiter, ernsthaft spielend und märchenhaft geheimnisvoll ist der Charakter dieser Abendfeier, und der herkömmlich singende Ton, womit die Agade von dem Hausvater vorgelesen und zuweilen chorartig von den Zuhörern nachgesprochen wird, klingt so schauervoll innig, so mütterlich einlullend, und zugleich so hastig aufweckend, daß selbst diejenigen Juden, die längst von dem Glauben ihrer Väter abgefallen und fremden Freuden und Ehren nachgejagt sind, im tiefsten Herzen erschüttert werden, wenn ihnen die alten, wohlbekannten Paschaklänge zufällig ins Ohr dringen.

Im großen Saale seines Hauses saß einst Rabbi Abraham, und mit seinen Anverwandten, Schülern und übrigen Gästen beging er die Abendfeier des Paschafestes. Im Saale war alles mehr als gewöhnlich blank; über den Tisch zog sich die buntgestickte Seidendecke, deren Goldfranzen bis auf die Erde hingen; traulich schimmerten die Tellerchen mit den symbolischen Speisen, so wie auch die hohen weingefüllten Becher, woran als Zierat lauter heilige Geschichten von getriebener Arbeit; die Männer saßen in ihren Schwarzmänteln und schwarzen Platthüten und weißen Halsbergen; die Frauen, in ihren wunderlich glitzernden Kleidern von lombardischen Stoffen, trugen um Haupt und Hals ihr Gold- und Perlengeschmeide; und die silberne Sabbatlampe goß ihr festlichstes Licht über die andächtig vergnügten Gesichter der Alten und Jungen. Auf den purpurnen Sammetkissen eines mehr als die übrigen erhabenen Sessels und angelehnt, wie es der Gebrauch heischt, saß Rabbi Abraham und las und sang die Agade, und der bunte Chor stimmte ein oder antwortete bei den vorgeschriebenen Stellen. Der Rabbi trug ebenfalls sein schwarzes Festkleid, seine edelgeformten, etwas strengen Züge waren milder denn gewöhnlich, die Lippen lächelten hervor aus dem braunen Barte, als wenn sie viel Holdes erzählen wollten, und in seinen Augen schwamm es wie selige Erinnerung und Ahnung. Die schöne Sara, die auf einem ebenfalls erhabenen Sammetsessel an seiner Seite saß, trug als Wirtin nichts von ihrem Geschmeide, nur weißes Linnen umschloß ihren schlanken Leib und ihr frommes Antlitz. Dieses Antlitz war rührend schön, wie denn überhaupt die Schönheit der Jüdinnen von eigentümlich rührender Art ist; das Bewußtsein des tiefen Elends, der bittern Schmach und der schlimmen Fahrnisse, worin ihre Verwandte und Freunde leben, verbreitet über ihre holden Gesichtszüge eine gewisse leidende Innigkeit und beobachtende Liebesangst, die unsere Herzen sonderbar bezaubern. So saß heute die schöne Sara und sah beständig nach den Augen ihres Mannes; dann und wann schaute sie auch nach der vor ihr liegenden Agade, dem hübschen, in Gold und Samt gebundenen Pergamentbuche, einem alten Erbstück mit verjährten Weinflecken aus den Zeiten ihres Großvaters, und worin so viele keck und bunt gemalten Bilder, die sie schon als kleines Mädchen, am Pascha-Abend, so gerne betrachtete, und die allerlei biblische Geschichten darstellten, als da sind: wie Abraham die steinernen Götzen seines Vaters mit dem Hammer entzweiklopft, wie die Engel zu ihm kommen, wie Moses den Mitzri totschlägt, wie Pharao prächtig auf dem Throne sitzt, wie ihm die Frösche sogar bei Tisch keine

Ruhe lassen, wie er Gott sei Dank versäuft, wie die Kinder Israel vorsichtig durch das Rote Meer gehen, wie sie offnen Maules, mit ihren Schafen, Kühen und Ochsen vor dem Berge Sinai stehen, dann auch wie der fromme König David die Harfe spielt, und endlich wie Jerusalem mit den Türmen und Zinnen seines Tempels bestrahlt wird vom Glanze der Sonne!

Der zweite Becher war schon eingeschenkt, die Gesichter und Stimmen wurden immer heller, und der Rabbi, indem er eins der ungesäuerten Osterbröte ergriff und heiter grüßend emporhielt, las er folgende Worte aus der Agade: »Siehe! das ist die Kost, die unsere Väter in Ägypten genossen! Jeglicher, den es hungert, er komme und genieße! Jeglicher, der da traurig, er komme und teile unsre Paschafreude! Gegenwärtigen Jahres feiern wir hier das Fest, aber zum kommenden Jahre im Lande Israels! Gegenwärtigen Jahres feiern wir es noch als Knechte, aber zum kommenden Jahre als Söhne der Freiheit!«

Da öffnete sich die Saaltüre, und hereintraten zwei große blasse Männer, in sehr weiten Mänteln gehüllt, und der eine sprach: »Friede sei mit Euch, wir sind reisende Glaubensgenossen und wünschen das Paschafest mit Euch zu feiern.« Und der Rabbi antwortete rasch und freundlich: »Mit Euch sei Frieden, setzt Euch nieder in meiner Nähe.« Die beiden Fremdlinge setzten sich alsbald zu Tische und der Rabbi fuhr fort im Vorlesen. Manchmal, während die übrigen noch im Zuge des Nachsprechens waren, warf er kosende Worte nach seinem Weibe, und anspielend auf den alten Scherz, daß ein jüdischer Hausvater sich an diesem Abend für einen König hält, sagte er zu ihr: »Freue dich, meine Königin!« Sie aber antwortete, wehmütig lächelnd: »Es fehlt uns ja der Prinz!«, und damit meinte sie den Sohn des Hauses, der, wie eine Stelle in der Agade es verlangt, mit vorgeschriebenen Worten seinen Vater um die Bedeutung des Festes befragen soll. Der Rabbi erwiderte nichts und zeigte bloß mit dem Finger nach einem eben aufgeschlagenen Bilde in der Aga-

de, wo überaus anmutig zu schauen war: wie die drei Engel zu Abraham kommen, um zu verkünden, daß ihm ein Sohn geboren werde von seiner Gattin Sara, welche unterdessen, weiblich pfiffig, hinter der Zelttüre steht um die Unterredung zu belauschen. Dieser leise Wink goß dreifaches Rot über die Wangen der schönen Frau, sie schlug die Augen nieder, und sah dann wieder freundlich empor nach ihrem Manne, der singend fortfuhr im Vorlesen der wunderbaren Geschichte: wie Rabbi Jesua, Rabbi Elieser, Rabbi Asaria, Rabbi Akiba und Rabbi Tarphen in Bona-Brak angelehnt saßen und sich die ganze Nacht vom Auszuge der Kinder Israel aus Ägypten unterhielten, bis ihre Schüler kamen und ihnen zuriefen, es sei Tag und in der Synagoge verlese man schon das große Morgengebet.
Derweilen nun die schöne Sara andächtig zuhörte, und ihren Mann beständig ansah, bemerkte sie wie plötzlich sein Antlitz in grausiger Verzerrung erstarrte, das Blut aus seinen Wangen und Lippen verschwand, und seine Augen wie Eiszapfen hervorglotzten – aber fast im selben Augenblicke sah sie, wie seine Züge wieder die vorige Ruhe und Heiterkeit annahmen, wie seine Lippen und Wangen sich wieder röteten, seine Augen munter umherkreisten, ja, wie sogar eine ihm sonst ganz fremde tolle Laune sein ganzes Wesen ergriff. Die schöne Sara erschrak wie sie noch nie in ihrem Leben erschrocken war, und ein inneres Grauen stieg kältend in ihr auf, weniger wegen der Zeichen von starrem Entsetzen, die sie einen Moment lang im Gesichte ihres Mannes erblickt hatte, als wegen seiner jetzigen Fröhlichkeit, die allmählig in jauchzende Ausgelassenheit überging. Der Rabbi schob sein Barett spielend von einem Ohre nach dem andern, zupfte und kräuselte possierlich seine Bartlocken, sang den Agadetext nach der Weise eines Gassenhauers, und bei der Aufzählung der ägyptischen Plagen, wo man mehrmals den Zeigefinger in den vollen Becher eintunkt und den anhängenden Weintropfen zur Erde wirft, bespritzte der

Rabbi die jüngern Mädchen mit Rotwein, und es gab großes Klagen über verdorbene Halskrausen, und schallendes Gelächter. Immer unheimlicher ward es der schönen Sara bei dieser krampfhaft sprudelnden Lustigkeit ihres Mannes, und beklommen von namenloser Bangigkeit, schaute sie in das summende Gewimmel der buntbeleuchteten Menschen, die sich behaglich breit hin und her schaukelten, an den dünnen Paschabröten knoperten, oder Wein schlürften, oder mit einander schwatzten, oder laut sangen, überaus vergnügt.

Da kam die Zeit wo die Abendmahlzeit gehalten wird, alle standen auf um sich zu waschen, und die schöne Sara holte das große, silberne, mit getriebenen Goldfiguren reichverzierte Waschbecken, das sie jedem der Gäste vorhielt, während ihm Wasser über die Hände gegossen wurde. Als sie auch dem Rabbi diesen Dienst erwies, blinzelte ihr dieser bedeutsam mit den Augen, und schlich zur Türe hinaus. Die schöne Sara folgte ihm auf dem Fuße; hastig ergriff der Rabbi die Hand seines Weibes, eilig zog er sie fort, durch die dunkelen Gassen Bacherachs, eilig zum Tor hinaus, auf die Landstraße, die den Rhein entlang, nach Bingen führt.

Es war eine jener Frühlingsnächte, die zwar lau genug und hellgestirnt sind, aber doch die Seele mit seltsamen Schauern erfüllen. Leichenhaft dufteten die Blumen; schadenfroh und zugleich selbstbeängstigt zwitscherten die Vögel; der Mond warf heimtückisch gelbe Streiflichter über den dunkel hinmurmelnden Strom; die hohen Felsenmassen des Ufers schienen bedrohlich wackelnde Riesenhäupter; der Turmwächter auf Burg-Strahleck blies eine melancholische Weise; und dazwischen läutete, eifrig gellend, das Sterbeglöckchen der Sankt-Wernerskirche. Die schöne Sara trug in der rechten Hand das silberne Waschbecken, ihre linke hielt der Rabbi noch immer gefaßt, und sie fühlte wie seine Finger eiskalt waren und wie sein Arm zitterte; aber sie folgte schweigend, vielleicht weil sie

von jeher gewohnt, ihrem Manne blindlings und fragenlos zu gehorchen, vielleicht auch weil ihre Lippen vor innerer Angst verschlossen waren.
Unterhalb der Burg Sonneck, Lorch gegenüber, ungefähr wo jetzt das Dörfchen Niederrheinbach liegt, erhebt sich eine Felsenplatte, die bogenartig über das Rheinufer hinaushängt. Diese erstieg Rabbi Abraham mit seinem Weibe, schaute sich um nach allen Seiten, und starrte hinauf nach den Sternen. Zitternd und von Todesängsten durchfröstelt stand neben ihm die schöne Sara, und betrachtete sein blasses Gesicht, das der Mond gespenstisch beleuchtete, und worauf es hin und her zuckte wie Schmerz, Furcht, Andacht und Wut. Als aber der Rabbi plötzlich das silberne Waschbecken ihr aus der Hand riß und es schollernd hinabwarf in den Rhein: da konnte sie das grausenhafte Angstgefühl nicht länger ertragen, und mit dem Ausrufe »Schadai voller Genade!« stürzte sie zu den Füßen des Mannes und beschwor ihn das dunkle Rätsel endlich zu enthüllen.
Der Rabbi, des Sprechens ohnmächtig, bewegte mehrmals lautlos die Lippen, und endlich rief er: »Siehst du den Engel des Todes? Dort unten schwebt er über Bacherach! Wir aber sind seinem Schwerte entronnen. Gelobt sei der Herr!« Und mit einer Stimme, die noch vor innerem Entsetzen bebte, erzählte er: wie er wohlgemut die Agade hinsingend und angelehnt saß, und zufällig unter den Tisch schaute, habe er dort, zu seinen Füßen, den blutigen Leichnam eines Kindes erblickt. »Da merkte ich« – setzte der Rabbi hinzu – »daß unsre zwei späte Gäste nicht von der Gemeinde Israels waren, sondern von der Versammlung der Gottlosen, die sich beraten hatten jenen Leichnam heimlich in unser Haus zu schaffen, um uns des Kindesmordes zu beschuldigen und das Volk aufzureizen uns zu plündern und zu ermorden. Ich durfte nicht merken lassen, daß ich das Werk der Finsternis durchschaut; ich hätte dadurch nur mein Verderben beschleunigt, und nur die List hat uns beide gerettet. Gelobt sei der

Herr! Ängstige dich nicht, schöne Sara; auch unsre Freunde und Verwandte werden gerettet sein. Nur nach meinem Blute lechzten die Ruchlosen; ich bin ihnen entronnen und sie begnügen sich mit meinem Silber und Golde. Komm mit mir, schöne Sara, nach einem anderen Lande, wir wollen das Unglück hinter uns lassen, und damit uns das Unglück nicht verfolge, habe ich ihm das Letzte meiner Habe, das silberne Becken, zur Versöhnung hingeworfen. Der Gott unserer Väter wird uns nicht verlassen. – Komm herab, du bist müde; dort unten steht bei seinem Kahne der stille Wilhelm; er fährt uns den Rhein hinauf.«
Lautlos und wie mit gebrochenen Gliedern war die schöne Sara in die Arme des Rabbi hingesunken, und langsam trug er sie hinab nach dem Ufer. Hier stand der stille Wilhelm, ein taubstummer aber bildschöner Knabe, der zum Unterhalt seiner alten Pflegemutter, einer Nachbarin des Rabbi, den Fischfang trieb und hier seinen Kahn angelegt hatte. Es war aber als erriete er schon gleich die Absicht des Rabbi, ja es schien als habe er eben auf ihn gewartet, um seine geschlossenen Lippen zog sich das lieblichste Mitleid, bedeutungstief ruhten seine großen blauen Augen auf der schönen Sara, und sorgsam trug er sie in den Kahn. Der Blick des stummen Knaben weckte die schöne Sara aus ihrer Betäubung, sie fühlte auf einmal, daß alles was ihr Mann ihr erzählt, kein bloßer Traum sei, und Ströme bitterer Tränen ergossen sich über ihre Wangen, die jetzt so weiß wie ihr Gewand. Da saß sie nun in der Mitte des Kahns, ein weinendes Marmorbild; neben ihr saßen ihr Mann und der stille Wilhelm, welche emsig ruderten.
Sei es nun durch den einförmigen Ruderschlag, oder durch das Schaukeln des Fahrzeugs, oder durch den Duft jener Bergesufer, worauf die Freude wächst, immer geschieht es, daß auch der Betrübteste seltsam beruhigt wird, wenn er in der Frühlingsnacht, in einem leichten Kahne, leicht dahin fährt auf dem lieben, klaren Rheinstrom. Wahrlich, der alte, gutherzige Vater Rhein

kanns nicht leiden, wenn seine Kinder weinen; tränenstillend wiegt er sie auf seinen treuen Armen, und erzählt ihnen seine schönsten Märchen und verspricht ihnen seine goldigsten Schätze, vielleicht gar den uralt versunkenen Niblungshort. Auch die Tränen der schönen Sara flossen immer milder und milder, ihre gewaltigsten Schmerzen wurden fortgespielt von den flüsternden Wellen, die Nacht verlor ihr finstres Grauen, und die heimatlichen Berge grüßten wie zum zärtlichsten Lebewohl. Vor allen aber grüßte traulich ihr Lieblingsberg, der Kedrich, und in seiner seltsamen Mondbeleuchtung schien es, als stände wieder oben ein Fräulein mit ängstlich ausgestreckten Armen, als kröchen die flinken Zwerglein wimmelnd aus ihren Felsenspalten, und als käme ein Reuter den Berg hinaufgesprengt in vollem Galopp – und der schönen Sara war zu Mute, als sei sie wieder ein kleines Mädchen und säße wieder auf dem Schoße ihrer Muhme aus Lorch, und diese erzähle ihr die hübsche Geschichte von dem kecken Reuter, der das arme, von den Zwergen geraubte Fräulein befreite, und noch andre wahre Geschichten, vom wunderlichen Wispertale drüben, wo die Vögel ganz vernünftig sprechen, und vom Pfefferkuchenland, wohin die folgsamen Kinder kommen, und von verwünschten Prinzessinnen, singenden Bäumen, gläsernen Schlössern, goldenen Brücken, lachenden Nixen … Aber zwischen all diesen hübschen Märchen, die klingend und leuchtend zu leben begannen, hörte die schöne Sara die Stimme ihres Vaters, der ärgerlich die arme Muhme ausschalt, daß sie dem Kinde so viel Torheiten in den Kopf schwatze! Alsbald kams ihr vor, als setzte man sie auf das kleine Bänkchen, vor dem Sammetsessel ihres Vaters, der mit weicher Hand ihr langes Haar streichelte, gar vergnügt mit den Augen lachte, und sich behaglich hin und her wiegte in seinem weiten, blauseidenen Sabbatschlafrock … Es mußte wohl Sabbat sein, denn die geblümte Decke war über den Tisch gespreitet, alle Geräte im Zimmer leuchteten spiegelblank gescheuert, der weißbärtige Gemeindediener saß an der Seite des Vaters und kaute Rosinen und sprach Hebräisch, auch der kleine Abraham kam herein mit einem allmächtig großen Buche, und bat bescheidentlich seinen Oheim um die Erlaubnis einen Abschnitt der Heiligen Schrift erklären zu dürfen, damit der Oheim sich selber überzeuge, daß er in der verflossenen Woche viel gelernt habe und viel Lob und Kuchen verdiene … Nun legte der kleine Bursche das Buch auf die breite Armlehne des Sessels, und erklärte die Geschichte von Jakob und Rahel, wie Jakob seine Stimme erhoben und laut geweint, als er sein Mühmchen Rahel zuerst erblickte, wie er so traulich am Brunnen mit ihr gesprochen, wie er sieben Jahr um Rahel dienen mußte, und wie sie ihm so schnell verflossen, und wie er die Rahel geheuratet und immer und immer geliebt hat … Auf einmal erinnerte sich auch die schöne Sara, daß ihr Vater damals mit lustigem Tone ausrief: »willst du nicht eben so dein Mühmchen Sara heuraten?«, worauf der kleine Abraham ernsthaft antwortete: »Das will ich, und sie soll sieben Jahr warten.« Dämmernd zogen diese Bilder durch die Seele der schönen Frau, sie sah, wie sie und ihr kleiner Vetter, der jetzt so groß und ihr Mann geworden, kindisch mit einander in der Lauberhütte spielten, wie sie sich dort ergötzten an den bunten Tapeten, Blumen, Spiegeln und vergoldeten Äpfeln, wie der kleine Abraham immer zärtlich mit ihr koste, bis er allmählig größer und mürrisch wurde, und endlich ganz groß und ganz mürrisch … Und endlich sitzt sie zu Hause allein in ihrer Kammer eines Samstags Abend, der Mond scheint hell durchs Fenster, und die Tür fliegt auf, und hastig stürmt herein ihr Vetter Abraham, in Reisekleidern und blaß wie der Tod, und er greift ihre Hand, steckt einen goldnen Ring an ihren Finger und spricht feierlich: »Ich nehme dich hiermit zu meinem Weibe, nach den Gesetzen von Moses und Israel! Jetzt aber« – setzt er bebend hinzu – »jetzt muß ich fort nach Spanien. Lebewohl, sieben Jahre sollst du auf mich warten!«

Und er stürzt fort, und weinend erzählt die schöne Sara das alles ihrem Vater ... Der tobt und wütet: »Schneid ab dein Haar, denn du bist ein verheuratetes Weib!« – und er will dem Abraham nachreuten um einen Scheidebrief von ihm zu erzwingen – aber der ist schon über alle Berge, der Vater kehrt schweigend nach Hause zurück, und wie die schöne Sara ihm die Reitstiefel ausziehen hilft und besänftigend äußert, daß der Abraham nach sieben Jahr zurückkehre, da flucht der Vater: »Sieben Jahr sollt ihr betteln gehn!«, und bald stirbt er.

So zogen der schönen Sara die alten Geschichten durch den Sinn, wie ein hastiges Schattenspiel; die Bilder vermischten sich auch wunderlich, und zwischendurch schauten halb bekannte, halb fremde bärtige Gesichter und große Blumen mit fabelhaft breitem Blattwerk. Es war auch als murmelte der Rhein die Melodien der Agade, und die Bilder derselben stiegen daraus hervor, lebensgroß und verzerrt, tolle Bilder: der Erzvater Abraham zerschlägt ängstlich die Götzengestalten, die sich immer hastig wieder von selbst zusammensetzen; der Mitzri wehrt sich furchtbar gegen den ergrimmten Moses; der Berg Sinai blitzt und flammt; der König Pharao schwimmt im Roten Meere, mit den Zähnen im Maule die zackige Goldkrone festhaltend; Frösche mit Menschenantlitz schwimmen hintendrein, und die Wellen schäumen und brausen, und eine dunkle Riesenhand taucht drohend daraus hervor.

Das war Hattos Mäuseturm und der Kahn schoß eben durch den Binger Strudel. Die schöne Sara ward dadurch etwas aus ihren Träumereien gerüttelt, und schaute nach den Bergen des Ufers, auf deren Spitzen die Schloßlichter flimmerten, und an deren Fuß die mondbeleuchteten Nachtnebel sich hinzogen. Plötzlich aber glaubte sie dort ihre Freunde und Verwandte zu sehen, wie sie mit Leichengesichtern und in weißwallenden Totenhemden schreckenhastig vorüberliefen, den Rhein entlang ... es ward ihr schwarz vor den Augen, ein Eisstrom ergoß sich in ihre Seele, und wie im Schlafe hörte sie nur noch, daß ihr der Rabbi das Nachtgebet vorbetete, langsam ängstlich, wie es bei totkranken Leuten geschieht, und träumerisch stammelte sie noch die Worte: »Zehntausend zur Rechten, zehntausend zur Linken; den König zu schützen vor nächtlichem Grauen ...«

Da verzog sich plötzlich all das eindringende Dunkel und Grausen, der düstre Vorhang ward vom Himmel fortgerissen, es zeigte sich oben die heilige Stadt Jerusalem, mit ihren Türmen und Toren; in goldner Pracht leuchtete der Tempel; auf dem Vorhofe desselben erblickte die schöne Sara ihren Vater, in seinem gelben Sabbatschlafrock und vergnügt mit den Augen lachend; aus den runden Tempelfenstern grüßten fröhlich alle ihre Freunde und Verwandte; im Allerheiligsten kniete der fromme König David, mit Purpurmantel und funkelnder Krone, und lieblich ertönte sein Gesang und Saitenspiel – und selig lächelnd entschlief die schöne Sara.

Zweites Kapitel

Als die schöne Sara die Augen aufschlug, ward sie fast geblendet von den Strahlen der Sonne. Die hohen Türme einer großen Stadt erhoben sich, und der stumme Wilhelm stand mit der Hakenstange aufrecht im Kahne und leitete denselben durch das lustige Gewühl vieler buntbewimpelten Schiffe, deren Mannschaft entweder müßig hinabschaute auf die Vorbeifahrenden, oder vielhändig beschäftigt war mit dem Ausladen von Kisten, Ballen und Fässern, die auf kleineren Fahrzeugen ans Land gebracht wurden; wobei ein betäubender Lärm, das beständige Hallorufen der Barkenführer, das Geschrei der Kaufleute vom Ufer her und das Keifen der Zöllner, die, in ihren roten Röcken, mit weißen Stäbchen und weißen Gesichtern, von Schiff zu Schiff hüpften.

»Ja, schöne Sara« – sagte der Rabbi zu seiner Frau, heiter lächelnd – »das ist hier die weltberühmte freie Reichs- und Handelstadt Frankfurt am Main, und das ist eben der Mainfluß worauf wir jetzt fahren. Da drüben die lachenden Häuser, umgeben von grünen Hügeln, das ist das Sachsenhausen, woher uns der lahme Gumpertz, zur Zeit des Lauberhüttenfestes, die schönen Myrrhen holt. Hier siehst du auch die starke Mahlbrücke mit ihren dreizehn Bögen, und gar viel Volk, Wagen und Pferde, geht sicher darüberhin, und in der Mitte steht das Häuschen, wovon die Mühmele Täubchen erzählt hat, daß ein getaufter Jude darin wohnt, der jedem, der ihm eine tote Ratte bringt, sechs Heller auszahlt für Rechnung der jüdischen Gemeinde, die dem Stadtrate jährlich fünftausend Rattenschwänze abliefern soll!«
Über diesen Krieg, den die Frankfurter Juden mit den Ratten zu führen haben, mußte die schöne Sara laut lachen; das klare Sonnenlicht und die neue bunte Welt, die vor ihr auftauchte, hatte alles Grauen und Entsetzen der vorigen Nacht aus ihrer Seele verscheucht, und als sie, aus dem landenden Kahne, von ihrem Manne und dem stummen Wilhelm aufs Ufer gehoben worden, fühlte sie sich wie durchdrungen von freudiger Sicherheit. Der stumme Wilhelm aber, mit seinen schönen, tiefblauen Augen, sah ihr lange ins Gesicht, halb schmerzlich, halb heiter, dann warf er noch einen bedeutenden Blick nach dem Rabbi, sprang zurück in seinen Kahn, und bald war er damit verschwunden.
»Der stumme Wilhelm hat doch viele Ähnlichkeit mit meinem verstorbenen Bruder« – bemerkte die schöne Sara. »Die Engel sehen sich alle ähnlich« – erwiderte leichthin der Rabbi, und sein Weib bei der Hand ergreifend, führte er sie durch das Menschengewimmel des Ufers, wo jetzt, weil es die Zeit der Ostermesse, eine Menge hölzerne Krambuden aufgebaut standen. Als sie, durch das dunkle Maintor, in die Stadt gelangten, fanden sie nicht minder lärmigen Verkehr. Hier, in einer engen Straße, erhob sich ein Kaufmannsladen neben dem andern, und die Häu-

ser, wie überall in Frankfurt, waren ganz besonders zum Handel eingerichtet: im Erdgeschosse keine Fenster, sondern lauter offne Bogentüren, so daß man tief hineinschauen und jeder Vorübergehende die ausgestellten Waren deutlich betrachten konnte. Wie staunte die schöne Sara ob der Masse kostbarer Sachen und ihrer niegesehenen Pracht! Da standen Venezianer, die allen Luxus des Morgenlands und Italiens feil boten, und die schöne Sara war wie festgebannt beim Anblick der aufgeschichteten Putzsachen und Kleinodien, der bunten Mützen und Mieder, der güldnen Armspangen und Halsbänder, des ganzen Flitterkrams, das die Frauen sehr gern bewundern und womit sie sich noch lieber schmücken. Die reichgestickten Samt- und Seidenstoffe schienen mit der schönen Sara sprechen und ihr allerlei Wunderliches ins Gedächtnis zurückfunkeln zu wollen, und es war ihr wirklich zu Mute, als wäre sie wieder ein kleines Mädchen und Mühmele Täubchen habe ihr Versprechen erfüllt, und sie nach der Frankfurter Messe geführt, und jetzt eben stehe sie vor den hübschen Kleidern, wovon ihr so viel erzählt worden. Mit heimlicher Freude überlegte sie schon was sie nach Bacherach mitbringen wolle, welchem von ihren beiden Bäschen, dem kleinen Blümchen oder dem kleinen Vögelchen, der blauseidne Gürtel am besten gefallen würde, ob auch die grünen Höschen dem kleinen Gottschalk passen mögen – doch plötzlich sagte sie zu sich selber: »Ach Gott! die sind ja unterdessen großgewachsen und gestern umgebracht worden!« Sie schrak heftig zusammen und die Bilder der Nacht wollten schon mit all ihrem Entsetzen wieder in ihr aufsteigen; doch die goldgestickten Kleider blinzelten nach ihr wie mit tausend Schelmenaugen, und redeten ihr alles Dunkle aus dem Sinn, und wie sie hinaufsah nach dem Antlitz ihres Mannes, so war dieses unumwölkt, und trug seine gewöhnliche ernste Milde. »Mach die Augen zu, schöne Sara« – sagte der Rabbi, und führte seine Frau weiter durch das Menschengedränge.

Welch ein buntes Treiben! Zumeist waren es Handelsleute, die laut mit einander feilschten, oder auch mit sich selber sprechend an den Fingern rechneten, oder auch von einigen hochbepackten Markthelfern, die im kurzen Hundetrab hinter ihnen herliefen, ihre Einkäufe nach der Herberge schleppen ließen. Andere Gesichter ließen merken, daß bloß die Neugier sie herbeigezogen. Am roten Mantel und der goldnen Halskette erkannte man den breiten Ratsherrn. Das schwarze, wohlhabend bauschichte Wams verriet den ehrsamen stolzen Altbürger. Die eiserne Pickelhaube, das gelblederne Wams und die klirrenden Pfundsporen verkündigten den schweren Reutersknecht. Unterm schwarzen Sammethäubchen, das in einer Spitze auf der Stirne zusammenlief, barg sich ein rosiges Mädchengesicht, und die jungen Gesellen, die gleich witternden Jagdhunden hinterdrein sprangen, zeigten sich als vollkommene Stutzer durch ihre keckbefiederten Barette, ihre klingelnden Schnabelschuhe und ihre seidnen Kleider von geteilter Farbe, wo die rechte Seite grün, die linke Seite rot, oder die eine regenbogenartig gestreift, die andre buntscheckig gewürfelt war, so daß die närrischen Burschen aussahen, als wären sie in der Mitte gespalten. Von der Menschenströmung fortgezogen, gelangte der Rabbi mit seinem Weibe nach dem Römer. Dieses ist der große mit hohen Giebelhäusern umgebene Marktplatz der Stadt, seinen Namen führend von einem ungeheuren Hause, das Zum Römer hieß und vom Magistrate angekauft und zu einem Rathause geweiht wurde. In diesem Gebäude wählte man Deutschlands Kaiser und vor demselben wurden oft edle Ritterspiele gehalten. Der König Maximilian, der dergleichen leidenschaftlich liebte, war damals in Frankfurt anwesend, und tags zuvor hatte man ihm zu Ehren, vor dem Römer, ein großes Stechen veranstaltet. An den hölzernen Schranken, die jetzt von den Zimmerleuten abgebrochen wurden, standen noch viele Müßiggänger und erzählten sich, wie gestern der Herzog von

Braunschweig und der Markgraf von Brandenburg unter Pauken- und Trompetenschall gegen einander gerannt, wie Herr Walter der Lump den Bärenritter so gewaltig aus dem Sattel gestoßen, daß die Lanzensplitter in die Luft flogen, und wie der lange blonde König Max, im Kreise seines Hofgesindes, auf dem Balkone stand und sich vor Freude die Hände rieb. Die Decken von goldnen Stoffen lagen noch auf der Lehne des Balkons und der spitzbögigen Rathausfenster. Auch die übrigen Häuser des Marktplatzes waren noch festlich geschmückt und mit Wappenschilden verziert, besonders das Haus Limburg, auf dessen Banner eine Jungfrau gemalt war, die einen Sperber auf der Hand trägt, während ihr ein Affe einen Spiegel vorhält. Auf dem Balkone dieses Hauses standen viele Ritter und Damen, in lächelnder Unterhaltung hinabblickend auf das Volk, das unten in tollen Gruppen und Aufzügen hin und her wogte. Welche Menge Müßiggänger von jedem Stande und Alter drängte sich hier, um ihre Schaulust zu befriedigen! Hier wurde gelacht, gegreint, gestohlen, in die Lenden gekniffen, gejubelt, und zwischendrein schmetterte gellend die Trompete des Arztes, der im roten Mantel, mit seinem Hanswurst und Affen, auf einem hohen Gerüste stand, seine eigne Kunstfertigkeit recht eigentlich ausposaunte, seine Tinkturen und Wundersalben anpries, oder ernsthaft das Uringlas betrachtete, das ihm irgend ein altes Weib vorhielt, oder sich anschickte einem armen Bauer den Backzahn auszureißen. Zwei Fechtmeister, in bunten Bändern einherflatternd, ihre Rapiere schwingend, begegneten sich hier wie zufällig und stießen mit Scheinzorn auf einander; nach langem Gefechte erklärten sie sich wechselseitig für unüberwindlich und sammelten einige Pfennige. Mit Trommler und Pfeifer marschierte jetzt vorbei die neu errichtete Schützengilde. Hierauf folgte, angeführt von dem Stöcker, der eine rote Fahne trug, ein Rudel fahrender Fräulein, die aus dem Frauenhause »Zum Esel« von Würzburg herkamen und nach dem

Rosentale hinzogen, wo die hochlöbliche Obrigkeit ihnen für die Meßzeit ihr Quartier angewiesen. »Mach die Augen zu, schöne Sara!« – sagte der Rabbi. Denn jene phantastisch und allzu knapp bekleideten Weibsbilder, worunter einige sehr hübsche, gebärdeten auf die unzüchtigste Weise, entblößten ihren weißen, frechen Busen, neckten die Vorübergehenden mit schamlosen Worten, schwangen ihre langen Wanderstöcke, und indem sie auf letzteren, wie auf Steckenpferden, die Sankt-Katharinen-Pforte hinabritten, sangen sie mit gellender Stimme das Hexenlied:

»Wo ist der Bock, das Höllentier?
Wo ist der Bock? Und fehlt der Bock,
So reiten wir, so reiten wir,
So reiten wir auf dem Stock!«

Dieser Singsang, den man noch in der Ferne hören konnte, verlor sich am Ende in den kirchlich langgezogenen Tönen einer herannahenden Prozession. Das war ein trauriger Zug von kahlköpfigen und barfüßigen Mönchen, welche brennende Wachslichter oder Fahnen mit Heilgenbildern, oder auch große silberne Kruzifixe trugen. An ihrer Spitze gingen rot- und weißgeröckte Knaben mit dampfenden Weihrauchkesseln. In der Mitte des Zuges unter einem prächtigen Baldachin, sah man Geistliche in weißen Chorhemden von kostbaren Spitzen oder in buntseidnen Stolen, und einer derselben trug in der Hand ein sonnenartig goldnes Gefäß, das er, bei einer Heiligennische der Marktecke anlangend, hoch emporhob, während er lateinische Worte halb rief, halb sang ... Zugleich erklingelte ein kleines Glöckchen und alles Volk ringsum verstummte, fiel auf die Knie und bekreuzte sich. Der Rabbi aber sprach zu seinem Weibe: »Mach die Augen zu, schöne Sara!« – und hastig zog er sie von hinnen, nach einem schmalen Nebengäßchen, durch ein Labyrinth von engen und krummen Straßen, und endlich über den unbewohnten, wüsten Platz, der das neue Judenquartier von der übrigen Stadt trennte.

Vor jener Zeit wohnten die Juden zwischen dem Dom und dem Mainufer, nämlich von der Brücke bis zum Lumpenbrunnen und von der Mehlwaage bis zu Sankt Bartholomäi. Aber die katholischen Priester erlangten eine päpstliche Bulle, die den Juden verwehrte in solcher Nähe der Hauptkirche zu wohnen, und der Magistrat gab ihnen einen Platz auf dem Wollgraben, wo sie das heutige Judenquartier erbauten. Dieses war mit starken Mauern versehen, auch mit eisernen Ketten vor den Toren, um sie gegen Pöbelandrang zu sperren. Denn hier lebten die Juden ebenfalls in Druck und Angst, und mehr als heut zu Tage in der Erinnerung früherer Nöten. Im Jahr 1240 hatte das entzügelte Volk ein großes Blutbad unter ihnen angerichtet, welches man die erste Judenschlacht nannte, und im Jahr 1349, als die Geißler, bei ihrem Durchzuge, die Stadt anzündeten und die Juden des Brandstiftens anklagten, wurden diese von dem aufgereizten Volke zum größten Teil ermordet oder sie fanden den Tod in den Flammen ihrer eignen Häuser, welches man die zweite Judenschlacht nannte. Später bedrohte man die Juden noch oft mit dergleichen Schlachten, und bei innern Unruhen Frankfurts, besonders bei einem Streite des Rates mit den Zünften, stand der Christenpöbel oft im Begriff das Judenquartier zu stürmen. Letzteres hatte zwei Tore, die an katholischen Feiertagen von außen, an jüdischen Feiertagen von innen geschlossen wurden, und vor jedem Tor befand sich ein Wachthaus mit Stadtsoldaten.

Als der Rabbi mit seinem Weibe an das Tor des Judenquartiers gelangte, lagen die Landsknechte, wie man durch die offnen Fenster sehen konnte, auf der Pritsche ihrer Wachtstube, und draußen, vor der Türe, im vollen Sonnenschein, saß der Trommelschläger und phantasierte auf seiner großen Trommel. Das war eine schwere dicke Gestalt; Wams und Hosen von feuergelbem Tuch, an Armen und Lenden weit aufgepufft, und als wenn unzählige Menschenzungen daraus hervorleckten, von oben bis unten besät mit kleinen eingenähten roten Wülstchen; Brust und Rücken gepanzert mit schwarzen Tuchpolstern, woran die Trommel hing; auf dem Kopfe eine platte runde schwarze Kappe; das Gesicht ebenso platt und rund, auch orangengelb und mit roten Schwärchen gespickt, und verzogen zu einem gähnenden Lächeln. So saß der Kerl und trommelte die Melodie des Liedes, das einst die Geißler bei der Judenschlacht gesungen, und mit seinem rauhen Biertone gurgelte er die Worte:

»Unsre liebe Fraue,
Die ging im Morgentaue,
Kyrie Eleison!«

»Hans, das ist eine schlechte Melodie« – rief eine Stimme hinter dem verschlossenen Tore des Judenquartiers – »Hans, auch ein schlecht Lied, paßt nicht für die Trommel, past gar nicht, und bei Leibe nicht in der Messe und am Ostermorgen, schlecht Lied, gefährlich Lied, Hans, Hänschen, klein Trommelhänschen, ich bin ein einzelner Mensch, und wenn du mich lieb hast, wenn du den Stern lieb hast, den langen Stern, den langen Nasenstern, so hör auf!«
Diese Worte wurden von dem ungesehenen Sprecher, teils angstvoll hastig, teils aufseufzend langsam hervorgestoßen, in einem Tone worin das ziehend Weiche und das heiser Harte schroff abwechselte, wie man ihn bei Schwindsüchtigen findet. Der Trommelschläger blieb unbewegt, und in der vorigen Melodie forttrommelnd sang er weiter:

»Da kam ein kleiner Junge,
Sein Bart war ihm entsprungen,
Halleluja!«

»Hans« – rief wieder die Stimme des obenerwähnten Sprechers – »Hans, ich bin ein einzelner Mensch, und es ist ein gefährlich

Lied, und ich hör es nicht gern, und ich hab meine Gründe, und wenn du mich lieb hast, singst du was anders, und morgen trinken wir …«
Bei dem Wort »trinken« hielt der Hans inne mit seinem Trommeln und Singen, und biedern Tones sprach er: »Der Teufel hole die Juden, aber du, lieber Nasenstern, bist mein Freund, ich beschütz dich, und wenn wir noch oft zusammen trinken, werde ich dich auch bekehren. Ich will dein Pate sein, wenn du getauft wirst, wirst du selig, und wenn du Genie hast und fleißig bei mir lernst, kannst du sogar noch Trommelschläger werden. Ja, Nasenstern, du kannst es noch weit bringen, ich will dir den ganzen Katechismus vortrommeln, wenn wir morgen zusammen trinken – aber jetzt mach mal das Tor auf, da stehen zwei Fremde und begehren Einlaß.«
»Das Tor auf?« – schrie der Nasenstern und die Stimme versagte ihm fast. »Das geht nicht so schnell, lieber Hans, man kann nicht wissen, man kann gar nicht wissen, und ich bin ein einzelner Mensch. Der Veitel Rindskopf hat den Schlüssel und steht jetzt still in der Ecke und brümmelt sein Achtzehn-Gebet; da darf man sich nicht unterbrechen lassen. Jäkel der Narr ist auch hier, aber er schlägt jetzt sein Wasser ab. Ich bin ein einzelner Mensch!«
»Der Teufel hole die Juden!« rief der Trommelhans, und über diesen eignen Witz laut lachend, trollte er sich nach der Wachtstube und legte sich ebenfalls auf die Pritsche.
Während nun der Rabbi mit seinem Weibe jetzt ganz allein vor dem großen verschlossenen Tore stand, erhub sich hinter demselben eine schnarrende, näselnde, etwas spöttisch gezogene Stimme: »Sternchen, dröhnle nicht so lange, nimm die Schlüssel aus Rindsköpfchens Rocktasche, oder nimm deine Nase, und schließe damit das Tor auf. Die Leute stehen schon lange und warten.«
»Die Leute?« – schrie ängstlich die Stimme des Mannes, den man den Nasenstern nannte – »ich glaubte es wäre nur Einer,

und ich bitte dich, Narr, lieber Jäkel Narr, guck mal heraus wer da ist?«

Da öffnete sich im Tore ein kleines, wohlvergittertes Fensterlein, und zum Vorschein kam eine gelbe, zweihörnige Mütze und darunter das drollig verschnörkelte Lustigmachergesicht Jäkels des Narren. In demselben Augenblicke schloß sich wieder die Fensterluke und ärgerlich schnarrte es: »Mach auf, mach auf, draußen ist nur ein Mann und ein Weib.«

»Ein Mann und ein Weib!« – ächzte der Nasenstern – »Und wenn das Tor aufgemacht wird, wirft das Weib den Rock ab und es ist auch ein Mann, und es sind dann zwei Männer, und wir sind nur unserer drei!«

»Sei kein Hase« – erwiderte Jäkel der Narr – »und sei herzhaft und zeige Courage!«

»Courage!« – rief der Nasenstern und lachte mit verdrießlicher Bitterkeit – »Hase! Hase ist ein schlechter Vergleich, Hase ist ein unreines Tier. Courage! Man hat mich nicht der Courage wegen hierhergestellt, sondern der Vorsicht halber. Wenn zu viele kommen soll ich schreien. Aber ich selbst kann sie nicht zurückhalten. Mein Arm ist schwach, ich trage eine Fontenelle und ich bin ein einzelner Mensch. Wenn man auf mich schießt bin ich tot. Dann sitzt der reiche Mendel Reiß am Sabbat bei Tische, und wischt sich vom Maul die Rosinensauce, und streichelt sich den Bauch, und sagt vielleicht: ›Das lange Nasensternchen war doch ein braves Kerlchen, wär es nicht gewesen, so hätten sie das Tor gesprengt, es hat sich doch für uns totschießen lassen, es war ein braves Kerlchen, Schade daß es tot ist –‹«

Die Stimme wurde hier allmählig weich und weinerlich, aber plötzlich schlug sie über in einen hastigen, fast erbitterten Ton: »Courage! Und damit der reiche Mendel Reiß sich die Rosinensauce vom Maul abwischen, und sich den Bauch streicheln, und mich braves Kerlchen nennen möge, soll ich mich totschießen lassen? Courage! Herzhaft! Der kleine Strauß war herzhaftig, und hat gestern auf dem Römer dem Stechen zugesehen, und hat geglaubt man kennte ihn nicht, weil er einen violetten Rock trug, von Samt, drei Gulden die Elle, mit Fuchsschwänzchen, ganz goldgestickt, ganz prächtig – und sie haben ihm den violetten Rock so lange geklopft bis er abfärbte und auch sein Rücken violett geworden ist und nicht mehr menschenähnlich sieht. Courage! Der krumme Leser war herzhaftig, nannte unseren lumpigen Schultheiß einen Lump, und sie haben ihn an den Füßen aufgehängt, zwischen zwei Hunden, und der Trommelhans trommelte. Courage! Sei kein Hase! Unter den vielen Hunden ist der Hase verloren, ich bin ein einzelner Mensch, und ich habe wirklich Furcht!«

»Schwör mal!« – rief Jäkel der Narr.

»Ich habe wirklich Furcht!« – wiederholte seufzend der Nasenstern – »ich weiß die Furcht liegt im Geblüt und ich habe es von meiner seligen Mutter –«

»Ja, ja!« – unterbrach ihn Jäkel der Narr – »und deine Mutter hatte es von ihrem Vater, und der hatte es wieder von dem seinigen, und so hatten es deine Voreltern einer vom andern, bis auf deinen Stammvater, welcher unter König Saul gegen die Philister zu Felde zog und der erste war welcher Reißaus nahm. – Aber sieh mal, Rindsköpfchen ist gleich fertig, er hat sich bereits zum viertenmal gebückt, schon hüpft er wie ein Floh bei dem dreimaligen Worte Heilig, und jetzt greift er vorsichtig in die Tasche …«

In der Tat, die Schlüssel rasselten, knarrend öffnete sich ein Flügel des Tores, und der Rabbi und sein Weib traten in die ganz menschenleere Judengasse. Der Aufschließer aber, ein kleiner Mann mit gutmütig sauerm Gesicht, nickte träumerisch wie einer, der in seinen Gedanken nicht gern gestört sein möchte, und nachdem er das Tor wieder sorgsam verschlossen, schlappte er, ohne ein Wort zu reden, nach einem Winkel hinter dem Tore, beständig Gebete vor sich hinmurmelnd. Minder schweigsam war Jäkel der Narr, ein untersetzter, etwas krummbeinigter Gesell, mit einem lachend vollroten Antlitz und einer unmenschlich großen Fleischhand, die er, aus den weiten Ärmeln seiner buntscheckigen Jacke, zum Willkomm hervorstreckte. Hinter ihm zeigte oder vielmehr barg sich eine lange, magere Gestalt, der schmale Hals weißbefiedert von einer feinen batistnen Krause, und das dünne, blasse Gesicht gar wundersam geziert mit einer fast unglaublich langen Nase, die sich neugierig angstvoll hin und her bewegte.

»Gott willkommen! zum guten Festtag!« – rief Jäkel der Narr – »wundert Euch nicht, daß jetzt die Gasse so leer und still ist. Alle unsere Leute sind jetzt in der Synagoge und Ihr kommt eben zur rechten Zeit, um dort die Geschichte von der Opferung Isaaks vorlesen zu hören. Ich kenne sie, es ist eine interessante Geschichte, und wenn ich sie nicht schon dreiunddreißigmal angehört hatte, so würde ich sie gern dies Jahr noch einmal hören. Und es ist eine wichtige Geschichte, denn wenn Abraham den Isaak wirklich geschlachtet hätte, und nicht den Ziegenbock, so wären jetzt mehr Ziegenböcke und weniger Juden auf der Welt.« – Und mit wahnsinnig lustiger Grimasse fing der Jäkel an, folgendes Lied aus der Agade zu singen:

»Ein Böcklein, ein Böcklein, das gekauft Väterlein, er gab dafür zwei Suslein; ein Bocklein! ein Böcklein!

Es kam ein Kätzlein und aß das Böcklein, das gekauft Väterlein, er gab dafür zwei Suslein; ein Böcklein, ein Böcklein!

Es kam ein Hündlein und biß das Kätzlein, das gefressen das Böcklein, das gekauft Väterlein, er gab dafür zwei Suslein; ein Böcklein, ein Böcklein!

Es kam ein Stöcklein und schlug das Hündlein, das gebissen das Kätzlein, das gefressen das Bocklein, das gekauft Väterlein, er gab dafür zwei Suslein; ein Böcklein, ein Böcklein!

Es kam ein Feuerlein und verbrannte das Stöcklein, das geschlagen das Hündlein, das gebissen das Kätzlein, das gefressen das

Böcklein, das gekauft Väterlein, er gab dafür zwei Suslein; ein Böcklein, ein Böcklein!
Es kam ein Wässerlein und löschte das Feuerlein, das verbrannt das Stöcklein, das geschlagen das Hündlein, das gebissen das Kätzlein, das gefressen das Böcklein, das gekauft Väterlein, er gab dafür zwei Suslein; ein Böcklein, ein Böcklein!
Es kam ein Öchslein und soff das Wässerlein, das gelöscht das Feuerlein, das verbrannt das Stöcklein, das geschlagen das Hündlein, das gebissen das Kätzlein, das gefressen das Böcklein, das gekauft Väterlein, er gab dafür zwei Suslein; ein Böcklein, ein Böcklein!
Es kam ein Schlächterlein und schlachtete das Öchslein, das gesoffen das Wässerlein, das gelöscht das Feuerlein, das verbrannt das Stöcklein, das geschlagen das Hündlein, das gebissen das Kätzlein, das gefressen das Böcklein, das gekauft Väterlein, er gab dafür zwei Suslein; ein Böcklein, ein Böcklein!
Es kam ein Todesenglein und schlachtete das Schlächterlein, das geschlachtet das Öchslein, das gesoffen das Wässerlein, das gelöscht das Feuerlein, das verbrannt das Stöcklein, das geschlagen das Hündlein, das gebissen das Kätzlein, das gefressen das Böcklein, das gekauft Väterlein, er gab dafür zwei Suslein; ein Böcklein, ein Böcklein!
Ja, schöne Frau« – fügte der Sänger hinzu – »einst kommt der Tag, wo der Engel des Todes den Schlächter schlachten wird, und all unser Blut kommt über Edom; denn Gott ist ein rächender Gott – – –«
Aber plötzlich den Ernst, der ihn unwillkürlich beschlichen, gewaltsam abstreifend, stürzte sich Jäkel der Narr wieder in seine Possenreißerein und fuhr fort mit schnarrendem Lustigmachertone: »Fürchtet Euch nicht, schöne Frau, der Nasenstern tut Euch nichts zu Leid. Nur für die alte Schnapper-Elle ist er gefährlich. Sie hat sich in seine Nase verliebt, aber die verdient es auch. Sie ist schön wie der Turm der gen Damaskus schaut, und erhaben

wie die Zeder des Libanons. Auswendig glänzt sie wie Glimmgold und Syrop, und inwendig ist lauter Musik und Lieblichkeit. Im Sommer blüht sie, im Winter ist sie zugefroren, und Sommer und Winter wird sie gehätschelt von Schnapper-Elles weißen Händen. Ja, die Schnapper-Elle ist verliebt in ihn, ganz vernarrt. Sie pflegt ihn, sie füttert ihn, und sobald er fett genug ist, wird sie ihn heuraten, und für ihr Alter ist sie noch jung genug, und wer mal nach dreihundert Jahren hierher nach Frankfurt kömmt, wird den Himmel nicht sehen können vor lauter Nasensternen!«
»Ihr seid Jäkel der Narr« – rief lachend der Rabbi – »ich merk es an Euren Worten. Ich habe oft von Euch sprechen gehört.«
»Ja, ja« – erwiderte jener mit drolliger Bescheidenheit – »ja, ja, das macht der Ruhm. Man ist oft weit und breit für einen größern Narren bekannt als man selbst weiß. Doch ich gebe mir viele Mühe ein Narr zu sein und springe und schüttle mich, damit die Schellen klingeln. Andre habens leichter … Aber sagt mir, Rabbi, warum reiset Ihr am Feiertage?«
»Meine Rechtfertigung« – versetzte der Befragte – »steht im Talmud, und es heißt: Gefahr vertreibt den Sabbat.«
»Gefahr!« – schrie plötzlich der lange Nasenstern und gebärdete sich wie in Todesangst – »Gefahr! Gefahr! Trommelhans, trommel, trommle, Gefahr! Gefahr! Trommelhans …«
Draußen aber rief der Trommelhans mit seiner dicken Bierstimme: »Tausend Donner Sakrament! Der Teufel hole die Juden! Das ist schon das dritte Mal, daß du mich heute aus dem Schlafe weckst, Nasenstern! Mach mich nicht rasend! Wenn ich rase, werde ich wie der leibhaftige Satanas, und dann, so wahr ich ein Christ bin, dann schieße ich mit der Büchse durch die Gitterluke des Tores, und dann hüte jeder seine Nase!«
»Schieß nicht! Schieß nicht! ich bin ein einzelner Mensch« – wimmerte angstvoll der Nasenstern und drückte sein Gesicht fest an die nächste Mauer, und in dieser Stellung verharrte er zitternd und leise betend.

»Sagt, sagt, was ist passiert?« – rief jetzt auch Jäkel der Narr, mit all jener hastigen Neugier, die schon damals den Frankfurter Juden eigentümlich war.
Der Rabbi aber riß sich von ihm los und ging mit seinem Weibe weiter die Judengasse hinauf. »Sieh, schöne Sara« – sprach er seufzend – »wie schlecht geschützt ist Israel! Falsche Freunde hüten seine Tore von außen, und drinnen sind seine Hüter Narrheit und Furcht!«
Langsam wanderten die beiden durch die lange, leere Straße, wo nur hie und da ein blühender Mädchenkopf zum Fenster hinausguckte, während sich die Sonne in den blanken Scheiben festlich heiter bespiegelte. Damals nämlich waren die Häuser des Judenviertels noch neu und nett, auch niedriger wie jetzt, indem erst späterhin die Juden, als sie in Frankfurt sich sehr vermehrten und doch ihr Quartier nicht erweitern durften, dort immer ein Stockwerk über das andere bauten, sardellenartig zusammenrückten und dadurch an Leib und Seele verkrüppelten. Der Teil des Judenquartiers, der nach dem großen Brande stehen geblieben und den man die alte Gasse nennt, jene hohen schwarzen Häuser, wo ein grinsendes, feuchtes Volk umherschachert, ist ein schauderhaftes Denkmal des Mittelalters. Die ältere Synagoge existiert nicht mehr; sie war minder geräumig als die jetzige, die später erbaut wurde, nachdem die Nüremberger Vertriebenen in die Gemeinde aufgenommen worden. Sie lag nördlicher. Der Rabbi brauchte ihre Lage nicht erst zu erfragen. Schon aus der Ferne vernahm er die vielen verworrenen und überaus lauten Stimmen. Im Hofe des Gotteshauses trennte er sich von seinem Weibe. Nachdem er an dem Brunnen, der dort steht, seine Hände gewaschen, trat er in jenen untern Teil der Synagoge, wo die Männer beten; die schöne Sara hingegen erstieg eine Treppe und gelangte oben nach der Abteilung der Weiber.
Diese obere Abteilung war eine Art Galerie mit drei Reihen hölzerner, braunrot angestrichener Sitze, deren Lehne oben mit

einem hängenden Brette versehen war, das, um das Gebetbuch darauf zu legen, sehr bequem aufgeklappt werden konnte. Die Frauen saßen hier schwatzend neben einander oder standen aufrecht, inbrünstig betend; manchmal auch traten sie neugierig an das große Gitter, das sich längs der Morgenseite hinzog und durch dessen dünne grüne Latten man hinabschauen konnte in die untere Abteilung der Synagoge. Dort, hinter hohen Betpulten, standen die Männer in ihren schwarzen Mänteln, die spitzen Bärte herabschießend über die weißen Halskrausen, und die plattbedeckten Köpfe mehr oder minder verhüllt von einem viereckigen, mit den gesetzlichen Schaufäden versehenen Tuche, das aus weißer Wolle oder Seide bestand, mitunter auch mit goldnen Tressen geschmückt war. Die Wände der Synagoge waren ganz einförmig geweißt, und man sah dort keine andre Zierat als etwa das vergüldete Eisengütter um die viereckige Bühne, wo die Gesetzabschnitte verlesen werden, und die heilige Lade, ein kostbar gearbeiteter Kasten, scheinbar getragen von marmornen Säulen mit üppigen Kapitälern, deren Blumen- und Laubwerk gar lieblich emporrankte, und bedeckt mit einem Vorhang von kornblauem Sammet, worauf mit Goldflittern, Perlen und bunten Steinen eine fromme Inschrift gestickt war. Hier hing die silberne Gedächtnis-Ampel und erhob sich ebenfalls eine vergitterte Bühne, auf deren Geländer sich allerlei heilige Geräte befanden, unter andern der siebenarmige Tempel-Leuchter, und vor demselben, das Antlitz gegen die Lade, stand der Vorsänger, dessen Gesang instrumentenartig begleitet wurde von den Stimmen seiner beiden Gehülfen, des Bassisten und des Diskantsingers. Die Juden haben nämlich alle wirkliche Instrumentalmusik aus ihrer Kirche verbannt, wähnend, daß der Lobgesang Gottes erbaulicher aufsteige aus der warmen Menschenbrust als aus kalten Orgelpfeifen. Recht kindlich freute sich die schöne Sara, als jetzt der Vorsänger, ein trefflicher Tenor, seine Stimme erhob und die uralten, ernsten Melodien, die sie so gut

kannte, in noch nie geahndeter junger Lieblichkeit aufblüheten, während der Bassist, zum Gegensatze, die tiefen, dunkeln Töne hineinbrummte, und in den Zwischenpausen der Diskantsänger fein und süß trillerte. Solchen Gesang hatte die schöne Sara in der Synagoge von Bacherach niemals gehört, denn der Gemeindevorsteher, David Lewi, machte dort den Vorsänger, und wenn dieser schon bejahrte zitternde Mann, mit seiner zerbröckelten, meckernden Stimme wie ein junges Mädchen trillern wollte, und in solch gewaltsamer Anstrengung seinen schlaff herabhängenden Arm fieberhaft schüttelte, so reizte dergleichen wohl mehr zum Lachen als zur Andacht.
Ein frommes Behagen, gemischt mit weiblicher Neugier, zog die schöne Sara ans Gitter, wo sie hinabschauen konnte in die untere Abteilung, die sogenannte Männerschule. Sie hatte noch nie eine so große Anzahl Glaubensgenossen gesehen, wie sie da unten erblickte, und es ward ihr noch heimlich wohler ums Herz in der Mitte so vieler Menschen, die ihr so nahe verwandt durch gemeinschaftliche Abstammung, Denkweise und Leiden. Aber noch viel bewegter wurde die Seele des Weibes, als drei alte Männer ehrfurchtsvoll vor die heilige Lade traten, den glänzenden Vorhang an die Seite schoben, den Kasten aufschlossen und sorgsam jenes Buch herausnahmen, das Gott mit heilig eigner Hand geschrieben und für dessen Erhaltung die Juden so viel erduldet, so viel Elend und Haß, Schmach und Tod, ein tausendjähriges Martyrtum. Dieses Buch, eine große Pergamentrolle, war wie ein fürstliches Kind in einem buntgestickten Mäntelchen von rotem Sammet gehüllt; oben, auf den beiden Rollhölzern, stecken zwei silberne Gehäuschen, worin allerlei Granaten und Glöckchen sich zierlich bewegten und klingelten, und vorn, an silbernen Kettchen, hingen goldne Schilde mit bunten Edelsteinen. Der Vorsänger nahm das Buch, und als sei es ein wirkliches Kind, ein Kind um dessentwillen man große Schmerzen erlitten und das man nur desto mehr liebt, wiegte er

es in seinen Armen, tänzelte damit hin und her, drückte es an seine Brust, und durchschauert von solcher Berührung, erhub er seine Stimme zu einem so jauchzend frommen Dankliede, daß es der schönen Sara bedünkte, als ob die Säulen der heiligen Lade zu blühen begönnen, und die wunderbaren Blumen und Blätter der Kapitäler immer höher hinaufwuchsen, und die Töne des Diskanten sich in lauter Nachtigallen verwandelten, und die Wölbung der Synagoge gesprengt würde von den gewaltigen Tönen des Bassisten, und die Freudigkeit Gottes herabströmte aus dem blauen Himmel. Das war ein schöner Psalm. Die Gemeinde wiederholte chorartig die Schlußverse, und nach der erhöhten Bühne in der Mitte der Synagoge schritt langsam der Vorsänger mit dem heiligen Buche, während Männer und Knaben sich hastig hinzudrängten um die Sammethülle desselben zu küssen oder auch nur zu berühren. Auf der erwähnten Bühne zog man von dem heiligen Buche das samtne Mäntelchen, so wie auch die mit bunten Buchstaben beschriebenen Windeln, womit es umwickelt war, und aus der geöffneten Pergamentrolle, in jenem singenden Tone, der am Paschafest noch gar besonders moduliert wird, las der Vorsänger die erbauliche Geschichte von der Versuchung Abrahams.

Die schöne Sara war bescheiden vom Gitter zurückgewichen, und eine breite, putzbeladene Frau von mittlerem Alter und gar gespreizt wohlwollendem Wesen hatte ihr, mit stummen Nikken, die Miteinsicht in ihrem Gebetbuche vergönnt. Diese Frau mochte wohl keine große Schriftgelehrtin sein; denn als sie die Gebete murmelnd vor sich hinlas, wie die Weiber, da sie nicht laut mitsingen dürfen, zu tun pflegen, so bemerkte die schöne Sara, daß sie viele Worte allzusehr nach Gutdünken aussprach und manche gute Zeile ganz überschlupperte. Nach einer Weile aber hoben sich schmachtend langsam die wasserklaren Augen der guten Frau, ein flaches Lächeln glitt über das porzellanhaft rot und weiße Gesicht, und mit einem Tone, der so vornehm als möglich hinschmelzen wollte, sprach sie zur schönen Sara: »Er singt sehr gut. Aber ich habe doch in Holland noch viel besser singen hören. Sie sind fremd und wissen vielleicht nicht, daß es der Vorsänger aus Worms ist, und daß man ihn hier behalten will wenn er mit jährlichen vierhundert Gulden zufrieden. Es ist ein lieber Mann und seine Hände sind wie Alabaster. Ich halte viel von einer schönen Hand. Eine schöne Hand ziert den ganzen Menschen!« – Dabei legte die gute Frau selbstgefällig ihre Hand, die wirklich noch schön war, auf die Lehne des Betpultes, und mit einer graziösen Beugung des Hauptes andeutend, daß sie sich im Sprechen nicht gern unterbrechen lasse, setzte sie hinzu: »Das Singerchen ist noch ein Kind und sieht sehr abgezehrt aus. Der Baß ist gar zu häßlich und unser Stern hat mal sehr witzig gesagt: ›Der Baß ist ein größerer Narr, als man von einem Baß zu verlangen braucht!‹ Alle drei speisen in meiner Garküche, und Sie wissen vielleicht nicht, daß ich Elle Schnapper bin.«

Die schöne Sara dankte für diese Mitteilung, wogegen wieder die Schnapper-Elle ihr ausführlich erzählte, wie sie einst in Amsterdam gewesen, dort wegen ihrer Schönheit gar vielen Nachstellungen unterworfen war, und wie sie drei Tage vor Pfingsten nach Frankfurt gekommen und den Schnapper geheuratet, wie dieser am Ende gestorben, wie er auf dem Todbette die rührendsten Dinge gesprochen, und wie es schwer sei als Vorsteherin einer Garküche die Hände zu konservieren. Manchmal sah sie nach der Seite, mit wegwerfendem Blicke, der wahrscheinlich einigen spöttischen jungen Weibern galt, die ihren Anzug musterten. Merkwürdig genug war diese Kleidung: ein weitausgebauschter Rock von weißem Atlas, worin alle Tierarten der Arche Noäh grellfarbig gestickt, ein Wams von Goldstoff wie ein Küraß, die Ärmel von rotem Samt, gelb geschlitzt, auf dem Haupte eine unmenschlich hohe Mütze, um den Hals eine allmächtige Krause von weißem Steiflinnen, so wie auch eine silberne Kette, woran allerlei Schaupfennige, Kameen und Raritäten, unter andern ein großes Bild der Stadt Amsterdam, bis über den Busen herabhingen. Aber die Kleidung der übrigen Frauen war nicht minder merkwürdig und bestand wohl aus einem Gemische von Moden verschiedener Zeiten, und manches Weiblein, bedeckt mit Gold und Diamanten, glich einem wandelnden Juwelierladen. Es war freilich den Frankfurter Juden damals eine bestimmte Kleidung gesetzlich vorgeschrieben, und zur Unterscheidung von den Christen sollten die Männer an ihren Mänteln gelbe Ringe und die Weiber an ihren Mützen hochaufstehende blaugestreifte Schleier tragen. Jedoch im Judenquartier wurde diese obrigkeitliche Verordnung wenig beachtet, und dort, besonders an Festtagen, und zumal in der Synagoge, suchten die Weiber so viel Kleiderpracht als möglich gegen einander auszukramen, teils um sich beneiden zu lassen, teils auch um den Wohlstand und die Kreditfähigkeit ihrer Eheherrn darzutun.

Während nun unten in der Synagoge die Gesetzabschnitte aus den Büchern Mosis vorgelesen werden, pflegt dort die Andacht etwas nachzulassen. Mancher macht es sich bequem und setzt sich nieder, flüstert auch wohl mit einem Nachbar über weltliche Angelegenheiten, oder geht hinaus auf den Hof, um frische Luft zu schöpfen. Kleine Knaben nehmen sich unterdessen die Freiheit ihre Mütter in der Weiberabteilung zu besuchen, und hier hat alsdann die Andacht wohl noch größere Rückschritte gemacht: hier wird geplaudert, geruddelt, gelacht, und, wie es überall geschieht, die jüngeren Frauen scherzen über die alten, und diese klagen wieder über Leichtfertigkeit der Jugend und Verschlechterung der Zeiten. Gleichwie es aber unten in der Synagoge zu Frankfurt einen Vorsänger gab, so gab es in der obern Abteilung eine Vorklatscherin. Das war Hündchen Reiß, eine platte grünliche Frau, die jedes Unglück witterte und immer eine skandalose Geschichte auf der Zunge trug. Die gewöhnliche Zielscheibe ihrer Spitzreden war die arme Schnapper-Elle, sie wußte gar drollig die erzwungen vornehmen Gebärden derselben nachzuäffen, so wie auch den schmachtenden Anstand womit sie die schalkhaften Huldigungen der Jugend entgegen nimmt.

»Wißt ihr wohl« – rief jetzt Hündchen Reiß – »die Schnapper-Elle hat gestern gesagt: Wenn ich nicht schön und klug und geliebt wäre, so möchte ich nicht auf der Welt sein!«

Da wurde etwas laut gekichert, und die nahstehende Schnapper-Elle, merkend daß es auf ihre Kosten geschah, hob verachtungsvoll ihr Auge empor, und wie ein stolzes Prachtschiff segelte sie nach einem entfernteren Platze. Die Vögele Ochs, eine runde, etwas täppische Frau, bemerkte mitleidig: die Schnapper-Elle sei zwar eitel und beschränkt, aber sehr bravmütig, und sie tue sehr viel Gutes an Leute, die es nötig hätten.

»Besonders an den Nasenstern« – zischte Hündchen Reiß. Und alle die das zarte Verhältnis kannten, lachten um so lauter.

»Wißt ihr wohl« – setzte Hündchen hämisch hinzu – »der Nasenstern schläft jetzt auch im Hause der Schnapper-Elle … Aber seht mal, dort unten die Süschen Flörsheim trägt die Halskette die Daniel Fläsch bei ihrem Manne versetzt hat. Der Fläsch ärgert sich … Jetzt spricht sie mit der Flörsheim … Wie sie sich so freundlich die Hand drücken! Und hassen sich doch wie Midian und Moab! Wie sie sich so liebevoll anlächeln! Freßt euch nur nicht vor lauter Zärtlichkeit! Ich will mir das Gespräch anhören.«

Und nun, gleich einem lauernden Tiere, schlich Hündchen Reiß hinzu und hörte, daß die beiden Frauen teilnehmend einander klagten, wie sehr sie sich verflossene Woche abgearbeitet, um in ihren Häusern aufzuräumen und das Küchengeschirr zu scheuern, was vor dem Paschafeste geschehen muß, damit kein einziges Brosämchen der gesäuerten Bröte daran kleben bleibe. Auch von der Mühseligkeit beim Backen der ungesäuerten Bröte sprachen die beiden Frauen. Die Fläsch hatte noch besondere Beklagnisse: im Backhause der Gemeinde mußte sie viel Ärger erleiden, nach der Entscheidung des Loses konnte sie dort erst in den letzten Tagen, am Vorabend des Festes, und erst spät nachmittags zum Backen gelangen, die alte Hanne hatte den Teig schlecht geknetet, die Mägde rollten mit ihren Wergelhölzern den Teig viel zu dünn, die Hälfte der Bröte verbrannte im Ofen, und außerdem regnete es so stark, daß es durch das bretterne Dach des Backhauses beständig tröpfelte, und sie mußten sich dort, naß und müde, bis tief in die Nacht abarbeiten.

»Und daran, liebe Flörsheim« – setzte die Fläsch hinzu mit einer schonenden Freundlichkeit, die keineswegs echt war – »daran waren Sie auch ein bißchen schuld, weil Sie mir nicht Ihre Leute zur Hülfleistung beim Backen geschickt haben.«

»Ach Verzeihung« – erwiderte die andre – »meine Leute waren zu sehr beschäftigt, die Meßwaren müssen verpackt werden, wir haben jetzt so viel zu tun, mein Mann ...«

»Ich weiß« – fiel ihr die Fläsch mit schneidend hastigem Tone in die Rede – »ich weiß, ihr habt viel zu tun, viel Pfänder und gute Geschäfte, und Halsketten ...«

Eben wollte ein giftiges Wort den Lippen der Sprecherin entgleiten und die Flörsheim war schon rot wie ein Krebs, als plötzlich Hündchen Reiß laut aufkreischte: »Um Gottes willen, die fremde Frau liegt und stirbt ... Wasser! Wasser!«

Die schöne Sara lag in Ohnmacht, blaß wie der Tod, und um sie herum drängte sich ein Schwarm von Weibern, geschäftig und jammernd. Die eine hielt ihr den Kopf, eine zweite hielt ihr den Arm; einige alte Frauen bespritzten sie mit den Wassergläschen, die hinter ihren Betpulten hängen, zum Behufe des Händewaschens, im Fall sie zufällig ihren eignen Leib berührten; andre hielten unter die Nase der Ohnmächtigen eine alte Zitrone, die, mit Gewürznägelchen durchstochen, noch vom letzten Fasttage herrührte, wo sie zum nervenstärkenden Anriechen diente. Ermattet und tief seufzend schlug endlich die schöne Sara die Augen auf, und mit stummen Blicken dankte sie für die gütige Sorgfalt. Doch jetzt ward unten das Achtzehn-Gebet, welches niemand versäumen darf, feierlich angestimmt, und die geschäftigen Weiber eilten zurück nach ihren Plätzen, und verrichteten jenes Gebet, wie es geschehen muß, stehend und das Gesicht gewendet gegen Morgen, welches die Himmelsgegend wo Jerusalem liegt. Vögele Ochs, Schnapper-Elle und Hündchen Reiß verweilten am längsten bei der schönen Sara; die beiden ersteren indem sie ihr eifrigst ihre Dienste anboten, die letztere, nachdem sie sich nochmals bei ihr erkundigte: weshalb sie so plötzlich ohnmächtig geworden?

Die Ohnmacht der schönen Sara hatte aber eine ganz besondere Ursache. Es ist nämlich Gebrauch in der Synagoge, daß jemand, welcher einer großen Gefahr entronnen, nach der Verlesung der Gesetzabschnitte, öffentlich hervortritt und der göttlichen Vorsicht für seine Rettung dankt. Als nun Rabbi Abraham zu solcher Danksagung unten in der Synagoge sich erhob, und die schöne Sara die Stimme ihres Mannes erkannte, merkte sie wie der Ton derselben allmählig in das trübe Gemurmel des Totengebetes überging, sie hörte die Namen ihrer Lieben und Verwandten, und zwar begleitet von jenem segnenden Beiwort, das man den Verstorbenen erteilt: und die letzte Hoffnung schwand aus der Seele der schönen Sara, und ihre Seele ward zerrissen von der Gewißheit, daß ihre Lieben und Verwandte wirklich ermordet worden, daß ihre kleine Nichte tot sei, daß auch ihre Bäschen, Blümchen und Vögelchen tot seien, auch der kleine Gottschalk tot sei, alle ermordet und tot! Von dem Schmerze dieses Bewußtseins wäre sie schier selber gestorben, hätte sich nicht eine wohltätige Ohnmacht über ihre Sinne ergossen.

Drittes Kapitel

Als die schöne Sara, nach beendigtem Gottesdienste, in den Hof der Synagoge hinabstieg, stand dort der Rabbi, harrend seines Weibes. Er nickte ihr mit heiterem Antlitz und geleitete sie hinaus auf die Straße, wo die frühere Stille ganz verschwunden und ein lärmiges Menschengewimmel zu schauen war. Bärtige Schwarzröcke, wie Ameisenhaufen; Weiber, glanzreich hinflatternd, wie Goldkäfer; neugekleidete Knaben, die den Alten die Gebetbücher nachtrugen; junge Mädchen, die, weil sie nicht in die Synagoge gehen dürfen, jetzt aus den Häusern ihren Eltern entgegen hüpfen, vor ihnen die Lockenköpfchen beugen, um den Segen zu empfangen: alle heiter und freudig, und die Gasse auf und ab spazierend, im seligen Vorgefühl eines guten Mittagmahls, dessen lieblicher Duft schon mundwässernd hervorstieg aus den schwarzen, mit Kreide bezeichneten Töpfen, die eben von den lachenden Mägden aus dem großen Gemeinde-Ofen geholt worden.

In diesem Gewirre war besonders bemerkbar die Gestalt eines spanischen Ritters, auf dessen jugendlichen Gesichtszügen jene reizende Blässe lag, welche die Frauen gewöhnlich einer unglücklichen Liebe, die Männer hingegen einer glücklichen zuschreiben. Sein Gang, obschon gleichgültig hinschlendernd, hatte dennoch eine etwas gesuchte Zierlichkeit; die Federn seines Barettes bewegten sich mehr durch das vornehme Wiegen des Hauptes, als durch das Wehen des Windes; mehr als eben notwendig klirrten seine goldenen Sporen und das Wehrgehänge seines Schwertes, welches er im Arme zu tragen schien, und dessen Griff kostbar hervorblitzte aus dem weißen Reutermantel, der seine schlanken Glieder scheinbar nachlässig umhüllte und dennoch den sorgfältigsten Faltenwurf verriet. Hin und wieder, teils mit Neugier, teils mit Kennermiene nahte er sich den vorüberwandelnden Frauenzimmern, sah ihnen seelenruhig fest ins Antlitz, verweilte bei solchem Anschaun wenn die Gesichter der Mühe lohnten, sagte auch manchem liebenswürdigen Kinde einige rasche Schmeichelworte, und schritt sorglos weiter ohne die Wirkung zu erwarten. Die schöne Sara hatte er schon mehrmals umkreist, jedesmal wieder zurückgescheucht von dem gebietenden Blick derselben oder auch von der rätselhaft lächelnden Miene ihres Mannes, aber endlich, in stolzem Abstreifen aller scheuen Befangenheit, trat er beiden keck in den Weg, und mit stutzerhafter Sicherheit und süßlich galantem Tone hielt er folgende Anrede:

»Sennora, ich schwöre! Hört, Sennora, ich schwöre! Bei den Rosen beider Kastilien, bei den aragonesischen Hyazinthen und andalusischen Granatblüten! Bei der Sonne die ganz Spanien mit all seinen Blumen, Zwiebeln, Erbsensuppen, Wäldern, Bergen, Mauleseln, Ziegenböcken und Alt-Christen beleuchtet! Bei der Himmelsdecke, woran diese Sonne nur ein goldner Quast ist! Und bei dem Gott, der auf der Himmelsdecke sitzt, und Tag und Nacht über neue Bildungen holdseliger Frauengestalten nachsinnt … Ich schwöre, Sennora, Ihr seid das schönste Weib, das ich in deutschen Landen gesehen habe, und so Ihr gewillet seid, meine Dienste anzunehmen, so bitte ich Euch um die Gunst, Huld und Erlaubnis mich Euren Ritter nennen zu dürfen, und in Schimpf und Ernst Eure Farben zu tragen!«

Ein errötender Schmerz glitt über das Antlitz der schönen Sara, und mit einem Blicke, der um so schneidender wirkt, je sanfter die Augen sind die ihn versenden, und mit einem Tone, der um so vernichtender je bebend weicher die Stimme, antwortete die tief gekränkte Frau:

»Edler Herr! Wenn Ihr mein Ritter sein wollt, so müßt Ihr gegen ganze Völker kämpfen, und in diesem Kampfe gibt es wenig Dank und noch weniger Ehre zu gewinnen! Und wenn Ihr gar meine Farben tragen wollt, so müßt Ihr gelbe Ringe auf Euren Mantel nähen oder eine blaugestreifte Schärpe umbinden: denn dieses sind meine Farben, die Farben meines Hauses, des Hauses

welches Israel heißt, und sehr elend ist, und auf den Gassen verspottet wird von den Söhnen des Glücks!«
Plötzliche Purpurröte bedeckte die Wangen des Spaniers, eine unendliche Verlegenheit arbeitete in allen seinen Zügen und fast stotternd sprach er:
»Sennora ... Ihr habt mich mißverstanden ... unschuldiger Scherz ... aber, bei Gott, kein Spott, kein Spott über Israel ... Ich stamme selber aus dem Hause Israel ... mein Großvater war ein Jude, vielleicht sogar mein Vater ...«
»Und ganz sicher, Sennor, ist Eur Oheim ein Jude« – fiel ihm der Rabbi, der dieser Szene ruhig zugesehen, plötzlich in die Rede, und mit einem fröhlich neckenden Blicke setzte er hinzu: – »und ich will mich selbst dafür verbürgen, daß Don Isaak Abarbanel, Neffe des großen Rabbi, dem besten Blute Israels entsprossen ist, wo nicht gar dem königlichen Geschlechte Davids!«
Da klirrte das Schwertgehänge unter dem Mantel des Spaniers, seine Wangen erblichen wieder bis zur fahlsten Blässe, auf seiner Oberlippe zuckte es wie Hohn der mit dem Schmerze ringt, aus seinen Augen grinste der zornigste Tod, und in einem ganz verwandelten, eiskalten, scharfgehackten Tone sprach er:
»Sennor Rabbi! Ihr kennt mich. Nun wohlan, so wißt Ihr auch wer ich bin. Und weiß der Fuchs, daß ich der Brut des Löwen angehöre, so wird er sich hüten, und seinen Fuchsbart nicht in Lebensgefahr bringen und meinen Zorn nicht reizen! Wie will der Fuchs den Löwen richten? Nur wer wie der Löwe fühlt, kann seine Schwächen begreifen ...«
»Oh, ich begreife es wohl« – antwortete der Rabbi und wehmütiger Ernst zog über seine Stirne – »ich begreife es wohl, wie der stolze Leu aus Stolz seinen fürstlichen Pelz abwirft und sich in den bunten Schuppenpanzer des Krokodils verkappt, weil es Mode ist ein greinendes, schlaues, gefräßiges Krokodil zu sein! Was sollen erst die geringeren Tiere beginnen, wenn sich der Löwe verleugnet? Aber hüte dich, Don Isaak, du bist nicht ge-

schaffen für das Element des Krokodils. Das Wasser – (du weißt wohl wovon ich rede) – ist dein Unglück, und du wirst untergehen. Nicht im Wasser ist dein Reich; die schwächste Forelle kann besser darin gedeihen als der König des Waldes. Weißt du noch, wie dich die Strudel des Tago verschlingen wollten ...«
In ein lautes Gelächter ausbrechend, fiel Don Isaak plötzlich dem Rabbi um den Hals, verschloß seinen Mund mit Küssen, sprang sporenklirrend vor Freude in die Höhe, daß die vorbeigehenden Juden zurückschraken, und in seinem natürlich herzlich heiteren Tone rief er:
»Wahrhaftig, du bist Abraham von Bacherach! Und es war ein guter Witz und obendrein ein Freundschaftsstück, als du zu Toledo von der Alkantara-Brücke ins Wasser sprangest und deinen Freund, der besser trinken als schwimmen konnte, beim Schopf faßtest und auf Trockene zogest! Ich war nahe dran, recht gründliche Untersuchungen anzustellen: ob auf dem Grunde des Tago wirklich Goldkörner zu finden, und ob ihn mit Recht die Römer den goldenen Fluß genannt haben? Ich sage dir, ich erkälte mich noch heute durch die bloße Erinnerung an jene Wasserpartie.«
Bei diesen Worten gebärdete sich der Spanier, als wollte er anhängende Wassertropfen von sich abschütteln. Das Antlitz des Rabbi aber war gänzlich aufgeheitert. Er drückte seinem Freunde wiederholentlich die Hand und jedesmal sagte er: »Ich freue mich!«
»Und ich freue mich ebenfalls« – sprach der andre – »wir haben uns seit sieben Jahren nicht gesehen; bei unserem Abschied war ich noch ein ganz junger Gelbschnabel, und du, du warst schon so gesetzt und ernsthaft ... Was ward aber aus der schönen Donna, die dir damals so viele Seufzer kostete, wohlgereimte Seufzer, die du mit Lautenklang begleitet hast ...«
»Still, still! die Donna hört uns, sie ist mein Weib, und du selbst hast ihr heute eine Probe deines Geschmackes und Dichtertalentes dargebracht.«
Nicht ohne Nachwirkung der früheren Verlegenheit, begrüßte

der Spanier die schöne Frau, welche mit anmutiger Güte jetzt bedauerte, daß sie durch Äußerungen des Unmuts einen Freund ihres Mannes betrübt habe.
»Ach, Sennora« – antwortete Don Isaak – »wer mit täppischer Hand nach einer Rose griff, darf sich nicht beklagen, daß ihn die Dornen verletzten! Wenn der Abendstern sich im blauen Strome goldfunkelnd abspiegelt …«
»Ich bitte dich um Gottes willen« – unterbrach ihn der Rabbi – »hör auf … Wenn wir so lange warten sollen bis der Abendstern sich im blauen Strome goldfunkelnd abspiegelt, so verhungert meine Frau; sie hat seit gestern nichts gegessen und seitdem viel Ungemach und Mühsal erlitten.«
»Nun, so will ich Euch nach der besten Garküche Israels führen« – rief Don Isaak – »nach dem Hause meiner Freundin Schnapper-Elle, das hier in der Nähe. Schon rieche ich ihren holden Duft, nämlich der Garküche. O wüßtest du, Abraham, wie dieser Duft mich anspricht! Er ist es, der mich, seit ich in dieser Stadt verweile, so oft hinlockt nach den Zelten Jakobs. Der Verkehr mit dem Volke Gottes ist sonst nicht meine Liebhaberei, und wahrlich nicht um hier zu beten, sondern um zu essen besuche ich die Judengasse …«
»Du hast uns nie geliebt, Don Isaak …«
»Ja« – fuhr der Spanier fort – »ich liebe Eure Küche weit mehr als Euren Glauben; es fehlt ihm die rechte Sauce. Euch selber habe ich nie ordentlich verdauen können. Selbst in Euren besten Zeiten, selbst unter der Regierung meines Ahnherrn Davids, welcher König war über Juda und Israel, hätte ich es nicht unter Euch aushalten können, und ich wäre gewiß eines frühen Morgens aus der Burg Sion entsprungen und nach Phönizien emigriert, oder nach Babylon, wo die Lebenslust schäumte im Tempel der Götter …«
»Du lästerst, Isaak, den einzigen Gott« – murmelte finster der Rabbi – »du bist weit schlimmer als ein Christ, du bist ein Heide, ein Götzendiener …«
»Ja, ich bin ein Heide, und eben so zuwider wie die dürren, freud-

losen Hebräer sind mir die trüben, qualsüchtigen Nazarener. Unsre liebe Frau von Sidon, die heilige Astarte, mag es mir verzeihen, daß ich vor der schmerzenreichen Mutter des Gekreuzigten niederknie und bete … Nur mein Knie und meine Zunge huldigt dem Tode, mein Herz blieb treu dem Leben! …«
»Aber schau nicht so sauer« – fuhr der Spanier fort in seiner Rede, als er sah wie wenig dieselbe den Rabbi zu erbauen schien – »schau mich nicht an mit Abscheu. Meine Nase ist nicht abtrünnig geworden. Als mich einst der Zufall um Mittagzeit in diese Straße führte, und aus den Küchen der Juden mir die wohlbekannten Düfte in die Nase stiegen: da erfaßte mich jene Sehnsucht, die unsere Väter empfanden, als sie zurückdachten an die Fleischtöpfe Ägyptens; wohlschmeckende Jugenderinnerungen stiegen in mir auf; ich sah wieder im Geiste die Karpfen mit brauner Rosinensauce, die meine Tante für den Freitagabend so erbaulich zu bereiten wußte; ich sah wieder das gedämpfte Hammelfleisch mit Knoblauch und Mairettig, womit man die Toten erwecken kann, und die Suppe mit schwärmerisch schwimmenden Klößchen … und meine Seele schmolz, wie die Töne einer verliebten Nachtigall, und seitdem esse ich in der Garküche meiner Freundin Donna Schnapper-Elle!«
Diese Garküche hatte man unterdessen erreicht; Schnapper-Elle selbst stand an der Türe ihres Hauses, die Meßfremden, die sich hungrig hineindrängten, freundlich begrüßend. Hinter ihr, den Kopf über ihre Schulter hinauslehnend, stand der lange Nasenstern und musterte neugierig ängstlich die Ankömmlinge. Mit übertriebener Grandezza nahte sich Don Isaak unserer Gastwirtin, die seine schalkhaft tiefen Verbeugungen mit unendlichen Knicksen erwiderte; drauf zog er den Handschuh ab von seiner rechten Hand, umwickelte sie mit dem Zipfel seines Mantels, ergriff damit die Hand der Schnapper-Elle, strich sie langsam über die Haare seines Stutzbartes und sprach:
»Sennora! Eure Augen wetteifern mit den Gluten der Sonne!

Aber obgleich die Eier, je länger sie gekocht werden, sich desto mehr verhärten, so wird dennoch mein Herz nur um so weicher je länger es von den Flammenstrahlen Eurer Augen gekocht wird! Aus der Dotter meines Herzens flattert hervor der geflügelte Gott Amur und sucht ein trauliches Nestchen in Eurem Busen ... Diesen Busen, Sennora, womit soll ich ihn vergleichen? Es gibt in der weiten Schöpfung keine Blume, keine Frucht, die ihm ähnlich wäre! Dieses Gewächs ist einzig in seiner Art. Obgleich der Sturm die zartesten Röslein entblättert, so ist doch Eur Busen eine Winterrose, die allen Winden trotzt! Obgleich die saure Zitrone, je mehr sie altert, nur desto gelber und runzlichter wird, so wetteifert dennoch Eur Busen mit der Farbe und Zartheit der süßesten Ananas! Oh Sennora, ist auch die Stadt Amsterdam so schön, wie Ihr mir gestern und vorgestern und alle Tage erzählt habt, so ist doch der Boden, worauf sie ruht, noch tausendmal schöner ...«
Der Ritter sprach diese letztern Worte mit erheuchelter Befangenheit und schielte schmachtend nach dem großen Bilde, das an Schnapper-Elles Halse hing; der Nasenstern schaute von oben herab mit suchenden Augen, und der belobte Busen setzte sich in eine so wogende Bewegung, daß die Stadt Amsterdam hin und her wackelte.
»Ach!« – seufzte die Schnapper-Elle – »Tugend ist mehr wert als Schönheit. Was nützt mir die Schönheit? Meine Jugend geht vorüber, und seit Schnapper tot ist – er hat wenigstens schöne Hände gehabt – was hilft mir da die Schönheit?«
Und dabei seufzte sie wieder, und wie ein Echo, fast unhörbar, seufzte hinter ihr der Nasenstern.
»Was Euch die Schönheit nützt« – rief Don Isaak – »Oh, Donna Schnapper-Elle, versündigt Euch nicht an der Güte der schaffenden Natur! Schmäht nicht ihre holdesten Gaben! Sie würde sich furchtbar rächen. Diese beseligenden Augen würden blöde verglasen, diese anmutigen Lippen würden sich bis ins Abge-

schmackte verplatten, dieser keusche, liebesuchende Leib würde sich in eine schwerfällige Talgtonne verwandeln, die Stadt Amsterdam würde auf einen muffigen Morast zu ruhen kommen –« Und so schilderte er Stück vor Stück das jetzige Aussehn der Schnapper-Elle, so daß der armen Frau sonderbar beängstigend zu Mute ward, und sie den unheimlichen Reden des Ritters zu entrinnen suchte. In diesem Augenblicke war sie doppelt froh, als sie der schönen Sara ansichtig ward und sich angelegentlichst erkundigen konnte, ob sie ganz von ihrer Ohnmacht genesen. Sie stürzte sich dabei in ein lebhaftes Gespräch, worin sie alle ihre falsche Vomehmtuerei und echte Herzensgüte entwickelte, und mit mehr Weitläuftigkeit als Klugheit die fatale Geschichte erzählte, wie sie selbst vor Schrecken fast in Ohnmacht gefallen wäre, als sie wildfremd mit der Trekschuite zu Amsterdam ankam, und der spitzbübische Träger ihres Koffers sie nicht in ein ehrbares Wirtshaus, sondern in ein freches Frauenhaus brachte, was sie bald gemerkt an dem vielen Branntweingesöffe und den unsittlichen Zumutungen … und sie wäre, wie gesagt, wirklich in Ohnmacht gefallen, wenn sie es, während den sechs Wochen, die sie in jenem verfänglichen Hause zubrachte, nur einen Augenblick wagen durfte die Augen zu schließen …
»Meiner Tugend wegen« – setzte sie hinzu – »durfte ich es nicht wagen. Und das alles passierte mir wegen meiner Schönheit! Aber Schönheit vergeht und Tugend besteht.«
Don Isaak war schon im Begriff die Einzelheiten dieser Geschichte kritisch zu beleuchten, als glücklicherweise der scheele Aaron Hirschkuh, von Homburg an der Lahn, mit der weißen Serviette im Maule, aus dem Hause hervorkam, und ärgerlich klagte, daß schon längst die Suppe aufgetragen sei und die Gäste zu Tische säßen und die Wirtin fehle. – – – – –

(Der Schluß und die folgenden Kapitel sind, ohne Verschulden des Autors, verloren gegangen.)

ANNETTE VON DROSTE-HÜLSHOFF

Die Judenbuche

Ein Sittengemälde aus dem gebirgigten Westfalen

Wo ist die Hand so zart, daß ohne Irren
Sie sondern mag beschränkten Hirnes Wirren,
So fest, daß ohne Zittern sie den Stein
Mag schleudern auf ein arm verkümmert Sein?
Wer wagt es, eitlen Blutes Drang zu messen,
Zu wägen jedes Wort, das unvergessen
In junge Brust die zähen Wurzeln trieb,
Des Vorurteils geheimen Seelendieb?
Du Glücklicher, geboren und gehegt
Im lichten Raum, von frommer Hand gepflegt,
Leg hin die Waagschal', nimmer dir erlaubt!
Laß ruhn den Stein – er trifft dein eignes Haupt! –

Friedrich Mergel, geboren 1738, war der einzige Sohn eines sogenannten Halbmeiers oder Grundeigentümers geringerer Klasse im Dorfe B., das, so schlecht gebaut und rauchig es sein mag, doch das Auge jedes Reisenden fesselt durch die überaus malerische Schönheit seiner Lage in der grünen Waldschlucht eines bedeutenden und geschichtlich merkwürdigen Gebirges. Das Ländchen, dem es angehörte, war damals einer jener abgeschlossenen Erdwinkel ohne Fabriken und Handel, ohne Heerstraßen, wo noch ein fremdes Gesicht Aufsehen erregte und eine Reise von dreißig Meilen selbst den Vornehmeren zum Ulysses seiner Gegend machte – kurz, ein Fleck, wie es deren sonst so viele in Deutschland gab, mit all den Mängeln und Tugenden, all der Originalität und Beschränktheit, wie sie nur in solchen Zuständen gedeihen. Unter höchst einfachen und häufig unzulänglichen Gesetzen waren die Begriffe der Einwohner von Recht und Unrecht einigermaßen in Verwirrung geraten, oder vielmehr, es hatte sich neben dem gesetzlichen ein zweites Recht gebildet, ein Recht der öffentlichen Meinung, der Gewohnheit und der durch Vernachlässigung entstandenen Verjährung. Die Gutsbesitzer, denen die niedere Gerichtsbarkeit zustand, straften und belohnten nach ihrer in den meisten Fällen redlichen Einsicht; der Untergebene tat, was ihm ausführbar und mit einem etwas weiten Gewissen verträglich schien, und nur dem Verlierenden fiel es zuweilen ein, in alten staubigten Urkunden nachzuschlagen. – Es ist schwer, jene Zeit unparteiisch ins Auge zu fassen; sie ist seit ihrem Verschwinden entweder hochmütig getadelt oder albern gelobt worden, da den, der sie erlebte, zu viel teure Erinnerungen blenden und der Spätergeborene sie nicht begreift. So viel darf man indessen behaupten, daß die Form schwächer, der Kern fester, Vergehen häufiger, Gewissenlosigkeit seltener waren. Denn wer nach seiner Überzeugung handelt, und sei sie noch so mangelhaft, kann nie ganz zugrunde gehen, wogegen nichts seelentötender wirkt, als gegen das innere Rechtsgefühl das äußere Recht in Anspruch nehmen.

Ein Menschenschlag, unruhiger und unternehmender als alle seine Nachbarn, ließ in dem kleinen Staate, von dem wir reden, manches weit greller hervortreten als anderswo unter gleichen Umständen. Holz- und Jagdfrevel waren an der Tagesordnung, und bei den häufig vorfallenden Schlägereien hatte sich jeder selbst seines zerschlagenen Kopfes zu trösten. Da jedoch große und ergiebige Waldungen den Hauptreichtum des Landes ausmachten, ward allerdings scharf über die Forsten gewacht, aber weniger auf gesetzlichem Wege, als in stets erneuten Versuchen, Gewalt und List mit gleichen Waffen zu überbieten.

Das Dorf B. galt für die hochmütigste, schlauste und kühnste Gemeinde des ganzen Fürstentums. Seine Lage inmitten tiefer

und stolzer Waldeinsamkeit mochte schon früh den angeborenen Starrsinn der Gemüter nähren; die Nähe eines Flusses, der in die See mündete und bedeckte Fahrzeuge trug, groß genug, um Schiffbauholz bequem und sicher außer Land zu führen, trug sehr dazu bei, die natürliche Kühnheit der Holzfrevler zu ermutigen, und der Umstand, daß alles umher von Förstern wimmelte, konnte hier nur aufregend wirken, da bei den häufig vorkommenden Scharmützeln der Vorteil meist auf seiten der Bauern blieb. Dreißig, vierzig Wagen zogen zugleich aus in den schönen Mondnächten mit ungefähr doppelt so viel Mannschaft jedes Alters, vom halbwüchsigen Knaben bis zum siebzigjährigen Ortsvorsteher, der als erfahrener Leitbock den Zug mit gleich stolzem Bewußtsein anführte, als er seinen Sitz in der Gerichtsstube einnahm. Die Zurückgebliebenen horchten sorglos dem allmählichen Verhallen des Knarrens und Stoßens der Räder in den Hohlwegen und schliefen sacht weiter. Ein gelegentlicher Schuß, ein schwacher Schrei ließen wohl einmal eine junge Frau oder Braut auffahren; kein anderer achtete darauf. Beim ersten Morgengrau kehrte der Zug ebenso schweigend heim, die Gesichter glühend wie Erz, hier und dort einer mit verbundenem Kopf, was weiter nicht in Betracht kam, und nach ein paar Stunden war die Umgegend voll von dem Mißgeschick eines oder mehrerer Forstbeamten, die aus dem Walde getragen wurden, zerschlagen, mit Schnupftabak geblendet und für einige Zeit unfähig, ihrem Berufe nachzukommen.
In diesen Umgebungen ward Friedrich Mergel geboren, in einem Hause, das durch die stolze Zugabe eines Rauchfangs und minder kleiner Glasscheiben die Ansprüche seines Erbauers sowie durch seine gegenwärtige Verkommenheit die kümmerlichen Umstände des jetzigen Besitzers bezeugte. Das frühere Geländer um Hof und Garten war einem vernachlässigten Zaune gewichen, das Dach schadhaft, fremdes Vieh weidete auf den Triften, fremdes Korn wuchs auf dem Acker zunächst am Ho-

fe, und der Garten enthielt, außer ein paar holzigten Rosenstökken aus besserer Zeit, mehr Unkraut als Kraut. Freilich hatten Unglücksfälle manches hiervon herbeigeführt; doch war auch viel Unordnung und böse Wirtschaft im Spiel. Friedrichs Vater, der alte Hermann Mergel, war in seinem Junggesellenstande ein sogenannter ordentlicher Säufer, d. h. einer, der nur an Sonn- und Festtagen in der Rinne lag und die Woche hindurch so manierlich war wie ein anderer. So war denn auch seine Bewerbung um ein recht hübsches und wohlhabendes Mädchen ihm nicht erschwert. Auf der Hochzeit ging's lustig zu. Mergel war gar nicht zu arg betrunken, und die Eltern der Braut gingen abends vergnügt heim; aber am nächsten Sonntage sah man die junge Frau schreiend und blutrünstig durchs Dorf zu den Ihrigen rennen, alle ihre guten Kleider und neues Hausgerät im Stich lassend. Das war freilich ein großer Skandal und Ärger für Mergel, der allerdings Trostes bedurfte. So war denn auch am Nachmittage keine Scheibe an seinem Hause mehr ganz, und man sah ihn noch bis spät in die Nacht vor der Türschwelle liegen, einen abgebrochenen Flaschenhals von Zeit zu Zeit zum Munde führend und sich Gesicht und Hände jämmerlich zerschneidend. Die junge Frau blieb bei ihren Eltern, wo sie bald verkümmerte und starb. Ob nun den Mergel Reue quälte oder Scham, genug, er schien der Trostmittel immer bedürftiger und fing bald an, den gänzlich verkommenen Subjekten zugezählt zu werden.
Die Wirtschaft verfiel; fremde Mägde brachten Schimpf und Schaden; so verging Jahr auf Jahr. Mergel war und blieb ein verlegener und zuletzt ziemlich armseliger Witwer, bis er mit einem Male wieder als Bräutigam auftrat. War die Sache an und für sich unerwartet, so trug die Persönlichkeit der Braut noch dazu bei, die Verwunderung zu erhöhen. Margaret Semmler war eine brave, anständige Person, so in den Vierzigen, in ihrer Jugend eine Dorfschönheit und noch jetzt als sehr klug und wirtlich geachtet, dabei nicht unvermögend; und so mußte es jedem

unbegreiflich sein, was sie zu diesem Schritte getrieben. Wir glauben den Grund eben in dieser ihrer selbstbewußten Vollkommenheit zu finden. Am Abend vor der Hochzeit soll sie gesagt haben: »Eine Frau, die von ihrem Manne übel behandelt wird, ist dumm oder taugt nicht: wenn's mir schlecht geht, so sagt, es liege an mir.« Der Erfolg zeigte leider, daß sie ihre Kräfte überschätzt hatte. Anfangs imponierte sie ihrem Manne; er kam nicht nach Haus oder kroch in die Scheune, wenn er sich übernommen hatte; aber das Joch war zu drückend, um lange getragen zu werden, und bald sah man ihn oft genug quer über die Gasse ins Haus taumeln, hörte drinnen sein wüstes Lärmen und sah Margret eilends Tür und Fenster schließen. An einem solchen Tage – keinem Sonntage mehr – sah man sie abends aus dem Hause stürzen, ohne Haube und Halstuch, das Haar wild um den Kopf hängend, sich im Garten neben ein Krautbeet niederwerfen und die Erde mit den Händen aufwühlen, dann ängstlich um sich schauen, rasch ein Bündel Kräuter brechen und damit langsam wieder dem Hause zugehen, aber nicht hinein, sondern in die Scheune. Es hieß, an diesem Tage habe Mergel zuerst Hand an sie gelegt, obwohl das Bekenntnis nie über ihre Lippen kam.
Das zweite Jahr dieser unglücklichen Ehe ward mit einem Sohne, man kann nicht sagen erfreut, denn Margret soll sehr geweint haben, als man ihr das Kind reichte. Dennoch, obwohl unter einem Herzen voll Gram getragen, war Friedrich ein gesundes, hübsches Kind, das in der frischen Luft kräftig gedieh. Der Vater hatte ihn sehr lieb, kam nie nach Hause, ohne ihm ein Stückchen Wecken oder dergleichen mitzubringen, und man meinte sogar, er sei seit der Geburt des Knaben ordentlicher geworden; wenigstens ward der Lärmen im Hause geringer.
Friedrich stand in seinem neunten Jahre. Es war um das Fest der Heiligen Drei Könige, eine harte, stürmische Winternacht. Hermann war zu einer Hochzeit gegangen und hatte sich schon bei-

zeiten auf den Weg gemacht, da das Brauthaus drei viertel Meilen entfernt lag. Obgleich er versprochen hatte, abends wiederzukommen, rechnete Frau Mergel doch um so weniger darauf, da sich nach Sonnenuntergang dichtes Schneegestöber eingestellt hatte. Gegen zehn Uhr schürte sie die Asche am Herde zusammen und machte sich zum Schlafengehen bereit. Friedrich stand neben ihr, schon halb entkleidet, und horchte auf das Geheul des Windes und das Klappen der Bodenfenster.

»Mutter, kommt der Vater heute nicht?« fragte er. – »Nein, Kind, morgen.« – »Aber warum nicht, Mutter? er hat's doch versprochen.« – »Ach Gott, wenn der alles hielte, was er verspricht! Mach, mach voran, daß du fertig wirst.«

Sie hatten sich kaum niedergelegt, so erhob sich eine Windsbraut, als ob sie das Haus mitnehmen wollte. Die Bettstatt bebte, und im Schornstein rasselte es wie ein Kobold. – »Mutter – es pocht draußen!« – »Still, Fritzchen, das ist das lockere Brett im Giebel, das der Wind jagt.« – »Nein, Mutter, an der Tür!« – »Sie schließt nicht; die Klinke ist zerbrochen. Gott, schlaf doch! bring mich nicht um das armselige bißchen Nachtruhe.« – »Aber wenn nun der Vater kommt?« – Die Mutter drehte sich heftig im Bett um. – »Den hält der Teufel fest genug!« – »Wo ist der Teufel, Mutter?« – »Wart, du Unrast! er steht vor der Tür und will dich holen, wenn du nicht ruhig bist!«

Friedrich ward still; er horchte noch ein Weilchen und schlief dann ein. Nach einigen Stunden erwachte er. Der Wind hatte sich gewendet und zischte jetzt wie eine Schlange durch die Fensterritze an seinem Ohr. Seine Schulter war erstarrt; er kroch tief unters Deckbett und lag aus Furcht ganz still. Nach einer Weile bemerkte er, daß die Mutter auch nicht schlief. Er hörte sie weinen und mitunter: »Gegrüßt seist du, Maria!« und: »bitte für uns arme Sünder!« Die Kügelchen des Rosenkranzes glitten an seinem Gesicht hin. – Ein unwillkürlicher Seufzer entfuhr ihm. – »Friedrich, bist du wach?« – »Ja, Mutter.« – »Kind, bete ein wenig – du kannst ja schon das halbe Vaterunser – daß Gott uns bewahre vor Wasser- und Feuersnot.«

Friedrich dachte an den Teufel, wie der wohl aussehen möge. Das mannigfache Geräusch und Getöse im Hause kam ihm wunderlich vor. Er meinte, es müsse etwas Lebendiges drinnen sein und draußen auch. »Hör, Mutter, gewiß, da sind Leute, die pochen.« – »Ach nein, Kind; aber es ist kein altes Brett im Hause, das nicht klappert.« – »Hör! hörst du nicht? es ruft! hör doch!«

Die Mutter richtete sich auf; das Toben des Sturms ließ einen Augenblick nach. Man hörte deutlich an den Fensterladen pochen und mehrere Stimmen: »Margret! Frau Margret, heda, aufgemacht!« – Margret stieß einen heftigen Laut aus: »Da bringen sie mir das Schwein wieder!«

Der Rosenkranz flog klappernd auf den Brettstuhl, die Kleider wurden herbeigerissen. Sie fuhr zum Herde, und bald darauf hörte Friedrich sie mit trotzigen Schritten über die Tenne gehen. Margret kam gar nicht wieder; aber in der Küche war viel Gemurmel und fremde Stimmen. Zweimal kam ein fremder Mann in die Kammer und schien ängstlich etwas zu suchen. Mit einem Male ward eine Lampe hereingebracht. Zwei Männer führten die Mutter. Sie war weiß wie Kreide und hatte die Augen geschlossen. Friedrich meinte, sie sei tot; er erhob ein fürchterliches Geschrei, worauf ihm jemand eine Ohrfeige gab, was ihn zur Ruhe brachte, und nun begriff er nach und nach aus den Reden der Umstehenden, daß der Vater vom Ohm Franz Semmler und dem Hülsmeyer tot im Holze gefunden sei und jetzt in der Küche liege.

Sobald Margret wieder zur Besinnung kam, suchte sie die fremden Leute loszuwerden. Der Bruder blieb bei ihr, und Friedrich, dem bei strenger Strafe im Bett zu bleiben geboten war, hörte die ganze Nacht hindurch das Feuer in der Küche knistern und ein Geräusch wie von Hin- und Herrutschen und Bürsten. Gesprochen ward wenig und leise, aber zuweilen drangen Seufzer herüber, die dem Knaben, so jung er war, durch Mark und Bein gingen. Einmal verstand er, daß der Oheim sagte: »Margret, zieh dir das nicht zu Gemüt; wir wollen jeder drei Messen lesen lassen, und um Ostern gehen wir zusammen eine Bittfahrt zur Muttergottes von Werl.«

Als nach zwei Tagen die Leiche fortgetragen wurde, saß Margret am Herde, das Gesicht mit der Schürze verhüllend. Nach einigen Minuten, als alles still geworden war, sagte sie in sich hinein: »Zehn Jahre, zehn Kreuze. Wir haben sie doch zusammen getragen, und jetzt bin ich allein!« Dann lauter: »Fritzchen, komm her!« – Friedrich kam scheu heran; die Mutter war ihm ganz unheimlich geworden mit den schwarzen Bändern und den verstörten Zügen. »Fritzchen«, sagte sie, »willst du jetzt auch fromm sein, daß ich Freude an dir habe, oder willst du unartig sein und lügen, oder saufen und stehlen?« – »Mutter, Hülsmeyer stiehlt.« – »Hülsmeyer? Gott bewahre! Soll ich dir auf den Rücken kommen? wer sagt dir so schlechtes Zeug?« – »Er hat neulich den Aaron geprügelt und ihm sechs Groschen genommen.« – »Hat er dem Aaron Geld genommen, so hat ihn der verfluchte Jude gewiß zuvor darum betrogen. Hülsmeyer ist ein ordentlicher, angesehener Mann, und die Juden sind alle Schelme.« – »Aber, Mutter, Brandis sagt auch, daß er Holz und Rehe stiehlt.« – »Kind, Brandis ist ein Förster.« – »Mutter, lügen die Förster?«

Margret schwieg eine Weile; dann sagte sie: »Höre, Fritz, das Holz läßt unser Herrgott frei wachsen und das Wild wechselt aus eines Herren Lande in das andere; die können niemand angehören. Doch das verstehst du noch nicht; jetzt geh in den Schoppen und hole mir Reisig.«

Friedrich hatte seinen Vater auf dem Stroh gesehen, wo er, wie man sagt, blau und fürchterlich ausgesehen haben soll. Aber davon erzählte er nie und schien ungern daran zu denken. Überhaupt hatte die Erinnerung an seinen Vater eine mit Grausen gemischte Zärtlichkeit in ihm zurückgelassen, wie denn nichts so fesselt wie die Liebe und Sorgfalt eines Wesens, das gegen alles übrige verhärtet scheint, und bei Friedrich wuchs dieses Gefühl mit den Jahren, durch das Gefühl mancher Zurücksetzung von seiten anderer. Es war ihm äußerst empfindlich, wenn, solange er Kind war, jemand des Verstorbenen nicht allzu löblich gedachte; ein Kummer, den ihm das Zartgefühl der Nachbarn nicht ersparte. Es ist gewöhnlich in jenen Gegenden, den Verunglückten die Ruhe im Grabe abzusprechen. Der alte Mergel war das Gespenst des Brederholzes geworden; einen Betrunkenen führte er als Irrlicht bei einem Haar in den Zellerkolk (Teich); die Hirtenknaben, wenn sie nachts bei ihren Feuern kauerten und die Eulen in den Gründen schrieen, hörten zuweilen in abgebrochenen Tönen ganz deutlich dazwischen sein: »Hör mal an, feins Lieseken«, und ein unprivilegierter Holzhauer, der unter der breiten Eiche eingeschlafen und dem es darüber Nacht geworden war, hatte beim Erwachen sein geschwollenes blaues Gesicht durch die Zweige lauschen sehen. Friedrich mußte von andern Knaben vieles darüber hören; dann heulte er, schlug um sich, stach auch einmal mit seinem Messerchen und wurde bei dieser Gelegenheit jämmerlich geprügelt. Seitdem trieb er seiner Mutter Kühe allein an das andere Ende des Tales, wo man ihn oft stundenlang in derselben Stellung im Grase liegen und den Thymian aus dem Boden rupfen sah.

Er war zwölf Jahre alt, als seine Mutter einen Besuch von ihrem jüngern Bruder erhielt, der in Brede wohnte und seit der törichten Heirat seiner Schwester ihre Schwelle nicht betreten hatte. Simon Semmler war ein kleiner, unruhiger, magerer Mann mit vor dem Kopf liegenden Fischaugen und überhaupt einem Gesicht wie ein Hecht, ein unheimlicher Geselle, bei dem dicktuende Verschlossenheit oft mit ebenso gesuchter Treuherzigkeit wechselte, der gern einen aufgeklärten Kopf vorgestellt hätte und statt dessen für einen fatalen, Händel suchenden Kerl galt, dem jeder um so lieber aus dem Wege ging, je mehr er in das Alter trat, wo ohnehin beschränkte Menschen leicht an Ansprüchen gewinnen, was sie an Brauchbarkeit verlieren. Dennoch freute sich die arme Margret, die sonst keinen der Ihrigen mehr am Leben hatte.

»Simon, bist du da?« sagte sie und zitterte, daß sie sich am Stuhle halten mußte. »Willst du sehen, wie es mir geht und meinem schmutzigen Jungen?« – Simon betrachtete sie ernst und reichte ihr die Hand: »Du bist alt geworden, Margret!« – Margret seufzte: »Es ist mir derweil oft bitterlich gegangen mit allerlei Schicksalen.« – »Ja, Mädchen, zu spät gefreit, hat immer gereut! Jetzt bist du alt und das Kind ist klein. Jedes Ding hat seine Zeit. Aber wenn ein altes Haus brennt, dann hilft kein Löschen.« – Über Margrets vergrämtes Gesicht flog eine Flamme, so rot wie Blut.

»Aber ich höre, dein Junge ist schlau und gewichst«, fuhr Simon fort. – »Ei nun so ziemlich, und dabei fromm.« – »Hum, 's hat mal einer eine Kuh gestohlen, der hieß auch Fromm. Aber er ist still und nachdenklich, nicht wahr? er läuft nicht mit den andern Buben?« – »Er ist ein eigenes Kind«, sagte Margret wie für sich; »es ist nicht gut.« – Simon lachte hell auf: »Dein Junge ist scheu, weil ihn die andern ein paarmal gut durchgedroschen haben. Das wird ihnen der Bursche schon wieder bezahlen. Hülsmeyer war neulich bei mir; der sagte, es ist ein Junge wie 'n Reh.«

Welcher Mutter geht das Herz nicht auf, wenn sie ihr Kind loben hört? Der armen Margret ward selten so wohl, jedermann nannte ihren Jungen tückisch und verschlossen. Die Tränen traten ihr in die Augen. »Ja, gottlob, er hat gerade Glieder.« – »Wie sieht er aus?« fuhr Simon fort. – »Er hat viel von dir, Simon, viel.«

Simon lachte: »Ei, das muß ein rarer Kerl sein, ich werde alle Tage schöner. An der Schule soll er sich wohl nicht verbrennen. Du läßt ihn die Kühe hüten? Ebensogut. Es ist doch nicht halb wahr, was der Magister sagt. Aber wo hütet er? Im Telgengrund? im Roderholze? im Teutoburger Wald? auch des Nachts und früh?« – »Die ganzen Nächte durch; aber wie meinst du das?« Simon schien dies zu überhören; er reckte den Hals zur Türe hinaus. »Ei, da kommt der Gesell! Vaterssohn! er schlenkert geradeso mit den Armen wie dein seliger Mann. Und schau mal an! wahrhaftig, der Junge hat meine blonden Haare!«

In der Mutter Züge kam ein heimliches, stolzes Lächeln; ihres Friedrichs blonde Locken und Simons rötliche Bürsten! Ohne zu antworten, brach sie einen Zweig von der nächsten Hecke und ging ihrem Sohne entgegen, scheinbar, eine träge Kuh anzutreiben, im Grunde aber, ihm einige rasche, halb drohende Worte zuzuraunen; denn sie kannte seine störrische Natur, und Simons Weise war ihr heute einschüchternder vorgekommen als je. Doch ging alles über Erwarten gut; Friedrich zeigte sich weder verstockt noch frech, vielmehr etwas blöde und sehr bemüht, dem Ohm zu gefallen. So kam es denn dahin, daß nach einer halbstündigen Unterredung Simon eine Art Adoption des Knaben in Vorschlag brachte, vermöge deren er denselben zwar nicht gänzlich seiner Mutter entziehen, aber doch über den größten Teil seiner Zeit verfügen wollte, wofür ihm dann am Ende des alten Junggesellen Erbe zufallen solle, das ihm freilich ohnedies nicht entgehen konnte. Margret ließ sich geduldig auseinandersetzen, wie groß der Vorteil, wie gering die Entbehrung ihrerseits bei dem Handel sei. Sie wußte am besten, was eine kränkliche Witwe an der Hülfe eines zwölfjährigen Knaben entbehrt, den sie bereits gewöhnt hat, die Stelle einer Tochter zu ersetzen. Doch sie schwieg und gab sich in alles. Nur bat sie den Bruder, streng, doch nicht hart gegen den Knaben zu sein.

»Er ist gut«, sagte sie, »aber ich bin eine einsame Frau; mein Kind ist nicht, wie einer, über den Vaterhand regiert hat.« Simon nickte schlau mit dem Kopf: »Laß mich nur gewähren, wir wollen uns schon vertragen, und weißt du was? gib mir den Jungen gleich mit, ich habe zwei Säcke aus der Mühle zu holen; der kleinste ist ihm grad recht, und so lernt er mir zur Hand gehen. Komm, Fritzchen, zieh deine Holzschuh' an!« – Und bald sah Margret den beiden nach, wie sie fortschritten, Simon voran, mit seinem Gesicht die Luft durchschneidend, während ihm die Schöße des roten Rocks wie Feuerflammen nachzogen. So hatte er ziemlich das Ansehen eines feurigen Mannes, der unter dem gestohlenen Sacke büßt; Friedrich ihm nach, fein und schlank für sein Alter, mit zarten, fast edlen Zügen und langen blonden Locken, die besser gepflegt waren, als sein übriges Äußere erwarten ließ; übrigens zerlumpt, sonneverbrannt und mit dem Ausdruck der Vernachlässigung und einer gewissen rohen Melancholie in den Zügen. Dennoch war eine große Familienähnlichkeit beider nicht zu verkennen, und wie Friedrich so langsam seinem Führer nachtrat, die Blicke fest auf denselben geheftet, der ihn gerade durch das Seltsame seiner Erscheinung anzog, erinnerte er unwillkürlich an jemand, der in einem Zauberspiegel das Bild seiner Zukunft mit verstörter Aufmerksamkeit betrachtet.

Jetzt nahten die beiden sich der Stelle des Teutoburger Waldes, wo das Brederholz den Abhang des Gebirges niedersteigt und einen sehr dunkeln Grund ausfüllt. Bis jetzt war wenig gesprochen worden. Simon schien nachdenkend, der Knabe zerstreut, und beide keuchten unter ihren Säcken. Plötzlich fragte Simon: »Trinkst du gern Branntwein?« – Der Knabe antwortete nicht. »Ich frage, trinkst du gern Branntwein? Gibt dir die Mutter zuweilen welchen?« – »Die Mutter hat selbst keinen«, sagte Friedrich. – »So, so, desto besser! – Kennst du das Holz da vor uns?« – »Das ist das Brederholz.« – »Weißt du auch, was darin vorgefallen ist?« – Friedrich schwieg. Indessen kamen sie der düstern Schlucht immer näher. »Betet die Mutter noch so viel?« hob Simon wieder an. – »Ja, jeden Abend zwei Rosenkränze.« – »So?

und du betest mit?« – Der Knabe lachte halb verlegen mit einem durchtriebenen Seitenblick. – »Die Mutter betet in der Dämmerung vor dem Essen den einen Rosenkranz, dann bin ich meist noch nicht wieder da mit den Kühen, und den andern im Bette, dann schlaf ich gewöhnlich ein.« – »So, so, Geselle!«
Diese letzten Worte wurden unter dem Schirme einer weiten Buche gesprochen, die den Eingang der Schlucht überwölbte. Es war jetzt ganz finster; das erste Mondviertel stand am Himmel, aber seine schwachen Schimmer dienten nur dazu, den Gegenständen, die sie zuweilen durch eine Lücke der Zweige berührten, ein fremdartiges Ansehen zu geben. Friedrich hielt sich dicht hinter seinem Ohm; sein Odem ging schnell, und wer seine Züge hätte unterscheiden können, würde den Ausdruck einer ungeheuren, doch mehr phantastischen als furchtsamen Spannung darin wahrgenommen haben. So schritten beide rüstig voran, Simon mit dem festen Schritt des abgehärteten Wanderers, Friedrich schwankend und wie im Traum. Es kam ihm vor, als ob alles sich bewegte und die Bäume in den einzelnen Mondstrahlen bald zusammen, bald voneinander schwankten. Baumwurzeln und schlüpfrige Stellen, wo sich das Wegwasser gesammelt, machten seinen Schritt unsicher; er war einige Male nahe daran, zu fallen. Jetzt schien sich in einiger Entfernung das Dunkel zu brechen, und bald traten beide in eine ziemlich große Lichtung. Der Mond schien klar hinein und zeigte, daß hier noch vor kurzem die Axt unbarmherzig gewütet hatte. Überall ragten Baumstümpfe hervor, manche mehrere Fuß über der Erde, wie sie gerade in der Eile am bequemsten zu durchschneiden gewesen waren; die verpönte Arbeit mußte unversehens unterbrochen worden sein, denn eine Buche lag quer über dem Pfad, in vollem Laube, ihre Zweige hoch über sich streckend und im Nachtwinde mit den noch frischen Blättern zitternd. Simon blieb einen Augenblick stehen und betrachtete den gefällten Stamm mit Aufmerksamkeit. In der Mitte der Lichtung stand ei-

ne alte Eiche, mehr breit als hoch; ein blasser Strahl, der durch die Zweige auf ihren Stamm fiel, zeigte, daß er hohl sei, was ihn wahrscheinlich vor der allgemeinen Zerstörung geschützt hatte. Hier ergriff Simon plötzlich des Knaben Arm.
»Friedrich, kennst du den Baum? Das ist die breite Eiche.« – Friedrich fuhr zusammen und klammerte sich mit kalten Händen an seinen Ohm. – »Sieh«, fuhr Simon fort, »hier haben Ohm Franz und der Hülsmeyer deinen Vater gefunden, als er in der Betrunkenheit ohne Buße und Ölung zum Teufel gefahren war.« – »Ohm, Ohm!« keuchte Friedrich. – »Was fällt dir ein? Du wirst dich doch nicht fürchten? Satan von einem Jungen, du kneipst mir den Arm! Laß los, los!« – Er suchte den Knaben abzuschütteln. – »Dein Vater war übrigens eine gute Seele; Gott wird's nicht so genau mit ihm nehmen. Ich hatt ihn so lieb wie meinen eigenen Bruder.« – Friedrich ließ den Arm seines Ohms los; beide legten schweigend den übrigen Teil des Waldes zurück und das Dorf Brede lag vor ihnen, mit seinen Lehmhütten und den einzelnen bessern Wohnungen von Ziegelsteinen, zu denen auch Simons Haus gehörte.
Am nächsten Abend saß Margret schon seit einer Stunde mit ihrem Rocken vor der Tür und wartete auf ihren Knaben. Es war die erste Nacht, die sie zugebracht hatte, ohne den Atem ihres Kindes neben sich zu hören, und Friedrich kam noch immer nicht. Sie war ärgerlich und ängstlich und wußte, daß sie beides ohne Grund war. Die Uhr im Turm schlug sieben, das Vieh kehrte heim; er war noch immer nicht da, und sie mußte aufstehen, um nach den Kühen zu schauen. Als sie wieder in die dunkle Küche trat, stand Friedrich am Herde; er hatte sich vornübergebeugt und wärmte die Hände an den Kohlen. Der Schein spielte auf seinen Zügen und gab ihnen ein widriges Ansehen von Magerkeit und ängstlichem Zucken. Margret blieb in der Tennentür stehen, so seltsam verändert kam ihr das Kind vor.
»Friedrich, wie geht's dem Ohm?« – Der Knabe murmelte eini-

ge unverständliche Worte und drängte sich dicht an die Feuermauer. – »Friedrich, hast du das Reden verlernt? Junge, tu das Maul auf! du weißt ja doch, daß ich auf dem rechten Ohr nicht gut höre.« – Das Kind erhob seine Stimme und geriet dermaßen ins Stammeln, daß Margret es um nichts mehr begriff. – »Was sagst du? einen Gruß von Meister Semmler? wieder fort? wohin? die Kühe sind schon zu Hause. Verfluchter Junge, ich kann dich nicht verstehen. Wart, ich muß einmal sehen, ob du keine Zunge im Munde hast!« – Sie trat heftig einige Schritte vor. Das Kind sah zu ihr auf, mit dem Jammerblick eines armen, halbwüchsigen Hundes, der Schildwacht stehen lernt, und begann in der Angst mit den Füßen zu stampfen und den Rücken an der Feuermauer zu reiben.

Margret stand still; ihre Blicke wurden ängstlich. Der Knabe erschien ihr wie zusammengeschrumpft, auch seine Kleider waren nicht dieselben, nein, das war ihr Kind nicht! und dennoch – »Friedrich, Friedrich!« rief sie.

In der Schlafkammer klappte eine Schranktür und der Gerufene trat hervor, in der einen Hand eine sogenannte Holzschenvioline, d. h. einen alten Holzschuh, mit drei bis vier zerschabten Geigensaiten überspannt, in der andern einen Bogen, ganz des Instruments würdig. So ging er gerade auf sein verkümmertes Spiegelbild zu, seinerseits mit einer Haltung bewußter Würde und Selbstständigkeit, die in diesem Augenblicke den Unterschied zwischen beiden sonst merkwürdig ähnlichen Knaben stark hervortreten ließ.

»Da, Johannes!«, sagte er und reichte ihm mit einer Gönnermiene das Kunstwerk; »da ist die Violine, die ich dir versprochen habe. Mein Spielen ist vorbei, ich muß jetzt Geld verdienen.« – Johannes warf noch einmal einen scheuen Blick auf Margret, streckte dann langsam seine Hand aus, bis er das Dargebotene fest ergriffen hatte, und brachte es wie verstohlen unter die Flügel seines armseligen Jäckchens.

Margret stand ganz still und ließ die Kinder gewähren. Ihre Gedanken hatten eine andere, sehr ernste Richtung genommen, und sie blickte mit unruhigem Auge von einem auf den andern. Der fremde Knabe hatte sich wieder über die Kohlen gebeugt mit einem Ausdruck augenblicklichen Wohlbehagens, der an Albernheit grenzte, während in Friedrichs Zügen der Wechsel eines offenbar mehr selbstischen als gutmütigen Mitgefühls spielte und sein Auge in fast glasartiger Klarheit zum ersten Male bestimmt den Ausdruck jenes ungebändigten Ehrgeizes und Hanges zum Großtun zeigte, der nachher als so starkes Motiv seiner meisten Handlungen hervortrat. Der Ruf seiner Mutter störte ihn aus Gedanken, die ihm ebenso neu als angenehm waren. Sie saß wieder am Spinnrade.

»Friedrich«, sagte sie zögernd, »sag einmal –« und schwieg dann. Friedrich sah auf und wandte sich, da er nichts weiter vernahm, wieder zu seinem Schützling. »Nein, höre –« Und dann leiser: »Was ist das für ein Junge? Wie heißt er?« – Friedrich antwortete ebenso leise: »Das ist des Ohms Simon Schweinehirt, der eine Botschaft an den Hülsmeyer hat. Der Ohm hat mir ein paar Schuhe und eine Weste von Drillich gegeben; die hat mir der Junge unterwegs getragen; dafür hab ich ihm meine Violine versprochen; er ist ja doch ein armes Kind; Johannes heißt er.« – »Nun –?« sagte Margret. – »Was willst du, Mutter?« – »Wie heißt er weiter?« – »Ja – weiter nicht – oder, warte – doch: Niemand, Johannes Niemand heißt er. – Er hat keinen Vater«, fügte er leiser hinzu.

Margret stand auf und ging in die Kammer. Nach einer Weile kam sie heraus mit einem harten, finstern Ausdruck in den Mienen. – »So, Friedrich«, sagte sie, »laß den Jungen gehen, daß er seine Bestellung machen kann. – Junge, was liegst du da in der Asche? Hast du zu Hause nichts zu tun?« – Der Knabe raffte sich mit der Miene eines Verfolgten so eilfertig auf, daß ihm alle Glieder im Wege standen und die Holzschenvioline bei einem Haar ins Feuer gefallen wäre.

»Warte, Johannes«, sagte Friedrich stolz, »ich will dir mein halbes Butterbrot geben, es ist mir doch zu groß, die Mutter schneidet allemal übers ganze Brot.« – »Laß doch«, sagte Margret, »er geht ja nach Hause.« – »Ja, aber er bekommt nichts mehr; Ohm Simon ißt um sieben Uhr.« Margret wandte sich zu dem Knaben: »Hebt man dir nichts auf? Sprich, wer sorgt für dich?« – »Niemand«, stotterte das Kind. – »Niemand?« wiederholte sie; »da nimm, nimm!« fügte sie heftig hinzu; »du heißt Niemand, und niemand sorgt für dich! Das sei Gott geklagt! Und nun mach dich fort! Friedrich, geh nicht mit ihm, hörst du, geht nicht zusammen durchs Dorf.« – »Ich will ja nur Holz holen aus dem Schuppen«, antwortete Friedrich. – Als beide Knaben fort waren, warf sich Margret auf einen Stuhl und schlug die Hände mit dem Ausdruck des tiefsten Jammers zusammen. Ihr Gesicht war bleich wie ein Tuch. »Ein falscher Eid, ein falscher Eid!« stöhnte sie. »Simon, Simon, wie willst du vor Gott bestehen!«

So saß sie eine Weile, starr mit geklemmten Lippen, wie in völliger Geistesabwesenheit. Friedrich stand vor ihr und hatte sie schon zweimal angeredet. »Was ist's? was willst du?« rief sie auffahrend. – »Ich bringe Euch Geld«, sagte er, mehr erstaunt als erschreckt. – »Geld? wo?« Sie regte sich und die kleine Münze fiel klingend auf den Boden. Friedrich hob sie auf. »Geld vom Ohm Simon, weil ich ihm habe arbeiten helfen. Ich kann mir nun selber was verdienen.« – »Geld vom Simon? Wirf's fort, fort! – Nein, gib's den Armen. Doch, nein, behalt's«, flüsterte sie kaum hörbar; »wir sind selber arm. Wer weiß, ob wir bei dem Betteln vorbeikommen!« – »Ich soll Montag wieder zum Ohm und ihm bei der Einsaat helfen.« – »Du wieder zu ihm? Nein, nein, nimmermehr!« – Sie umfaßte ihr Kind mit Heftigkeit. – »Doch«, fügte sie hinzu, und ein Tränenstrom stürzte ihr plötzlich über die eingefallenen Wangen; »geh, er ist mein einziger Bruder, und die Verleumdung ist groß! Aber halt Gott vor Augen und vergiß das tägliche Gebet nicht!«

Margret legte das Gesicht an die Mauer und weinte laut. Sie hatte manche harte Last getragen, ihres Mannes üble Behandlung, noch schwerer seinen Tod, und es war eine bittere Stunde, als die Witwe das letzte Stück Ackerland einem Gläubiger zur Nutznießung überlassen mußte und der Pflug vor ihrem Hause stille stand. Aber so war ihr nie zumute gewesen; dennoch, nachdem sie einen Abend durchgeweint, eine Nacht durchwacht hatte, war sie dahin gekommen, zu denken, ihr Bruder Simon könne so gottlos nicht sein, der Knabe gehöre gewiß nicht ihm, Ähnlichkeiten wollen nichts beweisen. Hatte sie doch selbst vor vierzig Jahren ein Schwesterchen verloren, das genau dem fremden Hechelkrämer glich. Was glaubt man nicht gern, wenn man so wenig hat und durch Unglauben dies wenige verlieren soll!
Von dieser Zeit an war Friedrich selten mehr zu Hause. Simon schien alle wärmern Gefühle, deren er fähig war, dem Schwestersohn zugewendet zu haben; wenigstens vermißte er ihn sehr und ließ nicht nach mit Botschaften, wenn ein häusliches Geschäft ihn auf einige Zeit bei der Mutter hielt. Der Knabe war seitdem wie verwandelt, das träumerische Wesen gänzlich von ihm gewichen, er trat fest auf, fing an, sein Äußeres zu beachten und bald in den Ruf eines hübschen, gewandten Burschen zu kommen. Sein Ohm, der nicht wohl ohne Projekte leben konnte, unternahm mitunter ziemlich bedeutende öffentliche Arbeiten, z. B. beim Wegbau, wobei Friedrich für einen seiner besten Arbeiter und überall als seine rechte Hand galt; denn obgleich dessen Körperkräfte noch nicht ihr volles Maß erreicht hatten, kam ihm doch nicht leicht jemand an Ausdauer gleich. Margret hatte bisher ihren Sohn nur geliebt, jetzt fing sie an, stolz auf ihn zu werden und sogar eine Art Hochachtung vor ihm zu fühlen, da sie den jungen Menschen so ganz ohne ihr Zutun sich entwickeln sah, sogar ohne ihren Rat, den sie, wie die meisten Menschen, für unschätzbar hielt und deshalb die Fähigkeiten

nicht hoch genug anzuschlagen wußte, die eines so kostbaren Förderungsmittels entbehren konnten.
In seinem achtzehnten Jahre hatte Friedrich sich bereits einen bedeutenden Ruf in der jungen Dorfwelt gesichert, durch den Ausgang einer Wette, infolge deren er einen erlegten Eber über zwei Meilen weit auf seinem Rücken trug, ohne abzusetzen. Indessen war der Mitgenuß des Ruhms auch so ziemlich der einzige Vorteil, den Margret aus diesen günstigen Umständen zog, da Friedrich immer mehr auf sein Äußeres verwandte und allmählig anfing, es schwer zu verdauen, wenn Geldmangel ihn zwang, irgend jemand im Dorf darin nachzustehen. Zudem waren alle seine Kräfte auf den auswärtigen Erwerb gerichtet; zu Hause schien ihm, ganz im Widerspiel mit seinem sonstigen Rufe, jede anhaltende Beschäftigung lästig, und er unterzog sich lieber einer harten, aber kurzen Anstrengung, die ihm bald erlaubte, seinem frühern Hirtenamte wieder nachzugehen, was bereits begann, seinem Alter unpassend zu werden, und ihm gelegentlichen Spott zuzog, vor dem er sich aber durch ein paar derbe Zurechtweisungen mit der Faust Ruhe verschaffte. So gewöhnte man sich daran, ihn bald geputzt und fröhlich als anerkannten Dorfelegant an der Spitze des jungen Volks zu sehen, bald wieder als zerlumpten Hirtenbuben einsam und träumerisch hinter den Kühen herschleichend, oder in einer Waldlichtung liegend, scheinbar gedankenlos und das Moos von den Bäumen rupfend.
Um diese Zeit wurden die schlummernden Gesetze doch einigermaßen aufgerüttelt durch eine Bande von Holzfrevlern, die unter dem Namen der Blaukittel alle ihre Vorgänger so weit an List und Frechheit übertraf, daß es dem Langmütigsten zu viel werden mußte. Ganz gegen den gewöhnlichen Stand der Dinge, wo man die stärksten Böcke der Herde mit dem Finger bezeichnen konnte, war es hier trotz aller Wachsamkeit bisher nicht möglich gewesen, auch nur ein Individuum namhaft zu

machen. Ihre Benennung erhielten sie von der ganz gleichförmigen Tracht, durch die sie das Erkennen erschwerten, wenn etwa ein Förster noch einzelne Nachzügler im Dickicht verschwinden sah. Sie verheerten alles wie die Wanderraupe, ganze Waldstrecken wurden in einer Nacht gefällt und auf der Stelle fortgeschafft, so daß man am andern Morgen nichts fand, als Späne und wüste Haufen von Topholz, und der Umstand, daß nie Wagenspuren einem Dorfe zuführten, sondern immer vom Flusse her und dorthin zurück, bewies, daß man unter dem Schutz und vielleicht mit dem Beistande der Schiffeigentümer handelte. In der Bande mußten sehr gewandte Spione sein, denn die Förster konnten wochenlang umsonst wachen; in der ersten Nacht, gleichviel, ob stürmisch oder mondhell, wo sie vor Übermüdung nachließen, brach die Zerstörung ein. Seltsam war es, daß das Landvolk umher ebenso unwissend und gespannt schien, als die Förster selber. Von einigen Dörfern ward mit Bestimmtheit gesagt, daß sie nicht zu den Blaukitteln gehörten, aber keines konnte als dringend verdächtig bezeichnet werden, seit man das verdächtigste von allen, das Dorf B., freisprechen mußte. Ein Zufall hatte dies bewirkt, eine Hochzeit, auf der fast alle Bewohner dieses Dorfes notorisch die Nacht zugebracht hatten, während zu eben dieser Zeit die Blaukittel eine ihrer stärksten Expeditionen ausführten.

Der Schaden in den Forsten war indes allzu groß, deshalb wurden die Maßregeln dagegen auf eine bisher unerhörte Weise gesteigert; Tag und Nacht wurde patrouilliert, Ackerknechte, Hausbediente mit Gewehren versehen und den Forstbeamten zugesellt. Dennoch war der Erfolg nur gering, und die Wächter hatten oft kaum das eine Ende des Forstes verlassen, wenn die Blaukittel schon zum andern einzogen. Das währte länger als ein volles Jahr, Wächter und Blaukittel, Blaukittel und Wächter, wie Sonne und Mond, immer abwechselnd im Besitz des Terrains und nie zusammentreffend.

Es war im Juli 1756 früh um drei; der Mond stand klar am Himmel, aber sein Glanz fing an zu ermatten, und im Osten zeigte sich bereits ein schmaler gelber Streif, der den Horizont besäumte und den Eingang einer engen Talschlucht wie mit einem Goldbande schloß. Friedrich lag im Grase, nach seiner gewohnten Weise, und schnitzelte an einem Weidenstabe, dessen knotigem Ende er die Gestalt eines ungeschlachten Tieres zu geben versuchte. Er sah übermüdet aus, gähnte, ließ mitunter seinen Kopf an einem verwitterten Stammknorren ruhen und Blicke, dämmeriger als der Horizont, über den mit Gestrüpp und Aufschlag fast verwachsenen Eingang des Grundes streifen. Ein paarmal belebten sich seine Augen und nahmen den ihnen eigentümlichen glasartigen Glanz an, aber gleich nachher schloß er sie wieder halb und gähnte und dehnte sich, wie es nur faulen Hirten erlaubt ist. Sein Hund lag in einiger Entfernung nah bei den Kühen, die unbekümmert um die Forstgesetze ebenso oft den jungen Baumspitzen als dem Grase zusprachen und in die frische Morgenluft schnaubten. Aus dem Walde drang von Zeit zu Zeit ein dumpfer, krachender Schall; der Ton hielt nur einige Sekunden an, begleitet von einem langen Echo an den Bergwänden, und wiederholte sich etwa alle fünf bis acht Minuten. Friedrich achtete nicht darauf; nur zuweilen, wenn das Getöse ungewöhnlich stark oder anhaltend war, hob er den Kopf und ließ seine Blicke langsam über die verschiedenen Pfade gleiten, die ihren Ausgang in dem Talgrunde fanden.
Es fing bereits stark zu dämmern an; die Vögel begannen leise zu zwitschern und der Tau stieg fühlbar aus dem Grunde. Friedrich war an dem Stamm hinabgeglitten und starrte, die Arme über den Kopf verschlungen, in das leise einschleichende Morgenrot. Plötzlich fuhr er auf: über sein Gesicht fuhr ein Blitz, er horchte einige Sekunden mit vorgebeugtem Oberleib wie ein Jagdhund, dem die Luft Witterung zuträgt. Dann schob er schnell zwei Finger in den Mund und pfiff gellend und anhaltend. –

»Fidel, du verfluchtes Tier!« – Ein Steinwurf traf die Seite des unbesorgten Hundes, der, vom Schlafe aufgeschreckt, zuerst um sich biß und dann heulend auf drei Beinen dort Trost suchte, von wo das Übel ausgegangen war. In demselben Augenblicke wurden die Zweige eines nahen Gebüsches fast ohne Geräusch zurückgeschoben und ein Mann trat heraus, im grünen Jagdrock, den silbernen Wappenschild am Arm, die gespannte Büchse in der Hand. Er ließ schnell seine Blicke über die Schlucht fahren und sie dann mit besonderer Schärfe auf dem Knaben verweilen, trat dann vor, winkte nach dem Gebüsch, und allmählig wurden sieben bis acht Männer sichtbar, alle in ähnlicher Kleidung, Waidmesser im Gürtel und die gespannten Gewehre in der Hand.

»Friedrich, was war das?« fragte der zuerst Erschienene. – »Ich wollte, daß der Racker auf der Stelle krepierte. Seinetwegen können die Kühe mir die Ohren vom Kopf fressen.« – »Die Kanaille hat uns gesehen«, sagte ein anderer. – »Morgen sollst du auf die Reise mit einem Stein am Halse«, fuhr Friedrich fort und stieß nach dem Hunde. – »Friedrich, stell dich nicht an wie ein Narr! Du kennst mich und du verstehst mich auch!« – Ein Blick begleitete diese Worte, der schnell wirkte. – »Herr Brandis, denkt an meine Mutter!« – »Das tu ich. Hast du nichts im Walde gehört?« – »Im Walde?« – Der Knabe warf einen raschen Blick auf des Försters Gesicht. – »Eure Holzfäller, sonst nichts.« – »Meine Holzfäller!«

Die ohnehin dunkle Gesichtsfarbe des Försters ging in tiefes Braunrot über. »Wie viele sind ihrer, und wo treiben sie ihr Wesen?« – »Wohin Ihr sie geschickt habt; ich weiß es nicht.« – Brandis wandte sich zu seinen Gefährten: »Geht voran; ich komme gleich nach.«

Als einer nach dem andern im Dickicht verschwunden war, trat Brandis dicht vor den Knaben: »Friedrich«, sagte er mit dem Ton unterdrückter Wut, »meine Geduld ist zu Ende; ich möchte dich prügeln wie einen Hund, und mehr seid ihr auch nicht wert. Ihr Lumpenpack, dem kein Ziegel auf dem Dach gehört! Bis zum Betteln habt ihr es, gottlob, bald gebracht, und an meiner Tür soll deine Mutter, die alte Hexe, keine verschimmelte Brotrinde bekommen. Aber vorher sollt ihr mir noch beide ins Hundeloch!«

Friedrich griff krampfhaft nach einem Aste. Er war totenbleich und seine Augen schienen wie Kristallkugeln aus dem Kopfe schießen zu wollen. Doch nur einen Augenblick. Dann kehrte die größte, an Erschlaffung grenzende Ruhe zurück. – »Herr«, sagte er fest, mit fast sanfter Stimme; »Ihr habt gesagt, was Ihr nicht verantworten könnt, und ich vielleicht auch. Wir wollen es gegeneinander aufgehen lassen, und nun will ich Euch sagen, was Ihr verlangt. Wenn Ihr die Holzfäller nicht selbst bestellt habt, so müssen es die Blaukittel sein; denn aus dem Dorfe ist kein Wagen gekommen; ich habe den Weg ja vor mir, und vier Wagen sind es. Ich habe sie nicht gesehen, aber den Hohlweg hinauffahren hören.« – Er stockte einen Augenblick. – »Könnt Ihr sagen, daß ich je einen Baum in Eurem Revier gefällt habe? überhaupt, daß ich je anderwärts gehauen habe, als auf Bestellung? Denkt nach, ob Ihr das sagen könnt?«

Ein verlegenes Murmeln war die ganze Antwort des Försters, der nach Art der meisten rauhen Menschen leicht bereute. Er wandte sich unwirsch und schritt dem Gebüsche zu. – »Nein, Herr«, rief Friedrich, »wenn Ihr zu den andern Förstern wollt, die sind dort an der Buche hinaufgegangen.« – »An der Buche?« sagte Brandis zweifelhaft, »nein, dort hinüber, nach dem Mastergrunde.« – »Ich sage Euch, an der Buche; des langen Heinrich Flintenriemen blieb noch am krummen Ast dort hängen; ich hab's ja gesehen!«

Der Förster schlug den bezeichneten Weg ein. Friedrich hatte die ganze Zeit hindurch seine Stellung nicht verlassen, halb liegend, den Arm um einen dürren Ast geschlungen, sah er dem Fortgehenden unverrückt nach, wie er durch den halbverwachsenen Steig glitt, mit den vorsichtigen weiten Schritten seines Metiers, so geräuschlos wie ein Fuchs die Hühnerstiege erklimmt. Hier sank ein Zweig hinter ihm, dort einer; die Umrisse seiner Gestalt schwanden immer mehr. Da blitzte es noch einmal durchs Laub. Es war ein Stahlknopf seines Jagdrocks; nun war er fort. Friedrichs Gesicht hatte während dieses allmähligen Verschwindens den Ausdruck seiner Kälte verloren und seine Züge schienen zuletzt unruhig bewegt. Gereute es ihn vielleicht, den Förster nicht um Verschweigung seiner Angaben gebeten zu haben? Er ging einige Schritte voran, blieb dann stehen. »Es ist zu spät«, sagte er vor sich hin und griff nach seinem Hute. Ein leises Picken im Gebüsche, nicht zwanzig Schritte von ihm. Es war der Förster, der den Flintenstein schärfte. Friedrich horchte. – »Nein!« sagte er dann mit entschlossenem Tone, raffte seine Siebensachen zusammen und trieb das Vieh eilfertig die Schlucht entlang.

Um Mittag saß Frau Margret am Herd und kochte Tee. – Friedrich war krank heimgekommen, er klagte über heftige Kopfschmerzen und hatte auf ihre besorgte Nachfrage erzählt, wie er sich schwer geärgert über den Förster; kurz den ganzen eben beschriebenen Vorgang, mit Ausnahme einiger Kleinigkeiten, die er besser fand, für sich zu behalten. Margret sah schweigend und trübe in das siedende Wasser. Sie war es wohl gewohnt, ihren Sohn mitunter klagen zu hören, aber heute kam er ihr so angegriffen vor, wie sonst nie. Sollte wohl eine Krankheit im Anzuge sein? Sie seufzte tief und ließ einen eben ergriffenen Holzblock fallen.

»Mutter!« rief Friedrich aus der Kammer. – »Was willst du?« – »War das ein Schuß?« – »Ach nein, ich weiß nicht, was du meinst.« – »Es pocht mir wohl nur so im Kopfe«, versetzte er.

Die Nachbarin trat herein und erzählte mit leisem Flüstern irgendeine unbedeutende Klatscherei, die Margret ohne Teilnahme anhörte. Dann ging sie. – »Mutter!« rief Friedrich. Margret ging zu ihm hinein. »Was erzählte die Hülsmeyer?« – »Ach gar nichts, Lügen, Wind!« – Friedrich richtete sich auf. – »Von der Gretchen Siemers; du weißt ja wohl die alte Geschichte; und ist doch nichts Wahres dran.« – Friedrich legte sich wieder hin. »Ich will sehen, ob ich schlafen kann«, sagte er.

Margret saß am Herde; sie spann und dachte wenig Erfreuliches. Im Dorfe schlug es halb zwölf; die Türe klinkte und der Gerichtsschreiber Kapp trat herein. – »Guten Tag, Frau Mergel«, sagte er; »könnt Ihr mir einen Trunk Milch geben? Ich komme von M.« – Als Frau Mergel das Verlangte brachte, fragte er: »Wo ist Friedrich?« Sie war gerade beschäftigt, einen Teller hervorzulangen, und überhörte die Frage. Er trank zögernd und in kurzen Absätzen. »Wißt Ihr wohl«, sagte er dann, »daß die Blaukittel in dieser Nacht wieder im Masterholze eine ganze Strecke so kahl gefegt haben, wie meine Hand?« – »Ei, du frommer Gott!« versetzte sie gleichgültig. »Die Schandbuben«, fuhr der Schreiber fort, »ruinieren alles; wenn sie noch Rücksicht nähmen auf das junge Holz, aber Eichenstämmchen wie mein Arm dick, wo nicht einmal eine Ruderstange drin steckt! Es ist, als ob ihnen andrer Leute Schaden ebenso lieb wäre wie ihr Profit!« – »Es ist schade!« sagte Margret.

Der Amtsschreiber hatte getrunken und ging noch immer nicht. Er schien etwas auf dem Herzen zu haben. »Habt Ihr nichts von Brandis gehört?« fragte er plötzlich. – »Nichts; er kommt niemals hier ins Haus.« – »So wißt Ihr nicht, was ihm begegnet ist?« – »Was denn?« fragte Margret gespannt. – »Er ist tot!« – »Tot!« rief sie, »was, tot? Um Gottes willen! er ging ja noch heute Morgen ganz gesund hier vorüber mit der Flinte auf dem Rücken!« – »Er ist tot«, wiederholte der Schreiber, sie scharf fixierend; »von den Blaukitteln erschlagen. Vor einer Viertelstunde wurde die Leiche ins Dorf gebracht.«

Margret schlug die Hände zusammen. – »Gott im Himmel, geh nicht mit ihm ins Gericht! er wußte nicht, was er tat!« – »Mit ihm!« rief der Amtsschreiber, »mit dem verfluchten Mörder, meint Ihr?« Aus der Kammer drang ein schweres Stöhnen. Margret eilte hin, und der Schreiber folgte ihr. Friedrich saß aufrecht im Bette, das Gesicht in die Hände gedrückt, und ächzte wie ein Sterbender. – »Friedrich, wie ist dir?« sagte die Mutter. – »Wie ist dir?« wiederholte der Amtsschreiber. – »O mein Leib, mein Kopf!« jammerte er. – »Was fehlt ihm?« – »Ach, Gott weiß es«, versetzte sie; »er ist schon um vier mit den Kühen heimgekommen, weil ihm so übel war. – Friedrich – Friedrich, antworte doch, soll ich zum Doktor?« – »Nein, nein«, ächzte er, »es ist nur Kolik, es wird schon besser.«

Er legte sich zurück; sein Gesicht zuckte krampfhaft vor Schmerz; dann kehrte die Farbe wieder. – »Geht«, sagte er matt; »ich muß schlafen, dann geht's vorüber.« – »Frau Mergel«, sagte der Amtsschreiber ernst, »ist es gewiß, daß Friedrich um vier zu Hause kam und nicht wieder fortging?« – Sie sah ihn starr an. – »Fragt jedes Kind auf der Straße. Und fortgehen? – Wollte Gott, er könnt es!« – »Hat er Euch nichts von Brandis erzählt?« – »In Gottes Namen, ja, daß er ihn im Walde geschimpft und unsere Armut vorgeworfen hat, der Lump! – Doch Gott verzeih' mir, er ist tot! – Geht!« fuhr sie heftig fort; »seid Ihr gekommen, um ehrliche Leute zu beschimpfen? Geht!« – Sie wandte sich wieder zu ihrem Sohne; der Schreiber ging. – »Friedrich, wie ist dir?« sagte die Mutter; »hast du wohl gehört? Schrecklich, schrecklich! ohne Beichte und Absolution!« – »Mutter, Mutter, um Gottes willen laß mich schlafen; ich kann nicht mehr!«

In diesem Augenblick trat Johannes Niemand in die Kammer; dünn und lang wie eine Hopfenstange, aber zerlumpt und scheu wie wir ihn vor fünf Jahren gesehen. Sein Gesicht war noch bleicher als gewöhnlich. »Friedrich«, stotterte er, »du sollst sogleich zum Ohm kommen; er hat Arbeit für dich; aber sogleich.« – Friedrich drehte sich gegen die Wand. – »Ich komme nicht«, sagte er barsch, »ich bin krank.« – »Du mußt aber kommen«, keuchte Johannes; »er hat gesagt, ich müßte dich mitbringen.« – Friedrich lachte höhnisch auf: »Das will ich doch sehen!« – »Laß ihn in Ruhe, er kann nicht«, seufzte Margret, »du siehst ja, wie es steht.« – Sie ging auf einige Minuten hinaus; als sie zurückkam, war Friedrich bereits angekleidet. – »Was fällt dir ein?« rief sie, »du kannst, du sollst nicht gehen!« – »Was sein muß, schickt sich wohl«, versetzte er und war schon zur Türe hinaus mit Johannes. – »Ach Gott«, seufzte die Mutter, »wenn die Kinder klein sind, treten sie uns in den Schoß, und wenn sie groß sind, ins Herz!«

Die gerichtliche Untersuchung hatte ihren Anfang genommen, die Tat lag klar am Tage; über den Täter aber waren die Anzeigen so schwach, daß, obschon alle Umstände die Blaukittel dringend verdächtigten, man doch nicht mehr als Mutmaßungen wagen konnte. *Eine* Spur schien Licht geben zu wollen: doch rechnete man aus Gründen wenig darauf. Die Abwesenheit des Gutsherrn hatte den Gerichtschreiber genötigt, auf eigene Hand die Sache einzuleiten. Er saß am Tische; die Stube war gedrängt voll von Bauern, teils neugierigen, teils solchen, von denen man in Ermangelung eigentlicher Zeugen einigen Aufschluß zu erhalten hoffte. Hirten, die in derselben Nacht gehütet, Knechte, die den Acker in der Nähe bestellt, alle standen stramm und fest, die Hände in den Taschen, gleichsam als stillschweigende Erklärung, daß sie nicht einzuschreiten gesonnen seien. Acht Forstbeamte wurden vernommen. Ihre Aussagen waren völlig gleichlautend: Brandis habe sie am zehnten abends zur Runde bestellt, da ihm von einem Vorhaben der Blaukittel müsse Kunde zugekommen sein; doch habe er sich nur unbestimmt darüber geäußert. Um zwei Uhr in der Nacht seien sie ausgezogen und auf manche Spuren der Zerstörung gestoßen, die den Oberförster sehr übel gestimmt; sonst sei alles still gewesen. Gegen vier Uhr habe Brandis gesagt: »Wir sind angeführt, laßt uns heimgehen.« – Als sie nun um den Bremerberg gewendet und zugleich der Wind umgeschlagen, habe man deutlich im Masterholz fällen gehört und aus der schnellen Folge der Schläge geschlossen, daß die Blaukittel am Werk seien. Man habe nun eine Weile beratschlagt, ob es tunlich sei, mit so geringer Macht die kühne Bande anzugreifen, und sich dann ohne bestimmten Entschluß dem Schalle langsam genähert. Nun folgte der Auftritt mit Friedrich. Ferner: nachdem Brandis sie ohne Weisung fortgeschickt, seien sie eine Weile vorangeschritten und dann, als sie bemerkt, daß das Getöse im noch ziemlich weit entfernten Walde gänzlich aufgehört, stille gestanden, um den Oberförster zu erwarten. Die Zögerung habe sie verdrossen, und nach etwa zehn Minuten seien sie weitergegangen und so bis an den Ort der Verwüstung. Alles sei vorüber gewesen, kein Laut mehr im Walde, von zwanzig gefällten Stämmen noch acht vorhanden, die übrigen bereits fortgeschafft. Es sei ihnen unbegreiflich, wie man dieses ins Werk gestellt, da keine Wagenspuren zu finden gewesen. Auch habe die Dürre der Jahreszeit und der mit Fichtennadeln bestreute Boden keine Fußstapfen unterscheiden lassen, obgleich der Grund ringsumher wie festgestampft war. Da man nun überlegt, daß es zu nichts nützen könne, den Oberförster zu erwarten, sei man rasch der andern Seite des Waldes zugeschritten, in der Hoffnung, vielleicht noch einen Blick von den Frevlern zu erhaschen. Hier habe sich einem von ihnen beim Ausgange des Waldes die Flaschenschnur in Brombeerranken verstrickt, und als er umgeschaut, habe er etwas im Gestrüpp blitzen sehen; es war die Gurtschnalle des Oberförsters, den man nun hinter den Ranken liegend fand, grad ausgestreckt, die rechte Hand um den Flintenlauf geklemmt, die andere geballt und die Stirn von einer Axt gespalten.

Dies waren die Aussagen der Förster; nun kamen die Bauern an die Reihe, aus denen jedoch nichts zu bringen war. Manche behaupteten, um vier Uhr noch zu Hause oder anderswo beschäftigt gewesen zu sein, und keiner wollte etwas bemerkt haben.

Was war zu machen? Sie waren sämtlich angesessene, unverdächtige Leute. Man mußte sich mit ihren negativen Zeugnissen begnügen.

Friedrich ward hereingerufen. Er trat ein mit einem Wesen, das sich durchaus nicht von seinem gewöhnlichen unterschied, weder gespannt noch keck. Das Verhör währte ziemlich lange und die Fragen waren mitunter ziemlich schlau gestellt; er beantwortete sie jedoch alle offen und bestimmt und erzählte den Vorgang zwischen ihm und dem Oberförster ziemlich der Wahrheit gemäß, bis auf das Ende, das er geratener fand, für sich zu behalten. Sein Alibi zur Zeit des Mordes war leicht erwiesen. Der Förster lag am Ausgange des Masterholzes; über drei viertel Stunden Weges von der Schlucht, in der er Friedrich um vier Uhr angeredet und aus der dieser seine Herde schon zehn Minuten später ins Dorf getrieben. Jedermann hatte dies gesehen; alle anwesenden Bauern beeiferten sich, es zu bezeugen; mit diesem hatte er geredet, jenem zugenickt.

Der Gerichtsschreiber saß unmutig und verlegen da. Plötzlich fuhr er mit der Hand hinter sich und brachte etwas Blinkendes vor Friedrichs Auge. »Wem gehört dies?« – Friedrich sprang drei Schritt' zurück. »Herr Jesus! ich dachte Ihr wolltet mir den Schädel einschlagen.« Seine Augen waren rasch über das tödliche Werkzeug gefahren und schienen momentan auf einem ausgebrochenen Splitter am Stiele zu haften. »Ich weiß es nicht«, sagte er fest. – Es war die Axt, die man in dem Schädel des Oberförsters eingeklammert gefunden hatte. – »Sieh sie genau an«, fuhr der Gerichtschreiber fort. Friedrich faßte sie mit der Hand, besah sie oben, unten, wandte sie um. »Es ist eine Axt wie andere«, sagte er dann und legte sie gleichgültig auf den Tisch. Ein Blutfleck ward sichtbar; er schien zu schaudern, aber er wiederholte noch einmal sehr bestimmt: »Ich kenne sie nicht.« Der Gerichtschreiber seufzte vor Unmut. Er selbst wußte um nichts mehr, und hatte nur einen Versuch zu möglicher Entdeckung durch Überraschung machen wollen. Es blieb nichts übrig, als das Verhör zu schließen.

Denjenigen, die vielleicht auf den Ausgang dieser Begebenheit gespannt sind, muß ich sagen, daß diese Geschichte nie aufgeklärt wurde, obwohl noch viel dafür geschah und diesem Verhöre mehrere folgten. Den Blaukitteln schien durch das Aufsehen, das der Vorgang gemacht, und die darauf folgenden geschärften Maßregeln der Mut genommen; sie waren von nun an wie verschwunden, und obgleich späterhin noch mancher Holzfrevler erwischt wurde, fand man doch nie Anlaß, ihn der berüchtigten Bande zuzuschreiben. Die Axt lag zwanzig Jahre nachher als unnützes Corpus delicti im Gerichtsarchiv, wo sie wohl noch jetzt ruhen mag mit ihren Rostflecken. Es würde in einer erdichteten Geschichte unrecht sein, die Neugier des Lesers so zu täuschen. Aber dies alles hat sich wirklich zugetragen; ich kann nichts davon oder dazu tun.

Am nächsten Sonntage stand Friedrich sehr früh auf, um zur Beichte zu gehen. Es war Mariä Himmelfahrt und die Pfarrgeistlichen schon vor Tagesanbruch im Beichtstuhle. Nachdem er sich im Finstern angekleidet, verließ er so geräuschlos wie möglich den engen Verschlag, der ihm in Simons Hause eingeräumt war. In der Küche mußte sein Gebetbuch auf dem Sims liegen und er hoffte, es mit Hülfe des schwachen Mondlichts zu finden; es war nicht da. Er warf die Augen suchend umher und fuhr zusammen; in der Kammertür stand Simon, fast unbekleidet, seine dürre Gestalt, sein ungekämmtes, wirres Haar und die vom Mondschein verursachte Blässe des Gesichts gaben ihm ein schauerlich verändertes Ansehen. »Sollte er nachtwandeln?« dachte Friedrich, und verhielt sich ganz still. – »Friedrich, wohin?« flüsterte der Alte. – »Ohm, seid Ihr's? Ich will beichten gehen.« – »Das dacht ich mir; geh in Gottes Namen, aber beichte wie ein guter Christ.« – »Das will ich«, sagte Friedrich. – »Denk an die zehn Gebote: Du sollst kein Zeugnis ablegen gegen deinen Nächsten.« – »Kein falsches!« – »Nein, gar keines; du bist schlecht unterrichtet; wer einen andern in der Beichte anklagt, der empfängt das Sakrament unwürdig.«

Beide schwiegen. – »Ohm, wie kommt Ihr darauf?« sagte Friedrich dann; »Eu'r Gewissen ist nicht rein; Ihr habt mich belogen.« – »Ich? so?« – »Wo ist Eure Axt?« – »Meine Axt? Auf der Tenne.« – »Habt Ihr einen neuen Stiel hineingemacht? Wo ist der alte?« – »Den kannst du heute bei Tag im Holzschuppen finden. Geh«, fuhr er verächtlich fort, »ich dachte, du seist ein Mann; aber du bist ein altes Weib, das gleich meint, das Haus brennt, wenn ihr Feuertopf raucht. Sieh«, fuhr er fort, »wenn ich mehr von der Geschichte weiß, als der Türpfosten da, so will ich ewig nicht selig werden. – Längst war ich zu Haus«, fügte er hinzu. – Friedrich stand beklemmt und zweifelnd. Er hätte viel darum gegeben, seines Ohms Gesicht sehen zu können. Aber während sie flüsterten, hatte der Himmel sich bewölkt.

»Ich habe schwere Schuld«, seufzte Friedrich, »daß ich ihn den unrechten Weg geschickt – obgleich – doch, dies hab ich nicht gedacht, nein, gewiß nicht. Ohm, ich habe Euch ein schweres Gewissen zu danken.« – »So geh, beicht!« flüsterte Simon mit bebender Stimme; »verunehre das Sakrament durch Angeberei und setze armen Leuten einen Spion auf den Hals, der schon Wege finden wird, ihnen das Stückchen Brot aus den Zähnen zu reißen, wenn er gleich nicht reden darf – geh!« – Friedrich stand unschlüssig; er hörte ein leises Geräusch; die Wolken verzogen sich, das Mondlicht fiel wieder auf die Kammertür: sie war geschlossen. Friedrich ging an diesem Morgen nicht zur Beichte.

Der Eindruck, den dieser Vorfall auf Friedrich gemacht, erlosch leider nur zu bald. Wer zweifelt daran, daß Simon alles tat, seinen Adoptivsohn dieselben Wege zu leiten, die er selber ging? Und in Friedrich lagen Eigenschaften, die dies nur zu sehr erleichterten: Leichtsinn, Erregbarkeit, und vor allem ein grenzenloser Hochmut, der nicht immer den Schein verschmähte, und dann alles daransetzte, durch Wahrmachung des Usurpierten möglicher Beschämung zu entgehen. Seine Natur war nicht unedel, aber er gewöhnte sich, die innere Schande der äußern vorzuziehen. Man darf nur sagen, er gewöhnte sich zu prunken, während seine Mutter darbte.

Diese unglückliche Wendung seines Charakters war indessen das Werk mehrerer Jahre, in denen man bemerkte, daß Margret immer stiller über ihren Sohn ward und allmählich in einen Zustand der Verkommenheit versank, den man früher bei ihr für unmöglich gehalten hätte. Sie wurde scheu, saumselig, sogar unordentlich, und manche meinten, ihr Kopf habe gelitten. Friedrich ward desto lauter; er versäumte keine Kirchweih oder Hochzeit, und da ein sehr empfindliches Ehrgefühl ihn die geheime Mißbilligung mancher nicht übersehen ließ, war er gleichsam immer unter Waffen, der öffentlichen Meinung nicht sowohl Trotz zu bieten, als sie den Weg zu leiten, der ihm gefiel. Er war äußerlich ordentlich, nüchtern, anscheinend treuherzig, aber listig, prahlerisch und oft roh, ein Mensch, an dem niemand Freude haben konnte, am wenigsten seine Mutter, und der dennoch durch seine gefürchtete Kühnheit und noch mehr gefürchtete Tücke ein gewisses Übergewicht im Dorfe erlangt hatte, das um so mehr anerkannt wurde, je mehr man sich bewußt war, ihn nicht zu kennen und nicht berechnen zu können, wessen er am Ende fähig sei. Nur ein Bursch im Dorfe, Wilm Hülsmeyer, wagte im Bewußtsein seiner Kraft und guter Verhältnisse ihm die Spitze zu bieten; und da er gewandter in Worten war, als Friedrich, und immer, wenn der Stachel saß, einen Scherz daraus zu machen wußte, so war dies der einzige, mit dem Friedrich ungern zusammentraf.

Vier Jahre waren verflossen; es war im Oktober; der milde Herbst von 1760, der alle Scheunen mit Korn und alle Keller mit Wein füllte, hatte seinen Reichtum auch über diesen Erdwinkel strömen lassen, und man sah mehr Betrunkene, hörte von mehr Schlägereien und dummen Streichen, als je. Überall gab's Lustbarkeiten; der blaue Montag kam in Aufnahme, und wer ein paar Taler erübrigt hatte, wollte gleich eine Frau dazu, die ihm heute essen und morgen hungern helfen könne. Da gab es im Dorfe eine tüchtige, solide Hochzeit, und die Gäste durften mehr erwarten, als eine verstimmte Geige, ein Glas Branntwein und was sie an guter Laune selber mitbrachten. Seit früh war alles auf den Beinen; vor jeder Tür wurden Kleider gelüftet, und B. glich den ganzen Tag einer Trödelbude. Da viele Auswärtige erwartet wurden, wollte jeder gern die Ehre des Dorfes oben halten.

Es war sieben Uhr abends und alles in vollem Gange; Jubel und Gelächter an allen Enden, die niedern Stuben zum Ersticken angefüllt mit blauen, roten und gelben Gestalten, gleich Pfandställen, in denen eine zu große Herde eingepfercht ist. Auf der Tenne ward getanzt, das heißt, wer zwei Fuß Raum erobert hatte, drehte sich darauf immer rundum und suchte durch Jauchzen zu ersetzen, was an Bewegung fehlte. Das Orchester war glänzend, die erste Geige als anerkannte Künstlerin prädominierend, die zweite und eine große Baßviole mit drei Saiten von Dilettanten ad libitum gestrichen; Branntwein und Kaffee im Überfluß, alle Gäste von Schweiß triefend; kurz, es war ein köstliches Fest. Friedrich stolzierte umher wie ein Hahn, im neuen himmelblauen Rock, und machte sein Recht als erster Elegant geltend. Als auch die Gutsherrschaft anlangte, saß er gerade hinter der Baßgeige und strich die tiefste Saite mit großer Kraft und vielem Anstand.

»Johannes!« rief er gebieterisch, und heran trat sein Schützling von dem Tanzplatze, wo er auch seine ungelenken Beine zu schlenkern und eins zu jauchzen versucht hatte. Friedrich reichte ihm den Bogen, gab durch eine stolze Kopfbewegung seinen Willen zu erkennen und trat zu den Tanzenden. »Nun lustig, Musikanten: den Papen van Istrup!« – Der beliebte Tanz ward gespielt und Friedrich machte Sätze vor den Augen seiner Herrschaft, daß die Kühe an der Tenne die Hörner zurückzogen und Kettengeklirr und Gebrumm an ihren Ständern herlief. Fußhoch über die andern tauchte sein blonder Kopf auf und nieder, wie ein Hecht, der sich im Wasser überschlägt; an allen Enden schrien Mädchen auf, denen er zum Zeichen der Huldigung mit einer raschen Kopfbewegung sein langes Flachshaar ins Gesicht schleuderte.

»Jetzt ist es gut!« sagte er endlich und trat schweißtriefend an den Kredenztisch; »die gnädigen Herrschaften sollen leben und alle die hochadeligen Prinzen und Prinzessinnen, und wer's nicht mittrinkt, den will ich an die Ohren schlagen, daß er die Engel singen hört!« – Ein lautes Vivat beantwortete den galanten Toast. – Friedrich machte seinen Bückling. – »Nichts für ungut, gnädige Herrschaften; wir sind nur ungelehrte Bauersleute!« In diesem Augenblick erhob sich ein Getümmel am Ende der Tenne, Geschrei, Schelten, Gelächter, alles durcheinander. »Butterdieb, Butterdieb!« riefen ein paar Kinder, und heran drängte sich, oder vielmehr ward geschoben, Johannes Niemand, den Kopf zwischen die Schultern ziehend und mit aller Macht nach dem Ausgange strebend. – »Was ist's? was habt ihr mit unserem Johannes?« rief Friedrich gebieterisch.

»Das sollt Ihr früh genug gewahr werden«, keuchte ein altes Weib mit der Küchenschürze und einem Wischhader in der Hand. – Schande! Johannes, der arme Teufel, dem zu Hause das Schlechteste gut genug sein mußte, hatte versucht, sich ein halbes Pfündchen Butter für die kommende Dürre zu sichern, und ohne daran zu denken, daß er es, sauber in sein Schnupftuch gewickelt, in der Tasche geborgen, war er ans Küchenfeuer getreten und nun rann das Fett schmählich die Rockschöße entlang. Allgemeiner

Aufruhr; die Mädchen sprangen zurück, aus Furcht, sich zu beschmutzen, oder stießen den Delinquenten vorwärts. Andere machten Platz, sowohl aus Mitleid als Vorsicht. Aber Friedrich trat vor: »Lumpenhund!« rief er; ein paar derbe Maulschellen trafen den geduldigen Schützling; dann stieß er ihn an die Tür und gab ihm einen tüchtigen Fußtritt mit auf den Weg.
Er kehrte niedergeschlagen zurück; seine Würde war verletzt, das allgemeine Gelächter schnitt ihm durch die Seele, ob er sich gleich durch einen tapfern Juchheschrei wieder in den Gang zu bringen suchte – es wollte nicht mehr recht gehen. Er war im Begriff, sich wieder hinter die Baßviole zu flüchten; doch zuvor noch ein Knalleffekt: er zog seine silberne Taschenuhr hervor, zu jener Zeit ein seltener und kostbarer Schmuck. »Es ist bald zehn«, sagte er. »Jetzt den Brautmenuett! ich will Musik machen.«
»Eine prächtige Uhr!« sagte der Schweinehirt und schob sein Gesicht in ehrfurchtsvoller Neugier vor. – »Was hat sie gekostet?« rief Wilm Hülsmeyer, Friedrichs Nebenbuhler. – »Willst du sie bezahlen?« fragte Friedrich. – »Hast *du* sie bezahlt?« antwortete Wilm. Friedrich warf einen stolzen Blick auf ihn und griff in schweigender Majestät zum Fidelbogen. – »Nun, nun«, sagte Hülsmeyer, »dergleichen hat man schon erlebt. Du weißt wohl, der Franz Ebel hatte auch eine schöne Uhr, bis der Jude Aaron sie ihm wieder abnahm.« Friedrich antwortete nicht, sondern winkte stolz der ersten Violine, und sie begannen aus Leibeskräften zu streichen.
Die Gutsherrschaft war indessen in die Kammer getreten, wo der Braut von den Nachbarfrauen das Zeichen ihres neuen Standes, die weiße Stirnbinde, umgelegt wurde. Das junge Blut weinte sehr, teils weil es die Sitte so wollte, teils aus wahrer Beklemmung. Sie sollte einem verworrenen Haushalt vorstehen, unter den Augen eines mürrischen alten Mannes, den sie noch obendrein lieben sollte. Er stand neben ihr, durchaus nicht wie der Bräutigam des Hohenliedes, der »in die Kammer tritt wie die

Morgensonne«. – »Du hast nun genug geweint«, sagte er verdrießlich; »bedenk, du bist es nicht, die mich glücklich macht, ich mache dich glücklich!« – Sie sah demütig zu ihm auf und schien zu fühlen, daß er recht habe. – Das Geschäft war beendigt; die junge Frau hatte ihrem Manne zugetrunken, junge Spaßvögel hatten durch den Dreifuß geschaut, ob die Binde gerade sitze, und man drängte sich wieder der Tenne zu, von wo unauslöschliches Gelächter und Lärm herüberschallte. Friedrich war nicht mehr dort. Eine große, unerträgliche Schmach hatte ihn getroffen, da der Jude Aaron, ein Schlächter und gelegentlicher Althändler aus dem nächsten Städtchen, plötzlich erschienen war, und nach einem kurzen, unbefriedigenden Zwiegespräch ihn laut vor allen Leuten um den Betrag von zehn Talern für eine schon um Ostern gelieferte Uhr gemahnt hatte. Friedrich war wie vernichtet fortgegangen und der Jude ihm gefolgt, immer schreiend: »O weh mir! warum hab ich nicht gehört auf vernünftige Leute! Haben sie mir nicht hundertmal gesagt, Ihr hättet all Eu'r Gut am Leibe und kein Brot im Schranke!« – Die Tenne tobte von Gelächter; manche hatten sich auf den Hof nachgedrängt. – »Packt den Juden! wiegt ihn gegen ein Schwein!« riefen einige; andere waren ernst geworden. – »Der Friedrich sah so blaß aus wie ein Tuch«, sagte eine alte Frau, und die Menge teilte sich, wie der Wagen des Gutsherrn in den Hof lenkte.

Herr von S. war auf dem Heimwege verstimmt, die jedesmalige Folge, wenn der Wunsch, seine Popularität aufrechtzuerhalten, ihn bewog, solchen Festen beizuwohnen. Er sah schweigend aus dem Wagen. »Was sind denn das für ein paar Figuren?« – Er deutete auf zwei dunkle Gestalten, die vor dem Wagen rannten wie Strauße. Nun schlüpften sie ins Schloß. – »Auch ein paar selige Schweine aus unserm eigenen Stall!« seufzte Herr von S. Zu Hause angekommen, fand er die Hausflur vom ganzen Dienstpersonal eingenommen, das zwei Kleinknechte umstand, welche sich blaß und atemlos auf der Stiege niedergelassen hatten. Sie

behaupteten, von des alten Mergels Geist verfolgt worden zu sein, als sie durchs Brederholz heimkehrten. Zuerst hatte es über ihnen an der Höhe gerauscht und geknistert; darauf hoch in der Luft ein Geklapper wie von aneinandergeschlagenen Stöcken; plötzlich ein gellender Schrei und ganz deutlich die Worte: »O weh, meine arme Seele!« hoch von oben herab. Der eine wollte auch glühende Augen durch die Zweige funkeln gesehen haben, und beide waren gelaufen, was ihre Beine vermochten.
»Dummes Zeug!« sagte der Gutsherr verdrießlich und trat in die Kammer, sich umzukleiden. Am andern Morgen wollte die Fontäne im Garten nicht springen, und es fand sich, daß jemand eine Röhre verrückt hatte, augenscheinlich um nach dem Kopfe eines vor vielen Jahren hier verscharrten Pferdegerippes zu suchen, der für ein bewährtes Mittel wider allen Hexen- und Geisterspuk gilt. »Hm«, sagte der Gutsherr, »was die Schelme nicht stehlen, das verderben die Narren.«
Drei Tage später tobte ein furchtbarer Sturm. Es war Mitternacht, aber alles im Schlosse außer dem Bett. Der Gutsherr stand am Fenster und sah besorgt ins Dunkle, nach seinen Feldern hinüber. An den Scheiben flogen Blätter und Zweige her; mitunter fuhr ein Ziegel hinab und schmetterte auf das Pflaster des Hofes. – »Furchtbares Wetter!« sagte Herr von S. Seine Frau sah ängstlich aus. »Ist das Feuer auch gewiß gut verwahrt?« sagte sie; »Gretchen, sieh noch einmal nach, gieß es lieber ganz aus! – Kommt, wir wollen das Evangelium Johannis beten.« Alles kniete nieder und die Hausfrau begann: »Im Anfang war das Wort und das Wort war bei Gott und Gott war das Wort.« Ein furchtbarer Donnerschlag. Alle fuhren zusammen; dann furchtbares Geschrei und Getümmel die Treppe heran. – »Um Gottes willen! brennt es?« rief Frau von S. und sank mit dem Gesichte auf den Stuhl. Die Türe ward aufgerissen und herein stürzte die Frau des Juden Aaron, bleich wie der Tod, das Haar wild um den Kopf, von Regen triefend. Sie warf sich vor dem Gutsherrn auf

die Knie. »Gerechtigkeit!« rief sie, »Gerechtigkeit! mein Mann ist erschlagen!« und sank ohnmächtig zusammen.
Es war nur zu wahr, und die nachfolgende Untersuchung bewies, daß der Jude Aaron durch einen Schlag an die Schläfe mit einem stumpfen Instrumente, wahrscheinlich einem Stabe, sein Leben verloren hatte, durch einen einzigen Schlag. An der linken Schläfe war der blaue Fleck, sonst keine Verletzung zu finden. Die Aussagen der Jüdin und ihres Knechtes Samuel lauteten so: Aaron war vor drei Tagen am Nachmittage ausgegangen, um Vieh zu kaufen, und hatte dabei gesagt, er werde wohl über Nacht ausbleiben, da noch einige böse Schuldner in B. und S. zu mahnen seien. In diesem Falle werde er in B. beim Schlachter Salomon übernachten. Als er am folgenden Tage nicht heimkehrte, war seine Frau sehr besorgt geworden und hatte sich endlich heute um drei nachmittags in Begleitung ihres Knechtes und des großen Schlächterhundes auf den Weg gemacht. Beim Juden Salomon wußte man nichts von Aaron; er war gar nicht da gewesen. Nun waren sie zu allen Bauern gegangen, von denen sie wußten, daß Aaron einen Handel mit ihnen im Auge hatte. Nur zwei hatten ihn gesehen, und zwar an demselben Tage, an welchem er ausgegangen. Es war darüber sehr spät geworden. Die große Angst trieb das Weib nach Haus, wo sie ihren Mann wiederzufinden eine schwache Hoffnung nährte. So waren sie im Brederholz vom Gewitter überfallen worden und hatten unter einer großen, am Berghange stehenden Buche Schutz gesucht; der Hund hatte unterdessen auf eine auffallende Weise umhergestöbert und sich endlich, trotz allem Locken, im Walde verlaufen. Mit einem Male sieht die Frau beim Leuchten des Blitzes etwas Weißes neben sich im Moose. Es ist der Stab ihres Mannes, und fast im selben Augenblicke bricht der Hund durchs Gebüsch und trägt etwas im Maule: es ist der Schuh ihres Mannes. Nicht lange, so ist in einem mit dürrem Laube gefüllten Graben der Leichnam des Juden gefunden. – Dies war die An-

gabe des Knechtes, von der Frau nur im allgemeinen unterstützt; ihre übergroße Spannung hatte nachgelassen und sie schien jetzt halb verwirrt oder vielmehr stumpfsinnig. – »Aug um Auge, Zahn um Zahn!« dies waren die einzigen Worte, die sie zuweilen hervorstieß.

In derselben Nacht noch wurden die Schützen aufgeboten, um Friedrich zu verhaften. Der Anklage bedurfte es nicht, da Herr von S. selbst Zeuge eines Auftritts gewesen war, der den dringendsten Verdacht auf ihn werfen mußte; zudem die Gespenstergeschichte von jenem Abende, das Aneinanderschlagen der Stäbe im Brederholz, der Schrei aus der Höhe. Da der Amtsschreiber gerade abwesend war, so betrieb Herr von S. selbst alles rascher, als sonst geschehen wäre. Dennoch begann die Dämmerung bereits anzubrechen, bevor die Schützen so geräuschlos wie möglich das Haus der armen Margret umstellt hatten. Der Gutsherr selber pochte an; es währte kaum eine Minute, bis geöffnet ward und Margret völlig gekleidet in der Türe erschien. Herr von S. fuhr zurück; er hätte sie fast nicht erkannt, so blaß und steinern sah sie aus.

»Wo ist Friedrich?« fragte er mit unsicherer Stimme. – »Sucht ihn«, antwortete sie und setzte sich auf einen Stuhl. Der Gutsherr zögerte noch einen Augenblick. »Herein, herein!« sagte er dann barsch; »worauf warten wir?« Man trat in Friedrichs Kammer. Er war nicht da, aber das Bett noch warm. Man stieg auf den Söller, in den Keller, stieß ins Stroh, schaute hinter jedes Faß, sogar in den Backofen; er war nicht da. Einige gingen in den Garten, sahen hinter den Zaun und in die Apfelbäume hinauf; er war nicht zu finden. – »Entwischt!« sagte der Gutsherr mit sehr gemischten Gefühlen: der Anblick der alten Frau wirkte gewaltig auf ihn. »Gebt den Schlüssel zu jenem Koffer.« – Margret antwortete nicht. – »Gebt den Schlüssel!« wiederholte der Gutsherr, und merkte jetzt erst, daß der Schlüssel steckte. Der Inhalt des Koffers kam zum Vorschein: des Entflohenen

gute Sonntagskleider und seiner Mutter ärmlicher Staat; dann zwei Leichenhemden mit schwarzen Bändern, das eine für einen Mann, das andere für eine Frau gemacht. Herr von S. war tief erschüttert. Ganz zuunterst auf dem Boden des Koffers lag die silberne Uhr und einige Schriften von sehr leserlicher Hand, eine derselben von einem Manne unterzeichnet, den man in starkem Verdacht der Verbindung mit den Holzfrevlern hatte. Herr von S. nahm sie mit zur Durchsicht, und man verließ das Haus, ohne daß Margret ein anderes Lebenszeichen von sich gegeben hätte, als daß sie unaufhörlich die Lippen nagte und mit den Augen zwinkerte.
Im Schlosse angelangt, fand der Gutsherr den Amtsschreiber, der schon am vorigen Abend heimgekommen war und behauptete, die ganze Geschichte verschlafen zu haben, da der gnädige Herr nicht nach ihm geschickt. – »Sie kommen immer zu spät«, sagte Herr von S. verdrießlich. »War denn nicht irgendein altes Weib im Dorfe, das Ihrer Magd die Sache erzählte? Und warum weckte man Sie dann nicht?« – »Gnädiger Herr«, versetzte Kapp, »allerdings hat meine Anne Marie den Handel um eine Stunde früher erfahren als ich; aber sie wußte, daß Ihre Gnaden die Sache selbst leiteten, und dann«, fügte er mit klagender Miene hinzu, »daß ich so todmüde war.« – »Schöne Polizei!« murmelte der Gutsherr, »jede alte Schachtel im Dorf weiß Bescheid, wenn es recht geheim zugehen soll.« Dann fuhr er heftig fort: »Das müßte wahrhaftig ein dummer Teufel von Delinquenten sein, der sich packen ließe!«
Beide schwiegen eine Weile. – »Mein Fuhrmann hatte sich in der Nacht verirrt«, hob der Amtsschreiber wieder an; »über eine Stunde lang hielten wir im Walde; es war ein Mordwetter; ich dachte, der Wind werde den Wagen umreißen. Endlich, als der Regen nachließ, fuhren wir in Gottes Namen darauf los, immer in das Zellerfeld hinein, ohne eine Hand vor den Augen zu sehen. Da sagte der Kutscher: ›Wenn wir nur nicht den Steinbrü-

chen zu nahe kommen!‹ Mir war selbst bange; ich ließ halten und schlug Feuer, um wenigstens etwas Unterhaltung an meiner Pfeife zu haben. Mit einem Male hörten wir ganz nah, perpendikulär unter uns, die Glocke schlagen. Ew. Gnaden mögen glauben, daß mir fatal zumut wurde. Ich sprang aus dem Wagen, denn seinen eigenen Beinen kann man trauen, aber denen der Pferde nicht. So stand ich, in Kot und Regen, ohne mich zu rühren, bis es gottlob sehr bald anfing zu dämmern. Und wo hielten wir? Dicht an der Heerser Tiefe und den Turm von Heerse gerade unter uns. Wären wir noch zwanzig Schritt' weiter gefahren, wir wären alle Kinder des Todes gewesen.« – »Das war in der Tat kein Spaß«, versetzte der Gutsherr, halb versöhnt.
Er hatte unterdessen die mitgenommenen Papiere durchgesehen. Es waren Mahnbriefe um geliehene Gelder, die meisten von Wucherern. – »Ich hätte nicht gedacht«, murmelte er, »daß die Mergels so tief drinsteckten.« – »Ja, und daß es so an den Tag kommen muß«, versetzte Kapp; »das wird kein kleiner Ärger für Frau Margret sein.« – »Ach Gott, die denkt jetzt daran nicht!« – Mit diesen Worten stand der Gutsherr auf und verließ das Zimmer, um mit Herrn Kapp die gerichtliche Leichenschau vorzunehmen. – Die Untersuchung war kurz, gewaltsamer Tod erwiesen, der vermutliche Täter entflohen, die Anzeigen gegen ihn zwar gravierend, doch ohne persönliches Geständnis nicht beweisend, seine Flucht allerdings sehr verdächtig. So mußte die gerichtliche Verhandlung ohne genügenden Erfolg geschlossen werden.
Die Juden der Umgegend hatten großen Anteil gezeigt. Das Haus der Witwe ward nie leer von Jammernden und Ratenden. Seit Menschengedenken waren nicht so viel Juden beisammen in L. gesehen worden. Durch den Mord ihres Glaubensgenossen aufs äußerste erbittert, hatten sie weder Mühe noch Geld gespart, dem Täter auf die Spur zu kommen. Man weiß sogar, daß einer derselben, gemeinhin der Wucherjoel genannt, einem

seiner Kunden, der ihm mehrere Hunderte schuldete und den er für einen besonders listigen Kerl hielt, Erlaß der ganzen Summe angeboten hatte, falls er ihm zur Verhaftung des Mergel verhelfen wolle; denn der Glaube war allgemein unter den Juden, daß der Täter nur mit guter Beihülfe entwischt und wahrscheinlich noch in der Umgegend sei. Als dennoch alles nichts half und die gerichtliche Verhandlung für beendet erklärt worden war, erschien am nächsten Morgen eine Anzahl der angesehensten Israeliten im Schlosse, um dem gnädigen Herrn einen Handel anzutragen. Der Gegenstand war die Buche, unter der Aarons Stab gefunden und wo der Mord wahrscheinlich verübt worden war. – »Wollt ihr sie fällen? so mitten im vollen Laube?« fragte der Gutsherr. – »Nein, Ihro Gnaden, sie muß stehen bleiben im Winter und Sommer, solange ein Span daran ist.« – »Aber wenn ich nun den Wald hauen lasse, so schadet es dem jungen Aufschlag.« – »Wollen wir sie doch nicht um gewöhnlichen Preis.« – Sie boten 200 Taler. Der Handel ward geschlossen und allen Förstern streng eingeschärft, die Judenbuche auf keine Weise zu schädigen. Darauf sah man an einem Abende wohl gegen sechzig Juden, ihren Rabbiner an der Spitze, in das Brederholz ziehen, alle schweigend und mit gesenkten Augen. Sie blieben über eine Stunde im Walde und kehrten dann ebenso ernst und feierlich zurück, durch das Dorf B. bis in das Zellerfeld, wo sie sich zerstreuten und jeder seines Weges ging. Am nächsten Morgen stand an der Buche mit dem Beil eingehauen:

אם תעבור במקום הזה יפגע בך כאשר אתה עשית לי

Und wo war Friedrich? Ohne Zweifel fort, weit genug, um die kurzen Arme einer so schwachen Polizei nicht mehr fürchten zu dürfen. Er war bald verschollen, vergessen. Ohm Simon redete selten von ihm, und dann schlecht; die Judenfrau tröstete sich am Ende und nahm einen andern Mann. Nur die arme Margret blieb ungetröstet.

Etwa ein halbes Jahr nachher las der Gutsherr einige eben erhaltene Briefe in Gegenwart des Amtsschreibers. – »Sonderbar, sonderbar!«, sagte er. »Denken Sie sich, Kapp, der Mergel ist vielleicht unschuldig an dem Morde. Soeben schreibt mir der Präsident des Gerichtes zu P.: ›*Le vrai n'est pas toujours vraisemblable;* das erfahre ich oft in meinem Berufe und jetzt neuerdings. Wissen Sie wohl, daß Ihr lieber Getreuer, Friedrich Mergel, den Juden mag ebensowenig erschlagen haben, als ich oder Sie? Leider fehlen die Beweise, aber die Wahrscheinlichkeit ist groß. Ein Mitglied der Schlemmingschen Bande (die wir jetzt, nebenbei gesagt, größtenteils unter Schloß und Riegel haben), Lumpenmoises genannt, hat im letzten Verhöre ausgesagt, daß ihn nichts so sehr gereue, als der Mord eines Glaubensgenossen, Aaron, den er im Walde erschlagen und doch nur sechs Groschen bei ihm gefunden habe. Leider ward das Verhör durch die Mittagsstunde unterbrochen, und während wir tafelten, hat sich der Hund von einem Juden an seinem Strumpfband erhängt. Was sagen Sie dazu? Aaron ist zwar ein verbreiteter Name usw.‹ – Was sagen Sie dazu?« wiederholte der Gutsherr; »und weshalb wäre der Esel von einem Burschen denn gelaufen?« – Der Amtsschreiber dachte nach. – »Nun, vielleicht der Holzfrevel wegen, mit denen wir ja gerade in Untersuchung waren. Heißt es nicht: der Böse läuft vor seinem eigenen Schatten? Mergels Gewissen war schmutzig genug auch ohne diesen Flecken.«
Dabei beruhigte man sich. Friedrich war hin, verschwunden und – Johannes Niemand, der arme, unbeachtete Johannes, am gleichen Tage mit ihm.

Eine schöne, lange Zeit war verflossen, achtundzwanzig Jahre, fast die Hälfte eines Menschenlebens; der Gutsherr war sehr alt und grau geworden, sein gutmütiger Gehülfe Kapp längst begraben. Menschen, Tiere und Pflanzen waren entstanden, gereift, vergangen, nur Schloß B. sah immer gleich grau und vornehm auf die

Hütten herab, die wie alte hektische Leute immer fallen zu wollen schienen und immer standen. Es war am Vorabende des Weihnachtfestes, den 24. Dezember 1788. Tiefer Schnee lag in den Hohlwegen, wohl an zwölf Fuß hoch, und eine durchdringende Frostluft machte die Fensterscheiben in der geheizten Stube gefrieren. Mitternacht war nahe, dennoch flimmerten überall matte Lichtchen aus den Schneehügeln, und in jedem Hause lagen die Einwohner auf den Knien, um den Eintritt des heiligen Christfestes mit Gebet zu erwarten, wie dies in katholischen Ländern Sitte ist, oder wenigstens damals allgemein war. Da bewegte sich von der Breder Höhe herab eine Gestalt langsam gegen das Dorf; der Wanderer schien sehr matt oder krank; er stöhnte schwer und schleppte sich äußerst mühsam durch den Schnee.
An der Mitte des Hanges stand er still, lehnte sich auf seinen Krückenstab und starrte unverwandt auf die Lichtpunkte. Es war so still überall, so tot und kalt; man mußte an Irrlichter auf Kirchhöfen denken. Nun schlug es zwölf im Turm; der letzte Schlag verdröhnte langsam und im nächsten Hause erhob sich ein leiser Gesang, der, von Hause zu Hause schwellend, sich über das ganze Dorf zog:

Ein Kindelein so löbelich
Ist uns geboren heute,
Von einer Jungfrau säuberlich,
Des freun sich alle Leute;
Und wär das Kindelein nicht geborn,
So wären wir alle zusammen verlorn:
Das Heil ist unser aller.
O du mein liebster Jesu Christ,
Der du als Mensch geboren bist,
Erlös uns von der Hölle!

Der Mann am Hange war in die Knie gesunken und versuchte mit zitternder Stimme einzufallen; es ward nur ein lautes Schluchzen daraus, und schwere, heiße Tropfen fielen in den Schnee. Die zweite Strophe begann; er betete leise mit; dann die dritte und vierte. Das Lied war geendigt und die Lichter in den Häusern begannen sich zu bewegen. Da richtete der Mann sich mühselig auf und schlich langsam hinab in das Dorf. An mehreren Häusern keuchte er vorüber, dann stand er vor einem still und pochte leise an.

»Was ist denn das?« sagte drinnen eine Frauenstimme; »die Türe klappert, und der Wind geht doch nicht.« – Er pochte stärker: »Um Gottes willen, laßt einen halberfrorenen Menschen ein, der aus der türkischen Sklaverei kommt!« – Geflüster in der Küche. »Geht ins Wirtshaus«, antwortete eine andere Stimme, »das fünfte Haus von hier!« – »Um Gottes Barmherzigkeit willen, laßt mich ein! ich habe kein Geld.« – Nach einigem Zögern ward die Tür geöffnet und ein Mann leuchtete mit der Lampe hinaus. – »Kommt nur herein!« sagte er dann, »Ihr werdet uns den Hals nicht abschneiden.«

In der Küche befanden sich außer dem Manne eine Frau in den mittlern Jahren, eine alte Mutter und fünf Kinder. Alle drängten sich um den Eintretenden her und musterten ihn mit scheuer Neugier. Eine armselige Figur! mit schiefem Halse, gekrümmtem Rücken, die ganze Gestalt gebrochen und kraftlos; langes, schneeweißes Haar hing um sein Gesicht, das den verzogenen Ausdruck langen Leidens trug. Die Frau ging schweigend an den Herd und legte frisches Reisig zu. – »Ein Bett können wir Euch nicht geben«, sagte sie; »aber ich will hier eine gute Streu machen; Ihr müßt Euch schon so behelfen.« – »Gott's Lohn!« versetzte der Fremde; »ich bin's wohl schlechter gewohnt.« – Der Heimgekehrte ward als Johannes Niemand erkannt, und er selbst bestätigte, daß er derselbe sei, der einst mit Friedrich Mergel entflohen.

Das Dorf war am folgenden Tage voll von den Abenteuern des so lange Verschollenen. Jeder wollte den Mann aus der Türkei sehen, und man wunderte sich beinahe, daß er noch aussehe wie andere

Menschen. Das junge Volk hatte zwar keine Erinnerungen von ihm, aber die Alten fanden seine Züge noch ganz wohl heraus, so erbärmlich entstellt er auch war. »Johannes, Johannes, was seid Ihr grau geworden!« sagte eine alte Frau. »Und woher habt Ihr den schiefen Hals?« – »Vom Holz- und Wassertragen in der Sklaverei«, versetzte er. – »Und was ist aus Mergel geworden? Ihr seid doch zusammen fortgelaufen?« – »Freilich wohl; aber ich weiß nicht, wo er ist, wir sind voneinander gekommen. Wenn Ihr an ihn denkt, betet für ihn«, fügte er hinzu, »er wird es wohl nötig haben.« Man fragte ihn, warum Friedrich sich denn aus dem Staube gemacht, da er den Juden doch nicht erschlagen. – »Nicht?« sagte Johannes und horchte gespannt auf, als man ihm erzählte, was der Gutsherr geflissentlich verbreitet hatte, um den Fleck von Mergels Namen zu löschen. »Also ganz umsonst«, sagte er nachdenkend, »ganz umsonst so viel ausgestanden!« Er seufzte tief und fragte nun seinerseits nach manchem. Simon war lange tot, aber zuvor noch ganz verarmt, durch Prozesse und böse Schuldner, die er nicht gerichtlich belangen durfte, weil es, wie man sagte, zwischen ihnen keine reine Sache war. Er hatte zuletzt Bettelbrot gegessen und war in einem fremden Schuppen auf dem Stroh gestorben. Margret hatte länger gelebt, aber in völliger Geistesdumpfheit. Die Leute im Dorf waren es bald müde geworden, ihr beizustehen, da sie alles verkommen ließ, was man ihr gab, wie es denn die Art der Menschen ist, gerade die Hülflosesten zu verlassen, solche, bei denen der Beistand nicht nachhaltig wirkt und die der Hülfe immer gleich bedürftig bleiben. Dennoch hatte sie nicht eigentlich Not gelitten; die Gutsherrschaft sorgte sehr für sie, schickte ihr täglich das Essen und ließ ihr auch ärztliche Behandlung zukommen, als ihr kümmerlicher Zustand in völlige Abzehrung übergegangen war. In ihrem Hause wohnte jetzt der Sohn des ehemaligen Schweinehirten, der an jenem unglücklichen Abende Friedrichs Uhr so sehr bewundert hatte. – »Alles hin, alles tot!« seufzte Johannes.

Am Abend, als es dunkel geworden war und der Mond schien, sah man ihn im Schnee auf dem Kirchhofe umherhumpeln; er betete bei keinem Grabe, ging auch an keines dicht hinan, aber auf einige schien er aus der Ferne starre Blicke zu heften. So fand ihn der Förster Brandis, der Sohn des Erschlagenen, den die Gutsherrschaft abgeschickt hatte, ihn ins Schloß zu holen.
Beim Eintritt in das Wohnzimmer sah er scheu umher, wie vom Licht geblendet, und dann auf den Baron, der sehr zusammengefallen in seinem Lehnstuhl saß, aber noch immer mit den hellen Augen und dem roten Käppchen auf dem Kopfe wie vor achtundzwanzig Jahren; neben ihm die gnädige Frau, auch alt, sehr alt geworden.
»Nun, Johannes«, sagte der Gutsherr, »erzähl mir einmal recht ordentlich von deinen Abenteuern. Aber«, er musterte ihn durch die Brille, »du bist ja erbärmlich mitgenommen in der Türkei!« – Johannes begann: wie Mergel ihn nachts von der Herde abgerufen und gesagt, er müsse mit ihm fort. – »Aber warum lief der dumme Junge denn? du weißt doch, daß er unschuldig war?« – Johannes sah vor sich nieder: »Ich weiß nicht recht, mich dünkt, es war wegen Holzgeschichten. Simon hatte so allerlei Geschäfte; mir sagte man nichts davon, aber ich glaube nicht, daß alles war, wie es sein sollte.« – »Was hat denn Friedrich dir gesagt?« – »Nichts, als daß wir laufen müßten, sie wären hinter uns her. So liefen wir bis Heerse; da war es noch dunkel, und wir versteckten uns hinter das große Kreuz am Kirchhofe, bis es etwas heller würde, weil wir uns vor den Steinbrüchen am Zellerfelde fürchteten; und wie wir eine Weile gesessen hatten, hörten wir mit einem Male über uns schnauben und stampfen und sahen lange Feuerstrahlen in der Luft gerade über dem Heerser Kirchturm. Wir sprangen auf und liefen, was wir konnten, in Gottes Namen geradeaus, und wie es dämmerte, waren wir wirklich auf dem rechten Wege nach P.«
Johannes schien noch vor der Erinnerung zu schaudern, und der

Gutsherr dachte an seinen seligen Kapp und dessen Abenteuer am Heerser Hange. – »Sonderbar!« lachte er, »so nah wart ihr einander! Aber fahr fort.« – Johannes erzählte nun, wie sie glücklich durch P. und über die Grenze gekommen. Von da an hatten sie sich als wandernde Handwerksbursche durchgebettelt bis Freiburg im Breisgau. »Ich hatte meinen Brotsack bei mir«, sagte er, »und Friedrich ein Bündelchen; so glaubte man uns.« – In Freiburg hatten sie sich von den Österreichern anwerben lassen: ihn hatte man nicht gewollt, aber Friedrich bestand darauf. So kam er unter den Train. »Den Winter über blieben wir in Freiburg«, fuhr er fort, »und es ging uns ziemlich gut; mir auch, weil Friedrich mich oft erinnerte und mir half, wenn ich etwas verkehrt machte. Im Frühling mußten wir marschieren, nach Ungarn, und im Herbst ging der Krieg mit den Türken los. Ich kann nicht viel davon nachsagen, denn ich wurde gleich in der ersten Affäre gefangen und bin seitdem sechsundzwanzig Jahre in der türkischen Sklaverei gewesen!« – »Gott im Himmel! das ist doch schrecklich!« sagte Frau von S. – »Schlimm genug; die Türken halten uns Christen nicht besser als Hunde; das Schlimmste war, daß meine Kräfte unter der harten Arbeit vergingen; ich ward auch älter und sollte noch immer tun wie vor Jahren.«

Er schwieg eine Weile. »Ja«, sagte er dann, »es ging über Menschenkräfte und Menschengeduld; ich hielt es auch nicht aus. – Von da kam ich auf ein holländisches Schiff.« – »Wie kamst du denn dahin?« fragte der Gutsherr. – »Sie fischten mich auf, aus dem Bosporus«, versetzte Johannes. Der Baron sah ihn befremdet an und hob den Finger warnend auf; aber Johannes erzählte weiter. Auf dem Schiffe war es ihm nicht viel besser gegangen. »Der Skorbut riß ein; wer nicht ganz elend war, mußte über Macht arbeiten, und das Schiffstau regierte ebenso streng wie die türkische Peitsche. Endlich«, schloß er, »als wir nach Holland kamen, nach Amsterdam, ließ man mich frei, weil ich unbrauchbar war, und der Kaufmann, dem das Schiff gehörte, hatte auch

Mitleiden mit mir und wollte mich zu seinem Pförtner machen. Aber« – er schüttelte den Kopf – »ich bettelte mich lieber durch bis hieher.« – »Das war dumm genug«, sagte der Gutsherr. – Johannes seufzte tief: »O Herr, ich habe mein Leben zwischen Türken und Ketzern zubringen müssen, soll ich nicht wenigstens auf einem katholischen Kirchhofe liegen?« Der Gutsherr hatte seine Börse gezogen: »Da, Johannes, nun geh und komm bald wieder. Du mußt mir das alles noch ausführlicher erzählen; heute ging es etwas konfus durcheinander. Du bist wohl noch sehr müde?« – »Sehr müde«, versetzte Johannes; »und«, er deutete auf seine Stirn, »meine Gedanken sind zuweilen so kurios, ich kann nicht recht sagen, wie es so ist.« – »Ich weiß schon«, sagte der Baron, »von alter Zeit her. Jetzt geh. Hülsmeyers behalten dich wohl noch die Nacht über, morgen komm wieder.«

Herr von S. hatte das innigste Mitleiden mit dem armen Schelm; bis zum folgenden Tage war überlegt worden, wo man ihn einmieten könne; essen sollte er täglich im Schlosse, und für Kleidung fand sich auch wohl Rat. »Herr«, sagte Johannes, »ich kann auch noch wohl etwas tun; ich kann hölzerne Löffel machen, und Ihr könnt mich auch als Boten schicken.« Herr von S. schüttelte mitleidig den Kopf: »Das würde doch nicht sonderlich ausfallen.« – »O doch Herr, wenn ich erst im Gange bin – es geht nicht schnell, aber hin komme ich doch, und es wird mir auch nicht so sauer, wie man denken sollte.« – »Nun«, sagte der Baron zweifelnd, »willst du's versuchen? Hier ist ein Brief nach P. Es hat keine sonderliche Eile.«

Am folgenden Tage bezog Johannes sein Kämmerchen bei einer Witwe im Dorfe. Er schnitzelte Löffel, aß auf dem Schlosse und machte Botengänge für den gnädigen Herrn. Im Ganzen ging's ihm leidlich; die Herrschaft war sehr gütig, und Herr von S. unterhielt sich oft lange mit ihm über die Türkei, den österreichischen Dienst und die See. – »Der Johannes könnte viel erzählen«, sagte er zu seiner Frau, »wenn er nicht so grundeinfältig wäre.« – »Mehr tiefsinnig als einfältig«, versetzte sie; »ich fürchte immer, er schnappt noch über.« – »Ei bewahre!« antwortete der Baron, »er war sein Leben lang ein Simpel; simple Leute werden nie verrückt.«

Nach einiger Zeit blieb Johannes auf einem Botengange über Gebühr lange aus. Die gute Frau von S. war sehr besorgt um ihm und wollte schon Leute aussenden, als man ihn die Treppe heraufstelzen hörte. – »Du bist lange ausgeblieben, Johannes«, sagte sie; »ich dachte schon, du hättest dich im Brederholz verirrt.« – »Ich bin durch den Föhrengrund gegangen.« – »Das ist ja ein weiter Umweg; warum gingst du nicht durchs Brederholz?« – Er sah trübe zu ihr auf: »Die Leute sagten mir, der Wald sei gefällt, und jetzt seien so viele Kreuz- und Querwege darin, da fürchtete ich, nicht wieder hinauszukommen. Ich werde alt und duselig«, fügte er langsam hinzu. – »Sahst du wohl«, sagte Frau von S. nachher zu ihrem Manne, »wie wunderlich und quer er aus den Augen sah? Ich sage dir, Ernst, das nimmt noch ein schlimmes Ende.«

Indessen nahte der September heran. Die Felder waren leer, das Laub begann abzufallen und mancher Hektische fühlte die Schere an seinem Lebensfaden. Auch Johannes schien unter dem Einflusse des nahen Äquinoktiums zu leiden; die ihn in diesen Tagen sahen, sagen, er habe auffallend verstört ausgesehen und unaufhörlich leise mit sich selber geredet, was er auch sonst mitunter tat, aber selten. Endlich kam er eines Abends nicht nach Hause. Man dachte, die Herrschaft habe ihn verschickt, am zweiten auch nicht, am dritten Tage ward seine Hausfrau ängstlich. Sie ging ins Schloß und fragte nach. – »Gott bewahre«, sagte der Hausherr, »ich weiß nichts von ihm; aber geschwind den Jäger gerufen und Försters Wilhelm! Wenn der armselige Krüppel«, setzte er bewegt hinzu, »auch nur in einen trockenen Graben gefallen ist, so kann er nicht wieder heraus. Wer weiß, ob er nicht gar eines von seinen schiefen Beinen gebrochen hat! – Nehmt die Hunde mit«,

rief er den abziehenden Jägern nach, »und sucht vor allem in den Gräben; seht in die Steinbrüche!«, rief er lauter.
Die Jäger kehrten nach einigen Stunden heim; sie hatten keine Spur gefunden. Herr von S. war in großer Unruhe: »Wenn ich mir denke, daß einer so liegen muß wie ein Stein, und kann sich nicht helfen! Aber er kann noch leben; drei Tage hält's ein Mensch wohl ohne Nahrung aus.« – Er machte sich selbst auf den Weg; in allen Häusern wurde nachgefragt, überall in die Hörner geblasen, gerufen, die Hunde zum Suchen angehetzt – umsonst! – Ein Kind hatte ihn gesehen, wie er am Rande des Brederholzes saß und an einem Löffel schnitzelte; »er schnitt ihn aber ganz entzwei«, sagte das kleine Mädchen. Das war vor zwei Tagen gewesen. Nachmittags fand sich wieder eine Spur: abermals ein Kind, das ihn an der andern Seite des Waldes bemerkt hatte, wo er im Gebüsch gesessen, das Gesicht auf den Knien, als ob er schliefe. Das war noch am vorigen Tage. Es schien, er hatte sich immer um das Brederholz herumgetrieben.
»Wenn nur das verdammte Buschwerk nicht so dicht wäre! da kann keine Seele hindurch«, sagte der Gutsherr. Man trieb die Hunde in den jungen Schlag; man blies und hallote und kehrte endlich mißvergnügt heim, als man sich überzeugt, daß die Tiere den ganzen Wald abgesucht hatten. – »Laßt nicht nach! laßt nicht nach!« bat Frau von S.; »besser ein paar Schritte umsonst, als daß etwas versäumt wird.« – Der Baron war fast ebenso beängstigt wie sie. Seine Unruhe trieb ihn sogar nach Johannes' Wohnung, obwohl er sicher war, ihn dort nicht zu finden. Er ließ sich die Kammer des Verschollenen aufschließen. Da stand sein Bett noch ungemacht, wie er es verlassen hatte; dort hing sein guter Rock, den ihm die gnädige Frau aus dem alten Jagdkleide des Herrn hatte machen lassen; auf dem Tische ein Napf, sechs neue hölzerne Löffel und eine Schachtel. Der Gutsherr öffnete sie; fünf Groschen lagen darin, sauber in Papier gewikkelt, und vier silberne Westenknöpfe; der Gutsherr betrachtete

sie aufmerksam. »Ein Andenken von Mergel«, murmelte er und trat hinaus, denn ihm ward ganz beengt in dem dumpfen, engen Kämmerchen. Die Nachsuchungen wurden fortgesetzt, bis man sich überzeugt hatte, Johannes sei nicht mehr in der Gegend, wenigstens nicht lebendig. So war er denn zum zweitenmal verschwunden; ob man ihn wiederfinden würde – vielleicht einmal nach Jahren seine Knochen in einem trockenen Graben? ihn lebend wiederzusehen, dazu war wenig Hoffnung, und jedenfalls nach achtundzwanzig Jahren gewiß nicht.

Vierzehn Tage später kehrte der junge Brandis morgens von einer Besichtigung seines Reviers durch das Brederholz heim. Es war ein für die Jahreszeit ungewöhnlich heißer Tag; die Luft zitterte, kein Vogel sang, nur die Raben krächzten langweilig aus den Ästen und hielten ihre offenen Schnäbel der Luft entgegen. Brandis war sehr ermüdet. Bald nahm er seine von der Sonne durchglühte Kappe ab, bald setzte er sie wieder auf. Es war alles gleich unerträglich, das Arbeiten durch den kniehohen Schlag sehr beschwerlich. Rings umher kein Baum außer der Judenbuche. Dahin strebte er denn auch aus allen Kräften und ließ sich todmatt auf das beschattete Moos darunter nieder. Die Kühle zog so angenehm durch seine Glieder, daß er die Augen schloß. »Schändliche Pilze!« murmelte er halb im Schlaf. Es gibt nämlich in jener Gegend eine Art sehr saftiger Pilze, die nur ein paar Tage stehen, dann einfallen und einen unerträglichen Geruch verbreiten. Brandis glaubte solche unangenehmen Nachbarn zu spüren, er wandte sich ein paarmal hin und her, mochte aber doch nicht aufstehen; sein Hund sprang unterdessen umher, kratzte am Stamm der Buche und bellte hinauf. – »Was hast du da, Bello? eine Katze?« murmelte Brandis. Er öffnete die Wimper halb und die Judenschrift fiel ihm ins Auge, sehr ausgewachsen, aber doch noch ganz kenntlich. Er schloß die Augen wieder; der Hund fuhr fort zu bellen und legte endlich seinem Herrn die kalte Schnauze ans Gesicht. – »Laß mich in Ruh! was hast du denn?« Hiebei sah Brandis, wie er so auf dem Rücken lag, in die Höhe, sprang dann mit einem Satze auf und wie besessen ins Gestrüpp hinein. Totenbleich kam er auf dem Schlosse an: in der Judenbuche hänge ein Mensch; er habe die Beine gerade über seinem Gesichte hängen sehen. – »Und du hast ihn nicht abgeschnitten, Esel?« rief der Baron. – »Herr«, keuchte Brandis, »wenn Ew. Gnaden da gewesen wären, so wüßten Sie wohl, daß der Mensch nicht mehr lebt. Ich glaubte anfangs, es seien die Pilze.« Dennoch trieb der Gutsherr zur größten Eile und zog selbst mit hinaus.

Sie waren unter der Buche angelangt. »Ich sehe nichts«, sagte Herr von S. – »Hierher müssen Sie treten, hierher, an diese Stelle!« – Wirklich, dem war so: der Gutsherr erkannte seine eigenen abgetragenen Schuhe. – »Gott, es ist Johannes! – Setzt die Leiter an! – So – nun herunter! – Sacht, sacht! laßt ihn nicht fallen! – Lieber Himmel, die Würmer sind schon daran! Macht dennoch die Schlinge auf und die Halsbinde.« – Eine breite Narbe ward sichtbar; der Gutsherr fuhr zurück. – »Mein Gott!«, sagte er; er beugte sich wieder über die Leiche, betrachtete die Narbe mit großer Aufmerksamkeit und schwieg eine Weile in tiefer Erschütterung. Dann wandte er sich zu den Förstern: »Es ist nicht recht, daß der Unschuldige für den Schuldigen leide; sagt es nur allen Leuten: der da« – er deutete auf den Toten – »war Friedrich Mergel.« – Die Leiche ward auf dem Schindanger verscharrt.

Dies hat sich nach allen Hauptumständen wirklich so begeben im September des Jahrs 1789. – Die hebräische Schrift an dem Baume heißt:

»Wenn du dich diesem Orte nahest, so wird es dir ergehen, wie du mir getan hast.«

THEODOR STORM

Angelika

1

Seit Jahren hatten im stillen seine Augen an ihren feinen Zügen gehangen; denn sie war aufgewachsen, während er, wie auch noch jetzt, fast täglich in ihrem mütterlichen Hause verkehrte. Aber er war in einer erst in spätester Jugend eingeschlagenen Laufbahn, welche ihm die Aussicht auf Begründung einer Familie für immer oder wenigstens innerhalb der Jahre zu verwehren schien, in welchen Sitte und Gefühl dies gestatten. Noch jetzt nach fast geschlossener Jugend ein anderes zu versuchen, vergönnte ihm der Umfang seiner Bildung und seiner äußern Mittel nicht. – Alles dessen war er sich bewußt; oft und vergeblich hatte er auf Mittel gedacht, wie er die Geliebte, wenn sie ja sonst die Seine würde, vor der geistigen und körperlichen Verkümmerung zu bewahren vermöchte, welche in dem Staate, dem seine Heimat angehörte, das gewöhnliche Los der Frauen seines Standes war. So gelangte er endlich dahin, in allen Gedanken an die Zukunft sein Leben von dem ihrigen zu trennen. Schon als sie noch kaum erwachsen war und während ihre Jungfräulichkeit noch in fester Knospe lag, hatte er oftmals ihrer dargereichten Hand die seinige mit einer Ängstlichkeit entzogen, über deren Ursache sie vergeblich nachgesonnen. Als aber allmählich Angelika groß und selbständig geworden war, als auch ihre Augen die seinen zu suchen begannen, und erschrocken zurückfuhren, wenn sie ertappt wurden; als anderseits ihm die Möglichkeit des Verlustes immer näher rückte und er mitunter schon die Gestalt dessen zu erkennen glaubte, an den er sie verlieren würde, da war endlich aller Erkenntnis und allen Willens unerachtet der Augenblick gekommen, in dem die Liebe ihr leidevolles Wunder zwischen ihnen vollbracht hatte. – –

Der Mond stand über dem Garten; aber er drang nicht durch die Blätterfülle des Bosketts, welches die beiden und ihr atemloses Geheimnis vor aller Welt verbarg. Sie hatten endlich auch zueinander geredet, einzelne scheue Worte, kaum halb gesprochen und dennoch ganz verstanden. Sie lag so leicht, so fest in seinen Armen; er sah plötzlich über alle Gegenwart hinweg bis an das Ziel seines Lebens, und glaubte auch dort sie ebenso zu halten. Aber er war von jenen Menschen, deren Wesen auf die nächsten Dinge zwar mit Sorgfalt und Ausdauer gerichtet, denen aber der Glaube an die Erreichung eines Außerordentlichen versagt ist, weil ihre Phantasie ihnen die vielfachen Möglichkeiten nicht vorzuhalten vermag, durch deren Verwirklichung sie allein dazu gelangen könnten. – Er ließ das Mädchen sanft aus seinen Armen und setzte sich auf die nebenstehende Gartenbank. Seine Augen ruhten auf ihrem jungen Antlitz; aber seine Gedanken forschten schon wieder grübelnd an der herben, unüberwindlichen Gegenwart.

Angelika mochte allmählich, während sie an seine Knie gelehnt vor ihm stand, sich selber unbewußt sein Schweigen als einen Ausdruck der Sorge und des Kampfes empfinden; denn sie legte wie zur Kühlung die Fläche ihrer Hand auf seine Augen.

Er zog die Hand hinweg und sagte: »Du darfst mich nicht blind machen, Angelika; um deinetwillen nicht! – Du weißt es, oder vielleicht du weißt es nicht: es sind in unsern Tagen der Menschen auf Erden so viele geworden, daß einem jeden unter ihnen ein volles Lebenslos nicht mehr zuteil werden kann. Aber das weißt du, unter welche Zahl ich gehöre, wenn du dir zurückrufst, was in deiner Gegenwart oft genug unter uns geredet worden.«

Sie neigte ihre Stirn auf die seine und schüttelte den Kopf.

»Du weißt es nicht, Angelika?«

»Nein«, sagte sie schüchtern, »was meinst du, Ehrhard?«
Er schwieg einen Augenblick, um sich zu sammeln; dann aber sagte er ihr alles mit klaren Worten, die Ungunst seiner vergangenen Jahre, sowie die Öde und Kargheit seiner Zukunft, die er sicher und, als wäre sie bereits Vergangenheit, vor ihr beschrieb.
Er fühlte das Zittern ihrer Hände; aber er ließ sich dadurch nicht irren, sondern setzte noch hinzu: »Was zwischen uns geschehen, das hätte nicht geschehen sollen; denn es ist ohne Frucht für die Bildung deines ferneren Lebens. Wir werden nie bekennen können, daß wir uns gehören; jetzt nicht und auch in Zukunft nicht, so lange es sonst geschehen darf. Und nun – Angelika, vergib mir, daß ich einen Augenblick dies alles habe vergessen können!«
Er hatte ihre Hand losgelassen, und es war ein kleiner Raum zwischen ihnen, so daß sie sich nicht berührten.
»Hast du mir nichts zu sagen?«
»Nichts!« sagte sie, während er ihre Tränen auf seiner Hand fühlte. »Es ist nun einmal so – wir müssen doch auch hoffen.«
Ehe er hierauf zu erwidern vermochte, hörten sie von der Hoftür her die Mutter rufen, und standen auf, um ins Haus zurückzukehren. Als sie aber an den Ausgang des Gebüsches kamen und nun das volle Mondlicht seine Stirn beschien, da legte Angelika plötzlich die Arme um seinen Nacken, und indem sie ihn mit klaren Augen ansah, preßte sie ihre Lippen auf die seinen. »Dein!« sagte sie; und mit der Hand die Tränen von den Wangen trocknend, entriß sie sich ihm und lief in den Garten hinab, daß ihre feine Gestalt seinen Augen in der Mondesdämmerung verschwand.

Und dieser Augenblick wurde das erste Glied einer Kette, von der sie nicht bedachten, ob die Kraft ihres Wesens sie zu tragen ausreichen würde. Zwar verlieh das Gefühl, sich ganz in dessen

Hand gegeben zu haben, in dessen Liebe und Verehrung sie sich für immer gesichert fühlte, ihr Dritten gegenüber ein erhöhtes Bewußtsein der Persönlichkeit; ihr Gang wurde fester und sie trug, wenn sie mit andern Männern sprach, den Kopf ein wenig höher als zuvor. Allein die Not des Lebens, die ihnen verwehrte, auch vor den Menschen Hand in Hand zu sein und eines für das andere einzustehen, wurde unmerklich zu einem Abgrund zwischen ihnen, über dessen Rand sie in dem einen Augenblick sehnsüchtig und vergebens die Arme nach einander ausstreckten, um gleich darauf wie Kinder ratlos und grollend sich gegenüberzustehen. Dazwischen kamen Augenblicke, glimmten Funken auf, flüchtig und unerkennbar fast, die aber dennoch sie immer wieder dahin verlockten, wo nichts ist als das dunkle unwiderstehliche Walten der Naturkräfte.

Es war spätnachmittags auf dem Wasser; das Boot fuhr weich und lautlos darüber hin, nur in langen Pausen und wie zum Zeitvertreib tauchte der Schiffer die Ruder ein. Die junge Gesellschaft, die im Boote war, blickte seitwärts auf den See hinaus und rief und lockte nach den Schwänen, welche feierlich und immer ferner in das aufsteigende Abendrot hineinschwammen. Angelika und Ehrhard saßen nebeneinander an der Bordseite; aber sie waren nur für sich. Um sie her war es so still, das Wasser ohne Wind und ohne Welle; nur bisweilen von unten herauf stieg ein Bläschen an die Oberfläche und blinkte und verschwand. Angelika zeigte mit der Hand danach, als frage sie, was das bedeute.

»Geheimnis!« sagte Ehrhard.

»Geheimnis?«

»Es blüht etwas im Grunde!« – Und ihre Augen hielten ihm stand, daß er bis in die allerdunkelsten Tiefen sehen konnte. Sie lächelte, ihre Lippen waren rot, ihr Atem ging schwer wie Sommerluft. Er ließ seine Hand über Bord ins Wasser gleiten, die ihre folgte ihm, und während die Flut durch ihre Finger quoll, hielten sie sich gefaßt, und fühlten das geheimste Klopfen ihres Lebens.

Am Himmel drangen einzelne Sterne hervor, der See wurde dunkel vom Abendrot; die Mädchen hatten die Hände in den Schoß gelegt und begannen mehrstimmige Lieder zu singen. Einzelne andere Böte, die noch auf dem See waren, nahten sich und folgten ihnen mit leisem Ruderschlag.
Allmählich wurde es kühler; der Abendwind erhob sich und Ehrhard nahm ein Tuch von der Bank, um es über Angelikas Schoß zu legen. Aber sie setzte sich plötzlich auf die andere Seite, daß das Tuch wie zufällig zwischen ihnen niederfiel. Als er aufsah, bemerkte er, wie der Blick eines schon älteren Frauenzimmers auf ihm verweilte und dann ebenso zu Angelika hinüberglitt. Ein Gefühl von Unbehaglichkeit überkam ihn; er wußte selbst nicht, war es das spürende Auge jener Fremden, war es die Leichtigkeit, womit Angelika jetzt zu dieser ein Gespräch begann.
Nach einer Weile stieß das Boot ans Ufer und die Gesellschaft stieg aus, um zu Lande nach der noch eine halbe Stunde weit entlegenen Stadt zurückzukehren. Auf halbem Wege wurde Rast gemacht; man setzte sich in bunter Reihe auf einen kleinen Rasenabhang, der im Rücken durch eine Tannenwand geschützt war. In der Tiefe zu ihren Füßen jenseit eines abschüssigen Wiesengrundes lag die finstere Masse eines Buchenwaldes; von dort aus wetterleuchtete es manchmal; dazwischen flogen die Fledermäuse. Ehrhard saß an dem einen, Angelika wie auf Verabredung an dem andern Ende der ziemlich langen Reihe. Als er sich mit dem Arm auf den Rasen zurücklehnte, sah er wie durch einen Schleier die Umrisse ihres Nackens und ihres hellen Kleides; nur die weiße Rose, die sie im Haar trug, schimmerte ein wenig deutlicher. Soeben legte sie die Hand daran, die Finger nestelten in ihrem Haar. – Es wetterleuchtete wieder. »Sieh, sieh!« riefen die Mädchen; und in demselben Augenblick flog hinter ihrem Rücken die Rose zu Ehrhard hinüber. Angelika hatte sich zurückgeneigt; in dem plötzlichen Wetterschein

sah er ihr lächelndes Angesicht, ihre Hand, die ihm die Blume zuwarf. Dann war alles wieder dunkel; einzelne Tropfen fielen; ein dumpfes Donnern rollte in der Ferne.
Man stand auf, um noch beizeiten die Stadt zu erreichen. Ein süßer, schwerer Sommerduft stieg aus den Wiesen, an denen der Weg entlangführte. Ehrhard ging langsam hinten nach, in dem träumerischen Bewußtsein, daß eine jener jugendlichen Gestalten, deren Geplauder dort aus dem Dunkel zu ihm herüberklang, so ganz und aller Welt geheim die Seine sei.
Zu Hause angelangt, setzte er sich an seinen Schreibtisch und begann eine Arbeit, die in den nächsten Tagen abzuliefern war. Die Fenster standen offen, das Gewitter hatte sich verzogen; nur manchmal blätterte der Nachtwind in den vor ihm liegenden Papieren.
Plötzlich war es ihm, als spüre er Angelikas Nähe. Er sah sich unwillkürlich um; aber das Zimmer war leer und still wie immer. Die Uhr wies schon auf Mitternacht. – Es war nicht Angelika; es war nur der Duft der Rose, die vor ihm auf dem Tische lag.
Angelikas Mutter hatte für die Zukunft ihrer Tochter nur den einfachen Wunsch, sie Gattin und Mutter werden zu sehen, wie sie es selbst geworden war, ohne sich noch des der Jugend eingeborenen Gefühles bewußt zu sein, daß auch diese sittlichen Verhältnisse zu ihrer keuschen und vollen Entwicklung der Leidenschaft als ihres natürlichen Einganges bedürfen. Sie sah es daher gern, und gab auch wohl Gelegenheit dazu, daß Angelika in geselligen Verkehr trat, welcher eine Verwirklichung jenes Wunsches herbeiführen konnte. Diese selbst, wie es der sinnlichen Empfänglichkeit der Jugend und dem Gefühl der Schönheit entsprechend ist, sah sich gern in Gewändern, die gleich ihren Gliedern zart und schmiegsam waren, und konnte sich ein Gefühl glückseligen Übermutes nicht versagen, wenn dann auch andere Augen an ihr hingen, als die des resignierten Mannes, in welchem gleichwohl ihr Herz allein bestehen wollte.

Ehrhard dagegen suchte umsonst einen eifersüchtigen Unmut zu bekämpfen, wenn ihr selbst auch von Frauen Vertraulichkeiten erwiesen wurden, mit denen er vor anderen ihr nicht begegnen durfte. Es tat ihm weh, wenn in seiner Gegenwart von ihr gesprochen wurde als von einer Dritten, an der er keinen nähern Anteil habe, so daß er oft wie durch einen körperlichen Schmerz zusammenschrak, wenn nur der Name Angelika genannt wurde.

Sie tanzte gern, und wenn nun er, den die Beschränktheit seines Lebens von solchen Dingen ausgeschlossen hatte, auch sie davon zurückzuhalten suchte, so konnte sie nicht umhin, dies als eine Laune zu empfinden, wodurch sie ohne Grund in dem Gefühle ihrer Jugend verkümmert werde; um so mehr, als er durch sein Verhältnis zu ihr sie für derartige Entsagungen nicht zu entschädigen vermochte.

Während das heimliche Wachsen und Drängen solcher Gegensätze die Sicherheit ihres Herzens störte und sie wenig geneigt machte, für den Freund in den seltenen Minuten des Alleinseins ein offenes Ohr zu haben, war der Tag einer Herbstfeier herangekommen, bei welcher die jungen Leute sich abends im Saale des Stadthauses zum Tanze zu versammeln pflegten. Unaufgefordert hatte Angelika: »Ich gehe nicht!« gesagt; als jedoch späterhin einige der Tänzer ihre Teilnahme von der Mutter erbeten und von dieser ohne der Tochter Zuziehung und Mitwissen eine bereitwillige Zusage erhalten hatten, wußte sie, da sie den eigentlichen Grund ihrer Weigerung nicht offenbaren durfte, der also entschiedenen Frau nichts entgegenzusetzen, weshalb diese einer nach ihrer Ansicht so unjugendlichen Grille hätte nachgeben sollen. So mußte denn die Tochter nachgeben; nicht ohne dieses und die Freudigkeit, womit sie sich gezwungen sah, wie eine geheime Schuld gegen den Geliebten und wiederum zugleich eine Gereiztheit gegen ihn zu empfinden, daß er sie in diese Gemütslage gebracht und sie daher das ihr nur gleichsam aufgedrungene Vergnügen dennoch nicht ungetrübt werde genießen können.

Es war einige Tage vor dem Festabende, als Ehrhard das Resultat dieser Vorgänge im Gespräch mit Dritten erfuhr. Mit dem Scharfsinn der Leidenschaft erkannte er sogleich, was hier geschehen war; dennoch aber, oder vielleicht deshalb und weil er alles bis in die dunkelsten Motive nachempfand, suchte er umsonst sich selbst zu überzeugen, daß in einer solchen Sache Angelika den Willen der Mutter, der in letzter Verwirklichung doch nur ihre Trennung beabsichtige, als eine Notwendigkeit habe anerkennen müssen. – Er hatte eben zu ihr gehen wollen; nun ging er nicht. Denn er sah sehr wohl, daß hier nichts mehr zu ändern sei, und so wollte er, wie jede Äußerung darüber, so auch jede Bestätigung aus ihrem Munde vermeiden, und lieber, was geschehen würde, wie ein Ganzes und Unabwendliches über sich kommen lassen.
Als der Abend des Festes da war, saß Ehrhard zwischen weitschichtigen Arbeiten an seinem Schreibtisch, in die er sich gewaltsam zu vertiefen suchte. Bald aber störte ihn das Rollen der Wagen, die durch die sonst so stille Straße nach dem Stadthause fuhren. Er stand auf und trat ans Fenster. Es war dunkel draußen; nur wenn eine Kutsche im raschen Trabe vorüberfuhr, warfen die Laternen einen flüchtigen Schein an die Mauer der gegenüberstehenden Häuser. Ehrhard rätselte vergebens, ob auch Angelika dort unten in der Dunkelheit an ihm vorüberfliege. Er hielt den Atem an, er horchte auf jedes Rollen, das von unten aus der Stadt heraufdrang; und wenn es näher kam, wenn schon der Hufschlag auf dem Pflaster hallte, paßte er gespannt auf die Kutschenfenster und suchte im Fluge den mattbeleuchteten Fond des Wagens zu durchdringen; aber ein Häufchen Flor, der Schimmer eines weißen Gewandes oder eines Blumenstraußes war alles, was seine Augen erhaschten. Als auch der letzte Wagen

vorüber war, und nachdem er das Fenster geöffnet und lange Zeit vergebens in die Stadt hinabgelauscht hatte, setzte er sich aufs neue an seinen Schreibtisch und hörte zwischen der Arbeit, die er mit Mühe wieder aufgenommen, nur noch die Menschen auf der Straße hin und wider gehen, und endlich, als es später geworden war, das Klappen der Läden und das Schließen der Haustüren in der Nachbarschaft. Dann drang unmerklich ein anderer Laut zu ihm herüber – von dorther, wohin vor Stunden er die Wagen hatte fahren sehen – und drängte sich dunkel in seine Vorstellungen. Er legte die Feder nieder; er besann sich, daß das Musik sei, und bald hörte er es deutlicher; denn der Wind erhob sich, oder vielleicht eine Tür im Festhause drunten war geöffnet worden. Er arbeitete nicht mehr; er vermochte es nicht. Ihm war, als stehe seine Jugend in unendlicher Ferne hinter ihm, und strecke mit schmerzlicher Gebärde die Arme nach ihm aus.

Die Stunden vergingen. Als er aber endlich von seinem Tische aufstand, da war es doch nur die feine, zärtliche Gestalt Angelikas gewesen, auf der sein inneres Auge so lang und voll Sehnsucht geruht hatte. Ein Gefühl unnennbaren, unverhofften Glückes überkam ihn, als er sich dessen bewußt wurde; was auch geschehen sei, sie war ihm nicht verloren. Die Uhr wies weit nach Mitternacht; es wurde wieder lauter in der Stadt, die ersten Wagen begannen zu rollen. In einem plötzlichen Entschluß, voll Ungeduld, kleidete er sich an und ging auf die Straße hinab. Er gedachte nicht mehr dessen, was kurz zuvor geschehen war; er hatte keinen Wunsch und keine Gedanken, als sie zu sehen.

Die Fenster des Stadthauses leuchteten weit durch das Dunkel hinaus. Ehrhard hörte die Musik und sah in den Vorhängen die Schatten der Tanzenden. Er hielt sich nicht auf, er trat unter das Portal, als eben ein Wagen vor der breiten hell erleuchteten Treppe anfuhr. Oben im Hause wurden Türen auf- und zugeschlagen, dann rauschte es am Treppengeländer und eine jugendliche Gestalt stieg herab, mit leichtem Tritt Stufe um Stufe messend; den Kopf in einem weißen Tüchlein ein wenig zurückgeneigt, daß die blonden Locken von den Schläfen auf den Nacken fielen. Er hatte sich nicht getäuscht, das war Angelika; nur eine Magd ging hinter ihr, sonst niemand. Als sie die Schwelle überschritt, trat er aus dem Dunkel ihr entgegen und reichte ihr die Hand, um sie in den Wagen zu heben. Sie sah ihn mit großen erschrockenen Augen an: »Ehrhard!« rief sie, und ihre Hand zuckte wie unwillkürlich nach der seinen; aber sie schien sich plötzlich zu besinnen und zog die Hand zurück; die Züge des jungen Antlitzes verwandelten sich. Er erschrak und langte nach ihr hin mit beiden Armen. Aber sie zog die seidene Mantille fester um die Schulter. »Nein, nein!« rief sie, »was willst du hier?«

Er verstummte. »Dich, dich Angelika!« rief er endlich. Es war zu spät; nur der Wind wehte durchs Portal; der Wagen mit Angelika war nicht mehr da.

Am Nachmittage darauf wanderte Ehrhard, nachdem er seine amtlichen Geschäfte abgetan, einem unwillkürlichen Antriebe folgend, nach einem unweit der Stadt an einem Landsee belegenen Dörfchen. Hier hinaus hatte er oft Angelika und ihre Mutter begleitet, wo sie dann hart am Wasser in einer kleinen Schenkwirtschaft eingekehrt waren, um sich von dort aus in der anmutigen Gegend umzutun. Es war spät am Nachmittage, aber die Sonne schien noch warm und golden; der herbstkräftige Duft des fallenden Laubes erfüllte die Luft; vom See herüber, an dem der Weg durch Laubgehölz entlangführte, kam ein sanfter frischer Hauch. Als er nach halbstündiger Wanderung zwischen den Buchen heraustrat, sah er in einiger Entfernung das bekannte Häuschen mit dem bunten Fachwerk und den weißen Fensterladen; davor, dem Wasser zugekehrt, saßen zwei Frauen, in denen er bald Angelika und ihre Mutter erkannte.

Er zweifelte einen Augenblick, ob er zu ihnen gehen oder unter die Bäume zurücktreten und einen andern Weg einschlagen solle. Aber in dem Bedenken, er könne von ihnen schon bemerkt worden sein, tat er das erstere.

Nachdem zwischen ihm und der Mutter die alltäglichen Gespräche hin und wider gegangen waren trat diese ins Haus, um die kleine Zeche zu berichtigen, und dann die gemeinschaftliche Rückkehr anzutreten.

Ehrhard saß Angelika gegenüber. Als die Tür hinter der Mutter zugefallen war, sah er ihr voll und bittend ins Gesicht. Sie war so blaß geworden, daß die Züge des feinen Gesichtchens in markierter Schärfe hervortraten.

Der Abendwind erhob sich; und Musik, von der Luft getragen, vom Wasser her, ganz aus der Ferne kam herangeweht. Er legte die Arme weit vor sich auf den Tisch; seine Augen glänzten. »Musik!« sagte er; »törichtes Entzücken befällt mich; mir ist, als müsse nun noch einmal alles wiederkommen.«

Sie sah in seine Augen, sie konnte nicht anders; aber während er die Hand nach der ihrigen ausstreckte, die ohne Handschuh auf dem Tische lag, stand sie auf und ging über den kurzen Rasen nach dem See hinab. Er gesellte sich zu ihr. Sie sprachen nicht, sie sahen vor sich hinaus auf das Wasser; es war so still, daß sie die Ruderschläge der fernsten Kähne hörten. Er pflückte einen Immortellenstengel, wie deren viele auf dem Rasen waren, und gab ihr den. Sie nahm ihn, ohne hinzusehen und drehte ihn langsam zwischen den Fingern. So gingen sie nebeneinander her; vom Rasen auf die Kiesel und auf den Sand hinunter, und standen erst still, als schon das Wasser ihre Schuh' benetzte.

Da sie so weit gekommen waren sagte Ehrhard, und sie mußte es fühlen, wie mühsam er es sagte: »Angelika, war das ein Abschied gestern?«

Sie antwortete nicht; sie sah ins Wasser zu ihren Füßen, und bohrte mit der Spitze ihres Sonnenschirmes in dem feuchten Sande.

»Antworte mir, Angelika!«
Sie öffnete, ohne aufzusehen, ihre Hand und ließ die Blume, die er ihr gegeben, in den See fallen.
Er fühlte einen Schrei in seiner Brust aufsteigen; aber er biß die Zähne zusammen und erstickte ihn. Dann wandte er sich von ihr ab, und nachdem er einige hundert Schritte am Ufer entlang gegangen war, stieg er in einen am Landungsplatze angeketteten Kahn, um hier den Fährknecht zu erwarten, der eben von jenseits zurückruderte.
Es wurde bereits abendlich; die Wälder rauchten, das gegenüberliegende Ufer war schon im tiefen Schatten. Nachdem seine Augen eine Weile in dieser blauen Dämmerung geruht hatten, konnte er sich nicht enthalten, noch einmal nach der Stelle zurückzublicken, die er soeben verlassen hatte. Angelika war nicht mehr dort; aber als er langsam an dem Strand entlang zurückblickte, sah er sie in nächster Nähe auf sich zukommen. Sie lief wie gejagt über den ebenen Sand, und während er in unwillkürlichem Antrieb den Kahn dichter an das Land zog, sprang sie, ohne darauf zu achten, daß ihr Kleid an den Ruderpflöcken zerrissen wurde, zu ihm herein und faßte mit Heftigkeit seine Arme. Sie wollte sprechen; aber Anstrengung und Schmerz hatten ihr den Atem geraubt; sie stammelte, ihre Pulse flogen. Wie ein verzweifelndes Kind wand sie ihr Schnupftuch um seine Hände, während ihr erhitztes Gesichtchen voll Angst zu ihm emporschaute.
»Sei ruhig«, sagte er, »sei ruhig!« und strich ihr mit zitternder Hand über das heiße Haar. Aber derselbe Augenblick, in welchem sie so die Kränkung der letzten Tage von ihm nahm, legte mit einem Male all ihren Zwiespalt und ihre Unruhe wie eine Last auf seine Seele, so daß er nur mit Zagen die in seinen Armen hielt, die jetzt mit vollem ungestümen Herzen zu ihm drängte.

2

In der Zeit, die hierauf folgte, vermied Ehrhard, so viel dies möglich war, das Zusammentreffen mit Angelika; dagegen suchte er mit Anstrengung seine äußeren Verhältnisse zu fördern; selbst die Verpflichtungen der Dankbarkeit, so schwer er sie seinem Wesen nach empfinden mußte, hatte er nicht gescheut; denn er war keine geringe Natur. Allein es war nichts dadurch gewonnen worden. – Dann endlich versuchte er ein anderes, was ihm gelang. Auf sein Ansuchen erhielt er die Versicherung, daß er seiner hiesigen Verhältnisse in nächster Zeit enthoben und daß er dieselben an einem sehr entfernten Orte wiederfinden werde.

Für Angelika nahm indessen das Drängen der Verhältnisse zu; ein junger Arzt hatte seit einiger Zeit unter unverkennbarer Begünstigung der Mutter so deutlich um den Besitz des Mädchens geworben, daß eine Erklärung nach irgend einer Seite hin in nächster Zukunft unvermeidlich schien.

Es war eines Nachmittags in dieser Zeit. Ehrhard war auf dem Wege zu Angelika; er wollte sie auf seine Abreise vorbereiten, er wollte, wenn der rechte Augenblick sich böte, ihr sagen, daß sie scheiden müßten. Als er in den Flur des befreundeten Hauses trat, begegnete ihm der junge Arzt, der soeben die Treppe herabgekommen war. Ehrhard redete ihn an, wie es in solchem Falle zu geschehen pflegt. Er erhielt jedoch keine Antwort; der andere ging mit stummem Gruß und unverkennbar eilig an ihm vorüber.

Nachdenklich stieg er die Treppe hinauf. – Drinnen im Wohnzimmer fand er Angelika vor dem offenen Klavier sitzend; aber sie spielte nicht. Ihre Gesichtszüge trugen wieder den Ausdruck der Schärfe, der ihn schon einmal erschreckt hatte. Als er sie grüßte, neigte sie ohne aufzusehen den Kopf, und ließ die eine Hand, die auf den Tasten lag, in ihren Schoß fallen. Es war sehr still im Zimmer; man hörte nur das Knistern einer Bernsteinperlenschnur, mit der ein kleines Mädchen, Ehrhards Schwesterkind, in dem Schoße der Mutter spielte, die scheinbar unbeschäftigt auf dem Sofa saß.

Die alte Frau blickte über die vor ihr stehende Kleine nach ihrer Tochter, deren Antlitz sie nicht zu sehen vermochte. Sie rührte sich nicht aus ihrer Stellung, als Ehrhard ihr über den Tisch hinweg die Hand entgegenreichte.

»Ich bin eine alte, einsame Frau, Ehrhard!« sagte sie, während sie seine Hand ein Weilchen in der ihren hielt.

Er wußte hierauf nicht zu erwidern; aber unwillkürlich sprach er den Namen »Angelika« aus.

»Angelika!« wiederholte die Mutter. »Sie wird es auch sein. Sie will es sein!« fügte sie leiser hinzu, indem sie mit einem Ausdruck von Kummer und Zärtlichkeit das Haar des ruhig fortspielenden Kindes streichelte.

Angelika, die bei diesen Worten aufgestanden war, hob die Kleine mit Heftigkeit auf den Arm und ging schweigend in das Nebenzimmer, ihr blondes Haar in das noch blondere des Kindes drückend.

Es trat eine Pause zwischen den Zurückbleibenden ein.

Als Angelikas Mutter reden wollte, unterbrach Ehrhard sie. »Es bedarf dessen nicht«, sagte er, und blickte dabei zu Boden, als würden ihm die Worte schwer, »ich werde gehen; nicht heute oder morgen schon, aber um einige Wochen und für immer; es ist alles vorbereitet. Sie können recht haben, daß ich es muß.«

»Aber«, fuhr er fort und legte seine Hand auf den Arm der alten Frau, die ihm, wie er nicht erkennen konnte, ihre Zufriedenheit und ihren Dank für diese Worte aussprechen wollte, »aber für den Mann, der vor einer Stunde Ihr Haus verlassen hat, wird es dasselbe bleiben.«

»Gehen Sie nur, gehen Sie nur, Ehrhard«, sagte sie schüchtern, »es kann mit Gottes Hilfe noch alles wieder gut werden.«

Er blickte ratlos um sich her, als suchte er nach Worten der Verständigung, die von ihm zu dieser Frau doch nirgends in der Welt zu finden waren.
Es war um die fünfte Stunde; die Magd brachte das Teegeschirr und auch Angelika trat wieder herein und ließ das Kind aus ihren Armen an die Erde gleiten. Ehrhard konnte sich nicht entschließen, jetzt zu gehen: er hoffte noch aus ihrem Wesen heraus eine Bestätigung seiner letzten Worte zu gewinnen. So blieb er denn und begann, so gut es gehen wollte, über andere Dinge zu sprechen, während Angelika den Tee bereitete und die Kleine zwischen ihnen hin und wider ging.
Als aber jene, nachdem sie ihr häusliches Geschäft beendet, das kleine Mädchen auf den Schoß nahm und sich bald darauf mit ihr abseits unter den Akazienbaum ans Fenster setzte, flüsternd und erzählend, das Kind mit beiden Armen an sich drückend, da fühlte er wohl, sie wolle sich vor allen Ansprüchen verschließen, die er oder andere an sie machen könnten.

Seitdem hatte Angelika die Kleine noch öfterer um sich. – Eines Abends kam Ehrhard, um sie abzuholen und dann mit ihr zu seiner Schwester zu gehen. Sie war aber schon mit dem Mädchen fortgeschickt. Angelika, die auf sein Schellen die Flurtür öffnete, sagte ihm das. Er zögerte einen Augenblick. »Willst du nicht eintreten?« fragte sie, indem sie den Türgriff in der Hand behielt.
Er dankte. »Die Schwester wartet; ich kam nur des Kindes wegen.«
»Du wirst sie noch einholen«, erwiderte Angelika, »sie sind erst eben fort.«
Er sagte gute Nacht, stieg die Treppe hinab und ging eilig die Straßen entlang, bis er vor der Wohnung seiner Schwester stand. – Aber wie so oft das innere Erlebnis erst eine ganze Weile nach dem äußern eintritt, so fühlte er auch erst jetzt, daß An-

gelika vorhin eine andere, als sonst ihm gegenüber, gewesen sei. Nun in der Erinnerung erst hörte er deutlich den Ton ihrer Stimme und sah ihre Gestalt im trüben Schimmer des Flurlämpchens vor sich stehen. Er erschrak; denn er wußte plötzlich, daß er heute nicht willkommen gewesen wäre, wenn er Angelikas Einladung angenommen hätte.

Als er in die Wohnung seiner Schwester kam, war die Kleine schon eine geraume Zeit zu Hause gewesen, und saß plaudernd auf dem Schoße der Mutter. Ehrhard trat zu ihnen und ließ sich erzählen.

»Waren denn Fremde bei der Tante?« fragte er.

Die Kleine nickte. »Ein Doktor!« sagte sie wichtig. »Der ist schön! Er hat mir Bonbons gegeben.«

*

Wieder kam ein Augenblick des Alleinseins für die Liebenden. Das Gebüsch des Gartens schützte sie wieder einmal vor der Mittagssonne und vor den Augen der Welt; sie waren aber nicht wie früher Hand in Hand; es schien kein Geheimnis, das sich mit ihnen hier verbarg.

»Und wenn er noch einmal um dich werben sollte?« fragte Ehrhard, während sie sich an dem steinernen Gartentischchen gegenüberstanden.

»Er wird nicht wieder um mich werben.«

»Aber wenn er es dennoch täte?«

»Du quälst mich!« sagte sie, indem sie einen Zweig mit ihren Fingern knickte und einige Schritte von ihm abwärts ins Gebüsch ging.

»O Angelika!« rief er, »sage, daß es nie geschehen könne! Denn wenn du es begangen, davon ist keine Rückkehr.«

Sie sagte: »Wie ich jetzt lebe, so kann ich nicht fortleben. Was soll ich tun?«

»Antworte mir eines: Ist jener Mann dir mehr, als einer von den andern?«
Sie antwortete ihm nicht; aber ein Tropfen Blutes sprang zwischen den Zähnen hindurch auf ihre Lippen. – Es war wie Zorn, das ihn bei diesem Anblick überkam, und er schüttelte ihren Arm, daß sie ihm Rede stehe. Aber sie sagte nur: »Du kannst nichts für mich tun – du darfst das nicht von mir verlangen.«
»Angelika!« schrie er; aber sie sah ihn mit müden, ausdruckslosen Augen an; er begrub sein Gesicht in ihre Hände und sagte leise: »Du liebst mich ja, Angelika!« Aber sie hatte sich schon losgerissen; sie hörte es nicht mehr.

Währenddessen näherten sich ihr manche, die sie sonst fern gehalten, die sich instinktmäßig nicht in ihre Nähe gewagt hatten. Sie neigte sich dem und jenem; nicht weil ihr Herz seiner Liebe oder ihre Sinne ihrem Herzen treulos geworden wären; sondern weil sie es so wollte, weil sie glaubte, das Leben weise sie auf diesen Weg.
So zersplitterte sie allmählich ihr schönes festes Herz, so verlor sich bei ihr das Gefühl, daß Liebe nichts wollen dürfe, als nur dem Geliebten angehören, daß in ihm das kleinste Regen der Neigung Anfang und Ende haben müsse.
Auch in ihrem Äußern wurde es andres; sie hatte sich früher in Farben und Stoffe gekleidet, hatte solche Kleinigkeiten zu ihrem Putze genommen, von denen sie wußte, daß sie ihm an ihr gefielen, und dann die Freude über dieses ihr Verständnis in seinen Augen nachgesucht. Nun sah er Bänder und Farben, von denen er ihr gesagt hatte, sie seien ihm leid an ihrem Körper; ihre Hände, die sie ihm zuliebe sonst gepflegt hatte, wurden jetzt vernachlässigt.
Sie sah ihn dabei leiden; das schlimmste Leiden, das eines Menschen Brust zerreißen kann; sie sah es, aber sie änderte nichts, denn sie hatte schon nicht mehr das Bedürfnis, für sein Herz zu

sorgen. Der Reiz der Neuheit, der stets mit dem Alltäglichen sich einstellt, kam an sie heran; ein Ausdruck von Mißbehagen oder Trauer, den sie auf dem Gesichte eines fremden Menschen wahrnahm, wenn seine Huldigungen nicht von ihr erwidert wurden, konnte ihr Herz zu einer Art mitleidiger Liebe bewegen, während sie in demselben Augenblicke übersah, wie auf dem Antlitz des geliebten, ihr ganz gehörenden Mannes die tödlichsten Qualen zu kämpfen begannen.

War dann ein Abend in seiner stummen verzweifelnden Gegenwart dahingegangen, so sprach er später wohl zu ihr; schmerzlich oder heftig, wie eines Menschen Brust in solchem Weh bewegt wird. Sie schwieg meistens ganz darauf, oder antwortete ebenfalls heftig; aber das Verständnis der Liebe war von ihnen gewichen. Sie konnten sich anschauen mit unendlichem Groll, aber mit noch unendlicherem Schmerz; sie vergingen in Qual, daß sie nicht eins im andern selig sein konnten, wie sie es einst gekonnt; das erlösende Wort schwebte auf ihren Lippen, in ihren Augen; aber sie fanden es nicht mehr. So entstand allmählich eine doppelte Angelika; beide hatten sie die zarte schmächtige Gestalt, das sonnenblonde Haar, das er vor allem liebte; aber die eine hing an seinen Augen, seinen Lippen und hatte nichts, was nicht auch ihm gehörte; die andere wußte nichts von seinem Herzen, sie wandte, wenn er ihren Arm, ihren Nacken berührte, sich unwillig von ihm ab, wie von einem Frechen, und er, mit ersticktem Wehschrei in der Brust, erkannte das fremde Wesen in der geliebtesten Gestalt.

Spät abends vor der Abreise nach seinem neuen Bestimmungsorte sah er Angelika noch einmal in ihrer Wohnung. Als sie ihn beim Abschiede, wie sie es seit ihren Kinderjahren gewöhnt war, die Treppe hinunter und bis vor die Haustür begleitet hatte – noch dieses Mal, zum letzten Male Hand in Hand und als er schon, ehe sie sich dessen recht bewußt geworden, »Leb wohl, Angelika!« gesagt hatte, und während sie ihm nachschaute, vor ihr im Dunkel verschwunden war, kam er plötzlich noch einmal zurück, als wolle er etwas sagen, das er vergessen habe und das sie dennoch wissen müsse. Aber er bat sie nur: »Bleib noch ein Weilchen stehen, Angelika! – und«, fügte er leise hinzu, »wenn du hineingehst, zieh nicht zu hart die Tür hinter dir zu!« Sie nickte, und nun ging er wirklich fort.

In den meisten Häusern waren schon die Lichter ausgetan; nur seine Schritte hallten noch auf den Steinen. – Da er tief unten in der Straße war, hörte er die Hausglocke. Er schrak zusammen, als sei hinter ihm die Tür seines Glückes zugefallen.

3

In dem Jahre, welches diesen Vorgängen folgte, war in den öffentlichen Dingen eine Sturm- und Drangperiode eingetreten, welche jede bisherige Berechnung in den Verhältnissen der einzelnen über den Haufen warf. Ehrhard, der in seiner neuen Heimat nur seltene und allgemeine Kunde über Angelika erhalten hatte, mühte sich einer Zukunft zu gedenken, an der sie keinen Anteil habe; gleichwohl aber hatte er nicht verhindern können, daß er fortwährend und sich selber kaum bewußt auf irgend einen unerhörten Zufall hoffte, der sie ihm dennoch zu eigen geben würde. Und dieser Zufall war nun wirklich da; er sah sich plötzlich in einer äußern Lage, welche seine früheren Wünsche in dieser Beziehung bei weitem übertraf.

Sobald er die Gewißheit dieses Umstandes in der Hand hielt, machte er sich reisefertig, und fuhr Tag und Nacht, bis er seinen früheren Wohnort erreicht hatte. Es begann schon wieder Abend zu werden, als er an den Gärten der Stadt vorbeifuhr, welche gegen die Landstraße hinaus liegen. Hier kannte er jeden Baum, jedes hölzerne Pförtchen, das an ihm vorüberflog; und eines, ihm das vertrauteste, stand offen; er konnte in das

Boskett hinein bis auf die Gartenbank sehen; aber es war niemand da. Der Wagen rollte vorüber.
Bald darauf stieg er in einem Gasthofe ab; denn er wollte seine Schwester nicht sehen, ehe alles entschieden wäre.
Nachdem er seine Reisekleider gewechselt, ging er in die dunkle Stadt hinaus; in atemloser Hast aus einer Gasse in die andere, während er mit Gewalt die eindringende Fülle der Gedanken und Vorstellungen von sich abzuwehren suchte; denn ihm war, als dürfe er seine Phantasie der überschwenglichen Wirklichkeit nicht vorgreifen lassen, in welche ihm nun nach wenigen Augenblicken leibhaft einzutreten bestimmt sei. Endlich stand er vor dem wohlbekannten Hause, dessen zwei obere Fenster auch jetzt, wie zur Zeit, da er hier zuletzt gewesen, erleuchtet waren; wo ihm auch jetzt, wie so manches Mal zuvor, der Schatten des Akazienbaumes in den vorgezogenen Gardinen anzudeuten schien, daß hier noch alles auf dem alten Platze stehe.
Er läutete an der Hausglocke; und als er es bald darauf im Hause die Treppe herunterkommen hörte, dachte er: »Es ist Angelika.«
Aber sie war es nicht; ein Dienstmädchen, das er zuvor im Hause nicht gesehen, öffnete die Tür und erkundigte sich nach seinem Begehren. Er fragte nach Angelika.
»Fräulein sind mit dem Herrn Doktor im Theater«, sagte das Mädchen.
»Wer ist der Herr Doktor?«
»Herr Doktor sind Fräuleins Bräutigam.«
»So!« – Als er aber die Augen des Mädchens in seinem Antlitz forschen fühlte, setzte er hinzu: »Wie heißt denn der Bräutigam deines Fräuleins?«
Ihm wurde der Name des Mannes genannt, der in jener letzten Zeit zu so schmerzlichen Erörterungen zwischen ihnen Veranlassung gegeben hatte; und während diese Erinnerung ihn mit allem Grimm der Leidenschaft anfiel, nahm er beim Schein der

Gaslaterne eine Karte aus seinem Portefeuille und schrieb darauf unter seinen Namen: »Um Glück zu wünschen.«
Aber schon im Begriff, sie abzugeben, zog er plötzlich die Hand zurück, zerriß die Karte vor den Augen des erstaunten Mädchens und ging, ohne einen Auftrag zu hinterlassen und ohne seinen Namen zu nennen, in den Gasthof zurück.
Bald saß er wieder im Wagen und fuhr, wie am Nachmittag, hinter den Gärten der Stadt vorüber. Das hölzerne Pförtchen warf jetzt im Mondschein seinen Schatten auf den Weg hinaus; ein Streifen Lichtes fiel auf die kleine Bank, die einsam zwischen den dunklen Büschen des Gartens stand. – Wo war Angelika? Einst war sie da gewesen; ihre zarten Gliedmaßen, ihr weißes Gewand waren da gewesen, wo jetzt das wesenlose Mondlicht war; sie hatte um seinen Nacken die Hände ineinander gefaltet und die Berührung ihrer Lippen hatte ihm die Kraft geraubt zu gehen, wie er doch so fest gewollt. – Unerbittliche, vergebliche Gedanken suchten ihn heim: Wie, wenn er gegangen wäre, was würde jetzt gewesen sein? Oder da er zu gehen damals nicht vermochte, wenn er nie gegangen wäre? Wenn er den rücksichtslosen Mut gewonnen, sie aller Welt zum Trotz in seinen Armen festzuhalten? – Wie dann Angelika, wie alles dann geworden wäre?
Längst lag die Stadt im Rücken und immer weiter fuhr der Wagen in das stille Land hinaus. Er hatte sich in die eine Ecke zusammengedrückt; und während der Mond durch die Fenster hereinspielte und die Dinge draußen wie Schatten an ihm vorüberflogen, maß er mit grausamem Scharfsinn die Schwäche seiner Natur und die Schwere seiner Schuld.

Die Zeit verstrich. Er ging seinem Berufe nach, einen Tag wie den andern, und alle Tage waren sich gleich; denn in der Brust dieses Menschen war ein toter Fleck, welcher alles, was ihm auch geschehen mochte und was die anderen Freude nannten, in ein graues Einerlei verwandelte.

So saß er eines Spätherbstabends allein in seinem weiten Zimmer, den Kopf gestützt, an einem Tisch, der mit Büchern und Schriften bedeckt war. Die Lampe brannte, es war tiefe Stille, nur zuweilen unterbrochen durch den draußen gehenden Wind und durch das Fallen einer späten Frucht im Garten; dann hob er den Kopf von seiner Hand und sah durch die unverhangenen Fenster in die Dunkelheit hinaus; lange, sehr lange. Als er die Augen abwandte, blieben sie auf dem Flügel haften, der verschlossen in der Ecke des Zimmers stand. Es lagen Briefe darauf; er hatte sie bei seiner Heimkunft in der Dämmerung übersehen. Nun legte er sie vor sich hin und brach sie; es waren fremde, gleichgültige Namen darunter, nur einer von bekannter Hand; er hatte sie lange nicht gesehen, von Freundeshand. Er zögerte ihn zu brechen, er besah die Aufschrift, den Stempel; sein Herz klopfte hörbar, der Brief wurde schwer in seiner Hand. Endlich brach er ihn doch und las; und als er die erste Seite umgewandt hatte, las er auf der zweiten: »Angelikas Verbindung ist vor der Hochzeit durch den Tod des Bräutigams gelöst; komm nun und hole Dir Dein Glück! –«
Die Schrift verschwamm ihm vor den Augen, das Papier flog in seiner Hand; dann überfiel ihn unerbittliche Wehmut. Heimweh, flehend mit Kinderstimme, kam an ihn heran und führte ihn seine träumerischen Irrgange; weit, weit aus seiner Einsamkeit – in einen stillen Garten – über einen See im klaren Mittagssonnenschein – dann hinein in den Abend auf dunklem Waldpfad, wo sich das Mondlicht durch die Blätter stahl, wo er ihre Gestalt kaum sah, nur die schmale Hand in der seinen fühlend, die sie heimlich ihm zurückgereicht – dann zurück in frühe, früheste Zeit – sie hatte ihn einst daran erinnert, das Haar an seine Wange lehnend – in ein Zimmer ihres elterlichen Hauses; das kleine blasse Mädchen in den blonden Flechten beim Vorlesen ihr Schemelchen an seine Knie rückend, andächtig aufhorchend, zu ihm emporschauend, bis er die Hand auf ihr Köpfchen legte und sie endlich, wie sie es wollte, im stillen zu sich auf den

Schoß nahm – dann wieder, wie er sie nie gesehen – aber es war ein Geständnis der innigsten Stunde – das leidenschaftliche Kind, schlaflos die Nacht durchweinend, der zufälligen Nähe des heimlich Geliebten sich bewußt, die Händchen an die kleine Brust gepreßt, die schon so früh den Gott in sich empfangen – und später dann, ihm ganz gehörend, über ihn gebeugt, das Haar über ihn herabfallend, er selbst an ihrem Leibe hängend, nur eins im andern, Aug in Auge untergehend.

Er sank auf seine Knie, er streckte die Arme nach ihr aus und tief stammelnd vor Schmerz und Leidenschaft ihren Namen. Aber sie kam nicht, die er rief, sie konnte nicht mehr kommen; der Zauber ihres Wesens, wie er noch einmal vom Abendschein erinnernder Liebe angestrahlt erschien, war in der ganzen Welt nur noch in seiner Brust zu finden.

Die Lampe brannte schon nicht mehr, ein trüber Mond war draußen aufgegangen und sah herein. Da stand er auf, und seine Schreibschatulle aufschließend, nahm er ein Päckchen Briefe aus einer Schublade und löste die Schnur, womit sie zusammengebunden waren; dann nahm er den eben gelesenen Brief, legte ihn zu den anderen und verschloß das Päckchen wieder an seinen alten Ort.

Nachdem er das getan, öffnete er das Fenster und lehnte sich weit hinaus. Es regnete, die schweren Tropfen fielen in sein Haar, auf seine heißen Schläfen. So lag er lange regungslos, gedankenlos; nur im Innern das heimliche Toben seines Blutes fühlend und mechanisch unter sich auf das Rauschen der Blätter horchend. Aber die Natur, in der er schon so oft sich selber wiedergefunden, kam ihm auch hier zu Hülfe; sie zwang ihn nicht, sie wollte nichts von ihm; aber sie machte ihn allmählich kühl und still. Und als er endlich seiner Sinne und seiner Seele wieder Herr geworden war, da wußte er auch, daß er erst jetzt Angelika verloren und daß sein Verhältnis zu ihr erst jetzt für immer abgeschlossen und zu Ende sei.

GOTTFRIED KELLER

Spiegel, das Kätzchen

Ein Märchen

Wenn ein Seldwyler einen schlechten Handel gemacht hat oder angeführt worden ist, so sagt man zu Seldwyla: Er hat der Katze den Schmer abgekauft! Dies Sprichwort ist zwar auch anderwärts gebräuchlich, aber nirgends hört man es so oft wie dort, was vielleicht daher rühren mag, daß es in dieser Stadt eine alte Sage gibt über den Ursprung und die Bedeutung dieses Sprichwortes.

Vor mehreren hundert Jahren, heißt es, wohnte zu Seldwyla eine ältliche Person allein mit einem schönen, grau und schwarzen Kätzchen, welches in aller Vergnügtheit und Klugheit mit ihr lebte und niemandem, der es ruhig ließ, etwas zuleide tat. Seine einzige Leidenschaft war die Jagd, welche es jedoch mit Vernunft und Mäßigung befriedigte, ohne sich durch den Umstand, daß diese Leidenschaft zugleich einen nützlichen Zweck hatte und seiner Herrin wohlgefiel, beschönigen zu wollen und allzusehr zur Grausamkeit hinreißen zu lassen. Es fing und tötete daher nur die zudringlichsten und frechsten Mäuse, welche sich in einem gewissen Umkreise des Hauses betreten ließen, aber diese dann mit zuverlässiger Geschicklichkeit; nur selten verfolgte es eine besonders pfiffige Maus, welche seinen Zorn gereizt hatte, über diesen Umkreis hinaus und erbat sich in diesem Falle mit vieler Höflichkeit von den Herren Nachbaren die Erlaubnis, in ihren Häusern ein wenig mausen zu dürfen, was ihm gerne gewährt wurde, da es die Milchtöpfe stehen ließ, nicht an die Schinken hinaufsprang, welche etwa an den Wänden hingen, sondern seinem Geschäfte still und aufmerksam oblag und, nachdem es dieses verrichtet, sich mit dem Mäuslein im Maule anständig entfernte. Auch war das Kätzchen gar nicht scheu und unartig, sondern zutraulich gegen jedermann, und floh nicht vor vernünftigen Leuten; vielmehr ließ es sich von solchen einen guten Spaß gefallen und selbst ein bißchen an den Ohren zupfen, ohne zu kratzen; dagegen ließ es sich von einer Art dummer Menschen, von welchen es behauptete, daß die Dummheit aus einem unreifen und nichtsnutzigen Herzen käme, nicht das mindeste gefallen und ging ihnen entweder aus dem Wege, oder versetzte ihnen einen ausreichenden Hieb über die Hand, wenn sie es mit einer Plumpheit molestierten.

Spiegel, so war der Name des Kätzchens wegen seines glatten und glänzenden Pelzes, lebte so seine Tage heiter, zierlich und beschaulich dahin, in anständiger Wohlhabenheit und ohne Überhebung. Er saß nicht zu oft auf der Schulter seiner freundlichen Gebieterin, um ihr die Bissen von der Gabel wegzufangen, sondern nur, wenn er merkte, daß ihr dieser Spaß angenehm war; auch lag und schlief er den Tag über selten auf seinem warmen Kissen hinter dem Ofen, sondern hielt sich munter und liebte es eher, auf einem schmalen Treppengeländer oder in der Dachrinne zu liegen und sich philosophischen Betrachtungen und der Beobachtung der Welt zu überlassen. Nur jeden Frühling und Herbst einmal wurde dies ruhige Leben eine Woche lang unterbrochen, wenn die Veilchen blühten oder die milde Wärme des Alteweibersommers die Veilchenzeit nachäffte. Alsdann ging Spiegel seine eigenen Wege, streifte in verliebter Begeisterung über die fernsten Dächer und sang die allerschönsten Lieder. Als ein rechter Don Juan bestand er bei Tag und Nacht die bedenklichsten Abenteuer, und wenn er sich zur Seltenheit einmal im Hause sehen ließ, so erschien er mit einem so verwegenen, burschikosen, ja liederlichen und zerzausten Aussehen, daß die stille Person, seine Gebieterin, fast unwillig ausrief: »Aber Spiegel! Schämst du dich denn nicht, ein solches Leben zu führen?« Wer sich aber nicht schämte, war Spiegel; als ein Mann von

Grundsätzen, der wohl wußte, was er sich zur wohltätigen Abwechslung erlauben durfte, beschäftigte er sich ganz ruhig damit, die Glätte seines Pelzes und die unschuldige Munterkeit seines Aussehens wiederherzustellen, und er fuhr sich so unbefangen mit dem feuchten Pfötchen über die Nase, als ob gar nichts geschehen wäre.

Allein dies gleichmäßige Leben nahm plötzlich ein trauriges Ende. Als das Kätzchen Spiegel eben in der Blüte seiner Jahre stand, starb die Herrin unversehens an Altersschwäche und ließ das schöne Kätzchen herrenlos und verwaist zurück. Es war das erste Unglück, welches ihm widerfuhr, und mit jenen Klagetönen, welche so schneidend den bangen Zweifel an der wirklichen und rechtmäßiges Ursache eines großen Schmerzes ausdrücken begleitete es die Leiche bis auf die Straße und strich den ganzen übrigen Tag ratlos im Hause und rings um dasselbe her. Doch seine gute Natur, seine Vernunft und Philosophie geboten ihm bald, sich zu fassen, das Unabänderliche zu tragen und seine dankbare Anhänglichkeit an das Haus seiner toten Gebieterin dadurch zu beweisen, daß er ihren lachenden Erben seine Dienste anbot und sich bereit machte, denselben mit Rat und Tat beizustehen, die Mäuse ferner im Zaume zu halten und überdies ihnen manche gute Mitteilung zu machen, welche die Törichten nicht verschmäht hätten, wenn sie eben nicht unvernünftige Menschen gewesen wären. Aber diese Leute ließen Spiegel gar nicht zu Worte kommen, sondern warfen ihm die Pantoffeln und das artige Fußschemelchen der Seligen an den Kopf, sooft er sich blicken ließ, zankten sich acht Tage lang untereinander, begannen endlich einen Prozeß und schlossen das Haus bis auf weiteres zu, so daß nun gar niemand darin wohnte.

Da saß nun der arme Spiegel traurig und verlassen auf der steinernen Stufe vor der Haustüre und hatte niemand, der ihn hineinließ. Des Nachts begab er sich wohl auf Umwegen unter das Dach des Hauses, und im Anfang hielt er sich einen großen Teil des Tages dort verborgen und suchte seinen Kummer zu verschlafen; doch der Hunger trieb ihn bald an das Licht und nötigte ihn, an der warmen Sonne und unter den Leuten zu erscheinen, um bei der Hand zu sein and zu gewärtigen, wo sich etwa ein Maulvoll geringer Nahrung zeigen möchte. Je seltener dies geschah, desto aufmerksamer wurde der gute Spiegel und alle seine moralischen Eigenschaften gingen in dieser Aufmerksamkeit auf, so daß er sehr bald sich selber nicht mehr gleichsah. Er machte zahlreiche Ausflüge von seiner Haustüre aus und stahl sich scheu und flüchtig über die Straße, um manchmal mit einem schlechten unappetitlichen Bissen, dergleichen er früher nie angesehen, manchmal mit gar nichts zurückzukehren. Er wurde von Tag zu Tag magerer und zerzauster, dabei gierig, kriechend und feig; all sein Mut, seine zierliche Katzenwürde, seine Vernunft und Philosophie waren dahin. Wenn die Buben aus der Schule kamen, so kroch er in einen verborgenen Winkel, sobald er sie kommen hörte, und guckte nur hervor, um aufzupassen, welcher von ihnen etwa eine Brotrinde wegwürfe, und merkte sich den Ort, wo sie hinfiel. Wenn der schlechteste Köter von weitem ankam, so sprang er hastig fort, während er früher gelassen der Gefahr ins Auge geschaut und böse Hunde oft tapfer gezüchtigt hatte. Nur wenn ein grober und einfältiger Mensch daherkam, dergleichen er sonst klüglich gemieden, blieb er sitzen, obgleich das arme Kätzchen mit dem Reste seiner Menschenkenntnis den Lümmel recht gut erkannte; allein die Not zwang Spiegelchen, sich zu täuschen und zu hoffen, daß der Schlimme ausnahmsweise einmal es freundlich streicheln und ihm einen Bissen darreichen werde. Und selbst wenn er statt dessen nun doch geschlagen oder in den Schwanz gekneift wurde, so kratzte er nicht, sondern duckte sich lautlos zur Seite und sah dann noch verlangend nach der Hand, die ihn geschlagen und gekneift, und welche nach Wurst oder Hering roch.

Als der edle und kluge Spiegel so heruntergekommen war, saß er eines Tages ganz mager und traurig auf seinem Stein und blinzelte in der Sonne. Da kam der Stadthexenmeister Pineiß des Weges, sah das Kätzchen und stand vor ihm still. Etwas Gutes hoffend, obgleich es den Unheimlichen wohl kannte, saß Spiegelchen demütig auf dem Stein und erwartete, was der Herr Pineiß etwa tun oder sagen würde. Als dieser aber begann und sagte: »Na, Katze! Soll ich dir deinen Schmer abkaufen?«, da verlor es die Hoffnung, denn es glaubte, der Stadthexenmeister wolle es seiner Magerkeit wegen verhöhnen. Doch erwiderte es bescheiden und lächelnd, um es mit niemand zu verderben: »Ach, der Herr Pineiß belieben zu scherzen!« – »Mitnichten!« rief Pineiß, »es ist mir voller Ernst! Ich brauche Katzenschmer vorzüglich zur Hexerei; aber er muß mir vertragsmäßig und freiwillig von den werten Herren Katzen abgetreten werden, sonst ist er unwirksam. Ich denke, wenn je ein wackeres Kätzlein in der Lage war, einen vorteilhaften Handel abzuschließen, so bist du es! Begib dich in meinen Dienst; ich füttere dich herrlich heraus, mache dich fett und kugelrund mit Würstchen und gebratenen Wachteln. Auf dem ungeheuer hohen alten Dache meines Hauses, welches nebenbei gesagt das köstlichste Dach von der Welt ist für eine Katze, voller interessanter Gegenden und Winkel, wächst auf den sonnigsten Höhen treffliches Spitzgras, grün wie Smaragd, schlank und fein in den Lüften schwankend, dich einladend, die zartesten Spitzen abzubeißen und zu genießen, wenn du dir an meinen Leckerbissen eine kleine Unverdaulichkeit zugezogen hast. So wirst du bei trefflicher Gesundheit bleiben und mir dereinst einen kräftigen brauchbaren Schmer liefern!«
Spiegel hatte schon längst die Ohren gespitzt und mit wässerndem Mäulchen gelauscht; doch war seinem geschwächten Verstande die Sache noch nicht klar und er versetzte daher: »Das ist soweit nicht übel, Herr Pineiß! Wenn ich nur wüßte, wie ich alsdann, wenn ich doch, um Euch meinen Schmer abzutreten,

mein Leben lassen muß, des verabredeten Preises habhaft werden und ihn genießen soll, da ich nicht mehr bin?« – »Des Preises habhaft werden?« sagte der Hexenmeister verwundert, »den Preis genießest du ja eben in den reichlichen und üppigen Speisen, womit ich dich fett mache, das versteht sich von selber; doch will ich dich zu dem Handel nicht zwingen!« Und er machte Miene, sich von dannen begeben zu wollen. Aber Spiegel sagte hastig und ängstlich: »Ihr müßt mir wenigstens eine mäßige Frist gewähren über die Zeit meiner höchsten erreichten Rundheit und Fettigkeit hinaus, daß ich nicht so jählings von hinnen gehen muß, wenn jener angenehme und ach! so traurige Zeitpunkt herangekommen und entdeckt ist!«

»Es sei!« sagte Herr Pineiß mit anscheinender Gutmütigkeit, »bis zum nächsten Vollmond sollst du dich alsdann deines angenehmen Zustandes erfreuen dürfen, aber nicht länger! denn in den abnehmenden Mond hinein darf es nicht gehen, weil dieser einen vermindernden Einfluß auf mein wohlerworbenes Eigentum ausüben würde.«

Das Kätzchen beeilte sich zuzuschlagen und unterzeichnete einen Vertrag, welchen der Hexenmeister im Vorrat bei sich führte, mit seiner scharfen Handschrift, welches sein letztes Besitztum und Zeichen besserer Tage war.

»Du kannst dich nun zum Mittagessen bei mir einfinden, Kater!« sagte der Hexer, »Punkt zwölf Uhr wird gegessen!« – »Ich werde so frei sein, wenn Ihr's erlaubt!« sagte Spiegel und fand sich pünktlich um die Mittagsstunde bei Herrn Pineiß ein. Dort begann nun während einiger Monate ein höchst angenehmes Leben für das Kätzchen; denn es hatte auf der Welt weiter nichts zu tun, als die guten Dinge zu verzehren, die man ihm vorsetzte, dem Meister bei der Hexerei zuzuschauen, wenn es vermochte, und auf dem Dache spazierenzugehen. Dies Dach glich einem ungeheuren schwarzen Nebelspalter oder Dreiröhrenhut, wie man die großen Hüte der schwäbischen Bauern nennt, und wie ein solcher Hut ein Gehirn voller Nücken und Finten überschattet, so bedeckte dies Dach ein großes, dunkles und winkliges Haus voll Hexenwerk und Tausendsgeschichten. Herr Pineiß war ein Kann-Alles, welcher hundert Ämtchen versah, Leute kurierte, Wanzen vertilgte, Zähne auszog und Geld auf Zinsen lieh; er war der Vormünder aller Waisen und Witwen, schnitt in seinen Mußestunden Federn, das Dutzend für einen Pfennig, und machte schöne schwarze Tinte; er handelte mit Ingwer und Pfeffer, mit Wagenschmiere und Rosoli, mit Heftlein und Schuhnägeln, er renovierte die Turmuhr und machte jährlich den Kalender mit der Witterung, den Bauernregeln und dem Aderlaßmännchen; er verrichtete zehntausend rechtliche Dinge am hellen Tag um mäßigen Lohn und einige unrechtliche nur in der Finsternis und aus Privatleidenschaft, oder hing auch den rechtlichen, ehe er sie aus seiner Hand entließ, schnell noch ein unrechtliches Schwänzchen an, so klein wie die Schwänzchen der jungen Frösche, gleichsam nur der Possierlichkeit wegen. Überdies machte er das Wetter in schwierigen Zeiten, überwachte mit einer Kunst die Hexen, und wenn sie reif waren, ließ er sie verbrennen; für sich trieb er die Hexerei nur als wissenschaftlichen Versuch und zum Hausgebrauch, sowie er auch die Stadtgesetze, die er redigierte und ins Reine schrieb, unter der Hand probierte und verdrehte, um ihre Dauerhaftigkeit zu ergründen. Da die Seldwyler stets einen solchen Bürger brauchten, der alle unlustigen kleinen und großen Dinge für sie tat, so war er zum Stadthexenmeister ernannt worden und bekleidete dies Amt schon seit vielen Jahren mit unermüdlicher Hingebung und Geschicklichkeit, früh und spät. Daher war sein Haus von unten bis oben vollgestopft mit allen erdenklichen Dingen, und Spiegel hatte viel Kurzweil, alles zu besehen und zu beriechen.

Doch im Anfang gewann er keine Aufmerksamkeit für andere Dinge als für das Essen. Er schlang gierig alles hinunter, was Pineiß ihm darreichte, und mochte kaum von einer Zeit zur andern warten. Dabei überlud er sich den Magen und mußte wirklich auf das Dach gehen, um dort von den grünen Gräsern abzubeißen und sich von allerhand Unwohlsein zu kurieren. Als der Meister diesen Heißhunger bemerkte, freute er sich und dachte, das Kätzchen würde solcherweise recht bald fett werden, und je besser er daran wende, desto klüger verfahre und spare er im ganzen. Er baute daher für Spiegel eine ordentliche Landschaft in seiner Stube, indem er ein Wäldchen von Tannenbäumchen aufstellte, kleine Hügel von Steinen und Moos errichtete und einen kleinen See anlegte. Auf die Bäumchen setzte er duftig gebratene Lerchen, Finken, Meisen und Sperlinge, je nach der Jahreszeit, so daß da Spiegel immer etwas herunterzuholen und zu knabbern vorfand. In die kleinen Berge versteckte er in künstlichen Mauslöchern herrliche Mäuse, welche er sorgfältig mit Weizenmehl gemästet, dann ausgeweidet, mit zarten Speckriemchen gespickt und gebraten hatte. Einige dieser Mäuse konnte Spiegel mit der Hand hervorholen, andere waren zur Erhöhung des Vergnügens tiefer verborgen, aber an einen Faden gebunden, an welchem Spiegel sie behutsam hervorziehen mußte, wenn er diese Lustbarkeit einer nachgeahmten Jagd genießen wollte. Das Becken des Sees aber füllte Pineiß alle Tage mit frischer Milch, damit Spiegel in der süßen seinen Durst lösche, und ließ gebratene Gründlinge darin schwimmen, da er wußte, daß Katzen zuweilen auch die Fischerei lieben. Aber da nun Spiegel ein so herrliches Leben führte, tun und lassen, essen und trinken konnte, was ihm beliebte und wann es ihm einfiel, so gedieh er allerdings zusehends an seinem Leibe; sein Pelz wurde wieder glatt und glänzend und sein Auge munter; aber zugleich nahm er, da sich seine Geisteskräfte in gleichem Maße wieder ansammelten, bessere Sitten an; die wilde Gier legte sich, und weil er jetzt eine traurige Erfahrung hinter sich hatte, so wurde er nun klüger als zuvor. Er mäßigte sich in seinen Gelüsten und fraß nicht mehr, als ihm zuträglich war, indem er zugleich wieder vernünftigen und tiefsinnigen Betrachtungen nachhing und die Dinge wieder durchschaute. So holte er eines Tages einen hübschen Krammetsvogel von den Ästen herunter, und als er denselben nachdenklich zerlegte, fand er dessen kleinen Magen ganz kugelrund angefüllt mit frischer unversehrter Speise. Grüne Kräutchen, artig zusammengerollt, schwarze und weiße Samenkörner und eine glänzend rote Beere waren da so niedlich und dicht ineinander gepfropft, als ob ein Mütterchen für ihren Sohn das Ränzchen zur Reise gepackt hätte. Als Spiegel den Vogel langsam verzehrt und das so vergnüglich gefüllte Mäglein an seine Klaue hing und philosophisch betrachtete, rührte ihn das Schicksal des armen Vogels, welcher nach so friedlich verbrachtem Geschäft so schnell sein Leben lassen gemußt, daß er nicht einmal die eingepackten Sachen verdauen konnte. »Was hat er nun davon gehabt, der arme Kerl«, sagte der Spiegel, »daß er sich so fleißig und eifrig genährt hat, daß dies kleine Säckchen aussieht wie ein wohl vollbrachtes Tagewerk? Diese rote Beere ist es, die ihn aus dem freien Walde in die Schlinge des Vogelstellers gelockt hat. Aber er dachte doch, seine Sache noch besser zu machen und sein Leben an solchen Beeren zu fristen, während ich, der ich soeben den unglücklichen Vogel gegessen, daran mich nur um einen Schritt näher zum Tode gegessen habe! Kann man einen elenderen und feigeren Vertrag abschließen, als sein Leben noch ein Weilchen fristen zu lassen, um es dann um diesen Preis doch zu verlieren? Wäre nicht ein freiwilliger und schneller Tod vorzuziehen gewesen für einen entschlossenen Kater? Aber ich habe keine Gedanken gehabt, und nun, da ich wieder solche habe, sehe ich nichts vor mir als das Schicksal dieses Krammetsvogels; wenn ich rund genug bin, so muß ich von hinnen, aus keinem andern Grunde, als weil ich rund bin. Ein schöner Grund für einen lebenslustigen und gedankenreichen Katzmann! Ach, könnte ich aus dieser Schlinge kommen!«

Er vertiefte sich nun in vielfaltige Grübeleien, wie das gelingen möchte; aber da die Zeit der Gefahr noch nicht da war, so wurde es ihm nicht klar und er fand keinen Ausweg; aber als ein kluger Mann ergab er sich bis dahin der Tugend und der Selbstbeherrschung, welches immer die beste Vorschule und Zeitverwendung ist, bis sich etwas entscheiden soll. Er verschmähte das weiche Kissen, welches ihm Pineiß zurechtgelegt hatte, damit er fleißig darauf schlafen und fett werden sollte, und zog es vor, wieder auf schmalen Gesimsen und hohen gefährlichen Stellen zu liegen, wenn er ruhen wollte. Ebenso verschmähte er die gebratenen Vögel und die gespickten Mäuse und fing sich lieber auf den Dächern, da er nun wieder einen rechtmäßigen Jagdgrund hatte, mit List und Gewandtheit einen schlichten lebendigen Sperling oder auf den Speichern eine flinke Maus, und solche Beute schmeckte ihm vortrefflicher als das gebratene Wild in Pineißens künstlichem Gehege, während sie ihn nicht zu fett machte; auch die Bewegung und Tapferkeit sowie der wiedererlangte Gebrauch der Tugend und Philosophie verhinderten ein zu schnelles Fettwerden, so daß Spiegel zwar gesund und glänzend aussah, aber zu Pineißens Verwunderung auf einer gewissen Stufe der Beleibtheit stehen blieb, welche lange nicht das erreichte, was der Hexenmeister mit seiner freundlichen Mästung bezweckte; denn dieser stellte sich darunter ein kugelrundes, schwerfälliges Tier vor, welches sich nicht vom Ruhekissen bewegte und aus eitel Schmer bestand. Aber hierin hatte sich seine Hexerei eben geirrt, und er wußte bei aller Schlauheit nicht, daß wenn man einen Esel füttert, derselbe ein Esel bleibt, wenn man aber einen Fuchsen speiset, derselbe nichts anders wird als ein Fuchs; denn jede Kreatur wächst sich nach ihrer Weise aus. Als Herr Pineiß entdeckte, wie Spiegel immer auf demselben Punkte einer wohlgenährten, aber geschmeidigen und rüstigen Schlankheit stehen blieb, ohne eine erkleckliche Fettigkeit anzusetzen, stellte er ihn eines Abends plötzlich zur

Rede und sagte barsch: »Was ist das, Spiegel? Warum frissest du die guten Speisen nicht, die ich dir mit so viel Sorgfalt und Kunst präpariere und herstelle? Warum fängst du die gebratenen Vögel nicht auf den Bäumen, warum suchst du die leckeren Mäuschen nicht in den Berghöhlen? Warum fischest du nicht mehr in dem See? Warum pflegst du dich nicht? Warum schläfst du nicht auf dem Kissen? Warum strapazierst du dich und wirst mir nicht fett?« – »Ei, Herr Pineiß!« sagte Spiegel, »weil es mir wohler ist auf diese Weise! Soll ich meine kurze Frist nicht auf die Art verbringen, die mir am angenehmsten ist!« – »Wie!« rief Pineiß, »du sollst so leben, daß du dick und rund wirst, und nicht dich abjagen! Ich merke aber wohl, wo du hinauswillst! Du denkst mich zu äffen und hinzuhalten, daß ich dich in Ewigkeit in diesem Mittelzustande herumlaufen lasse? Mitnichten soll dir das gelingen! Es ist deine Pflicht, zu essen und zu trinken und dich zu pflegen, auf daß du dick werdest und Schmer bekommst! Auf der Stelle entsage daher dieser hinterlistigen und kontraktwidrigen Mäßigkeit, oder ich werde ein Wörtlein mit dir sprechen!«
Spiegel unterbrach sein behagliches Spinnen, das er angefangen, um seine Fassung zu behaupten, und sagte: »Ich weiß kein Sterbenswörtchen davon, daß in dem Kontrakt steht, ich solle der Mäßigkeit und einem gesunden Lebenswandel entsagen! Wenn der Herr Stadthexenmeister darauf gerechnet hat, daß ich ein fauler Schlemmer sei, so ist das nicht meine Schuld! Ihr tut tausend rechtliche Dinge des Tages, so lasset dieses auch noch hinzukommen und uns beide hübsch in der Ordnung bleiben; denn Ihr wißt ja wohl, daß Euch mein Schmer nur nützlich ist, wenn er auf rechtliche Weise erwachsen!«
»Ei, du Schwätzer!« rief Pineiß erbost, »willst du mich belehren? Zeig her, wie weit bist du denn eigentlich gediehen, du Müßiggänger? Vielleicht kann man dich doch bald abtun!« Er griff dem Kätzchen an den Bauch; allein dieses fühlte sich dadurch unan-

genehm gekitzelt und hieb dem Hexenmeister einen scharfen Kratz über die Hand. Diesen betrachtete Pineiß aufmerksam, dann sprach er: »Stehen wir so miteinander, du Bestie? Wohlan, so erkläre ich dich hiermit feierlich, kraft des Vertrages, für fett genug! Ich begnüge mich mit dem Ergebnis und werde mich desselben zu versichern wissen! In fünf Tagen ist der Mond voll, und bis dahin magst du dich noch deines Lebens erfreuen, wie es geschrieben steht, und nicht eine Minute länger!« Damit kehrte er ihm den Rücken und überließ ihn seinen Gedanken. Diese waren jetzt sehr bedenklich und düster; so war denn die Stunde doch nahe, wo der gute Spiegel seine Haut lassen sollte? Und war mit aller Klugheit gar nichts mehr zu machen? Seufzend stieg er auf das hohe Dach, dessen Firste dunkel in den schönen Herbstabendhimmel emporragten. Da ging der Mond über der Stadt auf und warf seinen Schein auf die schwarzen bemoosten Hohlziegel des alten Daches, ein lieblicher Gesang tönte in Spiegels Ohren, und eine schneeweiße Kätzin wandelte glänzend über einen benachbarten First weg. Sogleich vergaß Spiegel die Todesaussichten, in welchen er lebte, und erwiderte mit seinem schönsten Katerliede den Lobgesang der Schönen. Er eilte ihr entgegen und war bald im hitzigen Gefecht mit drei fremden Katern begriffen, die er mutig und wild in die Flucht schlug. Dann machte er der Dame feurig und ergeben den Hof und brachte Tag und Nacht bei ihr zu, ohne an den Pineiß zu denken oder im Hause sich sehen zu lassen. Er sang wie eine Nachtigall die schönen Mondnächte hindurch, jagte hinter der weißen Geliebten her über die Dächer, durch die Gärten, und rollte mehr als einmal im heftigen Minnespiel oder im Kampfe mit den Rivalen über hohe Dächer hinunter und fiel auf die Straße; aber nur um sich aufzuraffen, das Fell zu schütteln und die wilde Jagd seiner Leidenschaft von neuem anzuheben. Stille und laute Stunden, süße Gefühle und zorniger Streit, anmutiges Zwiegespräch, witziger Gedankenaustausch, Ränke und

Schwänke der Liebe und Eifersucht, Liebkosungen und Raufereien, die Gewalt des Glückes und die Leiden des Unsterns ließen den verliebten Spiegel nicht zu sich selbst kommen, und als die Scheibe des Mondes voll geworden, war er von allen diesen Aufregungen und Leidenschaften so heruntergekommen, daß er jämmerlicher, magerer und zerzauster aussah als je. Im selben Augenblicke rief ihm Pineiß aus einem Dachtürmchen: »Spiegelchen, Spiegelchen! Wo bist du? Komm doch ein bißchen nach Hause!«

Da schied Spiegel von der weißen Freundin, welche zufrieden und kühl miauend ihrer Wege ging, und wandte sich stolz seinem Henker zu. Dieser stieg in die Küche hinunter, raschelte mit dem Kontrakt und sagte: »Komm, Spiegelchen, komm, Spiegelchen!«, und Spiegel folgte ihm und setzte sich in der Hexenküche trotzig vor den Meister hin in all seiner Magerkeit und Zerzaustheit. Als Herr Pineiß erblickte, wie er so schmählich um seinen Gewinn gebracht war, sprang er wie besessen in die Höhe und schrie wütend: »Was seh' ich? Du Schelm, du gewissenloser Spitzbube! Was hast du mir getan?« Außer sich vor Zorn griff er nach einem Besen und wollte Spiegelein schlagen; aber dieser krümmte den schwarzen Rücken, ließ die Haare emporstarren, daß ein fahler Schein darüber knisterte, legte die Ohren zurück, prustete und funkelte den Alten so grimmig an, daß dieser voll Furcht und Entsetzen drei Schritt zurücksprang. Er begann zu fürchten, daß er einen Hexenmeister vor sich habe, welcher ihn foppe und mehr könne als er selbst. Ungewiß und kleinlaut sagte er: »Ist der ehrsame Herr Spiegel vielleicht vom Handwerk? Sollte ein gelehrter Zaubermeister beliebt haben, sich in dero äußere Gestalt zu verkleiden, da er nach Gefallen über sein Leibliches gebieten und genau so beleibt werden kann, als es ihm angenehm dünkt, nicht zuwenig und nicht zuviel, oder unversehens so mager wird wie ein Gerippe, um dem Tode zu entschlüpfen?«

Spiegel beruhigte sich wieder und sprach ehrlich: »Nein, ich bin kein Zauberer! Es ist allein die süße Gewalt der Leidenschaft, welche mich so heruntergebracht und zu meinem Vergnügen Euer Fett dahingenommen hat. Wenn wir übrigens jetzt unser Geschäft von neuem beginnen wollen, so will ich tapfer dabei sein und dreinbeißen! Setzt mir nur eine recht schöne und große Bratwurst vor, denn ich bin ganz erschöpft und hungrig!« Da packte Pineiß den Spiegel wütend am Kragen, sperrte ihn in den Gänsestall, der immer leer war, und schrie: »Da sieh zu, ob dir deine süße Gewalt der Leidenschaft noch einmal heraushilft und ob sie stärker ist als die Gewalt der Hexerei und meines rechtlichen Vertrages! Jetzt heißt's: Vogel friß und stirb!« Sogleich briet er eine lange Wurst, die so lecker duftete, daß er sich nicht enthalten konnte, selbst ein bißchen an beiden Zipfeln zu schlecken, ehe er sie durch das Gitter steckte. Spiegel fraß sie von vorn bis hinten auf, und indem er sich behaglich den Schnurrbart putzte und den Pelz leckte, sagte er zu sich selber: »Meiner Seel! Es ist doch eine schöne Sache um die Liebe! Die hat mich für diesmal wieder aus der Schlinge gezogen. Jetzt will ich mich ein wenig ausruhen und trachten, daß ich durch Beschaulichkeit und gute Nahrung wieder zu vernünftigen Gedanken komme! Alles hat seine Zeit! Heute ein bißchen Leidenschaft, morgen ein wenig Besonnenheit und Ruhe, ist jedes in seiner Weise gut. Dies Gefängnis ist gar nicht so übel, und es läßt sich gewiß etwas Ersprießliches darin ausdenken!« Pineiß aber nahm sich nun zusammen und bereitete alle Tage mit aller seiner Kunst solche Leckerbissen und in solch reizender Abwechslung und Zuträglichkeit, daß der gefangene Spiegel denselben nicht widerstehen konnte; denn Pineißens Vorrat an freiwilligem und rechtmäßigem Katzenschmer nahm alle Tage mehr ab und drohte nächstens ganz auszugehen, und dann war der Hexer ohne dies Hauptmittel ein geschlagener Mann. Aber der gute Hexenmeister nährte mit dem Leibe Spiegels dessen Geist immer wieder mit, und es war durchaus nicht von dieser unbequemen Zutat loszukommen, weshalb auch seine Hexerei sich hier als lückenhaft erwies.

Als Spiegel in seinem Käfig ihm endlich fett genug dünkte, säumte er nicht länger, sondern stellte vor den Augen des aufmerksamen Katers alle Geschirre zurecht und machte ein helles Feuer auf dem Herd, um den lang ersehnten Gewinn auszukochen. Dann wetzte er ein großes Messer, öffnete den Kerker, zog Spiegelchen hervor, nachdem er die Küchentüre wohl verschlossen, und sagte wohlgemut: »Komm, du Sapperlöter! Wir wollen dir den Kopf abschneiden vorderhand und dann das Fell abziehen! Dieses wird eine warme Mütze für mich geben, woran ich Einfältiger noch gar nicht gedacht habe! Oder soll ich dir erst das Fell abziehen und dann den Kopf abschneiden?« »Nein, wenn es Euch gefällig ist«, sagte Spiegel demütig, »lieber zuerst den Kopf abschneiden!« – »Hast recht, du armer Kerl!« sagte Herr Pineiß, »wir wollen dich nicht unnütz quälen! Alles was recht ist!« – »Dies ist ein wahres Wort!« sagte Spiegel mit einem erbärmlichen Seufzer und legte das Haupt ergebungsvoll auf die Seite, »o hätt' ich doch jederzeit getan, was recht ist, und nicht eine so wichtige Sache leichtsinnig unterlassen, so könnte ich jetzt mit besserem Gewissen sterben, denn ich sterbe gern; aber ein Unrecht erschwert mir den sonst so willkommenen Tod; denn was bietet mir das Leben? Nichts als Furcht, Sorge und Armut und zur Abwechslung einen Sturm verzehrender Leidenschaft, die noch schlimmer ist als die stille zitternde Furcht!« – »Ei, welches Unrecht, welche wichtige Sache?« fragte Pineiß neugierig. »Ach, was hilft das Reden jetzt noch«, seufzte Spiegel, »geschehen ist geschehen und jetzt ist Reue zu spät!« – »Siehst du, Sappermenter, was für ein Sünder du bist?« sagte Pineiß, »und wie wohl du deinen Tod verdienst? Aber was Tausend hast du denn angestellt? Hast du mir vielleicht etwas entwendet, entfremdet, verdorben? Hast du mir ein himmelschreiendes Unrecht getan, von dem ich noch gar nichts weiß, ahne, vermute, du Satan? Das sind mir schöne Geschichten! Gut, daß ich noch dahinterkomme! Auf der Stelle beichte mir oder ich schinde und siede dich lebendig aus! Wirst du sprechen oder nicht?« – »Ach nein!« sagte Spiegel, »wegen Euch habe ich mir nichts vorzuwerfen. Es betrifft die zehntausend Goldgülden meiner seligen Gebieterin – aber was hilft Reden! – Zwar – wenn ich bedenke und Euch ansehe, so möchte es vielleicht doch nicht ganz zu spät sein – wenn ich Euch betrachte, so sehe ich, daß Ihr ein noch ganz schöner und rüstiger Mann seid, in den besten Jahren – sagt doch, Herr Pineiß! Habt Ihr noch nie etwa den Wunsch verspürt, Euch zu verehelichen, ehrbar und vorteilhaft? Aber was schwatze ich! Wie wird ein so kluger und kunstreicher Mann auf dergleichen müßige Gedanken kommen! Wie wird ein so nützlich beschäftigter Meister an törichte Weiber denken! Zwar allerdings hat auch die Schlimmste noch irgendwas an sich, was etwa nützlich für einen Mann ist, das ist nicht abzuleugnen! Und wenn sie nur halbwegs was taugt, so ist eine gute Hausfrau etwa weiß am Leibe, sorgfältig im Sinne, zutulich von Sitten, treu von Herzen, sparsam im Verwalten, aber verschwenderisch in der Pflege ihres Mannes, kurzweilig in Worten und angenehm in ihren Taten, einschmeichelnd in ihren Handlungen! Sie küßt den Mann mit ihrem Munde und streichelt ihm den Bart, sie umschließt ihn mit ihren Armen und kraut ihm hinter den Ohren, wie er es wünscht, kurz, sie tut tausend Dinge, die nicht zu verwerfen sind. Sie hält sich ihm ganz nah zu oder in bescheidener Entfernung, je nach seiner Stimmung, und wenn er seinen Geschäften nachgeht, so stört sie ihn nicht, sondern verbreitet unterdessen sein Lob in und außer dem Hause; denn sie läßt nichts an ihn kommen und rühmt alles, was an ihm ist! Aber das Anmutigste ist die wunderbare Beschaffenheit ihres zarten leiblichen Daseins, welches die Natur so verschieden gemacht hat von unserm Wesen bei anscheinender Menschenähnlichkeit, daß es ein fortwährendes Meerwunder in einer glückhaften Ehe bewirkt und eigentlich die allerdurchtriebenste Hexerei in sich birgt! Doch was schwatze ich da wie ein Tor an der Schwelle des Todes! Wie wird ein weiser Mann auf dergleichen Eitelkeiten sein Augenmerk richten! Verzeiht, Herr Pineiß, und schneidet mir de Kopf ab!«

Pineiß aber rief heftig: »So halt doch endlich inne, du Schwätzer, und sage mir: Wo ist eine solche und hat sie zehntausend Goldgülden?«

»Zehntausend Goldgülden?« sagte Spiegel.

»Nun ja«, rief Pineiß ungeduldig, »sprachest du nicht eben erst davon?«

»Nein«, antwortete jener, »das ist eine andere Sache! Die liegen vergraben an einem Orte!«

»Und was tun sie da, wem gehören sie?« schrie Pineiß.

»Niemand gehören sie, das ist eben meine Gewissensbürde, denn ich hätte sie unterbringen sollen! Eigentlich gehören sie jenem, der eine solche Person heiratet, wie ich eben beschrieben habe. Aber wie soll man drei solche Dinge zusammenbringen in dieser gottlosen Stadt. Zehntausend Goldgülden, eine weise, feine und gute Hausfrau, und einen weisen, rechtschaffenen Mann? Daher ist eigentlich meine Sünde nicht allzu groß, denn der Auftrag war zu schwer für eine arme Katze!«

»Wenn du jetzt«, rief Pineiß, »nicht bei der Sache bleibst und sie verständlich der Ordnung nach dartust, so schneide ich dir vorläufig den Schwanz und beide Ohren ab! Jetzt fang an!«

»Da Ihr es befehlt, so muß ich die Sache wohl erzählen«, sagte Spiegel und setzte sich gelassen auf seine Hinterfüße, »obgleich dieser Aufschub meine Leiden nur vergrößert!« Pineiß steckte das scharfe Messer zwischen sich und Spiegel in die Diele und setzte sich neugierig auf ein Fäßchen, um zuzuhören, und Spiegel fuhr fort:

»Ihr wisset doch, Herr Pineiß, daß die brave Person, meine selige Meisterin, unverheiratet gestorben ist als eine alte Jungfer, die in aller Stille viel Gutes getan und niemandem zuwider gelebt hat. Aber nicht immer war es um sie her so still und ruhig zugegangen, und obgleich sie niemals von bösem Gemüt gewesen, so hatte sie doch einst viel Leid und Schaden angerichtet; denn in ihrer Jugend war sie das schönste Fräulein weit und breit, und was von jungen Herren und kecken Gesellen in der Gegend war oder des Weges kam, verliebte sich in sie und wollte sie durchaus heiraten. Nun hatte sie wohl große Lust zu heiraten und einen hübschen, ehrenfesten und klugen Mann zu nehmen, und sie hatte die Auswahl, da sich Einheimische und Fremde um sie stritten und einander mehr als einmal die Degen in den Leib rannten, um den Vorrang zu gewinnen. Es bewarben sich um sie und versammelten sich kühne und verzagte, listige und treuherzige, reiche und arme Freier, solche mit einem guten und anständigen Geschäft, und solche, welche als Kavaliere zierlich von ihren Renten lebten; dieser mit diesen, jener mit jenen Vorzügen, beredt oder schweigsam, der eine munter und liebenswürdig, und ein anderer schien es mehr in sich zu haben, wenn er auch etwas einfältig aussah; kurz, das Fräulein hatte eine so vollkommene Auswahl, wie es ein mannbares Frauenzimmer sich nur wünschen kann. Allein sie besaß außer ihrer Schönheit ein schönes Vermögen von vielen tausend Goldgülden, und diese waren die Ursache, daß sie nie dazu kam, eine Wahl treffen und einen Mann nehmen zu können, denn sie verwaltete ihr Gut mit trefflicher Umsicht und Klugheit und legte einen großen Wert auf dasselbe, und da nun der Mensch immer von seinen eigenen Neigungen aus andere beurteilt, so geschah es, daß sie, sobald sich ihr ein achtungswerter Freier genähert und ihr halbwegs gefiel, alsobald sich einbildete, derselbe begehre sie nur um ihres Gutes willen. War einer reich, so glaubte sie, er würde sie doch nicht begehren, wenn sie nicht auch reich wäre, und von den Unbemittelten nahm sie vollends als gewiß an, daß sie nur ihre Goldgülden im Auge hätten und sich daran gedächten gütlich zu tun, und das arme Fräulein, welches doch selbst so große Dinge auf den irdischen Besitz hielt, war nicht imstande, diese Liebe zu Geld und Gut an ihren Freiern von der Liebe zu ihr selbst zu unterscheiden oder, wenn sie wirklich etwa vorhanden war, dieselbe nachzusehen und zu verzeihen. Mehrere Male war sie schon so gut wie verlobt und ihr Herz klopfte endlich stärker; aber plötzlich glaubte sie aus irgendeinem Zuge zu entnehmen, daß sie verraten sei und man einzig an ihr Vermögen denke, und sie brach unverweilt die Geschichte entzwei und zog sich voll Schmerzen, aber unerbittlich zurück. Sie prüfte alle, welche ihr nicht mißfielen, auf hundert Arten, so daß eine große Gewandtheit dazu gehörte, nicht in die Falle zu gehen, und zuletzt keiner mehr sich mit einiger Hoffnung nähern konnte, als wer ein durchaus geriebener und verstellter Mensch war, so daß schon aus diesen Gründen endlich die Wahl wirklich schwer wurde, weil solche Menschen dann zuletzt doch eine unheimliche Unruhe erwecken und die peinlichste Ungewißheit bei einer Schönen zurücklassen, je geriebener und geschickter sie sind. Das Hauptmittel, ihre Anbeter zu prüfen, war, daß sie ihre Uneigennützigkeit auf die Probe stellte und sie alle Tage zu großen Ausgaben, zu reichen Geschenken und zu wohltätigen Handlungen veranlaßte. Aber sie mochten es machen, wie sie wollten, so trafen sie doch nie das Rechte; denn zeigten sie sich freigebig und aufopfernd, gaben sie glänzende Feste, brachten sie ihr Geschenke dar oder anvertrauten ihr beträchtliche Gelder für die Armen, so sagte sie plötzlich, dies alles geschehe nur, um mit einem Würmchen den Lachs zu fangen oder mit der Wurst nach der Speckseite zu werfen, wie man zu sagen pflegt. Und sie vergabte die Geschenke sowohl wie das anvertraute Geld an Klöster und milde Stiftungen und speisete die Armen; aber die betrogenen Freier wies sie unbarmherzig ab. Bezeigten sich dieselben aber zurückhaltend oder gar knauserig, so war der Stab sogleich über sie gebrochen, da sie das noch viel übler nahm und daran eine schnöde und nackte Rücksichtslosigkeit und Eigenliebe zu erkennen glaubte. So kam es, daß sie, welche ein reines und nur ihrer Person hingegebenes Herz suchte, zuletzt von lauter verstellten, listigen und eigensüchtigen Freiersleuten umgeben war, aus denen sie nie klug wurde und die ihr das Leben verbitterten. Eines Tages fühlte sie sich mißmutig und trostlos, daß sie ihren ganzen Hof aus dem Hause wies, dasselbe zuschloß und nach Mailand verreiste, wo sie eine Base hatte. Als sie über den Sankt Gotthard ritt auf einem Eselein, war ihre Gesinnung so schwarz und schaurig wie das wilde Gestein, das sich aus den Abgründen emportürmte, und sie fühlte die heftigste Versuchung, sich von der Teufelsbrücke in die tobenden Gewässer der Reuß hinabzustürzen. Nur mit der größten Mühe gelang es den zwei Mägden, die sie bei sich hatte, und die ich selbst noch gekannt habe, welche aber nun schon lange tot sind, und dem Führer, sie zu beruhigen und von der finstern Anwandlung abzubringen. Doch langte sie bleich und traurig in dem schönen Land Italien an, und so blau dort der Himmel war, wollten sich ihre dunklen Gedanken doch nicht aufhellen. Aber als sie einige Tage bei ihrer Base verweilt, sollte unverhofft eine andere Melodie ertönen und ein Frühlingsanfang in ihr aufgehen, von dem sie bis dato noch nicht viel gewußt. Denn es kam ein junger Landsmann in das Haus der Base, der ihr gleich beim ersten Anblick so wohlgefiel, daß man wohl sagen kann, sie verliebte sich jetzt von selbst und zum erstenmal. Es war ein schöner Jüngling, von guter Erziehung und edlem Benehmen, nicht arm und nicht reich zurzeit, denn er hatte nichts als zehntausend Goldgulden, welche er von seinen verstorbenen Eltern ererbt und womit er, da er die Kaufmannschaft erlernt hatte, in Mailand einen Handel mit Seide begründen wollte; denn er war unternehmend und klar von Gedanken und hatte eine glückliche Hand, wie es unbefangene und unschuldige Leute oft haben; denn auch dies war der junge Mann; er schien, so wohlgelehrt er war, doch so arglos und unschuldig wie ein Kind. Und obgleich er ein Kaufmann war und ein so unbefangenes Gemüt, was schon zusammen eine köstliche Seltenheit ist, so war er doch fest und ritterlich in seiner Haltung und trug sein Schwert so keck zur Seite, wie nur ein geübter Kriegsmann es tragen kann. Dies alles, sowie seine frische Schönheit und Jugend bezwangen das Herz des Fräuleins dermaßen, daß sie kaum an sich halten konnte und ihm mit großer Freundlichkeit begegnete. Sie wurde wieder heiter, und wenn sie dazwischen auch traurig war, so geschah dies in dem Wechsel der Liebesfurcht und Hoffnung, welche immerhin ein edleres und angenehmeres Gefühl war als jene peinliche Verlegenheit in der Wahl, welche sie früher unter den vielen Freiem empfunden. Jetzt kannte sie nur eine Mühe und Besorgnis, diejenige nämlich, dem schönen und guten Jüngling zu gefallen, und je schöner sie selbst war, desto demütiger und unsicherer war sie jetzt da sie zum ersten Male eine wahre Neigung gefaßt hatte. Aber auch der junge Kaufmann hatte noch nie eine solche Schönheit gesehen oder war wenigstens noch keiner so nahe gewesen und von ihr so freundlich und artig behandelt worden. Da sie nun, wie gesagt, nicht nur schön, sondern auch gut von Herzen und fein von Sitten war, so ist es nicht zu verwundern, daß der offene und frische Jüngling, dessen Herz noch ganz frei und unerfahren war, sich ebenfalls in sie verliebte, und das mit aller Kraft und Rückhaltlosigkeit, die in seiner ganzen Natur lag. Aber vielleicht hätte das nie jemand erfahren, wenn er in seiner Einfalt nicht aufgemuntert worden wäre durch des Fräuleins Zutulichkeit, welche er mit heimlichem Zittern und Zagen für eine Erwiderung seiner Liebe zu halten wagte, da er selber keine Verstellung kannte. Doch bezwang er sich einige Wochen und glaubte die Sache zu verheimlichen; aber jeder sah ihm von weitem an, daß er zum Sterben verliebt war, und wenn er irgend in die Nähe des Fräuleins geriet oder sie nur genannt wurde, so sah man auch gleich, in wen er verliebt war. Er war aber nicht lange verliebt, sondern begann wirklich zu lieben mit aller Heftigkeit seiner Jugend, so daß ihm das Fräulein das Höchste und Beste auf der Welt wurde, an welches er ein für allemal das Heil und den ganzen Wert seiner eigenen Person setzte. Dies gefiel ihr über die Maßen wohl; denn es war in allem, was er sagte oder tat, eine andere Art, als sie bislang erfahren, und dies bestärkte und rührte sie so tief, daß sie nun gleichermaßen der stärksten Liebe anheimfiel und nun nicht mehr von einer Wahl für sie die Rede war. Jedermann sah diese Geschichte spielen, und es wurde offen darüber gesprochen und vielfach gescherzt. Dem Fräulein war es höchlich wohl dabei, und indem ihr das Herz vor banger Erwartung zerspringen wollte, half sie den Roman von ihrer Seite doch ein wenig verwickeln und ausspinnen, um ihn recht auszukosten und zu genießen. Denn der junge Mann beging in seiner Verwirrung so köstliche und kindliche Dinge, dergleichen sie niemals erfahren und für sie ein Mal schmeichelhafter und angenehmer waren als das andere. Er aber in seiner Gradheit und Ehrlichkeit konnte es nicht lange so aushalten; da jeder darauf anspielte und sich einen Scherz erlaubte, so schien es ihm eine Komödie zu werden, als deren Gegenstand ihm seine Geliebte viel zu gut und heilig war, und was ihr ausnehmend behagte, das machte ihn bekümmert, ungewiß und verlegen um sie selber. Auch glaubte er sie zu beleidigen und zu hintergehen, wenn er da lange eine so heftige Leidenschaft zu ihr herumtrüge und unaufhörlich an sie denke, ohne daß sie eine Ahnung davon habe, was doch gar nicht schicklich sei und ihm selber nicht recht! Daher sah man ihm eines Morgens von weitem an, daß er etwas vorhatte, und er bekannte ihr seine Liebe in einigen Worten, um es einmal und nie zum zweiten Male zu sagen, wenn er nicht glücklich sein sollte. Denn er war nicht gewohnt zu denken, daß ein solches schönes und wohlbeschaffenes Fräulein etwa nicht ihre wahre Meinung sagen und nicht auch gleich zum erstenmal ihr unwiderrufliches Ja oder Nein erwidern sollte. Er war ebenso zart gesinnt als heftig verliebt, ebenso spröde als kindlich und ebenso stolz als unbefangen, und bei ihm galt es gleich auf Tod und Leben, auf Ja oder Nein, Schlag um Schlag. In demselben Augenblicke aber, in welchem das Fräulein sein Geständnis anhörte, das sie so sehnlich erwartet, überfiel sie ihr altes Mißtrauen und es fiel ihr zur unglücklichen Stunde ein, daß ihr Liebhaber ein Kaufmann sei, welcher am Ende nur ihr Vermögen zu erlangen wünsche, um seine Unternehmungen zu erweitern. Wenn er daneben auch ein wenig in ihre Person verliebt sein sollte, so wäre ja das bei ihrer Schönheit kein sonderliches Verdienst und nur um so empörender, wenn sie eine bloße wünschbare Zugabe zu ihrem Golde vorstellen sollte. Anstatt ihm daher ihre Gegenliebe zu gestehen und ihn wohl aufzunehmen, wie sie am liebsten getan hätte, ersann sie auf der Stelle eine neue List, um seine Hingebung zu prüfen, und nahm eine ernste, fast traurige Miene an, indem sie ihm vertraute, wie sie bereits mit einem jungen Mann verlobt sei in ihrer Heimat, welchen sie auf das allerherzlichste liebe. Sie habe ihm das schon mehrmals mitteilen wollen, da sie ihn, den Kaufmann nämlich, als Freund sehr liebhabe, wie er wohl habe sehen können aus ihrem Benehmen, und sie vertraue ihm wie einem Bruder. Aber die ungeschickten Scherze, welche in der Gesellschaft aufgekommen seien, hätten ihr eine vertrauliche Unterhaltung erschwert; da er nun aber selbst sie mit seinem braven und edlen Herzen überrascht und dasselbe vor ihr aufgetan, so könne sie ihm für seine Neigung nicht besser danken, als indem sie ihm ebenso offen sich anvertraue. Ja, fuhr sie fort, nur demjenigen könne sie angehören, welchen sie einmal erwählt habe, und nie würde es ihr möglich sein, ihr Herz einem anderen Mannesbilde zuzuwenden, dies stehe mit goldenem Feuer in ihrer Seele geschrieben, und der liebe Mann wisse selbst nicht, wie lieb er ihr sei, so wohl er sie auch kenne! Aber ein trüber Unstern hätte sie betroffen; ihr Bräutigam sei ein Kaufmann, aber so arm wie eine Maus; darum hätten sie den Plan gefaßt, daß er aus den Mitteln der Braut einen Handel begründen solle; der Anfang sei gemacht und alles auf das beste eingeleitet, die Hochzeit sollte in diesen Tagen gefeiert werden, da wollte ein unverhofftes Mißgeschick, daß ihr ganzes Vermögen plötzlich ihr angetastet und abgestritten wurde und vielleicht für immer verlorengehe, während der arme Bräutigam in nächster Zeit seine ersten Zahlungen zu leisten habe an die Mailänder und venezianischen Kaufleute, worauf sein ganzer Kredit, sein Gedeihen und seine Ehre beruhe, nicht zu sprechen von ihrer Vereinigung und glücklichen Hochzeit! Sie sei in der Eile nach Mailand gekommen, wo sie begüterte Verwandte habe, um da Mittel und Auswege zu finden; aber zu einer schlimmen Stunde sei sie gekommen; denn nichts wolle sich fügen und schicken, während der Tag immer näher rücke, und wenn sie ihrem Geliebten nicht helfen könne, so müsse sie sterben vor Traurigkeit. Denn es sei der liebste und beste Mensch, den man sich denken könne, und würde sicherlich ein großer Kaufherr werden, wenn ihm geholfen würde, und sie kenne kein anderes Glück mehr auf Erden, als dann dessen Gemahlin zu sein! Als sie diese Erzählung beendet, hatte sich der arme schöne Jüngling schon lange entfärbt und war bleich wie ein weißes Tuch. Aber er ließ keinen Laut der Klage vernehmen und sprach nicht ein Sterbenswörtchen mehr von sich selbst und von seiner Liebe, sondern fragte bloß traurig, auf wieviel sich denn die eingegangenen Verpflichtungen des glücklich unglücklichen Bräutigams beliefen? Auf zehntausend Goldgulden! antwortete sie noch viel trauriger. Der junge traurige Kaufherr stand auf, ermahnte das Fräulein, guten Mutes zu sein, da sich gewiß ein Ausweg zeigen werde, und entfernte sich von ihr, ohne daß er sie anzusehen wagte, so sehr fühlte er sich betroffen und beschämt, daß er sein Auge auf eine Dame geworfen, die so treu und leidenschaftlich einen andern liebte. Denn der Arme glaubte jedes Wort von ihrer Erzählung wie ein Evangelium. Dann begab er sich ohne Säumnis zu seinen Handelsfreunden und brachte sie durch Bitten und Einbüßung einer gewissen Summe dahin, seine Bestellungen und Einkäufe wieder rückgängig zu machen, welche er selbst in diesen Tagen auch grad mit seinen zehntausend Goldgulden bezahlen sollte und worauf er seine ganze Laufbahn bauete, und ehe sechs Stunden verflossen waren, erschien er wieder bei dem Fräulein mit seinem ganzen Besitztum und bat sie um Gottes willen, diese Aushilfe von ihm annehmen zu wollen. Ihre Augen funkelten vor freudiger Überraschung und ihre Brust pochte wie ein Hammerwerk; sie fragte ihn, wo er denn dies Kapital hergenommen, und er erwiderte, er habe es auf seinen guten Namen geliehen und würde es, da seine Geschäfte sich glücklich wendeten, ohne Unbequemlichkeit zurückerstatten können. Sie sah ihm deutlich an, daß er log und daß es sein einziges Vermögen und ganze Hoffnung war, welche er ihrem Glücke opferte; doch stellte sie sich, als glaubte sie seinen Worten. Sie ließ ihren freudigen Empfindungen freien Lauf und tat grausamerweise, als ob diese dem Glück gälten, nun doch ihren Erwählten retten und heiraten zu dürfen, und sie konnte nicht Worte finden, ihre Dankbarkeit auszudrücken. Doch plötzlich besann sie sich und erklärte, nur unter einer Bedingung die großmütige Tat annehmen zu können, da sonst alles Zureden unnütz wäre. Befragt, worin diese Bedingung bestehe, verlangte sie das heilige Versprechen, daß er an einem bestimmten Tage sich bei ihr einfinden wolle, um ihrer Hochzeit beizuwohnen und der beste Freund und Gönner ihres zukünftigen Ehegemahls zu werden, sowie der treueste Freund, Schützer und Berater ihrer selbst. Errötend bat er sie, von diesem Begehren abzustehen; aber umsonst wandte er alle Gründe an, um sie davon abzubringen, umsonst stellte er ihr vor, daß seine Angelegenheiten jetzt nicht erlaubten, nach der

Schweiz zurückzureisen, und daß er von einem solchen Abstecher einen erheblichen Schaden erleiden würde. Sie beharrte entschieden auf ihrem Verlangen und schob ihm sogar sein Gold wieder zu, da er sich nicht dazu verstehen wollte. Endlich versprach er es, aber er mußte ihr die Hand darauf geben und es ihr bei seiner Ehre und Seligkeit beschwören. Sie bezeichnete ihm genau den Tag und die Stunde, wann er eintreffen solle, und alles dies mußte er bei seinem Christenglauben und bei seiner Seligkeit beschwören. Erst dann nahm sie sein Opfer an und ließ den Schatz vergnügt in ihre Schlafkammer tragen, wo sie ihn eigenhändig in ihrer Reisetruhe verschloß und den Schlüssel in den Busen steckte. Nun hielt sie sich nicht länger in Mailand auf, sondern reiste ebenso fröhlich über den Sankt Gotthard zurück, als schwermütig sie hergekommen war. Auf der Teufelsbrücke, wo sie hatte hinabspringen wollen, lachte sie wie eine Unkluge und warf mit hellem Jauchzen ihrer wohlklingenden Stimme einen Granatblütenstrauß in die Reuß, welchen sie vor der Brust trug, kurz, ihre Lust war nicht zu bändigen, und es war die fröhlichste Reise, die je getan wurde. Heimgekehrt, öffnete und lüftete sie ihr Haus von oben bis unten und schmückte es, als ob sie einen Prinzen erwartete. Aber zu Häupten ihres Bettes legte sie den Sack mit den zehntausend Goldgulden und legte des Nachts den Kopf so glückselig auf den harten Klumpen und schlief darauf, wie wenn es das weichste Flaumkissen gewesen wäre. Kaum konnte sie den verabredeten Tag erwarten, wo sie ihn sicher kommen sah, da sie wußte, daß er nicht das einfachste Versprechen, geschweige denn einen Schwur brechen würde, und wenn es ihm um das Leben ginge. Aber der Tag brach an und der Geliebte erschien nicht, und es vergingen viele Tage und Wochen, ohne daß er von sich hören ließ. Da fing sie an, an allen Gliedern zu zittern, und verfiel in die größte Angst und Bangigkeit; sie schickte Briefe über Briefe nach Mailand, aber niemand wußte ihr zu sagen, wo er geblieben sei.

Endlich aber stellte es sich durch einen Zufall heraus, daß der junge Kaufherr aus einem blutroten Stück Seidendamast, welches er von seinem Handelsanfang her im Haus liegen und bereits bezahlt hatte, sich ein Kriegskleid hatte anfertigen lassen und unter die Schweizer gegangen war, welche damals eben im Solde des Königs Franz von Frankreich den Mailändischen Krieg mitstritten. Nach der Schlacht bei Pavia, in welcher so viele Schweizer das Leben verloren, wurde er auf einem Haufen erschlagener Spaniolen liegend gefunden, von vielen tödlichen Wunden zerrissen und sein rotes Seidengewand von unten bis oben zerschlitzt und zerfetzt. Ehe er den Geist aufgab, sagte er einem neben ihm liegenden Seldwyler, der minder übel zugerichtet war, folgende Botschaft ins Gedächtnis und bat ihn, dieselbe auszurichten, wenn er mit dem Leben davonkäme: ›Liebstes Fräulein! Obgleich ich Euch bei meiner Ehre, bei meinem Christenglauben und bei meiner Seligkeit geschworen habe, auf Euerer Hochzeit zu erscheinen, so ist es mir dennoch nicht möglich gewesen, Euch nochmals zu sehen und einen andern des höchsten Glückes teilhaftig zu erblicken, das es für mich geben könnte. Dieses habe ich erst in Euerer Abwesenheit verspürt und habe vorher nicht gewußt, welch eine strenge und unheimliche Sache es ist um solche Liebe, wie ich zu Euch habe, sonst würde ich mich zweifelsohne besser davor gehütet haben. Da es aber einmal so ist, so wollte ich lieber meiner weltlichen Ehre und meiner geistlichen Seligkeit verloren und in die ewige Verdammnis eingehen als ein Meineidiger, denn noch einmal in Euerer Nähe erscheinen mit einem Feuer in der Brust, welches stärker und unauslöschlicher ist als das Höllenfeuer und mich dieses kaum wird verspüren lassen. Betet nicht etwa für mich, schönstes Fräulein, denn ich kann und werde nie selig werden ohne Euch, sei es hier oder dort, und somit lebt glücklich und seid gegrüßt!‹ So hatte in dieser Schlacht, nach welcher König Franziskus sagte: ›Alles verloren, außer der Ehre!‹, der unglückliche Liebhaber alles verloren, die Hoffnung, die Ehre, das Leben und die ewige Seligkeit, nur die Liebe nicht, die ihn verzehrte. Der Seldwyler kam glücklich davon, und sobald er sich in etwas erholt und außer Gefahr sah, schrieb er die Worte des Umgekommenen getreu auf seine Schreibtafel, um sie nicht zu vergessen, reiste nach Hause, meldete sich bei dem unglücklichen Fräulein und las ihr die Botschaft so steif und kriegerisch vor, wie er zu tun gewohnt war, wenn er sonst die Mannschaft eines Fähnleins verlas; denn es war ein Feldleutnant. Das Fräulein aber zerraufte sich die Haare, zerriß ihre Kleider und begann so laut zu schreien und zu weinen, daß man es die Straße auf und nieder hörte und die Leute zusammenliefen. Sie schleppte wie wahnsinnig die zehntausend Goldgulden herbei, zerstreute sie auf dem Boden, warf sich der Länge nach daraufhin und küßte die glänzenden Goldstücke. Ganz von Sinnen, suchte sie den umherrollenden Schatz zusammenzuraffen und zu umarmen, als ob der verlorene Geliebte darin zugegen wäre. Sie lag Tag und Nacht auf dem Golde und wollte weder Speise noch Trank zu sich nehmen; unaufhörlich liebkoste und küßte sie das kalte Metall, bis sie mitten in der Nacht plötzlich aufstand, den Schatz, emsig hin und her eilend, nach dem Garten trug und dort unter bitteren Tränen in den tiefen Brunnen warf und einen Fluch darüber aussprach, daß er niemals jemand anderm angehören solle.«

Als Spiegel soweit erzählt hatte, sagte Pineiß: »Und liegt das schöne Geld noch in dem Brunnen?« – »Ja, wo sollte es sonst liegen?« antwortete Spiegel, »denn nur ich kann es herausbringen und habe es bis zur Stunde noch nicht getan!« – »Ei ja so, richtig!« sagte Pineiß, »ich habe es ganz vergessen über deiner Geschichte! Du kannst nicht übel erzählen, du Sapperlöter! und es ist mir ganz gelüstig worden nach einem Weibchen, die so für mich eingenommen wäre; aber sehr schön müßte sie sein! Doch erzähle jetzt schnell noch, wie die Sache eigentlich zusammenhängt!« – »Es dauerte manche Jahre«, sagte Spiegel, »bis das Fräulein aus bitteren Seelenleiden soweit zu sich kam, daß sie anfangen konnte, die stille alte Jungfer zu werden, als welche ich sie kennenlernte. Ich darf mich berühmen, daß ich ihr einziger Trost und ihr vertrautester Freund geworden bin in ihrem einsamen Leben bis an ihr stilles Ende. Als sie aber dieses herannahen sah, vergegenwärtigte sie sich noch einmal die Zeit ihrer fernen Jugend und Schönheit und erlitt noch einmal mit milderen ergebenen Gedanken erst die süßen Erregungen und dann die bittern Leiden jener Zeit, und sie weinte still sieben Tage und Nächte hindurch über die Liebe des Jünglings, deren Genuß sie durch ihr Mißtrauen verloren hatte, so daß ihre alten Augen noch kurz vor dem Tode erblindeten. Dann bereute sie den Fluch, welchen sie über jenen Schatz ausgesprochen, und sagte zu mir, indem sie mich mit dieser wichtigen Sache beauftragte: ›Ich bestimme nun anders, lieber Spiegel, und gebe dir die Vollmacht, daß du meine Verordnung vollziehest. Sieh dich um und suche, bis du eine bildschöne, aber unbemittelte Frauensperson findest, welcher es ihrer Armut wegen an Freiern gebricht! Wenn sich dann ein verständiger, rechtlicher und hübscher Mann finden sollte, der sein gutes Auskommen hat und die Jungfrau ungeachtet ihrer Armut, nur allein von ihrer Schönheit bewegt, zur Frau begehrt, so soll dieser Mann mit den stärksten Eiden sich verpflichten, derselben so treu, aufopfernd und unabänderlich ergeben zu sein, wie es mein unglücklicher Liebster gewesen ist, und dieser Frau sein Leben lang in allen Dingen zu willfahren. Dann gib der Braut die zehntausend Goldgulden, welche im Brunnen liegen, zur Mitgift, daß sie ihren Bräutigam am Hochzeitsmorgen damit überrasche!‹ So sprach die Selige, und ich habe meiner widrigen Geschicke wegen versäumt, dieser Sache nachzugehen, und muß nun befürchten, daß die Arme deswegen im Grabe noch beunruhigt sei, was für mich eben auch nicht die angenehmsten Folgen haben kann!«

Pineiß sah den Spiegel mißtrauisch an und sagte: »Wärst du wohl imstande, Bürschchen! mir den Schatz ein wenig nachzuweisen und augenscheinlich zu machen?«

»Zu jeder Stunde!« versetzte Spiegel, »aber Ihr müßt wissen, Herr Stadthexenmeister, daß Ihr das Gold nicht etwa so ohne weiteres herausfischen dürftet. Man würde Euch unfehlbar das Genick umdrehen; denn es ist nicht ganz geheuer in dem Brunnen, ich habe darüber bestimmte Inzichten, welche ich aus Rücksichten nicht näher berühren darf!«

»Hei, wer spricht denn vom Herausholen?« sagte Pineiß etwas furchtsam, »führe mich einmal hin und zeige mir den Schatz! Oder vielmehr will ich dich führen an einem guten Schnürlein, damit du mir nicht entwischest!«

»Wie Ihr wollt!« sagte Spiegel, »aber nehmt auch eine andere lange Schnur mit und eine Blendlaterne, welche Ihr daran in den Brunnen hinablassen könnt; denn der ist sehr tief und dunkel!« Pineiß befolgte diesen Rat und führte das muntere Kätzchen nach dem Garten jener Verstorbenen. Sie überstiegen miteinander die Mauer, und Spiegel zeigte dem Hexer den Weg zu dem alten Brunnen, welcher unter verwildertem Gebüsche verborgen war. Dort ließ Pineiß sein Laternchen hinunter, begierig nachblickend, während er den angebundenen Spiegel nicht von der Hand ließ. Aber richtig sah er in der Tiefe das Gold funkeln unter dem grünlichen Wasser und rief: »Wahrhaftig, ich seh's, es ist wahr! Spiegel, du bist ein Tausendskerl!« Dann guckte er wieder eifrig hinunter und sagte: »Mögen es auch zehntausend sein?« – »Ja, das ist nun nicht zu schwören!« sagte Spiegel, »ich bin nie da unten gewesen und hab's nicht gezählt! Ist auch möglich, daß die Dame dazumal einige Stücke auf dem Wege verloren hat, als sie den Schatz hierher trug, da sie in einem sehr aufgeregten Zustande war.« – »Nun, seien es auch ein Dutzend oder mehr weniger!« sagte Herr Pineiß, »es soll mir darauf nicht ankommen!« Er setzte sich auf den Rand des Brunnens, Spiegel setzte sich auch nieder und leckte sich das Pfötchen. »Da wäre nun der Schatz!« sagte Pineiß, indem er sich hinter den Ohren kratzte, »und hier wäre auch der Mann dazu; fehlt nur noch das bildschöne Weib!« – »Wie?« sagte Spiegel. – »Ich meine, es fehlt nur noch diejenige, welche die Zehntausend als Mitgift bekommen soll, um mich damit zu überraschen am Hochzeitsmorgen, und welche alle jene angenehmen Tugenden hat, von denen du gesprochen!« – »Hm!« versetzte Spiegel, »die Sache verhält sich nicht ganz so, wie Ihr sagt! Der Schatz ist da, wie Ihr richtig einseht; das schöne Weib habe ich, um es aufrichtig zu gestehen, allbereits auch schon ausgespürt; aber mit dem Mann, der sie unter diesen schwierigen Umständen heiraten möchte, da hapert es eben; denn heutzutage muß die Schönheit obenein vergoldet sein wie die Weihnachtsnüsse, und je hohler die Köpfe werden, desto mehr sind sie bestrebt, die Leere mit einigem Weibergut nachzufüllen, damit sie die Zeit besser zu verbringen vermögen; da wird dann mit wichtigem Gesicht ein Pferd besehen und ein Stück Sammet gekauft, mit Laufen und Rennen eine gute Armbrust bestellt, und der Büchsenschmied kommt nicht aus dem Hause; da heißt es, ich muß meinen Wein einheimsen und meine Fässer putzen, meine Bäume putzen lassen, nun mein Dach decken; ich muß meine Frau ins Bad schicken, sie kränkelt und kostet mich viel Geld, und muß mein Holz fahren lassen und mein Ausstehendes eintreiben; ich habe ein paar Windspiele gekauft und meine Bracken vertauscht, ich habe einen schönen eichenen Ausziehtisch eingehandelt und meine große Nußbaumlade drangegeben; ich habe meine Bohnenstangen geschnitten, meinen Gärtner fortgejagt, mein Heu verkauft und meinen Salat gesäet, immer mein und mein vom Morgen bis zum Abend. Manche sagen sogar: ich habe meine Wäsche die nächste Woche, ich muß meine Betten sonnen, ich muß eine Magd dingen und einen neuen Metzger haben, denn den alten will ich abschaffen; ich habe ein allerliebstes Waffeleisen erstanden, durch

Zufall, und habe mein silbernes Zimmetbüchschen verkauft, es war mir so nichts nütze; alles das sind wohlverstanden die Sachen der Frau, und so verbringt ein solcher Kerl die Zeit und stiehlt unserm Herrgott den Tag ab, indem er alle diese Verrichtungen aufzählt, ohne einen Streich zu tun. Wenn es hoch kommt und ein solcher Patron sich etwa ducken muß, so wird er vielleicht sagen: unsere Kühe und unsere Schweine, aber –« Pineiß riß den Spiegel an der Schnur, daß er miau! schrie, und rief: »Genug, du Plappermaul! Sag' jetzt unverzüglich: wo ist sie, von der du weißt?« Denn die Aufzählung aller dieser Herrlichkeiten und Verrichtungen, die mit einem Weibergute verbunden sind, hatte dem dürren Hexenmeister den Mund nur noch wässeriger gemacht. Spiegel sagte erstaunt: »Wollt Ihr denn wirklich das Ding unternehmen, Herr Pineiß?«

»Versteht sich will ich! Wer sonst als ich? Drum heraus damit: wo ist diejenige?«

»Damit Ihr hingehen und sie freien könnt?«

»Ohne Zweifel!« – »So wisset, die Sache geht nur durch meine Hand! Mit mir müßt Ihr sprechen, wenn Ihr Geld und Frau wollt!« sagte Spiegel kaltblütig und gleichgültig und fuhr sich mit den beiden Pfoten eifrig über die Ohren, nachdem er sie jedesmal ein bißchen naß gemacht. Pineiß besann sich sorgfältig, stöhnte ein bißchen und sagte: »Ich merke, du willst unsern Kontrakt aufheben und deinen Kopf salvieren!«

»Schiene Euch das so uneben und unnatürlich?«

»Du betrügst mich am Ende und belügst mich wie ein Schelm!«

»Dies ist auch möglich!« sagte Spiegel.

»Ich sage dir: Betrüge mich nicht!« rief Pineiß gebieterisch.

»Gut, so betrüge ich Euch nicht!« sagte Spiegel.

»Wenn du's tust!«

»So tu' ich's.«

»Quäle mich nicht, Spiegelchen!« sprach Pineiß beinahe weinerlich, und Spiegel erwiderte jetzt ernsthaft: »Ihr seid ein wun-

derbarer Mensch, Herr Pineiß! Da haltet Ihr mich an einer Schnur gefangen und zerrt daran, daß mir der Atem vergeht! Ihr lasset das Schwert des Todes über mir schweben seit länger als zwei Stunden, was sag' ich! seit einem halben Jahre! und nun sprecht Ihr: ›Quäle mich nicht, Spiegelchen!‹
Wenn Ihr erlaubt, so sage ich Euch in Kürze: Es kann mir nur lieb sein, jene Liebespflicht gegen die Tote doch noch zu erfüllen und für das bewußte Frauenzimmer einen tauglichen Mann zu finden, und Ihr scheint mir allerdings in aller Hinsicht zu genugen; es ist keine Leichtigkeit, ein Weibstück wohl unterzubringen, sosehr dies auch scheint, und ich sage noch einmal: ich bin froh, daß Ihr Euch hierzu bereit finden lasset! Aber umsonst ist der Tod! Eh' ich ein Wort weiter spreche, einen Schritt tue, ja eh' ich nur den Mund noch einmal aufmache, will ich erst meine Freiheit wieder haben und mein Leben versichert! Daher nehmt diese Schnur weg und legt den Kontrakt hier auf den Brunnen, hier auf diesen Stein, oder schneidet mir den Kopf ab, eins von beiden!«

»Ei, du Tollhäusler und Obenhinaus!« sagte Pineiß, »du Hitzkopf, so streng wird es nicht gemeint sein? Das will ordentlich besprochen sein und muß jedenfalls ein neuer Vertrag geschlossen werden!« Spiegel gab keine Antwort mehr und saß unbeweglich da, ein, zwei und drei Minuten. Da ward dem Meister bänglich, er zog seine Brieftasche hervor, klaubte seufzend den Schein heraus, las ihn noch einmal durch und legte ihn dann zögernd vor Spiegel hin. Kaum lag das Papier dort, so schnappte es Spiegel auf und verschlang es; und obgleich er heftig daran zu würgen hatte, so dünkte es ihn doch die beste und gedeihlichste Speise zu sein, die er je genossen, und er hoffte, daß sie ihm noch auf lange wohl bekommen und ihn rundlich und munter machen würde. Als er mit der angenehmen Mahlzeit fertig war, begrüßte er den Hexenmeister höflich und sagte: »Ihr werdet unfehlbar von mir hören, Herr Pineiß, und Weib und Geld sollen Euch nicht entgehen. Dagegen macht Euch bereit, recht verliebt zu sein, damit Ihr jene Bedingungen einer unverbrüchlichen Hingebung an die Liebkosungen Eurer Frau, die schon so gut wie Euer ist, ja beschwören und erfüllen könnt! Und hiermit bedanke ich mich des Vorläufigen für genossene Pflege und Beköstigung und beurlaube mich!«

Somit ging Spiegel seines Weges und freute sich über die Dummheit des Hexenmeisters, welcher glaubte, sich selbst und alle Welt betrügen zu können, indem er ja die gehoffte Braut nicht uneigennützig, aus bloßer Liebe zur Schönheit ehelichen wollte, sondern den Umstand mit den zehntausend Goldgulden vorher wußte. Indessen hatte er schon eine Person im Auge, welche er dem törichten Hexenmeister aufzuhalsen gedachte für seine gebratenen Krammetsvögel, Mäuse und Würstchen.

Dem Hause des Herrn Pineiß gegenüber war ein anderes Haus, dessen vordere Seite auf das sauberste geweißt war und dessen Fenster immer frisch gewaschen glänzten. Die bescheidenen Fenstervorhänge waren immer schneeweiß und wie soeben geplättet, und ebenso weiß war der Habit und das Kopf- und Halstuch einer alten Beghine, welche in dem Hause wohnte, also daß ihr nonnenartiger Kopfputz, der ihre Brust bekleidete, immer wie aus Schreibpapier gefaltet aussah, so daß man gleich darauf hätte schreiben mögen; das hätte man wenigstens auf der Brust bequem tun können, da sie so eben und so hart war wie ein Brett. So scharf die weißen Kanten und Ecken ihrer Kleidung, so scharf war auch die lange Nase und das Kinn der Beghine, ihre Zunge und der böse Blick ihrer Augen; doch sprach sie nur wenig mit der Zunge und blickte wenig mit den Augen, da sie die Verschwendung nicht liebte und alles nur zur rechten Zeit und mit Bedacht verwendete. Alle Tage ging sie dreimal in die Kirche, und wenn sie in ihrem frischen, weißen und knitternden Zeuge und mit ihrer weißen spitzigen Nase über die Straße ging, liefen die Kinder furchtsam davon, und selbst erwachsene Leute traten gern hinter die Haustüre, wenn es noch Zeit war. Sie stand aber wegen ihrer strengen Frömmigkeit und Eingezogenheit in großem Rufe und besonders bei der Geistlichkeit in hohem Ansehen, aber selbst die Pfaffen verkehrten lieber schriftlich mit ihr als mündlich, und wenn sie beichtete, so schoß der Pfarrer jedesmal so schweißtriefend aus dem Beichtstuhl heraus, als ob er aus einem Backofen käme. So lebte die fromme Beghine, die keinen Spaß verstand, in tiefem Frieden und blieb ungeschoren. Sie machte sich auch mit niemand zu schaffen und ließ die Leute gehen, vorausgesetzt, daß sie ihr aus dem Wege gingen; nur auf ihren Nachbar Pineiß schien sie einen besonderen Haß geworfen zu haben; denn sooft er sich an seinem Fenster blicken ließ, warf sie ihm einen bösen Blick hinüber und zog augenblicklich ihre weißen Vorhänge vor, und Pineiß fürchtete sie wie das Feuer, und wagte nur zuhinterst in seinem Hause, wenn alles gut verschlossen war, etwa einen Witz über sie zu machen. So weiß und hell aber das Haus der Beghine nach der Straße zu aussah, so schwarz und räucherig, unheimlich und seltsam sah es von hinten aus, wo es jedoch fast gar nicht gesehen werden konnte als von den Vögeln des Himmels und den Katzen auf den Dächern, weil es in eine dunkle Winkelei von himmelhohen Brandmauern ohne Fenster hineingebaut war, wo nirgends ein menschliches Gesicht sich sehen ließ. Unter dem Dache dort hingen alte zerrissene Unterröcke, Körbe und Kräutersäcke, auf dem Dache wuchsen ordentliche Eichenbäumchen und Dornsträucher, und ein großer rußiger Schornstein ragte unheimlich in die Luft. Aus diesem Schornstein aber fuhr in der dunklen Nacht nicht selten eine Hexe auf ihrem Besen in die Höhe, jung und schön und splitternackt, wie Gott die Weiber geschaffen und der Teufel sie gern sieht. Wenn sie aus dem Schornstein fuhr, so schnupperte sie mit dem feinsten Näschen und mit lächelnden Kirschenlippen in der frischen Nachtluft und fuhr in dem weißen Scheine ihres Leibes dahin, indes ihr langes rabenschwarzes Haar wie eine Nachtfahne hinter ihr herflatterte. In einem Loch am Schornstein saß ein alter Eulenvogel, und zu diesem begab sich jetzt der befreite Spiegel, eine fette Maus im Maule, die er unterwegs gefangen.

»Wünsch' guten Abend, liebe Frau Eule! Eifrig auf der Wacht?« sagte er, und die Eule erwiderte: »Muß wohl! Wünsch' gleichfalls guten Abend! Ihr habt Euch lange nicht sehen lassen, Herr Spiegel!«

»Hat seine Gründe gehabt, werde Euch das erzählen. Hier habe ich Euch ein Mäuschen gebracht, schlecht und recht, wie es die Jahreszeit gibt, wenn Ihr's nicht verschmähen wollt! Ist die Meisterin ausgeritten?«

»Noch nicht, sie will erst gegen Morgen auf ein Stündchen hinaus. Habt Dank für die schöne Maus! Seid doch immer der höfliche Spiegel! Habe hier einen schlechten Sperling zur Seite gelegt, der mir heut zu nahe flog; wenn Euch beliebt, so kostet den Vogel! Und wie ist es Euch denn ergangen?«

»Fast wunderlich«, erwiderte Spiegel, »sie wollten mir an den Kragen. Hört, wenn es Euch gefällig ist.« Während sie nun vergnüglich ihr Abendessen einnahmen, erzählte Spiegel der aufmerksamen Eule alles, was ihn betroffen, und wie er sich aus den Händen des Herrn Pineiß befreit habe. Die Eule sagte: »Da wünsch' ich tausendmal Glück, nun seid Ihr wieder ein gemachter Mann und könnt gehen, wo Ihr wollt, nachdem Ihr mancherlei erfahren!«

»Damit sind wir noch nicht zu Ende«, sagte Spiegel, »der Mann muß seine Frau und seine Goldgulden haben!«

»Seid Ihr von Sinnen, dem Schelm noch wohlzutun, der Euch das Fell abziehen wollte?«

»Ei, er hat es doch rechtlich und vertragsmäßig tun können, und da ich ihn in gleicher Münze wieder bedienen kann, warum sollt' ich es unterlassen? Wer sagt denn, daß ich ihm wohltun will? Jene Erzählung war eine reine Erfindung von mir, meine in Gott ruhende Meistern war eine simple Person, welche in ihrem Leben nie verliebt, noch von Anbetern umringt war, und jener Schatz ist ein ungerechtes Gut, das sie einst ererbt und in den Brunnen geworfen hat, damit sie kein Unglück daran erlebe. ›Verflucht sei, wer es da herausnimmt und verbraucht‹, sagte sie. Es macht sich also in Betreff des Wohltuns!«

»Dann ist die Sache freilich anders! Aber nun, wo wollt Ihr die entsprechende Frau hernehmen?« – »Hier aus diesem Schornstein! Deshalb bin ich gekommen, um ein vernünftiges Wort mit Euch zu reden! Möchtet Ihr denn nicht einmal wieder frei werden aus den Banden dieser Hexe? Sinnt nach, wie wir sie fangen und mit dem alten Bösewicht verheiraten!«

»Spiegel, Ihr braucht Euch nur zu nähern, so weckt Ihr mir ersprießliche Gedanken.«

»Das wußt' ich wohl, daß Ihr klug seid! Ich habe das Meinige getan, und es ist besser, daß Ihr auch Euren Senf dazu gebt und neue Kräfte vorspannt, so kann es gewiß nicht fehlen!«

»Da alle Dinge so schön zusammentreffen, so brauche ich nicht lang zu sinnen, mein Plan ist längst gemacht!« – »Wie fangen wir sie?« – »Mit einem neuen Schnepfengarn aus guten starken Hanfschnüren; geflochten muß es sein von einem zwanzigjährigen Jägerssohn, der noch kein Weib angesehen hat, und es muß schon dreimal der Nachttau darauf gefallen sein, ohne daß sich eine Schnepfe gefangen; der Grund aber hiervon muß dreimal eine gute Handlung sein. Ein solches Netz ist stark genug, die Hexe zu fangen.«

»Nun bin ich neugierig, wo Ihr ein solches hernehmt«, sagte Spiegel, »denn ich weiß, daß Ihr keine vergeblichen Worte schwatzt!«

»Es ist auch schon gefunden, wie für uns gemacht; in einem Walde nicht weit von hier sitzt ein zwanzigjähriger Jägerssohn, welcher noch kein Weib angesehen hat; denn er ist blind geboren. Deswegen ist er auch zu nichts zu gebrauchen als zum Garnflechten, und hat vor einigen Tagen ein neues, sehr schönes Schnepfengarn zustande gebracht. Aber als der alte Jäger es zum ersten Male ausspannen wollte, kam ein Weib daher, welches ihn zur Sünde verlocken wollte; es war aber so häßlich, daß der alte Mann voll Schreckens davonlief und das Garn am Boden liegen ließ. Darum ist ein Tau darauf gefallen, ohne daß sich eine Schnepfe fing, und war also eine gute Handlung daran schuld. Als er des andern Tages hinging, um das Garn abermals auszuspannen, kam eben ein Reiter daher, welcher einen schweren Mantelsack hinter sich hatte; in diesem war ein Loch, aus welchem von Zeit zu Zeit ein Goldstück auf die Erde fiel. Da ließ der Jäger das Garn abermals liegen und lief eifrig hinter dem Reiter her und sammelte die Goldstücke in seinen Hut, bis der Reitet sich umkehrte, es sah und voll Grimm seine Lanze auf ihn richtete. Da bückte der Jäger sich erschrocken, reichte ihm den Hut dar und sagte: ›Erlaubt, gnädiger Herr, Ihr habt hier viel Geld verloren, das ich Euch sorgfältig aufgelesen!‹ Dies war wiederum eine gute Handlung, indem das ehrliche Finden eine der schwierigsten und besten ist; er war aber so weit von dem Schnepfengarn entfernt, daß er es die zweite Nacht im Walde liegen ließ und den nähern Weg nach Hause ging. Am dritten Tag endlich, nämlich gestern, als er eben wieder auf dem Wege war, traf er eine hübsche Gevattersfrau an, die dem Alten um den Bart zu gehen pflegte und der er schon manches Häslein geschenkt hat. Darüber vergaß er die Schnepfen gänzlich und sagte am Morgen: ›Ich habe den armen Schnepflein das Leben geschenkt; auch gegen Tiere muß man barmherzig sein!‹ Und um dieser drei guten Handlungen willen fand er, daß er jetzt zu gut sei für diese Welt, und ist heute vormittag beizeiten in ein Kloster gegangen. So liegt das Garn noch ungebraucht im Walde und ich darf es nur holen.« – »Holt es geschwind!« sagte Spiegel, »es wird gut sein zu unserm Zweck!« – »Ich will es holen«, sagte die Eule, »steht nur so lang Wache für mich in diesem

Loch, und wenn etwa die Meisterin den Schornstein hinaufrufen sollte, ob die Luft rein sei, so antwortet, indem Ihr meine Stimme nachahmt: ›Nein, es stinkt noch nicht in der Fechtschul'!‹« Spiegel stellte sich in die Nische, und die Eule flog still über die Stadt weg nach dem Wald. Bald kam sie mit dem Schnepfengarn zurück und fragte: »Hat sie schon gerufen?« – »Noch nicht!« sagte Spiegel.

Da spannten sie das Garn aus über den Schornstein und setzten sich daneben still und klug; die Luft war dunkel und es ging ein leichtes Morgenwindchen, in welchem ein paar Sternbilder flackerten. »Ihr sollt sehen«, flüsterte die Eule, »wie geschickt die durch den Schornstein heraufzusäuseln versteht, ohne sich die blanken Schultern schwarz zu machen!« – »Ich hab' sie noch nie so nah gesehen«, erwiderte Spiegel leise, »wenn sie uns nur nicht zu fassen kriegt.«

Da rief die Hexe von unten: »Ist die Luft rein?« Die Eule rief: »Ganz rein, es stinkt herrlich in der Fechtschul'!«, und alsobald kam die Hexe heraufgefahren und wurde in dem Garne gefangen, welches die Katze und die Eule eiligst zusammenzogen und verbanden. »Halt fest!« sagte Spiegel und »Binde gut!« die Eule. Die Hexe zappelte und tobte mäuschenstill, wie ein Fisch im Netz; aber es half ihr nichts und das Garn bewährte sich auf das beste. Nur der Stiel ihres Besens ragte durch die Maschen. Spiegel wollte ihn sachte herausziehen, erhielt aber einen solchen Nasenstüber, daß er beinahe in Ohnmacht fiel und einsah, wie man auch einer Löwin im Netz nicht zu nahe kommen dürfe. Endlich hielt sich die Hexe still und sagte: »Was wollt ihr denn von mir, ihr wunderlichen Tiere?«

»Ihr sollt mich aus Eurem Dienste entlassen und meine Freiheit zurückgeben!« sagte die Eule. »So viel Geschrei und wenig Wolle!« sagte die Hexe, »du bist frei, mach' dies Garn auf!« – »Noch nicht!« sagte Spiegel, der immer noch seine Nase rieb, »Ihr müßt Euch verpflichten, den Stadthexenmeister Pineiß, Euren

Nachbar, zu heiraten auf die Weise, wie wir Euch sagen werden, und ihn nicht mehr zu verlassen!« Da fing die Hexe wieder an zu zappeln und zu prusten wie der Teufel, und die Eule sagte: »Sie will nicht dran!« Spiegel aber sagte: »Wenn Ihr nicht ruhig seid und alles tut, was wir wünschen, so hängen wir das Garn samt seinem Inhalte da vorn an den Drachenkopf der Dachtraufe, nach der Straße zu, daß man Euch morgen sieht und die Hexe erkennt! Sagt also: Wollt Ihr lieber unter dem Vorsitze des Herrn Pineiß gebraten werden oder ihn braten, indem Ihr ihn heiratet?«

Da sagte die Hexe mit einem Seufzer: »So sprecht, wie meint Ihr die Sache?« Und Spiegel setzte ihr alles zierlich auseinander, wie es gemeint sei und was sie zu tun hätte. »Das ist allenfalls noch auszuhalten, wenn es nicht anders sein kann!« sagte sie und ergab sich unter den stärksten Formeln, die eine Hexe binden können. Da taten die Tiere das Gefängnis auf und ließen sie heraus. Sie bestieg sogleich den Besen, die Eule setzte sich hinter sie auf den Stiel und Spiegel zuhinterst auf das Reisigbündel und hielt sich da fest, und so ritten sie nach dem Brunnen, in welchen die Hexe hinabfuhr, um den Schatz heraufzuholen.

Am Morgen erschien Spiegel bei Herrn Pineiß und meldete ihm, daß er die bewußte Person ansehen und freien könne; sie sei aber allbereits so arm geworden, daß sie, gänzlich verlassen und verstoßen, vor dem Tore unter einem Baume sitze und bitterlich weine. Sogleich kleidete sich Herr Pineiß in sein abgeschabtes gelbes Sammetwämschen, das er nur bei feierlichen Gelegenheiten trug, setzte die bessere Pudelmütze auf und umgürtete sich mit seinem Degen; in die Hand nahm er einen alten grünen Handschuh, ein Balsamfläschchen, worin einst Balsam gewesen und das noch ein bißchen roch, und eine papierne Nelke, worauf er mit Spiegel vor das Tor ging, um zu freien. Dort traf er ein weinendes Frauenzimmer sitzen unter einem Weidenbaum, von so großer Schönheit, wie er noch nie gesehen; aber ihr Gewand war so dürftig und zerrissen, daß, sie mochte sich auch schamhaft gebärden, wie sie wollte, immer da oder dort der schneeweiße Leib ein bißchen durchschimmerte. Pineiß riß die Augen auf und konnte vor heftigem Entzücken kaum seine Bewerbung vorbringen. Da trocknete die Schöne ihre Tränen, gab ihm mit süßem Lächeln die Hand, dankte ihm mit einer himmlischen Glockenstimme für seine Großmut und schwur, ihm ewig treu zu sein. Aber im selben Augenblicke erfüllte ihn eine solche Eifersucht und Neideswut auf seine Braut, daß er beschloß, sie vor keinem menschlichen Auge jemals sehen zu lassen. Er ließ sich bei einem uralten Einsiedler mit ihr trauen und feierte das Hochzeitsmahl in seinem Hause, ohne andere Gäste als Spiegel und die Eule, welche ersterer mitzubringen sich die Erlaubnis erbeten hatte. Die zehntausend Goldgulden standen in einer Schüssel auf dem Tisch und Pineiß griff zuweilen hinein und wühlte in dem Golde; dann sah er wieder die schöne Frau an, welche in einem meerblauen Sammetkleide dasaß, das Haar mit einem goldenen Netze umflochten und mit Blumen geschmückt, und den weißen Hals mit Perlen umgeben. Er wollte sie fortwährend küssen, aber sie wußte verschämt und züchtig ihn abzuhalten, mit einem verführerischen Lächeln, und schwur, daß sie dieses vor Zeugen und vor Anbruch der Nacht nicht tun würde. Dies machte ihn nur noch verliebter und glückseliger, und Spiegel würzte das Mahl mit lieblichen Gesprächen, welche die schöne Frau mit den angenehmsten, witzigsten und einschmeichelndsten Worten fortführte, so daß der Hexenmeister nicht wußte, wie ihm geschah vor Zufriedenheit. Als es aber dunkel geworden, beurlaubten sich die Eule und die Katze und entfernten sich bescheiden; Herr Pineiß begleitete sie bis unter die Haustüre mit einem Lichte und dankte dem Spiegel nochmals, indem er ihn einen trefflichen und höflichen Mann nannte, und als er in die Stube zurückkehrte, saß die alte weiße Beghine, seine Nachbarin, am Tisch und sah ihn mit einem bösen Blicke an. Entsetzt ließ Pineiß den Leuchter fallen und lehnte sich zitternd an die Wand. Er hing die Zunge heraus und sein Gesicht war so fahl und spitzig geworden wie das der Beghine. Diese aber stand auf, näherte sich ihm und trieb ihn vor sich her in die Hochzeitkammer, wo sie mit höllischen Künsten ihn auf eine Folter spannte, wie noch kein Sterblicher erlebt. So war er nun mit der Alten unauflöslich verehelicht, und in der Stadt hieß es, als es ruchbar wurde: »Ei seht, wie stille Wasser tief sind! Wer hätte gedacht, daß die fromme Beghine und der Herr Stadthexenmeister sich noch verheiraten würden! Nun, es ist ein ehrbares und rechtliches Paar, wenn auch nicht sehr liebenswürdig!«

Herr Pineiß aber führte von nun an ein erbärmliches Leben; seine Gattin hatte sich sogleich in den Besitz aller seiner Geheimnisse gesetzt und beherrschte ihn vollständig. Es war ihm nicht die geringste Freiheit und Erholung gestattet, er mußte hexen vom Morgen bis Abend, was das Zeug halten wollte, und wenn Spiegel vorüberging und es sah, sagte er freundlich: »Immer fleißig, fleißig, Herr Pineiß?«

Seit dieser Zeit sagt man zu Seldwyla: Er hat der Katze den Schmer abgekauft! besonders wenn einer eine böse und widerwärtige Frau erhandelt hat.

HUGO VON HOFMANNSTHAL

Das Märchen der 672. Nacht

I.

Ein junger Kaufmannssohn, der sehr schön war und weder Vater noch Mutter hatte, wurde bald nach seinem fünfundzwanzigsten Jahre der Geselligkeit und des gastlichen Lebens überdrüssig. Er versperrte die meisten Zimmer seines Hauses und entließ alle seine Diener und Dienerinnen, bis auf vier, deren Anhänglichkeit und ganzes Wesen ihm lieb war. Da ihm an seinen Freunden nichts gelegen war und auch die Schönheit keiner einzigen Frau ihn so gefangen nahm, daß er es sich als wünschenswert oder nur als erträglich vorgestellt hätte, sie immer um sich zu haben, lebte er sich immer mehr in ein ziemlich einsames Leben hinein, welches anscheinend seiner Gemütsart am meisten entsprach. Er war aber keineswegs menschenscheu, vielmehr ging er gerne in den Straßen oder öffentlichen Gärten spazieren und betrachtete die Gesichter der Menschen. Auch vernachlässigte er weder die Pflege seines Körpers und seiner schönen Hände noch den Schmuck seiner Wohnung. Ja, die Schönheit der Teppiche und Gewebe und Seiden, der geschnitzten und getäfelten Wände, der Leuchter und Becken aus Metall, der gläsernen und irdenen Gefäße wurde ihm so bedeutungsvoll, wie er es nie geahnt hatte. Allmählich wurde er sehend dafür, wie alle Formen und Farben der Welt in seinen Geräten lebten. Er erkannte in den Ornamenten, die sich verschlingen, ein verzaubertes Bild der verschlungenen Wunder der Welt. Er fand die Formen der Tiere und die Formen der Blumen und das Übergehen der Blumen in die Tiere; die Delphine, die Löwen und die Tulpen, die Perlen und den Akanthus; er fand den Streit zwischen der Last der Säule und dem Widerstand des festen Grundes und das Streben alles Wassers nach aufwärts und wiederum nach abwärts; er fand die Seligkeit der Bewegung und die Erhabenheit der Ruhe, das Tanzen und das Totsein; er fand die Farben der Blumen und Blätter, die Farben der Felle wilder Tiere und der Gesichter der Völker, die Farbe der Edelsteine, die Farbe des stürmischen und des ruhig leuchtenden Meeres; ja, er fand den Mond und die Sterne, die mystische Kugel, die mystischen Ringe und an ihnen festgewachsen die Flügel der Seraphim. Er war für lange Zeit trunken von dieser großen, tiefsinnigen Schönheit, die ihm gehörte, und alle seine Tage bewegten sich schöner und minder leer unter diesen Geräten, die nichts Totes und Niedriges mehr waren, sondern ein großes Erbe, das göttliche Werk aller Geschlechter.

Doch er fühlte ebenso die Nichtigkeit aller dieser Dinge wie ihre Schönheit; nie verließ ihn auf lange der Gedanke an den Tod und oft befiel er ihn unter lachenden und lärmenden Menschen, oft in der Nacht, oft beim Essen.

Aber da keine Krankheit in ihm war, so war der Gedanke nicht grauenhaft, eher hatte er etwas Feierliches und Prunkendes und kam gerade am stärksten, wenn er sich am Denken schöner Gedanken oder an der Schönheit seiner Jugend und Einsamkeit berauschte. Denn oft schöpfte der Kaufmannssohn einen großen Stolz aus dem Spiegel, aus den Versen der Dichter, aus seinem Reichtum und seiner Klugheit, und die finsteren Sprichwörter drückten nicht auf seine Seele. Er sagte: »Wo du sterben sollst, dahin tragen dich deine Füße«, und sah sich schön, wie ein auf der Jagd verirrter König, in einem unbekannten Wald unter seltsamen Bäumen einem fremden wunderbaren Geschick entgegengehen. Er sagte: »Wenn das Haus fertig ist, kommt der Tod« und sah jenen langsam heraufkommen über die von geflügelten Löwen getragene Brücke des Palastes, des fertigen Hauses, angefüllt mit der wundervollen Beute des Lebens.

Er wähnte, völlig einsam zu leben, aber seine vier Diener umkreisten ihn wie Hunde und obwohl er wenig zu ihnen redete, fühlte er doch irgendwie, daß sie unausgesetzt daran dachten, ihm gut zu dienen. Auch fing er an, hie und da über sie nachzudenken.
Die Haushälterin war eine alte Frau; ihre verstorbene Tochter war des Kaufmannssohns Amme gewesen; auch alle ihre anderen Kinder waren gestorben. Sie war sehr still und die Kühle des Alters ging von ihrem weißen Gesicht und ihren weißen Händen aus. Aber er hatte sie gern, weil sie immer im Hause gewesen war und weil die Erinnerung an die Stimme seiner eigenen Mutter und an seine Kindheit, die er sehnsüchtig liebte, mit ihr herumging.
Sie hatte mit seiner Erlaubnis eine entfernte Verwandte ins Haus genommen, die kaum fünfzehn Jahre alt war; diese war sehr verschlossen. Sie war hart gegen sich und schwer zu verstehen. Einmal warf sie sich in einer dunkeln und jähen Regung ihrer zornigen Seele aus einem Fenster in den Hof, fiel aber mit dem kinderhaften Leib in zufällig aufgeschüttete Gartenerde, so daß ihr nur ein Schlüsselbein brach, weil dort ein Stein in der Erde gesteckt hatte. Als man sie in ihr Bett gelegt hatte, schickte der Kaufmannssohn seinen Arzt zu ihr; am Abend aber kam er selber und wollte sehen, wie es ihr ginge. Sie hielt die Augen geschlossen und er sah sie zum ersten Male lange ruhig an und war erstaunt über die seltsame und altkluge Anmut ihres Gesichtes. Nur ihre Lippen waren sehr dünn und darin lag etwas Unschönes und Unheimliches. Plötzlich schlug sie die Augen auf, sah ihn eisig und bös an und drehte sich mit zornig zusammengebissenen Lippen, den Schmerz überwindend, gegen die Wand, so daß sie auf die verwundete Seite zu liegen kam. Im Augenblick verfärbte sich ihr totenblasses Gesicht ins Grünlichweiße, sie wurde ohnmächtig und fiel wie tot in ihre frühere Lage zurück.
Als sie wieder gesund war, redete der Kaufmannssohn sie durch lange Zeit nicht an, wenn sie ihm begegnete. Ein paarmal fragte er die alte Frau, ob das Mädchen ungern in seinem Hause wä-

re, aber diese verneinte es immer. Den einzigen Diener, den er sich entschlossen hatte, in seinem Hause zu behalten, hatte er kennengelernt, als er einmal bei dem Gesandten, den der König von Persien in dieser Stadt unterhielt, zu Abend speiste. Da bediente ihn dieser und war von einer solchen Zuvorkommenheit und Umsicht und schien gleichzeitig von so großer Eingezogenheit und Bescheidenheit, daß der Kaufmannssohn mehr Gefallen daran fand, ihn zu beobachten, als auf die Reden der übrigen Gäste zu hören. Um so größer war seine Freude, als viele Monate später dieser Diener auf der Straße auf ihn zutrat, ihn mit demselben tiefen Ernst, wie an jenem Abend, und ohne alle Aufdringlichkeit grüßte und ihm seine Dienste anbot. Sogleich erkannte ihn der Kaufmannssohn an seinem düsteren, maulbeerfarbigen Gesicht und an seiner großen Wohlerzogenheit. Er nahm ihn augenblicklich in seinen Dienst, entließ zwei junge Diener, die er noch bei sich hatte, und ließ sich fortan beim Speisen und sonst nur von diesem ernsten und zurückhaltenden Menschen bedienen. Dieser Mensch machte fast nie von der Erlaubnis Gebrauch, in den Abendstunden das Haus zu verlassen. Er zeigte eine seltene Anhänglichkeit an seinen Herrn, dessen Wünschen er zuvorkam und dessen Neigungen und Abneigungen er schweigend erriet, so daß auch dieser eine immer größere Zuneigung für ihn faßte.

Wenn er sich auch nur von diesem beim Speisen bedienen ließ, so pflegte die Schüsseln mit Obst und süßem Backwerk doch eine Dienerin aufzutragen, ein junges Mädchen, aber doch um zwei oder drei Jahre älter als die Kleine. Dieses junge Mädchen war von jenen, die man von weitem, oder wenn man sie als Tänzerinnen beim Licht der Fackeln auftreten sieht, kaum für sehr schön gelten ließe, weil da die Feinheit der Züge verlorengeht; da er sie aber in der Nähe und täglich sah, ergriff ihn die unvergleichliche Schönheit ihrer Augenlider und ihrer Lippen und die trägen, freudlosen Bewegungen ihres schönen Leibes waren ihm die rätselhafte Sprache einer verschlossenen und wundervollen Welt.

Wenn in der Stadt die Hitze des Sommers sehr groß wurde und längs der Häuser die dumpfe Glut schwebte und in den schwülen, schweren Vollmondnächten der Wind weiße Staubwolken in den leeren Straßen hintrieb, reiste der Kaufmannssohn mit seinen vier Dienern nach einem Landhaus, das er im Gebirg besaß, in einem engen, von dunklen Bergen umgebenen Tal. Dort lagen viele solche Landhäuser der Reichen. Von beiden Seiten fielen Wasserfälle in die Schluchten herunter und gaben Kühle. Der Mond stand fast immer hinter den Bergen, aber große weiße Wolken stiegen hinter den schwarzen Wänden auf, schwebten feierlich über den dunkelleuchtenden Himmel und verschwanden auf der anderen Seite. Hier lebte der Kaufmannssohn sein gewohntes Leben in einem Haus, dessen hölzerne Wände immer von dem kühlen Duft der Gärten und der vielen Wasserfälle durchstrichen wurden. Am Nachmittag, bis die Sonne hinter den Bergen hinunterfiel, saß er in seinem Garten und las meist in einem Buch, in welchem die Kriege eines sehr großen Königs der Vergangenheit aufgezeichnet waren. Manchmal mußte er mitten in der Beschreibung, wie die Tausende Reiter der feindlichen Könige schreiend ihre Pferde umwenden oder ihre Kriegswagen den steilen Rand eines Flusses hinabgerissen werden, plötzlich innehalten, denn er fühlte, ohne hinzusehen, daß die Augen seiner vier Diener auf ihn geheftet waren. Er wußte, ohne den Kopf zu heben, daß sie ihn ansahen, ohne ein Wort zu reden, jeder aus einem anderen Zimmer. Er kannte sie so gut. Er fühlte sie leben, stärker, eindringlicher, als er sich selber leben fühlte. Über sich empfand er zuweilen leichte Rührung oder Verwunderung, wegen dieser aber eine rätselhafte Beklemmung. Er fühlte mit der Deutlichkeit eines Alpdrucks, wie die beiden Alten dem Tod entgegenlebten, mit jeder Stunde, mit dem unaufhaltsamen leisen Anderswerden ihrer Züge und ihrer

Gebärden, die er so gut kannte; und wie die beiden Mädchen in das öde, gleichsam luftlose Leben hineinlebten. Wie das Grauen und die tödliche Bitterkeit eines furchtbaren, beim Erwachen vergessenen Traumes lag ihm die Schwere ihres Lebens, von der sie selber nichts wußten, in den Gliedern.

Manchmal mußte er aufstehen und umhergehen, um seiner Angst nicht zu unterliegen. Aber während er auf den grellen Kies vor seinen Füßen schaute und mit aller Anstrengung darauf achtete, wie aus dem kühlen Duft von Gras und Erde der Duft der Nelken in hellen Atemzügen zu ihm aufflog und dazwischen in lauen übermäßig süßen Wolken der Duft der Heliotrope, fühlte er ihre Augen und konnte an nichts anderes denken. Ohne den Kopf zu heben, wußte er, daß die alte Frau an ihrem Fenster saß, die blutlosen Hände auf dem von der Sonne durchglühten Gesims, das blutlose, maskenhafte Gesicht eine immer grauenhaftere Heimstätte für die hilflosen schwarzen Augen, die nicht absterben konnten. Ohne den Kopf zu heben, fühlte er, wenn der Diener für Minuten von seinem Fenster zurücktrat und sich an einem Schrank zu schaffen machte; ohne aufzusehen, erwartete er in heimlicher Angst den Augenblick, wo er wiederkommen werde. Während er mit beiden Händen biegsame Äste hinter sich zurückfallen ließ, um sich in der verwachsensten Ecke des Gartens zu verkriechen und alle Gedanken auf die Schönheit des Himmels drängte, der in kleinen leuchtenden Stücken von feuchtem Türkis von oben durch das dunkle Genetz von Zweigen und Ranken herunterfiel, bemächtigte sich seines Blutes und seines ganzen Denkens nur das, daß er die Augen der zwei Mädchen auf sich gerichtet wußte, die der Größeren träge und traurig, mit einer unbestimmten, ihn quälenden Forderung, die der Kleineren mit einer ungeduldigen, dann wieder höhnischen Aufmerksamkeit, die ihn noch mehr quälte. Und dabei hatte er nie den Gedanken, daß sie ihn unmittelbar ansahen, ihn, der gerade mit gesenktem Kopfe um-

herging, oder bei einer Nelke niederkniete, um sie mit Bast zu binden, oder sich unter die Zweige beugte; sondern ihm war, sie sahen sein ganzes Leben an, sein tiefstes Wesen, seine geheimnisvolle menschliche Unzulänglichkeit.
Eine furchtbare Beklemmung kam über ihn, eine tödliche Angst vor der Unentrinnbarkeit des Lebens. Furchtbarer, als daß die ihn unausgesetzt beobachteten, war, daß sie ihn zwangen, in einer unfruchtbaren und so ermüdenden Weise an sich selbst zu denken. Und der Garten war viel zu klein, um ihnen zu entrinnen. Wenn er aber ganz nahe von ihnen war, erlosch seine Angst so völlig, daß er das Vergangene beinahe vergaß. Dann vermochte er es, sie gar nicht zu beachten oder ruhig ihren Bewegungen zuzusehen, die ihm so vertraut waren, daß er aus ihnen eine unaufhörliche, gleichsam körperliche Mitempfindung ihres Lebens empfing.
Das kleine Mädchen begegnete ihm nur hie und da auf der Treppe oder im Vorhaus. Die drei anderen aber waren häufig mit ihm in einem Zimmer. Einmal erblickte er die Größere in einem geneigten Spiegel; sie ging durch ein erhöhtes Nebenzimmer: In dem Spiegel aber kam sie ihm aus der Tiefe entgegen. Sie ging langsam und mit Anstrengung, aber ganz aufrecht: Sie trug in jedem Arme eine schwere hagere indische Gottheit aus dunkler Bronze. Die verzierten Füße der Figuren hielt sie in der hohlen Hand, von der Hüfte bis an die Schläfe reichten ihr die dunklen Göttinnen und lehnten mit ihrer toten Schwere an den lebendigen zarten Schultern; die dunklen Köpfe aber mit dem bösen Mund von Schlangen, drei wilden Augen in der Stirn und unheimlichem Schmuck in den kalten, harten Haaren, bewegten sich neben den atmenden Wangen und streiften die schönen Schläfen im Takt der langsamen Schritte. Eigentlich aber schien sie nicht an den Göttinnen schwer und feierlich zu tragen, sondern an der Schönheit ihres eigenen Hauptes mit dem schweren Schmuck aus lebendigem, dunklem Gold, zwei großen gewölbten Schnecken zu beiden Seiten der lichten Stirn, wie eine Kö-

nigin im Kriege. Er wurde ergriffen von ihrer großen Schönheit, aber gleichzeitig wußte er deutlich, daß es ihm nichts bedeuten würde, sie in seinen Armen zu halten. Er wußte es überhaupt, daß die Schönheit seiner Dienerin ihn mit Sehnsucht, aber nicht mit Verlangen erfüllte, so daß er seine Blicke nicht lange auf ihr ließ, sondern aus dem Zimmer trat, ja auf die Gasse, und mit einer seltsamen Unruhe zwischen den Häusern und Gärten im schmalen Schatten weiterging. Schließlich ging er an das Ufer des Flusses, wo die Gärtner und Blumenhändler wohnten, und suchte lange, obgleich er wußte, daß er vergeblich suchen werde, nach einer Blume, deren Gestalt und Duft, oder nach einem Gewürz, dessen verwehender Hauch ihm für einen Augenblick genau den gleichen süßen Reiz zu ruhigem Besitz geben könnte, welcher in der Schönheit seiner Dienerin lag, die ihn verwirrte und beunruhigte. Und während er ganz vergeblich mit sehnsüchtigen Augen in den dumpfen Glashäusern umherspähte und sich im Freien über die langen Beete beugte, auf denen es schon dunkelte, wiederholte sein Kopf unwillkürlich, ja schließlich gequält und gegen seinen Willen, immer wieder die Verse des Dichters: »In den Stielen der Nelken, die sich wiegten, im Duft des reifen Kornes erregtest du meine Sehnsucht; aber als ich dich fand, warst du es nicht, die ich gesucht hatte, sondern die Schwestern deiner Seele.«

II.

In diesen Tagen geschah es, daß ein Brief kam, welcher ihn einigermaßen beunruhigte. Der Brief trug keine Unterschrift. In unklarer Weise beschuldigte der Schreiber den Diener des Kaufmannssohnes, daß er im Hause seines früheren Herrn, des persischen Gesandten, irgendein abscheuliches Verbrechen begangen habe. Der Unbekannte schien einen heftigen Haß gegen den Diener zu hegen und fügte viele Drohungen bei; auch ge-

gen den Kaufmannssohn selbst bediente er sich eines unhöflichen, beinahe drohenden Tones. Aber es war nicht zu erraten, welches Verbrechen angedeutet werde und welchen Zweck überhaupt dieser Brief für den Schreiber, der sich nicht nannte und nichts verlangte, haben könne. Er las den Brief mehrere Male und gestand sich, daß er bei dem Gedanken, seinen Diener auf eine so widerwärtige Weise zu verlieren, eine große Angst empfand. Je mehr er nachdachte, desto erregter wurde er und desto weniger konnte er den Gedanken ertragen, eines dieser Wesen zu verlieren, mit denen er durch die Gewohnheit und andere geheime Mächte völlig zusammengewachsen war.
Er ging auf und ab, die zornige Erregung erhitzte ihn so, daß er seinen Rock und Gürtel abwarf und mit Füßen trat. Es war ihm, als wenn man seinen innersten Besitz beleidigt und bedroht hätte und ihn zwingen wollte, aus sich selber zu fliehen und zu verleugnen, was ihm lieb war. Er hatte Mitleid mit sich selbst und empfand sich, wie immer in solchen Augenblicken, als ein Kind. Er sah schon seine vier Diener aus seinem Hause gerissen und es kam ihm vor, als zöge sich lautlos der ganze Inhalt seines Lebens aus ihm, alle schmerzhaftsüßen Erinnerungen, alle halbunbewußten Erwartungen, alles Unsagbare, um irgendwo hingeworfen und für nichts geachtet zu werden wie ein Bündel Algen und Meertang. Er begriff zum erstenmal, was ihn als Knabe immer zum Zorn gereizt hatte, die angstvolle Liebe, mit der sein Vater an dem hing, was er erworben hatte, an den Reichtümern seines gewölbten Warenhauses, den schönen, gefühllosen Kindern seines Suchens und Sorgens, den geheimnisvollen Ausgeburten der undeutlichen tiefsten Wünsche seines Lebens. Er begriff, daß der große König der Vergangenheit hätte sterben müssen, wenn man ihm seine Länder genommen hätte, die er durchzogen und unterworfen hatte vom Meer im Westen bis zum Meer im Osten, die er zu beherrschen träumte und die doch so unendlich groß waren, daß er keine Macht über sie hatte und keinen Tribut von

ihnen empfing, als den Gedanken, daß er sie unterworfen hatte und kein anderer als er ihr König war.

Er beschloß alles zu tun, um diese Sache zur Ruhe zu bringen, die ihn so ängstigte. Ohne dem Diener ein Wort von dem Brief zu sagen, machte er sich auf und fuhr allein nach der Stadt. Dort beschloß er vor allem das Haus aufzusuchen, welches der Gesandte des Königs von Persien bewohnte; denn er hatte die unbestimmte Hoffnung, dort irgendwie einen Anhaltspunkt zu finden.

Als er aber hinkam, war es spät am Nachmittag und niemand mehr zu Hause, weder der Gesandte, noch einer der jungen Leute seiner Begleitung. Nur der Koch und ein alter untergeordneter Schreiber saßen im Torweg im kühlen Halbdunkel. Aber sie waren so häßlich und gaben so kurze mürrische Antworten, daß er ihnen ungeduldig den Rücken kehrte und sich entschloß, am nächsten Tage zu einer besseren Stunde wiederzukommen.

Da seine eigene Wohnung versperrt war – denn er hatte keinen Diener in der Stadt zurückgelassen – so mußte er wie ein Fremder daran denken, sich für die Nacht eine Herberge zu suchen. Neugierig, wie ein Fremder, ging er durch die bekannten Straßen und kam endlich an das Ufer eines kleinen Flusses, der zu dieser Jahreszeit fast ausgetrocknet war. Von dort folgte er in Gedanken verloren einer ärmlichen Straße, wo sehr viele öffentliche Dirnen wohnten. Ohne viel auf seinen Weg zu achten, bog er dann rechts ein und kam in eine ganz öde, totenstille Sackgasse, die in einer fast turmhohen, steilen Treppe endigte. Auf der Treppe blieb er stehen und sah zurück auf seinen Weg. Er konnte in die Höfe der kleinen Häuser sehen; hie und da waren rote Vorhänge an den Fenstern und häßliche, verstaubte Blumen; das breite, trockene Bett des Flusses war von einer tödlichen Traurigkeit. Er stieg weiter und kam oben in ein Viertel, das er sich nicht entsinnen konnte je gesehen zu haben. Trotzdem kam ihm eine Kreuzung niederer Straßen plötzlich traumhaft bekannt vor. Er ging weiter und kam zu dem Laden eines Juweliers. Es war ein sehr ärmlicher Laden, wie er für diesen Teil der Stadt paßte, und das Schaufenster mit solchen wertlosen Schmucksachen angefüllt, wie man sie bei Pfandleihern und Hehlern zusammenkauft. Der Kaufmannssohn, der sich auf Edelsteine sehr gut verstand, konnte kaum einen halbwegs schönen Stein darunter finden.

Plötzlich fiel sein Blick auf einen altmodischen Schmuck aus dünnem Gold, mit einem Beryll verziert, der ihn irgendwie an die alte Frau erinnerte. Wahrscheinlich hatte er ein ähnliches Stück aus der Zeit, wo sie eine junge Frau gewesen war, einmal bei ihr gesehen. Auch schien ihm der blasse, eher melancholische Stein in einer seltsamen Weise zu ihrem Alter und Aussehen zu passen; und die altmodische Fassung war von der gleichen Traurigkeit. So trat er in den niedrigen Laden, um den Schmuck zu kaufen. Der Juwelier war sehr erfreut, einen so gut gekleideten Kunden eintreten zu sehen, und wollte ihm noch seine wertvolleren Steine zeigen, die er nicht ins Schaufenster legte. Aus Höflichkeit gegen den alten Mann ließ er sich vieles zeigen, hatte aber weder Lust, mehr zu kaufen, noch hätte er bei seinem einsamen Leben eine Verwendung für derartige Geschenke gewußt. Endlich wurde er ungeduldig und gleichzeitig verlegen, denn er wollte loskommen und doch den Alten nicht kränken. Er beschloß, noch eine Kleinigkeit zu kaufen und dann sogleich hinauszugehen. Gedankenlos betrachtete er über die Schulter des Juweliers hinwegsehend einen kleinen silbernen Handspiegel, der halb erblindet war. Da kam ihm aus einem andern Spiegel im Innern das Bild des Mädchens entgegen mit den dunklen Köpfen der ehernen Göttinnen zu beiden Seiten; flüchtig empfand er, daß sehr viel von ihrem Reiz darin lag, wie die Schultern und der Hals in demütiger kindlicher Grazie die Schönheit des Hauptes trugen, des Hauptes einer jungen Königin. Und flüchtig fand er es hübsch, ein dünnes goldenes Kettchen an diesem Hals zu sehen, vielfach herumgeschlungen, kindlich und doch an einen Panzer gemahnend. Und er verlangte, solche Kettchen zu sehen. Der Alte machte eine Türe auf und bat ihn, in einen zweiten Raum zu treten, ein niedriges Wohnzimmer, wo aber auch in Glasschränken und auf offenen Gestellen eine Menge Schmucksachen ausgelegt waren. Hier fand er bald ein Kettchen, das ihm gefiel, und bat den Juwelier, ihm jetzt den Preis der beiden Schmucksachen zu sagen. Der Alte bat ihn noch, die merkwürdigen, mit Halbedelsteinen besetzten Beschläge einiger altertümlichen Sättel in Augenschein zu nehmen, er aber erwiderte, daß er sich als Sohn eines Kaufmannes nie mit Pferden abgegeben habe, ja nicht einmal zu reiten verstehe und weder an alten noch an neuen Sätteln Gefallen finde, bezahlte mit einem Goldstück und einigen Silbermünzen, was er gekauft hatte, und zeigte einige Ungeduld, den Laden zu verlassen. Während der Alte, ohne mehr ein Wort zu sprechen, ein schönes Seidenpapier hervorsuchte und das Kettchen und den Beryllschmuck, jedes für sich, einwickelte, trat der Kaufmannssohn zufällig an das einzige niedrige vergitterte Fenster und schaute hinaus. Er erblickte einen offenbar zum Nachbarhaus gehörigen, sehr schön gehaltenen Gemüsegarten, dessen Hintergrund durch zwei Glashäuser und eine hohe Mauer gebildet wurde. Er bekam sogleich Lust, diese Glashäuser zu sehen, und fragte den Juwelier, ob er ihm den Weg sagen könne. Der Juwelier händigte ihm seine beiden Päckchen ein und führte ihn durch ein Nebenzimmer in den Hof, der durch eine kleine Gittertür mit dem benachbarten Garten in Verbindung stand. Hier blieb der Juwelier stehen und schlug mit einem eisernen Klöppel an das Gitter. Da es aber im Garten ganz still blieb, sich auch im Nachbarhaus niemand regte, so forderte er den Kaufmannssohn auf, nur ruhig die Treibhäuser zu besichtigen und sich, falls man ihn behelligen würde, auf ihn auszureden, der mit dem Besitzer des Gartens gut bekannt sei. Dann öffnete er ihm mit einem Griff durch die Gitterstäbe. Der Kaufmannssohn ging sogleich längs der Mauer zu dem näheren Glashaus, trat ein und fand eine solche Fülle seltener und merkwürdiger Narzissen und Anemonen und so seltsames, ihm völlig unbekanntes Blattwerk, daß er sich lange nicht sattsehen konnte. Endlich aber schaute er auf und gewahrte, daß die Sonne ganz, ohne daß er es beachtet hatte, hinter den Häusern untergegangen war. Jetzt wollte er nicht länger in einem fremden, unbewachten Garten bleiben, sondern nur von außen einen Blick durch die Scheiben des zweiten Treibhauses werfen und dann fortgehen. Wie er so spähend an den Glaswänden des zweiten langsam vorüberging, erschrak er plötzlich sehr heftig und fuhr zurück. Denn ein Mensch hatte sein Gesicht an den Scheiben und schaute ihn an. Nach einem Augenblick beruhigte er sich und wurde sich bewußt, daß es ein Kind war, ein höchstens vierjähriges, kleines Mädchen, dessen weißes Kleid und blasses Gesicht gegen die Scheiben gedrückt waren. Aber als er jetzt näher hinsah, erschrak er abermals, mit einer unangenehmen Empfindung des Grauens im Nacken und einem leisen Zusammenschnüren in der Kehle und tiefer in der Brust. Denn das Kind, das ihn regungslos und böse ansah, glich in einer unbegreiflichen Weise dem fünfzehnjährigen Mädchen, das er in seinem Hause hatte. Alles war gleich, die lichten Augenbrauen, die feinen, bebenden Nasenflügel, die dünnen Lippen; wie die andere zog auch das Kind eine der Schultern etwas in die Höhe. Alles war gleich, nur daß in dem Kind das alles einen Ausdruck gab, der ihm Entsetzen verursachte. Er wußte nicht, wovor er so namenlose Furcht empfand. Er wußte nur, daß er es nicht ertragen werde, sich umzudrehen und zu wissen, daß dieses Gesicht hinter ihm durch die Scheiben starrte.

In seiner Angst ging er sehr schnell auf die Tür des Glashauses zu, um hineinzugehen; die Tür war zu, von außen verriegelt; hastig bückte er sich nach dem Riegel, der sehr tief war, stieß ihn so heftig zurück, daß er sich ein Glied des kleinen Fingers schmerzlich zerrte, und ging, fast laufend, auf das Kind zu. Das Kind ging ihm entgegen und, ohne ein Wort zu reden, stemmte es sich gegen seine Kniee, und suchte mit seinen schwachen kleinen Händen ihn hinauszudrängen. Er hatte Mühe, es nicht zu treten. Aber seine Angst minderte sich in der Nähe. Er beugte sich über das Gesicht des Kindes, das ganz blaß war und dessen Augen vor Zorn und Haß bebten, während die kleinen Zähne des Unterkiefers sich mit unheimlicher Wut in die Oberlippe drückten. Seine Angst verging für einen Augenblick, als er dem Mädchen die kurzen, feinen Haare streichelte. Aber augenblicklich erinnerte er sich an das Haar des Mädchens in seinem Hause, das er einmal berührt hatte, als sie totenblaß, mit geschlossenen Augen, in ihrem Bette lag, und gleich lief ihm wieder ein Schauer den Rücken hinab und seine Hände fuhren zurück. Sie hatte es aufgegeben, ihn wegdrängen zu wollen. Sie trat ein paar Schritte zurück und schaute gerade vor sich hin. Fast unerträglich wurde ihm der Anblick des schwachen, in einem weißen Kleidchen steckenden Puppenkörpers und des verachtungsvollen, grauenhaften, blassen Kindergesichtes. Er war so erfüllt mit Grauen, daß er einen Stich in den Schläfen und in der Kehle empfing, als seine Hand in der Tasche an etwas Kaltes streifte. Es waren ein paar Silbermünzen. Er nahm sie heraus, beugte sich zu dem Kinde nieder und gab sie ihm, weil sie glänzten und klirrten. Das Kind nahm sie und ließ sie ihm vor den Füßen niederfallen, daß sie in einer Spalte des auf einem Rost von Brettern ruhenden Bodens verschwanden. Dann kehrte es ihm den Rücken und ging langsam fort. Eine Weile stand er regungslos und hatte Herzklopfen vor Angst, daß es wiederkommen werde und von außen auf ihn durch die Scheiben schauen. Jetzt hätte er gleich fortgehen mögen, aber es war besser, eine Weile vergehen zu lassen, damit das Kind aus dem Garten fortginge. Jetzt war es in dem Glashause schon nicht mehr ganz hell

und die Formen der Pflanzen fingen an, sonderbar zu werden. In einiger Entfernung traten aus dem Halbdunkel schwarze, sinnlos drohende Zweige unangenehm hervor und dahinter schimmerte es weiß, als wenn das Kind dort stünde. Auf einem Brette standen in einer Reihe irdene Töpfe mit Wachsblumen. Um eine kleine Zeit zu übertäuben, zählte er die Blüten, die in ihrer Starre lebendigen Blumen unähnlich waren und etwas von Masken hatten, heimtückischen Masken mit zugewachsenen Augenlöchern. Als er fertig war, ging er zur Türe und wollte hinaus. Die Tür gab nicht nach; das Kind hatte sie von außen verriegelt. Er wollte schreien, aber er fürchtete sich vor seiner eigenen Stimme. Er schlug mit den Fäusten an die Scheiben. Der Garten und das Haus blieben totenstill. Nur hinter ihm glitt etwas raschelnd durch die Sträucher. Er sagte sich, daß es Blätter waren, die sich durch die Erschütterung der dumpfen Luft abgetrennt hatten und niederfielen. Trotzdem hielt er mit dem Klopfen inne und bohrte die Blicke durch das halbdunkle Gewirr der Bäume und Ranken. Da sah er in der dämmerigen Hinterwand etwas wie ein Viereck dunkler Linien. Er kroch hin, jetzt schon unbekümmert, daß er viele irdene Gartentöpfe zertrat und die hohen dünnen Stämme und rauschenden Fächerkronen über und hinter ihm gespenstisch zusammenstürzten. Das Viereck dunkler Linien war der Ausschnitt einer Tür und sie gab dem Drucke nach. Die freie Luft ging über sein Gesicht; hinter sich hörte er die zerknickten Stämme und niedergedrückten Blätter wie nach einem Gewitter sich leise raschelnd erheben.
Er stand in einem schmalen, gemauerten Gange; oben sah der freie Himmel herein und die Mauer zu beiden Seiten war kaum über mannshoch. Aber der Gang war nach einer Länge von beiläufig fünfzehn Schritten wieder vermauert, und schon glaubte er sich abermals gefangen. Unschlüssig ging er vor; da war die Mauer zur Rechten in Mannsbreite durchbrochen und aus der Öffnung lief ein Brett über leere Luft nach einer gegenüberlie-

genden Plattform; diese war auf der zugewendeten Seite von einem niedrigen Eisengitter geschlossen, auf den beiden anderen von der Hinterseite hoher bewohnter Häuser. Dort, wo das Brett wie eine Enterbrüeke auf dem Rand der Plattform aufruhte, hatte das Gitter eine kleine Tür.

So groß war die Ungeduld des Kaufmannssohnes, aus dem Bereiche seiner Angst zu kommen, daß er sogleich einen, dann den anderen Fuß auf das Brett setzte und, den Blick fest auf das jenseitige Ufer gerichtet, anfing, hinüberzugehen. Aber unglücklicherweise wurde er sich doch bewußt, daß er über einem viele Stockwerke tiefen, gemauerten Graben hing; in den Sohlen und Kniebeugen fühlte er die Angst und Hilflosigkeit, schwindelnd im ganzen Leibe, die Nähe des Todes. Er kniete nieder und schloß die Augen; da stießen seine vorwärts tastenden Arme an die Gitterstäbe. Er umklammerte sie fest, sie gaben nach, und mit leisem Knirschen, das ihm, wie der Anhauch des Todes, den Leib durchschnitt, öffnete sich gegen ihn, gegen den Abgrund, die Tür, an der er hing; und im Gefühle seiner inneren Müdigkeit und großen Mutlosigkeit fühlte er voraus, wie die glatten Eisenstäbe seinen Fingern, die ihm erschienen wie die Finger eines Kindes, sich entwinden und er hinunterstürzt, längs der Mauer zerschellend. Aber das leise Aufgehen der Türe hielt inne, ehe seine Füße das Brett verloren und mit einem Schwunge warf er seinen zitternden Körper durch die Öffnung hinein auf den harten Boden.

Es konnte sich nicht freuen; ohne sich umzusehen, mit einem dumpfen Gefühle, wie Haß gegen die Sinnlosigkeit dieser Qualen, ging er in eines der Häuser und dort die verwahrloste Stiege hinunter und trat wieder hinaus in eine Gasse, die häßlich und gewöhnlich war. Aber er war schon sehr traurig und müde und konnte sich auf gar nichts besinnen, was ihm irgendwelcher Freude wert schien. Seltsam war alles von ihm gefallen und ganz leer und vom Leben verlassen ging er durch die Gasse und die nächste und die nächste. Er verfolgte eine Richtung, von der er wußte, daß sie ihn dorthin zurückbringen werde, wo in dieser Stadt die reichen Leute wohnten und wo er sich eine Herberge für die Nacht suchen könnte. Denn es verlangte ihn sehr nach einem Bette. Mit einer kindischen Sehnsucht erinnerte er sich an die Schönheit seines eigenen breiten Bettes, und auch die Betten fielen ihm ein, die der große König der Vergangenheit für sich und seine Gefährten errichtet hatte, als sie Hochzeit hielten mit den Töchtern der unterworfenen Könige, für sich ein Bett von Gold, für die anderen von Silber; getragen von Greifen und geflügelten Stieren. Indessen war er zu den niedrigen Häusern gekommen, wo die Soldaten wohnen. Er achtete nicht darauf. An einem vergitterten Fenster saßen ein paar Soldaten mit gelblichen Gesichtern und traurigen Augen und riefen ihm etwas zu. Da hob er den Kopf und atmete den dumpfen Geruch, der aus dem Zimmer kam, einen ganz besonders beklemmenden Geruch. Aber er verstand nicht, was sie von ihm wollten. Weil sie ihn aber aus seinem achtlosen Dahingehen aufgestört hatten, schaute er jetzt in den Hof hinein, als er am Tore vorbei kam. Der Hof war sehr groß und traurig und, weil es dämmerte, erschien er noch größer und trauriger. Auch waren sehr wenige Menschen darin und die Häuser, die ihn umgaben, waren niedrig und von schmutziggelber Farbe. Das machte ihn noch öder und größer. An einer Stelle waren in einer geraden Linie beiläufig zwanzig Pferde angepflöckt; vor jedem lag ein Soldat in einem Stallkittel aus schmutzigem Zwilch auf den Knieen und wusch ihm die Hufe. Ganz in der Ferne kamen viele andere in ähnlichen Anzügen aus Zwilch zu zweien aus einem Tore. Sie gingen langsam und schlürfend und trugen schwere Säcke auf den Schultern. Erst als sie näher kamen, sah er, daß in den offenen Säcken, die sie schweigend schleppten, Brot war. Er sah zu, wie sie langsam in einem Torweg verschwanden und so wie unter einer häßlichen, tückischen Last

dahingingen und ihr Brot in solchen Säcken trugen, wie die, worin die Traurigkeit ihres Leibes gekleidet war.
Dann ging er zu denen, die vor ihren Pferden auf den Knieen lagen und ihnen die Hufe wuschen. Auch diese sahen einander ähnlich und glichen denen am Fenster und denen, die Brot getragen hatten. Sie mußten aus benachbarten Dörfern genommen sein. Auch sie redeten kaum ein Wort untereinander. Da es ihnen sehr schwer wurde, den Vorderfuß des Pferdes zu halten, schwankten ihre Köpfe und ihre müden, gelblichen Gesichter hoben und beugten sich wie unter einem starken Winde. Die Köpfe der meisten Pferde waren häßlich und hatten einen boshaften Ausdruck durch zurückgelegte Ohren und hinaufgezogene Oberlippen, welche die oberen Eckzähne bloßlegten. Auch hatten sie meist böse, rollende Augen und eine seltsame Art, aus schiefgezogenen Nüstern ungeduldig und verächtlich die Luft zu stoßen. Das letzte Pferd in der Reihe war besonders stark und häßlich. Es suchte den Mann, der vor ihm kniete und den gewaschenen Huf trocken rieb, mit seinen großen Zähnen in die Schulter zu beißen. Der Mann hatte so hohle Wangen und einen so todestraurigen Ausdruck in den müden Augen, daß der Kaufmannssohn von tiefem, bitterem Mitleid überwältigt wurde. Er wollte den Elenden durch ein Geschenk für den Augenblick aufheitern und griff in die Tasche nach Silbermünzen. Er fand keine und erinnerte sich, daß er die letzten dem Kinde im Glashause hatte schenken wollen, das sie ihm mit einem so boshaften Blick vor die Füße gestreut hatte. Er wollte eine Goldmünze suchen, denn er hatte deren sieben oder acht für die Reise eingesteckt.
In dem Augenblicke wandte das Pferd den Kopf und sah ihn an mit tückisch zurückgelegten Ohren und rollenden Augen, die noch boshafter und wilder aussahen, weil eine Blesse gerade in der Höhe der Augen quer über den häßlichen Kopf lief. Bei dem häßlichen Anblicke fiel ihm blitzartig ein längst vergessenes Menschengesicht ein. Wenn er sich noch so sehr bemüht

hätte, wäre er nicht imstande gewesen, sich die Züge dieses Menschen je wieder hervorzurufen; jetzt aber waren sie da. Die Erinnerung aber, die mit dem Gesichte kam, war nicht so deutlich. Er wußte nur, daß es aus der Zeit von seinem zwölften Jahre war, aus einer Zeit, mit deren Erinnerung der Geruch von süßen, warmen, geschälten Mandeln irgendwie verknüpft war.
Und er wußte, daß es das verzerrte Gesicht eines häßlichen armen Menschen war, den er ein einzigesmal im Laden seines Vaters gesehen hatte. Und daß das Gesicht von Angst verzerrt war, weil die Leute ihn bedrohten, weil er ein großes Goldstück hatte, und nicht sagen wollte, wo er es erlangt hatte.
Während das Gesicht schon wieder zerging, suchte sein Finger noch immer in den Falten seiner Kleider, und als ein plötzlicher, undeutlicher Gedanke ihn hemmte, zog er die Hand unschlüssig heraus und warf dabei den in Seidenpapier eingewickelten Schmuck mit dem Beryll dem Pferd unter die Füße. Er bückte sich, das Pferd schlug ihm den Huf mit aller Kraft nach seitwärts in die Lenden und er fiel auf den Rücken. Er stöhnte laut, seine Kniee zogen sich in die Höhe und mit den Fersen schlug er immerfort auf den Boden. Ein paar von den Soldaten standen auf und hoben ihn an den Schultern und unter den Kniekehlen. Er spürte den Geruch ihrer Kleider, denselben dumpfen, trostlosen, der früher aus dem Zimmer auf die Straße gekommen war, und wollte sich besinnen, wo er den vor langer, sehr langer Zeit schon eingeatmet hatte: dabei vergingen ihm die Sinne. Sie trugen ihn fort über eine niedrige Treppe, durch einen langen, halbfinsteren Gang in eines ihrer Zimmer und legten ihn auf ein niedriges eisernes Bett. Dann durchsuchten sie seine Kleider, nahmen ihm das Kettchen und die sieben Goldstücke und endlich gingen sie, aus Mitleid mit seinem unaufhörlichen Stöhnen, einen ihrer Wundärzte zu holen.
Nach einer Zeit schlug er die Augen auf und wurde sich seiner quälenden Schmerzen bewußt. Noch mehr aber erschreckte

und ängstigte ihn, allein zu sein in diesem trostlosen Raum. Mühsam drehte er die Augen in den schmerzenden Höhlen gegen die Wand und gewahrte auf einem Brette drei Laibe von solchem Brot, wie die es über den Hof getragen hatten.
Sonst war nichts in dem Zimmer als harte, niedrige Betten und der Geruch von trockenem Schilf, womit die Betten gefüllt waren, und jener andere trostlose, dumpfe Geruch.
Eine Weile beschäftigten ihn nur seine Schmerzen und die erstickende Todesangst, mit der verglichen die Schmerzen eine Erleichterung waren. Dann konnte er die Todesangst für einen Augenblick vergessen und daran denken, wie alles gekommen war. Da empfand er eine andere Angst, eine stechende, minder erdrückende, eine Angst, die er nicht zum ersten Male fühlte; jetzt aber fühlte er sie wie etwas Überwundenes. Und er ballte die Fäuste und verfluchte seine Diener, die ihn in den Tod getrieben hatten; der eine in die Stadt, die Alte in den Juwelierladen, das Mädchen in das Hinterzimmer und das Kind durch sein tückisches Ebenbild in das Glashaus, von wo er sich dann über grauenhafte Stiegen und Brücken bis unter den Huf des Pferdes taumeln sah. Dann fiel er zurück in große, dumpfe Angst. Dann wimmerte er wie ein Kind, nicht vor Schmerz, sondern vor Leid, und die Zähne schlugen ihm zusammen.
Mit einer großen Bitterkeit starrte er in sein Leben zurück und verleugnete alles, was ihm lieb gewesen war. Er haßte seinen vorzeitigen Tod so sehr, daß er sein Leben haßte, weil es ihn dahin geführt hatte. Diese innere Wildheit verbrauchte seine letzte Kraft. Ihn schwindelte, und für eine Weile schlief er wieder einen taumeligen schlechten Schlaf. Dann erwachte er und wollte schreien, weil er noch immer allein war, aber die Stimme versagte ihm. Zuletzt erbrach er Galle, dann Blut, und starb mit verzerrten Zügen, die Lippen so verrissen, daß Zähne und Zahnfleisch entblößt waren und ihm einen fremden, bösen Ausdruck gaben.

RAINER MARIA RILKE

Die Weise von Liebe und Tod des Cornets Christoph Rilke

Geschrieben 1899

»… den 24. November 1663 wurde Otto von Rilke | auf Langenau | Granitz und Ziegra | zu Linda mit seines in Ungarn gefallenen Bruders Christoph hinterlassenem Antheile am Gute Linda beliehen; doch mußte er einen Revers ausstellen | nach welchem die Lehensreichung null und nichtig sein sollte | im Falle sein Bruder Christoph (der nach beigebrachtem Totenschein als Cornet in der Compagnie des Freiherrn von Pirovano des kaiserl. oesterr. Heysterschen Regiments zu Roß … verstorben war) zurückkehrt …«

Reiten, reiten, reiten, durch den Tag, durch die Nacht, durch den Tag. Reiten, reiten, reiten.
Und der Mut ist so müde geworden und die Sehnsucht so groß. Es gibt keine Berge mehr, kaum einen Baum. Nichts wagt aufzustehen. Fremde Hütten hocken durstig an versumpften Brunnen. Nirgends ein Turm. Und immer das gleiche Bild. Man hat zwei Augen zu viel. Nur in der Nacht manchmal glaubt man den Weg zu kennen. Vielleicht kehren wir nächtens immer wieder das Stück zurück, das wir in der fremden Sonne mühsam gewonnen haben? Es kann sein. Die Sonne ist schwer, wie bei uns tief im Sommer. Aber wir haben im Sommer Abschied genommen. Die Kleider der Frauen leuchteten lang aus dem Grün. Und nun reiten wir lang. Es muß also Herbst sein. Wenigstens dort, wo traurige Frauen von uns wissen.

Der von Langenau rückt im Sattel und sagt: »Herr Marquis …« Sein Nachbar, der kleine feine Franzose, hat erst drei Tage lang

gesprochen und gelacht. Jetzt weiß er nichts mehr. Er ist wie ein Kind, das schlafen möchte. Staub bleibt auf seinem feinen weißen Spitzenkragen liegen; er merkt es nicht. Er wird langsam welk in seinem samtenen Sattel.
Aber der von Langenau lächelt und sagt: »Ihr habt seltsame Augen, Herr Marquis. Gewiß seht Ihr Eurer Mutter ähnlich –«
Da blüht der Kleine noch einmal auf und stäubt seinen Kragen ab und ist wie neu.

Jemand erzählt von seiner Mutter. Ein Deutscher offenbar. Laut und langsam setzt er seine Worte. Wie ein Mädchen, das Blumen bindet, nachdenklich Blume um Blume probt und noch nicht weiß, was aus dem Ganzen wird –: so fügt er seine Worte. Zu Lust? Zu Leide? Alle lauschen. Sogar das Spucken hört auf. Denn es sind lauter Herren, die wissen, was sich gehört. Und wer das Deutsche nicht kann in dem Haufen, der versteht es auf einmal, fühlt einzelne Worte: »Abends« … »Klein war …«

Da sind sie alle einander nah, diese Herren, die aus Frankreich kommen und aus Burgund, aus den Niederlanden, aus Kärntens Tälern, von den böhmischen Burgen und vom Kaiser Leopold. Denn was der Eine erzählt, das haben auch sie erfahren und gerade so. Als ob es nur *eine* Mutter gäbe …

So reitet man in den Abend hinein, in irgendeinen Abend. Man schweigt wieder, aber man hat die lichten Worte mit. Da hebt der Marquis den Helm ab. Seine dunklen Haare sind weich und, wie er das Haupt senkt, dehnen sie sich frauenhaft auf seinem Nacken. Jetzt erkennt auch der von Langenau: Fern ragt etwas in den Glanz hinein, etwas Schlankes, Dunkles. Eine einsame Säule, halbverfallen. Und wie sie lange vorüber sind, später, fällt ihm ein, daß das eine Madonna war.

Wachtfeuer. Man sitzt rundumher und wartet. Wartet, daß einer singt. Aber man ist so müd. Das rote Licht ist schwer. Es liegt auf den staubigen Schuhn. Es kriecht bis an die Kniee, es schaut in die gefalteten Hände hinein. Es hat keine Flügel. Die Gesichter sind dunkel. Dennoch leuchten eine Weile die Augen des kleinen Franzosen mit eigenem Licht. Er hat eine kleine Rose geküßt, und nun darf sie weiterwelken an seiner Brust. Der von Langenau hat es gesehen, weil er nicht schlafen kann. Er denkt: Ich habe keine Rose, keine.
Dann singt er. Und das ist ein altes trauriges Lied, das zu Hause die Mädchen auf den Feldern singen, im Herbst, wenn die Ernten zu Ende gehen.

Sagt der kleine Marquis: »Ihr seid sehr jung, Herr?«
Und der von Langenau, in Trauer halb und halb in Trotz: »Achtzehn.«
Dann schweigen sie.
Später fragt der Franzose: »Habt Ihr auch eine Braut daheim, Herr Junker?«
»Ihr?« gibt der von Langenau zurück.
»Sie ist blond wie Ihr.«
Und sie schweigen wieder, bis der Deutsche ruft:
»Aber zum Teufel, warum sitzt Ihr denn dann im Sattel und reitet durch dieses giftige Land den türkischen Hunden entgegen?«
Der Marquis lächelt. »Um wiederzukehren.«
Und der von Langenau wird traurig. Er denkt an ein blondes Mädchen, mit dem er spielte. Wilde Spiele. Und er möchte nach Hause, für einen Augenblick nur, nur für so lange, als es braucht, um die Worte zu sagen: »Magdalena, – daß ich immer *so war,* verzeih!«
Wie – war? denkt der junge Herr. – Und sie sind weit.

Einmal, am Morgen, ist ein Reiter da, und dann ein zweiter, vier, zehn. Ganz in Eisen, groß. Dann tausend dahinter: Das Heer. Man muß sich trennen.

»Kehrt glücklich heim, Herr Marquis. –«

»Die Maria schützt Euch, Herr Junker.«

Und sie können nicht voneinander. Sie sind Freunde auf einmal, Brüder. Haben einander mehr zu vertrauen; denn sie wissen schon so viel Einer vom Andern. Sie zögern. Und ist Hast und Hufschlag um sie. Da streift der Marquis den großen rechten Handschuh ab. Er holt die kleine Rose hervor, nimmt ihr ein Blatt. Als ob man eine Hostie bricht.

»Das wird Euch beschirmen. Lebt wohl.«

Der von Langenau staunt. Lange schaut er dem Franzosen nach. Dann schiebt er das fremde Blatt unter den Waffenrock. Und es treibt auf und ab auf den Wellen seines Herzens. Hornruf. Er reitet zum Heer, der Junker. Er lächelt traurig: ihn schützt eine fremde Frau.

Ein Tag durch den Troß. Flüche, Farben, Lachen –: davon blendet das Land. Kommen bunte Buben gelaufen. Raufen und Rufen. Kommen Dirnen mit purpurnen Hüten im flutenden Haar. Winken. Kommen Knechte, schwarzeisern wie wandernde Nacht. Packen die Dirnen heiß, daß ihnen die Kleider zerreißen. Drücken sie an den Trommelrand. Und von der wilderen Gegenwehr hastiger Hände werden die Trommeln wach, wie im Traum poltern sie, poltern –. Und abends halten sie ihm Laternen her, seltsame: Wein, leuchtend in eisernen Hauben. Wein? Oder Blut? – Wer kanns unterscheiden?

Endlich vor Spork. Neben seinem Schimmel ragt der Graf. Sein langes Haar hat den Glanz des Eisens. Der von Langenau hat nicht gefragt. Er erkennt den General, schwingt sich vom Roß und verneigt sich in einer Wolke Staub. Er bringt ein Schreiben mit, das ihn empfehlen soll beim Grafen. Der aber befiehlt: »Lies

mir den Wisch.« Und seine Lippen haben sich nicht bewegt. Er braucht sie nicht dazu; sind zum Fluchen gerade gut genug. Was drüber hinaus ist, redet die Rechte. Punktum. Und man sieht es ihr an. Der junge Herr ist längst zu Ende. Er weiß nicht mehr, wo er steht. Der Spork ist vor Allem. Sogar der Himmel ist fort.
Da sagt Spork, der große General:
»Cornet.«
Und das ist viel.

Die Kompagnie liegt jenseits der Raab. Der von Langenau reitet hin, allein. Ebene. Abend. Der Beschlag vorn am Sattel glänzt durch den Staub. Und dann steigt der Mond. Er sieht es an seinen Händen.
Er träumt.
Aber da schreit es ihn an.
Schreit, schreit,
zerreißt ihm den Traum.
Das ist keine Eule. Barmherzigkeit:
der einzige Baum
schreit ihn an:
Mann!
Und er schaut: es bäumt sich. Es bäumt sich ein Leib
den Baum entlang, und ein junges Weib,
blutig und bloß,
fällt ihn an: Mach mich los!

Und er springt hinab in das schwarze Grün
und durchhaut die heißen Stricke;
und er sieht ihre Blicke glühn
und ihre Zähne beißen.

Lacht sie?

Ihn graust.
Und er sitzt schon zu Roß
und jagt in die Nacht. Blutige Schnüre fest in der Faust.

Der von Langenau schreibt einen Brief, ganz in Gedanken. Langsam malt er mit großen, ernsten, aufrechten Lettern:

»Meine gute Mutter,
»seid stolz: Ich trage die Fahne,
»seid ohne Sorge: Ich trage die Fahne,
»habt mich lieb: Ich trage die Fahne –«

Dann steckt er den Brief zu sich in den Waffenrock, an die heimlichste Stelle, neben das Rosenblatt. Und denkt: er wird bald duften davon. Und denkt: vielleicht findet ihn einmal Einer … Und denkt: …; denn der Feind ist nah.

Sie reiten über einen erschlagenen Bauer. Er hat die Augen weit offen und Etwas spiegelt sich drin; kein Himmel. Später heulen Hunde. Es kommt also ein Dorf, endlich. Und über den Hütten steigt steinern ein Schloß. Breit hält sich ihnen die Brücke hin. Groß wird das Tor. Hoch willkommt das Horn. Horch: Poltern, Klirren und Hundegebell! Wiehern im Hof, Hufschlag und Ruf.

Rast! Gast sein einmal. Nicht immer selbst seine Wünsche bewirten mit kärglicher Kost. Nicht immer *feindlich* nach allem fassen; einmal sich alles geschehen lassen und wissen: was geschieht, ist gut. Auch der Mut muß einmal sich strecken und sich am Saume seidener Decken in sich selber überschlagen. Nicht immer Soldat sein. Einmal die Locken offen tragen und den weiten offenen Kragen und in seidenen Sesseln sitzen und bis in die Fingerspitzen *so:* nach dem Bad sein. Und wieder erst lernen, was Frauen sind. Und wie die weißen tun und wie die blauen sind; was für Hände sie haben, wie sie ihr Lachen singen, wenn blonde Knaben die schönen Schalen bringen, von saftigen Früchten schwer.

Als Mahl beganns. Und ist ein Fest geworden, kaum weiß man wie. Die hohen Flammen flackten, die Stimmen schwirrten, wirre Lieder klirrten aus Glas und Glanz, und endlich aus den reifgewordnen Takten: entsprang der Tanz. Und alle riß er hin. Das war ein Wellenschlagen in den Sälen, ein Sich-Begegnen und ein Sich-Erwählen, ein Abschiednehmen und ein Wiederfinden, ein Glanzgenießen und ein Lichterblinden und ein Sich-Wiegen in den Sommerwinden, die in den Kleidern warmer Frauen sind.
Aus dunklem Wein und tausend Rosen rinnt die Stunde rauschend in den Traum der Nacht.

Und Einer steht und staunt in diese Pracht. Und er ist so geartet, daß er wartet, ob er erwacht. Denn nur im Schlafe schaut man solchen Staat und solche Feste solcher Frauen: ihre kleinste Geste ist eine Falte, fallend in Brokat. Sie bauen Stunden auf aus silbernen Gesprächen, und manchmal heben sie die Hände so –, und du mußt meinen, daß sie irgendwo, wo du nicht hinreichst, sanfte Rosen brächen, die du nicht siehst. Und da träumst du: Geschmückt sein mit ihnen und anders beglückt sein und dir eine Krone verdienen für deine Stirne, die leer ist.

Einer, der weiße Seide trägt, erkennt, daß er nicht erwachen kann; denn er ist wach und verwirrt von Wirklichkeit. So flieht er bange in den Traum und steht im Park, einsam im schwarzen Park. Und das Fest ist fern. Und das Licht lügt. Und die Nacht ist nahe um ihn und kühl. Und er fragt eine Frau, die sich zu ihm neigt:
»Bist Du die Nacht?«

Sie lächelt.
Und da schämt er sich für sein weißes Kleid.
Und möchte weit und allein und in Waffen sein.
Ganz in Waffen.

Hast Du vergessen, daß Du mein Page bist für diesen Tag? Verlässest Du mich? Wo gehst Du hin? Dein weißes Kleid gibt mir Dein Recht –.«

– –

»Sehnt es Dich nach Deinem rauhen Rock?«

– –

»Frierst Du? – Hast Du Heimweh?«
Die Gräfin lächelt.
Nein. Aber das ist nur, weil das Kindsein ihm von den Schultern gefallen ist, dieses sanfte dunkle Kleid. Wer hat es fortgenommen? »Du?« fragt er mit einer Stimme, die er noch nicht gehört hat. »Du!«
Und nun ist nichts an ihm. Und er ist nackt wie ein Heiliger.
Hell und schlank.

Langsam lischt das Schloß aus. Alle sind schwer: müde oder verliebt oder trunken. Nach so vielen leeren, langen Feldnächten: Betten. Breite eichene Betten. Da betet sichs anders als in der lumpigen Furche unterwegs, die, wenn man einschlafen will, wie ein Grab wird.

»Herrgott, wie Du willst!«
Kürzer sind die Gebete im Bett.
Aber inniger.

Die Turmstube ist dunkel.
Aber sie leuchten sich ins Gesicht mit ihrem Lächeln. Sie tasten vor sich her wie Blinde und finden den Andern wie eine Tür.

Fast wie Kinder, die sich vor der Nacht ängstigen, drängen sie sich in einander ein. Und doch fürchten sie sich nicht. Da ist nichts, was gegen sie wäre: kein Gestern, kein Morgen; denn die Zeit ist eingestürzt. Und sie blühen aus ihren Trümmern.
Er fragt nicht: »Dein Gemahl?«
Sie fragt nicht: »Dein Namen?«

Sie haben sich ja gefunden, um einander ein neues Geschlecht zu sein.
Sie werden sich hundert neue Namen geben und einander alle wieder abnehmen, leise, wie man einen Ohrring abnimmt.

Im Vorsaal über einem Sessel hangt der Waffenrock, das Bandelier und der Mantel von dem von Langenau. Seine Handschuhe liegen auf dem Fußboden. Seine Fahne steht steil, gelehnt an das Fensterkreuz. Sie ist schwarz und schlank. Draußen jagt ein Sturm über den Himmel hin und macht Stücke aus der Nacht, weiße und schwarze. Der Mondschein geht wie ein langer Blitz vorbei, und die reglose Fahne hat unruhige Schatten. Sie träumt.

War ein Fenster offen? Ist der Sturm im Haus? Wer schlägt die Türen zu? Wer geht durch die Zimmer? – Laß. Wer es auch sei. Ins Turmgemach findet er nicht. Wie hinter hundert Türen ist dieser große Schlaf, den zwei Menschen gemeinsam haben; so gemeinsam wie *eine* Mutter oder *einen* Tod.

Ist das der Morgen? Welche Sonne geht auf? Wie groß ist die Sonne. Sind das Vögel? Ihre Stimmen sind überall.
Alles ist hell, aber es ist kein Tag.
Alles ist laut, aber es sind nicht Vogelstimmen.
Das sind die Balken, die leuchten. Das sind die Fenster, die schrein. Und sie schrein, rot, in die Feinde hinein, die draußen stehn im flackernden Land, schrein: Brand.
Und mit zerrissenem Schlaf im Gesicht drängen sich alle, halb

Eisen, halb nackt, von Zimmer zu Zimmer, von Trakt zu Trakt und suchen die Treppe.
Und mit verschlagenem Atem stammeln Hörner im Hof:
Sammeln, sammeln!
Und bebende Trommeln.

Aber die Fahne ist nicht dabei.
Rufe: Cornet!
Rasende Pferde, Gebete, Geschrei,
Flüche: Cornet!
Eisen an Eisen, Befehl und Signal;
Stille: Cornet!
Und noch ein Mal: Cornet!
Und heraus mit der brausenden Reiterei.
– –
Aber die Fahne ist nicht dabei.

Er läuft um die Wette mit brennenden Gängen, durch Türen, die ihn glühend umdrängen, über Treppen, die ihn versengen, bricht er aus aus dem rasenden Bau. Auf seinen Armen trägt er die Fahne wie eine weiße, bewußtlose Frau. Und er findet ein Pferd, und es ist wie ein Schrei: über alles dahin und an allem vorbei, auch an den Seinen. Und da kommt auch die Fahne wieder zu sich und niemals war sie so königlich; und jetzt sehn sie sie alle, fern voran, und erkennen den hellen, helmlosen Mann und erkennen die Fahne …
Aber da fängt sie zu scheinen an, wirft sich hinaus und wird groß und rot …
– –
Da brennt ihre Fahne mitten im Feind, und sie jagen ihr nach.

Der von Langenau ist tief im Feind, aber ganz allein. Der Schrecken hat um ihn einen runden Raum gemacht, und er hält, mitten drin, unter seiner langsam verlodernden Fahne.
Langsam, fast nachdenklich, schaut er um sich. Es ist viel Fremdes, Buntes vor ihm. Gärten – denkt er und lächelt. Aber da fühlt er, daß Augen ihn halten und erkennt Männer und weiß, daß es die heidnischen Hunde sind –: und wirft sein Pferd mitten hinein.
Aber, als es jetzt hinter ihm zusammenschlägt, sind es doch wieder Gärten, und die sechzehn runden Säbel, die auf ihn zuspringen, Strahl um Strahl, sind ein Fest. Eine lachende Wasserkunst.

Der Waffenrock ist im Schlosse verbrannt, der Brief und das Rosenblatt einer fremden Frau. –
Im nächsten Frühjahr (es kam traurig und kalt) ritt ein Kurier des Freiherrn von Pirovano langsam in Langenau ein. Dort hat er eine alte Frau weinen sehen.

ARTHUR SCHNITZLER

Leutnant Gustl

Wie lang' wird denn das noch dauern? Ich muß auf die Uhr schauen … schickt sich wahrscheinlich nicht in einem so ernsten Konzert. Aber wer sieht's denn? Wenn's einer sieht, so paßt er geradeso wenig auf, wie ich, und vor dem brauch' ich mich nicht zu genieren … Erst viertel auf zehn? … Mir kommt vor, ich sitz' schon drei Stunden in dem Konzert. Ich bin's halt nicht gewohnt … Was ist es denn eigentlich? Ich muß das Programm anschauen … Ja, richtig: Oratorium! Ich hab' gemeint: Messe. Solche Sachen gehören doch nur in die Kirche! Die Kirche hat auch das Gute, daß man jeden Augenblick fortgehen kann. – Wenn ich wenigstens einen Ecksitz hätt'! – Also Geduld, Geduld! Auch Oratorien nehmen ein End'! Vielleicht ist es sehr schön, und ich bin nur nicht in der Laune. Woher sollt' mir auch die Laune kommen? Wenn ich denke, daß ich hergekommen bin, um mich zu zerstreuen … Hätt' ich die Karte lieber dem Benedek geschenkt, dem machen solche Sachen Spaß; er spielt ja selber Violine. Aber da wär' der Kopetzky beleidigt gewesen. Es war ja sehr lieb von ihm, wenigstens gut gemeint. Ein braver Kerl, der Kopetzky! Der Einzige, auf den man sich verlassen kann … Seine Schwester singt ja mit unter denen da oben. Mindestens hundert Jungfrauen, alle schwarz gekleidet; wie soll ich sie da herausfinden? Weil sie mitsingt, hat er auch das Billett gehabt, der Kopetzky … Warum ist er denn nicht selber gegangen? – Sie singen übrigens sehr schön. Es ist sehr erhebend – sicher! Bravo! Bravo! … Ja, applaudieren wir mit. Der neben mir klatscht wie verrückt. Ob's ihm wirklich so gut gefällt? – Das Mädel drüben in der Loge ist sehr hübsch. Sieht sie mich an oder den Herrn dort mit dem blonden Vollbart? … Ah, ein Solo! Wer

ist das? Alt: Fräulein Walker, Sopran: Fräulein Michalek ... das ist wahrscheinlich Sopran ... Lang' war ich schon nicht in der Oper. In der Oper unterhalt' ich mich immer, auch wenn's langweilig ist. Übermorgen könnt' ich eigentlich wieder hineingeh'n, zur ›Traviata‹. Ja, übermorgen bin ich vielleicht schon eine tote Leiche! Ah, Unsinn, das glaub' ich selber nicht! Warten S' nur, Herr Doktor, Ihnen wird's vergeh'n, solche Bemerkungen zu machen! Das Nasenspitzel hau' ich Ihnen herunter ...
Wenn ich die in der Loge nur genau sehen könnt'! Ich möcht' mir den Operngucker von dem Herrn neben mir ausleih'n, aber der frißt mich ja auf, wenn ich ihn in seiner Andacht stör' ... In welcher Gegend die Schwester vom Kopetzky steht? Ob ich sie erkennen möcht'? Ich hab' sie ja nur zwei- oder dreimal gesehen, das letzte Mal im Offizierskasino ... Ob das lauter anständige Mädeln sind, alle hundert? Oje! ... »Unter Mitwirkung des Singvereins«! – Singverein ... komisch! Ich hab' mir darunter eigentlich immer so was Ähnliches vorgestellt, wie die Wiener Tanzsängerinnen, das heißt, ich hab' schon gewußt, daß es was anderes ist! ... Schöne Erinnerungen! Damals beim ›Grünen Tor‹ ... Wie hat sie nur geheißen? Und dann hat sie mir einmal eine Ansichtskarte aus Belgrad geschickt ... Auch eine schöne Gegend! – Der Kopetzky hat's gut, der sitzt jetzt längst im Wirtshaus und raucht seine Virginia! ...
Was guckt mich denn der Kerl dort immer an? Mir scheint, der merkt, daß ich mich langweil' und nicht herg'hör' ... Ich möcht' Ihnen raten, ein etwas weniger freches Gesicht zu machen, sonst stell' ich Sie mir nachher im Foyer! – Schaut schon weg! ... Daß sie alle vor meinem Blick so eine Angst hab'n ... »Du hast die schönsten Augen, die mir je vorgekommen sind!« hat neulich die Steffi gesagt ... O Steffi, Steffi, Steffi! – Die Steffi ist eigentlich schuld, daß ich dasitz' und mir stundenlang vorlamentieren lassen muß. – Ah, diese ewige Abschreiberei von der Steffi geht mir wirklich schon auf die Nerven! Wie schön hätt' der heutige

Abend sein können. Ich hätt' große Lust, das Brieferl von der Steffi zu lesen. Da hab' ich's ja. Aber wenn ich die Brieftasche herausnehm', frißt mich der Kerl daneben auf! – Ich weiß ja, was drinsteht ... sie kann nicht kommen, weil sie mit »ihm« nachtmahlen gehen muß ... Ah, das war komisch vor acht Tagen, wie sie mit ihm in der Gartenbaugesellschaft gewesen ist, und ich vis-à-vis mit'm Kopetzky; und sie hat mir immer die Zeichen gemacht mit den Augerln, die verabredeten. Er hat nichts gemerkt – unglaublich! Muß übrigens ein Jud' sein! Freilich, in einer Bank ist er, und der schwarze Schnurrbart ... Reserveleutnant soll er auch sein! Na, in mein Regiment sollt' er nicht zur Waffenübung kommen! Überhaupt, daß sie noch immer so viel Juden zu Offizieren machen – da pfeif ich auf'n ganzen Antisemitismus! Neulich in der Gesellschaft, wo die G'schicht' mit dem Doktor passiert ist bei den Mannheimers ... die Mannheimer selber sollen ja auch Juden sein, getauft natürlich ... denen merkt man's aber gar nicht an – besonders die Frau ... so blond, bildhübsch die Figur ... War sehr amüsant im Ganzen. Famoses Essen, großartige Zigarren ... Na ja, wer hat's Geld? ...

Bravo, bravo! Jetzt wird's doch bald aus sein? – Ja, jetzt steht die ganze G'sellschaft da droben auf ... sieht sehr gut aus – imposant! – Orgel auch? ... Orgel hab' ich sehr gern ... So, das laß' ich mir g'fall'n – sehr schön! Es ist wirklich wahr, man sollt' öfter in Konzerte gehen ... Wunderschön ist's g'wesen, werd' ich dem Kopetzky sagen ... Werd' ich ihn heut' im Kaffeehaus treffen? – Ah, ich hab' gar keine Lust, ins Kaffeehaus zu geh'n; hab' mich gestern so gegiftet! Hundertsechzig Gulden auf einem Sitz verspielt – zu dumm! Und wer hat alles gewonnen? Der Ballert, grad' der, der's nicht notwendig hat ... Der Ballert ist eigentlich schuld, daß ich in das blöde Konzert hab' geh'n müssen ... Na ja, sonst hätt' ich heut' wieder spielen können, vielleicht doch was zurückgewonnen. Aber es ist ganz gut, daß ich mir selber das Ehrenwort gegeben hab', einen Monat lang keine Karte anzurühren … Die Mama wird wieder ein G'sicht machen, wenn sie meinen Brief bekommt! –

Ah, sie soll zum Onkel geh'n, der hat Geld wie Mist; auf die paar hundert Gulden kommt's ihm nicht an. Wenn ich's nur durchsetzen könnt', daß er mir eine regelmäßige Sustentation gibt … aber nein, um jeden Kreuzer muß man extra betteln. Dann heißt's wieder: Im vorigen Jahr war die Ernte schlecht! … Ob ich heuer im Sommer wieder zum Onkel fahren soll auf vierzehn Tag'? Eigentlich langweilt man sich dort zum Sterben … Wenn ich die … wie hat sie nur geheißen? … Es ist merkwürdig, ich kann mir keinen Namen merken! … Ah, ja: Etelka! … Kein Wort deutsch hat sie verstanden, aber das war auch nicht notwendig … hab' gar nichts zu reden brauchen! … Ja, es wird ganz gut sein, vierzehn Tage Landluft und vierzehn Nächt' Etelka oder sonstwer … Aber acht Tag' sollt' ich doch auch wieder beim Papa und bei der Mama sein … Schlecht hat sie ausg'seh'n heuer zu Weihnachten … Na, jetzt wird die Kränkung schon überwunden sein. Ich an ihrer Stelle wär' froh, daß der Papa in Pension gegangen ist. – Und die Klara wird schon noch einen Mann kriegen … Der Onkel kann schon was hergeben … Achtundzwanzig Jahr', das ist doch nicht so alt … Die Steffi ist sicher nicht jünger … Aber es ist merkwürdig: die Frauenzimmer erhalten sich länger jung. Wenn man so bedenkt: die Maretti neulich in der ›Madame Sans-Gêne‹ – siebenunddreißig Jahr' ist sie sicher, und sieht aus … Na, ich hätt' nicht nein g'sagt! – Schad', daß sie mich nicht g'fragt hat …

Heiß wird's! Noch immer nicht aus? Ah, ich freu' mich so auf die frische Luft! Werd' ein biß'l spazieren geh'n, übern Ring … Heut' heißt's: früh ins Bett, morgen Nachmittag frisch sein! Komisch, wie wenig ich daran denk', so egal ist mir das! Das erste Mal hat's mich doch ein bißl aufgeregt. Nicht, daß ich Angst g'habt hätt'; aber nervös bin ich gewesen in der Nacht vorher … Freilich, der Oberleutnant Bisanz war ein ernster Gegner. –

Und doch, nichts ist mir g'scheh'n! … Auch schon anderthalb Jahr' her. Wie die Zeit vergeht! Und wenn mir der Bisanz nichts getan hat, der Doktor wird mir schon gewiß nichts tun! Obzwar, gerade diese ungeschulten Fechter sind manchmal die gefährlichsten. Der Doschintzky hat mir erzählt, daß ihn ein Kerl, der das erste Mal einen Säbel in der Hand gehabt hat, auf ein Haar abgestochen hätt'; und der Doschintzky ist heut' Fechtlehrer bei der Landwehr. Freilich – ob er damals schon so viel können hat … Das Wichtigste ist: kaltes Blut. Nicht einmal einen rechten Zorn hab' ich mehr in mir, und es war doch eine Frechheit – unglaublich! Sicher hätt' er sich's nicht getraut, wenn er nicht Champagner getrunken hätt' vorher … So eine Frechheit! Gewiß ein Sozialist! Die Rechtsverdreher sind doch heutzutag' alle Sozialisten! Eine Bande … am liebsten möchten sie gleich 's ganze Militär abschaffen; aber wer ihnen dann helfen möcht', wenn die Chinesen über sie kommen, daran denken sie nicht. Blödisten! – Man muß gelegentlich ein Exempel statuieren. Ganz recht hab' ich g'habt. Ich bin froh, daß ich ihn nimmer auslassen hab' nach der Bemerkung. Wenn ich dran denk', werd' ich ganz wild! Aber ich hab' mich famos benommen; der Oberst sagt auch, es war absolut korrekt. Wird mir überhaupt nützen, die Sache. Ich kenn' manche, die den Burschen hätten durchschlüpfen lassen. Der Müller sicher, der wär' wieder objektiv gewesen oder so was. Mit dem Objektivsein hat sich noch jeder blamiert … »Herr Leutnant!« … schon die Art, wie er »Herr Leutnant« gesagt hat, war unverschämt! … »Sie werden mir doch zugeben müssen« … – Wie sind wir denn nur d'rauf gekommen? Wieso hab' ich mich mit dem Sozialisten in ein Gespräch eingelassen? Wie hat's denn nur angefangen? … Mir scheint, die schwarze Frau, die ich zum Büfett geführt hab', ist auch dabeigewesen … und dann dieser junge Mensch, der die Jagdbilder malt – wie heißt er denn nur? … Meiner Seel', der ist an der ganzen Geschichte schuld gewesen! Der hat von den Manövern geredet; und dann erst ist dieser Doktor dazugekommen und hat irgendwas g'sagt, was mir nicht gepaßt hat, von Kriegsspielerei oder so was – aber wo ich noch nichts hab' reden können ... Ja, und dann ist von den Kadettenschulen gesprochen worden ... ja, so war's ... und ich hab' von einem patriotischen Fest erzählt ... und dann hat der Doktor gesagt – nicht gleich, aber aus dem Fest hat es sich entwickelt – »Herr Leutnant, Sie werden mir doch zugeben, daß nicht alle Ihre Kameraden zum Militär gegangen sind, ausschließlich um das Vaterland zu verteidigen!« So eine Frechheit! Das wagt so ein Mensch einem Offizier ins Gesicht zu sagen! Wenn ich mich nur erinnern könnt', was ich d'rauf geantwortet hab'? ... Ah ja, etwas von Leuten, die sich in Dinge dreinmengen, von denen sie nichts versteh'n ... Ja, richtig ... und dann war einer da, der hat die Sache gütlich beilegen wollen, ein älterer Herr mit einem Stockschnupfen ... Aber ich war zu wütend! Der Doktor hat das absolut in dem Ton gesagt, als wenn er direkt mich gemeint hätt'. Er hätt' nur noch sagen müssen, daß sie mich aus dem Gymnasium hinausg'schmissen haben und daß ich deswegen in die Kadettenschul' gesteckt worden bin ... Die Leut' können eben unserein'n nicht versteh'n, sie sind zu dumm dazu ... Wenn ich mich so erinner', wie ich das erste Mal den Rock angehabt hab', so was erlebt eben nicht ein jeder ... Im vorigen Jahr' bei den Manövern – ich hätt' was drum gegeben, wenn's plötzlich Ernst gewesen wär' ... Und der Mirovic hat mir g'sagt, es ist ihm ebenso gegangen. Und dann, wie Seine Hoheit die Front abgeritten sind, und die Ansprache vom Obersten – da muß einer schon ein ordentlicher Lump sein, wenn ihm das Herz nicht höher schlägt ... Und da kommt so ein Tintenfisch daher, der sein Lebtag nichts getan hat, als hinter den Büchern gesessen, und erlaubt sich eine freche Bemerkung! ... Ah, wart' nur, mein Lieber – bis zur Kampfunfähigkeit ... jawohl, du sollst so kampfunfähig werden ...

Ja, was ist denn? Jetzt muß es doch bald aus sein? … »Ihr, seine Engel, lobet den Herrn« … – Freilich, das ist der Schlußchor … Wunderschön, da kann man gar nichts sagen. Wunderschön! – Jetzt hab' ich ganz die aus der Loge vergessen, die früher zu kokettieren angefangen hat. Wo ist sie denn? … Schon fortgegangen … Die dort scheint auch sehr nett zu sein … Zu dumm, daß ich keinen Operngucker bei mir hab'! Der Brunnthaler ist ganz gescheit, der hat sein Glas immer im Kaffeehaus bei der Kassa liegen, da kann einem nichts g'scheh'n … Wenn sich die Kleine da vor mir nur einmal umdreh'n möcht'! So brav sitzt s' alleweil da. Das neben ihr ist sicher die Mama. – Ob ich nicht doch einmal ernstlich ans Heiraten denken soll? Der Willy war nicht älter als ich, wie er hineingesprungen ist. Hat schon was für sich, so immer gleich ein hübsches Weiberl zu Haus vorrätig zu haben … Zu dumm, daß die Steffi grad' heut' keine Zeit hat! Wenn ich wenigstens wüßte, wo sie ist, möcht' ich mich wieder vis-à-vis von ihr hinsetzen. Das wär' eine schöne G'schicht', wenn ihr der draufkommen möcht', da hätt' ich sie am Hals … Wenn ich so denk', was dem Fließ sein Verhältnis mit der Winterfeld kostet! Und dabei betrügt sie ihn hinten und vorn. Das nimmt noch einmal ein Ende mit Schrecken … Bravo, bravo! Ah, aus! … So, das tut wohl, aufsteh'n können, sich rühren … Na, vielleicht! Wie lang' wird der da noch brauchen, um sein Glas ins Futteral zu stecken?
»Pardon, Pardon, wollen mich nicht hinauslassen?« …
Ist das ein Gedränge! Lassen wir die Leut' lieber vorbeipassieren … Elegante Person … ob das echte Brillanten sind? … Die da ist nett … Wie sie mich anschaut! … O ja, mein Fräulein, ich möcht' schon! … Oh, die Nase! – Jüdin … Noch eine … Es ist doch fabelhaft, da sind auch die Hälfte Juden … nicht einmal ein Oratorium kann man mehr in Ruhe genießen … So, jetzt schließen wir uns an … Warum drängt denn der Idiot hinter mir? Das werd' ich ihm abgewöhnen … Ah, ein älterer

Herr! … Wer grüßt mich denn dort von drüben? … Habe die Ehre, habe die Ehre! Keine Ahnung hab' ich, wer das ist … Das Einfachste wär', ich ging gleich zum Leidinger hinüber nachtmahlen … oder soll ich in die Gartenbaugesellschaft? Am End' ist die Steffi auch dort? Warum hat sie mir eigentlich nicht geschrieben, wohin sie mit ihm geht? Sie wird's selber noch nicht gewußt haben. Eigentlich schrecklich, so eine abhängige Existenz … Armes Ding! – So, da ist der Ausgang … Ah, die ist aber bildschön! Ganz allein? Wie sie mich anlacht. Das wär' eine Idee, der geh' ich nach! … So, jetzt die Treppen hinunter: Oh, ein Major von Fünfundneunzig … Sehr liebenswürdig hat er gedankt … Bin doch nicht der einzige Offizier herin gewesen … Wo ist denn das hübsche Mädel? Ah, dort … am Geländer steht sie … So, jetzt heißt's noch zur Garderobe … Daß mir die Kleine nicht auskommt … Hat ihm schon! So ein elender Fratz! Laßt sich da von einem Herrn abholen, und jetzt lacht sie noch auf mich herüber! – Es ist doch keine was wert … Herrgott, ist das ein Gedränge bei der Garderobe! … Warten wir lieber noch ein bisserl … So! Ob der Blödist meine Nummer nehmen möcht'? …

»Sie, zweihundertvierundzwanzig! Da hängt er! Na, hab'n Sie keine Augen? Da hängt er! Na, Gott sei Dank! … Also bitte!« … Der Dicke da verstellt einem schier die ganze Garderobe … »Bitte sehr!« …

»Geduld, Geduld!«

Was sagt der Kerl?

»Nur ein bisserl Geduld!«

Dem muß ich doch antworten … »Machen Sie doch Platz!«

»Na, Sie werden's auch nicht versäumen!«

Was sagt er da? Sagt er das zu mir? Das ist doch stark! Das kann ich mir nicht gefallen lassen! »Ruhig!«

»Was meinen Sie?«

Ah, so ein Ton! Da hört sich doch alles auf!

»Stoßen Sie nicht!«
»Sie, halten Sie das Maul!« Das hätt' ich nicht sagen sollen, ich war zu grob ... Na, jetzt ist's schon g'scheh'n!
»Wie meinen?«
Jetzt dreht er sich um ... Den kenn' ich ja! – Donnerwetter, das ist ja der Bäckermeister, der immer ins Kaffeehaus kommt ... Was macht denn der da? Hat sicher auch eine Tochter oder so was bei der Singakademie ... Ja, was ist denn das? Ja, was macht er denn? Mir scheint gar ... ja, meiner Seel', er hat den Griff von meinem Säbel in der Hand ... Ja, ist der Kerl verrückt? ... »Sie, Herr ...«
»Sie, Herr Leutnant, sein S' jetzt ganz stad.«
Was sagt er da? Um Gottes willen, es hat's doch keiner gehört? Nein, er red't ganz leise ... Ja, warum laßt er denn meinen Säbel net aus? ... Herrgott noch einmal ... Ah, da heißt's rabiat sein ... ich bring' seine Hand vom Griff nicht weg ... nur keinen Skandal jetzt! ... Ist nicht am End' der Major hinter mir? ... Bemerkt's nur niemand, daß er den Griff von meinem Säbel hält? Er red't ja zu mir! Was red't er denn?
»Herr Leutnant, wenn Sie das geringste Aufsehen machen, so zieh' ich den Säbel aus der Scheide, zerbrech' ihn und schick' die Stück' an Ihr Regimentskommando. Versteh'n Sie mich, Sie dummer Bub?«
Was hat er g'sagt? Mir scheint, ich träum'! Red't er wirklich zu mir? Ich sollt' was antworten ... Aber der Kerl macht ja Ernst – der zieht wirklich den Säbel heraus. Herrgott – er tut's! ... Ich spür's, er reißt schon d'ran! Was red't er denn? ... Um Gottes willen, nur kein' Skandal. – Was red't er denn noch immer?
»Aber ich will Ihnen die Karriere nicht verderben ... Also, schön brav sein! ... So, hab'n S' keine Angst, 's hat niemand was gehört ... es ist schon alles gut ... so! Und damit keiner glaubt, daß wir uns gestritten haben, werd' ich jetzt sehr freundlich mit Ihnen sein! – Habe die Ehre, Herr Leutnant, hat mich sehr gefreut – habe die Ehre!«

Um Gottes willen, hab' ich geträumt? ... Hat er das wirklich gesagt? ... Wo ist er denn? ... Da geht er ... Ich müßt' ja den Säbel ziehen und ihn zusammenhauen – – Um Gottes willen, es hat's doch niemand gehört? ... Nein, er hat ja nur ganz leise geredet, mir ins Ohr ... Warum geh' ich denn nicht hin und hau' ihm den Schädel auseinander? ... Nein, es geht ja nicht, es geht ja nicht ... gleich hätt' ich's tun müssen ... Warum hab' ich's denn nicht gleich getan? ... Ich hab's ja nicht können ... er hat ja den Griff nicht auslassen, und er ist zehnmal stärker als ich ... Wenn ich noch ein Wort gesagt hätt', hätt' er mir wirklich den Säbel zerbrochen ... Ich muß ja noch froh sein, daß er nicht laut geredet hat! Wenn's ein Mensch gehört hätt', so müßt' ich mich ja *stante pede* erschießen ... Vielleicht ist es doch ein Traum gewesen ... Warum schaut mich denn der Herr dort an der Säule so an? – Hat der am End' was gehört? ... Ich werd' ihn fragen ... Fragen? – Ich bin ja verrückt! – Wie schau' ich denn aus? – Merkt man mir was an? – Ich muß ganz blaß sein. – Wo ist der Hund? ... Ich muß ihn umbringen! ... Fort ist er ... Überhaupt schon ganz leer ... Wo ist denn mein Mantel? ... Ich hab' ihn ja schon angezogen ... Ich hab's gar nicht gemerkt ... Wer hat mir denn geholfen? ... Ah, der da ... dem muß ich ein Sechserl geben ... So! ... Aber was ist denn das? Ist es denn wirklich gescheh'n? Hat wirklich einer so zu mir geredet? Hat mir wirklich einer »dummer Bub« gesagt? Und ich hab' ihn nicht auf der Stelle zusammengehauen? ... Aber ich hab' ja nicht können ... er hat ja eine Faust gehabt wie Eisen ... ich bin ja dagestanden wie angenagelt ... Nein, ich muß den Verstand verloren gehabt haben, sonst hätt' ich mit der anderen Hand ... Aber da hätt' er ja meinen Säbel herausgezogen und zerbrochen, und aus wär's gewesen – Alles wär' aus gewesen! Und nachher, wie er fortgegangen ist, war's zu spät ... ich hab' ihm doch nicht den Säbel von hinten in den Leib rennen können ...

Was, ich bin schon auf der Straße? Wie bin ich denn da herausgekommen? – So kühl ist es … ah, der Wind, der ist gut … Wer ist denn das da drüben? Warum schau'n denn die zu mir herüber? Am End' haben die was gehört … Nein, es kann niemand was gehört haben … ich weiß ja, ich hab' mich gleich nachher umgeschaut! Keiner hat sich um mich gekümmert, niemand hat was gehört … Aber gesagt hat er's, wenn's auch niemand gehört hat; gesagt hat er's doch. Und ich bin dagestanden und hab' mir's gefallen lassen, wie wenn mich einer vor den Kopf geschlagen hätt'! … Aber ich hab' ja nichts sagen können, nichts tun können; es war ja noch das einzige, was mir übrig geblieben ist: stad sein, stad sein! … 's ist fürchterlich, es ist nicht zum Aushalten; ich muß ihn totschlagen, wo ich ihn treff! … Mir sagt das einer! Mir sagt das so ein Kerl, so ein Hund! Und er kennt mich … Herrgott noch einmal, er kennt mich, er weiß, wer ich bin! … Er kann jedem Menschen erzählen, daß er mir das g'sagt hat! … Nein, nein, das wird er ja nicht tun, sonst hätt' er auch nicht so leise geredet … er hat auch nur wollen, daß ich es allein hör'! … Aber wer garantiert mir, daß er's nicht doch erzählt, heut' oder morgen, seiner Frau, seiner Tochter, seinen Bekannten im Kaffeehaus. – – Um Gottes willen, morgen seh' ich ihn ja wieder! Wenn ich morgen ins Kaffeehaus komm', sitzt er wieder dort wie alle Tag' und spielt seinen Tapper mit dem Herrn Schlesinger und mit dem Kunstblumenhändler … Nein, nein, das geht ja nicht, das geht ja nicht … Wenn ich ihn seh', so hau' ich ihn zusammen … Nein, das darf ich ja nicht … gleich hätt' ich's tun müssen, gleich! … Wenn's nur gegangen wär'! … Ich werd' zum Obersten geh'n und ihm die Sache melden … ja, zum Obersten … Der Oberst ist immer sehr freundlich – und ich werd' ihm sagen: Herr Oberst, ich melde gehorsamst, er hat den Griff gehalten, er hat ihn nicht auslassen; es war genau so, als wenn ich ohne Waffe gewesen wäre … – Was wird der Oberst sagen? – Was er sagen wird? – Aber da gibt's ja nur eins: quittieren mit Schimpf und Schand' – quittieren! … Sind das Freiwillige da drüben? … Ekelhaft, bei der Nacht schau'n sie aus, wie Offiziere … sie salutieren! – Wenn die wüßten – wenn die wüßten! … – Da ist das Café Hochleitner … Sind jetzt gewiß ein paar Kameraden drin … vielleicht auch einer oder der andere, den ich kenn' … Wenn ich's dem ersten Besten erzählen möcht', aber so, als wär's einem andern passiert? … – Ich bin ja schon ganz irrsinnig … Wo lauf' ich denn da herum? Was tu' ich denn auf der Straße? – Ja, aber wo soll ich denn hin? Hab' ich nicht zum Leidinger wollen? Haha, unter Menschen mich niedersetzen … ich glaub', ein jeder müßt' mir's anseh'n … Ja, aber irgendwas muß doch gescheh'n … Was soll denn gescheh'n? … Nichts, nichts – es hat ja niemand was gehört … es weiß ja niemand was … in dem Moment weiß niemand was … Wenn ich jetzt zu ihm in die Wohnung ginge und ihn beschwören möchte, daß er's niemandem erzählt? … – Ah, lieber gleich eine Kugel vor den Kopf als so was! … Wär' so das Gescheiteste! … Das Gescheiteste? Das Gescheiteste? – Gibt ja überhaupt nichts anderes … gibt nichts anderes … Wenn ich den Oberst fragen möcht', oder den Kopetzky – oder den Blany – oder den Friedmaier: – jeder möcht' sagen: Es bleibt dir nichts anderes übrig! … Wie wär's, wenn ich mit dem Kopetzky spräch'? … Ja, es wär' doch das Vernünftigste … schon wegen morgen … Ja, natürlich – wegen morgen … um vier in der Reiterkasern' … ich soll mich ja morgen um vier Uhr schlagen … und ich darf's ja nimmer, ich bin satisfaktionsunfähig … Unsinn! Unsinn! Kein Mensch weiß was, kein Mensch weiß was! – Es laufen viele herum, denen ärgere Sachen passiert sind, als mir … Was hat man nicht alles von dem Deckener erzählt, wie er sich mit dem Rederow geschossen hat … und der Ehrenrat hat entschieden, das Duell darf stattfinden … Aber wie möcht' der Ehrenrat bei mir entscheiden? – Dummer Bub – dummer Bub … und ich bin dagestanden –! Heiliger Himmel, es ist doch ganz egal, ob ein anderer was weiß! … ich weiß es doch, und das ist die

Hauptsache! Ich spür', daß ich jetzt wer anderer bin, als vor einer Stunde. – Ich weiß, daß ich satisfaktionsunfähig bin, und darum muß ich mich totschießen … Keine ruhige Minute hätt' ich mehr im Leben … immer hätt' ich die Angst, daß es doch einer erfahren könnt', so oder so … und daß mir's einer einmal ins Gesicht sagt, was heut' abend gescheh'n ist! – Was für ein glücklicher Mensch bin ich vor einer Stund' gewesen … Muß mir der Kopetzky die Karte schenken – und die Steffi muß mir absagen, das Mensch! – Von so was hängt man ab … Nachmittag war noch alles gut und schön, und jetzt bin ich ein verlorener Mensch und muß mich totschießen … Warum renn' ich denn so? Es lauft mir ja nichts davon … Wie viel schlagt's denn? … 1, 2, 3, 4, 5, 6, 7, 8, 9, 10, 11 … elf, elf … ich sollt' doch nachtmahlen geh'n! Irgendwo muß ich doch schließlich hingeh'n … ich könnt' mich ja in irgendein Beisl setzen, wo mich kein Mensch kennt – schließlich, essen muß der Mensch, auch wenn er sich nachher gleich totschießt … Haha, der Tod ist ja kein Kinderspiel … wer hat das nur neulich gesagt? … Aber das ist ja ganz egal …

Ich möcht' wissen, wer sich am meisten kränken möcht'? … Die Mama, oder die Steffi? … Die Steffi … Gott, die Steffi … die dürft' sich ja nicht einmal was anmerken lassen, sonst gibt »er« ihr den Abschied … Arme Person! – Beim Regiment – kein Mensch hätt' eine Ahnung, warum ich's getan hab' … sie täten sich alle den Kopf zerbrechen … warum hat sich denn der Gustl umgebracht? – Darauf möcht' keiner kommen, daß ich mich hab' totschießen müssen, weil ein elender Bäckermeister, so ein niederträchtiger, der zufällig stärkere Faust' hat … es ist ja zu dumm, zu dumm! – Deswegen soll ein Kerl wie ich, so ein junger, fescher Mensch … Ja, nachher möchten's gewiß alle sagen: das hätt' er doch nicht tun müssen, wegen so einer Dummheit; ist doch schad'! … Aber wenn ich jetzt wen immer fragen tät', jeder möcht' mir die gleiche Antwort geben … und ich selber, wenn ich mich frag' … das ist doch zum Teufelholen … ganz wehrlos sind wir gegen die Zivilisten … Da meinen die Leut', wir sind besser dran, weil wir einen Säbel haben … und wenn schon einmal einer von der Waffe Gebrauch macht, geht's über uns her, als wenn wir alle die geborenen Mörder wären … In der Zeitung möcht's auch steh'n … »Selbstmord eines jungen Offiziers« … Wie schreiben sie nur immer? … »Die Motive sind in Dunkel gehüllt« … Haha! … »An seinem Sarge trauern …« – Aber es ist ja wahr … mir ist immer, als wenn ich mir eine Geschichte erzählen möcht' … aber es ist wahr … ich muß mich umbringen, es bleibt mir ja nichts anderes übrig – ich kann's ja nicht d'rauf ankommen lassen, daß morgen früh der Kopetzky und der Blany mir ihr Mandat zurückgeben und mir sagen: wir können dir nicht sekundieren! … Ich wär' ja ein Schuft, wenn ich's ihnen zumuten möcht' … So ein Kerl wie ich, der dasteht und sich einen dummen Buben heißen läßt … morgen wissen's ja alle Leut' … das ist zu dumm, daß ich mir einen Moment einbilde, so ein Mensch erzählt's nicht weiter … überall wird er's erzählen … seine Frau weiß's jetzt schon … morgen weiß es das ganze Kaffeehaus … die Kellner werd'n's wissen … der Herr Schlesinger – die Kassierin – – Und selbst, wenn er sich vorgenommen hat, er red't nicht davon, so sagt er's übermorgen … und wenn er's übermorgen nicht sagt, in einer Woche … Und wenn ihn heut' Nacht der Schlag trifft, so weiß ich's … ich weiß es … und ich bin nicht der Mensch, der weiter den Rock trägt und den Säbel, wenn ein solcher Schimpf auf ihm sitzt! … So, ich muß es tun, und Schluß! – Was ist weiter dabei? – Morgen Nachmittag könnt' mich der Doktor mit 'm Säbel erschlagen … so was ist schon einmal da gewesen … und der Bauer, der arme Kerl, der hat eine Gehirnentzündung 'kriegt und war in drei Tagen hin … und der Brenitsch ist vom Pferd gestürzt und hat sich 's Genick gebrochen … und schließlich und endlich: es gibt nichts anderes – für mich nicht, für mich nicht! – Es gibt ja Leut',

die's leichter nehmen … Gott, was gibt's für Menschen! … Dem Ringeimer hat ein Fleischselcher, wie er ihn mit seiner Frau erwischt hat, eine Ohrfeige gegeben, und er hat quittiert und sitzt irgendwo auf'm Land und hat geheiratet … Daß es Weiber gibt, die so einen Menschen heiraten! … – Meiner Seel', ich gäb' ihm nicht die Hand, wenn er wieder nach Wien käm' … Also, hast's gehört, Gustl: – aus, aus, abgeschlossen mit dem Leben! Punktum und Streusand d'rauf! … So, jetzt weiß ich's, die Geschichte ist ganz einfach … So! Ich bin eigentlich ganz ruhig … Das hab' ich übrigens immer gewußt: wenn's einmal dazu kommt, werd' ich ruhig sein, ganz ruhig … aber daß es so dazu kommt, das hab' ich doch nicht gedacht … daß ich mich umbringen muß, weil so ein … Vielleicht hab' ich ihn doch nicht recht verstanden … am End' hat er ganz was anderes gesagt … Ich war ja ganz blöd von der Singerei und der Hitz' … vielleicht bin ich verrückt gewesen, und es ist alles gar nicht wahr? … Nicht wahr, haha, nicht wahr! – Ich hör's ja noch … es klingt mir noch immer im Ohr … und ich spür's in den Fingern, wie ich seine Hand vom Säbelgriff hab' wegbringen wollen … Ein Kraftmensch ist er, ein Jagendorfer … Ich bin doch auch kein Schwächling … der Franziski ist der Einzige im Regiment, der stärker ist als ich …
Die Aspernbrücke … Wie weit renn' ich denn noch? – Wenn ich so weiterrenn', bin ich um Mitternacht in Kagran … Haha! – Herrgott, froh sind wir gewesen, wie wir im vorigen September dort eingerückt sind. Noch zwei Stunden, und Wien … todmüd' war ich, wie wir angekommen sind … den ganzen Nachmittag hab' ich geschlafen wie ein Stock, und am Abend waren wir schon beim Ronacher … der Kopetzky, der Ladinser und … wer war denn nur noch mit uns? – Ja, richtig, der Freiwillige, der uns auf dem Marsch die jüdischen Anekdoten erzählt hat … Manchmal sind's ganz nette Burschen, die Einjährigen … aber sie sollten alle nur Stellvertreter werden – denn was hat das für einen

Sinn? Wir müssen uns jahrelang plagen, und so ein Kerl dient ein Jahr und hat genau dieselbe Distinktion wie wir ... es ist eine Ungerechtigkeit! – Aber was geht mich denn das alles an? – Was scher' ich mich denn um solche Sachen? – Ein Gemeiner von der Verpflegsbranche ist ja jetzt mehr als ich: ich bin ja überhaupt nicht mehr auf der Welt ... es ist ja aus mit mir ... Ehre verloren, alles verloren! ... Ich hab' ja nichts anderes zu tun, als meinen Revolver zu laden und ... Gustl, Gustl, mir scheint, du glaubst noch immer nicht recht d'ran? Komm' nur zur Besinnung ... es gibt nichts anderes ... wenn du auch dein Gehirn zermarterst, es gibt nichts anderes! – Jetzt heißt's nur mehr, im letzten Moment sich anständig benehmen, ein Mann sein, ein Offizier sein, so daß der Oberst sagt: Er ist ein braver Kerl gewesen, wir werden ihm ein treues Angedenken bewahren! ... Wie viel Kompagnien rükken denn aus beim Leichenbegängnis von einem Leutnant? ... Das müßt' ich eigentlich wissen ... Haha! Wenn das ganze Bataillon ausrückt, oder die ganze Garnison, und sie feuern zwanzig Salven ab, davon wach' ich doch nimmer auf! – Vor dem Kaffeehaus, da bin ich im vorigen Sommer einmal mit dem Herrn von Engel gesessen, nach der Armee-Steeple-Chase ... Komisch, den Menschen hab' ich seitdem nie wieder geseh'n ... Warum hat er denn das linke Aug' verbunden gehabt? Ich hab' ihn immer d'rum fragen wollen, aber es hätt' sich nicht gehört ... Da geh'n zwei Artilleristen ... die denken gewiß, ich steig' der Person nach ... Muß sie mir übrigens anseh'n ... O schrecklich! – Ich möcht' nur wissen, wie sich so eine ihr Brot verdient ... da möcht' ich doch eher ... Obzwar, in der Not frißt der Teufel Fliegen ... in Przemysl – mir hat's nachher so gegraust, daß ich gemeint hab', nie wieder rühr' ich ein Frauenzimmer an ... Das war eine gräßliche Zeit da oben in Galizien ... eigentlich ein Mordsglück, daß wir nach Wien gekommen sind. Der Bokorny sitzt noch immer in Sambor und kann noch zehn Jahr' dort sitzen und alt und grau werden ... Aber wenn ich dortgeblieben wär', wär' mir das nicht passiert, was mir heut' passiert ist ... und ich möcht' lieber in Galizien alt und grau werden, als daß ... als was? Als was? – Ja, was ist denn? Was ist denn? – Bin ich denn wahnsinnig, daß ich das immer vergeß'? – Ja, meiner Seel', vergessen tu' ich's jeden Moment ... ist das schon je erhört worden, daß sich einer in ein paar Stunden eine Kugel durch'n Kopf jagen muß, und er denkt an alle möglichen Sachen, die ihn gar nichts mehr angeh'n? Meiner Seel', mir ist geradeso, als wenn ich einen Rausch hätt'! Haha! Ein schöner Rausch! Ein Mordsrausch! Ein Selbstmordsrausch! – Ha! Witze mach' ich, das ist sehr gut! – Ja, ganz gut aufgelegt bin ich – so was muß doch angeboren sein ... Wahrhaftig, wenn ich's einem erzählen möcht', er würd' es nicht glauben. – Mir scheint, wenn ich das Ding bei mir hätt' ... jetzt würd' ich abdrücken – in einer Sekunde ist alles vorbei ... Nicht jeder hat's so gut – andere müssen sich monatelang plagen ... meine arme Cousin', zwei Jahr' ist sie gelegen, hat sich nicht rühren können, hat die gräßlichsten Schmerzen g'habt – so ein Jammer! ... Ist es nicht besser, wenn man das selber besorgt? Nur Obacht geben heißt's, gut zielen, daß einem nicht am End' das Malheur passiert, wie dem Kadett-Stellvertreter im vorigen Jahr ... Der arme Teufel, gestorben ist er nicht, aber blind ist er geworden ... Was mit dem nur geschehen ist? Wo er jetzt lebt? – Schrecklich, so herumlaufen, wie der – das heißt: herumlaufen kann er nicht, g'führt muß er werden – so ein junger Mensch, kann heut' noch keine Zwanzig sein ... seine Geliebte hat er besser getroffen ... gleich war sie tot ... Unglaublich, weswegen sich die Leut' totschießen! Wie kann man überhaupt nur eifersüchtig sein? ... Mein Lebtag hab' ich so was nicht gekannt ... Die Steffi ist jetzt gemütlich in der Gartenbaugesellschaft; dann geht sie mit »ihm« nach Haus ... Nichts liegt mir d'ran, gar nichts! Hübsche Einrichtung hat sie – das kleine Badezimmer mit der roten Latern'. – Wie sie neulich in dem grünseidenen Schlafrock hereingekommen ist ... den grünen Schlafrock werd' ich auch nimmer seh'n – und die ganze Steffi auch nicht … und die schöne, breite Treppe in der Gußhausstraße werd' ich auch nimmer hinaufgeh'n … Das Fräulein Steffi wird sich weiter amüsieren, als wenn gar nichts gescheh'n wär' … nicht einmal erzählen darf sie's wem, daß ihr lieber Gustl sich umgebracht hat … Aber weinen wirds' schon – ah ja, weinen wirds' … Überhaupt, weinen werden gar viele Leut' … Um Gottes willen, die Mama! – Nein, nein, daran darf ich nicht denken. – Ah, nein, daran darf absolut nicht gedacht werden … An Zuhaus wird nicht gedacht, Gustl, verstanden? – Nicht mit dem allerleisesten Gedanken …

Das ist nicht schlecht, jetzt bin ich gar im Prater … mitten in der Nacht … das hätt' ich mir auch nicht gedacht in der Früh', daß ich heut' nacht im Prater spazierengeh'n werd' … Was sich der Sicherheitswachmann dort denkt? … Na, geh'n wir nur weiter … es ist ganz schön … Mit'm Nachtmahlen ist's eh' nichts, mit dem Kaffeehaus auch nichts; die Luft ist angenehm, und ruhig ist es … sehr … Zwar, ruhig werd' ich's jetzt bald haben, so ruhig, als ich's mir nur wünschen kann. Haha! – Aber ich bin ja ganz außer Atem … ich bin ja gerannt wie nicht g'scheit … langsamer, langsamer, Gustl, versäumst nichts, hast gar nichts mehr zu tun – gar nichts, aber absolut nichts mehr! – Mir scheint gar, ich fröstel'? – Es wird halt doch die Aufregung sein … dann hab' ich ja nichts gegessen … Was riecht denn da so eigentümlich? … Es kann doch noch nichts blühen? … Was haben wir denn heut'? – Den vierten April … freilich, es hat viel geregnet in den letzten Tagen … aber die Bäume sind beinah' noch ganz kahl … und dunkel ist es, hu! Man könnt' schier Angst kriegen … Das ist eigentlich das einzige Mal in meinem Leben, daß ich Furcht gehabt hab', als kleiner Bub, damals im Wald … aber ich war ja gar nicht so klein … vierzehn oder fünfzehn … Wie lang' ist das jetzt her? – Neun Jahr' … freilich – mit achtzehn war ich Stellvertreter, mit zwanzig Leutnant … und im nächsten Jahr werd' ich … Was werd' ich im nächsten

Jahr? Was heißt das überhaupt: nächstes Jahr? Was heißt das: in der nächsten Woche? Was heißt das: übermorgen? ... Wie? Zähneklappern? Oho! – Na, lassen wir's nur ein biß'l klappern ... Herr Leutnant, Sie sind jetzt allein, brauchen niemandem einen Pflanz vorzumachen ... es ist bitter, es ist bitter ...

Ich will mich auf die Bank setzen ... Ah! – Wie weit bin ich denn da? – So eine Dunkelheit! Das da hinter mir, das muß das zweite Kaffeehaus sein ... bin ich im vorigen Sommer auch einmal gewesen, wie unsere Kapelle konzertiert hat ... mit'm Kopetzky und mit'm Rüttner – noch ein paar waren dabei ... – Ich bin aber müd' ... nein, ich bin müd', als wenn ich einen Marsch von zehn Stunden gemacht hätt' ... Ja, das wär' so was, da einschlafen. – Ha! Ein obdachloser Leutnant ... Ja, ich sollt' doch eigentlich nach Haus ... was tu' ich denn zu Haus? Aber was tu' ich denn im Prater? – Ah, mir wär' am liebsten, ich müßt' gar nicht aufsteh'n – da einschlafen und nimmer aufwachen ... ja, das wär' halt bequem! – Nein, so bequem wird's Ihnen nicht gemacht, Herr Leutnant ... Aber wie und wann? – Jetzt könnt' ich mir doch endlich einmal die Geschichte ordentlich überlegen ... überlegt muß ja alles werden ... so ist es schon einmal im Leben ... Also überlegen wir ... Was denn? ... – Nein, ist die Luft gut ... man sollt' öfters bei der Nacht in' Prater geh'n ... Ja, das hätt' mir eben früher einfallen müssen, jetzt ist's aus mit'm Prater, mit der Luft und mit'm Spazierengeh'n ... Ja, also was ist denn? – Ah, fort mit dem Kappl; mir scheint, das drückt mir aufs Gehirn ... ich kann ja gar nicht ordentlich denken ... Ah ... so! ... Also jetzt Verstand zusammennehmen, Gustl ... letzte Verfügungen treffen! Also morgen früh wird Schluß gemacht ... morgen früh um sieben Uhr ... sieben Uhr ist eine schöne Stund'. Haha! – Also um acht, wenn die Schul' anfangt, ist alles vorbei ... der Kopetzky wird aber keine Schul' halten können, weil er zu sehr erschüttert sein wird ... Aber vielleicht weiß er's noch gar nicht ... man braucht ja nichts zu hören ... Den Max Lippay haben sie auch erst am Nachmittag gefunden, und in der Früh' hat er sich erschossen, und kein Mensch hat was davon gehört ... Aber was geht mich das an, ob der Kopetzky Schul' halten wird oder nicht? ... Ha! – Also um sieben Uhr! – Ja ... na, was denn noch? ... Weiter ist ja nichts zu überlegen. Im Zimmer schieß' ich mich tot, und dann is basta! Montag ist die Leich' ... Einen kenn' ich, der wird eine Freud' haben: das ist der Doktor ... Duell kann nicht stattfinden wegen Selbstmord des einen Kombattanten ... Was sie bei Mannheimers sagen werden? – Na, er wird sich nicht viel d'raus machen ... aber die Frau, die hübsche, blonde ... mit der war was zu machen ... O ja, mir scheint, bei der hätt' ich Chance gehabt, wenn ich mich nur ein biß'l zusammengenommen hätt' ... ja, das wär' doch was anders gewesen, als die Steffi, dieses Mensch ... Aber faul darf man halt nicht sein ... da heißt's: Cour machen, Blumen schikken, vernünftig reden ... das geht nicht so, daß man sagt: Komm' morgen Nachmittag zu mir in die Kasern'! ... Ja, so eine anständige Frau, das wär' halt was g'wesen ... Die Frau von meinem Hauptmann in Przemysl, das war ja doch keine anständige Frau ... ich könnt' schwören: der Libitzky und der Wermutek und der schäbige Stellvertreter, der hat sie auch g'habt ... Aber die Frau Mannheimer ... ja, das wär' was anders, das wär' doch auch ein Umgang gewesen, das hätt' einen beinah' zu einem andern Menschen gemacht – da hätt' man doch noch einen andern Schliff gekriegt – da hätt' man einen Respekt vor sich selber haben dürfen. – Aber ewig diese Menscher ... und so jung hab' ich ang'fangen – ein Bub war ich ja noch, wie ich damals den ersten Urlaub gehabt hab' und in Graz bei den Eltern zu Haus war ... der Riedl war auch dabei – eine Böhmin ist es gewesen ... die muß doppelt so alt gewesen sein wie ich – in der Früh bin ich erst nach Haus gekommen ... Wie mich der Vater ang'schaut hat ... und die Klara ... Vor der Klara hab' ich mich am meisten g'schämt ... Damals war sie verlobt ... warum ist denn nichts d'raus geworden? Ich hab' mich eigentlich nicht viel d'rum gekümmert ... Armes Hascherl, hat auch nie Glück gehabt – und jetzt verliert sie noch den einzigen Bruder ... Ja, wirst mich nimmer seh'n, Klara – aus! Was, das hast du dir nicht gedacht, Schwesterl, wie du mich am Neujahrstag zur Bahn begleitet hast, daß du mich nie wieder seh'n wirst? – Und die Mama ... Herrgott, die Mama ... nein, ich darf daran nicht denken ... wenn ich daran denk', bin ich imstand', eine Gemeinheit zu begehen ... Ah ... wenn ich zuerst noch nach Haus fahren möcht' ... sagen, es ist ein Urlaub auf einen Tag ... noch einmal den Papa, die Mama, die Klara seh'n, bevor ich einen Schluß mach' ... Ja, mit dem ersten Zug um sieben kann ich nach Graz fahren, um eins bin ich dort ... Grüß dich Gott, Mama ... Servus, Klara! Na, wie geht's euch denn? ... Nein, das ist eine Überraschung! ... Aber sie möchten was merken ... wenn niemand anders ... die Klara ... die Klara gewiß ... Die Klara ist ein so gescheites Mädel ... Wie lieb sie mir neulich geschrieben hat, und ich bin ihr noch immer die Antwort schuldig – und die guten Ratschläge, die sie mir immer gibt ... ein so seelengutes Geschöpf ... Ob nicht alles ganz anders geworden wär', wenn ich zu Haus geblieben wär'? Ich hätt' Ökonomie studiert, wär' zum Onkel gegangen ... sie haben's ja alle wollen, wie ich noch ein Bub war ... Jetzt wär' ich am End' schon verheiratet, ein liebes, gutes Mädel ... vielleicht die Anna, die hat mich so gern gehabt ... auch jetzt hab' ich's noch gemerkt, wie ich das letzte Mal zu Haus war, obzwar sie schon einen Mann hat und zwei Kinder ... ich hab's g'sehn', wie sie mich ang'schaut hat ... Und noch immer sagt sie mir »Gustl« wie früher ... Der wird's ordentlich in die Glieder fahren, wenn sie erfährt, was es mit mir für ein End' genommen hat – aber ihr Mann wird sagen: Das hab' ich vorausgesehen – so ein Lump! – Alle werden meinen, es ist, weil ich Schulden gehabt hab' ... und es ist doch gar nicht wahr, es ist doch alles gezahlt ... nur die letzten hundertsechzig Gulden – na, und die sind morgen da ... Ja, dafür muß ich auch noch sorgen, daß der Ballert die hundertsechzig Gulden kriegt ... das muß ich niederschreiben, bevor ich mich erschieß' ... Es ist schrecklich, es ist schrecklich! ... Wenn ich lieber auf und davon fahren möcht' – nach Amerika, wo mich niemand kennt ... In Amerika weiß kein Mensch davon, was hier heut' Abend gescheh'n ist ... da kümmert sich kein Mensch d'rum ... Neulich ist in der Zeitung gestanden von einem Grafen Runge, der hat fortmüssen wegen einer schmutzigen Geschichte, und jetzt hat er drüben ein Hotel und pfeift auf den ganzen Schwindel ... Und in ein paar Jahren könnt' man ja wieder zurück ... nicht nach Wien natürlich ... auch nicht nach Graz ... aber aufs Gut könnt' ich ... und der Mama und dem Papa und der Klara möcht's doch tausendmal lieber sein, wenn ich nur lebendig blieb' ... Und was geh'n mich denn die andern Leut' an? Wer meint's denn sonst gut mit mir? – Außer'm Kopetzky könnt' ich allen gestohlen werden ... der Kopetzky ist doch der einzige ... Und grad der hat mir heut' das Billett geben müssen ... und das Billett ist an allem schuld ... ohne das Billett wär' ich nicht ins Konzert gegangen, und alles das wär' nicht passiert ... Was ist denn nur passiert? ... Es ist grad, als wenn hundert Jahr' seitdem vergangen wären, und es kann noch keine zwei Stunden sein ... Vor zwei Stunden hat mir einer »dummer Bub« gesagt und hat meinen Säbel zerbrechen wollen ... Herrgott, ich fang' noch zu schreien an mitten in der Nacht! Warum ist denn das alles gescheh'n? Hätt' ich nicht länger warten können, bis's ganz leer wird in der Garderobe? Und warum hab' ich ihm denn nur gesagt: »Halten Sie's Maul!«? Wie ist mir denn das nur ausgerutscht? Ich bin doch sonst ein höflicher Mensch ... nicht einmal mit meinem Burschen bin ich sonst so grob ... aber natürlich, nervös bin ich gewesen – alle die Sachen, die da zusammengekommen sind ... das Pech im Spiel und die ewige Absagerei von der Steffi – und das Duell morgen Nachmittag – und zu wenig schlafen tu' ich in der letzten Zeit – und die Rackerei in der Kasern' – das halt't man auf die Dauer nicht aus! … Ja, über kurz oder lang wär' ich krank geworden – hätt' um einen Urlaub einkommen müssen … Jetzt ist es nicht mehr notwendig – jetzt kommt ein langer Urlaub – mit Karenz der Gebühren – haha! …

Wie lang werd' ich denn da noch sitzenbleiben? Es muß Mitternacht vorbei sein … hab' ich's nicht früher schlagen hören? – Was ist denn das … ein Wagen fährt da? Um die Zeit? Gummiradler – kann mir schon denken … Die haben's besser wie ich – vielleicht ist es der Ballert mit der Bertha … Warum soll's grad der Ballert sein? – Fahr' nur zu! – Ein hübsches Zeug'l hat Seine Hoheit in Pzremysl gehabt … mit dem ist er immer in die Stadt hinunterg'fahren zu der Rosenberg … Sehr leutselig war Seine Hoheit – ein echter Kamerad, mit allen auf du und du … War doch eine schöne Zeit … obzwar … die Gegend war trostlos und im Sommer zum Verschmachten … an einem Nachmittag sind einmal drei vom Sonnenstich getroffen worden … auch der Korporal von meinem Zug – ein so verwendbarer Mensch … Nachmittag haben wir uns nackt aufs Bett hingelegt. – Einmal ist plötzlich der Wiesner zu mir hereingekommen; ich muß grad geträumt haben und steh' auf und zieh' den Säbel, der neben mir liegt … muß gut ausg'schaut haben … der Wiesner hat sich halb totgelacht – der ist jetzt schon Rittmeister … – Schad', daß ich nicht zur Kavallerie gegangen bin … aber das hat der Alte nicht wollen – wär' ein zu teurer Spaß gewesen – jetzt ist es ja doch alles eins … Warum denn? – Ja, ich ich weiß schon: sterben muß ich, darum ist es alles eins – sterben muß ich … Also wie? – Schau, Gustl, du bist doch extra da herunter in den Prater gegangen, mitten in der Nacht, wo dich keine Menschenseele stört – jetzt kannst du dir alles ruhig überlegen … Das ist ja lauter Unsinn mit Amerika und quittieren, und du bist ja viel zu dumm, um was anderes anzufangen – und wenn du hundert Jahr' alt wirst, und du denkst d'ran, daß dir einer hat den Säbel zerbrechen wollen und dich einen dummen Buben g'heißen, und du bist dag'standen und hast nichts tun können – nein, zu überlegen ist da gar nichts – gescheh'n ist gescheh'n – auch das mit der Mama und mit der Klara ist ein Unsinn – die werden's schon verschmerzen – man verschmerzt alles … Wie hat die Mama gejammert, wie ihr Bruder gestorben ist – und nach vier Wochen hat sie kaum mehr d'ran gedacht … auf den Friedhof ist sie hinausgefahren … zuerst alle Wochen, dann alle Monat' – und jetzt nur mehr am Todestag. – Morgen ist mein Todestag – fünfter April. – Ob sie mich nach Graz überführen? Haha! Da werden die Würmer in Graz eine Freud' haben! – Aber das geht mich nichts an – darüber sollen sich die andern den Kopf zerbrechen … Also, was geht mich denn eigentlich an? … Ja, die hundertsechzig Gulden für den Ballert – das ist alles – weiter brauch' ich keine Verfügungen zu treffen. – Briefe schreiben? Wozu denn? An wen denn? … Abschied nehmen? – Ja, zum Teufel hinein, das ist doch deutlich genug, wenn man sich totschießt! – Dann merken's die andern schon, daß man Abschied genommen hat … Wenn die Leut' wüßten, wie egal mir die ganze Geschichte ist, möchten sie mich gar nicht bedauern – ist eh' nicht schad' um mich … Und was hab' ich denn vom ganzen Leben gehabt? – Etwas hätt' ich gern noch mitgemacht: einen Krieg – aber da hätt' ich lang' warten können … Und alles übrige kenn' ich … Ob so ein Mensch Steffi oder Kunigunde heißt, bleibt sich gleich. – Und die schönsten Operetten kenn' ich auch – und im ›Lohengrin‹ bin ich zwölfmal d'ringewesen – und heut' Abend war ich sogar bei einem Oratorium – und ein Bäckermeister hat mich einen dummen Buben geheißen – meiner Seel', es ist grad' genug! – Und ich bin gar nimmer neugierig … – Also geh'n wir nach Haus, langsam, ganz langsam … Eile hab' ich ja wirklich keine. – Noch ein paar Minuten ausruhen da im Prater, auf einer Bank – obdachlos. – Ins Bett leg' ich mich ja doch nimmer – hab' ja genug Zeit zum Ausschlafen. – – Ah, die Luft! – Die wird mir abgeh'n …

Was ist denn? – He, Johann, bringen S' mir ein Glas frisches Wasser ... Was ist? ... Wo ... Ja, träum' ich denn? ... Mein Schädel ... oh, Donnerwetter ... Fischamend ... Ich bring' die Augen nicht auf! – Ich bin ja angezogen! – Wo sitz' ich denn? – Heiliger Himmel, eingeschlafen bin ich! Wie hab' ich denn nur schlafen können; es dämmert ja schon! – Wie lang' hab' ich denn geschlafen? – Muß auf die Uhr schau'n ... Ich seh' nichts? ... Wo sind denn meine Zündhölzeln? ... Na, brennt eins an? ... Drei ... und ich soll mich um vier duellieren – nein, nicht duellieren – totschießen soll ich mich! – Es ist gar nichts mit dem Duell; ich muß mich totschießen, weil ein Bäckermeister mich einen dummen Buben genannt hat ... Ja, ist es denn wirklich g'scheh'n? – Mir ist im Kopf so merkwürdig ... wie in einem Schraubstock ist mein Hals – ich kann mich gar nicht rühren – das rechte Bein ist eingeschlafen. – Aufsteh'n! Aufsteh'n! ... Ah, so ist es besser! – Es wird schon lichter ... Und die Luft ... ganz wie damals in der Früh', wie ich auf Vorposten war und im Wald kampiert hab' ... Das war ein anderes Aufwachen – da war ein anderer Tag vor mir ... Mir scheint, ich glaub's noch nicht recht. – Da liegt die Straße, grau, leer – ich bin jetzt sicher der einzige Mensch im Prater. – Um vier Uhr früh war ich schon einmal herunten, mit'm Pausinger – geritten sind wir – ich auf dem Pferd vom Hauptmann Mirovic und der Pausinger auf seinem eigenen Krampen – das war im Mai, im vorigen Jahr – da hat schon alles geblüht – alles war grün. Jetzt ist's noch kahl – aber der Frühling kommt bald – in ein paar Tagen ist er schon da. – Maiglöckerln, Veigerln – schad', daß ich nichts mehr davon haben werd' – jeder Schubiack hat was davon, und ich muß sterben! Es ist ein Elend! Und die andern werden im Weingartl sitzen beim Nachtmahl, als wenn gar nichts g'wesen wär' – so wie wir alle im Weingartl g'sessen sind, noch am Abend nach dem Tag, wo sie den Lippay hinausgetragen haben ... Und der Lippay war so beliebt ... sie haben ihn lieber g'habt, als mich, beim

Regiment – warum sollen sie denn nicht im Weingartl sitzen, wenn ich abkratz'? – Ganz warm ist es – viel wärmer als gestern – und so ein Duft – es muß doch schon blühen ... Ob die Steffi mir Blumen bringen wird? – Aber fallt ihr ja gar nicht ein! Die wird grad hinausfahren ... Ja, wenn's noch die Adel' wär' ... Nein, die Adel'! Mir scheint, seit zwei Jahren hab' ich an die nicht mehr gedacht ... Was die für G'schichten gemacht hat, wie's aus war ... mein Lebtag hab' ich kein Frauenzimmer so weinen geseh'n ... Das war doch eigentlich das Hübscheste, was ich erlebt hab' ... So bescheiden, so anspruchslos, wie die war – die hat mich gern gehabt, da könnt' ich d'rauf schwören. – War doch was ganz anderes als die Steffi ... Ich möcht' nur wissen, warum ich die aufgegeben hab' ... so eine Eselei! Zu fad ist es mir geworden, ja, das war das Ganze ... So jeden Abend mit ein und derselben ausgeh'n ... Dann hab' ich eine Angst g'habt, daß ich überhaupt nimmer loskomm' – eine solche Raunzen. – – Na, Gustl, hätt'st schon noch warten können – war doch die Einzige, die dich gern gehabt hat ... Was sie jetzt macht? Na, was wird's machen? – Jetzt wird's halt einen andern haben ... Freilich, das mit der Steffi ist bequemer – wenn man nur gelegentlich engagiert ist und ein anderer hat die ganzen Unannehmlichkeiten, und ich hab' nur das Vergnügen ... Ja, da kann man auch nicht verlangen, daß sie auf den Friedhof hinauskommt ... Wer ging' denn überhaupt mit, wenn er nicht müßt'! – Vielleicht der Kopetzky, und dann wär' Rest! – Ist doch traurig, so gar niemanden zu haben ...

Aber so ein Unsinn! Der Papa und die Mama und die Klara ... Ja, ich bin halt der Sohn, der Bruder ... aber was ist denn weiter zwischen uns? Gern haben sie mich ja – aber was wissen sie denn von mir? – Daß ich meinen Dienst mach', daß ich Karten spiel' und daß ich mit Menschern herumlauf ... aber sonst? – Daß mich manchmal selber vor mir graust, das hab' ich ihnen ja doch nicht geschrieben – na, mir scheint, ich hab's auch selber gar nicht recht gewußt. – Ah was, kommst du jetzt mit solchen Sachen, Gustl? Fehlt nur noch, daß zu zum Weinen anfängst … pfui Teufel! – Ordentlich Schritt … so! Ob man zu einem Rendezvous geht oder auf Posten oder in die Schlacht … wer hat das nur gesagt? … Ah ja, der Major Lederer, in der Kantin', wie man von dem Wingleder erzählt hat, der so blaß geworden ist vor seinem ersten Duell – und gespiehen hat … Ja: ob man zu einem Rendezvous geht oder in den sicher'n Tod, am Gang und am G'sicht laßt sich das der richtige Offizier nicht anerkennen! – Also Gustl – der Major Lederer hat's g'sagt! Ha! –

Immer lichter … man könnt' schon lesen … Was pfeift denn da? … Ah, drüben ist der Nordbahnhof … Die Tegetthoffsäule … so lang' hat sie noch nie ausg'schaut … Da drüben stehen Wagen … Aber nichts als Straßenkehrer auf der Straße … meine letzten Straßenkehrer – ha! Ich muß immer lachen, wenn ich d'ran denk' … das versteh' ich gar nicht … Ob das bei allen Leuten so ist, wenn sie's einmal ganz sicher wissen? Halb vier auf der Nordbahnuhr … jetzt ist nur die Frage, ob ich mich um sieben nach Bahnzeit oder nach Wiener Zeit erschieß? … Sieben … ja, warum grad' sieben? … Als wenn's gar nicht anders sein könnt' … Hunger hab' ich – meiner Seel', ich hab' Hunger – kein Wunder … seit wann hab' ich denn nichts gegessen? … Seit – seit gestern sechs Uhr abends im Kaffeehaus … ja! Wie mir der Kopetzky das Billett gegeben hat – eine Melange und zwei Kipfel. – Was der Bäckermeister sagen wird, wenn er's erfährt? … Der verfluchte Hund! – Ah, der wird wissen, warum – dem wird der Knopf aufgeh'n – der wird draufkommen, was es heißt: Offizier! – So ein Kerl kann sich auf offener Straße prügeln lassen, und es hat keine Folgen, und unsereiner wird unter vier Augen insultiert und ist ein toter Mann … Wenn sich so ein Fallot wenigstens schlagen möcht' – aber nein, da wär' er ja vorsichtiger, da möcht' er so was nicht riskieren … Und der Kerl lebt weiter, ruhig weiter, während ich – krepieren muß! – Der hat mich doch umgebracht … Ja, Gustl, merkst d' was? – Der ist es, der dich umbringt! Aber so glatt soll's ihm doch nicht ausgeh'n! – Nein, nein, nein! Ich werd' dem Kopetzky einen Brief schreiben, wo alles drinsteht, die ganze G'schicht' schreib' ich auf … oder noch besser: ich schreib's dem Obersten, ich mach' eine Meldung ans Regimentskommando … ganz wie eine dienstliche Meldung … Ja, wart', du glaubst, daß so was geheimbleiben kann? – Du irrst dich – aufgeschrieben wird's zum ewigen Gedächtnis, und dann möcht' ich sehen, ob du dich noch ins Kaffeehaus traust! – Ha! – »Das möcht' ich sehen« ist gut! … Ich möcht' noch manches gern seh'n, wird nur leider nicht möglich sein – aus is! –

Jetzt kommt der Johann in mein Zimmer, jetzt merkt er, daß der Herr Leutnant nicht zu Haus geschlafen hat. – Na, alles Mögliche wird er sich denken; aber daß der Herr Leutnant im Prater übernachtet hat, das, meiner Seel', das nicht … Ah, die Vierundvierziger! Zur Schießstätte marschieren s' – lassen wir sie vorübergeh'n … so stellen wir uns da her … – Da oben wird ein Fenster aufgemacht – hübsche Person – na, ich möcht' mir wenigstens ein Tüchel umnehmen, wenn ich zum Fenster geh' … Vorigen Sonntag war's zum letzten Mal … Daß grad' die Steffi die letzte sein wird, hab' ich mir nicht träumen lassen. – Ach Gott, das ist doch das einzige reelle Vergnügen … Na ja, der Herr Oberst wird in zwei Stunden nobel nachreiten … die Herren haben's gut – ja, ja, rechts g'schaut! – Ist schon gut … Wenn ihr wüßtet, wie ich auf euch pfeif! – Ah, das ist nicht schlecht: der Katzer … seit wann ist denn der zu den Vierundvierzigern übersetzt? – Servus, servus! – Was der für ein G'sicht macht? … Warum deut' er denn auf seinen Kopf? – Mein Lieber, dein Schädel interessiert mich sehr wenig … Ah, so! Nein, mein Lieber, du irrst dich: im Prater hab' ich übernachtet … wirst schon heut' im Abendblatt lesen. – »Nicht möglich!« wird er sagen; »heut' früh, wie wir zur Schießstätte ausgerückt sind, hab' ich ihn noch auf der Praterstraße getroffen!« – Wer wird denn meinen Zug kriegen? – Ob sie ihn dem Walterer geben werden? – Na, da wird was Schönes herauskommen – ein Kerl ohne Schneid, der hätt' auch lieber Schuster werden sollen … Was, geht schon die Sonne auf? – Das wird heut' ein schöner Tag – so ein rechter Frühlingstag … Ist doch eigentlich zum Teufelholen! – Der Komfortabelkutscher wird noch um achte in der Früh' auf der Welt sein, und ich … na, was ist denn das? He, das wär' so was – noch im letzten Moment die Contenance verlieren wegen einem Komfortabelkutscher … Was ist denn das, daß ich auf einmal so ein blödes Herzklopfen krieg'? – Das wird doch nicht deswegen sein … Nein, o nein … es ist, weil ich so lang' nichts gegessen hab'. – Aber Gustl, sei doch aufrichtig mit dir selber: – Angst hast du – Angst, weil du's noch nie probiert hast … Aber das hilft dir ja nichts, die Angst hat noch keinem was geholfen, jeder muß es einmal durchmachen, der eine früher, der andere später, und du kommst halt früher d'ran … Viel wert bist du ja nie gewesen, so benimm dich wenigstens anständig zu guter Letzt, das verlang' ich von dir! – So, jetzt heißt's nur überlegen – aber was denn? … Immer will ich mir was überlegen … ist doch ganz einfach: – im Nachtkastelladel liegt er, geladen ist er auch, heißt's nur: losdrucken – das wird doch keine Kunst sein! – –

Die geht schon ins G'schäft … die armen Mädeln! Die Adel' war auch in einem G'schäft – ein paarmal hab' ich sie am Abend abg'holt … Wenn sie in einem G'schäft sind, werd'n sie doch keine solchen Menscher … Wenn die Steffi mir allein g'hören möcht', ich ließ sie Modistin werden oder so was … Wie wird sie's denn erfahren? – Aus der Zeitung! … Sie wird sich ärgern, daß ich ihr's nicht geschrieben hab' … Mir scheint, ich schnapp' doch noch über … Was geht denn das mich an, ob sie sich ärgert … Wie lang' hat denn die ganze G'schicht gedauert? … Seit'm Jänner? … Ah nein, es muß doch schon vor Weihnachten gewesen sein … ich hab' ihr ja aus Graz Zuckerln mitge-

bracht, und zu Neujahr hat sie mir ein Brieferl g'schickt ... Richtig, die Briefe, die ich zu Haus hab' – sind keine da, die ich verbrennen sollt'? ... Hm, der vom Fallsteiner – wenn man den Brief findet ... der Bursch könnt' Unannehmlichkeiten haben ... Was mir das schon aufliegt! – Na, es ist ja keine große Anstrengung ... aber hervorsuchen kann ich den Wisch nicht ... Das beste ist, ich verbrenn' alles zusammen ... wer braucht's denn? Ist lauter Makulatur. – – Und meine paar Bücher könnt' ich dem Blany vermachen. – ›Durch Nacht und Eis‹ ... schad', daß ich's nimmer auslesen kann ... bin wenig zum Lesen gekommen in der letzten Zeit ... Orgel – ah, aus der Kirche ... Frühmesse – bin schon lang' bei keiner gewesen ... das letzte Mal im Feber, wie mein Zug dazu kommandiert war ... Aber das galt nichts – ich hab' auf meine Leut' aufgepaßt, ob sie andächtig sind und sich ordentlich benehmen ... – Möcht' in die Kirche hineingeh'n ... am End' ist doch was d'ran ... – Na, heut' nach Tisch werd' ich's schon genau wissen ... Ah, »nach Tisch« ist sehr gut! ... Also, was ist, soll ich hineingeh'n? – Ich glaub', der Mama wär's ein Trost, wenn sie das wüßt'! ... Die Klara gibt weniger d'rauf ... Na, geh'n wir hinein – schaden kann's ja nicht!
Orgel – Gesang – hm! – Was ist denn das? – Mir ist ganz schwindlig ... O Gott, o Gott, o Gott! Ich möcht' einen Menschen haben, mit dem ich ein Wort reden könnt' vorher! – Das wär' so was – zur Beicht' geh'n! Der möcht' Augen machen, der Pfaff, wenn ich zum Schluß sagen möcht': Habe die Ehre, Hochwürden; jetzt geh' ich mich umbringen! ... – Am liebsten läg' ich da auf dem Steinboden und tät' heulen ... Ah nein, das darf man nicht tun! Aber weinen tut manchmal so gut ... Setzen wir uns einen Moment – aber nicht wieder einschlafen wie im Prater! ... – Die Leut', die eine Religion haben, sind doch besser d'ran ... Na, jetzt fangen mir gar die Händ' zu zittern an! ... Wenn's so weitergeht, werd' ich mir selber auf die Letzt' so ekelhaft, daß ich mich vor lauter Schand' umbring'! – Das alte

Weib da – um was betet denn die noch? … Wär' eine Idee, wenn ich ihr sagen möcht': Sie, schließen Sie mich auch ein … ich hab' das nicht ordentlich gelernt, wie man das macht … Ha! Mir scheint, das Sterben macht blöd'! – Aufsteh'n! – Woran erinnert mich denn nur die Melodie? – Heiliger Himmel! Gestern Abend! – Fort, fort! Das halt' ich gar nicht aus! … Pst! Keinen solchen Lärm, nicht mit dem Säbel scheppern – die Leut' nicht in der Andacht stören – so! – doch besser im Freien … Licht … Ah, es kommt immer näher – wenn es lieber schon vorbei wär'! – Ich hätt's gleich tun sollen – im Prater … man sollt' nie ohne Revolver ausgeh'n … Hätt' ich gestern Abend einen gehabt … Herrgott noch einmal! – In das Kaffeehaus könnt' ich geh'n frühstücken … Hunger hab' ich … Früher ist's mir immer sonderbar vorgekommen, daß die Leut', die verurteilt sind, in der Früh' noch ihren Kaffee trinken und ihr Zigarrl rauchen … Donnerwetter, geraucht hab' ich gar nicht! Gar keine Lust zum Rauchen! – Es ist komisch: ich hätt' Lust, in mein Kaffeehaus zu geh'n … Ja, aufgesperrt ist schon, und von uns ist jetzt doch keiner dort – und wenn schon … ist höchstens ein Zeichen von Kaltblütigkeit. »Um sechs hat er noch im Kaffeehaus gefrühstückt, und um sieben hat er sich erschossen« … – Ganz ruhig bin ich wieder … das Gehen ist so angenehm – und das Schönste ist, daß mich keiner zwingt. – Wenn ich wollt', könnt' ich noch immer den ganzen Krempel hinschmeißen … Amerika … Was ist das: »Krempel«? Was ist ein »Krempel«? Mir scheint, ich hab' den Sonnenstich! … Oho, bin ich vielleicht deshalb so ruhig, weil ich mir noch immer einbild', ich muß nicht? … Ich muß! Ich muß! Nein, ich will! – Kannst du dir denn überhaupt vorstellen, Gustl, daß du dir die Uniform ausziehst und durchgehst? Und der verfluchte Hund lacht sich den Buckel voll – und der Kopetzky selbst möcht' dir nicht mehr die Hand geben … Mir kommt vor, ich bin jetzt ganz rot geworden. – – Der Wachmann salutiert mir … ich muß danken …

»Servus!« – Jetzt hab' ich gar »Servus« gesagt! … Das freut so einen armen Teufel immer … Na, über mich hat sich keiner zu beklagen gehabt – außer Dienst war ich immer gemütlich. – Wie wir auf Manöver waren, hab' ich den Chargen von der Kompagnie Britannikas geschenkt – einmal hab' ich gehört, wie ein Mann hinter mir bei den Gewehrgriffen was von »verfluchter Rackerei« g'sagt hat, und ich hab' ihn nicht zum Rapport geschickt – ich hab' ihm nur gesagt: »Sie, passen S' auf, das könnt' einmal wer anderer hören – da ging's Ihnen schlecht!« … Der Burghof … Wer ist denn heut' auf Wach'? – Die Bosniaken – schau'n gut aus – der Oberstleutnant hat neulich g'sagt: Wie wir im 78er Jahr unten waren, hätt' keiner geglaubt, daß uns die einmal so parieren werden! … Herrgott, bei so was hätt' ich dabei sein mögen! – Da steh'n sie alle auf von der Bank. – Servus, servus! – Das ist halt zuwider, daß unsereiner nicht dazu kommt. – Wär' doch schöner gewesen, auf dem Feld der Ehre, fürs Vaterland, als so … Ja, Herr Doktor, Sie kommen eigentlich gut weg! … Ob das nicht einer für mich übernehmen könnt'? – Meiner Seel', das sollt' ich hinterlassen, daß sich der Kopetzky oder der Wymetal an meiner Statt mit dem Kerl schlagen … Ah, so leicht sollt' der doch nicht davonkommen! – Ah, was! Ist das nicht egal, was nachher geschieht? Ich erfahr's ja doch nimmer! – Da schlagen die Bäume aus … Im Volksgarten hab' ich einmal eine angesprochen – ein rotes Kleid hat sie angehabt – in der Strozzigasse hat sie gewohnt – nachher hat sie der Rochlitz übernommen … Mir scheint, er hat sie noch immer, aber er red't nichts mehr davon – er schämt sich vielleicht … Jetzt schlaft die Steffi noch … so lieb sieht sie aus, wenn sie schlaft … als wenn sie nicht bis fünf zählen könnt'! – Na, wenn sie schlafen, schau'n sie alle so aus! – Ich sollt' ihr doch noch ein Wort schreiben … warum denn nicht? Es tut's ja doch ein jeder, daß er vorher noch Briefe schreibt. – Auch der Klara sollt' ich schreiben, daß sie den Papa und die Mama tröstet – und was man halt so schreibt! – und dem Kopetzky doch auch … Meiner Seel', mir kommt vor, es wär' viel leichter, wenn man ein paar Leuten Adieu gesagt hätt' … Und die Anzeige an das Regimentskommando – und die hundertsechzig Gulden für den Ballert … eigentlich noch viel zu tun … Na, es hat's mir ja keiner g'schafft, daß ich's um sieben tu' … von acht an ist noch immer Zeit genug zum Totsein! … Totsein, ja – so heißt's – da kann man nichts machen …

Ringstraße – jetzt bin ich ja bald in meinem Kaffeehaus … Mir scheint gar, ich freu' mich aufs Frühstück … es ist nicht zum glauben. – Ja, nach dem Frühstück zünd' ich mir eine Zigarr' an, und dann geh' ich nach Haus und schreib' … Ja, vor allem mach' ich die Anzeige ans Kommando; dann kommt der Brief an die Klara – dann an den Kopetzky – dann an die Steffi … Was soll ich denn dem Luder schreiben … »Mein liebes Kind, Du hast wohl nicht gedacht« … Ah, was, Unsinn! – »Mein liebes Kind, ich danke Dir sehr« … – »Mein liebes Kind, bevor ich von hinnen gehe, will ich es nicht verabsäumen« … – Na, Briefschreiben war auch nie meine starke Seite … »Mein liebes Kind, ein letztes Lebewohl von Deinem Gustl« … – Die Augen, die sie machen wird! Ist doch ein Glück, daß ich nicht in sie verliebt war … das muß traurig sein, wenn man eine gern hat und so … Na, Gustl, sei gut: so ist es auch traurig genug … Nach der Steffi wär' ja noch manche andere gekommen, und am End' auch eine, die was wert ist – junges Mädel aus guter Familie mit Kaution – es wär' ganz schön gewesen … – Der Klara muß ich ausführlich schreiben, daß ich nicht hab' anders können … »Du mußt mir verzeihen, liebe Schwester, und bitte, tröste auch die lieben Eltern. Ich weiß, daß ich Euch allen manche Sorge gemacht habe und manchen Schmerz bereitet; aber glaube mir, ich habe Euch alle immer sehr lieb gehabt, und ich hoffe, Du wirst noch einmal glücklich werden, meine liebe Klara, und Deinen unglücklichen Bruder nicht ganz vergessen« … Ah, ich schreib' ihr lieber gar nicht! … Nein,

da wird mir zum Weinen … es beißt mich ja schon in den Augen, wenn ich d'ran denk' … Höchstens dem Kopetzky schreib' ich – ein kameradschaftliches Lebewohl, und er soll's den andern ausrichten … – Ist's schon sechs? – Ah, nein: halb – dreiviertel. – Ist das ein liebes G'sichtel! … Der kleine Fratz mit den schwarzen Augen, den ich so oft in der Florianigasse treff! – Was die sagen wird? – Aber die weiß ja gar nicht, wer ich bin – die wird sich nur wundern, daß sie mich nimmer sieht … Vorgestern hab' ich mir vorgenommen, das nächste Mal sprech' ich sie an. – Kokettiert hat sie genug … so jung war die – am End' war die gar noch eine Unschuld! … Ja, Gustl! Was du heute kannst besorgen, das verschiebe nicht auf morgen! … Der da hat sicher auch die ganze Nacht nicht geschlafen. – Na, jetzt wird er schön nach Haus geh'n und sich niederlegen – ich auch! – Haha! Jetzt wird's ernst, Gustl, ja! … Na, wenn nicht einmal das biß'l Grausen wär', so wär' ja schon gar nichts d'ran – und im Ganzen, ich muß's schon selber sagen, halt' ich mich brav … Ah, wohin denn noch? Da ist ja schon mein Kaffeehaus … auskehren tun sie noch … Na, geh'n wir hinein …
Da hinten ist der Tisch, wo die immer Tarock spielen … Merkwürdig, ich kann mir's gar nicht vorstellen, daß der Kerl, der immer da hinten sitzt an der Wand, derselbe sein soll, der mich … – Kein Mensch ist noch da … Wo ist denn der Kellner? … He! Da kommt er aus der Küche … er schlieft schnell in den Frack hinein … Ist wirklich nimmer notwendig! … Ah, für ihn schon … er muß heut' noch andere Leut' bedienen! –
»Habe die Ehre, Herr Leutnant!«
»Guten Morgen.«
»So früh heute, Herr Leutnant?«
»Ah, lassen S' nur – ich hab' nicht viel Zeit, ich kann mit'm Mantel dasitzen.«
»Was befehlen Herr Leutnant?«
»Eine Melange mit Haut.«

»Bitte gleich, Herr Leutnant!«
Ah, da liegen ja Zeitungen … schon heutige Zeitungen? … Ob schon was drinsteht? … Was denn? – Mir scheint, ich will nachseh'n, ob drinsteht, daß ich mich umgebracht hab'! Haha! – Warum steh' ich denn noch immer? … Setzen wir uns da zum Fenster … Er hat mir ja schon die Melange hingestellt … So, den Vorhang zieh' ich zu; es ist mir zuwider, wenn die Leut' hereingucken … Es geht zwar noch keiner vorüber … Ah, gut schmeckt der Kaffee – doch kein leerer Wahn, das Frühstücken! … Ah, ein ganz anderer Mensch wird man – der ganze Blödsinn ist, daß ich nicht genachtmahlt hab' … Was steht denn der Kerl schon wieder da? – Ah, die Semmeln hat er mir gebracht …
»Haben Herr Leutnant schon gehört?« …
»Was denn?« Ja, um Gotteswillen, weiß der schon was? … Aber, Unsinn, es ist ja nicht möglich!
»Den Herrn Habetswallner …«
Was? So heißt ja der Bäckermeister … was wird der jetzt sagen? … Ist der am End' schon da gewesen? Ist er am End' gestern schon da gewesen und hat's erzählt? … Warum red't er denn nicht weiter? … Aber er red't ja …
»… hat heut' nacht um zwölf der Schlag getroffen.«
»Was?« … Ich darf nicht so schreien … nein, ich darf mir nichts anmerken lassen … aber vielleicht träum' ich … ich muß ihn noch einmal fragen … »Wen hat der Schlag getroffen?« – Famos, famos! – Ganz harmlos hab' ich das gesagt! –
»Den Bäckermeister, Herr Leutnant! … Herr Leutnant werd'n ihn ja kennen … na, den Dicken, der jeden Nachmittag neben die Herren Offiziere seine Tarockpartie hat … mit'n Herrn Schlesinger und'n Herrn Wasner von der Kunstblumenhandlung vis-à-vis!«
Ich bin ganz wach – stimmt alles – und doch kann ich's noch nicht recht glauben – ich muß ihn noch einmal fragen … aber ganz harmlos …

»Der Schlag hat ihn getroffen? ... Ja, wieso denn? Woher wissen S' denn das?«
»Aber Herr Leutnant, wer soll's denn früher wissen, als unsereiner – die Semmel, die der Herr Leutnant da essen, ist ja auch vom Herrn Habetswallner. Der Bub, der uns das Gebäck um halber fünfe in der Früh bringt, hat's uns erzählt.«
Um Himmels willen, ich darf mich nicht verraten ... ich möcht' ja schreien ... ich möcht' ja lachen ... ich möcht' ja dem Rudolf ein Bussel geben ... Aber ich muß ihn noch was fragen! ... Vom Schlag getroffen werden, heißt noch nicht: tot sein ... ich muß fragen, ob er tot ist ... aber ganz ruhig, denn was geht mich der Bäckermeister an – ich muß in die Zeitung schau'n, während ich den Kellner frag' ...
»Ist er tot?«
»Na, freilich, Herr Leutnant; auf'm Fleck ist er tot geblieben.«
Oh, herrlich, herrlich! – Am End' ist das alles, weil ich in der Kirchen g'wesen bin ...
»Er ist am Abend im Theater g'wesen; auf der Stiegen ist er umg'fallen – der Hausmeister hat den Krach gehört ... na, und dann haben s' ihn in die Wohnung getragen, und wie der Doktor gekommen ist, war's schon lang' aus.«
»Ist aber traurig. Er war doch noch in den besten Jahren.« – Das hab' ich jetzt famos gesagt – kein Mensch könnt' mir was anmerken ... und ich muß mich wirklich zurückhalten, daß ich nicht schrei' oder aufs Billard spring' ...
»Ja, Herr Leutnant, sehr traurig; war ein so lieber Herr, und zwanzig Jahr' ist er schon zu uns kommen – war ein guter Freund von unserm Herrn. Und die arme Frau ...«
Ich glaub', so froh bin ich in meinem ganzen Leben nicht gewesen ... Tot ist er – tot ist er! Keiner weiß was, und nichts ist g'scheh'n! – Und das Mordsglück, daß ich in das Kaffeehaus gegangen bin ... sonst hätt' ich mich ja ganz umsonst erschossen – es ist doch wie eine Fügung des Schicksals ... Wo ist denn der

Rudolf? – Ah, mit dem Feuerburschen red't er … – Also, tot ist er – tot ist er – ich kann's noch gar nicht glauben! Am liebsten möcht' ich hingeh'n, um's zu seh'n. – Am End' hat ihn der Schlag getroffen aus Wut, aus verhaltenem Zorn … Ah, warum, ist mir ganz egal! Die Hauptsach' ist: er ist tot, und ich darf leben, und alles g'hört wieder mein! … Komisch, wie ich mir da immerfort die Semmel einbrock', die mir der Herr Habetswallner gebacken hat! Schmeckt mir ganz gut, Herr von Habetswallner! Famos! – So, jetzt möcht' ich noch ein Zigarrl rauchen …
»Rudolf! Sie, Rudolf! Sie, lassen S' mir den Feuerburschen dort in Ruh'!«
»Bitte, Herr Leutnant!«
»Trabucco« … – Ich bin so froh, so froh! … Was mach' ich denn nur? … Was mach ich denn nur? … Es muß ja was gescheh'n, sonst trifft mich auch noch der Schlag vor lauter Freud'! … In einer Viertelstund' geh' ich hinüber in die Kasern' und laß mich vom Johann kalt abreiben … um halb acht sind die Gewehrgriff, und um halb zehn ist Exerzieren. – Und der Steffi schreib' ich, sie muß sich für heut' abend freimachen, und wenn's Graz gilt! Und Nachmittag um vier … na wart', mein Lieber, wart', mein Lieber! Ich bin grad gut aufgelegt … Dich hau' ich zu Krenfleisch!

Reichenau, 13.–17. Juli 1900.

THOMAS MANN

Das Eisenbahnunglück

Etwas erzählen? Aber ich weiß nichts. Gut, also ich werde etwas erzählen.

Einmal, es ist schon zwei Jahre her, habe ich ein Eisenbahnunglück mitgemacht, – alle Einzelheiten stehen mir klar vor Augen. Es war keines vom ersten Range, keine allgemeine Harmonika mit »unkenntlichen Massen« und so weiter, das nicht. Aber es war doch ein ganz richtiges Eisenbahnunglück mit Zubehör und obendrein zu nächtlicher Stunde. Nicht jeder hat das erlebt, und darum will ich es zum besten geben.

Ich fuhr damals nach Dresden, eingeladen von Förderern der Literatur. Eine Kunst- und Virtuosenfahrt also, wie ich sie von Zeit zu Zeit nicht ungern unternehme. Man repräsentiert, man tritt auf, man zeigt sich der jauchzenden Menge; man ist nicht umsonst ein Untertan Wilhelms II. Auch ist Dresden ja schön (besonders der Zwinger), und nachher wollte ich auf zehn, vierzehn Tage zum ›Weißen Hirsch‹ hinauf, um mich ein wenig zu pflegen und, wenn, vermöge der ›Applikationen‹, der Geist über mich käme, auch wohl zu arbeiten. Zu diesem Behufe hatte ich mein Manuskript zuunterst in meinen Koffer gelegt, zusammen mit dem Notizenmaterial, ein stattliches Konvolut, in braunes Packpapier geschlagen und mit starkem Spagat in den bayerischen Farben umwunden.

Ich reise gern mit Komfort, besonders, wenn man es mir bezahlt. Ich benützte also den Schlafwagen, hatte mir tags zuvor ein Abteil erster Klasse gesichert und war geborgen. Trotzdem hatte ich Fieber, wie immer bei solchen Gelegenheiten, denn eine Abreise bleibt ein Abenteuer, und nie werde ich in Verkehrsdingen die rechte Abgebrühtheit gewinnen. Ich weiß ganz gut, daß der

Nachtzug nach Dresden gewohnheitsmäßig jeden Abend vom Münchener Hauptbahnhof abfahrt und jeden Morgen in Dresden ist. Aber, wenn ich selber mitfahre und mein bedeutsames Schicksal mit dem seinen verbinde, so ist das eben doch eine große Sache. Ich kann mich dann der Vorstellung nicht entschlagen, als führe er einzig heute und meinetwegen, und dieser unvernünftige Irrtum hat natürlich eine stille, tiefe Erregung zur Folge, die mich nicht eher verläßt, als bis ich alle Umständlichkeiten der Abreise, das Kofferpacken, die Fahrt mit der belasteten Droschke zum Bahnhof, die Ankunft dortselbst, die Aufgabe des Gepäcks hinter mir habe und mich endgültig untergebracht und in Sicherheit weiß. Dann freilich tritt eine wohlige Abspannung ein, der Geist wendet sich neuen Dingen zu, die große Fremde eröffnet sich dort hinter dem Bogen des Glasgewölbes, und freudige Erwartung beschäftigt das Gemüt.
So war es auch diesmal. Ich hatte den Träger meines Handgepäcks reich belohnt, so daß er die Mütze gezogen und mir angenehme Reise gewünscht hatte, und stand mit meiner Abendzigarre an einem Gangfenster des Schlafwagens, um das Treiben auf dem Perron zu betrachten. Da war Zischen und Rollen, Hasten; Abschiednehmen und das singende Ausrufen der Zeitungs- und Erfrischungsverkäufer, und über allem glühten die großen elektrischen Monde im Nebel des Oktoberabends. Zwei rüstige Männer zogen einen Handkarren mit großem Gepäck den Zug entlang nach vorn zum Gepäckwagen. Ich erkannte wohl, an gewissen vertrauten Merkmalen, meinen eigenen Koffer. Da lag er, ein Stück unter vielen, und auf seinem Grunde ruhte das kostbare Konvolut. Nun, dachte ich, keine Besorgnis, er ist in guten Händen! Sieh diesen Schaffner an mit dem Lederbandelier, dem gewaltigen Wachtmeisterschnauzbart und dem unwirsch wachsamen Blick. Sieh, wie er die alte Frau in der fadenscheinigen schwarzen Mantille anherrscht, weil sie um ein Haar in die zweite Klasse gestiegen wäre. Das ist der Staat, unser Vater, die Auto-

rität und die Sicherheit. Man verkehrt nicht gern mit ihm, er ist streng, er ist wohl gar rauh, aber Verlaß, Verlaß ist auf ihn, und dein Koffer ist aufgehoben wie in Abrahams Schoß.

Ein Herr lustwandelt auf dem Perron, in Gamaschen und gelbem Herbstpaletot, einen Hund an der Leine führend. Nie sah ich ein hübscheres Hündchen. Es ist eine gedrungene Dogge, blank, muskulös, schwarz gefleckt und so gepflegt und drollig wie die Hündchen, die man zuweilen im Zirkus sieht und die das Publikum belustigen, indem sie aus allen Kräften ihres kleinen Leibes um die Manege rennen. Der Hund trägt ein silbernes Halsband, und die Schnur, daran er geführt wird, ist aus farbig geflochtenem Leder. Aber das alles kann nicht wundernehmen angesichts seines Herrn, des Herrn in Gamaschen, der sicher von edelster Abkunft ist. Er trägt ein Glas im Auge, was seine Miene verschärft, ohne sie zu verzerren, und sein Schnurrbart ist trotzig aufgesetzt, wodurch seine Mundwinkel wie sein Kinn einen verachtungsvollen und willensstarken Ausdruck gewinnen. Er richtet eine Frage an den martialischen Schaffner, und der schlichte Mann, der deutlich fühlt, mit wem er es zu tun hat, antwortet ihm, die Hand an der Mütze. Da wandelt der Herr weiter, zufrieden mit der Wirkung seiner Person. Er wandelt sicher in seinen Gamaschen, sein Antlitz ist kalt, scharf faßt er Menschen und Dinge ins Auge. Er ist weit entfernt vom Reisefieber, das sieht man klar, für ihn ist etwas so Gewöhnliches wie eine Abreise kein Abenteuer. Er ist zu Hause im Leben und ohne Scheu vor seinen Einrichtungen und Gewalten, er selbst gehört zu diesen Gewalten, mit einem Worte: ein Herr. Ich kann mich nicht satt an ihm sehen.

Als es ihn an der Zeit dünkt, steigt er ein (der Schaffner wandte gerade den Rücken). Er geht im Korridor hinter mir vorbei, und obgleich er mich anstößt, sagt er nicht »Pardon!«. Was für ein Herr! Aber das ist nichts gegen das Weitere, was nun folgt: Der Herr nimmt, ohne mit der Wimper zu zucken, seinen Hund mit sich in sein Schlafkabinett hinein! Das ist zweifellos verboten. Wie würde ich mich vermessen, einen Hund mit in den Schlafwagen zu nehmen. Er aber tut es kraft seines Herrenrechtes im Leben und zieht die Tür hinter sich zu.

Es pfiff, die Lokomotive antwortete, der Zug setzte sich sanft in Bewegung. Ich blieb noch ein wenig am Fenster stehen, sah die zurückbleibenden winkenden Menschen, sah die eiserne Brükke, sah Lichter schweben und wandern ... Dann zog ich mich ins Innere des Wagens zurück.

Der Schlafwagen war nicht übermäßig besetzt; ein Abteil neben dem meinen war leer, war nicht zum Schlafen eingerichtet, und ich beschloß, es mir auf eine friedliche Lesestunde darin bequem zu machen. Ich holte also mein Buch und richtete mich ein. Das Sofa ist mit seidigem lachsfarbenen Stoff überzogen, auf dem Klapptischchen steht der Aschenbecher, das Gas brennt hell. Und rauchend las ich.

Der Schlafwagenkondukteur kommt dienstlich herein, er ersucht mich um mein Fahrscheinheft für die Nacht, und ich übergebe es seinen schwärzlichen Händen. Er redet höflich, aber rein amtlich, er spart sich den »Gute Nacht!«-Gruß von Mensch zu Mensch und geht, um an das anstoßende Kabinett zu klopfen. Aber das hätte er lassen sollen, denn dort wohnte der Herr mit den Gamaschen, und sei es nun, daß der Herr seinen Hund nicht sehen lassen wollte oder daß er bereits zu Bette gegangen war, kurz, er wurde furchtbar zornig, weil man es unternahm, ihn zu stören, ja, trotz dem Rollen des Zuges vernahm ich durch die dünne Wand den unmittelbaren und elementaren Ausbruch seines Grimmes. »Was ist denn?!« schrie er. »Lassen Sie mich in Ruhe – Affenschwanz!!« Er gebrauchte den Ausdruck »Affenschwanz«, – ein Herrenausdruck, ein Reiter- und Kavaliersausdruck, herzstärkend anzuhören. Aber der Schlafwagenkondukteur legte sich aufs Unterhandeln, denn er mußte den Fahrschein des Herrn wohl wirklich haben, und da ich auf den Gang trat, um alles genau zu verfolgen, so sah ich mit an, wie schließlich die Tür des Herrn mit kurzem Ruck ein wenig geöffnet wurde und das Fahrscheinheft dem Kondukteur ins Gesicht flog, hart und heftig gerade ins Gesicht. Er fing es mit beiden Armen auf, und obgleich er die eine Ecke ins Auge bekommen hatte, so daß es tränte, zog er die Beine zusammen und dankte, die Hand an der Mütze. Erschüttert kehrte ich zu meinem Buch zurück.

Ich erwäge, was etwa dagegen sprechen könnte, noch eine Zigarre zu rauchen, und finde, daß es so gut wie nichts ist. Ich rauche also noch eine im Rollen und Lesen und fühle mich wohl und gedankenreich. Die Zeit vergeht, es wird zehn Uhr, halb elf Uhr oder mehr, die Insassen des Schlafwagens sind alle zur Ruhe gegangen, und schließlich komme ich mit mir überein, ein Gleiches zu tun.

Ich erhebe mich also und gehe in mein Schlafkabinett. Ein richtiges, luxuriöses Schlafzimmerchen, mit gepreßter Ledertapete, mit Kleiderhaken und vernickeltem Waschbecken. Das untere Bett ist schneeig bereitet, die Decke einladend zurückgeschlagen. O große Neuzeit! denke ich. Man legt sich in dieses Bett wie zu Hause, es bebt ein wenig die Nacht hindurch, und das hat zur Folge, daß man am Morgen in Dresden ist. Ich nahm meine Handtasche aus dem Netz, um etwas Toilette zu machen. Mit ausgestreckten Armen hielt ich sie über meinem Kopfe.

In diesem Augenblick geschieht das Eisenbahnunglück. Ich weiß es wie heute.

Es gab eine Stoß, – aber mit ›Stoß‹ ist wenig gesagt. Es war ein Stoß, der sich sofort als unbedingt bösartig kennzeichnete, ein in sich abscheulich krachender Stoß und von solcher Gewalt, daß mir die Handtasche, ich weiß nicht, wohin, aus den Händen flog und ich selbst mit der Schulter schmerzhaft gegen die Wand geschleudert wurde. Dabei war keine Zeit zur Besinnung. Aber was folgte, war ein entsetzliches Schlenkern des Wagens, und während seiner Dauer hatte man Muße, sich zu ängstigen. Ein Eisenbahnwagen schlenkert wohl, bei Weichen, bei scharfen Kurven, das kennt man. Aber dies war ein Schlenkern, daß man nicht stehen konnte, daß man von einer Wand zur andern geworfen wurde und dem Kentern des Wagens entgegensah. Ich dachte etwas sehr Einfaches, aber ich dachte es konzentriert und ausschließlich. Ich dachte: ›Das geht nicht gut, das geht nicht gut, das geht keinesfalls gut.‹ Wörtlich so. Außerdem dachte ich! ›Halt! Halt! Halt!‹ Denn ich wußte, daß, wenn der Zug erst stünde, sehr viel gewonnen sein würde. Und siehe, auf dieses mein stilles und inbrünstiges Kommando stand der Zug.

Bisher hatte Totenstille im Schlafwagen geherrscht. Nun kam der Schrecken zum Ausbruch. Schrille Damenschreie mischen sich mit den dumpfen Bestürzungsrufen von Männern. Neben mir höre ich »Hilfe! « rufen, und kein Zweifel, es ist die Stimme, die sich vorhin des Ausdrucks »Affenschwanz« bediente, die Stimme des Herrn in Gamaschen, seine von Angst entstellte Stimme. »Hilfe!« ruft er, und in dem Augenblick, wo ich den Gang betrete, auf dem die Fahrgäste zusammenlaufen, bricht er in seidenem Schlafanzug aus seinem Abteil hervor und steht da mit irren Blicken. »Großer Gott!« sagt er. »Allmächtiger Gott!« Und um sich gänzlich zu demütigen und so vielleicht seine Vernichtung abzuwenden, sagt er auch noch in bitterem Tone: »Lieber Gott ...« Aber plötzlich besinnt er sich eines andern und greift zur Selbsthilfe. Er wirft sich auf das Wandschränkchen, in welchem für alle Fälle ein Beil und eine Säge hängen, schlägt mit der Faust die Glasscheibe entzwei, läßt aber, da er nicht gleich dazu gelangen kann, das Werkzeug in Ruh', bahnt sich mit wilden Püffen einen Weg durch die versammelten Fahrgäste, so daß die halbnackten Damen aufs neue kreischen, und springt ins Freie.

Das war das Werk eines Augenblicks. Ich spürte erst jetzt meinen Schrecken: eine gewisse Schwäche im Rücken, eine vorübergehende Unfähigkeit, hinunterzuschlucken. Alles umdräng-

te den schwarzhändigen Schlafwagenbeamten, der mit roten Augen ebenfalls herbeigekommen war; die Damen, mit bloßen Armen und Schultern, rangen die Hände.
Das sei eine Entgleisung, erklärte der Mann, wir seien entgleist. Was nicht zutraf, wie sich später erwies. Aber siehe, der Mann war gesprächig unter diesen Umständen, er ließ seine amtliche Sachlichkeit dahinfahren, die großen Ereignisse lösten seine Zunge, und er sprach intim von seiner Frau. »Ich hab' noch zu meiner Frau gesagt: Frau, sag' ich, mir ist ganz, als ob heut' was passieren müßt'!« Na, und ob nun vielleicht nichts passiert sei. Ja, darin gaben alle ihm recht. Rauch entwickelte sich im Wagen, dichter Qualm, man wußte nicht, woher, und nun zogen wir alle es vor, uns in die Nacht hinauszubegeben.
Das war nur mittelst eines ziemlich hohen Sprunges vom Trittbrett auf den Bahnkörper möglich, denn es war kein Perron vorhanden, und zudem stand unser Schlafwagen bemerkbar schief, auf die andere Seite geneigt. Aber die Damen, die eilig ihre Blößen bedeckt hatten, sprangen verzweifelt, und bald standen wir alle zwischen den Schienensträngen.
Es war fast finster, aber man sah doch, daß bei uns hinten den Wagen eigentlich nichts fehlte, obgleich sie schief standen. Aber vorn – fünfzehn oder zwanzig Schritte weiter vorn! Nicht umsonst hatte der Stoß in sich so abscheulich gekracht. Dort war eine Trümmerwüste, – man sah ihre Ränder, wenn man sich näherte, und die kleinen Laternen der Schaffner irrten darüber hin. Nachrichten kamen von dort, aufgeregte Leute, die Meldungen über die Lage brachten. Wir befanden uns dicht bei einer kleinen Station, nicht weit hinter Regensburg, und durch Schuld einer defekten Weiche war unser Schnellzug auf ein falsches Geleise geraten und in voller Fahrt einem Güterzug, der dort hielt, in den Rücken gefahren, hatte ihn aus der Station hinausgeworfen, seinen hinteren Teil zermalmt und selbst schwer gelitten. Die große Schnellzugsmaschine von Maffei in München war hin

und entzwei. Preis siebzigtausend Mark. Und in den vorderen Wagen, die beinahe auf der Seite lagen, waren zum Teil die Bänke ineinandergeschoben. Nein, Menschenverluste waren, gottlob, wohl nicht zu beklagen. Man sprach von einer alten Frau, die »herausgezogen« worden sei, aber niemand hatte sie gesehen. Jedenfalls waren die Leute durcheinandergeworfen worden, Kinder hatten unter Gepäck vergraben gelegen, und das Entsetzen war groß. Der Gepäckwagen war zertrümmert. Wie war das mit dem Gepäckwagen? Er war zertrümmert. Da stand ich …

Ein Beamter läuft ohne Mütze den Zug entlang, es ist der Stationschef, und wild und weinerlich erteilt er Befehle an die Passagiere, um sie in Zucht zu halten und von den Geleisen in die Wagen zu schicken. Aber niemand achtet sein, da er ohne Mütze und Haltung ist. Beklagenswerter Mann! Ihn traf wohl die Verantwortung. Vielleicht war seine Laufbahn zu Ende, sein Leben zerstört. Es wäre nicht taktvoll gewesen, ihn nach dem großen Gepäck zu fragen.

Ein anderer Beamter kommt daher, – er *hinkt* daher, und ich erkenne ihn an seinem Wachtmeisterschnauzbart. Es ist der Schaffner, der unwirsch wachsame Schaffner von heute abend, der Staat, unser Vater. Er hinkt gebückt, die eine Hand auf sein Knie gestützt, und kümmert sich um nichts als um dieses sein Knie. »Ach, ach!« sagte er. »Ach!« – »Nun, nun, was ist denn?« – »Ach, mein Herr, ich steckte ja dazwischen, es ging mir ja gegen die Brust, ich bin ja über das Dach entkommen, ach, ach!» – Dieses »über das Dach entkommen« schmeckte nach Zeitungsbericht, der Mann brauchte bestimmt in der Regel nicht das Wort »entkommen«, er hatte nicht sowohl sein Unglück, als vielmehr einem Zeitungsbericht über sein Unglück erlebt, aber was half mir das? Er war nicht in dem Zustande, mir Auskunft über mein Manuskript zu geben. Und ich fragte einen jungen Menschen, der frisch, wichtig und angeregt von der Trümmerwüste kam, nach dem großen Gepäck.

»Ja, mein Herr, das weiß niemand nicht, wie es da ausschaut!« Und sein Ton bedeutete mir, daß ich froh sein solle, mit heilen Gliedern davongekommen zu sein. »Da liegt alles durcheinander. Damenschuhe …«, sagte er mit einer wilden Vernichtungsgebärde und zog die Nase kraus. »Die Räumungsarbeiten müssen es zeigen. Damenschuhe …«

Da stand ich. Ganz für mich allein stand ich in der Nacht zwischen den Schienensträngen und prüfte mein Herz. Räumungsarbeiten. Es sollten Räumungsarbeiten mit meinem Manuskript vorgenommen werden. Zerstört also, zerfetzt, zerquetscht wahrscheinlich. Mein Bienenstock, mein Kunstgespinst, mein kluger Fuchsbau, mein Stolz und Mühsal, das Beste von mir. Was würde ich tun, wenn es sich so verhielt? Ich hatte keine Abschrift von dem, was schon dastand, schon fertig gefügt und geschmiedet war, schon lebte und klang, – zu schweigen von meinen Notizen und Studien, meinem ganzen in Jahren zusammengetragenen, erworbenen, erhorchten, erschlichenen, erlittenen Hamsterschatz von Material. Was würde ich also tun? Ich prüfte mich genau, und ich erkannte, daß ich von vorn beginnen würde. Ja, mit tierischer Geduld, mit der Zähigkeit eines tiefstehenden Lebewesens, dem man das wunderliche und komplizierte Werk seines kleinen Scharfsinnes und Fleißes zerstört hat, würde ich nach einem Augenblick der Verwirrung und Ratlosigkeit das Ganze wieder von vorn beginnen, und vielleicht würde es diesmal ein wenig leichter gehen …

Aber unterdessen war Feuerwehr eingetroffen, mit Fackeln, die rotes Licht über die Trümmerwüste warfen, und als ich nach vorn ging, um nach dem Gepäckwagen zu sehen, da zeigte es sich, daß er fast heil war und daß den Koffern nichts fehlte. Die Dinge und Waren, die dort verstreut lagen, stammten aus dem Güterzug, eine unzählige Menge Spagatknäuel zumal, ein Meer von Spagatknäueln, das weithin den Boden bedeckte.

Da ward mir leicht, und ich mischte mich unter die Leute, die standen und schwatzten und sich anfreundeten gelegentlich ihres Mißgeschickes und aufschnitten und sich wichtig machten. Soviel schien sicher, daß der Zugftthrer sich brav benommen und großem Unglück vorgebeugt hatte, indem er im letzten Augenblick die Notbremse gezogen. Sonst, sagte man, hätte es unweigerlich eine allgemeine Harmonika gegeben, und der Zug wäre wohl auch die ziemlich hohe Böschung zur Linken hinabgestürzt. Preiswürd'ger Zugführer! Er war nicht sichtbar, niemand hatte ihn gesehen. Aber sein Ruhm verbreitete sich den ganzen Zug entlang, und wir alle lobten ihn in seiner Abwesenheit. »Der Mann«, sagte ein Herr und wies mit der ausgestreckten Hand irgendwohin in die Nacht, »der Mann hat uns alle gerettet.« Und jeder nickte dazu.

Aber unser Zug stand auf einem Geleise, das ihm nicht zukam, und darum galt es, ihn nach hinten zu sichern, damit ihm kein anderer in den Rücken fahre. So stellten sich die Feuerwehrleute mit Pechfackeln am letzten Wagen auf, und auch der angeregte junge Mann, der mich so sehr mit seinen Damenstiefeln geängstigt, hatte eine Fackel ergriffen und schwenkte sie signalisierend, obgleich in aller Weite kein Zug zu sehen war.

Und mehr und mehr kam etwas wie Ordnung in die Sache, und der Staat, unser Vater, gewann wieder Haltung und Ansehen. Man hatte telegraphiert und alle Schritte getan, ein Hilfszug aus Regensburg dampfte behutsam in die Station und große Gasleuchtapparate mit Reflektoren wurden an der Trümmerstätte aufgestellt. Wir Passagiere wurden nun ausquartiert und angewiesen, im Stationshäuschen unserer Weiterbeförderung zu harren. Beladen mit unserem Handgepäck und zum Teil mit verbundenen Köpfen zogen wir durch ein Spalier von neugierigen Eingeborenen in das Warteräumchen ein, wo wir uns, wie es gehen wollte, zusammenpferchten. Und abermals nach einer Stunde war alles aufs Geratewohl in einem Extrazuge verstaut.

Ich hatte einen Fahrschein erster Klasse (weil man mir die Reise bezahlte), aber das half mir gar nichts, denn jedermann gab der ersten Klasse den Vorzug, und diese Abteile waren noch voller als die anderen. Jedoch, wie ich eben mein Plätzchen gefunden, wen gewahre ich mir schräg gegenüber, in eine Ecke gedrängt? Den Herrn mit den Gamaschen und den Reiterausdrücken, meinen Helden. Er hat sein Hündchen nicht bei sich, man hat es ihm genommen, es sitzt, allen Herrenrechten zuwider, in einem finsteren Verlies gleich hinter der Lokomotive und heult. Der Herr hat auch einen gelben Fahrschein, der ihm nichts nützt, und er murrt, er macht einen Versuch, sich aufzulehnen gegen den Kommunismus, gegen den großen Ausgleich vor der Majestät des Unglücks. Aber ein Mann antwortet ihm mit biederer Stimme: »San S' froh, daß Sie sitzen!« Und sauer lächelnd ergibt sich der Herr in die tolle Lage.
Wer kommt herein, gestützt auf zwei Feuerwehrmänner? Eine kleine Alte, ein Mütterchen in zerschlissener Mantille, dasselbe, das in München um ein Haar in die zweite Klasse gestiegen wäre. »Ist dies die erste Klasse?« fragt sie immer wieder. »Ist dies auch wirklich die erste Klasse?« Und als man es ihr versichert und ihr Platz macht, sinkt sie mit einem »Gottlob!« auf das Plüschkissen nieder, als ob sie erst jetzt gerettet sei.
In Hof war es fünf Uhr und hell. Dort gab es Frühstück, und dort nahm ein Schnellzug mich auf, der mich und das Meine mit dreistündiger Verspätung nach Dresden brachte.
Ja, das war das Eisenbahnunglück, das ich erlebte. Einmal mußte es ja wohl sein. Und obgleich die Logiker Einwände machen, glaube ich nun doch gute Chancen zu haben, daß mir sobald nicht wieder dergleichen begegnet.

FRANZ KAFKA

Ein Hungerkünstler

In den letzten Jahrzehnten ist das Interesse an Hungerkünstlern sehr zurückgegangen. Während es sich früher gut lohnte, große derartige Vorführungen in eigener Regie zu veranstalten, ist dies heute völlig unmöglich. Es waren andere Zeiten. Damals beschäftigte sich die ganze Stadt mit dem Hungerkünstler; von Hungertag zu Hungertag stieg die Teilnahme; jeder wollte den Hungerkünstler zumindest einmal täglich sehn; an den spätern Tagen gab es Abonnenten, welche tagelang vor dem kleinen Gitterkäfig saßen; auch in der Nacht fanden Besichtigungen statt, zur Erhöhung der Wirkung bei Fackelschein; an schönen Tagen wurde der Käfig ins Freie getragen, und nun waren es besonders die Kinder, denen der Hungerkünstler gezeigt wurde; während er für die Erwachsenen oft nur ein Spaß war, an dem sie der Mode halber teilnahmen, sahen die Kinder staunend, mit offenem Mund, der Sicherheit halber einander bei der Hand haltend, zu, wie er bleich, im schwarzen Trikot, mit mächtig vortretenden Rippen, sogar einen Sessel verschmähend, auf hingestreutem Stroh saß, einmal höflich nickend, angestrengt lächelnd Fragen beantwortete, auch durch das Gitter den Arm streckte, um seine Magerkeit befühlen zu lassen, dann aber wieder ganz in sich selbst versank, um niemanden sich kümmerte, nicht einmal um den für ihn so wichtigen Schlag der Uhr, die das einzige Möbelstück des Käfigs war, sondern nur vor sich hinsah mit fast geschlossenen Augen und hie und da aus einem winzigen Gläschen Wasser nippte, um sich die Lippen zu feuchten.
Außer den wechselnden Zuschauern waren auch ständige, vom Publikum gewählte Wächter da, merkwürdigerweise gewöhnlich Fleischhauer, welche, immer drei gleichzeitig, die Aufgabe

hatten, Tag und Nacht den Hungerkünstler zu beobachten, damit er nicht etwa auf irgendeine heimliche Weise doch Nahrung zu sich nehme. Es war das aber lediglich eine Formalität, eingeführt zur Beruhigung der Massen, denn die Eingeweihten wußten wohl, daß der Hungerkünstler während der Hungerzeit niemals, unter keinen Umständen, selbst unter Zwang nicht, auch das Geringste nur gegessen hätte; die Ehre seiner Kunst verbot dies. Freilich, nicht jeder Wächter konnte das begreifen, es fanden sich manchmal nächtliche Wachgruppen, welche die Bewachung sehr lax durchführten, absichtlich in eine ferne Ecke sich zusammensetzten und dort sich ins Kartenspiel vertieften, in der offenbaren Absicht, dem Hungerkünstler eine kleine Erfrischung zu gönnen, die er ihrer Meinung nach aus irgendwelchen geheimen Vorräten hervorholen konnte. Nichts war dem Hungerkünstler quälender als solche Wächter; sie machten ihn trübselig; sie machten ihm das Hungern entsetzlich schwer; manchmal überwand er seine Schwäche und sang während dieser Wachzeit, solange er es nur aushielt, um den Leuten zu zeigen, wie ungerecht sie ihn verdächtigten. Doch half das wenig; sie wunderten sich dann nur über seine Geschicklichkeit, selbst während des Singens zu essen. Viel lieber waren ihm die Wächter, welche sich eng zum Gitter setzten, mit der trüben Nachtbeleuchtung des Saales sich nicht begnügten, sondern ihn mit den elektrischen Taschenlampen bestrahlten, die ihnen der Impresario zur Verfügung stellte. Das grelle Licht störte ihn gar nicht, schlafen konnte er ja überhaupt nicht, und ein wenig hindämmern konnte er immer, bei jeder Beleuchtung und zu jeder Stunde, auch im übervollen, lärmenden Saal. Er war sehr gerne bereit, mit solchen Wächtern die Nacht gänzlich ohne Schlaf zu verbringen; er war bereit, mit ihnen zu scherzen, ihnen Geschichten aus seinem Wanderleben zu erzählen, dann wieder ihre Erzählungen anzuhören, alles nur um sie wachzuhalten, um ihnen immer wieder zeigen zu können, daß er nichts Eßbares im

Käfig hatte und daß er hungerte, wie keiner von ihnen es könnte. Am glücklichsten aber war er, wenn dann der Morgen kam, und ihnen auf seine Rechnung ein überreiches Frühstück gebracht wurde, auf das sie sich warfen mit dem Appetit gesunder Männer nach einer mühevoll durchwachten Nacht. Es gab zwar sogar Leute, die in diesem Frühstück eine ungebührliche Beeinflussung der Wächter sehen wollten, aber das ging doch zu weit, und wenn man sie fragte, ob etwa sie nur um der Sache willen ohne Frühstück die Nachtwache übernehmen wollten, verzogen sie sich, aber bei ihren Verdächtigungen blieben sie dennoch.

Dieses allerdings gehörte schon zu den vom Hungern überhaupt nicht zu trennenden Verdächtigungen. Niemand war ja imstande, alle die Tage und Nächte beim Hungerkünstler ununterbrochen als Wächter zu verbringen, niemand also konnte aus eigener Anschauung wissen, ob wirklich ununterbrochen, fehlerlos gehungert worden war; nur der Hungerkünstler selbst konnte das wissen, nur er also gleichzeitig der von seinem Hungern vollkommen befriedigte Zuschauer sein. Er aber war wieder aus einem andern Grunde niemals befriedigt; vielleicht war er gar nicht vom Hungern so sehr abgemagert, daß manche zu ihrem Bedauern den Vorführungen fernbleiben mußten, weil sie seinen Anblick nicht ertrugen, sondern er war nur so abgemagert aus Unzufriedenheit mit sich selbst. Er allein nämlich wußte, auch kein Eingeweihter sonst wußte das, wie leicht das Hungern war. Es war die leichteste Sache von der Welt. Er verschwieg es auch nicht, aber man glaubte ihm nicht, hielt ihn günstigstenfalls für bescheiden, meist aber für reklamesüchtig oder gar für einen Schwindler, dem das Hungern allerdings leicht war, weil er es sich leicht zu machen verstand, und der auch noch die Stirn hatte, es halb zu gestehn. Das alles mußte er hinnehmen, hatte sich auch im Laufe der Jahre daran gewöhnt, aber innerlich nagte diese Unbefriedigtheit immer an ihm, und noch niemals, nach keiner Hungerperiode – dieses Zeugnis mußte man ihm ausstellen – hatte er freiwillig den Käfig verlassen. Als Höchstzeit für das Hungern hatte der Impresario vierzig Tage festgesetzt, darüber hinaus ließ er niemals hungern, auch in den Weltstädten nicht, und zwar aus gutem Grund. Vierzig Tage etwa konnte man erfahrungsgemäß durch allmählich sich steigernde Reklame das Interesse einer Stadt immer mehr aufstacheln, dann aber versagte das Publikum, eine wesentliche Abnahme des Zuspruchs war festzustellen; es bestanden natürlich in dieser Hinsicht kleine Unterschiede zwischen den Städten und Ländern, als Regel aber galt, daß vierzig Tage die Höchstzeit war. Dann also am vierzigsten Tage wurden die Tür des mit Blumen umkränzten Käfigs geöffnet, eine begeisterte Zuschauerschaft erfüllte das Amphitheater, eine Militärkapelle spielte, zwei Ärzte betraten den Käfig, um die nötigen Messungen am Hungerkünstler vorzunehmen, durch ein Megaphon wurden die Resultate dem Saale verkündet, und schließlich kamen zwei junge Damen, glücklich darüber, daß gerade sie ausgelost worden waren, und wollten den Hungerkünstler aus dem Käfig ein paar Stufen hinabführen, wo auf einem kleinen Tischchen eine sorgfältig ausgewählte Krankenmahlzeit serviert war. Und in diesem Augenblick wehrte sich der Hungerkünstler immer. Zwar legte er noch freiwillig seine Knochenarme in die hilfsbereit ausgestreckten Hände der zu ihm hinabgebeugten Damen, aber aufstehen wollte er nicht. Warum gerade jetzt nach vierzig Tagen aufhören? Er hätte es noch lange, unbeschränkt lange ausgehalten; warum gerade jetzt aufhören, wo er im besten, ja noch nicht einmal im besten Hungern war? Warum wollte man ihn des Ruhmes berauben, weiter zu hungern, nicht nur der größte Hungerkünstler aller Zeiten zu werden, der er ja wahrscheinlich schon war, aber auch noch sich selbst zu übertreffen bis ins Unbegreifliche, denn für seine Fähigkeit zu hungern fühlte er keine Grenzen. Warum hatte diese Menge, die ihn so sehr zu bewundern vorgab, so wenig Geduld mit ihm; wenn er es aushielt, noch weiter zu hungern, warum wollte sie es nicht aushalten? Auch war er müde, saß gut im Stroh und sollte sich nun hoch und lang aufrichten und zu dem Essen gehn, das ihm schon allein in der Vorstellung Übelkeiten verursachte, deren Äußerung er nur mit Rücksicht auf die Damen mühselig unterdrückte. Und er blickte empor in die Augen der scheinbar so freundlichen, in Wirklichkeit so grausamen Damen und schüttelte den auf dem schwachen Halse überschweren Kopf. Aber dann geschah, was immer geschah. Der Impresario kam, hob stumm – die Musik machte das Reden unmöglich – die Arme über dem Hungerkünstler, so, als lade er den Himmel ein, sich sein Werk hier auf dem Stroh einmal anzusehn, diesen bedauernswerten Märtyrer, welcher der Hungerkünstler allerdings war, nur in ganz anderem Sinn; faßte den Hungerkünstler um die dünne Taille, wobei er durch übertriebene Vorsicht glaubhaft machen wollte, mit einem wie gebrechlichen Ding er es hier zu tun habe; und übergab ihn – nicht ohne ihn im geheimen ein wenig zu schütteln, so daß der Hungerkünstler mit den Beinen und dem Oberkörper unbeherrscht hin und her schwankte – den inzwischen totenbleich gewordenen Damen. Nun duldete der Hungerkünstler alles; der Kopf lag auf der Brust, es war, als sei er hingerollt und halte sich dort unerklärlich; der Leib war ausgehöhlt; die Beine drückten sich im Selbsterhaltungstrieb fest in den Knien aneinander, scharrten aber doch den Boden, so, als sei es nicht der wirkliche, den wirklichen suchten sie erst; und die ganze, allerdings sehr kleine Last des Körpers lag auf einer der Damen, welche hilfesuchend, mit fliegendem Atem – so hatte sie sich dieses Ehrenamt nicht vorgestellt – zuerst den Hals möglichst streckte, um wenigstens das Gesicht vor der Berührung mit dem Hungerkünstler zu bewahren, dann aber, da ihr dies nicht gelang und ihre glücklichere Gefährtin ihr nicht zu Hilfe kam, sondern sich damit begnügte, zitternd die Hand des

Hungerkünstlers, dieses kleine Knochenbündel, vor sich herzutragen, unter dem entzückten Gelächter des Saales in Weinen ausbrach und von einem längst bereitgestellten Diener abgelöst werden mußte. Dann kam das Essen, von dem der Impresario dem Hungerkünstler während eines ohnmachtähnlichen Halbschlafes ein wenig einflößte, unter lustigem Plaudern, das die Aufmerksamkeit vom Zustand des Hungerkünstlers ablenken sollte; dann wurde noch ein Trinkspruch auf das Publikum ausgebracht, welcher dem Impresario angeblich vom Hungerkünstler zugeflüstert worden war; das Orchester bekräftigte alles durch einen großen Tusch, man ging auseinander, und niemand hatte das Recht, mit dem Gesehenen unzufrieden zu sein, niemand, nur der Hungerkünstler, immer nur er.

So lebte er mit regelmäßigen kleinen Ruhepausen viele Jahre, in scheinbarem Glanz, von der Welt geehrt, bei alledem aber meist in trüber Laune, die immer noch trüber wurde dadurch, daß niemand sie ernst zu nehmen verstand. Womit sollte man ihn auch trösten? Was blieb ihm zu wünschen übrig? Und wenn sich einmal ein Gutmütiger fand, der ihn bedauerte und ihm erklären wollte, daß seine Traurigkeit wahrscheinlich von dem Hungern käme, konnte es, besonders bei vorgeschrittener Hungerzeit, geschehn, daß der Hungerkünstler mit einem Wutausbruch antwortete und zum Schrecken aller wie ein Tier an dem Gitter zu rütteln begann. Doch hatte für solche Zustände der Impresario ein Strafmittel, das er gern anwandte. Er entschuldigte den Hungerkünstler vor versammeltem Publikum, gab zu, daß nur die durch das Hungern hervorgerufene, für satte Menschen nicht ohne weiteres begreifliche Reizbarkeit das Benehmen des Hungerkünstlers verzeihlich machen könne; kam dann im Zusammenhang damit auch auf die ebenso zu erklärende Behauptung des Hungerkünstlers zu sprechen, er könnte noch viel länger hungern, als er hungere; lobte das hohe Streben, den guten Willen, die große Selbstverleugnung, die gewiß auch in dieser Behauptung enthalten seien; suchte dann aber die Behauptung einfach genug durch Vorzeigen von Photographien, die gleichzeitig verkauft wurden, zu widerlegen, denn auf den Bildern sah man den Hungerkünstler an einem vierzigsten Hungertag, im Bett, fast verlöscht vor Entkräftung. Diese dem Hungerkünstler zwar wohlbekannte, immer aber von neuem ihn entnervende Verdrehung der Wahrheit war ihm zu viel. Was die Folge der vorzeitigen Beendigung des Hungerns war, stellte man hier als die Ursache dar! Gegen diesen Unverstand, gegen diese Welt des Unverstandes zu kämpfen, war unmöglich. Noch hatte er immer wieder in gutem Glauben begierig am Gitter dem Impresario zugehört, beim Erscheinen der Photographien aber ließ er das Gitter jedesmal los, sank mit Seufzen ins Stroh zurück, und das beruhigte Publikum konnte wieder herankommen und ihn besichtigen.

Wenn die Zeugen solcher Szenen ein paar Jahre später daran zurückdachten, wurden sie sich oft selbst unverständlich. Denn inzwischen war jener erwähnte Umschwung eingetreten; fast plötzlich war das geschehen; es mochte tiefere Gründe haben, aber wem lag daran, sie aufzufinden; jedenfalls sah sich eines Tages der verwöhnte Hungerkünstler von der vergnügungssüchtigen Menge verlassen, die lieber zu anderen Schaustellungen strömte. Noch einmal jagte der Impresario mit ihm durch halb Europa, um zu sehn, ob sich nicht noch hie und da das alte Interesse wiederfände; alles vergeblich; wie in einem geheimen Einverständnis hatte sich überall geradezu eine Abneigung gegen das Schauhungern ausgebildet. Natürlich hatte das in Wirklichkeit nicht plötzlich so kommen können, und man erinnerte sich jetzt nachträglich an manche zu ihrer Zeit im Rauch der Erfolge nicht genügend beachtete, nicht genügend unterdrückte Vorboten, aber jetzt etwas dagegen zu unternehmen, war zu spät. Zwar war es sicher, daß einmal auch für das Hungern wieder die Zeit kommen werde, aber für die Lebenden war das kein

Trost. Was sollte nun der Hungerkünstler tun? Der, welchen Tausende umjubelt hatten, konnte sich nicht in Schaubuden auf kleinen Jahrmärkten zeigen, und um einen andern Beruf zu ergreifen, war der Hungerkünstler nicht nur zu alt, sondern vor allem dem Hungern allzu fanatisch ergeben. So verabschiedete er denn den Impresario, den Genossen einer Laufbahn ohnegleichen, und ließ sich von einem großen Zirkus engagieren; um seine Empfindlichkeit zu schonen, sah er die Vertragsbedingungen gar nicht an.

Ein großer Zirkus mit seiner Unzahl von einander immer wieder ausgleichenden und ergänzenden Menschen und Tieren und Apparaten kann jeden und zu jeder Zeit gebrauchen, auch einen Hungerkünstler, bei entsprechend bescheidenen Ansprüchen natürlich, und außerdem war es ja in diesem besonderen Fall nicht nur der Hungerkünstler selbst, der engagiert wurde, sondern auch sein alter berühmter Name, ja man konnte bei der Eigenart dieser im zunehmenden Alter nicht abnehmenden Kunst nicht einmal sagen, daß ein ausgedienter, nicht mehr auf der Höhe seines Könnens stehender Künstler sich in einen ruhigen Zirkusposten flüchten wolle, im Gegenteil, der Hungerkünstler versicherte, daß er, was durchaus glaubwürdig war, ebensogut hungere wie früher, ja er behauptete sogar, er werde, wenn man ihm seinen Willen lasse, und dies versprach man ihm ohne weiteres, eigentlich erst jetzt die Welt in berechtigtes Erstaunen setzen, eine Behauptung allerdings, die mit Rücksicht auf die Zeitstimmung, welche der Hungerkünstler im Eifer leicht vergaß, bei den Fachleuten nur ein Lächeln hervorrief.

Im Grunde aber verlor auch der Hungerkünstler den Blick für die wirklichen Verhältnisse nicht und nahm es als selbstverständlich hin, daß man ihn mit seinem Käfig nicht etwa als Glanznummer mitten in die Manege stellte, sondern draußen an einem im übrigen recht gut zugänglichen Ort in der Nähe der Stallungen unterbrachte. Große, bunt gemalte Aufschriften umrahmten den Käfig und verkündeten, was dort zu sehen war. Wenn das Publikum in den Pausen der Vorstellung zu den Ställen drängte, um die Tiere zu besichtigen, war es fast unvermeidlich, daß es beim Hungerkünstler vorüberkam und ein wenig dort haltmachte, man wäre vielleicht länger bei ihm geblieben, wenn nicht in dem schmalen Gang die Nachdrängenden, welche diesen Aufenthalt auf dem Weg zu den ersehnten Ställen nicht verstanden, eine längere ruhige Betrachtung unmöglich gemacht hätten. Dieses war auch der Grund, warum der Hungerkünstler vor diesen Besuchszeiten, die er als seinen Lebenszweck natürlich herbeiwünschte, doch auch wieder zitterte. In der ersten Zeit hatte er die Vorstellungspausen kaum erwarten können; entzückt hatte er der sich heranwälzenden Menge entgegengesehn, bis er sich nur zu bald – auch die hartnäckigste, fast bewußte Selbsttäuschung hielt den Erfahrungen nicht stand – davon überzeugte, daß es zumeist der Absicht nach, immer wieder, ausnahmslos, lauter Stallbesucher waren. Und dieser Anblick von der Ferne blieb noch immer der schönste. Denn wenn sie bis zu ihm herangekommen waren, umtobte ihn sofort Geschrei und Schimpfen der ununterbrochen neu sich bildenden Parteien, jener, welche – sie wurde dem Hungerkünstler bald die peinlichere – ihn bequem ansehen wollte, nicht etwa aus Verständnis, sondern aus Laune und Trotz, und jener zweiten, die zunächst nur nach den Ställen verlangte. War der große Haufe vorüber, dann kamen die Nachzügler, und diese allerdings, denen es nicht mehr verwehrt war, stehen zu bleiben, solange sie nur Lust hatten, eilten mit langen Schritten, fast ohne Seitenblick, vorüber, um rechtzeitig zu den Tieren zu kommen. Und es war kein allzu häufiger Glücksfall, daß ein Familienvater mit seinen Kindern kam, mit dem Finger auf den Hungerkünstler zeigte, ausführlich erklärte, um was es sich hier handelte, von früheren Jahren erzählte, wo er bei ähnlichen, aber unvergleichlich großartigeren Vorführungen gewesen war, und dann die

Kinder, wegen ihrer ungenügenden Vorbereitung von Schule und Leben her, zwar immer noch verständnislos blieben – was war ihnen Hungern? – aber doch in dem Glanz ihrer forschenden Augen etwas von neuen, kommenden, gnädigeren Zeiten verrieten. Vielleicht, so sagte sich der Hungerkünstler dann manchmal, würde alles doch ein wenig besser werden, wenn sein Standort nicht gar so nahe bei den Ställen wäre. Den Leuten wurde dadurch die Wahl zu leicht gemacht, nicht zu reden davon, daß ihn die Ausdünstungen der Ställe, die Unruhe der Tiere in der Nacht, das Vorübertragen der rohen Fleischstücke für die Raubtiere, die Schreie bei der Fütterung sehr verletzten und dauernd bedrückten. Aber bei der Direktion vorstellig zu werden, wagte er nicht; immerhin verdankte er ja den Tieren die Menge der Besucher, unter denen sich hie und da auch ein für ihn Bestimmter finden konnte, und wer wußte, wohin man ihn verstecken würde, wenn er an seine Existenz erinnern wollte und damit auch daran, daß er, genau genommen, nur ein Hindernis auf dem Weg zu den Ställen war.
Ein kleines Hindernis allerdings, ein immer kleiner werdendes Hindernis. Man gewöhnte sich an die Sonderbarkeit, in den heutigen Zeiten Aufmerksamkeit für einen Hungerkünstler beanspruchen zu wollen, und mit dieser Gewöhnung war das Urteil über ihn gesprochen. Er mochte so gut hungern, als er nur konnte, und er tat es, aber nichts konnte ihn mehr retten, man ging an ihm vorüber. Versuche, jemandem die Hungerkunst zu erklären! Wer es nicht fühlt, dem kann man es nicht begreiflich machen. Die schönen Aufschriften wurden schmutzig und unleserlich, man riß sie herunter, niemandem fiel es ein, sie zu ersetzen; das Täfelchen mit der Ziffer der abgeleisteten Hungertage, das in der ersten Zeit sorgfältig täglich erneut worden war, blieb schon längst immer das gleiche, denn nach den ersten Wochen war das Personal selbst dieser kleinen Arbeit überdrüssig geworden; und so hungerte zwar der Hungerkünstler weiter,

wie er es früher einmal erträumt hatte, und es gelang ihm ohne Mühe ganz so, wie er es damals vorausgesagt hatte, aber niemand zählte die Tage, niemand, nicht einmal der Hungerkünstler selbst wußte, wie groß die Leistung schon war, und sein Herz wurde schwer. Und wenn einmal in der Zeit ein Müßiggänger stehen blieb, sich über die alte Ziffer lustig machte und von Schwindel sprach, so war das in diesem Sinn die dümmste Lüge, welche Gleichgültigkeit und eingeborene Bösartigkeit erfinden konnte, denn nicht der Hungerkünstler betrog, er arbeitete ehrlich, aber die Welt betrog ihn um seinen Lohn.

Doch vergingen wieder viele Tage, und auch das nahm ein Ende. Einmal fiel einem Aufseher der Käfig auf, und er fragte die Diener, warum man hier diesen gut brauchbaren Käfig mit dem verfaulten Stroh drinnen unbenützt stehen lasse; niemand wußte es, bis sich einer mit Hilfe der Ziffertafel an den Hungerkünstler erinnerte. Man rührte mit Stangen das Stroh auf und fand den Hungerkünstler darin. »Du hungerst noch immer?« fragte der Aufseher, »wann wirst du denn endlich aufhören?« »Verzeiht mir alle«, flüsterte der Hungerkünstler; nur der Aufseher, der das Ohr ans Gitter hielt, verstand ihn. »Gewiß«, sagte der Aufseher und legte den Finger an die Stirn, um damit den Zustand des Hungerkünstlers dem Personal anzudeuten, »wir verzeihen dir.« »Immerfort wollte ich, daß ihr mein Hungern bewundert«, sagte der Hungerkünstler. »Wir bewundern es auch«, sagte der Aufseher entgegenkommend. »Ihr sollt es aber nicht bewundern«, sagte der Hungerkünstler. »Nun, dann bewundern wir es also nicht«, sagte der Aufseher, »warum sollen wir es denn nicht bewundern?« »Weil ich hungern muß, ich kann nicht anders«, sagte der Hungerkünstler. »Da sieh mal einer«, sagte der Aufseher, »warum kannst du denn nicht anders?« »Weil ich«, sagte der Hungerkünstler, hob das Köpfchen ein wenig und sprach mit wie zum Kuß gespitzten Lippen gerade in das Ohr des Aufsehers hinein, damit nichts verloren ginge, »weil ich nicht die

Speise finden konnte, die mir schmeckt. Hätte ich sie gefunden, glaube mir, ich hätte kein Aufsehen gemacht und mich vollgegessen wie du und alle.« Das waren die letzten Worte, aber noch in seinen gebrochenen Augen war die feste, wenn auch nicht mehr stolze Überzeugung, daß er weiterhungre.
»Nun macht aber Ordnung!« sagte der Aufseher, und man begrub den Hungerkünstler samt dem Stroh. In den Käfig aber gab man einen jungen Panther. Es war eine selbst dem stumpfsten Sinn fühlbare Erholung, in dem so lange öden Käfig dieses wilde Tier sich herumwerfen zu sehn. Ihm fehlte nichts. Die Nahrung, die ihm schmeckte, brachten ihm ohne langes Nachdenken die Wächter; nicht einmal die Freiheit schien er zu vermissen; dieser edle, mit allem Nötigen bis knapp zum Zerreißen ausgestattete Körper schien auch die Freiheit mit sich herumzutragen; irgendwo im Gebiß schien sie zu stecken; und die Freude am Leben kam mit derart starker Glut aus seinem Rachen, daß es für die Zuschauer nicht leicht war, ihr standzuhalten. Aber sie überwanden sich, umdrängten den Käfig und wollten sich gar nicht fortrühren.

BERTOLT BRECHT

Der Augsburger Kreidekreis

Zu der Zeit des Dreißigjährigen Krieges besaß ein Schweizer Protestant namens Zingli eine große Gerberei mit einer Lederhandlung in der freien Reichsstadt Augsburg am Lech. Er war mit einer Augsburgerin verheiratet und hatte ein Kind von ihr. Als die Katholischen auf die Stadt zu marschierten, rieten ihm seine Freunde dringend zur Flucht, aber, sei es, daß seine kleine Familie ihn hielt, sei es, daß er seine Gerberei nicht im Stich lassen wollte, er konnte sich jedenfalls nicht entschließen, beizeiten wegzureisen.

So war er noch in der Stadt, als die kaiserlichen Truppen sie stürmten, und als am Abend geplündert wurde, versteckte er sich in einer Grube im Hof, wo die Farben aufbewahrt wurden. Seine Frau sollte mit dem Kind zu ihren Verwandten in die Vorstadt ziehen, aber sie hielt sich zu lange damit auf, ihre Sachen, Kleider, Schmuck und Betten zu packen, und so sah sie plötzlich, von einem Fenster des ersten Stockes aus, eine Rotte kaiserlicher Soldaten in den Hof dringen. Außer sich vor Schrekken ließ sie alles stehen und liegen und rannte durch die Hintertür aus dem Anwesen.

So blieb das Kind im Hause zurück. Es lag in der großen Diele in seiner Wiege und spielte mit dem Holzball, der an einer Schnur von der Decke hing.

Nur eine junge Magd war noch im Hause. Sie hantierte in der Küche mit dem Kupferzeug, als sie Lärm von der Gasse her hörte. Ans Fenster stürzend, sah sie, wie aus dem ersten Stock des Hauses gegenüber von Soldaten allerhand Beutestücke auf die Gasse geworfen wurden. Sie lief in die Diele und wollte eben das Kind aus der Wiege nehmen, als sie das Geräusch schwerer

Schläge gegen die eichene Haustür hörte. Sie wurde von Panik ergriffen und flog die Treppe hinauf.
Die Diele füllte sich mit betrunkenen Soldaten, die alles kurz und klein schlugen. Sie wußten, daß sie sich im Haus eines Protestanten befanden. Wie durch ein Wunder blieb bei der Durchsuchung und Plünderung Anna, die Magd, unentdeckt. Die Rotte verzog sich, und aus dem Schrank herauskletternd, in dem sie gestanden war, fand Anna auch das Kind in der Diele unversehrt. Sie nahm es hastig an sich und schlich mit ihm auf den Hof hinaus. Es war inzwischen Nacht geworden, aber der rote Schein eines in der Nähe brennenden Hauses erhellte den Hof, und entsetzt erblickte sie die übel zugerichtete Leiche des Hausherrn. Die Soldaten hatten ihn aus seiner Grube gezogen und erschlagen.
Erst jetzt wurde der Magd klar, welche Gefahr sie lief, wenn sie mit dem Kind des Protestanten auf der Straße aufgegriffen wurde. Sie legte es schweren Herzens in die Wiege zurück, gab ihm etwas Milch zu trinken, wiegte es in Schlaf und machte sich auf den Weg in den Stadtteil, wo ihre verheiratete Schwester wohnte. Gegen zehn Uhr nachts drängte sie sich, begleitet vom Mann ihrer Schwester, durch das Getümmel der ihren Sieg feiernden Soldaten, um in der Vorstadt Frau Zingli, die Mutter des Kindes, aufzusuchen. Sie klopften an die Tür eines mächtigen Hauses, die sich nach geraumer Zeit auch ein wenig öffnete. Ein kleiner alter Mann, Frau Zinglis Onkel, steckte den Kopf heraus. Anna berichtete atemlos, daß Herr Zingli tot, das Kind aber unversehrt im Hause sei. Der Alte sah sie kalt aus fischigen Augen an und sagte, seine Nichte sei nicht mehr da, und er selber habe mit dem Protestantenbankert nichts zu schaffen. Damit machte er die Tür wieder zu. Im Weggehen sah Annas Schwager, wie sich ein Vorhang in einem der Fenster bewegte, und gewann die Überzeugung, daß Frau Zingli da war. Sie schämte sich anscheinend nicht, ihr Kind zu verleugnen.

Eine Zeitlang gingen Anna und ihr Schwager schweigend nebeneinander her. Dann erklärte sie ihm, daß sie in die Gerberei zurück und das Kind holen wolle. Der Schwager, ein ruhiger, ordentlicher Mann, hörte sie erschrocken an und suchte ihr die gefährliche Idee auszureden. Was hatte sie mit diesen Leuten zu tun? Sie war nicht einmal anständig behandelt worden.

Anna hörte ihm still zu und versprach ihm, nichts Unvernünftiges zu tun. Jedoch wollte sie unbedingt noch schnell in die Gerberei schauen, ob dem Kind nichts fehle. Und sie wollte allein gehen.

Sie setzte ihren Willen durch. Mitten in der zerstörten Halle lag das Kind ruhig in seiner Wiege und schlief. Anna setzte sich müde zu ihm und betrachtete es. Sie hatte nicht gewagt, ein Licht anzuzünden, aber das Haus in der Nähe brannte immer noch, und bei diesem Licht konnte sie das Kind ganz gut sehen. Es hatte einen winzigen Leberfleck am Hälschen.

Als die Magd einige Zeit, vielleicht eine Stunde, zugesehen hatte, wie das Kind atmete und an seiner kleinen Faust saugte, erkannte sie, daß sie zu lange gesessen und zu viel gesehen hatte, um noch ohne das Kind weggehen zu können. Sie stand schwerfällig auf, und mit langsamen Bewegungen hüllte sie es in die Leinendecke, hob es auf den Arm und verließ mit ihm den Hof, sich scheu umschauend, wie eine Person mit schlechtem Gewissen, eine Diebin.

Sie brachte das Kind, nach langen Beratungen mit Schwester und Schwager, zwei Wochen darauf aufs Land in das Dorf Großaitingen, wo ihr älterer Bruder Bauer war. Der Bauernhof gehörte der Frau, er hatte nur eingeheiratet. Es war ausgemacht worden, daß sie vielleicht nur dem Bruder sagen sollte, wer das Kind war, denn sie hatten die junge Bäuerin nie zu Gesicht bekommen und wußten nicht, wie sie einen so gefährlichen kleinen Gast aufnehmen würde.

Anna kam gegen Mittag im Dorf an. Ihr Bruder, seine Frau und das Gesinde saßen beim Mittagessen. Sie wurde nicht schlecht empfangen, aber ein Blick auf ihre neue Schwägerin veranlaßte sie, das Kind sogleich als ihr eigenes vorzustellen. Erst nachdem sie erzählt hatte, daß ihr Mann in einem entfernten Dorf eine Stellung in einer Mühle hatte und sie dort mit dem Kind in ein paar Wochen erwartete, taute die Bäuerin auf, und das Kind wurde gebührend bewundert.

Nachmittags begleitete sie ihren Bruder ins Gehölz, Holz sammeln. Sie setzten sich auf Baumstümpfe, und Anna schenkte ihm reinen Wein ein. Sie konnte sehen, daß ihm nicht wohl in seiner Haut war. Seine Stellung auf dem Hof war noch nicht gefestigt, und er lobte Anna sehr, daß sie seiner Frau gegenüber den Mund gehalten hatte. Es war klar, daß er seiner jungen Frau keine besonders großzügige Haltung gegenüber dem Protestantenkind zutraute. Er wollte, daß die Täuschung aufrechterhalten wurde. Das war nun auf die Länge nicht leicht.

Anna arbeitete bei der Ernte mit und pflegte »ihr« Kind zwischendurch, immer wieder vom Feld nach Hause laufend, wenn die anderen ausruhten. Der Kleine gedieh und wurde sogar dick, lachte, sooft er Anna sah, und suchte kräftig den Kopf zu heben. Aber dann kam der Winter, und die Schwägerin begann sich nach Annas Mann zu erkundigen.

Es sprach nichts dagegen, daß Anna auf dem Hof blieb, sie konnte sich nützlich machen. Das Schlimme war, daß die Nachbarn sich über den Vater von Annas Jungen wunderten, weil der nie kam, nach ihm zu sehen. Wenn sie keinen Vater für ihr Kind zeigen konnte, mußte der Hof bald ins Gerede kommen.

An einem Sonntagmorgen spannte der Bauer an und hieß Anna laut mitkommen, ein Kalb in einem Nachbardorf abzuholen. Auf dem ratternden Fahrweg teilte er ihr mit, daß er für sie einen Mann gesucht und gefunden hätte. Es war ein todkranker Häusler, der kaum den ausgemergelten Kopf vom schmierigen Laken heben konnte, als die beiden in seiner niedrigen Hütte standen.

Er war willig, Anna zu ehelichen. Am Kopfende des Lagers stand eine gelbhäutige Alte, seine Mutter. Sie sollte ein Entgelt für den Dienst, der Anna erwiesen wurde, bekommen.
Das Geschäft war in zehn Minuten ausgehandelt, und Anna und ihr Bruder konnten weiterfahren und ihr Kalb erstehen. Die Verehelichung fand Ende derselben Woche statt. Während der Pfarrer die Trauungsformel murmelte, wandte der Kranke nicht ein einziges Mal den glasigen Blick auf Anna. Ihr Bruder zweifelte nicht, daß sie den Totenschein in wenigen Tagen haben würden. Dann war Annas Mann und Kindsvater auf dem Weg zu ihr in einem Dorf bei Augsburg irgendwo gestorben, und niemand würde sich wundern, wenn die Witwe im Haus ihres Bruders bleiben würde.
Anna kam froh von ihrer seltsamen Hochzeit zurück, auf der es weder Kirchenglocken noch Blechmusik, weder Jungfern noch Gäste gegeben hatte. Sie verzehrte als Hochzeitsschmaus ein Stück Brot mit einer Scheibe Speck in der Speisekammer und trat mit ihrem Bruder dann vor die Kiste, in der das Kind lag, das jetzt einen Namen hatte. Sie stopfte das Laken fester und lachte ihren Bruder an.
Der Totenschein ließ allerdings auf sich warten.
Es kam weder die nächste noch die übernächste Woche Bescheid von der Alten. Anna hatte auf dem Hof erzählt, daß ihr Mann nun auf dem Weg zu ihr sei. Sie sagte nunmehr, wenn man sie fragte, wo er bliebe, der tiefe Schnee mache wohl die Reise beschwerlich. Aber nachdem weitere drei Wochen vergangen waren, fuhr ihr Bruder doch, ernstlich beunruhigt, in das Dorf bei Augsburg.
Er kam spät in der Nacht zurück. Anna war noch auf und lief zur Tür, als sie das Fuhrwerk auf dem Hof knarren hörte. Sie sah, wie langsam der Bauer ausspannte, und ihr Herz krampfte sich zusammen.
Er brachte üble Nachricht. In die Hütte tretend hatte er den

Todgeweihten beim Abendessen am Tisch sitzend vorgefunden, in Hemdsärmeln, mit beiden Backen kauend. Er war wieder völlig gesundet.
Der Bauer sah Anna nicht ins Gesicht, als er weiter berichtete. Der Häusler, er hieß übrigens Otterer, und seine Mutter schienen über die Wendung ebenfalls überrascht und waren wohl noch zu keinem Entschluß gekommen, was zu geschehen hätte. Otterer habe keinen unangenehmen Eindruck gemacht. Er hatte wenig gesprochen, jedoch einmal seine Mutter, als sie darüber jammern wollte, daß er nun ein ungewünschtes Weib und ein fremdes Kind auf dem Hals habe, zum Schweigen verwiesen. Er aß bedächtig seine Käsespeise weiter während der Unterhaltung und aß noch, als der Bauer wegging.
Die nächsten Tage war Anna natürlich sehr bekümmert. Zwischen ihrer Hausarbeit lehrte sie den Jungen gehen. Wenn er den Spinnrochen losließ und mit ausgestreckten Ärmchen auf sie zugewackelt kam, unterdrückte sie ein trockenes Schluchzen und umklammerte ihn fest, wenn sie ihn auffing. Einmal fragte sie ihren Bruder: Was ist er für einer? Sie hatte ihn nur auf dem Sterbebett gesehen und nur abends, beim Schein einer schwachen Kerze. Jetzt erfuhr sie, daß ihr Mann ein abgearbeiteter Fünfziger sei, halt so, wie ein Häusler ist.
Bald darauf sah sie ihn. Ein Hausierer hatte ihr mit einem großen Aufwand an Heimlichkeiten ausgerichtet, daß »ein gewisser Bekannter« sie an dem und dem Tag zu der und der Stunde bei dem und dem Dorf, da wo der Fußweg nach Landsberg abgeht, treffen wolle. So begegneten die Verehelichten sich zwischen ihren Dörfern wie die antiken Feldherren zwischen ihren Schlachtreihen, im offenen Gelände, das vom Schnee bedeckt war.
Der Mann gefiel Anna nicht.
Er hatte kleine graue Zähne, sah sie von oben bis unten an, obwohl sie in einem dicken Schafspelz steckte und nicht viel zu sehen war, und gebrauchte dann die Wörter »Sakrament der

Ehe«. Sie sagte ihm kurz, sie müsse sich alles noch überlegen und er möchte ihr durch irgendeinen Händler oder Schlächter, der durch Großaitingen kam, vor ihrer Schwägerin ausrichten lassen, er werde jetzt bald kommen und sei nur auf dem Weg erkrankt.

Otterer nickte in seiner bedächtigen Weise. Er war über einen Kopf größer als sie und blickte immer auf ihre linke Halsseite beim Reden, was sie aufbrachte.

Die Botschaft kam aber nicht, und Anna ging mit dem Gedanken um, mit dem Kind einfach vom Hof zu gehen und weiter südwärts, etwa in Kempten oder Sonthofen, eine Stellung zu suchen. Nur die Unsicherheit der Landstraßen, über die viel geredet wurde, und daß es mitten im Winter war, hielt sie zurück.

Der Aufenthalt auf dem Hof wurde aber jetzt schwierig. Die Schwägerin stellte am Mittagstisch vor allem Gesinde mißtrauische Fragen nach ihrem Mann. Als sie einmal sogar, mit falschem Mitleid auf das Kind sehend, laut »armes Wurm« sagte, beschloß Anna, doch zu gehen, aber da wurde das Kind krank.

Es lag unruhig mit hochrotem Kopf und trüben Augen in seiner Kiste, und Anna wachte ganze Nächte über ihm in Angst und Hoffnung. Als es sich wieder auf dem Wege zur Besserung befand und sein Lächeln zurückgefunden hatte, klopfte es eines Vormittags an die Tür, und herein trat Otterer.

Es war niemand außer Anna und dem Kind in der Stube, so daß sie sich nicht verstellen mußte, was ihr bei ihrem Schrecken auch wohl unmöglich gewesen wäre. Sie standen eine gute Weile wortlos, dann äußerte Orterer, er habe die Sache seinerseits überlegt und sei gekommen, sie zu holen. Er erwähnte wieder das Sakrament der Ehe.

Anna wurde böse. Mit fester, wenn auch unterdrückter Stimme sagte sie dem Mann, sie denke nicht daran, mit ihm zu leben, sie sei die Ehe nur eingegangen ihres Kindes wegen und wolle von ihm nichts, als daß er ihr und dem Kind seinen Namen gebe.

Otterer blickte, als sie von dem Kind sprach, flüchtig nach der Richtung der Kiste, in der es lag und brabbelte, trat aber nicht hinzu. Das nahm Anna noch mehr gegen ihn ein.

Er ließ ein paar Redensarten fallen; sie solle sich alles noch einmal überlegen, bei ihm sei Schmalhans Küchenmeister, und seine Mutter könne in der Küche schlafen. Dann kam die Bäuerin herein, begrüßte ihn neugierig und lud ihn zum Mittagessen. Den Bauern begrüßte er, schon am Teller sitzend, mit einem nachlässigen Kopfnicken, weder vortäuschend, er kenne ihn nicht, noch verratend, daß er ihn kannte. Auf die Fragen der Bäuerin antwortete er einsilbig, seine Blicke nicht vom Teller hebend, er habe in Mering eine Stelle gefunden und Anna könne zu ihm ziehen. Jedoch sagte er nichts mehr davon, daß dies gleich sein müsse.

Am Nachmittag vermied er die Gesellschaft des Bauern und hackte hinter dem Haus Holz, wozu ihn niemand aufgefordert hatte. Nach dem Abendessen, an dem er wieder schweigend teilnahm, trug die Bäuerin selber ein Deckbett in Annas Kammer, damit er dort übernachten konnte, aber da stand er merkwürdigerweise schwerfällig auf und murmelte, daß er noch am selben Abend zurück müsse. Bevor er ging, starrte er mit abwesendem Blick in die Kiste mit dem Kind, sagte aber nichts und rührte es nicht an.

In der Nacht wurde Anna krank und verfiel in ein Fieber, das wochenlang dauerte. Die meiste Zeit lag sie teilnahmslos, nur ein paarmal gegen Mittag, wenn das Fieber etwas nachließ, kroch sie zu der Kiste mit dem Kind und stopfte die Decke zurecht.

In der vierten Woche ihrer Krankheit fuhr Otterer mit einem Leiterwagen auf dem Hof vor und holte sie und das Kind ab. Sie ließ es wortlos geschehen.

Nur sehr langsam kam sie wieder zu Kräften, kein Wunder bei den dünnen Suppen der Häuslerhütte. Aber eines Morgens sah

sie, wie schmutzig das Kind gehalten war, und stand entschlossen auf.
Der Kleine empfing sie mit seinem freundlichen Lächeln, von dem ihr Bruder immer behauptet hatte, er habe es von ihr. Er war gewachsen und kroch mit unglaublicher Geschwindigkeit in der Kammer herum, mit den Händen aufpatschend und kleine Schreie ausstoßend, wenn er auf das Gesicht niederfiel. Sie wusch ihn in einem Holzzuber und gewann ihre Zuversicht zurück.
Wenige Tage später freilich konnte sie das Leben in der Hütte nicht mehr aushalten. Sie wickelte den Kleinen in ein paar Dekken, steckte ein Brot und etwas Käse ein und lief weg.
Sie hatte vor, nach Sonthofen zu kommen, kam aber nicht weit. Sie war noch recht schwach auf den Beinen, die Landstraße lag unter der Schneeschmelze, und die Leute in den Dörfern waren durch den Krieg sehr mißtrauisch und geizig geworden. Am dritten Tag ihrer Wanderung verstauchte sie sich den Fuß in einem Straßengraben und wurde nach vielen Stunden, in denen sie um das Kind bangte, auf einen Hof gebracht, wo sie im Stall liegen mußte. Der Kleine kroch zwischen den Beinen der Kühe herum und lachte nur, wenn sie ängstlich aufschrie. Am Ende mußte sie den Leuten des Hofs den Namen ihres Mannes sagen, und er holte sie wieder nach Mering.
Von nun an machte sie keinen Fluchtversuch mehr und nahm ihr Los hin. Sie arbeitete hart. Es war schwer, aus dem kleinen Acker etwas herauszuholen und die winzige Wirtschaft in Gang zu halten. Jedoch war der Mann nicht unfreundlich zu ihr, und der Kleine wurde satt. Auch kam ihr Bruder mitunter herüber und brachte dies und jenes als Präsent, und einmal konnte sie dem Kleinen sogar ein Röcklein rot einfärben lassen. Das, dachte sie, mußte dem Kind eines Färbers gut stehen.
Mit der Zeit wurde sie ganz zufrieden gestimmt und erlebte viel Freude bei der Erziehung des Kleinen. So vergingen mehrere Jahre.

Aber eines Tages ging sie ins Dorf Sirup holen, und als sie zurückkehrte, war das Kind nicht in der Hütte, und ihr Mann berichtete ihr, daß eine feingekleidete Frau in einer Kutsche vorgefahren sei und das Kind geholt habe. Sie taumelte an die Wand vor Entsetzen, und am selben Abend noch machte sie sich, nur ein Bündel mit Eßbarem tragend, auf den Weg nach Augsburg. Ihr erster Gang in der Reichsstadt war zur Gerberei. Sie wurde nicht vorgelassen und bekam das Kind nicht zu sehen.
Schwester und Schwager versuchten vergebens, ihr Trost zuzureden. Sie lief zu den Behörden und schrie außer sich, man habe ihr Kind gestohlen. Sie ging soweit, anzudeuten, daß Protestanten ihr Kind gestohlen hätten. Sie erfuhr daraufhin, daß jetzt andere Zeiten herrschten und zwischen Katholiken und Protestanten Friede geschlossen worden sei.
Sie hätte kaum etwas ausgerichtet, wenn ihr nicht ein besonderer Glücksumstand zu Hilfe gekommen wäre. Ihre Rechtssache wurde an einen Richter verwiesen, der ein ganz besonderer Mann war.
Es war das der Richter Ignaz Dollinger, in ganz Schwaben berühmt wegen seiner Grobheit und Gelehrsamkeit, vom Kurfürsten von Bayern, mit dem er einen Rechtsstreit der freien Reichsstadt ausgetragen hatte, »dieser lateinische Mistbauer« getauft, vom niedrigen Volk aber in einer langen Moritat löblich besungen.
Von Schwester und Schwager begleitet kam Anna vor ihn. Der kurze, aber ungemein fleischige alte Mann saß in einer winzigen kahlen Stube zwischen Stößen von Pergamenten und hörte sie nur ganz kurz an. Dann schrieb er etwas auf ein Blatt, brummte: »Tritt dorthin, aber mach schnell!« und dirigierte sie mit seiner kleinen plumpen Hand an eine Stelle des Raums, auf die durch das schmale Fenster das Licht fiel. Für einige Minuten sah er genau ihr Gesicht an, dann winkte er sie mit einem Stoßseufzer weg.

Am nächsten Tag ließ er sie durch einen Gerichtsdiener holen und schrie sie, als sie noch auf der Schwelle stand, an: »Warum hast du keinen Ton davon gesagt, daß es um eine Gerberei mit einem pfundigen Anwesen geht?«
Anna sagte verstockt, daß es ihr um das Kind gehe.
»Bilde dir nicht ein, daß du die Gerberei schnappen kannst«, schrie der Richter. »Wenn der Bankert wirklich deiner ist, fällt das Anwesen an die Verwandten von dem Zingli.«
Anna nickte, ohne ihn anzuschauen. Dann sagte sie: »Er braucht die Gerberei nicht.«
»Ist er deiner?« bellte der Richter.
»Ja«, sagte sie leise. »Wenn ich ihn nur so lange behalten dürfte, bis er alle Wörter kann. Er weiß erst sieben.«
Der Richter hustete und ordnete die Pergamente auf seinem Tisch. Dann sagte er ruhiger, aber immer noch in ärgerlichem Ton:
»Du willst den Knirps, und die Ziege da mit ihren fünf Seidenröcken will ihn. Aber er braucht die rechte Mutter.«
»Ja«, sagte Anna und sah den Richter an.
»Verschwind«, brummte er. »Am Samstag halte ich Gericht.«
An diesem Samstag war die Hauptstraße und der Platz vor dem Rathaus am Perlachturm schwarz von Menschen, die dem Prozeß um das Protestantenkind beiwohnen wollten. Der sonderbare Fall hatte von Anfang an viel Aufsehen erregt, und in Wohnungen und Wirtschaften wurde darüber gestritten, wer die echte und wer die falsche Mutter war. Auch war der alte Dollinger weit und breit berühmt wegen seiner volkstümlichen Prozesse mit ihren bissigen Redensarten und Weisheitssprüchen. Seine Verhandlungen waren beliebter als Plärrer und Kirchweih.
So stauten sich vor dem Rathaus nicht nur viele Augsburger; auch nicht wenige Bauersleute der Umgegend waren da. Freitag war Markttag, und sie hatten in Erwartung des Prozesses in der Stadt übernachtet.

Der Saal, in dem der Richter Dollinger verhandelte, war der sogenannte Goldene Saal. Er war berühmt als einziger Saal von dieser Größe in ganz Deutschland, der keine Säulen hatte; die Decke war an Ketten im Dachfirst aufgehängt.

Der Richter Dollinger saß, ein kleiner runder Fleischberg, vor dem geschlossenen Erztor der einen Längswand. Ein gewöhnliches Seil trennte die Zuhörer ab. Aber der Richter saß auf ebenem Boden und hatte keinen Tisch vor sich. Er hatte selber vor Jahren diese Anordnung getroffen; er hielt viel von Aufmachung.

Anwesend innerhalb des abgeseilten Raums waren Frau Zingli mit ihren Eltern, die zugereisten Schweizer Verwandten des verstorbenen Herrn Zingli, zwei gutgekleidete würdige Männer, aussehend wie wohlbestallte Kaufleute, und Anna Otterer mit ihrer Schwester. Neben Frau Zingli sah man eine Amme mit dem Kind.

Alle, Parteien und Zeugen, standen. Der Richter Dollinger pflegte zu sagen, daß die Verhandlungen kürzer ausfielen, wenn die Beteiligten stehen mußten. Aber vielleicht ließ er sie auch nur stehen, damit sie ihn vor dem Publikum verdeckten, so daß man ihn nur sah, wenn man sich auf die Fußzehen stellte und den Hals ausrenkte.

Zu Beginn der Verhandlung kam es zu einem Zwischenfall. Als Anna das Kind erblickte, stieß sie einen Schrei aus und trat vor, und das Kind wollte zu ihr, strampelte heftig in den Armen der Amme und fing an zu brüllen. Der Richter ließ es aus dem Saal bringen.

Dann rief er Frau Zingli auf.

Sie kam vorgerauscht und schilderte, ab und zu ein Sacktüchlein an die Augen lüftend, wie bei der Plünderung die kaiserlichen Soldaten ihr das Kind entrissen hätten. Noch in derselben Nacht war die Magd in das Haus ihres Vaters gekommen und hatte berichtet, das Kind sei noch im Haus, wahrscheinlich in Erwartung

eines Trinkgelds. Eine Köchin ihres Vaters habe jedoch das Kind, in die Gerberei geschickt, nicht vorgefunden, und sie nehme an, die Person (sie deutete auf Anna) habe sich seiner bemächtigt, um irgendwie Geld erpressen zu können. Sie wäre auch wohl über kurz oder lang mit solchen Forderungen hervorgekommen, wenn man ihr nicht zuvor das Kind abgenommen hätte.
Der Richter Dollinger rief die beiden Verwandten des Herrn Zingli auf und fragte sie, ob sie sich damals nach Herrn Zingli erkundigt hätten und was ihnen von Frau Zingli erzählt worden sei. Sie sagten aus, Frau Zingli habe sie wissen lassen, ihr Mann sei erschlagen worden, und das Kind habe sie einer Magd anvertraut, bei der es in guter Hut sei. Sie sprachen sehr unfreundlich von ihr, was allerdings kein Wunder war, denn das Anwesen fiel an sie, wenn der Prozeß für Frau Zingli verlorenging.
Nach ihrer Aussage wandte sich der Richter wieder an Frau Zingli und wollte von ihr wissen, ob sie nicht einfach bei dem Überfall damals den Kopf verloren und das Kind im Stich gelassen habe.
Frau Zingli sah ihn mit ihren blassen blauen Augen wie verwundert an und sagte gekränkt, sie habe ihr Kind nicht im Stich gelassen.
Der Richter Dollinger räusperte sich und fragte sie interessiert, ob sie glaube, daß keine Mutter ihr Kind im Stich lassen könnte.
Ja, das glaube sie, sagte sie fest.
Ob sie dann glaube, fragte der Richter weiter, daß einer Mutter, die es doch tue, der Hintern verhauen werden müßte, gleichgültig, wie viele Röcke sie darüber trage?
Frau Zingli gab keine Antwort, und der Richter rief die frühere Magd Anna auf. Sie trat schnell vor und sagte mit leiser Stimme, was sie schon bei der Voruntersuchung gesagt hatte. Sie redete aber, als ob sie zugleich horchte, und ab und zu blickte sie nach der großen Tür, hinter die man das Kind gebracht hatte, als fürchtete sie, daß es immer noch schreie.

Sie sagte aus, sie sei zwar in jener Nacht zum Haus von Frau Zinglis Onkel gegangen, dann aber nicht in die Gerberei zurückgekehrt, aus Furcht vor den Kaiserlichen und weil sie Sorgen um ihr eigenes, lediges Kind gehabt habe, das bei guten Leuten im Nachbarort Lechhausen untergebracht gewesen sei.
Der alte Dollinger unterbrach sie grob und schnappte, es habe also zumindest eine Person in der Stadt gegeben, die so etwas wie Furcht verspürt habe. Er freue sich, das feststellen zu können, denn es beweise, daß eben zumindest eine Person damals einige Vernunft besessen habe. Schön sei es allerdings von der Zeugin nicht gewesen, daß sie sich nur um ihr eigenes Kind gekümmert habe, andererseits aber heiße es ja im Volksmund, Blut sei dicker als Wasser, und was eine rechte Mutter sei, die gehe auch stehlen für ihr Kind, das sei aber vom Gesetz streng verboten, denn Eigentum sei Eigentum, und wer stehle, der lüge auch, und lügen sei ebenfalls vom Gesetz verboten. Und dann hielt er eine seiner weisen und derben Lektionen über die Abgefeimtheit der Menschen, die das Gericht anschwindelten, bis sie blau im Gesicht seien, und nach einem kleinen Abstecher über die Bauern, die die Milch unschuldiger Kühe mit Wasser verpantschten, und den Magistrat der Stadt, der zu hohe Marktsteuern von den Bauern nehme, der überhaupt nichts mit dem Prozeß zu tun hatte, verkündigte er, daß die Zeugenaussage geschlossen sei und nichts ergeben habe.
Dann machte er eine lange Pause und zeigte alle Anzeichen der Ratlosigkeit, sich umblickend, als erwarte er von irgendeiner Seite her einen Vorschlag, wie man zu einem Schluß kommen könnte.
Die Leute sahen sich verblüfft an und einige reckten die Hälse, um einen Blick auf den hilflosen Richter zu erwischen. Es blieb aber sehr still im Saal, nur von der Straße herauf konnte man die Menge hören.
Dann ergriff der Richter wieder seufzend das Wort.

»Es ist nicht festgestellt worden, wer die rechte Mutter ist«, sagte er. »Das Kind ist zu bedauern. Man hat schon gehört, daß die Väter sich oft drücken und nicht die Väter sein wollen, die Schufte, aber hier melden sich gleich zwei Mütter. Der Gerichtshof hat ihnen so lange zugehört, wie sie es verdienen, nämlich einer jeden geschlagene fünf Minuten, und der Gerichtshof ist zu der Überzeugung gelangt, daß beide wie gedruckt lügen. Nun ist aber, wie gesagt, auch noch das Kind zu bedenken, das eine Mutter haben muß. Man muß also, ohne auf bloßes Geschwätz einzugehen, feststellen, wer die rechte Mutter des Kindes ist.«
Und mit ärgerlicher Stimme rief er den Gerichtsdiener und befahl ihm, eine Kreide zu holen.
Der Gerichtsdiener ging und brachte ein Stück Kreide.
»Zieh mit der Kreide da auf dem Fußboden einen Kreis, in dem drei Personen stehen können«, wies ihn der Richter an.
Der Gerichtsdiener kniete nieder und zog mit der Kreide den gewünschten Kreis.
»Jetzt bring das Kind«, befahl der Richter.
Das Kind wurde hereingebracht. Es fing wieder an zu heulen und wollte zu Anna. Der alte Dollinger kümmerte sich nicht um das Geplärr und hielt seine Ansprache nur in etwas lauterem Ton.
»Diese Probe, die jetzt vorgenommen werden wird«, verkündete er, »habe ich in einem alten Buch gefunden, und sie gilt als recht gut. Der einfache Grundgedanke der Probe mit dem Kreidekreis ist, daß die echte Mutter an ihrer Liebe zum Kind erkannt wird. Also muß die Stärke dieser Liebe erprobt werden. Gerichtsdiener, stell das Kind in diesen Kreidekreis.« Der Gerichtsdiener nahm das plärrende Kind von der Hand der Amme und führte es in den Kreis. Der Richter fuhr fort, sich an Frau Zingli und Anna wendend:
»Stellt auch ihr euch in den Kreidekreis, faßt jede eine Hand des Kindes, und wenn ich los' sage, dann bemüht euch, das Kind aus

dem Kreis zu ziehen. Die von euch die stärkere Liebe hat, wird auch mit der größeren Kraft ziehen und so das Kind auf ihre Seite bringen.«

Im Saal war es unruhig geworden. Die Zuschauer stellten sich auf die Fußspitzen und stritten sich mit den vor ihnen Stehenden.

Es wurde aber wieder totenstill, als die beiden Frauen in den Kreis traten und jede eine Hand des Kindes faßte. Auch das Kind war verstummt, als ahnte es, um was es ginge. Es hielt sein tränenüberströmtes Gesichtchen zu Anna emporgewendet. Dann kommandierte der Richter »los«.

Und mit einem einzigen heftigen Ruck zog Frau Zingli das Kind aus dem Kreidekreis. Verstört und ungläubig sah Anna ihm nach. Aus Furcht, es könne Schaden erleiden, wenn es an beiden Ärmchen zugleich in zwei Richtungen gezogen würde, hatte sie es sogleich losgelassen.

Der alte Dollinger stand auf.

»Und somit wissen wir«, sagte er laut, »wer die rechte Mutter ist. Nehmt der Schlampe das Kind weg. Sie würde es kalten Herzens in Stücke reißen.« Und er nickte Anna zu und ging schnell aus dem Saal, zu seinem Frühstück.

Und in den nächsten Wochen erzählten sich die Bauern der Umgebung, die nicht auf den Kopf gefallen waren, daß der Richter, als er der Frau aus Mering das Kind zusprach, mit den Augen gezwinkert habe.

ROBERT MUSIL

Das Fliegenpapier

Das Fliegenpapier Tangle-foot ist ungefähr sechsunddreißig Zentimeter lang und einundzwanzig Zentimeter breit; es ist mit einem gelben, vergifteten Leim bestrichen und kommt aus Kanada. Wenn sich eine Fliege darauf niederläßt – nicht besonders gierig, mehr aus Konvention, weil schon so viele andere da sind –, klebt sie zuerst nur mit den äußersten, umgebogenen Gliedern aller ihrer Beinchen fest. Eine ganz leise, befremdliche Empfindung, wie wenn wir im Dunkel gingen und mit nackten Sohlen auf etwas träten, das noch nichts ist als ein weicher, warmer, unübersichtlicher Widerstand und schon etwas, in das allmählich das grauenhaft Menschliche hineinflutet, das Erkanntwerden als eine Hand, die da irgendwie liegt und uns mit fünf immer deutlicher werdenden Fingern festhält.

Dann stehen sie alle forciert aufrecht, wie Tabiker, die sich nichts anmerken lassen wollen, oder wie klapprige alte Militärs (und ein wenig o-beinig, wie wenn man auf einem scharfen Grat steht). Sie geben sich Haltung und sammeln Kraft und Überlegung. Nach wenigen Sekunden sind sie entschlossen und beginnen, was sie vermögen, zu schwirren und sich abzuheben. Sie führen diese wütende Handlung so lange durch, bis die Erschöpfung sie zum Einhalten zwingt. Es folgt eine Atempause und ein neuer Versuch. Aber die Intervalle werden immer länger. Sie stehen da, und ich fühle, wie ratlos sie sind. Von unten steigen verwirrende Dünste auf. Wie ein kleiner Hammer tastet ihre Zunge heraus. Ihr Kopf ist braun und haarig, wie aus einer Kokosnuß gemacht; wie menschenähnliche Negeridole. Sie biegen sich vor und zurück auf ihren festgeschlungenen Beinchen, beugen sich in den Knien und stemmen sich empor, wie Menschen es machen, die auf alle Weise versuchen, eine zu schwere Last zu bewegen; tragischer als Arbeiter es tun, wahrer im sportlichen Ausdruck der äußersten Anstrengung als Laokoon. Und dann kommt der immer gleich seltsame Augenblick, wo das Bedürfnis einer gegenwärtigen Sekunde über alle mächtigen Dauergefühle des Daseins siegt. Es ist der Augenblick, wo ein Kletterer wegen des Schmerzes in den Fingern freiwillig den Griff der Hand öffnet, wo ein Verirrter im Schnee sich hinlegt wie ein Kind, wo ein Verfolgter mit brennenden Flanken stehenbleibt. Sie halten sich nicht mehr mit aller Kraft ab von unten, sie sinken ein wenig ein und sind in diesem Augenblick ganz menschlich. Sofort werden sie an einer neuen Stelle gefaßt, höher oben am Bein oder hinten am Leib oder am Ende eines Flügels.

Wenn sie die seelische Erschöpfung überwunden haben und nach einer kleinen Weile den Kampf um ihr Leben wieder aufnehmen, sind sie bereits in einer ungünstigen Lage fixiert, und ihre Bewegungen werden unnatürlich. Dann liegen sie mit gestreckten Hinterbeinen auf den Ellbogen gestemmt und suchen sich zu heben. Oder sie sitzen auf der Erde, aufgebäumt, mit ausgestreckten Armen, wie Frauen, die vergeblich ihre Hände aus den Fäusten eines Mannes winden wollen. Oder sie liegen auf dem Bauch, mit Kopf und Armen voraus, wie im Lauf gefallen, und halten nur noch das Gesicht hoch. Immer aber ist der Feind bloß passiv und gewinnt bloß von ihren verzweifelten, verwirrten Augenblicken. Ein Nichts, ein Es zieht sie hinein. So langsam, daß man dem kaum zu folgen vermag, und meist mit einer jähen Beschleunigung am Ende, wenn der letzte innere Zusammenbruch über sie kommt. Sie lassen sich dann plötzlich fallen, nach vorne aufs Gesicht, über die Beine weg; oder seitlich, alle Beine von sich gestreckt; oft auch auf die Seite, mit den Beinen rückwärts rudernd. So liegen sie da. Wie gestürzte Aeroplane, die mit einem Flügel in die Luft ragen. Oder wie krepierte Pferde. Oder mit unendlichen Gebärden der Verzweiflung. Oder wie Schläfer. Noch am nächsten Tag wacht manchmal eine auf, tastet eine Weile mit einem Bein oder schwirrt mit dem Flügel. Manchmal geht solch eine Bewegung über das ganze Feld, dann sinken sie alle noch ein wenig tiefer in ihren Tod. Und nur an der Seite des Leibs, in der Gegend des Beinansatzes, haben sie irgendein ganz kleines, flimmerndes Organ, das lebt noch lange. Es geht auf und zu, man kann es ohne Vergrößerungsglas nicht bezeichnen, es sieht wie ein winziges Menschenauge aus, das sich unaufhörlich öffnet und schließt.

WOLFGANG BORCHERT

Schischyphusch

oder Der Kellner meines Onkels

Dabei war mein Onkel natürlich kein Gastwirt. Aber er kannte einen Kellner. Dieser Kellner verfolgte meinen Onkel so intensiv mit seiner Treue und mit seiner Verehrung, daß wir immer sagten: Das ist sein Kellner. Oder: Ach so, sein Kellner.
Als sie sich kennenlernten, mein Onkel und der Kellner, war ich dabei. Ich war damals gerade so groß, daß ich die Nase auf den Tisch legen konnte. Das durfte ich aber nur, wenn sie sauber war. Und immer konnte sie natürlich nicht sauber sein. Meine Mutter war auch nicht viel älter. Etwas älter war sie wohl, aber wir waren beide noch so jung, daß wir uns ganz entsetzlich schämten, als der Onkel und der Kellner sich kennenlernten. Ja, meine Mutter und ich, wir waren dabei.
Mein Onkel natürlich auch, ebenso wie der Kellner, denn die beiden sollten sich ja kennenlernen und auf sie kam es an. Meine Mutter und ich waren nur als Statisten dabei und hinterher haben wir es bitter verwünscht, daß wir dabei waren, denn wir mußten uns wirklich sehr schämen, als die Bekanntschaft der beiden begann. Es kam dabei nämlich zu allerhand erschrecklichen Szenen mit Beschimpfung, Beschwerden, Gelächter und Geschrei. Und beinahe hätte es sogar eine Schlägerei gegeben. Daß mein Onkel einen Zungenfehler hatte, wäre beinahe der Anlaß zu dieser Schlägerei geworden. Aber daß er einbeinig war, hat die Schlägerei dann schließlich doch verhindert.
Wir saßen also, wir drei, mein Onkel, meine Mutter und ich, an einem sonnigen Sommertag nachmittags in einem großen prächtigen bunten Gartenlokal. Um uns herum saßen noch ungefähr zwei- bis dreihundert andere Leute, die auch alle schwitz-

ten. Hunde saßen unter den schattigen Tischen und Bienen saßen auf den Kuchentellern. Oder kreisten um die Limonadengläser der Kinder. Es war so warm und so voll, daß die Kellner alle ganz beleidigte Gesichter hatten, als ob das alles nur stattfände aus Schikane. Endlich kam auch einer an unseren Tisch.
Mein Onkel hatte, wie ich schon sagte, einen Zungenfehler. Nicht bedeutend, aber immerhin deutlich genug. Er konnte kein s sprechen. Auch kein z oder tz. Er brachte das einfach nicht fertig. Immer wenn in einem Wort so ein harter s-Laut auftauchte, dann machte er ein weiches feucht wässeriges sch daraus. Und dabei schob er die Lippen weit vor, daß sein Mund entfernte Ähnlichkeit mit einem Hühnerpopo bekam.
Der Kellner stand also an unserem Tisch und wedelte mit seinem Taschentuch die Kuchenkrümel unserer Vorgänger von der Decke. (Erst viele Jahre später erfuhr ich, daß es nicht sein Taschentuch, sondern eine Art Serviette gewesen sein muß.) Er wedelte also damit und fragte kurzatmig und nervös:
»Bitte schehr? Schie wünschen?«
Mein Onkel, der keine alkoholarmen Getränke schätzte, sagte gewohnheitsmäßig:
»Alscho: Schwei Aschbach und für den jungen Schelter oder Brausche. Oder wasch haben Schie schonscht?«
Der Kellner war sehr blaß. Und dabei war es Hochsommer und er war doch Kellner in einem Gartenlokal. Aber vielleicht war er überarbeitet. Und plötzlich merkte ich, daß mein Onkel unter seiner blanken braunen Haut auch sehr blaß wurde. Nämlich als der Kellner die Bestellung der Sicherheit wegen wiederholte:
»Schehr wohl. Schwei Aschbach. Eine Brausche. Bitte schehr.«
Mein Onkel sah meine Mutter mit hochgezogenen Brauen an, als ob er etwas Dringendes von ihr wollte. Aber er wollte sich nur vergewissern, ob er noch auf dieser Welt sei. Dann sagte er mit einer Stimme, die an fernen Geschützdonner erinnerte:

»Schagen Schie mal, schind schie wahnschinnig? Schie? Schie machen schich über mein Lischpeln luschtig? Wasch?«
Der Kellner stand da und dann fing es an, an ihm zu zittern. Seine Hände zitterten. Seine Augendeckel. Seine Knie. Vor allem aber zitterte seine Stimme. Sie zitterte vor Schmerz und Wut und Fassungslosigkeit, als er sich jetzt Mühe gab, auch etwas geschützdonnerähnlich zu antworten:
»Esch ischt schamlosch von Schie, schich über mich schu amüschieren, taktlosch ischt dasch, bitte schehr.«
Nun zitterte alles an ihm. Seine Jackenzipfel. Seine pomadenverklebten Haarsträhnen. Seine Nasenflügel und seine sparsame Unterlippe.
An meinem Onkel zitterte nichts. Ich sah ihn ganz genau an: Absolut nichts. Ich bewunderte meinen Onkel. Aber als der Kellner ihn schamlos nannte, da stand mein Onkel doch wenigstens auf. Das heißt, er stand eigentlich gar nicht auf. Das wäre ihm mit seinem einen Bein viel zu umständlich und beschwerlich gewesen. Er blieb sitzen und stand dabei doch auf. Innerlich stand er auf. Und das genügte auch vollkommen. Der Kellner fühlte dieses innerliche Aufstehen meines Onkels wie einen Angriff, und er wich zwei kurze zittrige unsichere Schritte zurück. Feindselig standen sie sich gegenüber. Obgleich mein Onkel saß. Wenn er wirklich aufgestanden wäre, hätte sich sehr wahrscheinlich der Kellner hingesetzt. Mein Onkel konnte es sich auch leisten, sitzen zu bleiben, denn er war noch im Sitzen ebenso groß wie der Kellner, und ihre Köpfe waren auf gleicher Höhe.
So standen sie nun und sahen sich an. Beide mit einer zu kurzen Zunge, beide mit demselben Fehler. Aber jeder mit einem völlig anderen Schicksal.
Klein, verbittert, verarbeitet, zerfahren, fahrig, farblos, verängstigt, unterdrückt: der Kellner. Der kleine Kellner. Ein richtiger Kellner: Verdrossen, stereotyp höflich, geruchlos, ohne Gesicht, numeriert, verwaschen und trotzdem leicht schmuddelig. Ein

kleiner Kellner. Zigarettenfingrig, servil, steril, glatt, gut gekämmt, blaurasiert, gelbgeärgert, mit leerer Hose hinten und dicken Taschen an der Seite, schiefen Absätzen und chronisch verschwitztem Kragen – der kleine Kellner.
Und mein Onkel? Ach, mein Onkel! Breit, braun, brummend, baßkehlig, laut, lachend, lebendig, reich, riesig, ruhig, sicher, satt, saftig mein Onkel!
Der kleine Kellner und mein großer Onkel. Verschieden wie ein Karrengaul vom Zeppelin. Aber beide kurzzungig. Beide mit demselben Fehler. Beide mit einem feuchten wässerigen weichen sch. Aber der Kellner ausgestoßen, getreten von seinem Zungenschicksal, bockig, eingeschüchtert, enttäuscht, einsam, bissig.
Und klein, ganz klein geworden. Tausendmal am Tag verspottet, an jedem Tisch belächelt, belacht, bemitleidet, begrinst, beschrien. Tausendmal an jedem Tag im Gartenlokal an jedem Tisch einen Zentimeter in sich hineingekrochen, geduckt, geschrumpft. Tausendmal am Tag bei jeder Bestellung an jedem Tisch, bei jedem »bitte schehr« kleiner, immer kleiner geworden. Die Zunge, gigantischer unförmiger Fleischlappen, die viel zu kurze Zunge, formlose zyklopische Fleischmasse, plumper unfähiger roter Muskelklumpen, diese Zunge hatte ihn zum Pygmäen erdrückt: kleiner, kleiner Kellner!
Und mein Onkel! Mit einer zu kurzen Zunge, aber: als hätte er sie nicht. Mein Onkel, selbst am lautesten lachend, wenn über ihn gelacht wurde. Mein Onkel, einbeinig, kolossal, slickzungig. Aber Apoll in jedem Zentimeter Körper und jedem Seelenatom. Autofahrer, Frauenfahrer, Herrenfahrer, Rennfahrer. Mein Onkel, Säufer, Sänger, Gewaltmensch, Witzereißer, Zotenflüsterer, Verführer, kurzzungiger sprühender sprudelnder spuckender Anbeter von Frauen und Kognak. Mein Onkel, saufender Sieger, prothesenknarrend, breitgrinsend, mit viel zu kurzer Zunge, aber: als hätte er sie nicht!

So standen sie sich gegenüber. Mordbereit, todwund der eine, lachfertig, randvoll mit Gelächtereruptionen der andere. Ringsherum sechs- bis siebenhundert Augen und Ohren, Spazierläufer, Kaffeetrinker, Kuchenschleckerer, die den Auftritt mehr genossen als Bier und Brause und Bienenstich. Ach, und mittendrin meine Mutter und ich. Rotköpfig, schamhaft, tief in die Wäsche verkrochen. Und unsere Leiden waren erst am Anfang.

»Schuchen Schie schofort den Wirt, Schie aggreschiver Schpatz, Schie. Ich will Schie lehren, Gäschte schu inschultieren.«

Mein Onkel sprach jetzt absichtlich so laut, daß den sechs- bis siebenhundert Ohren kein Wort entging. Der Asbach regte ihn in angenehmer Weise an. Er grinste vor Wonne über sein großes gutmütiges breites braunes Gesicht. Helle salzige Perlen kamen aus der Stirn und trudelten abwärts über die massiven Backenknochen. Aber der Kellner hielt alles an ihm für Bosheit, für Gemeinheit, für Beleidigung und Provokation. Er stand mit faltigen hohlen leise wehenden Wangen da und rührte sich nicht von der Stelle.

»Haben Schie Schand in den Gehörgängen? Schuchen Schie den Beschitscher, Schie beschoffener Schpaschvogel. Losch, oder haben Schie die Hosche voll, Schie mischgeschtalteter Schwerg?«

Da faßte der kleine Pygmäe, der kleine slickzungige Kellner, sich ein großmütiges, gewaltiges, für uns alle und für ihn selbst überraschendes Herz. Er trat ganz nah an unsern Tisch, wedelte mit seinem Taschentuch über unsere Teller und knickte zu einer korrekten Kellnerverbeugung zusammen. Mit einer kleinen männlichen und entschlossen leisen Stimme, mit überwältigender zitternder Höflichkeit sagte er: »Bitte schehr!« und setzte sich klein, kühn und kaltblütig auf den vierten freien Stuhl an unserem Tisch. Kaltblütig natürlich nur markiert. Denn in seinem tapferen kleinen Kellnerherzen flackerte die empörte Flamme der verachteten gescheuchten mißgestalteten Kreatur. Er hatte auch

nicht den Mut, meinen Onkel anzusehen. Er setzte sich nur so klein und sachlich hin, und ich glaube, daß höchstens ein Achtel seines Gesäßes den Stuhl berührte. (Wenn er überhaupt mehr als ein Achtel besaß – vor lauter Bescheidenheit.) Er saß, sah vor sich hin auf die kaffeeübertropfte grauweiße Decke, zog seine dicke Brieftasche hervor und legte sie immerhin einigermaßen männlich auf den Tisch. Eine halbe Sekunde riskierte er einen kurzen Aufblick, ob er wohl zu weit gegangen sei mit dem Aufbumsen der Tasche, dann, als er sah, daß der Berg, mein Onkel nämlich, in seiner Trägheit verharrte, öffnete er die Tasche und nahm ein Stück pappartiges zusammengeknifftes Papier heraus, dessen Falten das typische Gelb eines oftbenutzten Stück Papiers aufwiesen. Er klappte es wichtig auseinander, verkniff sich jeden Ausdruck von Beleidigtsein oder Rechthaberei und legte sachlich seinen kurzen abgenutzten Finger auf eine bestimmte Stelle des Stück Papiers. Dazu sagte er leise, eine Spur heiser und mit großen Atempausen:
»Bitte schehr. Wenn Schie schehen wollen. Schtellen Schie höflichscht schelbscht fescht. Mein Pasch. In Parisch geweschen. Barschelona. Oschnabrück, bitte schehr. Allesch ausch meinem Pasch schu erschehen. Und hier: Beschondere Kennscheichen: Narbe am linken Knie. (Vom Fußballspiel.) Und hier, und hier? Wasch ischt hier? Hier, bitte schehr: Schprachfehler scheit Geburt. Bitte schehr. Wie Schie schelbscht schehen!«
Das Leben war zu rabenmütterlich mit ihm umgegangen, als daß er jetzt den Mut gehabt hätte, seinen Triumph auszukosten und meinen Onkel herausfordernd anzusehen. Nein, er sah still und klein vor sich auf seinen vorgestreckten Finger und den bewiesenen Geburtsfehler und wartete geduldig auf den Baß meines Onkels.
Es dauerte nicht lange, bis der kam. Und als er dann kam, war es so unerwartet, was er sagte, daß ich vor Schreck einen Schluckauf bekam. Mein Onkel ergriff plötzlich mit seinen klobigen

viereckigen Tatmenschenhänden die kleinen flatterigen Pfoten des Kellners und sagte mit der vitalen wütend-kräftigen Gutmütigkeit und der tierhaft warmen Weichheit, die als primärer Wesenszug aller Riesen gilt: »Armesch kleinesch Luder! Schind schie schon scheit deiner Geburt hinter dir her und hetschen?«

Der Kellner schluckte. Dann nickte er. Nickte sechs-, siebenmal. Erlöst. Befriedigt. Stolz. Geborgen. Sprechen konnte er nicht. Er begriff nichts. Verstand und Sprache waren erstickt von zwei dicken Tränen. Sehen konnte er auch nicht, denn die zwei dikken Tränen schoben sich vor seine Pupillen wie zwei undurchsichtige allesversöhnende Vorhänge. Er begriff nichts. Aber sein Herz empfing diese Welle des Mitgefühls wie eine Wüste, die tausend Jahre auf einen Ozean gewartet hatte. Bis an sein Lebensende hätte er sich so überschwemmen lassen können! Bis an seinen Tod hätte er seine kleinen Hände in den Pranken meines Onkels verstecken mögen! Bis in die Ewigkeit hätte er das hören können, dieses: Armesch, kleinesch Luder!

Aber meinem Onkel dauerte das alles schon zu lange. Er war Autofahrer. Auch wenn er im Lokal saß. Er ließ seine Stimme wie eine Artilleriesalve über das Gartenlokal hinwegdröhnen und donnerte irgendeinen erschrockenen Kellner an:

»Schie, Herr Ober! Acht Aschbach! Aber losch, schag ich Ihnen! Wasch? Nicht Ihr Revier? Bringen Schie schofort acht Aschbach oder tun Schie dasch nicht, wasch?«

Der fremde Kellner sah eingeschüchtert und verblüfft auf meinen Onkel. Dann auf seinen Kollegen. Er hätte ihm gern von den Augen abgesehen (durch ein Zwinkern oder so), was das alles zu bedeuten hätte. Aber der kleine Kellner konnte seinen Kollegen kaum erkennen, so weit weg war er von allem, was Kellner, Kuchenteller, Kaffeetasse und Kollege hieß, weit weit weg davon.

Dann standen acht Asbach auf dem Tisch. Vier Gläser davon mußte der fremde Kellner gleich wieder mitnehmen, sie waren leer, ehe er einmal geatmet hatte. »Laschen Schie dasch da nochmal vollaufen!« befahl mein Onkel und wühlte in den Innentaschen seiner Jacke. Dann pfiff er eine Parabel durch die Luft und legte nun seinerseits seine dicke Brieftasche neben die seines neuen Freundes. Er fummelte endlich eine zerknickte Karte heraus und legte seinen Mittelfinger, der die Maße eines Kinderarms hatte, auf einen bestimmten Teil der Karte.

»Schiehscht du, dummesch Häschchen, hier schtehtsch: Beinamputiert und Unterkieferschusch. Kriegschverletschung.« Und während er das sagte, zeigte er mit der anderen Hand auf eine Narbe, die sich unterm Kinn versteckt hielt.

»Die Öösch haben mir einfach ein Schtück von der Schungenschpitsche abgeschoschen. In Frankreich damalsch.«

Der Kellner nickte.

»Noch bösche?« fragte mein Onkel.

Der Kellner schüttelte schnell den Kopf hin und her, als wollte er etwas ganz Unmögliches abwehren.

»Ich dachte nur schuerscht, Schie wollten mich utschen.«

Erschüttert über seinen Irrtum in der Menschenkenntnis wakkelte er mit dem Kopf immer wieder von links nach rechts und wieder zurück.

Und nun schien es mit einmal, als ob er alle Tragik seines Schicksals damit abgeschüttelt hätte. Die beiden Tränen, die sich nun in den Hohlheiten seines Gesichtes verliefen, nahmen alle Qual seines bisherigen verspotteten Daseins mit. Sein neuer Lebensabschnitt, den er an der Riesentatze meines Onkels betrat, begann mit einem kleinen aufstoßenden Lacher, einem Gelächterchen, zage, scheu, aber von einem unverkennbaren Asbachgestank begleitet.

Und mein Onkel, dieser Onkel, der sich auf einem Bein, mit zerschossener Zunge und einem bärigen baßstimmigen Humor durch das Leben lachte, dieser mein Onkel war nun so unglaublich selig, daß er endlich endlich lachen konnte. Er war schon bronzefarben angelaufen, daß ich fürchtete, er müsse jede Minute platzen. Und sein Lachen lachte los, unbändig, explodierte, polterte, juchte, gongte, gurgelte – lachte los, als ob er ein Riesensaurier wäre, dem diese Urweltlaute entrülpsten. Das erste kleine neu probierte Menschlachen des Kellners, des neuen kleinen Kellnermenschen, war dagegen wie das schüttere Gehüstel eines erkälteten Ziegenbabys. Ich griff angstvoll nach der Hand meiner Mutter. Nicht daß ich Angst vor meinem Onkel gehabt hätte, aber ich hatte doch eine tiefe tierische Angstwitterung vor den acht Asbachs, die in meinem Onkel brodelten. Die Hand meiner Mutter war eiskalt. Alles Blut hatte ihren Körper verlassen, um den Kopf zu einem grellen plakatenen Symbol der Schamhaftigkeit und des bürgerlichen Anstandes zu machen. Keine Vierländer Tomate konnte ein röteres Rot ausstrahlen. Meine Mutter leuchtete. Klatschmohn war blaß gegen sie. Ich rutschte tief von meinem Stuhl unter den Tisch. Siebenhundert Augen waren rund und riesig um uns herum. Oh, wie wir uns schämten, meine Mutter und ich.

Der kleine Kellner, der unter dem heißen Alkoholatem meines Onkels ein neuer Mensch geworden war, schien den ersten Teil seines neuen Lebens gleich mit einer ganzen Ziegenmeckerlachepoche beginnen zu wollen. Er mähte, bähte, gnuckte und gnickerte wie eine ganze Lämmerherde auf einmal. Und als die beiden Männer nun noch vier zusätzliche Asbachs über ihre kurzen Zungen schütteten, wurden aus den Lämmern, aus den rosigen dünnstimmigen zarten schüchternen kleinen Kellnerlämmern, ganz gewaltige hölzern meckernde steinalte weißbärtige blechscheppernde blödblökende Böcke.

Diese Verwandlung vom kleinen giftigen tauben verkniffenen Bitterling zum andauernd, fortdauernd meckernden schenkelschlagenden geckernden blechern blökenden Ziegenbockmenschen war selbst meinem Onkel etwas ungewöhnlich. Sein Lachen vergluckerte langsam wie ein absaufender Felsen. Er wischte sich mit dem Ärmel die Tränen aus dem braunen breiten Gesicht und glotzte mit asbachblanken sturerstaunten Augen auf den unter Lachstößen bebenden weißbejackten Kellnerzwerg. Um uns herum feixten siebenhundert Gesichter. Siebenhundert Augen glaubten, daß sie nicht richtig sahen. Siebenhundert Zwerchfelle schmerzten. Die, die am weitesten ab saßen, standen erregt auf, um sich ja nichts entgehen zu lassen. Es war, als ob der Kellner sich vorgenommen hatte, fortan als ein riesenhafter boshaft bähender Bock sein Leben fortzusetzen. Neuerdings, nachdem er wie aufgezogen einige Minuten in seinem eigenen Gelächter untergegangen war, neuerdings bemühte er sich erfolgreich, zwischen den Lachsalven, die wie ein blechernes Maschinengewehrfeuer aus seinem runden Mund perlten, kurze schrille Schreie auszustoßen. Es gelang ihm, so viel Luft zwischen dem Gelächter einzusparen, daß er nun diese Schreie in die Luft wiehern konnte.

»Schischyphusch!« schrie er und patschte sich gegen die nasse Stirn. »Schischyphusch! Schiiischyyyphuuusch!« Er hielt sich mit beiden Händen an der Tischplatte fest und wieherte: »Schischyphusch!« Als er fast zwei Dutzend mal gewiehert hatte, dieses »Schischyphusch« aus voller Kehle gewiehert hatte, wurde meinem Onkel das Schischyphuschen zuviel. Er zerknitterte dem unaufhörlich wiehernden Kellner mit einem einzigen Griff das gestärkte Hemd, schlug mit der anderen Faust auf den Tisch, daß zwölf leere Gläser an zu springen fingen, und donnerte ihn an: »Schlusch! Schlusch, schag ich jetscht. Wasch scholl dasch mit dieschem blödschinnigen schaudummen Schischyphusch? Schlusch jetscht, verschtehscht du!«

Der Griff und der gedonnerte Baß meines Onkels machten aus dem schischyphuschschreienden Ziegenbock im selben Augenblick wieder den kleinen lispelnden armseligen Kellner.

Er stand auf. Er stand auf, als ob es der größte Irrtum seines Lebens gewesen wäre, daß er sich hingesetzt hatte. Er fuhr sich mit dem Serviettentuch durch das Gesicht und räumte Lachtränen,

Schweißtropfen, Asbach und Gelächter wie etwas hinweg, das fluchwürdig und frevelhaft war. Er war aber so betrunken, daß er alles für einen Traum hielt, die Pöbelei am Anfang, das Mitleid und die Freundschaft meines Onkels. Er wußte nicht: Hab ich nun eben Schischyphusch geschrien? Oder nicht? Hab ich schechsch Aschbach gekippt, ich, der Kellner dieschesch Lokalsch, mitten unter den Gäschten? Ich? Er war unsicher. Und für alle Fälle machte er eine abgehackte kleine Verbeugung und flüsterte: »Verscheihung!« Und dann verbeugte er sich noch einmal: »Verscheihung. Ja, verscheihen Schie dasch Schischyphuschgeschrei. Bitte schehr. Verscheihen der Herr, wenn ich schu laut war, aber der Aschbach, Schie wischen ja schelbscht, wenn man nichtsch gegeschen hat, auf leeren Magen. Bitte schehr darum. Schischyphusch war nämlich mein Schpitschname. Ja, in der Schule schon. Die gansche Klasche nannte mich scho. Schie wischen wohl, Schischyphusch, dasch war der Mann in der Hölle, diesche alte Schage, wischen Schie, der Mann im Hadesch, der arme Schünder, der einen groschen Felschen auf einen rieschigen Berg raufschieben schollte, eh, muschte, ja, dasch war der Schischyphusch, wischen Schie wohl. In der Schule muschte ich dasch immer schagen, immer diesch Schischyphusch. Und allesch hat dann gepuschtet vor Lachen, können Schie schich denken, werter Herr. Allesch hat dann gelacht, wischen Schie, schintemalen ich doch die schu kursche Schungenschpitze beschitsche. Scho kam esch, dasch ich schpäter überall Schischyphusch geheischen wurde und gehänschelt wurde, schehen Schie. Und dasch, verscheihen, kam mir beim Aschbach nun scho insch Gedächtnisch, alsch ich scho geschrien habe, verschtehen. Verscheihen Schie, ich bitte schehr, verscheihen Schie, wenn ich Schie beläschtigt haben schollte, bitte schehr.«

Er verstummte. Seine Serviette war indessen unzählige Male von einer Hand in die andere gewandert. Dann sah er auf meinen Onkel.

Jetzt war der es, der still am Tisch saß und vor sich auf die Tischdecke sah. Er wagte nicht, den Kellner anzusehen. Mein Onkel, mein bärischer bulliger riesiger Onkel wagte nicht, aufzusehen und den Blick dieses kleinen verlegenen Kellners zu erwidern. Und die beiden dicken Tränen, die saßen nun in seinen Augen. Aber das sah keiner außer mir. Und ich sah es auch nur, weil ich so klein war, daß ich ihm von unten her ins Gesicht sehen konnte. Er schob dem still abwartenden Kellner einen mächtigen Geldschein hin, winkte ungeduldig ab, als der ihm zurückgeben wollte, und stand auf, ohne jemanden anzusehen.

Der Kellner brachte noch zaghaft einen Satz an: »Die Aschbach wollte ich wohl gern beschahlt haben, bitte schehr.«

Dabei hatte er den Schein schon in seine Tasche gesteckt, als erwarte er keine Antwort und keinen Einspruch. Es hatte auch keiner den Satz gehört und seine Großzügigkeit fiel lautlos auf den harten Kies des Gartenlokals und wurde da später gleichgültig zertreten. Mein Onkel nahm seinen Stock, wir standen auf, meine Mutter stützte meinen Onkel und wir gingen langsam auf die Straße zu. Keiner von uns dreien sah auf den Kellner. Meine Mutter und ich nicht, weil wir uns schämten. Mein Onkel nicht, weil er die beiden Tränen in den Augen sitzen hatte. Vielleicht schämte er sich auch, dieser Onkel. Langsam kamen wir auf den Ausgang zu, der Stock meines Onkels knirschte häßlich auf dem Gartenkies und das war das einzige Geräusch im Augenblick, denn die drei- bis vierhundert Gesichter an den Tischen waren stumm und glotzäugig auf unseren Abgang konzentriert.

Und plötzlich tat mir der kleine Kellner leid. Als wir am Ausgang des Gartens um die Ecke biegen wollten, sah ich mich schnell noch einmal nach ihm um. Er stand noch immer an unserem Tisch. Sein weißes Serviettentuch hing bis auf die Erde. Er schien mir noch viel viel kleiner geworden zu sein. So klein stand er da und ich liebte ihn plötzlich, als ich ihn so verlassen hinter uns herblicken sah, so klein, so grau, so leer, so hoff-

nungslos, so warm, so kalt und so grenzenlos allein! Ach, wie klein! Er tat mir so unendlich leid, daß ich meinen Onkel an die Hand tippte, aufgeregt, und leise sagte: »Ich glaube, jetzt weint er.«
Mein Onkel blieb stehen. Er sah mich an und ich konnte die beiden dicken Tropfen in seinen Augen ganz deutlich erkennen. Noch einmal sagte ich, ohne genau zu verstehen, warum ich es eigentlich tat: »Oh, er weint. Kuck mal, er weint.«
Da ließ mein Onkel den Arm meiner Mutter los, humpelte schnell und schwer zwei Schritte zurück, riß seinen Krückstock wie ein Schwert hoch und stach damit in den Himmel und brüllte mit der ganzen großartigen Kraft seines gewaltigen Körpers und seiner Kehle:
»Schischyphusch! Schischyphusch! Hörscht du? Auf Wiederschehen, alter Schischyphusch! Bisch nächschten Schonntag, dummesch Luder! Wiederschehen!«
Die beiden dicken Tränen wurden von den Falten, die sich jetzt über sein gutes braunes Gesicht zogen, zu nichts zerdrückt. Es waren Lachfalten und er hatte das ganze Gesicht voll davon. Noch einmal fegte er mit seinem Krückstock über den Himmel, als wollte er die Sonne herunterraken, und noch einmal donnerte er sein Riesenlachen über die Tische des Gartenlokals hin: »Schischyphusch! Schischyphusch!«
Und Schischyphusch, der kleine graue arme Kellner, wachte aus seinem Tod auf, hob seine Serviette und fuhr damit auf und ab wie ein wildgewordener Fensterputzer. Er wischte die ganze graue Welt, alle Gartenlokale der Welt, alle Kellner und alle Zungenfehler der Welt mit seinem Winken endgültig und für immer weg aus seinem Leben. Und er schrie schrill und überglücklich zurück, wobei er sich auf die Zehen stellte, und ohne sein Fensterputzen zu unterbrechen:
»Ich verschtehe! Bitte schehr! Am Schonntag! Ja, Wiederschehen! Am Schonntag, bitte schehr!«

Dann bogen wir um die Ecke. Mein Onkel griff wieder nach dem Arm meiner Mutter und sagte leise: »Ich weisch, esch war schicher entschetschlich für euch. Aber wasch schollte ich andersch tun, schag schelbscht. Scho'n dummer Hasche. Läuft nun schein gansches Leben mit scho einem garschtigen Schungenfehler herum. Armesch Luder dasch!«

HEINRICH BÖLL

Wanderer, kommst du nach Spa...

Als der Wagen hielt, brummte der Motor noch eine Weile; draußen wurde irgendwo ein großes Tor aufgerissen. Licht fiel durch das zertrümmerte Fenster in das Innere des Wagens, und ich sah jetzt, daß auch die Glühbirne oben an der Decke zerfetzt war; nur ihr Gewinde stak noch in der Schrauböffnung, ein paar flimmernde Drähtchen mit Glasresten. Dann hörte der Motor auf zu brummen, und draußen schrie eine Stimme: »Die Toten hierhin, habt ihr Tote dabei?«

»Verflucht«, rief der Fahrer zurück, »verdunkelt ihr schon nicht mehr?«

»Da nützt kein Verdunkeln mehr, wenn die ganze Stadt wie eine Fackel brennt«, schrie die fremde Stimme. »Ob ihr Tote habt, habe ich gefragt?«

»Weiß nicht.«

»Die Toten hierhin, hörst du? Und die anderen die Treppe hinauf in den Zeichensaal, verstehst du?«

»Ja, ja.«

Aber ich war noch nicht tot, ich gehörte zu den anderen, und sie trugen mich die Treppe hinauf. Erst ging es in einen langen, schwach beleuchteten Flur, dessen Wände mit grüner Ölfarbe gestrichen war; krumme, schwarze, altmodische Kleiderhaken waren in die Wände eingelassen, und da waren Türen mit Emailleschildchen: VI a und VI b, und zwischen diesen Türen hing, sanftglänzend unter Glas in einem schwarzen Rahmen, die Medea von Feuerbach und blickte in die Ferne; dann kamen Türen mit V a und V b, und dazwischen hing ein Bild des Dornausziehers, eine wunderbare, rötlich schimmernde Fotografie in braunem Rahmen.

Auch die große Säule in der Mitte vor dem Treppenaufgang war da und hinter ihr, lang und schmal, wunderbar gemacht, eine Nachbildung des Parthenonfrieses in Gips, gelblich schimmernd, echt, antik, und alles kam, wie es kommen mußte: der griechische Hoplit, bunt und gefährlich, wie ein Hahn sah er aus, gefiedert, und im Treppenhaus selbst, auf der Wand, die hier mit gelber Ölfarbe gestrichen war, da hingen sie alle der Reihe nach: vom Großen Kurfürsten bis Hitler …
Und dort, in dem schmalen kleinen Gang, wo ich endlich wieder für ein paar Schritte gerade auf meiner Bahre lag, da war das besonders schöne, besonders große, besonders bunte Bild des Alten Fritzen mit der himmelblauen Uniform, den strahlenden Augen und dem großen, golden glänzenden Stern, auf der Brust.
Wieder lag ich dann schief auf der Bahre und wurde vorbeigetragen an den Rassegesichtern: da war der nordische Kapitän mit dem Adlerblick und dem dummen Mund, die westische Moselanerin, ein bißchen hager und scharf, der ostische Grinser mit der Zwiebelnase und das lange, adamsapfelige Bergfilmprofil; und dann kam wieder ein Flur, wieder lag ich für ein paar Schritte gerade auf meiner Bahre, und bevor die Träger in die zweite Treppe hineinschwenkten, sah ich es noch eben: das Kriegerdenkmal mit dem großen, goldenen Eisernen Kreuz obendrauf und dem steinernen Lorbeerkranz.
Das ging alles sehr schnell: ich bin nicht schwer, und die Träger rasten. Immerhin: alles konnte auch Täuschung sein; ich hatte hohes Fieber, hatte überall Schmerzen. Im Kopf, in den Armen und Beinen, und mein Herz schlug wie verrückt; was sieht man nicht alles im Fieber!
Aber als wir an den Rassegesichtern vorbei waren, kam alles andere: die drei Büsten von Cäsar, Cicero, Marc Aurel, brav nebeneinander, wunderbar nachgemacht, ganz gelb und echt, antik und würdig standen sie an der Wand, und auch die Hermessäule kam, als wir um die Ecke schwenkten, und ganz hinten im Flur – der

Flur war hier rosenrot gestrichen – ganz, ganz hinten im Flur hing die große Zeusfratze über dem Eingang zum Zeichensaal; doch die Zeusfratze war noch weit. Rechts sah ich durch das Fenster den Feuerschein, der ganze Himmel war rot, und schwarze, dicke Wolken von Qualm zogen feierlich vorüber … Und wieder mußte ich links sehen, und wieder sah ich Schildchen über den Türen O I a und O I b, und zwischen den bräunlichen muffigen Türen sah ich nur Nietzsches Schnurrbart und seine Nasenspitze in einem goldenen Rahmen, denn sie hatten die andere Hälfte des Bildes mit einem Zettel überklebt, auf dem zu lesen war: »Leichte Chirurgie« …

Wenn jetzt, dachte ich flüchtig … wenn jetzt … aber da war es schon: das Bild von Togo, bunt und groß, flach wie ein alter Stich, ein prachtvoller Druck, und vorne, vor den Kolonialhäusern, vor den Negern und dem Soldaten, der da sinnlos mit seinem Gewehr herumstand, vor allem war das große, ganz naturgetreu abgebildete Bündel Bananen: links ein Bündel, rechts ein Bündel, und auf der mittleren Banane im rechten Bündel, da war etwas hingekritzelt, ich sah es; ich selbst mußte es hingeschrieben haben …

Aber nun wurde die Tür zum Zeichensaal aufgerissen, und ich schwebte unter der Zeusbüste hinein und schloß die Augen. Ich wollte nichts mehr sehen. Der Zeichensaal roch nach Jod, Scheiße, Mull und Tabak, und es war laut. Sie setzten mich ab, und ich sagte zu den Trägern: »Steck mir 'ne Zigarette in den Mund, links oben in der Tasche.«

Ich spürte, wie einer mir an der Tasche herumfummelte, dann zischte ein Streichholz, und ich hatte die brennende Zigarette im Mund. Ich zog daran. »Danke«, sagte ich.

Alles das, dachte ich, ist kein Beweis. Letzten Endes gibt es in jedem Gymnasium einen Zeichensaal, Gänge, in denen krumme, alte Kleiderhaken in grün- und gelbgestrichene Wände eingelassen sind; letzten Endes ist es kein Beweis, daß ich in meiner

Schule bin, wenn die Medea zwischen VI a und VI b hängt und Nietzsches Schnurrbart zwischen O I a und O I b. Gewiß gibt es eine Vorschrift, die besagt, daß er da hängen muß. Hausordnung für humanistische Gymnasien in Preußen: Medea zwischen VI a und VI b, Dornauszieher dort, Cäsar, Marc Aurel und Cicero im Flur und Nietzsche oben, wo sie schon Philosophie lernen. Parthenonfries, ein buntes Bild von Togo. Dornauszieher und Parthenonfries sind schließlich gute, alte, generationenlang bewährte Schulrequisiten, und gewiß bin ich nicht der einzige, der den Einfall gehabt hat, auf eine Banane zu schreiben: Es lebe Togo. Auch die Witze, die sie in den Schulen machen, sind immer dieselben. Und außerdem besteht die Möglichkeit, daß ich Fieber habe, daß ich träume.

Schmerzen hatte ich jetzt nicht mehr. Im Auto war es noch schlimm gewesen; wenn sie durch die kleinen Schlaglöcher fuhren, schrie ich jedesmal; da waren die großen Trichter schon besser: das Auto hob und senkte sich wie ein Schiff in einem Wellental. Aber jetzt schien die Spritze schon zu wirken, die sie mir irgendwo im Dunkeln in den Arm gehauen hatten: ich hatte gespürt, wie die Nadel sich durch die Haut bohrte und wie es unten am Bein ganz heiß wurde.

Es kann ja nicht wahr sein, dachte ich, so viele Kilometer kann das Auto ja gar nicht gefahren sein: fast dreißig. Und außerdem: du spürst nichts; kein Gefühl sagt es dir, nur die Augen; kein Gefühl sagt dir, daß du in deiner Schule bist, in deiner Schule, die du vor drei Monaten erst verlassen hast. Acht Jahre sind keine Kleinigkeit, solltest du nach acht Jahren das alles nur mit den Augen erkennen?

Hinter meinen geschlossenen Lidern sah ich alles noch einmal, wie ein Film lief es ab: unterer Flur, grün gestrichen, Treppe rauf, gelb gestrichen, Kriegerdenkmal, Flur, Treppe rauf, Cäsar, Cicero, Marc Aurel ... Hermes, Nietzscheschnurrbart, Togo, Zeusfratze ...

Ich spuckte meine Zigarette aus und schrie; es war immer gut, zu schreien; man mußte nur laut schreien; schreien war herrlich; ich schrie wie verrückt. Als sich jemand über mich beugte, machte ich immer noch nicht die Augen auf; ich spürte einen fremden Atem, warm und widerlich roch er nach Tabak und Zwiebeln, und eine Stimme fragte ruhig: »Was ist denn?«
»Was zu trinken«, sagte ich, »und noch 'ne Zigarette, die Tasche oben.«
Wieder fummelte einer an meiner Tasche herum, wieder zischte ein Streichholz, und jemand steckte mir 'ne brennende Zigarette in den Mund.
»Wo sind wir?« fragte ich.
»In Bendorf.«
»Danke«, sagte ich und zog.
Immerhin schien ich wirklich in Bendorf zu sein, zu Hause also, und wenn ich nicht außergewöhnlich hohes Fieber hatte, stand wohl fest, daß ich in einem humanistischen Gymnasium war: eine Schule war es bestimmt. Hatte die Stimme unten nicht geschrien: »Die anderen in den Zeichensaal!«? Ich war ein anderer, ich lebte; die lebten, waren offenbar die anderen. Der Zeichensaal war also da, und wenn ich richtig hörte, warum sollte ich nicht richtig sehen, und dann stimmte es wohl auch, daß ich Cäsar, Cicero und Marc Aurel erkannt hatte, und das konnte nur in einem humanistischen Gymnasium sein; ich glaube nicht, daß sie diese Kerle in den anderen Schulen auf den Fluren an die Wand stellen.
Endlich brachte er mir Wasser: wieder roch ich den Tabak- und Zwiebelatem aus seinem Gesicht, und ich machte, ohne es zu wollen, die Augen auf: da war ein müdes, altes, unrasiertes Gesicht über einer Feuerwehruniform, und eine alte Stimme sagte leise: »Trink, Kamerad!«
Ich trank; es war Wasser, aber Wasser ist herrlich; ich spürte den metallenen Geschmack des Kochgeschirrs auf meinen Lippen,

und es war schön zu spüren, welch eine Menge Wasser noch nachdrängte, aber der Feuerwehrmann riß mir das Kochgeschirr von den Lippen und ging: ich schrie, aber er wandte sich nicht um, zuckte nur müde die Schultern und ging weiter; einer, der neben mir lag, sagte ruhig: »Hat gar keinen Zweck zu brüllen, sie haben nicht mehr Wasser; die Stadt brennt, du siehst es doch.« Ich sah es durch die Verdunkelung hindurch, es glühte und wummerte hinter den schwarzen Vorhängen, Rot hinter Schwarz, wie in einem Ofen, auf den man neue Kohlen geschüttet hat. Ich sah es: ja, die Stadt brannte.
»Wie heißt die Stadt?« fragte ich den, der neben mir lag.
»Bendorf«, sagte er.
»Danke.«
Ich blickte ganz gerade vor mich hin auf die Fensterreihe und manchmal zur Decke. Die Decke war noch tadellos, weiß und glatt, mit einem schmalen klassizistischen Stuckrand; aber sie haben doch in allen Schulen klassizistische Stuckränder an den Decken in den Zeichensälen, wenigstens in den guten, alten humanistischen Gymnasien. Das ist doch klar.
Ich mußte mir jetzt zugestehen, daß ich im Zeichensaal eines humanistischen Gymnasiums in Bendorf lag. Bendorf hat drei humanistische Gymnasien: die Schule »Friedrich der Große«, die Albertus-Schule und – vielleicht brauche ich es nicht zu erwähnen – aber die letzte, die dritte war die Adolf-Hitler-Schule. Hing nicht in der Schule »Friedrich der Große« das Bild des Alten Fritz besonders bunt, besonders schön, besonders groß im Treppenhaus? Ich war auf dieser Schule gewesen, acht Jahre lang, aber warum konnte nicht in den anderen Schulen dieses Bild genauso an der gleichen Stelle hängen, so deutlich und auffallend, daß es den Blick fangen mußte, wenn man die erste Treppe hinaufstieg?
Draußen hörte ich jetzt die schwere Artillerie schießen. Sonst war es fast ruhig; nur manchmal drang das Fressen der Flammen

durch, und im Dunkeln stürzte irgendwo ein Giebel ein. Die Artillerie schoß ruhig und regelmäßig, und ich dachte: gute Artillerie! Ich weiß, das ist gemein, aber ich dachte es. Mein Gott, wie beruhigend war die Artillerie, wie gemütlich: dunkel und rauh, ein sanftes, fast feines Orgeln. Irgendwie vornehm. Ich finde, die Artillerie hat etwas Vornehmes, auch wenn sie schießt. Es hört sich so anständig an, richtig nach Krieg in den Bilderbüchern … Dann dachte ich daran, wieviel Namen wohl auf dem Kriegerdenkmal stehen würden, wenn sie es wieder einweihten, mit einem noch größeren goldenen Eisernen Kreuz darauf und einem noch größeren steinernen Lorbeerkranz, und plötzlich wußte ich es: wenn ich wirklich in meiner alten Schule war, würde mein Name auch darauf stehen, eingehauen in Stein, und im Schulkalender würde hinter meinem Namen stehen – »zog von der Schule ins Feld und fiel für …«

Aber ich wußte noch nicht wofür und wußte noch nicht, ob ich in meiner alten Schule war. Ich wollte es jetzt unbedingt herauskriegen. Am Kriegerdenkmal war auch nichts Besonderes gewesen, nichts Auffallendes, es war wie überall, es war ein Konfektionskriegerdenkmal, ja, sie bekamen sie aus irgendeiner Zentrale …

Ich sah mir den Zeichensaal an, aber die Bilder hatten sie abgehängt, und was ist schon an ein paar Bänken zu sehen, die in einer Ecke gestapelt sind, und an den Fenstern, schmal und hoch, viele nebeneinander, damit viel Licht hereinfällt, wie es sich für einen Zeichensaal gehört? Mein Herz sagte mir nichts. Hätte es nicht etwas gesagt, wenn ich in dieser Bude gewesen wäre, wo ich acht Jahre lang Vasen gezeichnet und Schriftzeichen geübt hatte, schlanke, feine, wunderbar nachgemachte römische Glasvasen, die der Zeichenlehrer vorne auf einen Ständer setzte, und Schriften aller Art, Rundschrift, Antiqua, Römisch, Italienne? Ich hatte diese Stunde gehaßt wie nichts in der ganzen Schule, ich hatte die Langeweile gefressen stundenlang, und niemals hatte ich Vasen zeichnen können oder Schriftzeichen malen. Aber wo waren meine Flüche, wo war mein Haß angesichts dieser dumpfgetönten, langweiligen Wände? Nichts sprach in mir, und ich schüttelte stumm den Kopf.

Immer wieder hatte ich radiert, den Bleistift gespitzt, radiert … nichts …

Ich wußte nicht genau, wie ich verwundet war; ich wußte nur, daß ich meine Arme nicht bewegen konnte und das rechte Bein nicht, nur das linke ein bißchen; ich dachte, sie hätten mir die Arme an den Leib gewickelt, so fest, daß ich sie nicht bewegen konnte.

Ich spuckte die zweite Zigarette in den Gang zwischen den Strohsäcken und versuchte, meine Arme zu bewegen, aber es tat so weh, daß ich schreien mußte; ich schrie weiter; es war immer wieder schön zu schreien; ich hatte auch Wut, weil ich die Arme nicht bewegen konnte.

Dann stand der Arzt vor mir; er hatte die Brille abgenommen und blinzelte mich an; er sagte nichts; hinter ihm stand der Feuerwehrmann, der mir das Wasser gegeben hatte. Er flüsterte dem Arzt etwas ins Ohr, und der Arzt setzte die Brille auf: deutlich sah ich seine großen grauen Augen mit den leise zitternden Pupillen hinter den dicken Brillengläsern. Er sah mich lange an, so lange, daß ich wegsehen mußte, und er sagte leise: »Augenblick, Sie sind gleich an der Reihe …«

Dann hoben sie den auf, der neben mir lag, und trugen ihn hinter die Tafel; ich blickte ihnen nach: sie hatten die Tafel auseinanderzogen und quer gestellt und die Lücke zwischen Wand und Tafel mit einem Bettuch zugehängt; dahinter brannte grelles Licht …

Nichts war zu hören, bis das Tuch wieder beiseite geschlagen und der, der neben mir gelegen hatte, hinausgetragen wurde; mit müden, gleichgültigen Gesichtern schleppten die Träger ihn zur Tür.

Ich schloß wieder die Augen und dachte, du mußt doch herauskriegen, was du für eine Verwundung hast und ob du in deiner alten Schule bist.
Mir kam das alles so kalt und gleichgültig vor, als hätten sie mich durch das Museum einer Totenstadt getragen, durch eine Welt, die mir ebenso gleichgültig wie fremd war, obwohl meine Augen sie erkannten, nur meine Augen; es konnte doch nicht wahr sein, daß ich vor drei Monaten noch hier gesessen, Vasen gezeichnet und Schriften gemalt hatte, daß ich in den Pausen hinuntergegangen war mit meinem Marmeladenbutterbrot, vorbei an Nietzsche, Hermes, Togo, Cäsar, Cicero, Marc Aurel, ganz langsam bis in den Flur unten, wo die Medea hing, dann zum Hausmeister, zur Birgeler, um Milch zu trinken, Milch in diesem dämmerigen, kleinen Stübchen, wo man es auch riskieren konnte, eine Zigarette zu rauchen, obwohl es verboten war. Sicher trugen sie den, der neben mir gelegen hatte, unten hin, wo die Toten lagen, vielleicht lagen die Toten in Birgelers grauem, kleinem Stübchen, wo es nach warmer Milch roch, nach Staub und Birgelers schlechtem Tabak …
Endlich kamen die Träger wieder herein, und jetzt hoben sie mich auf und trugen mich hinter die Tafel. Ich schwebte wieder, jetzt an der Tür vorbei, und im Vorbeischweben sah ich, daß auch das stimmte: über der Tür hatte einmal ein Kreuz gehangen, als die Schule noch Thomas-Schule hieß, und damals hatten sie das Kreuz weggemacht, aber da blieb ein frischer, dunkelgelber Fleck an der Wand, kreuzförmig, hart und klar, der fast noch deutlicher zu sehen war als das alte, schwache, kleine Kreuz selbst, das sie abgehängt hatten; sauber und schön blieb das Kreuzzeichen auf der verschossenen Tünche der Wand. Damals hatten sie aus Wut die ganze Wand neu gepinselt, aber es hatte nichts genützt; der Anstreicher hatte den Ton nicht richtig getroffen: das Kreuz blieb da, bräunlich und deutlich, aber die ganze Wand war rosa. Sie hatten geschimpft, aber es hatte nichts ge-

nützt: das Kreuz blieb da, braun und deutlich auf dem Rosa der Wand, und ich glaube, ihr Etat für Farbe war erschöpft und sie konnten nichts machen. Das Kreuz war noch da, und wenn man genau hinsah, konnte man sogar noch eine deutliche Schrägspur über dem rechten Balken sehen, wo jahrelang der Buchsbaumzweig gehangen hatte, den der Hausmeister Birgeler dorthinter klemmte, als es noch erlaubt war, Kreuze in die Schulen zu hängen …

Das alles fiel mir in der kleinen Sekunde ein, als ich an der Tür vorbeigetragen wurde hinter die Tafel, wo das grelle Licht brannte.

Ich lag auf dem Operationstisch und sah mich selbst ganz deutlich, aber sehr klein, zusammengeschrumpft, oben in dem klaren Glas der Glühbirne, winzig und weiß, ein schmales, mullfarbenes Paketchen wie ein außergewöhnlich subtiler Embryo: das war also ich da oben.

Der Arzt drehte mir den Rücken zu und stand an einem Tisch, wo er in Instrumenten herumkramte; breit und alt stand der Feuerwehrmann vor der Tafel und lächelte mich an; er lächelte müde und traurig, und sein bärtiges, schmutziges Gesicht war wie das Gesicht eines Schlafenden; an seiner Schulter vorbei auf der schmierigen Rückseite der Tafel sah ich etwas, was mich zum ersten Male, seitdem ich in diesem Totenhaus war, mein Herz spüren machte: irgendwo in einer geheimen Kammer meines Herzens erschrak ich tief und schrecklich, und es fing heftig an zu schlagen: da war meine Handschrift an der Tafel. Oben in der obersten Zeile. Ich kenne meine Handschrift: es ist schlimmer, als wenn man sich im Spiegel sieht, viel deutlicher, und ich hatte keine Möglichkeit, die Identität meiner Handschrift zu bezweifeln. Alles andere war kein Beweis gewesen, weder Medea noch Nietzsche, nicht das dinarische Bergfilmprofil noch die Banane aus Togo, und nicht einmal das Kreuzzeichen über der Tür: das alles war in allen Schulen dasselbe, aber ich glaube nicht, daß sie in anderen Schulen mit meiner Handschrift an die Tafeln schreiben. Da stand er noch, der Spruch, den wir damals hatten schreiben müssen, in diesem verzweifelten Leben, das erst drei Monate zurücklag: Wanderer, kommst du nach Spa…

Oh, ich weiß, die Tafel war zu kurz gewesen, und der Zeichenlehrer hatte geschimpft, daß ich nicht richtig eingeteilt hatte, die Schrift zu groß gewählt, und er selbst hatte es kopfschüttelnd in der gleichen Größe darunter geschrieben: Wanderer, kommst du nach Spa…

Siebenmal stand es da: in meiner Schrift, in Antiqua, Fraktur, Kursiv, Römisch, Italienne und Rundschrift; siebenmal deutlich und unerbittlich: Wanderer, kommst du nach Spa…

Der Feuerwehrmann war jetzt auf einen leisen Ruf des Arztes hin beiseite getreten, so sah ich den ganzen Spruch, der nur ein bißchen verstümmelt war, weil ich die Schrift zu groß gewählt hatte, der Punkte zu viele.

Ich zuckte hoch, als ich einen Stich in den linken Oberschenkel spürte, ich wollte mich aufstützen, aber ich konnte es nicht: ich blickte an mir herab, und nun sah ich es: sie hatten mich ausgewickelt, und ich hatte keine Arme mehr, auch kein rechtes Bein mehr, und ich fiel ganz plötzlich nach hinten, weil ich mich nicht aufstützen konnte; ich schrie; der Arzt und der Feuerwehrmann blickten mich entsetzt an, aber der Arzt zuckte nur die Schultern und drückte weiter auf den Kolben seiner Spritze, der langsam und ruhig nach unten sank; ich wollte wieder auf die Tafel blicken, aber der Feuerwehrmann stand nun ganz nah neben mir und verdeckte sie; er hielt mich an den Schultern fest, und ich roch nur noch den brandigen, schmutzigen Geruch seiner verschmierten Uniform, sah nur sein müdes, trauriges Gesicht, und nun erkannte ich ihn: es war Birgeler.

»Milch«, sagte ich leise …

MAX FRISCH

Der andorranische Jude

In Andorra lebte ein junger Mann, den man für einen Juden hielt. Zu erzählen wäre die vermeintliche Geschichte seiner Herkunft, sein täglicher Umgang mit den Andorranern, die in ihm den Juden sehen: das fertige Bildnis, das ihn überall erwartet. Beispielsweise ihr Mißtrauen gegenüber seinem Gemüt, das ein Jude, wie auch die Andorraner wissen, nicht haben kann. Er wird auf die Schärfe seines Intellektes verwiesen, der sich eben dadurch schärft, notgedrungen. Oder sein Verhältnis zum Geld, das in Andorra auch eine große Rolle spielt: er wußte, er spürte, was alle wortlos dachten; er prüfte sich, ob es wirklich so war, daß er stets an das Geld denke, er prüfte sich, bis er entdeckte, daß es stimmte, es war so, in der Tat, er dachte stets an das Geld. Er gestand es; er stand dazu, und die Andorraner blickten sich an, wortlos, fast ohne ein Zucken der Mundwinkel. Auch in Dingen des Vaterlandes wußte er genau, was sie dachten; sooft er das Wort in den Mund genommen, ließen sie es liegen wie eine Münze, die in den Schmutz gefallen ist. Denn der Jude, auch das wußten die Andorraner, hat Vaterländer, die er wählt, die er kauft, aber nicht ein Vaterland wie wir, nicht ein zugeborenes, und wie wohl er es meinte, wenn es um andorranische Belange ging, er redete in ein Schweigen hinein, wie in Watte. Später begriff er, daß es ihm offenbar an Takt fehlte, ja, man sagte es ihm einmal rundheraus, als er, verzagt über ihr Verhalten, geradezu leidenschaftlich wurde. Das Vaterland gehörte den andern, ein für allemal, und daß er es lieben könnte, wurde von ihm nicht erwartet, im Gegenteil, seine beharrlichen Versuche und Werbungen öffneten nur eine

Kluft des Verdachtes; er buhlte um eine Gunst, um einen Vorteil, um eine Anbiederung, die man als Mittel zum Zweck empfand auch dann, wenn man selber keinen möglichen Zweck erkannte. So wiederum ging es, bis er eines Tages entdeckte, mit seinem rastlosen und alles zergliedernden Scharfsinn entdeckte, daß er das Vaterland wirklich nicht liebte, schon das bloße Wort nicht, das jedesmal, wenn er es brauchte, ins Peinliche führte. Offenbar hatten sie recht. Offenbar konnte er überhaupt nicht lieben, nicht im andorranischen Sinn; er hatte die Hitze der Leidenschaft, gewiß, dazu die Kälte seines Verstandes, und diesen empfand man als eine immer bereite Geheimwaffe seiner Rachsucht; es fehlte ihm das Gemüt, das Verbindende; es fehlte ihm, und das war unverkennbar, die Wärme des Vertrauens. Der Umgang mit ihm war anregend, ja, aber nicht angenehm, nicht gemütlich. Es gelang ihm nicht, zu sein wie alle andern, und nachdem er es umsonst versucht hatte, nicht aufzufallen, trug er sein Anderssein sogar mit einer Art von Trotz, von Stolz und lauernder Feindschaft dahinter, die er, da sie ihm selber nicht gemütlich war, hinwiederum mit einer geschäftigen Höflichkeit überzuckerte; noch wenn er sich verbeugte, war es eine Art von Vorwurf, als wäre die Umwelt daran schuld, daß er ein Jude ist –

Die meisten Andorraner taten ihm nichts.

Also auch nichts Gutes.

Auf der andern Seite gab es auch Andorraner eines freieren und fortschrittlichen Geistes, wie sie es nannten, eines Geistes, der sich der Menschlichkeit verpflichtet fühlte: sie achteten den Juden, wie sie betonten, gerade um seiner jüdischen Eigenschaften willen, Schärfe des Verstandes und so weiter. Sie standen zu ihm bis zu seinem Tode, der grausam gewesen ist, so grausam und ekelhaft, daß sich auch jene Andorraner entsetzten, die es nicht berührt hatte, daß schon das ganze Leben grausam war. Das heißt, sie beklagten ihn eigentlich nicht, oder ganz offen gespro-

chen: sie vermißten ihn nicht – sie empörten sich nur über jene, die ihn getötet hatten, und über die Art, wie das geschehen war, vor allem die Art.
Man redete lange davon.
Bis es sich eines Tages zeigt, was er selber nicht hat wissen können, der Verstorbene: daß er ein Findelkind gewesen, dessen Eltern man später entdeckt hat, ein Andorraner wie unsereiner –
Man redete nicht mehr davon.
Die Andorraner aber, sooft sie in den Spiegel blickten, sahen mit Entsetzen, daß sie selber die Züge des Judas tragen, jeder von ihnen.

Du sollst dir kein Bildnis machen, heißt es, von Gott. Es dürfte auch in diesem Sinne gelten: Gott als das Lebendige in jedem Menschen, das, was nicht erfaßbar ist. Es ist eine Versündigung, die wir, so wie sie an uns begangen wird, fast ohne Unterlaß wieder begehen –
Ausgenommen wenn wir lieben.

ELIAS CANETTI

Begegnungen mit Kamelen

Dreimal kam ich mit Kamelen in Berührung und es endete jedesmal auf tragische Weise.

»Ich muß dir den Kamelmarkt zeigen«, sagte mein Freund, bald nach meiner Ankunft in Marrakesch. »Er findet jeden Donnerstag am Vormittag statt, vor der Mauer beim Bab-el-Khemis. Es ist ziemlich weit, auf der anderen Seite der Stadtmauer, ich fahre dich am besten hinaus.«

Der Donnerstag kam und wir fuhren hin. Es war schon spät; als wir am großen, freien Platz vor der Stadtmauer anlangten, war es Mittag geworden. Der Platz war beinahe leer. Am anderen Ende, einige zweihundert Meter von uns entfernt, stand eine Gruppe von Menschen; aber wir sahen keine Kamele. Die kleinen Tiere, mit denen die Leute sich abgaben, waren Esel, und von Eseln war die Stadt ohnehin voll; sie trugen alle Lasten und wurden so schlecht behandelt, daß man es schon gar nicht mehr sehen mochte. »Wir sind zu spat gekommen«, sagte mein Freund. »Der Kamelmarkt ist vorbei.« Er fuhr in die Mitte des Platzes, um mich davon zu überzeugen, daß wirklich nichts mehr zu sehen war.

Aber bevor er hielt, sahen wir eine Schar von Menschen auseinanderstieben. In ihrer Mitte stand ein Kamel auf drei Beinen, das vierte war ihm hinaufgebunden worden. Es hatte einen roten Maulkorb an, ein Strick war ihm durch die Nüstern gezogen worden, und ein Mann, der sich in einiger Entfernung hielt, versuchte es daran fortzuziehcn. Es rannte ein Stück vorwärts, blieb stehen und sprang dann überraschend auf seinen drei Beinen in die Höhe. Seine Bewegungen waren so unerwartet wie unheimlich. Der Mann, der es führen sollte, gab jedesmal nach; er fürchtete sich davor, dem Tier zu nahe zu kommen, und war nicht ganz sicher, was es als Nächstes unternehmen würde. Aber nach jeder Überraschung zog er wieder an und es gelang ihm, sehr langsam, das Tier in eine bestimmte Richtung zu zerren.

Wir blieben stehen und ließen das Fenster des Wagens herunter; bettelnde Kinder umringten uns, über ihren Stimmen, die um Almosen baten, hörten wir das Schreien des Kamels. Einmal sprang es mit solcher Kraft zur Seite, daß der Mann, der es zog, den Strick verlor. Die Menschen, die sich in einiger Entfernung hielten, rannten noch weiter davon. Die Luft um das Kamel war von Angst geladen; am meisten Angst hatte es selbst. Der Führer rannte ein Stück mit und packte blitzrasch den Strick, der am Boden schleifte. Das Kamel sprang mit einer wellenartigen Bewegung seitlich in die Höhe, aber es riß sich nicht mehr los; es wurde weitergezerrt.

Ein Mann, den wir nicht bemerkt hatten, trat hinter die Kinder, die unseren Wagen umstanden, schob sie beiseite und erklärte uns in gebrochenem Französisch: »Das Kamel hat die Tollwut. Es ist gefährlich. Man führt es ins Schlachthaus. Man muß sehr achtgeben.« Er machte ein ernstes Gesicht. Zwischen jedem seiner Sätze hörte man das Schreien des Tieres.

Wir bedankten uns bei ihm und fuhren traurig davon. Während der nächsten Tage sprachen wir oft vom tollwütigen Kamel, seine verzweifelten Bewegungen hatten uns einen tiefen Eindruck gemacht. Wir waren auf den Markt gegangen in der Erwartung, Hunderte von diesen sanften, kurvenreichen Tieren zu sehen. Aber auf dem riesigen Platz hatten wir ein einziges gefunden, auf drei Beinen, gefesselt, in seiner letzten Stunde, und während es um sein Leben kämpfte, fuhren wir davon.

Einige Tage später kamen wir an einem anderen Teile der Stadtmauer vorbei. Es war Abend, der rote Glanz auf der Mauer war am Verlöschen. Ich behielt die Mauer, solange ich konnte, im Auge und freute mich an dem allmählichen Wechsel ihrer Far-

be. Da sah ich, in ihrem Schatten, eine große Karawane von Kamelen. Die meisten hatten sich auf ihre Knie niedergelassen, andere standen noch; Männer mit Turbans auf dem Haupte gingen geschäftig und doch ruhig unter ihnen umher, es war ein Bild des Friedens und der Dämmerung. Die Farbe der Kamele ging in der der Mauer auf. Wir stiegen aus und mischten uns selbst unter die Tiere. Je ein gutes Dutzend von ihnen kniete in einem Ring um einen Berg von aufgeworfenem Futter. Sie streckten die Hälse vor, zogen das Futter in den Mund, warfen den Kopf zurück und kauten ruhig. Wir betrachteten sie eingehend und siehe, sie hatten Gesichter. Sie waren sich ähnlich und doch so sehr verschieden. Sie erinnerten an alte englische Damen, die würdevoll und scheinbar gelangweilt den Tee zusammen einnehmen, aber die Bosheit, mit der sie alles um sich herum betrachten, nicht ganz verbergen können. »Das ist meine Tante, wirklich«, sagte mein englischer Freund, den ich taktvoll auf die Ähnlichkeit mit seinen Landsleuten aufmerksam machte, und wir fanden bald manche andere Bekannte. Wir waren stolz, daß wir in diese Karawane geraten waren, von der uns niemand gesprochen hatte, und zählten 107 Kamele.
Ein junger Bursche kam auf uns zu und bat uns um eine Münze. Die Farbe seines Gesichtes war ein dunkles Blau, wie die seines Gewandes; er war Treiber und seinem Aussehen nach einer von den ›blauen Männern‹, die im Süden des Atlas wohnen. Die Farbe ihrer Kleider, so hatte man uns gesagt, teilt sich der Haut mit und so sind sie alle, Männer und Frauen, blau, die einzig blaue Rasse. Wir versuchten, von unserem jungen Treiber, der für die empfangene Münze dankbar war, einiges über die Karawane zu erfahren. Aber er beherrschte nur wenige Worte Französisch: Sie kämen von Gulimin und seien seit fünfundzwanzig Tagen unterwegs. Das war alles, was wir verstanden. Gulimin war weit im Süden unten, in der Wüste, und wir fragten uns, ob die Kamel-Karawane den Atlas überquert habe. Wir hätten auch

gern gewußt, was ihr weiteres Ziel sei, denn hier unter den Mauern der Stadt konnte die Wanderung nicht gut zu Ende sein und die Tiere schienen sich für kommende Strapazen zu stärken. Der dunkelblaue Bursche, der uns nicht mehr sagen konnte, gab sich Mühe, uns gefällig zu sein und führte uns zu einem schlanken, großgewachsenen alten Mann, der einen weißen Turban trug und mit Respekt behandelt wurde. Er sprach gut Französisch und entgegnete fließend auf unsere Fragen. Die Karawane kam von Gulimin und war wirklich seit fünfundwanzig Tagen unterwegs.

»Und wohin geht es weiter?»

»Es geht nicht weiter«, sagte er. »Sie werden hier verkauft, zum Schlachten.«

»Zum Schlachten?«

Wir waren beide betroffen, selbst mein Freund, der in seiner Heimat ein leidenschaftlicher Jäger ist. Wir dachten an die weite Wanderung der Tiere; ihre Schönheit in der Dämmerung; ihre Ahnungslosigkeit; ihr friedliches Mahl; und vielleich auch an die Menschen, an die sie uns erinnert hatten.

»Zum Schlachten, ja«, wiederholte der Alte, seine Stimme hatte etwas Schartiges, wie von einem abgenützten Messer.

»Wird denn hier viel Kamelfleisch gegessen?« fragte ich. Ich suchte meine Betroffenheit hinter sachlichen Fragen zu verbergen.

»Sehr viel!»

»Wie schmeckt es denn? Ich habe noch nie welches gegessen.«

»Sie haben noch nie Kamelfleisch gegessen?» Er brach in ein höhnisches, etwas dünnes Gelächter aus und wiederholte: »Sie haben noch nie Kamelfleisch gegessen?« Es war klar, er war der Meinung, daß man uns hier nichts als Kamelfleisch vorsetzte, und er gehabte sich sehr überlegen, so als zwinge er uns, es zu essen.

»Es ist sehr gut«, sagte er.

»Was kostet denn ein Kamel?«

»Das ist verschieden. Von 30000 bis 70000 Francs. Ich kann es Ihnen zeigen. Man muß es verstehen.« Er führte uns zu einem sehr schönen, hellen Tier und berührte es mit seinem Stöckchen, das ich erst jetzt bemerkte. »Das ist ein gutes Tier. Das ist 70000 Francs wert. Der Besitzer ist selber darauf geritten. Er könnte es noch viele Jahre verwenden. Aber er hat es lieber verkauft. Für das Geld kann er zwei junge Tiere kaufen, verstehen Sie?«
Wir verstanden. »Sind Sie mit der Karawane von Gulimin gekommen?« fragte ich.
Er lehnte diese Zumutung etwas verärgert ab. »Ich bin von Marrakesch«, sagte er stolz. »Ich kaufe Tiere und verkaufe sie an die Schlächter.« Er hatte nur Verachtung übrig für die Männer, die den ganzen weiten Weg gekommen waren, und von unserem jungen blauen Treiber sagte er: »Der weiß nichts.«
Er aber wollte wissen, woher wir seien, und wir sagten, der Einfachheit halber, beide »von London«. Er lächelte und schien ein wenig gereizt. »Ich war im Krieg in Frankreich«, sagte er. Sein Alter machte es klar, daß er vom Ersten Weltkrieg sprach. »Ich war neben Engländern. – Ich kam nicht gut mit Ihnen aus«, fügte er rasch und etwas leiser hinzu. »Aber heute ist der Krieg kein Krieg mehr. Es ist nicht der Mann, der zählt, die Maschine ist alles.« Er sagte noch einiges über den Krieg, das sehr resigniert klang. »Das ist kein Krieg mehr.« Darüber einigten wir uns mit ihm und er schien es so zu verwinden, daß wir aus England kamen. »Sind alle Tiere schon verkauft?« fragte ich noch. »Nein. Alle können nicht verkauft werden. Die übrigbleiben, gehen weiter, nach Settat. Kennen Sie Settat? Das ist auf dem Wege nach Casablanca, 160 Kilometer von hier. Dort ist der letzte Kamelmarkt. Da werden die übrigen verkauft.«
Wir bedankten uns. Er entließ uns ohne jede Feierlichkeit. Wir gingen nicht mehr unter den Kamelen herum, die Lust dazu war uns vergangen. Es war beinahe dunkel, als wir die Karawane verließen.

Das Bild der Tiere ließ mich nicht los. Ich dachte mit Scheu an sie, aber doch, als wären sie mir seit langem vertraut. Die Erinnerung an ihre Henkersmahlzeit verband sich mit jenem Gespräch über Krieg. Der Gedanke, den Kamelmarkt am nächsten Donnerstag zu besuchen, blieb in uns lebendig. Wir beschlossen, früh am Morgen zu fahren, und vielleicht hofften wir, diesmal einen weniger düsteren Eindruck von ihrem Dasein zu gewinnen.

Wir kamen wieder vor dem Tor El-Khemis an. Die Zahl der Tiere, die wir vorfanden, war nicht allzu groß: Sie verloren sich in der Weite des Platzes, der schwer auszufüllen wäre. Auf einer Seite waren wieder die Esel. Wir gingen nicht zu ihnen hinüber, wir blieben bei den Kamelen. Es waren nie mehr als je drei oder vier von ihnen beisammen; manchmal stand ein Junges allein neben seiner Mutter. Sie schienen uns erst alle ruhig. Das einzig Laute waren kleine Gruppen von Männern, die heftig feilschten. Aber es kam uns so vor, als ob die Männer manchen unter den Tieren nicht trauten; sie gingen an diese nicht zu nahe heran oder nur, wenn es wirklich notwendig war.

Es dauerte nicht lange und wir wurden auf ein Kamel aufmerksam, das sich gegen etwas zu wehren schien, es knurrte und brummte und drehte den Kopf heftig nach allen Seiten. Ein Mann versuchte, es auf die Knie zu zwingen, da es nicht gehorchte, half er mit Stockhieben nach. Unter den zwei oder drei anderen Leuten, die zu Häupten des Tieres standen und sich an ihm zu schaffen machten, fiel einer besonders auf: Es war ein starker, gedrungener Mensch mit dunklem, grausamem Gesicht. Er stand fest da, seine Beine waren wie in den Boden verwurzelt. Mit energischen Bewegungen der Arme zog er einen Strick durch die Nasenwand des Tieres, die er durchbohrt hatte. Nase und Strick färbten sich rot von Blut. Das Kamel zuckte und schrie, bald brüllte es laut; schließlich sprang es, nachdem es niedergekniet war, nochmals auf und versuchte sich loszureißen, während der Mann den Strick immer fester zog. Die Leute gaben sich alle erdenkliche Mühe, es zu bändigen, und sie waren noch damit beschäftigt, als jemand an uns herantrat und in gebrochenem Französisch sagte:

»Es riecht. Es riecht den Schlächter. Es ist zum Schlachten verkauft worden. Es kommt jetzt ins Schlachthaus.»

»Aber wie kann es das riechen?« fragte mein Freund ungläubig.

»Das ist der Schlächter, der dort vor ihm steht», und er zeigte auf den festen, dunklen Mann, der uns aufgefallen war. »Der Schlächter kommt aus dem Schlachthaus und riecht nach Kamelblut. Das hat das Kamel nicht gern. Ein Kamel kann sehr gefährlich sein. Wenn es die Tollwut hat, kommt es bei Nacht und tötet die Leute im Schlaf.«

»Wie kann es die Leute töten?« fragte ich.

»Wenn die Leute schlafen, kommt das Kamel, kniet sich auf sie und erstickt sie im Schlaf. Man muß sehr achtgeben. Bevor die Leute aufwachen, sind sie erstickt. Ja, das Kamel hat eine sehr gute Nase. Wenn es nachts neben seinem Herrn liegt, wittert es Diebe und weckt den Herrn. Das Fleisch ist gut. Man soll das Fleisch essen. Ça donne du courage. Das Kamel ist nicht gern allein. Allein geht es nirgends hin. Wenn ein Mann sein Kamel in die Stadt treiben will, muß er ein anderes finden, das mitgeht. Er muß sich eins ausleihen, sonst bringt er sein Kamel nicht in die Stadt. Es will nicht allein sein. Ich war im Krieg. Ich habe eine Verletzung, sehen Sie, hier», er zeigte auf seine Brust.

Das Kamel hatte sich ein wenig beruhigt und ich wandte zum erstenmal den Blick auf den Sprecher selbst. Die Brust schien eingedrückt und der linke Arm war steif. Der Mann kam mir bekannt vor. Er war klein, mager und sehr ernst. Ich fragte mich, wo ich ihn schon gesehen hatte.

»Wie tötet man Kamele?«

»Man schneidet ihnen die Halsschlagader durch. Sie müssen verbluten. Sonst darf man sie nicht essen. Ein Muselman darf sie nicht essen, wenn sie nicht verblutet sind. Ich kann nicht arbeiten, wegen dieser Verletzung. Darum mache ich hier ein wenig den Führer. Ich habe letzten Donnerstag mit Ihnen gesprochen, erinnern Sie sich an das tollwütige Kamel? Ich war in Safi, als die Amerikaner gelandet sind. Wir haben ein wenig gegen die Amerikaner gekämpft, aber nicht viel, dann bin ich in die amerikanische Armee aufgenommen worden. Da waren viele Marokkaner. Ich war in Korsika und in Italien mit den Amerikanern. Ich war überall. Der Deutsche ist ein guter Soldat. Am schlimmsten war das Casino. Da war es wirklich schlimm. Da hab ich meine Verletzung abbekommen. Kennen Sie das Casino?»

Ich begriff allmählich, daß er Monte Casino meinte. Er gab mir eine Schilderung der erbitterten Kämpfe dort, und wurde, er, der sonst ruhig und gelassen war, so lebhaft dabei, als ginge es um die mörderischen Gelüste toller Kamele. Er war ein redlicher Mann, er glaubte, was er sagte. Aber er hatte einer Gruppe von Amerikanern mitten unter den Tieren erblickt und wandte sich sehr rasch diesen zu. Er verschwand so geschwind, wie er aufgetaucht war, und mir war es recht; denn ich hatte das Kamel, das nun nicht mehr brüllte, aus Auge und Ohr verloren und wollte es noch einmal sehen.

Ich fand es bald. Der Schlachter hatte es stehen gelassen. Es kniete wieder. Es zuckte noch manchmal mit dem Kopf. Das Blut aus den Nüstern hatte sich weiter ausgebreitet. Ich fühlte etwas wie Dankbarkeit für die wenigen trügerischen Augenblicke, in denen man es allein ließ. Aber ich konnte nicht lange hinsehen, weil ich sein Schicksal kannte, und schlich mich davon.

Mein Freund hatte sich während der Erzählung des Führers abgewandt, er war irgendwelchen Engländern auf der Spur. Ich suchte ihn, bis ich ihn auf der anderen Seite des Platzes fand, er war unter die Esel geraten. Vielleicht fühlte er sich hier weniger unbehaglich.

Während der übrigen Zeit unseres Aufenthaltes in der roten Stadt sprachen wir nie mehr von Kamelen.

FRIEDRICH DÜRRENMATT

Begegnungen

Die Vorstellungskraft ist nicht a priori wie unsere Denkformen, sondern ›a posteriori‹. Die Vorstellungskraft benötigt die Erinnerung, um die Gegenwart zu begreifen, ohne Erinnerung an die Vergangenheit wäre die Gegenwart ein sinnloses aus dem Nichts auftauchendes und ins Nichts sinkendes Geschehen. Aber da sich keine Gegenwart mit der Vergangenheit völlig deckt, kommt die Vorstellungskraft ohne die Fähigkeit, Assoziationen zwischen Ähnlichkeiten zu bilden, nicht aus, ohne diese Fähigkeit fände sie sich in der Gegenwart nicht zurecht und auch ohne Logik nicht, die erst die Kontinuität der Zeit durch die Verknüpfung von Ursache und Wirkung schafft. Sind die Erinnerung, die Assoziation und die Logik gleichsam die Werkzeuge, womit die Vorstellungskraft arbeitet, so ist keines dieser Werkzeuge ohne Vorstellungskraft möglich. Sie sind der Vorstellungskraft immanent. Die Erinnerung, die von der Vorstellungskraft in die Gegenwart geschwemmt wird, ist eine von der Vorstellungskraft umgestaltete Vergangenheit, und nicht nur sie: Die Vorstellungskraft erhält in uns zwar durch ihre immanente Logik die Kontinuität des Erlebens, aber ergreift auch das Mögliche, so sehr, daß oft das Mögliche das Wirklich-Gewesene verdrängt. Ob etwas nur möglich gewesen wäre, ist manchmal in der Erinnerung wichtiger als das, was wirklich war, so daß allzu leicht das in der Vergangenheit Mögliche mit dem, was wirklich war, verwechselt wird. Nicht nur die Ideologie verfälscht die Geschichte, noch mehr die Vorstellungskraft. Ist die Erinnerung das Fundament, so ist die Möglichkeit das Tummelfeld der Vorstellungskraft. Ihre Lust, sich auszutoben, siegt über die Last, genau zu sein. Da aber die Vorstellungskraft nicht nur rückwärts, nach der Vergangenheit, ausgerichtet ist, also der Erinnerung zugehört, sondern ihre noch größere Macht der Zukunft gegenüber entfaltet, und weil diese als das noch nicht Wirkliche nichts als reine Möglichkeit ist und das Mögliche sowohl alles Erwünschte als auch alles Unerwünschte bedeuten kann, gerät die Vorstellungskraft allzu leicht in Widerspruch zu sich selbst, Hoffnung und Furcht sind gleich stark, und es kommt zu einem Stopp, weshalb auch dasjenige, was uns in der Zukunft allein gewiß ist, der Tod, so wenig in unserem Bewußtsein eine Rolle spielt. Dabei sind wir wie keine Zeit vor uns mit den Toten konfrontiert, mit ihren Gespenstern eigentlich: die alten Filme zum Beispiel, die im Fernsehen gezeigt werden, sind voll von Toten. Oft erschrecke ich, wenn ich Schauspieler sehe, die in meinen Stücken gespielt haben und schon lange gestorben sind, und kommen Massenszenen in den Filmen vor, denke ich, wer lebt wohl noch von denen? Chaplin taucht immer wieder aus dem Nichts auf, Marilyn Monroe, Humphrey Bogart, Clark Gable, wie oft steigen sie aus dem Totenreich, wir sind an Gespenster gewöhnt. Aber auch an jene der Politiker. Immer wieder schreit und fuchtelt Hitler, macht Churchill sein v-Zeichen, schaut Stalin auf die defilierenden Massen hinunter. Wir verdrängen den Tod. Wir leben, als ob wir unsterblich wären, obgleich wir ihm immer wieder begegnen.

Sein Verhalten war wie immer gewesen, es fiel meiner Frau und mir nichts auf, wir feierten unseren einunddreißigsten Hochzeitstag, und es wurde spät, ein Freund aus Deutschland war gekommen, er diskutierte über Politik, und ich hing meinen Gedanken nach, draußen in der milden Oktobernacht liefen die beiden Tiere umher oder lagen, der alte Schäferhund, nun schon schwerfällig geworden, und die junge, elfmonatige Hündin. Nur einmal kam der Hund herein und erbrach Wasser, nicht viel, meine Frau wischte den Steinboden auf, sagte »aber, aber, was machst du denn«, wir machten uns keine weiteren Gedanken, schlossen die Schiebetüre zur Terrasse, ich beteiligte mich nun auch an der Diskussion, öffnete eine neue Flasche Wein. Später hörte ich ein- oder zweimal die Hündin kurz winseln, dann war es wieder ruhig, und als der Gast sich verabschiedet hatte und wir in der Morgendämmerung ins Wohnhaus hinübergingen und in die Schlafzimmer hinauf, bemerkte ich, daß im Treppenhaus nur die Hündin auf ihrem Lager war. Ich ging zur Küche hinunter und in den Garten, dann die Straße hinab, auch hier war er nicht zu finden, ich stieg zu meinem Atelier hinauf, in mein Arbeitszimmer, wieder ins Gartenhaus hinunter, wo wir die Nacht verplaudert hatten, nichts, durchsuchte den ganzen Garten, bis ich, wie zufällig, zwischen den Blättern eines Strauches neben der Terrasse etwas Helles sah. Der Hund hatte sich eine Grube gegraben und lag tot darin, er hatte sich selber verscharrt. Ich meldete es meiner Frau, die schon im Bett lag. Sie erhob sich, trat in einem Hausmantel in den grauhellen Morgen hinaus, ich folgte ihr. Am Himmel waren noch einige helle Sterne zu sehen, über dem See lagerte ein weißes Nebelband. Meine Frau kniete zum Hund nieder. Sie deckte ihn mit einer dunkelgrünen Decke zu, wie aus Furcht, er könnte frieren. Er hatte sie immer besonders treu bewacht; wenn ich eine Nacht durchschrieb, hatte er sich vor ihrem Bett hingelagert, betrat ich gegen Morgen mein Schlafzimmer, sah ich ihn durch die Tapetentür sich erheben, worauf er zu mir herüberkam, um durch meine Schlafzimmertüre zu seinem Lager zu trotten, war er doch ein selten mächtiger Schäferhund und nur in den letzten Jahren schwerfällig geworden. Ich telefonierte Hans Liechti, dem Wirt des ›Rocher‹, in einer Viertelstunde war er bei uns. Meine Frau erhob sich, nahm die Decke weg, inzwischen war der Nebel vom See den Berg hinaufgestiegen, der Morgen zurück ins Graue verschwommen und wieder zugedämmert. Liechti trug den schweren Kadaver die Treppen hinauf. Wir legten ihn in den

Kofferraum und fuhren in einen Morgen hinein, der sich, je höher wir kamen, aufgoldete. Ich fuhr, neben mir Liechti, schweigend, massig, würdig. In Montmollin, einem kleinen Juradörfchen, brach die Sonne durch. Wir hatten Mühe, die Abdeckerei zu finden. Es dauerte eine Weile, bis uns jemand entgegenkam, den wir fragen konnten. Endlich ahnten wir vage den Weg. Wir gelangten auf eine Hochebene, dahinter erhob sich ein düsterer bewaldeter Bergrücken. Bei einem einsamen Bahnwärterhäuschen mußten wir wieder fragen, fuhren dann gegen den Wald, an dessen Rand wir die Abdeckerei fanden, halb Fabrikanlage, halb Schuppen, mit einer großen Rampe. Die Sonne schien grell, alles wirkte wie eine überbeleuchtete Bühne, der Wald wie eine Kulisse. Wir hupten, liefen um die Anlage. Endlich hinkte ein Mann herbei, verschlafen, mürrisch, ohne daß wir wußten, woher er eigentlich gekommen war. Wir bringen einen Hund, sagten wir. Er wies stumm auf die Rampe, hinkte wieder davon, verschwand irgendwo. Liechti öffnete den Kofferraum und hob den Hund auf die Rampe. Nun lag er da, ein großes schwarzes Tier, die Unterseite des Körpers und jene der Rute weiß, die Läufe ocker, die zwei Flecken auf der Stirn und beidseits der Schnauze von der gleichen Farbe. Der Hund lag da, wie er oft im Schlafe gelegen hatte, aber etwas fehlte und machte den Anblick schrecklich. Ein maßloses Staunen drang in mich herein, einen Augenblick lang, der ewig zu währen schien, einen Todesaugenblick lang eben – auch bei weit erhabeneren Augenblikken, beim Anblick meiner toten Eltern etwa, hatte ich dieses Gefühl nicht, dieses plötzliche Aufheben der Zeit –, auch weiß ich nicht, warum sich dieses Gefühl gerade in dieser trostlosen Abdeckerei einstellte und seitdem nicht mehr, auch beim Anblick des toten Varlin nicht, drei Wochen später. Wir saßen bei seiner Frau in der Küche. Irgendwo im Haus winselte sein Hund. Ein Arzt führte mich ins Sterbezimmer. Er lag im Sarg. Der Arzt riß das Laken herunter. Ein wilder Kopf starrte mich an, der Mund weit geöffnet, die Augen in dunkle Höhlen versunken. Es war, als würde das Leben, erstarrt im Jetzt des Todes, die Schöpfung auslachen. Dann zwängte sich etwas durch meine Beine, verschwand im Dunkel des Raumes, es war sein Hund. Vielleicht habe ich darum eine Woche später im ›Rocher‹ bis tief in die Nacht hinein aus dem Gedächtnis eine Zeichnung um die andere von dieser unbändigen Leiche entworfen und die letzte mit Kaffee bemalt. Ich spürte, daß sich in meiner Erinnerung zwischen sie und mich der Hund auf der Rampe der Abdeckerei schob als Sinnbild des Todes selbst, und nun bewacht er meine tote Frau, war er doch ihr Hund. Ich war durch die Tapetentür in ihr Zimmer gegangen, weil ich dachte, sie schliefe – ich hatte sie eben noch ruhig atmen hören –, und ich wollte die Kerze löschen, die sie hatte brennen lassen. Ich fand meine Frau halb auf dem Bett sitzend, zur Seite gesunken, die Augen geschlossen und das Gesicht friedlich. Ich war nicht beunruhigt. Ich dachte an eine Ohnmacht, ich hatte sie oft so vorgefunden. Ihr Blutdruck war niedrig, und hin und wieder hatte sie Anfälle von Unterzucker, und nun hatte sie eine heftige Grippe gehabt, noch vorgestern über neununddreißig Grad Fieber, während ich mit dem Direktor und zwei Dramaturgen des Schauspielhauses über *Achterloo* verhandelte. Ich bettete ihre Beine hoch, den Kopf tief, massierte sie, rief meinen Arzt in Bern an, der mir Ratschläge gab, massierte sie wieder, schlug ihr auf die Wangen, ihr Leib war heiß, und auch, als ich einem Arzt in Neuchâtel telefonierte, und als er kam, war ich nicht sonderlich beunruhigt. »Regardez, docteur«, sagte ich zu ihm, »elle est comme morte.« »Elle n'est pas comme morte«, antwortete er nach einem kurzen Blick auf meine Frau, »elle est morte.« Dann untersuchte er sie gründlich. Ich lief im Schlafzimmer herum und glaubte es nicht. Der Arzt blieb ruhig, bedauerte, den Tod feststellen zu müssen. Wir gingen ins Nebenzimmer, der Arzt hatte noch einige Fragen, füllte ein Formular aus, blätterte in einem

Heft, das er mitgebracht hatte, sagte, er suche nach der amtlichen Bezeichnung, nach dem Namen des Todes – auch Tode haben ihre Namen –, und als der Arzt gegangen war, rief ich noch einige Male meinen Arzt in Bern an, ob meine Frau nicht scheintot sei. Ich berührte sie immer wieder. Sie wurde kälter, doch nie so kalt, wie ich mir das vorgestellt hatte. Aber entsetzt war ich nicht. Was sich ereignet hatte, hatte sich zwischen zwei Menschen ereignet. Bei aller natürlichen Trauer war es mir, als hätte mich meine Frau ärgern wollen, als hätte sie mir einen Streich gespielt, der gegen ihre Absicht zu weit gegangen war. Dann wieder bewunderte ich sie, weil sie so schmerzlos sterben konnte, einen »Sekundentod«, wie mir der Arzt erklärt hatte. Nicht daß der Schrecken fehlte, besonders am anderen Tag, mitten im Januar, eine strahlende Sonne gegen Mittag, als man meine Frau in den Sarg legte, als ihre Arme erstarrt in der Luft steckenblieben. Man mußte sie in den Sarg zwängen. Zum Begreifen, daß meine Frau tot war, kam Groteskes: Die beiden Männer des Beerdigungsinstituts, ein großer Dicker und ein kleiner Magerer, waren wie einer Filmklamotte entsprungen, ich mußte an *Dick und Doof* denken. Sie bemühten sich, den Sarg das Treppenhaus hinunterzuschaffen, bald stand er auf dem Kopf, bald auf den Füßen, aber all das gehörte zur grausamen Welt zwischen den Menschen. Was auch geschah, war ohne Bitternis, ein Leben war zu Ende, und die Tote reihte sich dorthin ein, wohinein sich der, der zurückblieb, auch einmal reihen würde. Eine Ordnung vollzog sich. Doch nur scheinbar. Von außen. Von innen: Ich bewegte mich im Unwirklichen. Ich kam von der Vorstellung nicht los, meine Frau würde sich mit Lichtgeschwindigkeit von mir entfernen, jede Sekunde dreihunderttausend Kilometer, achtzehn Millionen Kilometer jede Minute, mehr als tausend Millionen jede Stunde, aber nicht nur von mir entfernte sie sich, auch ich entfernte mich von mir selber, wir sanken beide dahin in einem lichtschnellen Fall, stürzten gemeinsam in die Erinnerung hinab, und dann war es wieder ich, der sich entfernte, vom Zeitsturm weggeschleudert. Ich raste der Zukunft entgegen, statt daß sie auf mich zuraste. Was zurückblieb, war kristallisierte Erinnerung: eine Frau und ein Mann, die sich einmal geliebt hatten und die nun Vergangenheit waren. Doch bin ich schon längst ins Nichtdarstellbare abgedriftet, Gefühle lassen sich nicht beschreiben, der Tod ist nur von außen darstellbar und stellt sich nur von außen dar, sei es als ferne ausgefranste nelkenähnliche Wolke, im Sternbild des Stiers, der Überrest einer Sonne, sei es als weiße tonartige Scherben in einem Plastiksack, der Inhalt einer Urne, sei es als ein toter Hund auf der Rampe einer abgelegenen Abdeckerei.

ALFRED ANDERSCH

Grausiges Erlebnis eines venezianischen Ofensetzers

Giuseppe Rossi, der Ofensetzer und Kaminspezialist, war hereingekommen, gestern abend, in Ugos Bar, und hatte einen Grappa bestellt. Alle, die zu Ugos Bar gehörten, mochten Giuseppe gern, obwohl er etwas unheimlich aussah, mit seinem bleichen, mageren Gesicht und den schwarzen Rissen darin. Giuseppe hatte keine Falten im Gesicht, sondern Risse. Er sah aus wie einer, der viel mit Eisen arbeitet, vor allem aber sah er aus wie das Innere eines Kamins, wie eine dieser Höhlen, die bleich und verwischt sind und in deren Spalten und Mauerfugen sich der Ruß absetzt. Giuseppe kannte viele von diesen geheimen Gängen in Venedigs Häusern.

»Seit wann trinkst du denn Schnaps?« hatte Ugo ihn gefragt. »Kenn ich ja gar nicht an dir!«

Alle sahen, wie Giuseppe sich schüttelte, nachdem er einen Schluck von dem Grappa getrunken hatte.

»Mein ganzes Abendessen hab ich heute wieder ausgekotzt«, sagte er.

»Geh zum Doktor!« hatte Fabio gemeint, »wenn du was am Magen hast.« Man kann es Giuseppe Rossi nicht ansehen, ob er krank ist, hatte er überlegt; er sieht so bleich aus wie immer.

»Ich war für heute nachmittag zu den Salesianern in Sant' Alvise bestellt«, sagte Giuseppe, anstatt Fabios Aufforderung zu beantworten.

»Hat das was mit deinem Unwohlsein zu tun?« fragt Ugo.

»An der Pforte erwartete mich einer, der war so groß wie du«, sagte Giuseppe, zu Ugo gewendet. »Aber er sah ganz anders aus. Er sah aus wie der liebe Gott persönlich.«

»Einen lieben Gott gibt's nicht«, sagte Ugo gekränkt und beinahe wütend. Seine weiße Goliathschürze bewegte sich heftig, aber seine Pranken spülten die Gläser so zart wie immer. »Den hat's noch nie gegeben. Und wenn's ihn gibt, dann möchte ich nicht so aussehen wie der.«

»Nachher hab ich gemerkt, daß er der Prior ist«, erzählte Giuseppe. »Er führte mich ins Refektorium und sagte mir, der Kamin zöge seit ein paar Wochen nicht mehr richtig, der Rauch drücke in den Saal. Als wir im Refektorium standen, kam der Kater herein«, fügte er hinzu.

»Ein Kater?« fragte Fabio verwundert, weil Giuseppe Rossi eine so alltägliche Sache so betont vorbrachte.

»Ein gelbes Riesenvieh«, antwortete Giuseppe. »Ich kann diese gelbe Sorte Katzen nicht leiden.«

»Weil sie keine Weiber haben, die Schwarzen, haben sie Katzen«, sagte Ugo.

»Er strich erst um den Prior herum. Die Salesianer tragen diese glatten schwarzen Kutten. Es sind eigentlich keine Kutten, es sind Soutanen.« Nachdenklich sagte er: »Die Salesianer sind sehr gelehrte Patres. Der Prior sah aus wie ein sehr gelehrter Herr.«

»Ich denke, er sah aus wie der liebe Gott, den es gar nicht gibt?« warf Ugo spöttisch dazwischen.

»Ja, wie der liebe Gott und wie ein sehr gelehrter Herr. Er sah nicht aus wie …«, Fabio bemerkte, daß Giuseppe einen Moment zögerte, »… wie Petrus.«

»Aha«, sagte Ugo, »und davon ist dir also schlecht geworden?«

»Aber nein«, sagte Giuseppe. »Kannst du nicht warten?« Er war mit seinen Gedanken so sehr bei seiner Geschichte, daß er die Verachtung in Ugos Stimme überhaupt nicht bemerkte.

»Der Kater«, berichtete er, »strich einmal mit seinem ekelhaften Gelb um die Soutane des Priors herum, und dann stellte er sich vor den Kamin und schrie mit seiner widerwärtigen Stimme den Kamin an. Natürlich habe ich zu diesem Zeitpunkt gar nicht darauf geachtet, es fiel mir erst nachher auf. Ich sah mir den Kamin an, es war kein richtiger, ganz offener Kamin mehr, sondern sie hatten einen dieser eisernen Ventilationskästen eingebaut und ihn nach oben dicht gemacht, bis auf eine Klappe über dem Feuerrost, der Kamin mußte also ziehen. Ich fragte den Prior, wie lange sie den Kasten schon drinhätten, und er sagte ›Drei Jahre‹, und da sagte ich, dann wären wahrscheinlich nur die Rohre und die Öffnung, die durch die Mauer nach außen führe, hinter dem Kasten, verschmutzt. Er sagte, das habe er sich auch gedacht. Ich fragte ihn, was hinter der Mauer sei, und er antwortete ›Der Rione‹, und die Öffnung sei mindestens drei Meter über dem Wasser in der Wand, man käme von außen nicht dran. Ich sagte, wenn das so sei, dann müsse ich den ganzen Kasten herausnehmen. Ich solle nur das machen, was ich für richtig halte, sagte er, aber ich solle mich beeilen, sie könnten kaum noch essen im Refektorium vor Qualm. Und während der ganzen Zeit, in der wir uns unterhielten, schrie das gelbe Vieh von Zeit zu Zeit vor dem Kamin herum. Wenn nicht dieser vornehme Pater Prior dabeigewesen wäre, hätte ich ihm einen Tritt gegeben.«

Alle, die gerade in Ugos Bar waren, hörten jetzt Giuseppe zu. Der Ofensetzer trank den Grappa aus und schüttelte sich wieder. Ohne ein Wort zu sagen, schob Ugo ihm ein Glas Rotwein hin.

»Ich untersuchte den Kasten. Bei solchen Kästen sollte nur die Basis mit dem Feuerrost einzementiert sein, und der Kasten soll darauf gesetzt und gut eingepaßt werden, so daß man ihn jederzeit abnehmen kann. Aber die meisten machen es falsch und schmieren auch um die untere Fuge des Kastens Zement. Stümper!« Er schwieg einen Augenblick erbittert, ehe er fortfuhr: »Ich fing also an, den Zementkranz unten wegzuschlagen. Der Prior war hinausgegangen, aber ein paar Mönche waren hereingekommen und sahen mir bei der Arbeit zu, weshalb ich den

Kater nicht hinausjagen konnte, der sich ein paarmal wie ein Verrückter benahm und den glatten Eisenkasten hinaufwollte. Er war so groß wie ein Hund …«

»… und so fett wie ein Schwein«, unterbrach ihn Ugo. »Er war sicher so fett wie alle diese fetten, kastrierten Kloster-Kater.«

»Nein«, sagte Giuseppe, »er war überhaupt nicht fett. Er war auch bestimmt nicht kastriert. Alles an ihm war Muskeln, und er war so groß wie ein mittlerer Hund, und auf einmal bekam ich Angst vor ihm. Ich mußte ihn auf einmal ansehen, und als ich sein Gesicht sah und seine Muskeln, da sah ich, daß ich ihn nicht hätte verjagen können. In diesem Augenblick bemerkte ich, daß wieder der Pater Prior neben mir stand, obwohl ich nur seine Füße sehen konnte, denn ich kniete unter dem Kamin-Balken, und ich hörte, wie er sagte: ›Was hat das Tier nur?‹, ›Vielleicht wittert es Mäuse‹, hörte ich einen von den Mönchen sagen. Ich mußte grinsen, da unten, in meinem Kamin, und ich wollte schon etwas sagen, aber der Prior nahm es mir ab. ›Unsinn‹, sagte er, ›wenn eine Katze Mäuse wittert, verhält sie sich ganz still.‹ Ich dachte, das ist nicht nur ein gelehrter Herr, sondern ein Mann, der wirklich etwas weiß. Man kann sehr gelehrt sein und doch nicht wissen, wie eine Katze sich benimmt, wenn sie ein Mäuseloch findet.«

»Mach weiter!« sagte Ugo. »Wir wissen schon, daß er der liebe Gott persönlich war.«

»Ich hatte den Zementkranz bald losgeschlagen und richtete mich auf, um den Kasten herauszuheben, aber das war gar nicht so einfach, er war schwer und das Eisen war eingerostet, und ich brauchte eine ganze Weile, bis ich ihn richtig gelockert hatte. Während der ganzen Zeit stand dieses gelbe Vieh neben mir, ich sage, es stand, es saß nicht, wie eine normale Katze, die auf etwas wartet, sondern es stand auf gestreckten Beinen, und ich sah, daß es die Krallen herausgestreckt hatte. Ich bat einen der Mönche, mir zu helfen, den Kasten wegzurücken, und während wir ihn

anfaßten und begannen, ihn zur Seite zu schieben, mußte ich nun doch dem Kater einen Tritt geben, weil er nicht von meinen Füßen wegging. Er flog ein paar Meter in den Saal hinein, richtete sich fauchend wieder auf und sah mich an, als wolle er sich auf mich stürzen.« Giuseppe Rossi unterbrach sich. »Ich glaube, ich sollte doch nicht weitererzählen«, sagte er. »Es ist zu unappetitlich.«
»Wir sind hier alle sehr zart besaitet«, sagte Ugo und blickte auf die Männer, die vor dem Bar-Tisch standen. »Und vor allem haben wir es sehr gern, wenn einer mitten in einer Geschichte aufhört.«
»Nun bring schon die Leiche hinter deinem Kamin heraus!« sagte Fabio. »Wir sind darauf gefaßt.«
»Keine Leiche«, sagte Giuseppe. »Wir hatten also gerade den Kasten weggerückt, der Mönch und ich, da sah ich schon, daß die Luftöffnung nach draußen ganz verstopft war. Der Kamin konnte nicht mehr ziehen, so verstopft war sie. Mit Stroh und allerhand Dreck. Und ich merkte, daß sich etwas darin bewegte. Zuerst konnte ich nichts erkennen, weil der Luftschacht ganz dunkel war von all dem Zeug, das sich darin befand, aber dann sah ich etwas Spitzes, Helles, das sich bewegte. Eine Rattenschnauze.« Er griff nach dem Weinglas, aber er trank nicht daraus, sondern setzte es nach einer Weile wieder auf die Zinkplatte des Tisches.
»Ich zog mich ein wenig zurück«, fuhr er fort, »und war gerade dabei, dem Prior zu sagen, was ich bemerkt hatte, als der Kater auch schon heranwar. Er schoß wie eine Kugel auf die jetzt freigelegte hintere Wand des Kamins zu, und ich dachte, er wäre mit einem Satz im Luftschacht drin, aber statt dessen bremste er ganz plötzlich ab und duckte sich unter dem Loch auf den Boden, er lag mit dem Bauch auf dem Boden, hatte seine Vorderpfoten ausgestreckt und den Kopf nach oben gerichtet, während sein Schwanz ganz gerade von ihm abstand. Er war völlig unbeweg-

lich, und ich glaube, die Mönche und der Prior und ich, wir alle waren genauso erstarrt, denn im Eingang des Schachts war eine Ratte erschienen … eine Ratte, sage ich …«
Der Ofensetzer starrte auf die Wand hinter Ugo, und Fabio hätte sich nicht gewundert, wenn in seinen Pupillen das Doppelbildnis der Ratte, die er gesehen hatte, erschienen wäre.
»In meinem Beruf hat man häufig mit Ratten zu tun«, sagte Giuseppe. »In meinem Beruf und in einer Stadt wie der unseren. Aber ihr dürft mir glauben, wenn ich sage, daß ich so ein Trumm von einer Ratte noch nie gesehen habe. Sie stand da oben, im Eingang ihres Lochs, und sie füllte das Loch völlig aus. Wie sie jemals hinter dem Ofen herausgekommen ist – denn sie muß ja nachts herausgekommen sein –, ist mir völlig schleierhaft. Na, jedenfalls sie stand da oben, ihr Fell war nicht grau, sondern weiß, ein schmutziges, scheußliches Weiß, und der gelbe Kater stand unter ihr und stieß ein Knurren aus. Aber während ich nicht den Kopf wegdrehen konnte, sagte der Pater Prior zu einem der Mönche: ›Pater Bruno, holen Sie eine Schaufel!‹ Und er fügte hinzu: ›Schließen Sie die Türe, wenn Sie hinausgehen und wenn Sie wieder hereinkommen!‹ Ich muß schon sagen, der Mann hatte die Ruhe weg.
Dann ging alles sehr schnell, und ich kann euch sagen, die schwarzen Soutanen der Mönche tanzten nur so an den weißen Wänden des Refektoriums entlang, als die Ratte herunterkam. Ich bin auch gesprungen, und nur der Pater Prior ist ganz ruhig stehengeblieben und sah sich die Sache an. Die Ratte machte zuerst einen Fluchtversuch, aber der Kater hatte natürlich ganz schnell seine Krallen in ihrem Rücken, und da entschloß sie sich und griff ihn an. Sie hatte einfach keine andere Wahl. Jetzt, wo sie im Saal war, konnte man sehen, wie groß sie war: Sie war natürlich nicht so groß wie der Kater, aber für eine Ratte war sie enorm groß. Sie war ein Ungeheuer, sie war ein schmutziges weißes Ungeheuer, fett und rasend, und der Kater war ein Un-

getüm, ein gelbes, widerwärtiges, muskulöses Ungetüm. Habt ihr schon mal gesehen, wie eine Ratte eine Katze angreift?«
Niemand gab ihm eine Antwort: Ugo hatte mit seinem ewigen Gläserspülen aufgehört, und alle sahen angeekelt auf das bleiche Gesicht des Ofensetzers.
»Sie kommen von unten«, sagte er. »Diese da drehte sich um und wühlte sich mit ein paar Bewegungen unter den Kater und verbiß sich in seinem Hals. Der Kater raste wie ein Irrsinniger ein paarmal durch den Saal, aber er bekam die Ratte nicht von seinem Hals weg, und zuerst schoß das Blut aus seinem Hals wie eine kleine Fontäne hoch, aber dann sickerte es nur noch, und er konnte nichs anderes tun, als die Kopfhaut und die Rückenhaut der Ratte mit seinen Krallen und seinen Zähnen aufreißen. Das Katzenblut und das Rattenblut versauten den ganzen Saal. Ein paar von den Mönchen schrien geradezu vor Entsetzen.«
»Mach's kurz!« sagte einer von Ugos Gästen, und ein anderer: »So genau wollten wir's nicht wissen.«
»Ich hab euch ja gewarnt«, erwiderte Giuseppe. »Ich bin auch schon fertig. Nur von dem Prior muß ich noch etwas erzählen. Als wir es beinahe nicht mehr ausgehalten hätten, hörten wir Schritte auf dem Gang, und der Pater Bruno kam mit der Schaufel herein. Er blieb erschrocken stehen, als er sah, was vorging, aber der Pater Prior war mit ein paar Schritten bei ihm und nahm ihm die Schaufel aus der Hand. Ich hatte gedacht, er wolle die Schaufel, um die Ratte damit totzuschlagen, aber er tat etwas ganz anderes. Er schob die Schaufel unter die beiden Tiere, die jetzt in der Mitte des Saales miteinander kämpften, sie kämpften nun schon langsamer, ineinander vergraben, die Schaufel war zu klein, um die beiden verrückten Riesenviecher zu fassen, aber sie ließen nicht voneinander ab, und so hingen sie rechts und links von der Schaufel herunter, das eine ekelhaft gelb und das andere dreckig weiß und beide von Blut überströmt, und der Prior schrie uns plötzlich an: ›Steht doch nicht herum!

Öffnet ein Fenster!‹, und ich riß eines der großen Fenster im Refektorium auf, und der Prior trug die Schaufel zum Fenster und kippte die Tiere hinaus. Wir hörten das Klatschen, mit dem sie unten auf das Wasser des Kanals aufschlugen. Keiner schaute hinaus, nur der Prior, und dann drehte er sich wieder zu uns um, gab dem Pater Bruno die Schaufel zurück und sagte: ›Waschen Sie das Blut ab!‹, und zu den anderen sagte er: ›Holt Eimer und Besen, damit wir das Refektorium schnell wieder sauber kriegen!‹, und zu mir sagte er: ›Glauben Sie, daß Sie den Kamin heute abend in Ordnung haben?‹, und ich sagte ›ja‹ und fing gleich mit der Arbeit an, aber eine Weile später mußte ich hinaus auf die Toilette, weil es mir hochkam.«

»Salute«, sagte Ugo, »ich gebe eine Runde Grappa aus. Wer will keinen?« Niemand sagte nein, und Ugo stellte die Gläser auf den Tisch.

»Das ist ein Mann, der Prior«, sagte Giuseppe, »er ist nicht nur gelehrt, er weiß auch wirklich etwas, und nicht nur das: er tut auch etwas. Er war der einzige von uns, der sich die Sache ansah und im voraus wußte, was zu tun war, und etwas tat.«

»Kurz und gut – ein Mann wie der liebe Gott. Du brauchst es nicht noch einmal zu betonen«, sagte Ugo.

»Ihr werdet es komisch finden«, sagte Giuseppe Rossi, der Ofensetzer, »als er so ruhig im Saal stand, mit gekreuzten Armen, während die Viecher herumtobten und wir von einer Ecke in die andere sprangen, da dachte ich einen Moment lang: das ist kein Mensch.«

Spät in der Nacht ging Fabio mit Giuseppe nach Hause. Rossi wohnte in der Nähe von San Samuele, so daß sie ein Stück weit den gleichen Weg hatten. Als sie sich verabschiedeten, vor der Türe, hinter der sich seine Werkstatt befand, sagte der Ofensetzer unvermittelt: »Er ist aber doch ein Mensch.«

»Du meinst den Prior?« fragte Fabio. Ohne eine Antwort abzuwarten, fügte er hinzu: »Sicherlich ist er ein Mensch.«

»Er äußerte etwas Seltsames«, sagte Giuseppe. »Als ich ging, gab er mir die Hand und fragte: ›Geht's Ihnen wieder besser?‹, und als ich nickte, sagte er bedauernd: ›Diese unvernünftigen Tiere!‹ Und dann fragte er mich: ›Finden Sie nicht, daß Gott den Tieren etwas mehr Vernunft hätte verleihen können?‹«
Fabio stieß einen Laut der Verwunderung aus.
»Nicht wahr, das ist doch eine merkwürdige Frage?« sagte Giuseppe.
»Für einen Mönch ist sie ungewöhnlich«, stimmte Fabio zu.
»Und dabei sieht er aus wie ein wirklich frommer Mann«, sagte Giuseppe. »Ich wußte nicht, was ich ihm antworten sollte, und er hat auch, glaube ich, keine Antwort erwartet. Aber ich frage mich jetzt, Fabio, ob man fromm sein kann, richtig fromm, und doch nicht alles für richtig zu halten braucht, was Gott tut.«
Die Nacht war, wie die Nächte in Venedig sind: still. Still, aber nicht tot. Fabio hörte das Wasser des Canalazzo an den Landesteg von San Samuele klatschen.
»Ich weiß es nicht«, antwortete er.
Dann war er über die Strada Nuova nach Hause gegangen, und gegen Morgen hatte er einen Traum gehabt, er hatte eine Lockente gesehen, die auf dem Wasser der Lagune schwamm, eines jener Tiere aus geteertem und bemaltem Schilf mit hölzernem Kopf, wie sie die Entenjäger benutzen, doch während solche Attrappen leblos auf den Wellen schaukeln, hatte Fabios Traum-Ente eine Art von spielzeughaft maschinellem Leben besessen: als habe sie einen winzigen Motor oder ein Uhrwerk in ihrem Schilfleib, zog sie durchs Wasser und warf eine kleine schäumende Bugwelle vor sich auf. Hinter ihr zeigte sich ein größerer Strudel im Wasser, grünlich und weiß quirlte er über dem Gesicht eines toten, weißhaarigen Mannes, den die Ente hinter sich herzog, an die olivgraue Oberfläche der Lagune, die verkrampften Fäuste des Mannes hielten den Strick, der um den Körper der Ente geschlungen war. Durch den Traum von einer unend-

lichen Lagune zog die Lockente mit der Leiche eines alten Mannes im Schlepp; erstaunlich, dachte Fabio, noch im Erwachen, welche Kräfte in der leichten Vogelpuppe steckten. Dann entsann er sich seines Vaters und betete für ihn, er überlegte, ob er ihm wünschen solle, er möge bei der Arbeit sterben, aber dann verwarf er diesen Gedanken, denn ihm fiel ein, wie seine Mutter darunter leiden würde, wenn man Vaters Leiche nicht fände, weil die Lagune so groß ist und der Nordwind den Körper vielleicht an der Punta Sabbioni vorbei mit der Ebbe in das offene Meer schwemmen würde.

Träume, wie sie entstehen, wenn man zu lange aufgewesen ist, dachte Fabio. Dann entschloß er sich endgültig, Giulietta zu besuchen. Er verließ das Café und ging wieder, wie in der Nacht, die Strada Nuova entlang, aber diesmal in entgegengesetzter Richtung, in der kalten weißen Luft ging er fröstelnd an den Ständen mit den Fischen, den Kleidern und den Büchern vorbei. Beim Teatro Malibran bog er nach links ab, in ein Gassen- und Brückengewirr, in dem sich die Calle del Caffetier befand, wo Giulietta wohnte.

FRANZ FÜHMANN

Das Judenauto

Wie tief hinab reicht das Erinnern? Ein warmes Grün, das ist in meinem Gedächtnis wohl das früheste Bild: das Grün eines Kachelofens, um dessen oberes Bord sich das Relief eines Zigeunerlagers gezogen haben soll; doch das weiß ich nur noch aus den Erzählungen meiner Mutter, keine Anstrengung des Hirns bringt mir dies Bild zurück. Das Grün aber habe ich behalten: ein warmes Weinflaschengrün mit stumpfem Glanz. Immer, wenn ich mir dieses Grün vor Augen führe, fühle ich mich leicht über den Dielen in Lüften schweben: Ich konnte, wie Mutter erzählte, die Zigeuner nur sehen, wenn Vater mich zweijährigen Knirps in die Höhe hob.

Dann folgt in meinem Gedächtnis etwas Weiches und Weißes, auf dem ich unendlich lange Zeit stillsitzen und dabei in ein sich auf- und abwärts krümmendes Schwarz starren mußte, und dann eine Höhle Holunder mit einer Bank und einem Mann drauf, der nach Abenteuern roch und mich auf seinem Knie reiten ließ und mir ein Stück wunderbar süßer Wurst in den Mund schob, die ich gierig kaute, und diese Erinnerung ist verbunden mit einem Schrei und einem Sturm, der plötzlich Mann und Laube von mir fortriß, um sie jählings ins Nichts zu wirbeln. Es war natürlich keine Sturmbö, es war der Arm der Mutter, der mich aus der grünen Höhle gerissen hatte, und auch der Schrei war der Schrei ihres Entsetzens gewesen: Der Mann, dessen Knie mich gewiegt hatte, war eine der Spottfiguren des Dorfs: ein heruntergekommener Großbauer, der, auf säbelkrummen Beinen einherschwankend, die Dörfer nach Brot und Schnaps zu durchbetteln pflegte, und der Geruch wilder Abenteuer war sein Atem von Brennspiritus und die Wurst ein Abfall der Roßschlächterei. Jedenfalls muß es herrlich gewesen sein, auf seinen Knien zu reiten: Es ist dies das erste Bild, das ich heute noch ganz deutlich vor mir sehe, und ich war damals drei Jahre alt.

Von da an folgen die Bilder dichter und dichter: die Berge, der Wald, der Brunnen, das Haus, der Bach und die Wiese; der Steinbruch, in dessen Grotten die Geister, die ich mir ausdachte, hausten; Kröte, Hornisse, der Käuzchenruf, die Vogelbeerenallee vor der grauen Fabrik, der Jahrmarkt mit seinem Duft von türkischem Honig und dem Drehorgelgeschrei der Schaubudenausrufer und schließlich die Schule mit ihrem kalkgetünchten, trotz der hohen Fenster stets düstren Korridor, durch den aus allen Klassenräumen heraus die Menschenangst wie eine Nebelschwade kroch. Die Gesichter der Lehrer habe ich vergessen; ich sehe nur noch zwei verkniffene graue Augen über einer langgezogenen messerscharfen Nase und einen von Ringen gekerbten Bambusstock, und auch die Gesichter der Mitschüler sind blaß und unscharf geworden bis auf ein braunäugiges Mädchengesicht mit schmalem, kaum geschwungenem Mund und kurzem hellem Haar über der hohen Stirn: Das Gesicht, vor dessen Augen man die seinen, zum erstenmal durch eine rätselhafte Macht verwirrt, niedergeschlagen hat, man vergißt es nicht, auch wenn danach Bitteres geschehen ist …

Eines Morgens, es war im Sommer 1931, und ich war damals neun Jahre alt, kam, wie immer wenige Minuten vor dem Läuten, das Klatschmaul der Klasse, die schwarzgezopfte, wie ein Froschteich plappernde Gudrun K. wieder einmal mit ihrem Schrei: »Ihr Leute, ihr Leute habt ihr's schon gehört!« in die Klasse gestürmt. Sie keuchte, da sie das schrie, und fuchtelte wild mit den Armen; ihr Atem flog, doch sie schrie dennoch: »Ihr Leute, ihr Leute!« und rang im Schreien schnaufend nach Luft. Die Mädchen stürzten ihr, wie immer, entgegen und umdrängten sie jäh wie ein Bienenschwarm seine Königin; wir Jungen jedoch achteten kaum auf ihr Getue, zu oft schon hatte das

Klatschmaul etwas als Sensation ausgeschrien, was sich dann als Belanglosigkeit entpuppte. So ließen wir uns in unserm Tun nicht stören: Wir diskutierten gerade die neuesten Abenteuer unsres Idols Tom Shark, und Karli, unser Anführer, machte uns vor, wie man nach dessen Manier den gefährlichsten Wolfshund im Nu erledigt: ein fester Griff in den Rachen, dorthin, wo die Zähne am spitzesten stehen, den Oberkiefer festgehalten, den Unterkiefer hinuntergerissen, den Schädel im Wirbel gedreht und dem Tier einen Tritt in den Kehlkopf – da hörten wir aus dem Schwarm der Mädchen einen schrillen Schrei: »Iii, wie gräsig!« hatte eines der Mädchen geschrien, ein ganz spitzes quiekendes Iii des panischen Schreckens; wir fuhren herum und sahen das Mädchen stehen, die Hand vor dem weit offenen Mund und in den Augen das blanke Entsetzen, und die Gruppe der Mädchen stand vor Schauder gekrümmt. »Und dann rühren sie das Blut mit Nullermehl an und backen draus Brot!« hörten wir Gudrun hastig berichten, und wir sahen, wie die Mädchen sich schüttelten. »Was erzählst du da für 'n Quatsch!« rief Karli laut. Die Mädchen hörten nicht. Zögernd traten wir zu ihnen. »Und das essen sie dann?« fragte eine mit heiserer Stimme. »Das essen sie dann zu ihrem Feiertag, da kommen sie zu Mitternacht alle zusammen und zünden Kerzen an, und dann sagen sie einen Zauber, und dann essen sie das!« bestätigte Gudrun mit keuchendem Eifer. Ihre Augen brannten. »Was für ein Zauber?« fragte Karli und lachte, aber das Lachen klang nicht echt. Plötzlich fühlte ich eine seltsame Angst. »So red schon!« schrie ich Gudrun an, und auch die anderen Jungen schrien, und wir drängten uns um die Mädchen, die Gudrun umdrängten, und Gudrun wiederholte in hastigen, fast schreienden Sätzen ihren Bericht: Ein Judenauto sei, so sprudelte sie heraus, in den Bergen aufgetaucht und fahre abends die wenig begangenen Wege ab, um Mädchen einzufangen und zu schlachten und aus ihrem Blut ein Zauberbrot zu backen; es sei ein gelbes, ganz gelbes Auto, so redete sie, und Mund und Augen waren vor Entsetzen verzerrt: ein gelbes, ganz gelbes Auto mit vier Juden drin, vier schwarzen mörderischen Juden mit langen Messern, und alle Messer seien blutig gewesen, und vom Trittbrett habe auch Blut getropft, das hätten die Leute deutlich gesehen, und vier Mädchen hätten sie bisher geschlachtet, zwei aus Witkowitz und zwei aus Böhmisch-Krumma; sie hätten sie an den Füßen aufgehängt und ihnen den Kopf abgeschnitten und das Blut in Pfannen auslaufen lassen, und wir lagen übereinandergedrängt, ein Klumpen Entsetzen, der kreischte und bebte, und Gudrun überschrie unser Grauen mit schriller Käuzchenstimme und beteuerte, obwohl niemand ihre Erzählung anzweifelte, gierig, das sei alles wirklich wahr. Wenn sie gestern nach Böhmisch-Krumma gegangen wäre, um Heimarbeit auszutragen, hätte sie das Judenauto mit eigenen Augen sehen können: gelb, ganz gelb, und vom Trittbrett das tropfende Blut, und ich starrte Gudrun ins Gesicht, das rot war, und dachte bewundernd, daß sie ein tolles Glück gehabt habe, nicht abgeschlachtet worden zu sein, denn daß das Judenauto durch die Felder fuhr und Mädchen einfing, daran zweifelte ich keinen Augenblick.

Ich hatte zwar noch keinen Juden gesehen, doch ich hatte aus den Gesprächen der Erwachsenen schon viel über sie erfahren: Die Juden hatten alle eine krumme Nase und schwarzes Haar und waren schuld an allem Schlechten in der Welt. Sie zogen den ehrlichen Leuten mit gemeinen Tricks das Geld aus der Tasche und hatten die Krise gemacht, die meines Vaters Drogenhandlung abzuwürgen drohte; sie ließen den Bauern das Vieh und das Korn wegholen und kauften von überallher Getreide zusammen, gossen Brennspiritus drüber und schütteten es dann ins Meer, damit die Deutschen verhungern sollten, denn sie haßten uns Deutsche über alle Maßen und wollten uns alle vernichten – warum sollten sie dann nicht in einem gelben Auto auf den Feldwegen lauern, um deutsche Mädchen zu fangen und abzuschlachten? Nein, ich zweifelte keinen Augenblick daran, daß das Judenauto existierte, und auch die Worte des Lehrers, der unterdessen die Klasse betreten und die Nachricht vom Judenauto, die alle Münder ihm zugeschrien, für wenig glaubwürdig erklärt hatte, änderten nichts. Ich glaubte an das Judenauto; ich sah es gelb, ganz gelb zwischen Kornfeld und Kornfeld fahren, vier schwarze Juden mit langen, spitzigen Messern, und plötzlich sah ich das Auto halten und zwei der Juden zum Kornfeld springen, an dessen Rand ein braunäugiges Mädchen saß und einen Kranz blauer Kornraden flocht, und die Juden, Messer zwischen den Zähnen, packten das Mädchen und schleppten es zum Auto, und das Mädchen schrie, und ich hörte ihren Schrei, und ich war selig, denn es war mein Name, den sie schrie. Laut und verzweifelt schrie sie meinen Namen; ich suchte nach meinem Colt, doch ich fand ihn nicht, und so stürmte ich mit bloßen Händen aus meinem Geheimgang hinaus und sprang die Juden an. Den ersten schmetterte ich mit einem Schlag gegen das Kinn zu Boden, dem zweiten, der das Mädchen schon hochgehoben hatte, um es in den Wagen zu wälzen, schlug ich mit der Handkante ins Genick, so daß auch er zusammensank; der Jude am Steuer gab Gas, und der Wagen schoß auf mich zu. Doch darauf war ich natürlich gefaßt gewesen und schnellte zur Seite; das Auto schoß vorbei, ich sprang auf sein Heck, zertrümmerte mit einem Faustschlag die Wagendecke, drehte dem Juden auf dem Beifahrersitz das Messer aus der zustoßenden Hand, warf ihn aus dem Wagen, überwältigte den Juden am Steuer, bremste, sprang ab und sah im Gras vorm Kornfeld ohnmächtig das Mädchen liegen, und ich sah ihr Gesicht, das vor mir reglos im Gras lag, und plötzlich sah ich nur ihr Gesicht: braune Augen, ein schmaler, kaum geschwungener Mund und kurzes, helles Haar über der hohen Stirn. Ich sah Wangen und Augen und Lippen und Stirn und Haar, und mir war, als sei dies Gesicht immer verhüllt gewesen und ich sähe es das erstemal nackt. Scheu befing mich; ich wollte wegsehen und konnte es doch nicht und beugte mich über das Mädchen, das reglos im Gras lag und berührte, ein Hauch, mit meiner Hand ihre Wange, und mir wurde flammend heiß, und plötzlich brannte meine Hand: ein jäher Schmerz; mein Name dröhnte in mein Ohr; ich fuhr auf und der Lehrer hieb mir ein zweites Mal das Lineal über den Handrükken. »Zwei Stunden Nachsitzen«, schnaubte er, »ich werd dir das Schlafen im Unterricht schon austreiben!« Die Klasse lachte. Der Lehrer schlug ein drittes Mal zu; die Hand schwoll auf, doch ich biß die Zähne zusammen: Zwei Bänke vor mir saß das Mädchen, dessen Gesicht ich im Gras gesehen hatte, und ich dachte, daß sie jetzt als einzige nicht über mich lachen würde. »Im Unterricht schlafen – glaubt der Kerl, die Bank sei ein Bett!« Der Lehrer hatte das als Witzwort gesprochen, und die Klasse brüllte vor Lachen. Ich wußte, daß sie niemals über mich lachen würde. »Ruhe«, schrie der Lehrer. Das Lachen verebbte. Die Striemen auf meiner Hand wurden blau.

Nach dem Nachsitzen traute ich mich nicht nach Hause; ich grübelte, als ich langsam die Dorfstraße hinaufging, nach einer glaubwürdigen Ausrede und kam schließlich auf den Gedanken, zu Haus zu erzählen, ich hätte dem Judenauto nachgeforscht, und so bog ich, um nicht von der Hauptstraße, sondern von den Feldern aus nach Haus zu kommen, von der Straße ab, und ging einen Feldweg hinauf, den Bergen zu: Kornfelder rechts und Wiesen links, und Korn und Gras wogten mir übers Haupt. Ich dachte nicht mehr ans Nachsitzen und nicht mehr an das Judenauto; ich sah das Gesicht des Mädchens in den Wellen der Gräser, und im Korn sah ich ihr helles Haar. Die Wiesen dufteten sinnverwirrend, das pralle Fleisch der Glockenblumen schwang blau in der Höhe meiner Brust; der Thymian sandte wilde Wellen betäubenden Duftes, Wespenschwärme brausten bös, und der Mohn neben den blauen Raden glühte, ein sengendes Gift, in hitzigstem Rot. Die Wespen schwirrten wild um mein Gesicht, die Sonne dünstete; die Grillen schrien mir eine irre Botschaft zu, große Vögel schossen jäh aus dem Korn auf; der Mohn neben den Raden lohte drohend, und ich war verwirrt. Ich war bisher arglos in der Natur gestanden wie eins ihrer Geschöpfe, eine Libelle oder ein wandernder Halm, doch nun war mir, als ob sie mich von sich stieße und ein Riß aufbräche zwischen meiner Umwelt und mir. Ich war nicht mehr Erde und nicht mehr Gras und Baum und Tier; die Grillen schrien, und ich mußte daran denken, daß sie beim Zirpen die Flügel aneinanderrieben, und plötzlich kam mir das schamlos vor, und plötzlich war alles verändert und wie zum erstenmal gesehen: Die Kornähren klirrten im Wind, das Gras schmiegte sich weich aneinander, der Mohn glühte, ein Mund, tausend Münder der Erde, der Thymian brodelte bitteren Dunst, und ich fühlte meinen Leib wie etwas Fremdes, wie etwas, das nicht Ich war; ich zitterte und fuhr mit den Fingernägeln über die Haut meiner Brust und zerrte an ihr; ich wollte schreien und konnte doch nur stöhnen; ich wußte nicht mehr, was mir geschah, da kam, Korn und Gras zur Seite drängend, ein braunes Auto langsam den Feldweg herunter.

Da ich es wahrnahm, schrak ich zusammen, als sei ich bei einem Verbrechen ertappt worden; ich riß die Hände von meiner Brust, und das Blut schoß mir jäh in den Kopf. Mühsam sammelte ich meine Gedanken. Ein Auto? Wie kommt ein Auto hierher, dachte ich stammelnd; da begriff ich plötzlich: das Judenauto! Ein Schauer überrann mich; ich stand gelähmt. Im ersten Augenblick hatte ich zu sehen vermeint, daß das Auto braun war; nun, da ich, entsetzt und von einer schaurigen Neugier angestachelt, ein zweites Mal hinblickte, sah ich, daß es mehr gelb als braun war, eigentlich gelb, ganz gelb, grellgelb. Hatte ich anfangs nur drei Personen drin gesehen, so hatte ich mich sicher getäuscht, oder vielleicht hatte sich einer geduckt, sicher hatte sich einer geduckt, es waren ihrer vier im Wagen,

und einer hatte sich geduckt, um mich anzuspringen, und da fühlte ich Todesangst. Es war Todesangst; das Herz schlug nicht mehr; ich hatte sein Schlagen nie wahrgenommen, doch jetzt, da es nicht mehr schlug, fühlte ich es: ein toter Schmerz im Fleisch, eine leere Stelle, die, sich verkrampfend, mein Leben aussog. Ich stand gelähmt und starrte auf das Auto, und das Auto kam langsam den Feldweg herunter, ein gelbes Auto, ganz gelb, und es kam auf mich zu, und da, als habe jemand einen Mechanismus in Gang gesetzt, schlug mein Herz plötzlich wieder, und nun schlug es rasend schnell, und rasend überschlugen sich meine Gedanken: schreien, davonlaufen, im Korn verstecken, ins Gras springen, doch da fiel mir in der letzten Sekunde noch ein, daß ich keinen Verdacht erregen durfte. Ich durfte nicht merken lassen, daß ich wußte: Das war das Judenauto, und so ging ich, von Grauen geschüttelt, mäßigen Schrittes den Feldweg hinunter, mäßigen Schrittes vor dem Auto, das Schritt fuhr, und mir troff der Schweiß von der Stirn, und ich fror zugleich, und so ging ich fast eine Stunde, obwohl es zum Dorf nur ein paar Schritte waren. Meine Knie zitterten; ich dachte schon, daß ich umfallen würde, da hörte ich, wie einen Peitschenschlag knallend, eine Stimme aus dem Wagen: ein Anruf vielleicht oder ein Befehl, und da wurde mir schwarz vor den Augen; ich spürte nur noch, wie meine Beine liefen und mich mit sich nahmen; ich sah und hörte nichts mehr und lief und schrie, und erst, als ich mitten auf der Dorfstraße stand, zwischen Häusern und unter Menschen, wagte ich keuchend, mich umzuschauen, und da sah ich, daß das Judenauto spurlos verschwunden war.
Natürlich erzählte ich am nächsten Morgen in der Klasse, daß mich das Judenauto stundenlang gejagt und fast erreicht habe und daß ich nur durch ganz tolles Hakenschlagen entkommen sei, und ich schilderte das Judenauto: gelb, ganz gelb und mit vier Juden besetzt, die blutige Messer geschwungen hatten, und ich log nicht, ich hatte alles ja selbst erlebt. Die Klasse lauschte

atemlos; man hatte mich umdrängt und sah mich bewundernd und auch neidvoll an; ich war ein Held und hätte jetzt an Karlis Stelle der Anführer werden können, doch das wollte ich nicht, ich wollte nur einen Blick und wagte doch nicht, ihn zu suchen. Dann kam der Lehrer; wir schrien ihm die ungeheure Nachricht ins Gesicht. Fiebernd schilderte ich meine Erlebnisse, und der Lehrer fragte nach Ort und Zeit und Umständen, und ich konnte alles genauestens angeben, da waren keine Mogeleien und Widersprüche, da gab es nichts als unwiderlegliche Tatsachen: das gelbe, ganz gelbe Auto, die vier schwarzen Insassen, die Messer, das Blut am Trittbrett, der Feldweg, der Befehl, mich zu fangen, die Flucht, die Verfolgung; und die Klasse lauschte atemlos.

Da sah das Mädchen mit dem kurzen, hellen Haar auf, und nun wagte ich, ihr ins Gesicht zu sehen, und sie wandte sich halb in ihrer Bank um und sah mich an und lächelte, und mein Herz schwamm fort. Das war die Seligkeit; ich hörte die Grillen schreien und sah den Mohn glühen und roch den Thymianduft, doch nun verwirrte mich das alles nicht mehr, die Welt war wieder heil, und ich war ein Held, dem Judenauto entronnen, und das Mädchen sah mich an und lächelte und sagte mit ihrer ruhigen, fast bedächtigen Stimme, daß gestern ihr Onkel mit zwei Freunden zu Besuch gekommen sei; sie seien im Auto gekommen, sagte sie langsam, und das Wort »Auto« fuhr mir wie ein Pfeil ins Hirn; in einem braunen Auto seien sie gekommen, sagte sie, und sie sagte auf die hastige Frage des Lehrers: Sie seien zur gleichen Zeit, da ich das Judenauto gesehen haben wollte, den gleichen Feldweg hinabgefahren, und ihr Onkel habe einen Jungen, der am Wiesenrand gestanden habe, nach dem Weg gefragt, und der Junge sei schreiend davongelaufen, und sie strich die Zunge über ihre dünnen Lippen und sagte, ganz langsam, der Junge am Weg habe genau solche grünen Lederhosen getragen wie ich, und dabei sah sie mich freundlich lächelnd an, und alle, so fühlte ich, sahen mich an, und ich fühlte ihre Blicke bös wie Wespen schwirren, Wespenschwärme über Thymianbüschen, und das Mädchen lächelte mit jener ruhigen Grausamkeit, deren nur Kinder fähig sind. Als dann eine Stimme aus mir herausbrüllte, die blöde Gans spinne ja, es sei das Judenauto gewesen: gelb, ganz gelb und vier schwarze Juden drin mit blutigen Messern, da hörte ich wie aus einer anderen Welt durch mein Brüllen ihre ruhige Stimme sagen, sie habe mich ja selbst vor dem Auto davonlaufen sehen. Sie sagte es ganz ruhig, und ich hörte, wie mein Brüllen jählings abbrach; ich schloß die Augen, es war totenstill, da plötzlich hörte ich ein Lachen, ein spitzes, kicherndes Mädchenlachen wie Grillengezirp schrill, und dann toste eine brüllende Woge durch den Raum und spülte mich fort. Ich stürzte aus der Klasse hinaus und rannte aufs Klosett und schloß hinter mir zu; Tränen schossen mir aus den Augen, ich stand eine Weile betäubt im beizenden Chlorgeruch und hatte keine Gedanken und starrte die schwarzgeteerte, stinkende Wand an, und plötzlich wußte ich: Sie waren dran schuld! Sie waren dran schuld, sie, nur sie: Sie hatten alles Schlechte gemacht, das es auf der Welt gibt, sie hatten meinem Vater das Geschäft ruiniert, sie hatten die Krise gemacht und den Weizen ins Meer geschüttet, sie zogen mit ihren gemeinen Tricks den ehrlichen Leuten das Geld aus der Tasche, und auch mit mir hatten sie einen ihrer hundsgemeinen Tricks gemacht, um mich vor der Klasse zu blamieren. Sie waren schuld an allem; sie, kein anderer, nur sie! Ich knirschte mit den Zähnen: Sie waren schuld! Heulend sprach ich ihren Namen aus; ich schlug die Fäuste vor die Augen und stand im schwarzgeteerten, chlordünstenden Knabenklosett und schrie ihren Namen: »Juden!«, schrie ich und wieder: »Juden!«, wie das nur klang: »Juden, Juden!«, und ich stand heulend in der Klosettzelle und schrie, und dann erbrach ich mich. Juden. Sie waren schuld. Juden. Ich würgte und ballte die Fäuste. Juden. Judenjudenjuden. Sie waren dran schuld. Ich haßte sie.

Nachwort

1.

Sind die Deutschen eigentlich große Erzähler? Wenn man etwa französische oder amerikanische Kritiker liest, kann man daran Zweifel haben. Deutsche Lyriker wie Johann Wolfgang von Goethe, Heinrich Heine, Rainer Maria Rilke oder Paul Celan genießen auch außerhalb des deutschen Sprachraums ein hohes Ansehen, ebenso manche Dramatiker wie Goethe und Schiller oder Bertolt Brecht. Ihre Namen fehlen in kaum einem Kanon der Weltliteratur. Anders steht es mit deutschen Erzählern, die international nicht dieselbe Verehrung gefunden haben. Viele Kritiker hierzulande, die jungen deutschen Autoren gern empfehlen, wie amerikanische zu schreiben, scheinen von ihnen kaum eine höhere Meinung zu haben.

Dafür gibt es zweifellos Gründe. Im 18. Jahrhundert reicht kein deutscher Autor, Goethe einmal ausgenommen, an große englische Romanciers wie Jonathan Swift, Henry Fielding und Laurence Sterne heran. Die großen Romanautoren des 19. Jahrhunderts sind Engländer wie Jane Austen, die Schwestern Brontë und Charles Dickens, Franzosen wie Stendhal und Gustave Flaubert und Russen wie Leo Tolstoi und Michail Dostojewski. Gottfried Keller, Wilhelm Raabe und Theodor Fontane hingegen haben nicht annähernd eine vergleichbare Bedeutung innerhalb der europäischen Literatur erlangt. Auch im 20. Jahrhundert sind die maßgeblichen Romanciers französische oder englischsprachige Autoren wie Marcel Proust, James Joyce und Virginia Woolf. Ihnen an die Seite zu stellen wären von der Wirkung her allenfalls Franz Kafka und Thomas Mann, die anders als Alfred Döblin, Robert Musil und andere bedeutende deutsche Romanautoren auch außerhalb Deutschlands ein großes Publikum gefunden haben.

Nicht viel besser scheint die Bilanz im Bereich der Erzählung auszufallen. Die beiden bis heute populärsten Erzählgattungen, die Novelle und die Kurzgeschichte, sind keine deutschen Erfindungen; die Novelle ist durch einen italienischen Autor, Giovanni Boccaccio, in die Weltliteratur eingeführt worden, die Kurzgeschichte durch englischsprachige Schriftsteller wie den Amerikaner Ernest Hemingway. Ähnlich ist es z. B. mit der Kriminalgeschichte, deren Klassiker, neben französischen vor allem englischsprachige Autoren wie etwa Edgar Allan Poe, Arthur Conan Doyle oder Raymond Chandler sind.

Die deutschen Erzähler von Goethe bis zur Gegenwart sind vielleicht keine großen Neuerer. Sie haben sich zumeist solcher Gattungen bedient, die in anderen Literaturen entwickelt worden sind – Goethe, Kleist und Kafka der Novelle, Schiller und Annette von Droste-Hülshoff der Kriminalgeschichte, Heinrich Böll und Alfred Andersch der Kurzgeschichte usw. Doch jedem von ihnen sind Erzählungen gelungen, die zu den besten ihrer Art gehören: künstlerisch unverwechselbare Meistererzählungen, die von ihrer Qualität her zur Weltliteratur gehören.

2.

Die vorliegende Sammlung präsentiert deutsche Erzählungen aus drei Jahrhunderten – von Johann Wolfgang von Goethe bis Franz Fühmann. Deutsch heißt dabei immer: deutschsprachig. Insofern sind auch österreichische Autoren wie Arthur Schnitzler und Schweizer wie Gottfried Keller vertreten, die meisten von ihnen mit ihrer bekanntesten oder einer ihrer bekanntesten Erzählungen.

Erzählung ist ebenfalls in einem weiten Sinn zu verstehen. Mit dem Begriff sind sowohl fiktive wie autobiographische Texte gemeint. Das Repertoire der deutschsprachigen Erzählung ist groß. Zu ihm gehören komische und unheimliche, märchenhafte und realistische, historische und autobiographische Formen, Kalendergeschichten ebenso wie Märchen, Novellen so gut wie Kurzgeschichten, sowohl Parabeln wie Kriminalgeschichten. Oft sind sie in einer Weise erzählt, die Goethe »das klare Erzählen« genannt hat. Auch bei modernen Autoren sind Form- oder Sprachexperimente seltener. Dramatische Handlungen und einprägsame Protagonisten zeichnen sie aus, viele sind durch ihre Themen noch immer aktuell, viele durch die Klarheit der literarischen Form klassisch.

3.

Goethe hat seine vielleicht bekannteste Erzählung schlicht ›Novelle‹ (1828) genannt, »denn«, so sagte er Johann Peter Eckermann in einem ihrer berühmten Gespräche im Januar 1827, »was ist eine Novelle anders als eine sich ereignete unerhörte Begebenheit«. Für diese Definition der Novelle, die oft zitiert worden ist, hat Goethe mit seinem Text das Musterbeispiel geliefert: Die Besänftigung des ausgebrochenen Löwen durch den fremden Jungen ist für Goethe eine im besten Sinn verstandene ›unerhörte Begebenheit‹. Seine Novelle trägt deshalb realistische und idyllische, ja sogar märchenhafte Züge.
Allerdings sind nicht alle deutschen Novellisten auf dieses Muster zu verpflichten. Sowohl Schiller wie Kleist – um nur sie zu nennen – haben ganz eigene Wege beschritten, in ihren Erzählungen gibt es weder Märchenhaftes noch Idyllisches. Auf den ersten Blick könnte man meinen, Friedrich Schiller habe in seiner Kriminalgeschichte ›Der Verbrecher aus verlorener Ehre‹

(1786) nur eine der zahllosen Räubergeschichten geschrieben, die im 18. und 19. Jahrhundert gerne gelesen wurden. Neu an Schillers Geschichte aber ist, daß die Kriminalität des Helden wie eine Krankheit dargestellt und analysiert wird, mit dem Ziel, dem Leser zu zeigen, warum Menschen zu Verbrechern werden. Schiller benutzte historische Vorbilder für seinen Antihelden, große Räuber, die Anfang des 18. Jahrhunderts ihr Unwesen getrieben hatten und dadurch zu einiger Berühmtheit gelangt waren.

Die politischen Erschütterungen in der Zeit nach der Französischen Revolution ließen humorvolle, satirische oder belehrende Novellen kaum zu, wie sie durch Boccaccios ›Dekameron‹ (1349–53) in Europa bekannt waren. Ein Autor wie Kleist betont in seinen Novellen und besonders in ›Das Erdbeben in Chili‹ (1807) die ungeheuere Macht des Schicksals, die wie gewalttätig in das Leben der Menschen einfällt und es an einem dramatischen Wendepunkt völlig verändert, ja vernichtet.

Annette von Droste-Hülshoffs ›Die Judenbuche‹ (1842) beruht auf einer wahren Begebenheit aus ihrer westfälischen Heimat. Wie Schillers ›Verbrecher aus verlorener Ehre‹ ist ›Die Judenbuche‹ auch eine Kriminalgeschichte, aber natürlich nicht nur das. Zu ihrer Eigenart gehört es, daß Natur und Wetter keine Kulissen für die Geschichte des armseligen Helden bilden, sondern selbst wie Protagonisten eigenständig agieren und dadurch auch eine große Macht über das Schicksal des Menschen ausüben.

Die berühmteste Gespenstergeschichte der deutschen Romantik dürfte bis heute ›Der Sandmann‹ (1817) von E. T. A. Hoffmann sein. Manchen werden die Motive aus Jacques Offenbachs Operette ›Hoffmanns Erzählungen‹ bekannt sein. Eine grauenhafte Kindheitserfahrung, die des angedrohten Augenraubs, läßt den Helden nicht los, treibt ihn in den Wahnsinn und zerstört am Ende sein Leben. Hoffmann hat die Nachtseite der menschlichen Existenz als so abgründig dargestellt, daß Goethe vor seinem Werk zurückschreckte, es für krankhaft hielt. Selten aber sind Verfolgungswahn, irrationale Ängste und die Zerstörung des Lebens durch ein Kindheitstrauma so mitreißend beschrieben worden. Für den Begründer der Psychoanalyse, Sigmund Freud, war diese Erzählung deshalb der Inbegriff des Unheimlichen.

Einen anderen Ursprung als die Novelle hat die klassische Kalendergeschichte; im 16. Jahrhundert entstanden, erfreute sie sich auch unter den weniger gebildeten Lesern einer großen Beliebtheit. Sie war das erste Druckerzeugnis, das an der Haustür verkauft wurde, auch für Bauern erschwinglich war. Die Kalendergeschichte ist unterhaltsam und lehrreich, Elemente aus Sage, Anekdote, Schwank und Tatsachenbericht sind in ihr verwoben. Keinesfalls sollte man aber meinen, die kleinen Prosastücke Johann Peter Hebels seien simpel. Sie stecken bei allen historischen Anspielungen voll raffinierter erzählerischer Kunstgriffe und wunderbarer Phantasie. Bertolt Brecht hat diese alte Form gut 100 Jahre später wieder aufgenommen, um in ›Der Augsburger Kreidekreis‹ (1948–49) das unterzubringen, was seiner Vorstellung von Nähe zum Volk und Aufklärung zugleich entspricht.

Zweiundzwanzigjährig schrieb der Medizinstudent Georg Büchner, eines der großen jugendlichen Genies der deutschen Literatur, ›Lenz‹. Erst zwei Jahre nach seinem Tod, 1839, konnte diese Geschichte eines beginnenden Wahnsinns von seiner Verlobten veröffentlicht werden. Ihr Held – wenn er ein Held ist – ist der Dramatiker Jakob Reinhold Michael Lenz, der den Ausbruch seiner Geisteskrankheit halb bewußt durchlebt. Mehrmals versucht er, sich das Leben zu nehmen, um dem Leiden zu entgehen; letztlich ist er ihm hoffnungslos ausgeliefert. Büchner läßt die Geschichte, die vom ersten Satz an voller einprägsamer Formulierungen ist, offen enden: »So lebte er hin.« Wie in ›Die Judenbuche‹ zeigen sich im ›Lenz‹ die Naturgewalten als ebenso dämonisch wie chaotisch. Die nicht zu beeinflussende Natur des Wahnsinns wächst mit der entfesselten Natur des Gebirges zusammen.

Zu den großen Werken der Romantik gehören die ›Kinder- und Hausmärchen‹ (1819) der Brüder Grimm. Jacob und Wilhelm waren die ersten, die eine wissenschaftlich fundierte Sammlung dieser Art zusammenstellten. Lange waren Märchen nur mündlich weitergegeben worden. Durch die schriftliche Aufzeichnung sind sie aufbewahrt, aber auch um etwas beraubt worden: die Stimme des Erzählers, seine Ausschmückungen und das langsame Umformen der Geschichte von Person zu Person.

Den Brüdern Grimm war bewußt, daß sie die Märchen in einer »geläuterten Schriftsprache« niederschreiben mußten, der die »entschiedene Mundart« abhanden gekommen ist. In der ›Vorrede‹ zur zweiten erweiterten Ausgabe von 1819 beklagen sie, daß diese Schriftsprache »schmackloser geworden ist und nicht mehr so fest dem Kerne sich anschließt«. Und doch lesen sich die von ihnen aufgezeichneten Märchen, deren bekanntestes ›Hänsel und Gretel‹ sein dürfte, bis heute ganz frisch und lebendig.

Die Märchennovelle ›Der blonde Eckbert‹ (1797) von Ludwig Tieck ist ein seltsames »tragisches Märchen«, das eine Sonderstellung einnimmt. Der Held findet am Ende nicht sein Glück, sondern Wahnsinn und Tod. Schritt für Schritt verstrickt er sich in Schuldgefühl, Wahn und Einsamkeit. Seine Persönlichkeit wird von einer undurchschaubaren Vergangenheit, einer unerträglichen Gegenwart und einer dämonischen Natur zerstört. An den Leser wird kein moralischer Appell gerichtet, das Märchen belehrt weder, noch klärt es auf. Die menschliche Natur scheint abgründig, das Schicksal heillos, die Grenzen der Wirklichkeit in Auflösung: am Ende der Lektüre überfällt uns ein Schauder.

›Das Märchen der 672. Nacht‹ (1895) von Hugo von Hofmannsthal, auf den ersten Blick eine historische Erzählung, kann als modernes Anti-Märchen bezeichnet werden, das sich in der Form an Goethes Novellenkonzept nur in einer Hinsicht anschließt. Auch sein Held, ein reicher Kaufmannssohn, erlebt eine »unerhörte Begebenheit«, doch im Moment seines Todes, als er sein ganzes vergangenes, luxuriöses, scheinbar erfülltes Leben verwirft. Das gute Ende, das Goethes ›Novelle‹ ausmacht, fehlt in Hofmannsthals Erzählung.

Arthur Schnitzler Novelle ›Leutnant Gustl‹ (1900) ist durch die Form, den Inneren Monolog, den er allerdings nicht erfunden hat, berühmt geworden. Die Veröffentlichung kostete den Autor seinen Rang als Reserveoffizier. Man nahm ihm beim österreichischen Militär der k. u. k. Monarchie die Schilderung eines schwachen, ja feigen, von Standesdünkel und falschen Ehrbegriffen umgetriebenen Leutnants übel, der geradezu als Antiheld erscheint und der Lächerlichkeit preisgegeben wird. Schnitzler entlarvt aber nicht nur seinen Helden, sondern mit ihm die adelige Gesellschaft der untergehenden Donaumonarchie.

Eine Sonderstellung wie die meisten seiner großen Erzählungen nimmt Franz Kafkas späte Parabel ›Der Hungerkünstler‹ (1922) ein. Dieses moderne Gleichnis zeigt die Widersprüchlichkeit, die in der Existenz eines Künstlers liegen kann: Je vollkommener ihm sein Kunstwerk gerät, desto weiter entfernt er sich von seinem Publikum, das er dringend zu seiner Bestätigung und zu seinem wirtschaftlichen Auskommen benötigt. Auch hat die Geschichte einen seltsamen Bezug zum Leben des Autors: Ein Mensch vervollkommnet sich in der Kunst des Hungerns, die ihn töten und für die er niemals Anerkennung finden wird. Kafka selbst verhungerte im Endstadium seiner Kehlkopf-Tuberkulose, weil er nicht mehr schlucken konnte.

Eine historische Erzählung, die ein Kapitel der spannungsreichen deutsch-jüdischen Geschichte im Rheinland berichtet, ist Heinrich Heines ›Der Rabbi von Bacherach‹ (1840): bis heute eine vor allem im ersten Kapitel beklemmende Schilderung ei-

nes Pogroms im 16. Jahrhundert, die der Autor als Fragment ausgegeben hat.
Eine historische Erzählung ist vorderhand auch Rilkes ›Weise von Liebe und Tod des Cornets Christoph Rilke‹ (1904), die zur Zeit der Türkenkriege spielt. Die 29 Stücke, aus denen sie besteht, gelten jedoch nicht zuletzt aufgrund der stilisierten Sprache eher als lyrische Prosa in der Nähe zur Ballade: eine Mischform auf der Grenze von Erzählung und Gedicht.
Meisterwerke der autobiographischen Erzählungen sind Joseph von Eichendorffs ›Kapitel von meiner Geburt‹ (1831–32) und Friedrich Dürrenmatts ›Begegnungen‹ (1990): Die eine erzählt von der eigenen Geburt, die andere von der Begegnung mit dem Tod, beide auf ihre Weise dicht und anrührend. Franz Fühmanns ›Das Judenauto‹ (1962) deutet dagegen eine Episode aus der Jugend politisch: Als die Geschichte eines Ressentiments ist sie zugleich ein Exempel der Schuld. Elias Canettis ›Begegnungen mit Kamelen‹ (1968) ist als eine Reiseerzählung gleichfalls autobiographisch, doch ist sie weniger an der Lebensgeschichte des Erzählers interessiert als am Leben der Kamele, auf die er in Marrakesch trifft: eine moderne Tiererzählung von seltener Eindringlichkeit. Ähnlich einprägsam ist die andere, kürzere Tiererzählung dieses Bandes: Robert Musils ›Das Fliegenpapier‹ (1936). Sie erzählt weniger, als daß sie lakonisch den Todeskampf kleiner Kreaturen beschreibt, den man sonst als selbstverständlich hinnimmt oder gar nicht beachtet.
Die Nachkriegsautoren des 20. Jahrhunderts bevorzugten die Form der Kurzgeschichte, die ursprünglich als ›Short story‹ eine besondere Gattung der amerikanischen Literatur ist. Wolfgang Borchert, Heinrich Böll und Franz Fühmann reizen an dieser Form der geringe Umfang, der zur Konzentration zwingt, und das offene Ende, das sich einfacher Auslegung entzieht. Besonders interessiert sind sie an zentralen Momenten im Leben von Menschen, besonders an denen von Außenseitern der Gesellschaft.

Eine der liebenswürdigsten und heitersten Kurzgeschichten ist dabei ›Schischyphusch‹, deren Autor der früh verstorbene Wolfgang Borchert ist. Der todkranke Dichter, der in seinem nicht sehr umfangreichen Werk fast ausschließlich über die Verheerung durch den Zweiten Weltkrieg schrieb, hat mit ›Schischyphusch‹ (1947) eine humoristisch-versöhnliche Miniatur geschaffen. Zwei Menschen mit demselben Sprachfehler treffen in einem Gartenlokal zusammen. Nur dieser Moment der zufälligen Begegnung wird von Borchert herausgearbeitet, und er ist es, der das Leben des armseligen Kellners völlig verändert.

Ungleich ernster ist Heinrich Bölls berühmte Kurzgeschichte ›Wanderer, kommst du nach Spa...‹, die auf ein klassisches, von Schiller übersetztes Epigramm anspielt. Den Tod eines jugendlichen Soldaten am Ende des Zweiten Weltkriegs nimmt sie zum Anlaß für eine Auseinandersetzung mit humanistischer Bildung.

Parabeln schließlich sind Max Frischs Erzählung ›Der andorranische Jude‹ (1964) und Alfred Anderschs ›Grausiges Erlebnis eines venezianischen Ofensetzers‹ (1959). Doch auch sie entziehen sich einer eindeutigen Zuordnung: So gleichnishaft diese Geschichten von Verfolgung und Kampf sein mögen – sie sind realistischer und in ihren politischen Bezügen viel deutlicher als z. B. Kafkas Parabeln. Wie viele deutsche Erzählungen der Moderne verbinden sie unterschiedliche Erzähltraditionen miteinander.

4.

»Wir erzählen uns Geschichten, um zu leben«, hat die amerikanische Autorin Joan Didion geschrieben. Das ist vielleicht etwas zugespitzt formuliert. Denn wir können auch leben, wenn wir uns keine Geschichten erzählen. Aber Geschichten helfen uns, zu leben – vor allem besser, klüger zu leben. Solange Menschen

sprechen können, erzählen sie einander Geschichten, mit denen sie ihr Leben ordnen, ihre Erfahrungen und Gefühle mitteilen, bedenken und bewältigen. Verstummt ein Mensch, verschwinden auch seine Geschichten, ja seine Geschichte. Doch auch die, die selbst keine Geschichten für ein Lesepublikum erzählen, lauschen denen anderer: In ihnen steckt immer etwas, das auch sie angeht, selbst wenn diese Geschichten offensichtlich erfunden sind und ganz unrealistisch, ja fantastisch erscheinen.
Doch nicht nur die Geschichten, die erzählt werden, sind eigen-, ja einzigartig, auch die Weise, wie sie erzählt werden, ist es. Wir leben von dem Erzählten und von den Erzählern. Wir erkennen sie an ihrer Sprache, ihren Interessen, ihrer Intelligenz. Jeder der großen deutschen Erzähler von Goethe bis Fühmann hat nicht nur seine eigenen, bewegenden Themen, jeder hat auch seinen eigenen Ton, der unverwechselbar ist, mag er ernst oder heiter, lakonisch oder episch, pathetisch oder nüchtern sein. Wie immer man sie im Vergleich mit europäischen oder amerikanischen, afrikanischen oder asiatischen Autoren beurteilt: Jeder von ihnen hat große Erzählungen hinterlassen, die immer ihre Leser finden.

Simone Frieling

Quellenverzeichnis

ALFRED ANDERSCH (1914–1980)

Grausiges Erlebnis eines venezianischen Ofensetzers, S. 494. Aus: Gesammelte Werke in zehn Bänden. Kommentierte Ausgabe. Hrsg. von Dieter Lamping. Band I. Zürich: Diogenes 2004, S. 235–245. © 2004 Diogenes Verlag AG, Zürich.

HEINRICH BÖLL (1917–1985)

Wanderer, kommst du nach Spa…, S. 465. Aus: Werke. Romane und Erzählungen I. 1947–1952. Hrsg. von Bernd Balzer. Köln: Middelhauve und Kiepenheuer & Witsch o. J., S. 194–202. © 1977, 1987 by Verlag Kiepenheuer & Witsch, Köln.

WOLFGANG BORCHERT (1921–1947)

Schischyphusch oder Der Kellner meines Onkels, S. 451. Aus: Das Gesamtwerk. Herausgegeben von Michael Töteberg unter Mitarbeit von Irmgard Schindler. Reinbek: Rowohlt 2007, S. 407 bis 420. © 2007 by Rowohlt Verlag GmbH, Reinbek bei Hamburg.

BERTOLT BRECHT (1898–1956)

Der Augsburger Kreidekreis, S. 432. Aus: Werke. Große kommentierte Berliner und Frankfurter Ausgabe, Band 18: Prosa 3. S. 341–354. © 1995 Suhrkamp Verlag, Frankfurt am Main.

GEORG BÜCHNER (1813–1837)

Lenz, S. 150. Aus: Werke und Briefe. Münchner Ausgabe. Hrsg. von Karl Pörnbacher, Gerhard Schaub, Hans-Joachim Simm und Edda Ziegler. München: Hanser 1988, S. 137–158.

ELIAS CANETTI (1905–1994)
Begegnungen mit Kamelen, S. 479. Aus: Die Stimmen von Marrakesch. Aufzeichnungen nach einer Reise. München, Wien: Hanser 1978, S. 7–16.

ANNETTE VON DROSTE-HÜLSHOFF (1797–1848)
Die Judenbuche, S. 223. Aus: Morgenblatt für gebildete Leser. Stuttgart, Tübingen: Cotta 1842, in Fortsetzung erschienen vom 22. April bis zum 10. Mai in den Nummern 96–111 (Erstdruck).

FRIEDRICH DÜRRENMATT (1921–1990)
Begegnungen, S. 487. Aus: Turmbau. Zürich: Diogenes 1989, S. 13–22.

JOSEPH VON EICHENDORFF (1788–1857)
Kapitel von meiner Geburt, S. 148. Aus: Werke in vier Bänden. Band IV. Hrsg. von Wolfdietrich Rasch. München, Wien: Hanser 1981, S. 1487–1488.

MAX FRISCH (1911–1991)
Der andorranische Jude, S. 476. Aus: Tagebuch 1946–1949. Frankfurt am Main: Suhrkamp 1950, S. 32–34.

FRANZ FÜHMANN (1922–1984)
Das Judenauto, S. 504. Aus: Autorisierte Werkausgabe in acht Bänden. Band 3. Rostock: Hinstorff Verlag 1993, S. 7–17.

JOHANN WOLFGANG VON GOETHE (1749–1832)
Novelle, S. 123. Aus: Werke. Hamburger Ausgabe in 14 Bänden. Band VI: Romane und Novellen I. Hrsg. von Erich Trunz. München: Beck 1981, S. 491–513.

JACOB GRIMM (1785–1863)
UND WILHELM GRIMM (1786–1859)

Hänsel und Gretel, S. 75. Aus: Deutsche Märchen. Mit Bildern von Friedrich Hechelmann. 2 Bände. Band I. München: Winkler 1979, Band I, S. 80–86.

JOHANN PETER HEBEL (1760–1826)

Kannitverstan, S. 72. Aus: Erzählungen und Aufsätze des Rheinländischen Hausfreunds. Hrsg. und erläutert von Wilhelm Zentner. Mit einem Nachwort von Hartmut von Hentig. München, Wien: Hanser 1985, S. 161–164.

HEINRICH HEINE (1779–1856)

Der Rabbi von Bacherach, S. 177. Aus: Sämtliche Schriften. Hrsg. von Klaus Briegleb. Band I. München, Wien: Hanser 1968 (2. Auflage 1975), S. 459–501.

E.T.A. HOFFMANN (1776–1822)

Der Sandmann, S. 83. Aus: Nachtstücke herausgegeben von dem Verfasser der Fantasiestücke in Callots Manier. Erster Theil. Berlin: Realschulbuchhandlung 1817.

HUGO VON HOFMANNSTHAL (1874–1929)

Das Märchen der 672. Nacht, S. 341. Aus: Sämtliche Werke. Kritische Ausgabe. Band 28: Erzählungen I. Hrsg. von Ellen Ritter. Frankfurt am Main: S. Fischer 1978, S. 13–30.

FRANZ KAFKA (1883–1924)

Ein Hungerkünstler, S. 420. Text nach der Ausgabe Berlin: Die Schmiede 1924 (Erstdruck).

GOTTFRIED KELLER (1819–1890)
Spiegel, das Kätzchen, S. 299. Aus: Werke in drei Bänden. Zürcher Ausgabe. Hrsg. von Gustav Steiner. Band I: Die Leute von Seldwyla. Zürich: Diogenes 1978, S. 261–304.

HEINRICH VON KLEIST (1777–1811)
Das Erdbeben in Chili, S. 54. Aus: Sämtliche Werke. Nach dem Text der Ausgabe letzter Hand. Mit einem Nachwort, Anmerkungen und Zeittafel von Helmut Koopmann. München: Winkler 1967 (8. Auflage 2002), S. 120–132.

THOMAS MANN (1875–1955)
Das Eisenbahnunglück, S. 409. Aus: Gesammelte Werke in 13 Bänden. Band 8: Erzählungen, S. 416–426. © 1960, 1974 S. Fischer Verlag GmbH, Frankfurt am Main.

ROBERT MUSIL (1880–1942)
Das Fliegenpapier, S. 448. Aus: Nachlaß zu Lebzeiten. In: Gesammelte Werke. Band 7. Herausgegeben von Adolf Frisé. S. 450 bis 451. © 1978 by Rowohlt Verlag GmbH, Reinbek bei Hamburg.

RAINER MARIA RILKE (1875–1926)
Die Weise von Liebe und Tod des Cornets Christoph Rilke, S. 361. Text nach der Ausgabe Leipzig: Insel 1912 (Drittfassung).

FRIEDRICH SCHILLER (1759–1805)
Der Verbrecher aus verlorener Ehre, S. 7. Aus: Sämtliche Werke. Band V: Erzählungen, Theoretische Schriften. Auf Grund der Originaldrucke hrsg. von Gerhard Fricke und Herbert. G. Göpfert. München: Hanser 1959 (9., durchgesehene Auflage 1993), S. 13–35.

ARTHUR SCHNITZLER (1862–1931)

Leutnant Gustl, S. 372. Text nach der Ausgabe Berlin, Wien, Leipzig: Zsolnay 1924 (Erstdruck).

THEODOR STORM (1817–1888)

Angelika, S. 276. Aus: Gesammelte Werke in zwei Bänden. Hrsg. von Walter Zimorski. Band I: Frühe Erzählprosa und Novellen. Düsseldorf: Artemis & Winkler 2000, S. 105–125.

LUDWIG TIECK (1773–1853)

Der blonde Eckbert, S. 33. Aus: Die blaue Blume. Die schönsten romantischen Erzählungen der Weltliteratur in zwei Bänden. Eine Anthologie herausgegeben von Hermann Kesten. Band I. Köln: Kiepenheuer & Witsch 1955, S. 293–307.